人 世 间

梁晓声 著

上部 ——

人世间

梁晓声 著

中国青年出版社

作者简介

梁晓声,原名梁绍生,祖籍山东荣成,1949年生于哈尔滨市。当代著名作家、学者,北京语言大学人文学院资深教授,全国政协委员,中央文史研究馆馆员。著有《今夜有暴风雪》《这是一片神奇的土地》《雪城》《返城年代》《年轮》《知青》等作品数十部,多部作品被译介到海外。

目录

第一章	001
第二章	011
第三章	022
第四章	044
第五章	068
第六章	077
第七章	086
第八章	114
第九章	130
第十章	160
第十一章	216
第十二章	253
第十三章	273
第十四章	289
第十五章	334
第十六章	393
第十七章	403
第十八章	435
第十九章	454

第一章

在那座北方省的省会城市，我们就叫它 A 城吧，二十世纪五十年代初向居民颁发了正式而统一的城市户口本以后，它出现了，不，确切地说是产生了一个新的行政管理区——共乐区。

是的，是产生而非出现，因为它早在成为一个区之前便已存在着了。

二十世纪二三十年代，一批又一批从苏联举家逃亡过来的人，先后在那处距市中心十几里远的地方建起了一幢幢异国家园。

他们大抵是"十月革命"的敌人，起码是不被革命信任、划入了另册的人。至于他们到底对革命有过什么危害，或可能有什么危害，则不是任何一个 A 城人说得清楚的。估计当年他们之间也讳莫如深。

他们却肯定不是富人。若是，他们的家就该在市中心了——A 城当年最有特色也最漂亮的一处市中心，便是与他们同命运的逃亡者们建的，由十几条沿江街组成的那处市中心区，至今仍是 A 城的特色名片。同样是逃亡者，人家住的却是独栋的或连体的俄式楼宅，美观得如同老俄国时期的贵族府邸。十几条街的道路皆由马蹄般大小的坚硬的岩石钉铺成。那叫"马蹄石"，实际上是由一尺长的条石一凿凿敲凿成钉状，再一排排按照图案砸入地里，那样的街道几乎没有凹陷一说。当年，高轾骏马之车载着俄国逃亡富人中的男男女女经过街道时，马蹄踏石发出的脆响声伴着悦耳的马铃声由远而近由近而远，宛如出行进行曲。他们还建了商店、饭店、旅馆、书店、电影院、医院、教堂。他们虽身为逃亡者，当年在 A 城过的还是一如既往的贵族生活，说明他们从本国带出的钱财是多么雄厚。

联想力不差的读者，肯定已联想到了近二三十年内携巨款逃到外国去的那些中国贪官及形形色色的经济罪犯们。据说后者转移到国外的钱财，建几座新城也不在话下呢！当年逃亡到 A 城的老俄国时期的达官显贵与之相比，又简直可以说是小巫见大巫。而且，老俄国的高官们、将军们，实际上并不怎么干贪污受贿的勾当。他们多是贵族出身，一向比较在乎所谓贵族品性，与清王朝的高官们大有区别。普遍而言，他们的财富是靠世代剥削来的。《死魂灵》中所写的那类事他们也是不齿的，那是乞乞科夫之类小人物勾结中小地主们干的勾当。而乞乞科夫之类，也不过如同在中国搞非法传销的骗子而已。

闲言少叙——话说二十世纪二三十年代逃亡到 A 城的侨民们，十之八九是革命前的一些富农或小地主，包括受亲友政治立场牵连的中农。比如亲戚中有什么人参加了白军，受到通缉或镇压，他们害怕，于是也成了逃亡者。中国的 A 城，是他们逃亡国外的最容易也最近的目的地。若在冬季，夜间乘一辆爬犁过了黑龙江，逃亡行动便大功告成。

《列宁在十月》电影中有如下片段——列宁的贴身警卫瓦西里的农村穷亲戚给他写了一封信，列宁备感兴趣地让他读给自己听。

瓦西里："我们将弟兄们组织起来了，成立了农会，还搞到了枪……"

列宁："好啊，实在是太好了！"

瓦西里："我们把地主和富农们的土地和财产给分了，还把他们抓了起来，起初想把他们全杀了，后来觉得那样太不人道，于是把他们都赶跑了……"

列宁："这封信写得很有水平啊！立即回信告诉他们，就说我认为，他们做得很对……完全正确！"

如同在中国的情形一样，仍与农民们同村而居的地主，大抵皆是小地主罢了。而富农，也只不过是比贫穷农民们生活好过些的农民——正是他们，在二十世纪二三十年代，成为后来叫作"共乐区"的A城那一带地方的最早侨民。

当年，A城的边缘与后来的共乐区之间，有一条沙俄政府投资的铁道穿过。城市那边，房舍业已稀少；城市这边，蒿草遍地，荒野成片，基本无人烟。有数条土路从远方通过来，是农村的马车年复一年轧出来的。十几里是农村与城市的最佳距离。农民希望他们的家园和土地离城市近一些，进城买卖东西较方便；但又不愿离城市太近，担心自己土地上的劳动成果遭到不良的城里人偷抢。

那些最早的逃亡侨民，在此处烧荒，铲除蒿草，碾平地面，建造家园。A城地势东高西低，他们明智地将家园建在高处。当年，只需向管理土地的中国小官吏缴纳很少的钱，他们都是缴纳得起的。他们根据家庭人口的多少、经济状况、是否长期定居，建起了一处处院子或大或小、房间或多或少的家。所建大抵是"板夹泥"式的房子，即在里外两层木板之间，填塞掺沙的泥土。里层钉板条，抹白灰，粉刷上喜欢的颜色。若图省事省钱，外墙便也如此做来。若对美观有较高要求，并且不愿年年对外墙进行维修，那就再钉上一层装饰板，同样刷上喜欢的颜色。随着逃亡者们纷至沓来，俄式家园渐多。他们的房舍普遍涂成乳白、浅黄与深黄三种颜色，铁皮屋顶也一律刷成褐红色。当年，水泥和砖比木材贵，所以他们的家多以木材建成，砖房不多。窗的两侧都安装了可以开合的窗板，四边也有美观的装饰木框。他们喜欢在院门外植树，在院内种花。总之，虽然基本上仍是农民，却与大多数中国农民不同。生活一旦重新安定了，他们是特别肯在环境上下功夫的。自从成了最早的住户，他们的家园便成了那地方最早的风景。

然而，他们不可以在那地方拥有农业土地。即使当年，亦有严格的中国当地法规限制着。于是，他们饲养马、牛、羊。养马的，同时拥有马车，以供城里那些富有的"自己人"租用。牛奶羊奶也大抵卖给"自己人"，双方都觉得放心。据老辈人讲，不知为什么，羊奶的价格比牛奶的价格还要贵一些。自然，他们也养鸡鸭鹅狗和猫。他们对狗和猫的爱心，非一般中国人所能理解。若狗妈妈猫妈妈生了小狗小猫，便也卖给或送给城里的"自己人"，而那是"自己人"所欢迎的，因为狗妈妈猫妈妈大抵是与他们一起逃亡出来的，某种程度上能医治富有的"自己人"的内心哀伤。他们中的年轻男女更愿进城打工，不消说雇主大抵是"自己人"。既是"自己人"，城里的城外的他们便都挺抱团儿。

由于灾荒，也由于战乱，从山东、河北、河南、山西拥来了大批流民。他们在城里不可能有安家之地，目光也纷纷锁定了那里。都是身无分文的中国贫穷农民，没钱建起哪怕稍微讲究一点儿的家园。何况他们中许多人并不打算长期扎根，有朝一日还是想回原籍的。于是就地取材，挖土脱坯盖起了一片片泥墙草顶的临时之家。那样的房子，想往大了盖也不行，最大也就三间，居中一间还是厨房。多数只盖一间半，半间是厨房。十之七八不敢盖三间的，在漫长的冬季取暖是个费钱的大问题。短短几年中，出现了一排排泥草房，像农村似的。最初的街道也形成了，正如农村也有村路。最初的街道没街名，他们并不怎么需要街道有街名。高处的地方几乎全被邻国逃亡者占据了，中国流民只能将自己寒碜的泥草房

第一章

盖在低凹地。比之于邻国的逃亡者，他们的生活过得反倒更悲摧。

"九一八"事变后，铁路被日本人控制了。日本人在铁路这边一里多远的地方修建了三处他们的员工宿舍，皆砖瓦平房，不高，窗台离地一米左右，都是一室半的格局。每处占地面积约半个足球场，东西南北四排平房中的一排，驻有他们的铁路武装警备队。每排平房前，有机井、公共储藏库、厕所、浴室。宿舍墙厚半米，用的是修筑碉堡的水泥，极坚固。名为宿舍，实际上未雨绸缪，战时可作据守的要塞。自从那地方出现了他们的宿舍，同一地带的中国居民和邻国逃亡侨民，便都陷入惶恐之境，终日提防遭到危害。

两年后，那地方出现了正规日军的军营，也便有了军官宿舍。军队人数最多时有一个团，通常只不过驻扎一个营左右。中国居民和邻国逃亡侨民们的日子更加提心吊胆、风声鹤唳了。正规日军居然也没怎么行凶作恶，因为供给充足丰富，吃得好，穿得暖。还有军妓院为他们解决生理需要问题，堂而皇之地挂着牌子，其上用中国字写着——慰情舍。军妓中，有韩国女人、中国女人，也有日本女人。

苏联红军出兵中国东北那年，忽一夜火车站方向枪声大作。第二天，A城"光复"了。隔夜间，日本的铁路警备队、正规军，都不知战死于何处，被俘在哪里。总而言之，皆不见了，留下的只是空无一人的营房、宿舍，还有他们骑过的战马、养过的军犬。

一些中国人胆子大，三个一伙五个一帮的，便去鬼子们住的地方一探究竟。有什么究竟可探的呢？他们完蛋了就是完蛋了嘛！却也不枉一探，发现他们的仓库里储有那么多的米、面、军服、军鞋、饼干、罐头、烟酒……那还客气个什么劲儿呢，于是往自家弄。更多的国人见了，争先恐后参与瓜分。有那"老毛子"也想趁机发点浮财，中国人则集体地呵斥他们："你们有什么资格？一边儿待着去！被光复了的是我们，又不是你们！等你们的苏联红军见着了你们，那才有你们的好果子吃呢！"

他们自知没什么资格，只有一边待着去了。眼睁睁看着好东西被别人抢了个精光，需要很高的涵养才能在一边儿待得斯文。据老辈人讲，他们都表现出了那等涵养。

中国人眼里的好东西是抢光了，却还有些中国人不稀罕的东西呢，如笔、镀金烟盒、唱片、烟嘴、钢精勺之类的小东西。也不见得是中国人不稀罕，而是掉在什么犄角旮旯没被发现。当逃亡侨民们终于被允许捡点儿什么了，咱们中国人的眼里发现了更好的东西——女人。慰情舍的韩国女人跑了，中国女人也跑了。本就是被迫的，干吗不跑啊！剩下没跑的只有他们日本的女人了，她们没处跑，全躲在一间公共浴室里。据老辈人回忆，有十几个呢。那时，连几匹战马都被中国人牵回家去了。发现了她们的中国人，默默望着她们，都在想如果把她们领回家去，算不算不道德？

有会几句日本话的，就温和地问她们晚上有没有睡觉的地方。

她们中有人壮着胆子回答：没有。

这些年轻轻的女人，完全失去了她们日本男人保护的日本女人，在满城仇日怒火忽一下熊熊燃烧起来的这一个历史性的日子，她们到了晚上没有睡觉的地方怎么行呢？

当然不行！

那对她们也太不安全了啊！

道德问题一摆平，富有同情心的中国男人便将她们一个个领走了——他们是些娶不起老婆的光棍男人，不久前还是农民。

那一天是他们的幸运日。吃的、穿的、女人，他们在同一天里捡到的都是对他们无比重要的好"东西"。

日本女人被领走时皆情愿。对于她们，那委实是明智的选择。否则，流浪于街头的她们,性命堪忧。谁能担保,受过日本人残害的某些中国人,绝不至于将她们当成复仇对象呢?

就说那些日本人的军犬吧,一旦成了丧家犬,再凶也没用,被当街围住活活打死的不少。侥幸逃脱的,几乎悉数被邻国的逃亡侨民牵回家去了。狗通人性,还在于它们也识时务。它们被牵走时,像日本女人们一样情愿。狼狗是何等聪明的狗!它们似乎都明白,如果不乖乖地跟着面相善良的人走,下场必定很惨。世上宁肯被饿死甚至活活打死也只认一个主人绝不跟其他人走的狗是少数,那已不是狗,而是"犬圣"了。

更有我们那敢想敢干的可敬可爱的同胞,全家总动员,索性搬入曾经的日本铁路员工营房或军官宿舍去住了。他们想,忍气吞声了那么多年,小日本终于被赶跑了,沾沾"光复"的光,有什么不可以呢?不住不知道,一住吓一跳——哇呀,半米厚的墙!这从窗台的宽度就看得出来。到了冬天,只要烧把火,屋里那该多暖和呢?某些光棍,虽然"捡到"了日本女人,却仍无家可归,干脆也与日本女人双双住回去了。这两类我们的同胞,一经告别了泥草房,住入砖瓦房后,便都乐不思蜀,不再怀念故乡,一心想要扎根于斯了。

好梦总是短的。

在好梦里实现的只不过是愿望,无甚好情节可言。

不久,一支苏联红军队伍光临那里,尽管他们表示了真挚且殷勤的欢迎,还是被不客气地驱赶走了。走得自是老大不高兴,但随行的中国翻译奉劝他们要识大体,懂常识——军队怎么能与身份不明的闲杂人等同檐而居呢?他们都是没有正式工作的人,等同闲杂之人。

他们也就只有从哪儿来的再回到哪儿去了。

苏联红军很快就与居住当地的本国逃亡者家庭发生了关系,大出中国人意料的是发生了亲密关系。中国人的想法是——他们是红军,是革命的队伍，而对方则不是地主便是富农，是革命的对象。有的在本国时还可能是他们的敌人，是他们要实行专政的人，否则，干吗背井离乡逃到中国来呢？那么，他们即使不在中国继续与对方开展阶级斗争，也断不该高高兴兴地去往对方家里成为不请自到的座上客呀！一到傍晚，他们的士兵便经常成群结队地前往本国的逃亡者家里，还专往那些房子体面、花园颇大的人家去。在对方家里吃喝，在院子里燃篝火、拉手风琴跳舞，每每热闹到后半夜。如果路上出现了摩托车、吉普车，证明军官也前往了。

中国人的眼无法看到的实际情况又往往是，军官如若驾到，不但必能享受好吃好喝好待遇，也往往留宿不归。有在上午割柴草的中国人，看见过他们的军官与主人家的妇女站在门前台阶上拥抱亲吻依依不舍的情形，于是在中国人之间传为笑谈。也有相反的情形，他们的军营派出车辆，挨家挨户将打扮得花枝招展的逃亡者家庭的妇女载回，在军营里吃着喝着唱着跳着，寻欢作乐。

困惑至极的中国人议论："他们的红军，怎么一点儿革命立场都没有啊？"

于是，便有同胞解惑："这不是在咱们中国嘛！凡事，国内国外总是有别的，到哪时说哪时。眼下人家是老乡见老乡的关系，换了是我，也愿意像他们那样，干吗不那样呢？"

据说他们的军官，并不可以动辄越过铁路，擅自出现在市中心。他们的活动范围仅限于铁路这边。军纪就是军纪，他们都挺自律。

来年春天，那一支苏联红军队伍开拔了。他们国家的逃亡者家庭的许多人去往驻地相送，男女老少皆有，有的分明举家出动了。当年轻的中年的妇女哭哭啼啼地与官兵们拥抱、亲吻、含情脉脉地惜别时，看热闹的中国妇女都转过了身，她们觉得众目睽睽之下太不成体统了。

紧接着来了不少抗联的同志。他们的服装极不统一,有穿苏军军装的,有穿日军军装的,有穿长衫的,有穿西服的。虽然天已转暖,仍有穿皮袄棉鞋的。他们全面接管了那些营房,一部分住,一部分办公;还有一部分营房,在他们的指导之下被改造成了医院,于是有抗联的或正规部队的伤员入住。他们普查人口,组织民工,维护治安,打击罪犯,逮捕特务,访贫问苦。

民工或老百姓问他们:等他们也走了以后,自己人可不可以占据一间营房?住进一间那样的房子,才算有了一个像样的家啊!

他们肯定地回答:不可以。那些营房宿舍将会充公,至于新政权怎么进行分配,连他们也不晓得。

这让听的人很沮丧。他们安慰道:也别不开心嘛!革命为了什么?还不是为了穷苦老百姓家家都住上好房子,孩子们都上得起学,青年们都结得起婚,养家的人都有份稳定的工作吗?只要人人拥护革命,那一天迟早会到来的!

他们的话又使听者眉开眼笑了!

共乐区成A市一个新区后的十年里,发生了极大变化。若以今天中国的城市建设速度而言,当年的速度是不足论道的,也可以说是缓慢的,但在当年,本区的老百姓都觉得变化太大了。起初共乐区的面貌根本就无任何城市特征,往最好里说也只类似于三四线城市的城乡接合部。当年人们的评判标准直截了当——怎么看都不再像农村了,当然便是城市的一部分啰!

A市已有机场了。一条几乎笔直的柏油马路从机场通往市内,将共乐区一分为二。铁路这边,马路两侧,不仅植了树,且建起了六七幢五层的楼房。当年的居民楼外墙是不贴装饰面的，砖的本色便是楼的颜色。即便如此，住在里边的人家也极令普通百姓羡慕。那些楼的存在，挡住了共乐区脏乱差的土坯房群落。由狭窄的土路形成的小街终于无一例外地有了街名，都是很阳光的街名，如光仁街、光义街、光礼街之类。住在那些小街的人家，从此也终于有了门牌号。每条小街的两端都竖起了圆木电线杆，三米高处有灯泡悬于其上。每条街上也都有一处公厕了，有的在街头，有的在街尾。土路被翻起过，拌入砂石，再靠人拉着石碾轧平。雨季虽还泥泞，毕竟比以前强多了。如果不是政府行为，这么一种改变是难以实现的。

后来，在共乐区的属地，有了两座工厂——拖拉机制造厂和亚麻布厂，它们在全市小有名气。此外，还有一处酱油厂，同时生产味精，因名字起得好——"松花江酱油"，虽是二百余人的小厂，反而更有名，全市男女老少无人不知无人不晓。但除了家住共乐区的人，别人十之八九不知该厂在何处。

共乐区内还有了两所中学，五所小学，一所医生护士加起来二十人左右的医院，以及一处日营业额最高时达到过九百多元，差一点儿就破千元的较大商店，那商店面积近四百平方米呢！

当然，也有了十几处粮店。粮店是从前城市最根本的标志。如果一个中国人每月吃的不是国家在购粮本限定了数量的商品粮，那么，无论他在城市居住了多久，也还是不能被视为一个城市人。

共乐区——这个主要由一九四九年以前的农民构成的城市新区，若说新，其实不过就是在旧貌基础上这里那里换了几处新颜而已……

第二章

一九七二年冬季的一天，上午十时，A市对一批死刑犯执行枪决。

前几天，共乐区主要街道的显眼处，贴出了判决布告。在市中心，法院的判决贴在专门的布告栏上。共乐区非市中心区，未被要求有专门的布告栏。所谓显眼处，便是人行道里侧，人们经常过往的某面墙而已。

正值"文革"期间，那样的墙上早已贴着数层大字块或大字报了，风扯人撕，像叫花子的破袄。一份新布告，便贴在那样的墙上。

当年，在A市情况差不多是这样——对一般判多少年刑的罪犯，通常是不张贴布告的。十年二十年刑，判了也就判了，并不一定要广而告之，只有判决死刑的布告才四处张贴。死刑犯往往一判就是数名，名字全都划上鲜红的X，给看到的人以心惊肉跳的感觉。有时，被判二十年以上及无期徒刑的犯人的名字，也会出现在死刑布告上；那往往是由于被判死刑的犯人太少，判决词印不满一整张大白纸，看上去效果不好。

此番一共判决的是七名死刑犯，判决词足以印满一整张大白纸，所以也就完全不必用陪衬——一竖行七个恰好能压住罪犯们名字的大红X，极有视觉冲击力。

七名罪犯中六名是杀人犯，一名是屡教不改的强奸犯。六名杀人犯中，一名二十三岁的男犯，在数日内成为本市青年们的谈资。不仅因为那死刑犯也是青年，更因为他曾是本市"九虎十三鹰"之"九虎"中的一"虎"。

何谓"九虎十三鹰"？

以今天的眼光看来，无非是当年的男女流氓团伙而已。用香港人的话说，"古惑仔"也。"九虎"皆男，"十三鹰"皆女。"鹰"中，年龄最小的才十七岁。"虎"中，当时年龄最小的未满十九岁。成为谈资的那位叫涂志强，出生于共乐区光字片的一间土坯房。认得他的人，都叫他"强子"。

一九六八年，也就是"文革"的第三年，两年里将城市闹腾得天翻地覆的红卫兵们，随着"上山下乡"的号召，几乎全都变成了"知识青年"。有点儿知识的得变，没什么知识的也得变。情愿也罢，不情愿也罢。到一九六九年底，全市的初高中生差不多走光了，留在城市的大抵是病残者，或誓死也不离开城市的顽固者。当年，A市动员"上山下乡"的工作是走在全国前列的，因为东北有黑龙江生产建设兵团，有二三十处大小农场，A市的初高中生不出省就可以"上山下乡"了。大多数人响应了号召还有工资可挣，动员工作比较容易开展。

极少数誓死也不离开城市的顽固者，对抗运动的日子很不好过。只要自己的身影一被街道干部发现，后者便会成为他们甩不掉的"尾巴"。街道干部又都是些热心于居民工作的，原本能说会道的家庭妇女。她们一旦将什么事当成了使命，就会变得像虔诚的教士传教一般尽职尽责。若她们自己的儿女已经"上山下乡"，她们的动员就更来劲儿了。她们缠住顽固者们絮絮叨叨，喋喋不休，仿佛唐僧对任性的一意孤行的孙悟空念紧箍咒一般，那时前者往往被折磨得想杀人。如果被动员对象是男青年，比女青年更难以忍受那种折磨——一般而言，女青年忍受絮叨的耐

第二章

力比男青年强。

结果,他们有家也不愿回了。

在A市的每个区,都有些这样的男女青年,都是初中生,处在青春叛逆的高发年龄段。并且,家里只剩他们自己,父母或下放到干校去了,或被关押在"牛棚"里甚至监狱里。

不知怎么一来,这样的几个小青年相互认识了,在感情上抱团取暖,模仿古人,结拜为兄弟——"九虎"于是产生。又不知怎么一来,对与他们命运相同的女孩子们产生了吸引力,她们便也情投意合地入伙,于是"十三鹰"也凑齐了。没人清楚,所谓"九虎十三鹰",究竟是他们当年自诩的呢,还是别人加在他们头上的。

他们皆无业青年,生存是头等大事。无业且要生存在城市里,得有特殊的本领。他们无师自通地实践出了另类生存"技能",也可以说是生存本能驱使的结果——扒、偷、骗、抢之"技能"。此种"技能"辅以"鹰"们的色相勾引,每使他们出师便告捷,无往而不胜。他们的勾当一般不在本市进行,外市甚至外省之市才是他们大显身手的江湖。底层百姓通常也不是他们锁定的作案目标,他们都还有点儿盗亦有道的意识,再说从普通百姓身上也获得不了多少油水。他们的目标通常是当年的大小"三结合"干部。"三结合"干部中有本是干部的人,也有后来成为干部的造反派。手表、自行车、高档半导体收音机、皮袄、皮鞋、靴子是他们的最爱,在黑市可以卖出好价。当然,现金和全国粮票更是他们绝不放过的。在某次列车上,一行十几名乘软卧车厢的干部早上醒来时,发现他们的钱包、手表和鞋靴都不见了。有人连裤子也不见了,在厕所找到的,被从裤裆剪成两片,挂在挂钩上。"虎"和"鹰"们作案得手后,总喜欢搞那类恶作剧,满足觉得自己是高手的虚荣。

这件事震惊也震怒了A市的公安人员,因为那一行干部是从北京到

A 市来指导工作的,那次列车也归 A 市铁路局管。

"九虎十三鹰"却集体住进了某县的招待所,一方面享受身心放松的愉快,一方面开会总结成功经验。他们所持的盖有公章的介绍信上,写着他们要开的是一次职代会,会后将由 A 市某级革委会结账。盖有公章的介绍信纸是他们偷的,所以招待所的同志信以为真。

仅仅两天,同志们就发现不对劲儿了,因为"代表"们不分白天晚上,经常男女成对地反锁了房门鬼混。"虎"们和"鹰"们之间的性关系是混乱的,简直可以说混乱不堪。性事是他们与她们之间保持亲密关系的纽带,也是顶级享乐。男女双方不但认可那种混乱的性关系,还特别看好那种混乱的性关系,觉得有利于增强团结。他们从不会因为性事反目,一致的态度是那根本不值得。不论"虎"们还是"鹰"们,都根本不担心性事后果。当年避孕套不是一般人搞得到的,绝大多数中国人都没见过避孕药。他们不缺那些东西,到药店里去"取"避孕套对于他们易如囊中取物。避孕药是特供给十三级(包括十三级)以上高干的,起码在 A 市是这样。"鹰"中有两三个竟是那等级别的干部的女儿,她们知道在高干人家那种药一般放在哪儿。有一次"虎""鹰"联手不但偷光了那种药,还将预先准备好的类似药片放入原瓶,而原瓶该放在哪儿仍放在哪儿……

市公安局接到县招待所的报告,于一个深夜将"九虎十三鹰"一网打尽。那在当年的 A 市也算是轰动一时的大事件了。不久按照阶级成分政策区别对待,该严判的严判,该从轻发落的从轻发落。

涂志强是被判得最轻的。因为他是有家可归的小青年,陷得并不深。母亲在他几岁时病故了,他由父亲拉扯大,其父是木材加工厂电锯车间的老锯手。该厂在另一个区,他父亲五十多岁了,终日来回奔波,身体不支。他上中学后,父亲就经常住在厂里,往往星期日才回家一次。他是独子,既失母爱,亦少父爱,形成了孤僻内向、寡言少语的性格。按政策,独子是可以留城的,父亲却巴不得他也早一天"上山下乡"去,因为那老工人想续老伴。儿子走了,自己的愿望更易于实现。既然家长巴不得儿子早日"上山下乡"去,街道干部们当然便将涂志强视为赖在城市里的坏典型啰。他猜准了父亲的打算,不禁满腹怨恼,父子由此形同路人。

但这世上最对得起他的,其实还是父亲。涂志强成了罪犯没几天,父亲死在厂里了。他是在电锯破碎飞起之际为了保护工友而死的,被追认为烈士,市报发表了号召人们学习的长篇报道。厂里的干部职工联名给市里写信,要求批准保释涂志强。也有不少市民给有关方面写信,表达同样的心愿。

结果,涂志强仅被劳教了三个月,之后居然得以接他父亲的班,成了木材加工厂的一名青年工人。他还免了学徒期,直接挣一级工的工资。

这不就是坏事变好事了吗?

孰料他又成了杀人犯,即将被枪毙了!

没谁知道他为什么杀人,公安局也没审出较复杂的原因。

他反复所说的口供仅以下几句:"我喝醉了,他也喝醉了。他先骂我,我们打了起来。他掏出了刀,我夺过了刀。一命抵一命,我偿命好了。"

他那英雄父亲的光荣事迹以及他的"红五类"出身加在一起,也不可能使他免于一死,何况他有前科。

但他成为杀人犯是另有原因的,他没如实交代。

当年的 A 市,并非每次处决死刑犯都必游街示众。一次处决七名之多时，则照例要游街示众，以显示威慑力。罪犯属于哪一区哪一单位，那一区那一单位便有义务出动一些人，配合着沿途呼喊口号，维持行刑现场的秩序。一次处决七名死刑犯，不但沿途随观的人多，行刑现场那儿，也早有成百上千的人等着看了。

监狱的铁门外已围着不少人。他们可不是被组织到那儿去的，而是些本市最爱看那种特殊场面的人。基本上每人一辆自行车，没骑自行车的人，也是别人用自行车载来的。他们将骑行于载死刑犯的卡车两侧，一直跟到行刑现场，为的是看个自始至终，不错过任何细节。

当死刑犯们走出铁门，依次上卡车时，有一名公安干部拦住了涂志强，转身对同事说："该讲的人道主义还得讲，找顶帽子给他戴上。"

那种情况之下，临时很难找到一顶帽子。被吩咐找顶帽子的公安人员愣了愣，居然从自己头上取下了警帽。

发话的公安干部火了："胡闹！他怎么可以戴你的警帽？"

那个公安人员赶紧往下取警帽上的红星。

大小是个官的公安干部更火了："那也不行！早干什么来着？我不说就等于你们没看见吗？他戴过了你还怎么戴？再说你就不冷吗？"

昨天下了一场大雪。正是数九寒天的日子，用东北人的话，雪后的那一天冷得嘎嘎的，唾唾成冰。

"等我回来再发车！"——大小是个官的公安干部转身欲走。

围观者中忽然有人说："我的帽子可以吗？"

那公安干部循声望去，见是个脸小个子也小的三十来岁的男人，已用长围巾上下包住了耳朵护住了脸颊，手托的是顶崭新的羊剪绒的皮帽，A市人叫那种帽子为"坦克帽"。

公安人员毫无表情地问："舍得？"

小个子男人点头。

第二章

公安人员一摆下巴,小个子男人便向涂志强走了过去——他是瘸子。涂志强腕上有手铐,他弯下腰,于是小个子男人替他把帽子戴上了。

等他俩分开,公安干部严厉地问小个子男人:"他跟你说话了吧?"

小个子男人点头。

公安干部紧接着问:"说什么了?!"

小个子男人不动声色地回答:"只说了四个字——谢谢大哥。我比他年龄大,他叫我大哥也是应该的。"

公安干部沉吟了一下,一挥手,"发车!"

车轮刚一滚动,小个子男人灵巧地跃坐到一辆自行车的后座上了。

A市当年对死刑犯执行枪决的地点,一向在松花江边的一处沙滩那里。春夏秋三季,江水再怎么涨也不会将那一大片沙滩完全淹没,因为那里是松花江特宽的江段。冬季,那里白雪皑皑,少有人往,并且离市区不远,也就半个来小时的车程。

果不其然,那里已人山人海。在当年,不知怎么的,国人很喜欢围观枪决犯人的场面,也许是由于平时的娱乐活动太少吧。

木材加工厂去了十几人,两名中年工人带队,其余都是青年工人。厂里出了杀人犯,按惯例,单位必须出人去协助公安人员维持秩序。再者说了,出了青年杀人犯的单位,其他青年工人更应该接受特殊的现场教育。

有人是愿意去的,因为既有刺激的热闹可看,还可以不干活。如果幸运,也许有机会认识某位公安人员,搭上了以后交往的关系,岂不更划算了?若能与蓝警服交往成朋友,那种关系可就太宝贵了!

有人无所谓愿不愿意,领导指名道姓地叫去,那就去呗。听领导的盼咐总是没亏吃的。

有一个人却非常非常不愿去,——周秉昆。

周秉昆与涂志强同是在共乐区光字片出生的,涂志强比周秉昆大两岁,周秉昆一向亲昵地叫他"强子哥",而涂志强总是叫周秉昆"昆儿"。他俩的家住前后街,二人是"发小"。

无论涂志强还是周秉昆,都没跟别人强调过他俩是朋友,但厂里的人都认为他俩当然是朋友——在出料班,他俩还是同时干活儿同时休息的"对子"呢。电锯一响,出料是累死人的活儿,两两一组,轮番出料。那活儿只有那么一种干法,一组干一组歇,才可持续,不至于将人一个个全都累趴下。涂志强与周秉昆抬沉重的木梁时,总是尽量往木梁的中间移肩,那样周秉昆肩上的分量会减轻些。

这么一种关系的两个青年如果还不算是朋友,什么样的关系才够得上是朋友呢?

周秉昆找了厂长,明确表示自己不愿去。

厂长看着他低声说:"秉昆呀,其实你最应该去啊!"

周秉昆不解地问:"为什么我就最应该去呢?"

厂长回答:"你俩是好朋友嘛。"

周秉昆嗫嚅道:"我俩的关系,也不像……大家以为的那么好。"

厂长摇着头说:"好的程度另论,反正你俩是朋友这一点没错。毕竟朋友一场,你还是去一下吧。"

周秉昆固执地说:"我看不得那种场面,会做噩梦的。"

厂长也固执地说:"做噩梦那就对了,证明那种场面对你的教育目的达到了。"

周秉昆张了张嘴,一时不知说什么好了。

厂长又说:"反正谁不去都行,你是必须去的。实话告诉你吧,这是支部的决定,我不能改变支部的决定。"

厂长的话说得不留余地,周秉昆更加无话可说了。

厂里派了一辆小卡车送他们。

路上,一青年工友说,死刑犯后脑中枪前额触地后,怕未死,还需有人手持铁钎从枪眼捅入头里,搅几搅,那样就死定了。不补枪,补枪浪费一颗子弹。战备年代,子弹宝贵。

周秉昆未听犹可,一听之下,呕了几呕,差点儿吐在车上。他也不管车开得多快,想跳下去,幸被同事们几双手同时拽住了,才没出事。

一名带队的师傅火了,怒道:"闭上你那臭嘴!明知他胆小,还非编瞎话吓唬他?再胡咧咧我抽你!"

小青工们见周秉昆被吓得脸色煞白,皆笑。

刑车到来,围观的人群开始骚动起来。周秉昆他们立刻与公安们配合,臂挽臂组成人墙。即使那样,一波波人浪还是不断自后前拥。周秉昆听到有人喊:"我没往前挤,是后边挤的!"

一名胸前横枪的公安出现,厉声喝道:"谁敢再挤?后退!"

他的声音,他那样子,令周秉昆联想到了《三国演义》中手持丈八长蛇矛、单人匹马独守桥头的张翼德。

他闭上了双眼,什么也不愿看到。

又听两个厂里人说:

"涂志强!看见没?那个,第五个准是涂志强!"

"没错!就是他,就他一个人扭头往这边看!"

"也许是想看到咱们吧?"

"看,看,全跪下了……"

周秉昆不由得大叫:"都别说啦!"

忽然响起口号来。

口号过后，是一声震耳的枪声。因为不是一个人接连开七枪，而是七个人同时开枪，所以在周秉昆听来枪声震耳。

枪声过后，一片肃静，身后的人们都不往前挤了。

在仿佛连寒风都停止了的肃静之际，周秉昆听到在车上吓唬过他的人小声说："看那个走过去的人，手里拿着钎子是吧？我在车上说什么来着？没骗你吧？……"

仿佛不是人在说话，而是鬼魂在说只有它自己才能听到的话。又仿佛那鬼魂刚从冰窖溜出来，每句话都带着冰冷冰冷的寒气，而一股股寒气从他的耳朵眼灌入他身体里，使他的五脏六腑迅速结冰了。

他双腿一软，手臂从别人的臂弯间坠脱，晕倒了……

天黑后，大约九点钟，死刑执行地出现几点"鬼火"。

当年人们睡得早，那时 A 市的市区里，路上几乎没行人，偶尔有公交车驶过，差不多是末班了。当年中国的每一座城市，除了公交车，人们很少见到小轿车。公交车过后，城市归于沉寂。马路两侧的路灯下幽蓝青冽的光，使昨天新铺了一层雪的路面看上去有些发蓝。

当年，北方冬季城市的夜晚，没有哪一座不像鬼城。想想吧，如果一切建筑物的窗内都熄了灯光，如果整座城市除了路灯就几乎没什么霓虹灯，而商店都早已关了门，寒风在每条街上呼啸着乱窜，若谁单独走在路上，前后左右不见人影，怎么会不觉得自己仿佛走在鬼城中呢？

这座城市原本也是有些霓虹灯的，"文革"伊始，被红卫兵们一举砸光了，认为那是资本主义花花世界的标志，绝不该是社会主义允许的现象。

在死刑执行地，有几个人围坐着吸烟交谈——

第二章

"强子是为我才死的。"

"大哥,你也别这么想。这么想心里更难受了不是?"

"是啊,大哥不必这么想。我们都知道的,他那事儿并不是按你的吩咐去做的。他俩是偶然碰到的,还都喝高了……"

"不管怎么说,强子他是好样的。他没把咱们弟兄供出来,以求将功折罪……死刑可不是判几年的事儿……我作为大哥……我……"

"大哥别哭别哭,哥儿几个这不都听你的,前来悼念他了嘛……"

"他曾跟我说他交了个女朋友……"

"对对,大哥他也跟我们几个说了。"

"他还跟我说过,他女朋友家没什么经济来源……"

"大哥,你什么意思?有什么想法只管直说!你怎么指示,我们怎么去做……"

一阵狂风从江对岸刮过来,卷起半空雪粉,直朝那几个坐在雪地上的人横扫过去,仿佛要将他们也扫向半空似的。

他们就将头凑一块堆儿,弓下身去。

狂风过后,一个个拍打着身子站起,低头默哀。

片刻,走了。

第三章

　　光字片的小街,十之八九是没有院子的小街。一户人家挨着一户人家,家家户户的门窗都直接开向沙土街道,开向对面的人家。初来乍到之时都穷得叮当响,拖儿带女仅挑一副担子流落至此,哪敢妄想建一处有院子的家啊!并且,如前所述,那时都还心系着老家呀,没打算长住下去嘛。既没打算长住下去,可不好歹盖成一两间土坯房,全家凑合着有个容身之处就行了呗!所以家家户户挨得紧,大多数人家是为了省事,可少砌一面墙,共有的那面墙也不会是冷墙了,对两家都有益的。小街窄,窗对窗,门对门,在当年图的是安全。任何一家发生了不好的事,开窗或开门一喊,几乎一条小街的人都能听到。

　　在此种居住情况之下形成的左邻右舍的关系,是以前他们在农村时没有过的新型关系。好处是,"拆了墙就是一家人"这句形容亲近程度的话,提醒着家家户户和谐是多么重要。不好之处是,如果两户人家闹成了誓不两立、水火难容的恶劣关系,那么可就都别想有顺心的日子了!甭说那么一种关系的两户人家,就是住在同一条街的任何两户人家,也不愿甚至不敢使彼此的关系糟糕到那么一种地步。"低头不见抬头见",用以形容小街上人与人包括孩子与孩子的生活常态,特别贴切。还有种不好之处是,家家户户都难有隐私可言。谁家剁菜劈柴砸煤块,无论冬夏,起码左邻右舍是听得清楚的。若在开窗图风凉的季节,街对面人家的大人孩子在干什么,彼此一目了然。若谁家来了陌生人,想让别人家在一整天内根本不知道也是不可能的。

与一九四九年前后相比，小街虽已有了街名，每户人家有了门牌号，但所有的人家，都变得越发不像家了。从前的草房顶看上去还较为顺眼的草，二十几年间早已不知被无数次大风刮到何方去了，草房顶变成了油毡的房顶。油毡房顶换一次得花不少钱，没有哪家花得起。这里那里破了，雨天屋里漏雨了，只得用不知从哪儿捡的油毡片儿盖住。怕被风刮跑，用各种各样的石头压着，许多人家的房顶看上去像象棋残局。

家家户户的门窗都不正了，有些人家的门窗歪斜得厉害，开关都费事。男人们一次次用菜刀斧头砍削门框窗框，多次后，门框窗框就不成样子了。

若谁家的女人到别人家串门，见别人家的门框窗框接近完好，都会忍不住羡慕地说："我家门窗要是也这样，我这辈子对家也就再没什么其他奢望了。门窗这样，才多少像个家的意思啊！"

所有的土坯房也都变矮了。这是因为当初修路时，将路面垫高了。路面高了，雨水自然会从街上流进屋里。为防止自己家被雨水淹了，家家户户不得不在门前"筑坝"。当然，说筑坝是夸张，其实是用泥土掺煤灰堆成弧形的坎——从小街的这一端向那一端望去，仿佛每一户人家门前都修筑了射击掩体。

街头街尾的公厕也都摇摇欲坠。有的公厕已不存在，由街道干部指挥居民填平了。踏板腐朽，上厕所成了冒险之事，怕孩子们掉下去溺死。填平是填平了，但是从开春起，臭味儿便从地下散发上来，人们无不掩鼻而过。街道干部们又煞费苦心，弄来半高不高的树栽在那儿。不久树死了，都是从农村来的人，谁都知道是被过足的肥力烧死了。这点儿属于农民的常识他们是有的，却谁都不道破，怕街道干部指责自己是"事后诸葛亮"。

每一根电线杆子还立在原地，但早已没了灯泡。灯泡总丢，证明那几条街上贪小便宜者大有人在。有的电线杆子也倾斜了，人们经常怀想曾有街灯的美好日子。

周秉昆的家住在街头，是那条小街的第一户。他家由里外两间构成，两间屋同样面积，都是二十几平方米的方正的房间。周秉昆的父亲周志刚是孝子，当年考虑到了，自己作为单传独苗，一旦在城市立稳了脚跟，应将父母从山东老家接出来，以尽床头之孝。他当年一咬牙借了民间的高利贷，非要使自己的家有两个房间不可。他在做儿子和做父亲两方面都极要强，并且还较幸运。两位老人从山东来到这个家后，秉昆的奶奶交给他一副镯子，说是祖上传下的，值些钱。那年秉昆的哥哥秉义刚出生，周志刚请识货的人过过眼。识货的人断定是好东西，愿意将他介绍给一位喜爱中国玉器的富有的俄国人，条件是成交了给点儿提成。当时东北已"光复"了，放高利贷的人因为有不少恶行被新政府镇压了，高利贷不必还，也没法还，满洲币作废了。所以，那副镯子保留下来了。待周秉昆出生时，新中国成立了，他不但有了哥哥，还有了姐姐。姐姐大他两岁，哥哥大他姐两岁。

在六十年代初的饥饿时期，周秉昆的爷爷奶奶因为没有城市口粮，不得不回山东老家去了，不久先后死在老家。

那时，周秉昆的父亲已是建筑工人，身在大西北。

虽然，住两间打了地基的土坯房的周家很被人羡慕，却有不那么开心的方面。政府建公厕时，地点离周家最近，也就十来米的距离。秉昆的母亲当然强烈反对，但经不住一位善于做思想工作的街道干部的说服。实际上，因为小街太窄，公厕除了建在周家门窗的斜对面，也没另

第三章

外的地方可选。建公厕是有益整条街的事，如不许建，会将整条街的人都得罪了，所以成了不同意也得同意的事。为了对周家的体谅予以补偿，街道干部允许周家在门前围上十几米地面做小院子。这么一来，周家又成了那条街唯一有小院子的人家。

以后的两年，不论多热的夏季，周家的门窗轻易是不敞开的。

周秉昆的父亲从大西北回来探家那年，见已是那种情况，倒也没多么的不高兴。

这位新中国第一代建筑工人自我安慰地对妻子和儿女们说："看来政府办事还是公平的，你们不是都喜欢养些花花草草吗？没有那公厕，咱家哪来这院子？再者，离公厕近有近的好处，上厕所还方便呢！"

在探家的日子里，他在两间屋的后墙上各开出了一扇窗。屋子不但更亮堂，夏季也凉快了。

周家小院子的花草，遂成那条小街唯一的景点。

一九七二年，周家只剩周秉昆和他母亲两口人了。

周秉昆的哥哥周秉义"文革"前是市一中的高三学生，他本是要考大学的，父母也支持。"文革"一起来，他的大学梦成泡影了。"上山下乡"前，他是"逍遥派"，除了躲在家中偷阅禁书，就是与自己的同班同学郝冬梅恋爱。郝冬梅的父亲郝似冰曾是副省长，"文革"初就被打倒了。"黑五类"子女是哪一派红卫兵组织都排斥的，她自己也不愿死乞白赖地加入，便也只能是"逍遥派"。"逍遥派"是造反派对自行边缘化的一类人的嘲讽之谓，其实既不能升学也不能工作，他们的心理状态并不"逍遥"；比之于狂热的造反派，反而多了份闲愁。造反毕竟是一桩可以让青年人暂时忘忧的似乎特有意义的事，连这样的事也不积极，当然就得自己解决烦恼问题啰!

周秉义与郝冬梅这对恋人,抵抗烦恼与闲愁的办法,只有读禁书和恋爱,那简直也可以说是他俩的绝招、法宝。除了毛泽东和鲁迅的书,其他书籍在中国似乎已不存在了,但也就是似乎而已。任何时代都有些不怎么怕事的人,周秉义和郝冬梅便总是能搞到以前不曾读过的书来读。有时还在周家拉上窗帘一个读,一个听;还讨论,甚至争论。秉昆和姐姐周蓉以及周蓉的男友蔡晓光,是他俩地下读书活动的积极参与者。"上山下乡"运动一开始,他俩便破釜沉舟地报了名,第一批离开了城市。遗憾的是,郝冬梅由于父亲的问题去不了兵团,只得去农场,好在她去的农场离周秉义分到的兵团不远。对于大儿子的走以及与"走资派"女儿的恋爱,周母持顺其自然的达观态度。周秉义成为兵团知青的第二年,调到师部宣传股当上了宣传干事。

周秉昆的姐姐周蓉曾是三中高一学生。三中和一中都是 A 市的重点中学,周蓉与周秉义都曾是品学兼优的好学生,且都有文艺细胞。周秉义拉得一手好二胡,是校园诗人,"文革"前已有几首诗发表了。周蓉嗓子好,是大美人儿,以学生演唱者的身份参加过 A 市举办的音乐会。她的追求者蔡晓光是 A 市一所著名技校的造反派头头,其父蔡挺凯是省军管委员会的成员之一。省革委会成立后,他服从上级安排,脱下军装,在省商业厅当了一把手。不过周蓉与蔡晓光的关系不像哥哥与郝冬梅的关系那么明确,似乎是蔡晓光剃头挑子一头热。周蓉甚至不承认他俩是恋爱关系,多次对家人强调仅仅是朋友,而且是一般的朋友关系。

周母却希望女儿与蔡晓光是明确的对象关系,在当年那意味着是未婚夫妻。未婚而夫妻关系成立,根本不受法律保护,当年却是民间"道德法庭"最喜欢保护的关系。那种保护的义务感和热忱,往往高于对街道卫生的保护。

第三章

周母不止一次对女儿苦口婆心地说："蓉啊，如果连小蔡这样的对象你都三心二意，那你究竟想找什么样的呢？他除了个子比你稍矮点儿，依妈的眼光看，别的方面全都配得上你。人家那种家庭的青年，不嫌咱家门槛低，妈觉得单凭这一点，就是人家孩子难能可贵之处……"

周蓉总是笑盈盈地应付道："妈，我的个人问题，你就别瞎操心啦。非要操心，那就先操我哥的心行不？"

周母则说："你哥与冬梅，人家两个好成一个人似的，已经是板上钉钉的关系了，钉透了还又砸了个弯的关系，妈有什么可操心的？你的事不让妈操心不行，妈是怕你错失了良缘！"

周蓉听烦了，就会反驳道："妈，第一点，你一定要明白，我与他蔡晓光根本不是什么对象关系！我已经在家里声明过多少次了，我和他只不过是朋友关系！而且是一般的朋友关系！第二点，我就不明白了，咱家的门槛怎么就低了？我爸是新中国第一代建筑工人……"

周母也会光火起来，指着门说："你看你看，咱家的门槛高吗？"

周蓉看一眼门那儿，忍俊不禁。

她就哄母亲，搂着母亲半撒娇半认真地说："妈，我没嫌小蔡的个子比我矮，我承认他对我特好，人也不错。可全市又不是只有他一个未婚青年，不能说什么错失不错失良缘的。妈，我不急着像我哥似的将个人问题定下来，真的不急，所以求你别再絮叨，多给我点儿考虑的时间啊！"

女儿一撒娇，当妈的没咒念了。别看周蓉一向文文静静，其实是有拗脾气的，当妈的也有几分怕自己絮叨得女儿犯了脾气。母女俩如上内容的谈话从无结果。

蔡晓光经常来周家，与周蓉、郝冬梅一起听周秉义读《战争与和平》《红与黑》等名著。他虽是技校造反派头头，却并不每每摆出唯我独"革"的嘴脸，起码在周蓉和周家人面前从没那样过。相反，他表现得特别有礼貌、有教养，文质彬彬。周秉义与冬梅讨论时，他也不见外地坦率发表看法，而他的看法、观点，连周秉义与冬梅也常常一致赞同。

比如，他认为《战争与和平》，其实更应理解为一部反映战争与人的文学著作。它不仅描写到了沙皇、拿破仑这样的君主和库图佐夫等两国元帅、将领，还描写到了安德烈、皮埃尔等俄国贵族，并为战争大背景之下的俄国贵族女性刻画出了难得的群像。更主要的是，他还描写了双方军队的下级军官和普通士兵，特别是被占领国俄国的市民、农民甚至农奴的命运和心理感受——它是托尔斯泰笔下人物最多的小说，几乎描写到了战争背景之下的俄国各阶层人物。如果没有这样一部史诗性的小说，托尔斯泰当不起"俄国的一面镜子"，估计列宁也不会以那样的比喻评价他。

那一日，蔡晓光说罢他的看法后，周家的三个儿女一时都低着头默不作声。在哥哥姐姐和郝冬梅面前，周秉昆自愧没读过几部外国小说，也就没什么个人观点可言，只有默不作声的份儿。但他极喜欢听哥哥们的讨论，觉得比听年长于自己的人聊闲天有意思多了。他是幸运的，也明白自己是幸运的。

周秉义沉默片刻，用小指挠挠腮，抬头看着郝冬梅问："你认为呢？"

郝冬梅想了想说："晓光的看法不无道理。在俄语中，'和平'一词的词根不就是'社会'吗？那么《战争与和平》也可以理解为战争与社会、战争与人。"

蔡晓光又说："我还认为，肖洛霍夫的《静静的顿河》受《战争与和平》的影响很大，也可以理解为反映革命与人的小说。它的主人公不是彻底的革命者，而是被裹挟到革命洪流中的。特别是他后来写出了《一个人的遭遇》，可以看成是他对革命与人这一主题的意犹未尽。"

周秉义听完他的第二番话，没再低下头去，而是继续微眯双眼注视着他，直接问道："你对葛利高里这个人物究竟怎么看？"

他立刻回答："一个身不由己而又不甘于身不由己的人物。"

低头沉思的郝冬梅一下子抬起头来，她先看一眼蔡晓光，见他起身离开屋子，到外边去了，便将目光望向秉义，微微摇头。

秉义说："好，不问他什么了。但我承认，他今天令我刮目相看了。"

周蓉说："他也挺喜欢看书的，这倒是一个事实。"

原来蔡晓光听到了卖冰棍的老妪的叫卖声，出去买回了十几支冰棍，还都是奶油的。

周蓉接过冰棍后，吩咐弟弟也给在小院里的母亲送一支——每当孩子们在屋里读书、交谈，周母便找点儿活到小院里去做，就像早年间做地下工作者的儿女和同志们秘密开会，当娘的在院门口放风。周母知道自家的儿女在和别人家的儿女读禁书，却从不反对。如果说有些书是对青年人有害的，这她信。但将全中国的书几乎都禁了，烧了，都说成是"封资修"的，她就不信了，因为连她这位文盲母亲的常识也违背了。何况，自己的儿子女儿自己了解，那是绝不会把坏书当好书读，还与别人家的好儿女一块儿讨论的。既上不成学了，也没工作可找，再不许他们读书，还不将些好孩子闲出病来呀？当妈的总不能跟着社会走，把自己的儿女逼到整天造反的道上去吧？

所以她从不反对。

蔡晓光说，他进院时已给周母一支了。

秉义接过冰棍后对周蓉说："别让晓光走啊，留下一块儿吃饭。"

周蓉说："你要想留他吃饭，那就自己对他说，干吗下指示似的让我留住他？至于他留不留下，那是由你和他的关系决定的，与我何干？"

她说罢，吮着冰棍也到小院里去了。

秉义皱皱眉，批评道："阴阳怪气。"

他只得看着蔡晓光说:"听我的,留下吃饭。"

蔡晓光笑着点头。

周母拿着冰棍进屋了,也说:"这个小蓉,有时候就是阴阳怪气的,晓光你别和她一般见识啊!"

蔡晓光说:"大娘,我怎么会呢?"

周母又对秉义说:"你是当哥的,该训她的时候,那就得替爸妈板起脸来训她,只是背后表示不满不行。"

秉义说:"我才不,她会记我仇的。"

周蓉在外边听到了,大声说:"哥,这点儿明智可要永远保持啊!"

周母只得自己朝外边训了一句:"小蓉你有点儿样啊!别忘了你是当姐的,也是大姑娘了,给你弟做的什么榜样?就不怕你冬梅姐笑话你吗?"

郝冬梅赶紧大声说:"我不笑话她。大娘啊,她是成心调节气氛呢!"——她主要是说给周蓉听的。

周母更加认真了,也大声说:"冬梅你用不着替她分辩!屋里气氛怎么了?有什么不对劲儿的,需要她那么阴阳怪气地来调节?"

周秉昆冷不丁说了一句:"十个美人儿,九个是性格古怪的!"

他的话音刚落,周蓉冲入屋里,嚷嚷道:"你个没大没小的昆子,看我今天不把你的舌头系成死扣!"她边嚷嚷,边举手朝弟弟打去。

周秉昆慌得将冰棍也掉了,从他妈背后躲到冬梅背后又躲到蔡晓光背后。

除了姐弟俩,大家都乐了。

吃晚饭时,不知谁引的话题,这些青年又谈论起了《叶尔绍夫兄弟》。秉昆实在按捺不住表达看法参与讨论的冲动,幽幽地说:"老三谢尔盖是值得同情的!"

第三章

一语方出,哥哥姐姐们一齐将目光注视在他脸上,像听到哑巴说话了似的,每个人的表情都是那么惊讶。

那时周母串门去了,也不是寻常的串门,街上有户人家婆媳吵架了,她去劝劝。她是街道组长,那类事能带给她别人无法体会到的愉快,就像用指甲花汁染指甲能带给少女们愉快一样。

秉昆既已开口,索性竹筒倒豆子,将久闷在内心的观点一股脑儿倾吐出来。有一次郝冬梅在他家读《叶尔绍夫兄弟》,他躺在床上装睡,听到了几段。

他像要与谁争吵,脸红脖子粗地又说:"没有哪一个士兵是甘愿当俘虏的!他受伤了,失去了战斗能力,因而成了俘虏,这能怪他吗?能算是种罪过吗?哥哥嫂子们都不理他了,连与他相爱的姑娘也对他无比冷漠,这对他公平吗?"

郝冬梅将另外三人环视了一番,垂下目光若有所思地说:"从今往后,我对小弟也将刮目相看了。"

周蓉拍了弟弟后脑勺一下:"以后不许偷听啊!要听我们也不限制你,但那就要像今天一样,规规矩矩地坐在一旁听。"

她那一拍,又拍出了弟弟一句话:"斯大林的儿子还成了俘虏呢!"

哥哥姐姐们的表情全都更加惊讶了。

周蓉严肃地问:"老实交代,听什么人说的?"

秉昆犹豫。

周蓉用筷子打了他的头一下,"别装哑巴,说!"

秉昆小声说:"那天妈让我替你送送晓光哥,他路上跟我说的。"

周秉义与郝冬梅对视一眼,都暗松了一口气。

蔡晓光平静地说:"是我跟他说的,但我说的并不是谣言啊!"

周蓉打断道:"别解释了。希望你能记住,我弟弟头脑简单,爱认死理，以后别什么话都跟他说。"

秉义忽然微笑了，对周蓉说："你也不必把气氛搞得这么严肃，多大点儿事嘛！"

他起身走到弟弟背后，搂着弟弟说："哥哥姐姐们读了些什么书，谈了些什么看法，别对外人讲啊！"

秉昆说："我明白。"

郝冬梅对周蓉说："我认为小弟的头脑并不像你想的那么简单。"

蔡晓光紧接着说："我也这么认为。"

大家就都笑了。

秉昆却快哭了，他觉得自尊心受到了严重伤害。

哥哥下乡不久后的一天中午，一位街道干部来到周家，当时秉昆和母亲、姐姐刚吃完饭，还没收拾桌子。

姐弟俩都礼貌地起身让座，亲昵地称对方"婶儿"。周母与那位婶儿熟稔，关系处得很好。

婶儿坐下后，看着周蓉和秉昆说："当着她姐弟俩，我话到嘴边还不好讲了呢！"

周蓉是冰雪聪明的人儿，婶儿一进门，她便猜到了婶儿光临的目的。

不待母亲开口，她已微笑着问："婶儿是来动员我姐弟俩也下乡的吧？"

婶儿两手一拍，夸道："哎呀你个周蓉，料事如神啊！"

秉昆抢话道："可我哥不是下乡了吗？"

周母说："既然事关你俩，那你俩就坐旁边，听你们婶儿怎么说。"

婶儿说："我要说的事它是这样的，上级政策很明确，也不是咱们省市一级，而是北京那边中央一级那种上级的规定——多子女家庭，只能有一个留城的，其他属于'上山下乡'对象的子女，早晚都得走'上山下乡'这条革命青年的必由之路。所以呢，早走比晚走好，早走不是就早革命了吗？……"

不待她说完，周蓉爽快且无所谓地说："婶儿，打住。你已经说得够明白了，我现在就当你的面表态，我和我弟俩，我走。"

秉昆也大声说："我姐留城，我走！"

周母心烦意乱地说："你俩争什么争啊？我还没表态呢，我这个妈是什么态度就一点儿不重要了吗？"

"是呀是呀，你俩先别争。这么重大的事，搁谁家都是当妈的意见很重要！你俩究竟谁走、谁留城，娘儿仨好好商量商量，过几天给我个准话儿。我呢，还得到前趟街去继续动员，就不多待了。"婶儿是很识相的人，见机行事地边说边站了起来。

周蓉紧跟了一句："我走啊，就算定下了。"

"行，行，你说定下了那就定下了吧。唉，谁愿意做这种背后挨骂的工作啊！"婶儿说此话时，一只脚已在门外。

母亲流泪了，看看女儿，看看小儿子，却说："她也确实是没法子。"

周蓉瞪着弟弟说："你是老疙瘩，我是当姐的，必须我走。"

秉昆赌气说："你是女的，我是男的。女的留在妈身边，我男的走！反正妈对我这个老疙瘩也不怎么重视。"

"我哪点上不重视你了？"母亲搂抱住小儿子哭了。

周蓉笑道："妈，我认为你表态了啊！"

秉昆恼道："我要天天看住你，让你想走也走不成！"

母亲虽然一句明确表态的话也没说，但下午便已配合女儿拆洗起被褥来，还给了女儿二十元钱，意思是让她买些自己需要的东西。

晚上，睡在外间屋的老疙瘩听到睡在里间屋的母亲和姐姐说悄悄话。

母亲说："妈当然也舍不得你走。可是呢，你弟他哪方面都不如你和你哥，他从小就缺心眼儿，也不懂人情世故，一根筋，他走妈不放心啊！"

姐说："妈，我走我没不好的情绪。全国统一的政策，别人家也都是只留一个，咱家有什么资格例外呢？何况我自己也想走，二十多岁的一个大姑娘，整天在家里晃进晃出的，早晚会被笑话。趁现在还没人笑话，何不主动点儿一走了之呢？至于我弟，有的男孩子就是立事晚。他立事晚是有原因的，别说在妈面前了，就是在我和我哥眼里，也总是把他当成个长不大的孩子。凡大小事，家里从没人征求他的意见，就是他发表了几句看法，咱们也从不认真对待，渐渐的他可不就那样了呗。"

老疙瘩本想大吼一句——"我哪样了？"却没喊成。哥已经走了，姐即将走了，郝冬梅和蔡晓光肯定也不会到家里来了。他有些惶惶不安，害怕自己不适应以后的孤独。

姐又说："妈你放心，小昆毕竟是个好孩子，就是不太聪明而已。哪天忽然立事了，兴许还能聪明起来的。"

老疙瘩的自尊心又受到了严重伤害，不知不觉流泪了。

母亲说："蓉啊，妈希望你别去兵团了，在城市周边的哪个农村就近插队得啦。兵团挣工资这一点虽好，可离家远啊，而且两年一次探亲假，有军队那种纪律约束着，不是谁想回家就能回家的。就近插队，你随时可以回家，也省得妈牵挂了。"

姐说："行，我听妈的。"

母亲说："你这一走，你和晓光的关系不就吹了？"

姐说："不一定，从长计议吧。"

母亲叹道："姑娘家，好年华就那么几年，你不懂？"

在里间屋，母亲也流泪了。周蓉轻轻握住母亲的手，用细小的声音说：

"妈,你别操那么多心了,好人生比好年华更重要。"

自那日后,周蓉白天基本不着家了,开始向小学、初中和高中的老师同学们告别。她一向人缘好,特念旧情,与她成为"死党"的同学多,教过或没教过她的老师全都欣赏她,喜欢她。母亲和弟弟明白这一点,也就不疑不问,随她早出晚归。

一日她回来得早,带回了两张票,说是省市歌舞团为纪念什么"最高指示"发表几周年联合演出的票,一般人搞不到的,让弟弟第二天上午陪母亲去看。

母亲说没心情去看,秉昆却很想去看。姐弟俩你一句我一句地劝,母亲便同意去看了。

第二天下午母亲与秉昆回到家里,周蓉没在家。这本身并不奇怪。当母亲发现属于女儿的一切东西都不见了,而弟弟发现了姐姐插在镜框缝隙的信封时,母子二人都意识到情况太不正常了。

在母亲惴惴不安的催促之下,秉昆赶紧从信封里抽出仅一页纸的留信读给母亲听。

周蓉信上的字不多,就几行,却写得很美观,一如她向来的字体那么秀丽,证明她写时心情一点儿也不乱,是极平静的。她首先请母亲和弟弟原谅她不告而别,接着声明她当然是下乡去了,并且是听从母亲的话插队去了。只不过不是在A市的近郊,而是到很远很远的外省插队去了,有蔡晓光送她上火车,所以会走得很顺。至于自己为什么非要到外省的农村去插队,其中自有原因,希望无论母亲还是弟弟,都不必去询问街道干部们。问也白问,他们并不清楚,但晓光清楚,三天后他会到家里来替她向母亲和弟弟解释的。最后一行字是写给弟弟的,要求他多替哥哥姐姐尽孝心,照顾好母亲。

"完了?"

"完了。"

"就这么一页纸？"

"一页纸还没写满。"

秉昆回答母亲的话时，心中多少有点儿对姐姐进行了种报复的快感，谁叫她对他这个弟弟的评价那么差呢！"不聪明而已！"——还"而已"——她当姐的有什么资格那么评价他这个弟弟呢？就你这个姐姐聪明是吧？可你这个聪明的大美人儿做的这又是什么事呢？见母亲张大嘴呆住了，他双手捏着信纸的上角让母亲看，并说："我没骗你吧？"

"她……她怎么还敢写着是听从我的话！"

母亲将信纸一把抢过去，结果信纸的两个上角留在了小儿子秉昆指间。他四指一分，两小片纸像白蝴蝶翅膀似的打着旋飘落地上。

"捡起来！"母亲命令式地喊道，迁怒于他。

"有必要吗？"他才不愿代姐姐成为受气包呢，仍想将母亲的怒火引到姐姐身上，指着信说："这行，你看着妈，我一个字一个字念给你听。'并、且、是、听、从、母、亲、的、话'，一共九个字，我可没多念一个字，也没少念一个字！"

"她这是要活活把妈气死呀！"

母亲情绪失控了，放声大哭。

秉昆这才慌了，终于觉得大事不妙，"妈你小声点儿，让外人听到了多不好，还以为是我在惹你生气呢！"

椅子一斜，母亲连人带椅子倒在地上了。她坐在地上，直直地伸着双腿，响亮的哭声收敛成了竭力抑制的呜咽。

无论母亲还是秉昆，都没去向街道干部询问什么。

母亲跟自己较劲儿，她对秉昆说："我才不去问，也不许你去问！她既然说三天后蔡晓光会来替她讲明白原因，那咱们就等！"

第三章

夜里，秉昆听到母亲在里间屋不断地唉声叹气。

早上母亲双眼红肿。

第三天早上，母亲的腮明显地塌下去了，梳头时满地落发。

秉昆不禁心疼地问："妈，要不我今天就将晓光哥找来？"

母亲冷冷地说："不许。过了三天他不来，那也别去找。妈想开了，儿女大了不由娘，全当我根本没有你姐这么个女儿好了。"

她的话听来特别的寒心，证明她半点儿都没想开。

秉昆没听他妈的，自作主张地去找蔡晓光。蔡晓光已不在学校革委会，分配到拖拉机制造厂了。秉昆转而找到厂里，几经周折才见到了蔡晓光。蔡晓光听了秉昆的话，不敢拖延，请了半天假，跟秉昆一块儿匆匆而去。路上，秉昆问晓光，自己的姐姐究竟为什么要到外省的农村去插队。晓光说："到了你家，讲给你母亲听了，你不是也就一切都明白了？不是几句话讲得清楚的，你路上就别多问了。"

拖拉机制造厂在共乐区内，离光字片不远。二人走得快，十几分钟后就到了周家。

当着晓光的面，周母不愿让小儿子下不来台，一句训责的话没说，强打起精神给晓光倒了杯热水。

三人刚一坐定，她便迫不及待地问："周蓉究竟到哪个省去了？"

晓光小声说："贵州。"

"贵州？"周母的身子摇晃了一下。

秉昆立刻起身站到母亲旁边，以防万一。

母亲尽量以平静如常的口吻问："为什么？"

蔡晓光也尽量以平静的口吻回答："她爱的人在那里。"

"她爱的人？……你俩不是在恋爱来着吗？"

母亲的双眼瞪大了。母亲年轻时也是好看的女人，就是眼睛小了点儿。秉昆从没见过母亲的眼睛瞪得那么大。

蔡晓光摇头苦笑说："我当然是很爱她的，但她只不过拿我当朋友，当她最信赖的朋友。"

母亲张张嘴，就那么张着嘴呆住了。

按蔡晓光的说法，周蓉初二时开始与北京一位诗人通信。通了一年信后，对方才在信中告诉她，自己曾是"右派"，但已摘帽了，还允许继续发表诗歌，所以她才能从报刊上发现他用笔名发表的一些诗。他表示要与她中断通信关系，但对于她已经不可能了，因为她明白自己千真万确地爱上了他……

秉昆也像母亲那样，尽量以平静的口吻问："等等，你没讲清楚，我姐爱的主要是他的诗吧？"

蔡晓光扭头看他一眼，垂下目光寻思着说："有时两者能分开，有时两者根本分不开，这你懂的。"

秉昆大声说："我不懂！"

蔡晓光表情异常庄重地说："反正我懂。"

母亲提高了声音说："别打岔，听他继续讲。"

蔡晓光就继续讲道："那位北京诗人单方面中断了与周蓉的通信，而她在写给他的一封信中发誓，自己一定要考到北京的大学去，从此与他相伴在一起。寄出那封信后，她也几乎没再给他写过信，改寄明信片了。'文革'开始不久，她十分清楚地知道自己不可能考到北京的大学了，便亲自去了一次北京……"

母亲问："周蓉见着他了？"

蔡晓光回答："我想是没有。"

母亲说:"晓光啊,大娘问的不是你怎么想的,而是周蓉她怎么告诉你的。事情都到了这种地步了,孩子,大娘求你,一定要对大娘说实话啊!"

母亲那么说时,眼里已是满眶泪水。

蔡晓光难以对视母亲泪光闪闪的目光,又低下头,内疚地说:"大娘,我没往细里问过她,但是,从她对我说的前前后后的话中,我分析她是没见着他的。"

年轻的工人撒谎了,他不忍告诉周母实情,只有撒谎。

真相乃是——周蓉不但见着了那让她梦魂牵绕、心灵上已合二为一的人(起码她自己觉得合二为一了),还同时看到自己写给他的许多封信以及更多的明信片,按时间顺序贴在揭发批判他的大字报旁——大字报的题目是"看右派诗人是如何引诱工人阶级的女儿的",而这意味着他又多了一桩罪行,同样是政治性质的罪行。大字报的内容向人们昭告,曾经的摘帽"右派"政治思想上始终还是不可救药的"右派",当年给他摘帽,是无产阶级专政的一次深刻教训。深刻就深刻在——树欲静而风不止,"右派分子"等一切形形色色的敌人,绝不会因为无产阶级的心慈手软而改变反动的立场。至于他的诗,统统被斥为"可耻的伪装,两面派的伎俩"。

她见着他的情形毫无诗意。

他正被批斗。

在亢奋的口号声浪和令人头晕目眩的气氛下,他偶一抬头,居然鬼使神差地发现了她在人群中的存在。此前二人虽未相见过,但彼此都有对方的小照。

他一发现她,他的头便不再低下,被一双双手一次次使劲儿往下按也不肯驯服地低下。

结果他被抽了几皮带,一记抽在额角,顿时血流如注。

"晓光啊,你想不想告诉大娘,既然我们周蓉她……那你和她……还经常在一起……她的事你又不是不知道……你是何苦的啊你?……"

母亲缓缓淌下的两行泪,已被她转身擦去了。

蔡晓光说:"大娘,我承认我是周蓉的追求者。但是,自从她告诉了我她和那位诗人的关系,我就决定只做她忠实的朋友了。我觉得,她太需要我这样一个朋友了。因为我俩给别的追求者的印象是恋爱关系,别的追求者就不至于对她纠缠不休了,这会让她减少许多不快。"

"孩子,你叫大娘怎么说你好啊!"

母亲眼里又淌下泪来,她的话中既有对蔡晓光的心疼,也有几分对他的怨恨。

蔡晓光终于勇敢地迎着母亲的目光了,他高傲地说:"大娘,我为周蓉那么做,特别地心甘情愿。如果她是露茜,我也会无怨无悔地要求自己是卡顿。"

母亲又问:"露茜是谁,怎么又出了个卡顿?"

蔡晓光就看秉昆,那意思是——你应该知道的,你对你妈解释。

秉昆没好气地说:"别看我,我没听说过他俩!"

母亲把目光从小儿子脸上收回,望着蔡晓光,叹道:"我也不管那两个是谁了,大娘心里塞不下那么多杂人愁事了。我只再问你一个问题——那个……那个写诗的男人,他多大岁数了?"

蔡晓光说:"比周蓉大是大些,但也并非大得多么离谱。"

母亲追问:"实话告诉大娘,他究竟多大岁数?"

秉昆说:"妈你就别追问了!问得傻不傻啊?五七年都打成'右派'

的一个诗人，怎么说也得二十多岁了吧？今年都六八年了，又过去十多年了，你自己算吧！"

听了小儿子的话，母亲的嘴又半张着合不拢了。

蔡晓光就又低下头去。

秉昆看看母亲，看看蔡晓光，不知对人还是对事骂了一句："他妈的！"

母亲终于能再说出话来了。

她说："秉昆，替妈送送你晓光哥。"

蔡晓光站起，低头朝门口走。

母亲又说："晓光，你以后不要再登我们周家的门了。再见到你，大娘不知究竟该如何对待你了。"

蔡晓光站在门口听完母亲的话，小声说："大娘，我记住了。"

蔡晓光已经走出去了，秉昆却仍坐着未动。他认为蔡晓光毕竟很无辜，不仅同情他，内心里还产生了一种说不清道不明的好感，甚至也可以说那是一种不能确定值不值得的敬意。

他不是不愿送，是深陷到关于姐姐，也是关于他们这个家的突发事件里难以自拔。

母亲缓缓扭头看着他说："没听到我对你说的话啊？"

他这才如梦初醒地追出门去。

路上，他问蔡晓光，为什么姐姐常常冷言冷语地对待他，而他却无怨无悔？

蔡晓光说，那是他和周蓉演戏给他们周家人看的，为的正是有一天需要他替她向家人进行解释时，周家人不至于将他看成一个受害者，感到周家对不起他。

"那么一来，你们周家人的精神压力不就是双重的了吗？现在，我仿佛成了你姐的一个同谋，而不是一个受害者，所以你们周家的人谁也不必对我有什么负疚心理。这样挺好，符合预期。"

蔡晓光说得轻描淡写，如释重负。

秉昆问："你俩，你和我姐那么演戏，是你的主意，还是我姐的主意？"

蔡晓光说："是我要求你姐必须那么做的。"

听了他的话，秉昆心里好受了些。如果蔡晓光说"是你姐的主意"，他想姐姐就有些卑鄙了。

他又问："现在你告诉我，露茜和卡顿是什么人？"

蔡晓光说："你哥哥姐姐看的那些书，想必一本也没敢带走，全藏在家里，其中肯定有一本是《双城记》。回去自己找出来，读了就知道了。"

蔡晓光说完，拔腿便跑。

周秉昆回到家里，见母亲居然还呆坐着。

母亲说："你再坐下。"

秉昆乖乖坐下了。

母亲问："现在，你对你姐怎么看？"

秉昆说："妈，我不想说。"

母亲说："不想说也得说，必须说。"

秉昆吞吞吐吐地说："我姐……她爱上了什么人我不好评论，可她的做法确实是不对的。"

母亲说："岂止不对，简直就是大逆不道！她眼里哪儿还有我这个妈？她等于是搬起一扇大磨盘压在了我心上！你爸只身在外，那么放心地把教育你们三个儿女的责任交给了我。他还当面表扬过我，夸我教育有方，对这个家劳苦功高……等你爸探家回来了，让妈怎么向你爸交代？就是只想到这一点，妈连死的心都有了！"

秉昆跪下了。

他哀哀地说:"妈,你可千万别死。我还没工作呢,你死了我怎么办啊!"

母子俩抱头而泣。

母亲叮嘱他,外人如果问起他姐姐来,就说到贵州投奔父亲去了。

第四章

大风从周家房顶扫过,雪粉落了周秉昆一身,也落了些在后衣领内,他不禁打了个哆嗦。

周秉昆那日第一次"享受"到由单位的车直接送到家门口的优待——尽管只不过是辆旧的小卡车,一路昏昏沉沉的,半点儿都没有"享受"之感。

老工人师傅问他:"小周,没大事儿吧?要觉得确实不对劲儿,那咱们去医院。"

他已跳下了车,眼睛半睁半闭地站在家门前,挥挥手说:"没事儿,你们快走吧,我是因为早上没吃东西……"

他为自己昏倒而感到羞耻,本能地予以遮掩。

另一位师傅说:"我猜也是,难怪呢。"

他们便都没下车。那么冷的天,挨了两个多小时的冻,谁都想赶快回到厂里找地方暖和暖和身子。

"秉昆,发什么呆呢?"

他一抬头,见是同住一条街的乔春燕。周家住街头,乔家住街尾。乔春燕的两个姐姐也都到黑龙江生产建设兵团去了,她本以为凭这一点自己有资格分配到不错的工作,成为什么国企的工人呢。她的愿望也不算多么高，能穿上亚麻厂的工作服就心满意足了。亚麻厂在共乐区，她是共乐区的待分配青年，她和父母便以为不必送礼求人走后门。然而，他们都大错特错了，等到春燕被通知分配到了共乐区与邻区交界处的一家公共浴池，这才悔之晚矣。她要跟一位老师傅学修脚，以便将来接那位老师傅的班。泡罢澡接着要修脚的全是大老爷们儿，她闹心极了，死也不肯从事那么一种职业。但死也不是办法呀！死又能威胁到什么人呢？还会落个拒不服从工作分配之名，所以，父母相陪着懊恼了几天，也就只有一起低头认命了。

春燕与秉昆不仅是小学同学，还是中学同学。虽然住一条街上，但从小学到中学秉昆与她的关系一直淡淡的，甚至没结伴上学或放学回家过。一者秉昆是不喜欢与女生交往的男生，二者因为春燕并非是对男生有吸引力的女生。她的身材未免太茁壮了，性格也大大咧咧的，属于假小子类型。

不过那是一九六八年的春燕，到了一九七二年，正所谓女大十八变，参加工作后的春燕不仅身材变了（尽管并没变得多么苗条，却起码变出了女性的腰形），连脸盘看上去也不似满月那么圆，显出点儿尖下颏了。总之，细端详，有几分女性特有的妩媚了。

那日春燕头戴白毛线织的贝雷帽，围鲜红的长围巾，穿件过膝的灰呢大衣，下边是双锃亮的高勒靴子——看上去挺摩登的。

秉昆好久没见过她了，一时有判若两人之感。

春燕大声问："聋了？傻呆呆地瞪着我干什么呀？没听到我跟你打招呼呀？"

秉昆红了脸说："厂里的车刚从江边把我送回来，正要进屋。"

春燕就走到周家小院外，隔着矮板障子问："你们木材厂去人了？"

秉昆点头。

"街道也通知我去接受接受教育，说只要我去，可以替我要求单位多批我两天假，但前提是接受一下记者采访。我才不去呢！就因为我跟杀人犯住在前后街，从小互相看着一天天长大，我就应该去接受那么一种教育啊？不接受教育，我也绝不会像涂志强那样往歪路上走哇！你信不信？信不信？"

春燕一边问，一边用垂在胸前的长围巾的编穗儿抚秉昆的脸。

秉昆说："我信。"

春燕一向说话很跳跃，中学同学因而给她起了个绰号叫"袋鼠"。

她问："我怎么样？"

秉昆佩服地说："你从来都不愿任人摆布，不像我，明明自己觉得心里别扭的事，别人的态度一硬，我就只有服从了。"

春燕说："我问的是我现在的样子！还像袋鼠吗？"

她一手仍抓着长围巾下摆，举着，模特儿似的摆了个自认为优美的姿势，接着转了个圈。

秉昆装出欣赏的样子说："不像了，早不像了，你变得比中学那会儿漂亮多了。"

春燕似乎有种与秉昆老友重逢般的感觉，没完没了地说："这下咱们这条小脏街可因为涂志强出大名了！说心里话，他被处决了，我心里还挺难受的。"

秉昆也正希望与人说说话，以冲淡自己在处决现场受到的刺激。他叹道："我也是。我做噩梦都梦不到，和我住前后小街上，从小相看着长大，小学同班，中学同校，参加工作了在一个厂里，而且整天是劳动搭档的人，忽然一天成了杀人犯……太想不到了！但杀人了那就得偿命啊，即使咱们是法官，也得判他死刑，是不是？"

春燕深有同感地说："那是。就在他犯案的前几天，我还为他服务过！他和一小个子又瘸条腿的男人一块儿修脚。那天我师傅不在，我独自当班。他没想到是我，不好意思，脸红得像红萝卜皮似的。我倒没什么不好意思的，害羞劲儿早过去了。他称那瘸子大哥，他那大哥特绅士，不像某些浑蛋男人，成心似的，光着身子只围条浴巾就到我跟前了，他俩可是都穿着我们那儿发的短裤背心去的。他那大哥彬彬有礼地说：'姑娘，给您添麻烦了啊。'之后不忘说句：'姑娘，多谢了啊。'强子陪在边上吸烟，他那大哥说：'别让人家姑娘吸二手烟，掐了。'看得出他对那大哥可尊敬了，赶紧就掐了。为他俩修完脚，那大哥朝他递了个眼色，他就给了我十元钱，两张五元的。我当然不收，强子小声说：'就当是你哥给你的。'我说：'去你的！我没哥，你又不是不知道。'他说：'当然知道了，但你就不想有个哥吗？想有的话，就当我是你哥。'那时他那大哥已到修脚部外等着去了，他朝门外瞥一眼，小声又说：'有了我这个哥，保证全市没谁敢欺负你了。'其实我心里是乐意收的，十元钱差不多等于我十天的工资呢！他既然非要给我，我也就大大方方地收下了。你说这算什么事儿，我收下过一个被枪决了的杀人犯给的小费！解放后早就不许来那套了呀……"

春燕眼泪汪汪的，想到自己所说之事，她的心情分明很复杂。

秉昆一时不知说什么好，家门忽然开了，母亲吃力地拎着几乎满桶的泔水迈了出来。自从家里发生女儿那件事，由于经常伤心流泪，她的眼睛患了角膜炎，再一遇到着急上火的事儿就会复发，视力已大不如前。

秉昆急忙接过泔水桶，对母亲说："妈，你别管了，我倒。"

母亲小声问："那姑娘是谁？怎么不请人家进屋说话？"

春燕说："大娘，是我呀，老乔家三姑娘。"

母亲定睛看着她，微笑道："认出来了，是春燕呀，穿得这么体面，提前过春节似的，去相亲啊？"

春燕笑道："不是的，大娘，我去我三姨家串门儿。我两个姐姐在兵团都挣工资，养活自己不成问题，逢年过节还都往家里寄点儿。我爸的工资只养活他和我妈老两口，每月能存个十元八元的。我呢，终于出徒了，算上奖金，不比秉昆他们当工人挣得少，我干吗不在自己的衣着上多花点儿钱，把自己打扮得漂亮点儿啊？大娘，我的想法对不？"

母亲说："对，对，怎么不对呢！"

她走近矮板障子，端详着春燕的脸又说："春燕你越变越俊了，就你这模样，不用化妆，眉心点颗痣，在哪儿盘腿一坐，像活观音。"

秉昆听出，母亲说的完全是一番奉承的话，不由得嘟哝了一句："有穿双靴子的观音吗？"

母亲不悦地说："你别挑我的话。"

春燕却被奉承得大为高兴，眉开眼笑地对秉昆说："就是！观音她要想化身于民间，那还不是爱怎么穿就怎么穿呀？你把泔水桶拎院外来，我得回家了，帮你拎到下水道那儿去。"

秉昆说："不用，别弄脏了你的靴子和衣服。"

母亲也说："春燕你快回家吧，我和他去倒。"

春燕说："天冷，大娘你进屋吧。你穿得少，别感冒了，我和秉昆抬着。"

她说时，已看中了板障子间的一根木棍，动手便拔。

秉昆急说："哎，你别……"

春燕却已将木棍拔起了，她说："你家板障子反正也该修了，秉昆你开春上心修修啊！你留城就有责任把家里这类活儿全干好。大娘，我说的也对吧？"

母亲连说："对，对，你把大娘要跟他说的话替大娘说了。"

于是，春燕高高兴兴地与秉昆抬起了满桶泔水。

整条街上只有一处倒污水的下水道口，像往年一样，周围结了厚厚的五颜六色的冰。哪种颜色都不正,一层覆盖一层,冻着米饭粒、咸菜条、萝卜皮、白菜帮什么的。虽然五颜六色,看上去却绝不美丽,比单一颜色更令人作呕。当年的任何衣服都掉色,哪户人家一冬季都得洗几次衣服。

泔水桶放在冰上后,秉昆有点儿不知如何是好——下水道口已被冻严了。

春燕问:"你又发什么呆呀?"

秉昆说:"也没处往下流啊,不跟随便一倒一回事吗?"

春燕说:"你没冬天倒过泔水啊?从来就是这样的!"

她抬起只脚,脚尖轻轻往桶上一点,泔水桶滑倒了。

在周家,秉昆确实还从没倒过泔水。哥哥姐姐在家时,他们争着倒。他们离家不久,自己开始上班了,每天早出晚归,没想到过自己应该为家里倒泔水。

他望着一桶泔水在肮脏的冰上缓缓流淌、边流边冻住的情形,内心产生一种大惭愧。母亲已经害下严重的眼病,万一再因为倒泔水滑倒摔伤,家中又只剩下自己一个人,那该怎么办呢?

他不敢想下去,望着春燕自言自语:"我不是个好儿子,但我一定要学着做个好儿子。"

春燕白了他一眼,讥讽道:"别以为你妈奉承我的话,我听不出来,我真有那么傻吗?全光字片的人家,有几户不夸你们周家的儿女好的?你哥一表人才,是重点中学尖子生。你姐是大美人儿,也是重点中学的尖子生。你虽然长得一般,学习也一般,跟我一样上的是破垃圾中学,但打小就是乖小孩儿,从不调皮捣蛋。哎,你是不是没从我这儿也听到几句奉承话,就觉得亏了呀?"

秉昆呆呆地看着,变哑巴了。他嘴笨,别人一讥刺他或顶他几句,往往就无话可说。有时，在外边被别人挤对了，回到家里也会发闷几小时。

春燕从兜里掏出澡票递给他："好久不见了，给你两张澡票作为见面礼。"

他接过后看着说："不是两张，是三张。"

春燕说："那就三张都给你吧。我爸妈洗澡不需要澡票，只要是去我上班那儿，一说是我爸妈，谁把门儿都得客客气气地往里请。我师傅快退了，现在招不上修脚这一行的学徒来，我成了他目前唯一的高徒，关门弟子。我要不干了，去那儿洗澡的人准少一半儿。我一闹情绪，连我们领导都让几分，我成了那儿的香饽饽了。咱姐们儿每天全心全意为人民修脚，凡是热爱人民的人，就得发自内心地敬着我！"

春燕感觉良好，自我吹捧了一番。

秉昆闷头闷脑地说："春燕，我也是热爱人民的人啊，真的，所以我也发自内心地敬着你。"

春燕被他的话逗得扑哧笑了，豪迈地说："秉昆，那什么，三张澡票你可以全送人的。只要是到我们那儿去洗澡，你也根本不必用澡票。你提一下我的名字就行，说你是我表哥。快春节了，哪天你陪大娘一起去吧！"

秉昆回到家里，见母亲在用报纸糊墙。

他提醒道："妈，你可得小心点儿，别把有毛主席头像的糊倒了。"

母亲说："我知道自己视力差了，可注意呢，你看那样行不？"

秉昆顺母亲手指看去，见火炕里边那面墙二尺以上的地方，报与报互相压住半边，这就使主席头像与头像之间的距离近了，一横溜儿二十几个头像排列还怪齐的。

第四章

母亲问:"那么糊没什么问题吧?"

秉昆说:"应该没什么问题。"

母亲又问:"没糊歪吧?"

秉昆说:"不歪。"

"挺好看的是不?"

"挺好看的。"

"妈给你煮了个荷包蛋,热在锅里呢,还有个两掺面馒头,吃了快去上下午班吧。"

"妈,我有点儿头疼,下午不去了。"

"预先没请假,不去行?"

"行。"

"妈去你们厂替你请假吧?"

"没那必要。大冷的天,吃饱了撑的啊!"

"要不你把你们厂办公室的电话告诉妈,妈到派出所去,用他们那儿的电话替你请假,妈跟他们都挺熟的。"

"更没那必要了。妈,你该干什么干什么,别把我半天没上班没请假当回事儿,根本就算不上是件事儿。"

秉昆将母亲为他热在锅里的午饭吃得一干二净,蹬掉鞋上了炕,脱去棉袄棉裤盖上被子倒头便睡,居然酣睡了两个多小时。全市多数人家都买不到好煤,一个冬天不暖和,周家也不例外。少数有暖气的干部家,因为锅炉有好煤保障着,才一如既往温暖如春。幸而母亲一直将火炕烧得挺热乎,秉昆竟睡出了汗。哥哥姐姐在家时,哥哥与秉昆睡外屋,姐姐和母亲睡里屋。哥哥和姐姐如今都远走高飞,为了省煤,冬季外屋的火炕就不烧了,秉昆便睡到里屋,为的也是每晚能躺在炕上陪母亲说说话。

"上山下乡"这一场运动，对于 A 市大多数老百姓的影响，与对全国其他城市老百姓的影响不太一样。A 市老百姓的儿女去往兵团和农场的占多数，而他们是挣工资的。三十二元是工厂里一级工的月工资。如果一户人家有两个去往兵团或农场的子女，每人每月往家里寄十元钱，那户人家的生活也会大大改善。少了两个人的吃穿费用，每月多了二十元钱，就少了以往一分钱恨不得掰成两半花的拮据。春燕家如此，秉昆家也是这样。他一领了工资，留下几元零花钱，其余全都交给母亲。母亲也花不着他的钱，替他存着。母亲还让他写信告诉父亲，千万不必为了每月往家里多寄点儿，省衣节食地亏待自己。父亲呢，每月也就少往家里寄十元，自己那边也有余钱可攒了。

　　晚上，待母亲也躺下，关了灯，秉昆睡不着了。

　　黑暗中，母亲问："后天是星期日吧？"

　　他说："对。"

　　母亲说："那你想着，星期日给你姐寄二十元钱去。"

　　他说："记住了。"

　　母亲沉默片刻，又说："她毕竟是妈身上掉下的肉，妈说不想她不惦记她，那是自己骗自己呀，儿子。"

　　他说："妈，我明白。"

　　母亲说："你放心，妈不会动你的钱，你挣的钱永远是你的。妈每年春节前寄给你姐的，是从你爸寄回家的钱中省下的。"

　　他说："妈，你根本没必要分得这么清。什么我挣的我爸寄回家的，我听了心里别扭。我挣的钱你可以随便花，想给我姐寄多少我都没意见。她是我亲姐，我也想她惦记她啊，只不过不说罢了。"

　　母亲说："妈也明白。"

第四章

母亲哽咽了。

一九六八年秋,周蓉以母亲和弟弟难以接受的方式离家远去,四年多没回过一次家。不知她是怎么想的,也不知她过着怎样的生活。她写给家里的信有的很短,有的挺长。短信分明就是为了报个平安,对母亲和弟弟的意义类似于平安电报。而长信,又只不过写些贵州山区的风花雪月、民俗村习,像是见闻式散文的"投稿",毫无家信的意义可言。

每当秉昆念"投稿"般的家信时,母亲会不耐烦地打断他,问:"像上封一样的内容?"

秉昆只有如实回答:"对。"

母亲往往还要问一句:"一点儿别的内容都没有?"

如果秉昆回答"对",那么母亲便会说:"别念了,好好收起来吧。"

之后,母亲就走到外屋,甚至走到小院去无声而泣。

结果,母亲的眼病就又犯了。

去年,姐姐来信说她已经与自己所爱的人结婚了,却连他俩的结婚照也没随信寄回一张。收到那封让母亲和弟弟内心纠结的信不久,周志刚回来探家了。回到家里的第三天,母亲鼓足勇气将姐姐的事告诉了他,结果脾气一向很好、被公认特别扛得住事的周志刚勃然大怒,不但斥责母亲没尽好做母亲的责任,也骂秉昆不是个好儿子,是个白养活在家里吃闲饭完全没用的东西。两个大活人整天在家,怎么就能叫周蓉她那样走成功了?父亲摔了东西,还扇了秉昆一耳光。多亏是冬季,门窗严实,没将邻居惊动到家里来。

由于母亲说起了姐姐,秉昆那晚非常想念姐姐。

他一闭上眼睛就做梦,一梦接一梦,连得乱七八糟的,先梦到姐姐寄来一张大寸的结婚照，照片上的男人竟是涂志强！

一惊，醒了。

好不容易再睡过去，结果梦到的还是涂志强！

脸白如纸的涂志强手拎一根铁钎子，挖苦地对他说："瞧你那点儿胆儿，我自己都不怕死，你还吓昏过去了！"

又惊醒了，惊出一身冷汗。

接着梦到了春燕。

她披头散发，浑身是血，对他惨笑道："没想到吧？强子他杀死的是我！你个傻帽儿，这世上你想不到的事儿多了，我俩一条心，就是要给你这种傻帽儿一个大意外，刺激刺激你们的神经！哈哈，哈哈……"

他在春燕狂笑时喊出了梦话："哥哥快来救我！"

结果将母亲也惊醒了。

秉昆感到自己没法再在木材加工厂上班了。

厂里为他另配了一名出料工肖国庆。二人一块儿干活时，他一而再，再而三，再三再四地叫人家"强子哥"。肖国庆与他的关系蛮好，实际上秉昆在厂里挺有人缘，大家与他的关系都蛮好。他起初几次叫肖国庆"强子哥"时，人家并没太在意。频频叫，终使那性子和他一样温良的肖国庆大光其火，当胸给了他一拳，怒道："你他妈的有完没完啊？总拿一个杀人犯的名字叫我！以为我好欺负咋的？"

他只有鞠躬道歉不止，连说："对不起对不起，我不是成心的。"

这是涂志强被枪决三天以后的事。如果不是工友们拉开，肖国庆非抄起木板拍他不可。

那三天里，只要他一进入木材加工厂大门，便觉得涂志强的身影无处不在。涂志强的声音似乎也时时在他耳边，或大声或小声地叫他："昆子，昆子……"

在秉昆看来，与他一前一后扛木料的肖国庆的背影，仿佛是他极为熟悉的涂志强的背影。有几次，他仿佛看到肖国庆的后脑勺变成了苍白如纸的涂志强的脸，对他玩世不恭地笑，骇得他每次都大叫一声："停！"有次还是在高高的跳板上叫起来。

一次休息时，他独自躲得远远的，望着锯台那儿。飞转的锯片旋入圆木，其声刺耳、锯末四溅的情形，使他想到了涂志强的父亲，那名舍身救人的老锯工令人崇敬的死，也想到了涂志强干过的一件坏事——

某日，涂志强踏下跳板时问他："昆子，累了吧？"

他说："累极了。"

涂志强坏笑道："一会儿就可以休息了，哥保证，至少让你休息上半小时。"

他说："半小时前刚休息过啊！"

涂志强说："那不是才休息了十来分钟嘛。咱哥俩儿先不扛了，吸支烟。"

他没接涂志强的烟，怕自己染上烟瘾。

涂志强也不硬塞给他，自个儿吸着烟，靠着木料堆站那儿，面无表情地望着曾是他父亲徒弟的电锯手缓缓将大圆木推向前去。

突然，但听一声刺耳的锐响，电锯崩齿了。圆木进厂时往往带有大钉子，是装卸工人钉上的，为了盘住箍紧圆木的卡车上用的绳索。圆木进厂后需有人检查，检查员马虎了那也是常有的事。

电锯一崩齿，就得拉下电闸修锉，起码得半个小时才能重新安装上。

涂志强扭头朝秉昆挤挤眼睛，一摆下巴，"走，跟哥到厂门口去，哥请你喝汽水儿。"

秉昆觉得，一定是"强子哥"偷偷将特大的长钉子砸进了圆木中。

他没敢问。

那怎么问呢？

他也没说："强子哥，可别再干了，会出危险的。"

那样岂不是等于直接说"是你干的"吗？

没凭没据的，怎么可以那么说呢？

当然，他也没向厂里汇报，那不等于是告发吗？即使是自己亲眼所见，那也应该劝诫在前，告发在后啊。未经劝诫又毫无证据地告发，岂不等于卑鄙的出卖吗？

事关做人，他尤其一根筋，常钻牛角尖。

所以，他决定将自己的怀疑闷在内心，不对任何人讲。

实际上他也没对任何人说过。

远远地望着望着，在他看来，那锯手的脸不知怎么也仿佛变成了涂志强的脸。涂志强一边缓缓推着圆木，一边望着他满脸恶意地冷笑。

在他看来，一声电锯破碎、锯片横飞的惨剧转眼就要发生！

他一跃而起，冲过去猛地将电闸按下了。

每一个在场的人都愕然地看着他。

第三天下午，周秉昆去向厂领导请假。

厂领导问："再过两个多小时就下班了，非请假不可？"

他毫不动摇地点头。

领导又问："是什么大不了的事，非得你这么急着去办？"

他毫不动摇地说："很急的事。"

领导不高兴了，"周秉昆，你究竟出什么情况了？自从涂志强被处决了，你一天旷工一天请假的，上班的时候也撞鬼作怪的！你对处决他心怀不满怎么的？"

第四章

他愣了愣,像用手枪射出四颗子弹似的说:"去、你、妈、的!"

领导霍地站起,一拍桌子:"周秉昆,我开除你!"

他摘下垫肩,扯下套袖往桌上一摔,针锋相对地说:"老子不干了!"

说罢扬长而去。

半小时后,周秉昆匆匆来到拖拉机制造厂的正门外,他急欲见到蔡晓光。

一九六八年,他身为一名合法的留城待业青年面临工作分配时,特想成为拖拉机制造厂的工人。该厂在全市属于较大型国有企业,两千多人呢。全厂大多数工人一直是"捍卫三结合联合总指挥部"的一股力量,与专执一念要轰垮省革委会的"炮轰派"势不两立。"炮轰派"被镇压下去以后,特别是"九一三"事件后,转入地下进行活动的"炮轰派"的"残渣余孽"被省革委会宣布为林彪反党集团在本市的"别动队",厂里的"捍联总"一派总算是牢牢地掌握了大权。庆祝"彻底铲除了厂内'炮轰派'势力"的时候,省市两级革委会许多赫赫有名的人物参加了活动。无论是该厂较大型国有企业的性质,还是该厂工人阶级"文革"中举足轻重的地位,都使它成为合法留城青年们心向往之的单位,秉昆更是做梦都希望成为该厂的工人。

依他想来,凭蔡晓光与姐姐的恋爱关系,凭蔡晓光父亲的权力,那还不是小事一桩吗?拖拉机制造厂离家很近,也就十几分钟的路,不必天天带饭。回家吃完午饭,眯上一小觉再去上下午班都可以从从容容,那多美呀,他会成为光字片每一个青年都大为羡慕的人。退而求其次,能分配到亚麻厂也不错。亚麻厂也在共乐区,比拖拉机制造厂离家远点儿,也远不到哪儿去。亚麻厂女工多,漂亮姑娘也多。亚麻厂的工作服是亚麻布，每年发一套，一套三四年都穿不破。新发的工作服便等于是福利，稍加改变，可成为像哔叽呢那么笔挺的衣装。春秋两季穿在身上，让姑娘小伙子们很提精神。有以上两点好处，亚麻厂也是共乐区小青年削尖了脑袋都想进去的单位。

当年，秉昆和妈妈对他的工作问题安心淡定——有蔡晓光保驾护航，瞎急个什么劲儿呢？准姐夫怎么能不对未来小舅子的事上心呢？再者说了，那点儿事，对于曾经的大校师长、省革委会常委，它就根本不算个事嘛！谁不知道，一九四九年后授衔的大校，那也都是带过兵打过仗的，大小也是新中国的功臣！虽然两家尚无来往，但有晓光这层关系，他父亲打个电话写个条子的忙不会不帮啊！

谁料到周蓉演了那么一出戏！

无论周秉昆还是周母，都没法向蔡晓光开口相求了。

后来，蔡晓光再没登过周家的门。

秉昆却不止一次在路上遇到过他。光字片那街口，是蔡晓光上下班骑自行车路过的街口，二人想一次也不遇到都不可能。每次相遇，总要站住说几句话。二人都尽量装出一如从前的样子，客客气气半亲不亲半近不近地以礼相待，都只字不提周蓉。秉昆的感觉是，蔡晓光仍与姐姐有联系。

一次，蔡晓光说："劝你妈想开点儿，你姐那边一切还行。你姐是特殊的女性，跟一般女性不一样的。她既然那么选择了爱情，就必定做好了一切心理准备，能够坦然面对种种人生考验。"

还有一次，时间是前年秋季。蔡晓光看见秉昆，刹住自行车叫他。

秉昆走过去，蔡晓光一脸严肃地说："告诉你一件大事——林彪一家乘军用飞机外逃，企图叛国，摔死在外蒙古的温都尔汗了！暂时还是国家最高机密，先别到处乱说啊！不过说了也没什么，不久就会向全国全世界宣布的,只不过说早了会给自己带来些不必要的麻烦。"

秉昆听了如五雷轰顶,也一脸严肃地说:"一定是国内外阶级敌人造谣!晓光哥你可千万别传谣,查到你头上罪名大了,也许会被枪毙的!"

蔡晓光笑道:"我什么时候传过谣啊!告诉你是因为你老弟头脑简单、一根筋,怕人人表态的时候你偏说自己转不过弯子。我也得嘱咐你一句,厂里开会人人表态的时候别犯傻啊!"

他拍一下秉昆的肩,蹬起自行车走了。

多亏蔡晓光预先给秉昆打过了"别犯傻"的预防针,他居然能在长达十几天的学习、讨论、表态过程中,一句多余的话都没说过。屡屡从别人嘴里听到对自己的负面评价——"头脑简单""一根筋"之类的,年轻的他已开始承认自己确实不如别人的头脑灵活,甚至承认自己比乔春燕的头脑还要差一个等级。他就有了点儿自知之明,在特殊情况之下,只说重要的非说不可的话,半句多余的话也不说。他居然能总结有利于自己的经验了,像自己这种"头脑简单""一根筋"的人,往往是由于说了多余的话才犯傻。总结了这样一条关于说话的经验,他对自己的头脑亦抱有几分乐观,这证明自己还是有救的呀!

他竟然不感激蔡晓光的提醒。非但不感激,还由此愤愤不平。同是中国人,那么惊天动地的大事件,人家蔡晓光可是在向全国公布之前就知道了的。而在那些日子里,千千万万像他这种同样关心国家大事的普通老百姓家的儿子却蒙在鼓里,当然他们的父母也根本不可能知道。许多人家里,照样挂着毛主席和林彪在天安门城楼上并肩检阅红卫兵的"光辉合影"。许多像他那样的青年寄出或收到的信中,还照例写有"同时敬祝林副统帅身体健康、永远健康"。信封上贴的仍是印着"光辉合影"的邮票。这不明显地将"红五类"也分成了三六九等吗?如果全中国人被分成了"红""黑"两大类,"红五类"中又进而分成了三六九等,那么共产主义要哪辈子才能实现啊？共产主义不是人人平等的社会吗？

他的头脑中产生了这样的疑问，起初自己把自己吓呆了良久，随之暗自窃喜——足以证明自己不但有望像别人一样头脑灵活起来，还证明自己的头脑也同样可以产生思想这种东西呀！

于是，他高兴得吹起了口哨。

那天周秉昆下班后没直接回家，他到一家小饭馆单独吃饭，为的是喝一瓶啤酒，对自己头脑的尚可救药予以祝贺。

而此刻，周秉昆那尚可救药的头脑明确地告诉他，若想拯救自己于厄境，便只有向人求助，而那个人只能是蔡晓光，不管他周秉昆自尊方面的感觉好或不好。在二百多万人口的 A 市，无论他自己还是他们周家，除了蔡晓光外，不再认识任何一个与权力沾边的人，他不求助蔡晓光还能求助谁呢？

拖拉机制造厂的一名老门卫听他说找蔡晓光，上下打量着他，问他与蔡晓光什么关系，他那尚可救药的头脑立刻发出了又一个机智的指令，脱口而出地回答："他是我堂哥。"

"那么，你是他堂弟啰？"老门卫一脸的不相信，怀疑的目光落在他工作服的左上方，那儿印着"木材加工厂"五个字。

老门卫又问："你不是木材加工厂的吗？"其表情的意思是——蔡晓光的堂弟会是木材加工厂的？

周秉昆赶紧为对方解惑："我父亲和我伯父是一块儿参军的。我父亲不像我伯父那么为子女费心，他反对搞特权。"

他脸上不动声色，像与人随便聊天似的，其实内心里扬扬得意，为自己的回答技巧叫绝不止。

第四章

"是这样啊，明白了，难怪你是木材加工厂的，看来干部和干部还真不一样。外边天冷，小伙子进传达室来吧！"

老门卫因为对他的"干部父亲"心生好感，对他也刮目相看了。在温暖的传达室里，老门卫给蔡晓光所在的厂办挂电话后，遗憾地告诉他"蔡副主任"不在厂里，被借调到市备战指挥部去了。

周秉昆那天才知道，蔡晓光已是拖拉机厂的办公室副主任了。

他内心里又生出不平之感来。

老门卫却给他吃了一颗定心丸："小伙子，你要见到堂哥也很容易。我们厂派出一批人去挖防空洞，小蔡主任也在那儿。过会儿有车给他们送晚饭，你坐炉边等着，车到门口跟车去好了。"

送饭的是辆卡车，老门卫跟司机耳语了几句，司机朝秉昆招招手，让他坐进了驾驶室。

半小时后，卡车停在某大学校园内的一处防空洞洞口。

司机下车朝洞口喊了几句，挖防空洞的人一个接一个爬到洞外。

司机对其中一人大声说："蔡主任，我把你堂弟捎来了！"

秉昆认出，那人正是蔡晓光。他怕自己的谎言让自己当众下不来台，紧接着喊："堂哥，我是秉昆啊！老想你啦，所以非要见你一面。"

蔡晓光也一眼就认出了他，走到他跟前，搂着他脖子小声说："你葫芦里装的什么药？我怎么成了你堂哥呢？"

秉昆也小声说："不跟你攀上亲，见到你不像以前那么容易了，门卫问三问四的。晓光哥，我找你是有急事相求……"

蔡晓光打断道："停，你先诚实地回答我，是你个人的急事还是你家的急事？"

秉昆诚实地回答："我个人的事。"

蔡晓光说："你个人的事，急也不会是多么严重的事。我饿了，等我解决了肚子的抗议问题后再听你说。"

蔡晓光的话有那么种说一不二的意味，秉昆愣愣地看着他，张了张嘴，没再说出话来。

蔡晓光笑道："又来你那种傻样，还谎称是我堂弟！我叔和我爸是一块儿枪林弹雨里摸爬滚打过来的人，还穿着军装当着师长呢，人家我堂弟也在部队当连长呢。我求你了，以后千万别再谎称是我堂弟了！"

虽然撒了谎，有一点竟蒙对了！秉昆撒谎时内心里残余的得意，被蔡晓光所说的真相的大扫帚一下子扫得精光。

他尴尬极了，有点儿无地自容。

蔡晓光对他的尴尬很漠视，毫无同情，也许根本没看出来，若无其事地问："你不饿？"

秉昆木讷地回答："也饿。"

蔡晓光说："还是的。"他大声对周围人喊："我和堂弟好久不见了，得找地方请他一顿，否则他会向我叔告状的。你们吃完了休息半小时，之后都给我下到洞里去啊。我肯定要晚回来一会儿，我不在也要人人都给我表现得好点儿。谁表现得不好，那可就等于不拿我当回事儿！"

包括那些比蔡晓光年龄大的人，一边吃着馒头喝着汤，一边频频点头，诺诺连声。

他俩到了校门外的一处小餐馆，里边很清静。刚进去，先在的几个人起身走了，小餐馆里只有他俩了。蔡晓光要了一斤饺子，点了几样凉菜和两瓶啤酒。

蔡晓光亲自为秉昆倒满了酒，举杯道："来，咱堂兄弟俩碰一下，祝咱们的爸爸身体健康，永远健康！"

秉昆心里好不是滋味，低头喝酒时，眼泪都快掉下来了——白当了别人一次儿子，对方却并不知道；知道了也肯定不领情，反而会认为自己不配。他觉得蔡晓光说"祝咱们的爸爸",指的肯定不是他远在大西北当建筑工人的父亲,而是人家自己的叔叔。

所以他只碰杯,一言不发。他想,才不白当了一次儿子还祝别人的父亲"身体健康,永远健康"呢!

蔡晓光问:"你父亲今年回来探家不?"

四年多以前,蔡晓光问到他父亲时,说的可是"伯父"。现在,变成"你父亲"了——连秉昆那简单的头脑也感到几分无可奈何的世态炎凉。

他淡淡地说:"不了。他们那儿号召与国家共度经济困难时期,改三年一次探亲假了。"

这时饺子上来了。

他心绪不宁地说:"晓光哥,我求你的事是……"

蔡晓光说:"吃,吃完再谈。"

他便只有忍住不说。

蔡晓光也不再说什么、问什么,不与他碰杯了,只顾自己吃自己的,喝自己的,仿佛对面的他根本不存在。这使他无法判断蔡晓光是愿意见到他,高兴与他共进晚餐,还是恰恰相反,不得不大面上过得去地虚情假意应付。

他没忍住又说了一句:"你变了。"

蔡晓光不禁抬头看他,将刚夹起的饺子放下,认真地问:"哪方面?"

他说:"深沉了。"

蔡晓光笑道:"嘿,你小子,嘴里都能说出深沉二字了,证明你也变了嘛。给我乖乖地吃,什么鸟话都不许再说了!"

一九七二年,在 A 城,"鸟话""鸟人"成了男青年们的口头禅。本市批林批孔大批判小组的几位专职秀才在大字报中率先将孔子和林彪归为"鸟人",将他们的话统统贬为"鸟话"。小青年们认为秀才们的话当然特有文化，鹦鹉学舌，仿佛自己也引导了语言新潮流。

二人终于吃罢。秉昆觉得那是他吃过的时间最长的一顿饭，其实也没太久，只不过半小时左右。

蔡晓光悠然且享受地吸上了一支"凤凰"烟，秉昆看呆了。他原以为蔡晓光也会是个一辈子不吸烟的人，没想到蔡晓光已吸得样子那么老到了，而且吸的是"凤凰"！那种烟当年只有上海出，也只有在A市的特供商店才买得到。普通人吸不起那种五角钱一盒的烟，得求神通广大的人方可买到，买到了也必是为了求人送礼。

秉昆难为情地说："没想到你会吸烟了，我也没……就……"

蔡晓光笑道："后悔也没带条烟就求到我头上了？你这老蔫，纯粹就是个鸟人！咱俩啥关系？不是堂兄堂弟的关系吗？"他用另一只手捋了秉昆的后脑勺一下，催促道："快说！我不能回去太晚了。我不在，那些小子人人偷懒。"

只有父亲和哥哥才捋过秉昆的后脑勺，在他小时候。涂志强也捋过他后脑勺，只两三次。蔡晓光的亲昵举动，竟让秉昆内心里热乎了一下。趁着那股热乎劲儿，他一句紧接一句，以极快的语速讲完了自己的糟糕处境，最后可怜分分地恳求："我和领导闹成那样，根本没法继续在木材加工厂上班了，晓光哥你费费心，也把我调入你们厂吧！那样，咱俩就可以经常在一起了。"

不料蔡晓光不听则已，一听之下，顿时板起脸道："休想。你以为自己是什么人？是大官们的亲戚？是厂里头头们的儿子？是难得的技术人才？你哪一条都不沾。真敢想！"

按他的说法，拖拉机制造厂这一类较大型国企，每一名工人都在市劳动局的花名册上登记了，也都在省劳动厅备案了，一个萝卜一个坑，只有哪一名工人退休了，或高级干部特批了，才能补进一名工人……

秉昆不信，他说："那你怎么……"

蔡晓光板起了脸，瞪起了眼睛："往我身上扯干吗？我是你吗？你是我吗？我也是等到厂里退休工人空出了名额才进去的！"

谈到这份儿上，秉昆心里冰凉冰凉的。他垂下头呆坐片刻，猛一起身想走。

蔡晓光严厉地说："给我坐下！"

秉昆立刻乖乖地坐下了，觉得自己的事峰回路转，可能有门儿了。

蔡晓光缓和了语气说："你求到我头上，证明你心里还有我，我不可以不给你留点儿希望。"

秉昆抬头以感激的目光望着他，恳求道："谢谢，谢谢，帮我调到亚麻厂也行。"

蔡晓光再次板起了脸："亚麻厂我也帮不了你，尽给我出难题！"

谈话再次陷入僵局。

秉昆走也不是，不走也不是，好生尴尬。

蔡晓光则又点着支烟，大口大口地吸着。显然，他是真想帮忙，在挖空心思地急秉昆之所急。

秉昆只有厚着脸皮，低着头坐在那儿抠指甲。

蔡晓光忽然将刚吸了几口的烟摁灭在烟灰缸里，指着桌上的小酱油瓶说："我帮你调往这个厂。"

秉昆看着那小酱油瓶，老大不情愿地问："酱油厂？"

蔡晓光说："看清楚，是松花江酱油！全市全省，谁不知道有个松花江酱油厂？这厂也是国企嘛，而且是市商业局直属的重点厂，我家老爷子当了省商业厅革委会主任后，还兴致勃勃地去视察过呢。你如果去了，没人敢欺负你。"

蔡晓光说，松花江酱油厂福利不错，职工们每个月都能领到一大瓶两小瓶酱油。大瓶是普通的，小瓶是高级的，有时还是特级的。醋、味精，都发不少。谁家每月用得了那么多呀，所以每月都可以送亲戚送朋友啊。给谁家送谁家都高兴嘛，那亲戚朋友的关系不就巩固了？感情不就加深了？多一个朋友多一条路，换个角度看问题，福利的实惠不是比印在工作服上的厂名更值钱吗？

他说："印在我工作服上的字倒是比印在你工作服上的字体面，可我们厂几乎什么都不发，总不能发拖拉机吧？发了也没用，谁敢卖，哪儿去卖？谁敢买，买了有什么用？福利差，所以有个别工人就敢往厂外偷零件！可谁听说有松花江酱油厂的工人往厂外偷酱油什么的？月月发，谁还偷啊？听说他们厂夏季还自制奶油冰棍发给职工呢！总共才二百多人，腾出间房子就建成冰棍车间了。像我们厂，两千几百名工人，那发得过来吗？"

蔡晓光把酱油厂夸得如同工人阶级的天堂似的。

他说："你如果调到了酱油厂，不必每天走那么远跨区上班了。买辆旧自行车，骑十分钟到厂，骑十分钟回家。你妈眼睛不好，你也有多点儿时间帮她做做家务了。"

蔡晓光这一番话，使秉昆内心的不情愿减少了些。

"秉昆啊，你如果听我的，那我不但帮成了你一次，也算帮了你们周家一次。我自己觉得呢，也不枉你姐当年将我视为她的护花使者、异性知己。我还要强调刚才那句话，你不是我，你一个建筑工人的儿子，有必要太在乎某些虚荣吗？对于你，考虑问题的原则应该是，实惠最重要！不能跟你多说了，你坐这儿好好想想吧，想通了再找我。"

蔡晓光看一眼手表，起身匆匆而去。

秉昆只想了半分钟，便做出了关乎自己人生的第一次重大抉择——山穷水尽、迫不得已的抉择。

他起身追出去，冲蔡晓光的背影喊："我现在就想通了，听你的。"

他内心里五味杂陈，不知不觉流下泪来。

蔡晓光停了一下，转身走回到他跟前。那时天已黑了，蔡晓光没发现他脸上有泪。

蔡晓光沉吟着说："这你的事就好办了。不劳我父亲出面，酱油厂的一把手我认识，我的面子他们也是要给的。冒牌堂弟你给我听好，从明天起，你不必去你们厂上班了。你可以在家待上整整一个星期，不必有什么病假条，我还保证你这一个星期有工资。前三天木材加工厂不会扣你工资，后三天酱油厂必定算上你的工资。一个星期内，我把一切手续搞定。一个星期后，你直接去酱油厂上班，高兴不？"

秉昆孩子似的说："高兴。"

蔡晓光说："高兴那就笑笑嘛！别哭丧着个脸，好像你是找我讨债，我明明有钱偏不还你似的！"

秉昆便勉强笑了笑。

第五章

一九七三年春节前，周秉昆成了松花江酱油厂的工人。蔡晓光确实代他将一切手续都办妥了，该本人签字的表上，还代他签上了周秉昆三个字。蔡晓光的字写得也挺漂亮，秉昆见后不得不承认人和人确实差别大了，正如民间的两句话："人想人想死人，人比人气死人。"

每逢佳节倍思亲，那些日子他非常想父亲。

他的事还是出现了波折。按酱油厂一把手的决定，要将秉昆分配到味精车间去。味精车间干净、活轻，却遭到了厂领导班子中一位女性成员的坚决反对。她的职务是厂革委会副主任兼支部书记，五十一二岁，中等身材，短发，会令想象力丰富的人联想到比电影中的样子大了二十岁以后的江水英。她本人姓曲，名秀贞，酱油厂的小伙子们背后都叫她"老太太"，又叫她"水英妈"。据说一九三八年，她十五六岁就参加革命了，曾是省高级法院某庭的庭长，靠边站了一个时期重新起用，分配到酱油厂接受考验临时挂职。她丈夫被打倒前是本省一所全国著名的军工学院的副院长，开国少将，这一年仍没"解放"，她也不划清界限。虽然是接受考验、临时挂职的身份，她在酱油厂却很把自己的挂职当回事，赞成什么，反对什么，态度鲜明，拒绝人情，不肯和稀泥。厂领导班子的每位成员，还都比较买她的账——说不定什么时候考验过关了，摇身一变又成了什么长，明智者谁得罪她这类人啊！经历了六年多"文革"，别说头头脑脑，就是普通百姓也都变聪明了，处事都留有余地。

味精车间人已超编，而出渣班组正缺人，出渣是力气活，新调来的是个身板不错的小伙子——老太太曲秀贞反对的理由充分得任何人都无法反驳。领导班子中的其他人也都随梆唱影，与她的态度一致，结果一把手的决定被否决了。

于是，木材加工厂的出料工成了酱油厂的出渣工，都是要靠力气才干得了的累活，只不过所"出"的东西完全不同。以前是用肩扛木材，现在要用大板锹把酱油渣一锹锹扬出渣料车间窗外，直接扬到大卡车上。一个班六人，三人一组轮番干。热气腾腾的酱油渣刚从管道泻出时，温度很高，像刚下屉的馒头那么烫。在冬季穿厚了不行，只要装完一卡车，每个人便会汗流浃背。穿薄了也不行，酱油渣要从窗口扬出，所以两扇窗得敞开着，出完了一卡车料赶快关上，又一辆卡车来了立刻又得敞开。酱油渣源源不断从管道口泻出，不及时扬到卡车上，很快就会堆满渣池。三人的分工是这样的——一人负责将酱油渣从管道口那儿扬到靠近窗口的池边，另外两人负责装车，二十四小时三班倒，刻不容缓地连续干。每组人只要一进入车间，马上便得脱下棉衣抄起锹，不停地扬、扬、扬。气蒸背后，风吹前身。冬季如此这般，夏季是怎样的辛苦，秉昆尚无体验。

他恨死老太太了。虽然还没见到过她，却已将她当成自己的一个仇敌。此前他的人生中没有什么仇敌，现在有了。这使二十岁刚出头的他更加感到自己的人生简直就是一场接一场的磨难，没多大意思。涂志强的幻影倒不再纠缠他了，老太太成了他在新现实中的对头婆，让他每天都有几分担心她下一次的成心为难。调到酱油厂是他自己的选择，他只能要求自己撑住。

他又有了新的工友。与他一组的两个小伙子，一个名叫吕川，国字脸，络腮胡子，年纪轻轻两腮便已刮得铁青，属于民间所说相貌堂堂那一类型；另一个叫曹德宝，瘦高，一米八多，留大背头，样子斯文，绰号

"五四青年",厂里人都称他"五四"。秉昆从他俩聊天中得知,厂里的两名老出渣工都得了风湿性心脏病,一个不久前死了,还有一个成了老病号,什么活也干不了啦,偶尔上班,厂里也只能安排他看大门。他俩有一个共识,那就是——两名老出渣工的命运,注定将是他俩以后的命运。他俩说时却并不多么忧伤,还笑。一个笑着说:"活着干。"另一个笑着说:"死了算。"他俩的话让秉昆心里很忧伤,因为他俩的命运极可能也是他的命运。虽然他已觉活得没多大意思了,却很不情愿四十几岁时就成了老病号,或死了。他还没恋爱过呢,还没恋爱就死了他不甘心。他估计"五四"曹德宝和吕川也没恋爱过——休息时,他俩常常背靠背坐在池沿上,吕川唱"我和任何人都没来往,命啊",曹德宝吹口琴伴奏。曹德宝口琴吹得不错,吕川却五音不全,常跑调。

曹德宝和吕川对秉昆不好,他俩成心孤立他,甚至鄙视他。秉昆进厂没几天,关于他的种种谣言便在厂里传开了——说他是靠后门调来的,说那后门老大了;说他仰仗着他父亲的后台,在木材加工厂时目中无人,调皮捣蛋,终于混不下去了;说他父亲把他"放"在酱油厂,是出于对他的惩罚。最离谱的一种说法是,他乃私生子,父亲对他并没什么感情,所以他只能调到酱油厂。如果是亲儿子,他父亲才不会忍心让他落到与平民百姓的儿子们一样的境地呢!

秉昆左一耳朵右一耳朵听到了些,却没太生气。他自我劝慰地想,也许反而对自己还有点儿好处——毕竟那些谣言让他成了一个有上等家庭背景的人,谁想欺负他,就不得不考虑考虑自己可能付出的代价。一经这么自我劝慰,倒宁愿将那些谣言当成无形的保护伞了。他自打出生后还从没被视为有上等家庭背景的人,这让他对那些谣言有几分享受。

厂里的一把手似乎也对那些谣言深信不疑,有天单独找他谈话。

一把手脸上呈现着很对不住他的表情,请求般地说:"你目前在厂里的情况，先别告诉你堂哥啊！"

他说："行。"他以自己冷淡的态度暗示对方，那我以后怎样个情况，可就全看你的了。

一把手当然感到了他的冷淡，以保证的口吻说："这是暂时的，肯定是暂时的，怎么会总让你干那种活呢！你得坚持一个时期，过了敏感期，我对你自有安排，否则，我就没脸登你堂哥家的门了。"

他说："我记住你今天的话了。"

一把手说："代我问你伯父好啊！也请代我问你父亲好，虽然我们没见过，但我对打过江山的老干部内心从来是有敬意的，中国缺了他们哪儿成！"

他说："好的。"

某日下班后，周秉昆走出厂门没多远，背后有人拍他肩。

他一回头，见是陌生人，看上去二十七八岁的样子，穿"棉猴"大衣，帽绳系着，紧护脸颊。

"棉猴"问："你叫周秉昆，是吧？"

他说："对。"

"棉猴"挽住他手臂又说："跟我们走。"

这时他的另一手臂也被人挽住了，那人个子不高，穿中式袄，围长围巾，围巾护住了下半张脸，几乎只露双眼睛，头戴水獭皮帽子，帽耳也系着。

他说："我并不认识你们，干吗跟你们走？"

个子不高的人说："别怕，我们不会把你怎么样的，只不过有事求你，到那幢楼角说几句话就让你走。"

"棉猴"说:"天又没黑,满眼是人,你一个大小伙子还担心我们把你害了呀?"

他挣了挣手臂,没挣脱。觉得那二人并不像有什么歹意的样子,而不远处那幢楼在马路边,楼前过往行人不绝,没什么可担心的,他以大无畏的语气说:"跟你们走就跟你们走。"

迎面正刮着凛冽寒风,两位陌生人一左一右,挟持着秉昆朝那幢楼走去。附近只有那儿避风,秉昆也就索性什么都不再问。自从是工人了,在两个厂上下班都是走去走回,他走路的速度便比常人快。自己并没觉得多快呢,同行的人往往跟不上。

"棉猴"说:"老弟别走那么快,咱们又不赶火车。"

秉昆这才看出,小个子腿瘸。心里一时觉得好笑,瘸子还敢参与劫道!

到了楼角儿,瘸子竟有点儿喘了。他往下扯扯围巾,露出了下半部分脸。秉昆看他一眼,心中暗暗称奇——好一张女性化的脸!秀眉俊目的,如果是演员,只消戴上假发,不必化妆,活脱便是好看的大姑娘或小媳妇。秉昆见过不少瘸子,但容貌那么好的瘸腿男人他却第一次见。

他不禁想,老天爷太捉弄人了,对方若不是瘸子,再高点儿,那会迷倒多少姑娘啊!

瘸子朝"棉猴"伸出只手,"棉猴"掏出烟盒递给他。他接过去,轻轻弹出一支,正欲启唇叼在嘴上,忽想到了礼节,将烟盒朝秉昆一递。

秉昆说:"不会。"

"棉猴"说:"可别客气啊,客气就见外了。"

秉昆说:"真不会。"

瘸子说:"不会好,会了是种坏毛病。"瘸子指着"棉猴"又说:"他也不会,所以他也是好青年。在你们两个好青年跟前,我很惭愧。"刚刚说罢惭愧,他却像鸟儿从树洞中啄出一条虫似的,一低头将烟叼在唇间。

"棉猴"立刻掏出亮晶晶的打火机恭敬地替他点烟。

这时他俩都已不挽着秉昆的胳膊,秉昆想跑可以撒腿就跑;但他反而不想跑了。以他的奔跑速度,"棉猴"肯定追不上,瘸子则只有干瞪双眼。秉昆确实不想跑了,他对他俩产生了前所未有的兴趣,一心想搞明白,他俩接下来会求他什么事。

瘸子吸烟时,"棉猴"问:"大哥,我说还是你说?"

瘸子又吸一口烟,低声说:"我说。"

他说话的声音也女性味儿十足,绵软。

他看着秉昆问:"你怎么不跑?"

秉昆说:"你们不是有事求我吗?我爱帮助人。"

他与"棉猴"对视一眼,都笑了。

秉昆催促道:"什么事?快说吧!咱们别干冻着。"

瘸子扔掉烟,仍看着他问:"你与涂志强是朋友吧?"

秉昆心间一抖,他忽然想到,春燕告诉他,涂志强生前曾陪一个"特绅士"的瘸子去她所在的公共浴池洗过澡,她还为他俩修过脚。

莫非眼前这瘸子,正是春燕所说的那瘸子?一种类似冒险的好奇,使他更不想跑了。

他说:"认识我俩的人都那么认为。"

瘸子眯起俊目,注视着他,一边咀嚼着他的话,同时也是在研究他这个人,一边以促膝谈心般的语调再问:"那,你自己怎么认为?"

秉昆低头想了想,抬起头难以确定地说:"反正吧,我俩都是在光字片出生的,两家住前后街,从小一块儿长大。小学同班,中学同校,后来在一个厂上班,天天搭档干活……"

他不说下去了,将结论留给对方。

瘸子说:"那是两个男人之间很特殊的一种关系,对吧?"

秉昆没接他的话,只点了一下头。

"棉猴"终于也开口问:"在厂里,你还经常叫他'强子哥',对吧?"

一说到涂志强,秉昆心里别扭了。他想——我可被涂志强害惨了。心里这么想,却不愿说出来。

他连"棉猴"的话也没接,又默默点头。

瘸子说:"秉昆啊,不管你承认不承认,我们都将你视为涂志强的一个朋友了,我们呢,与涂志强也都是有份特殊感情的人。他杀人,我们也都意外。他这人,没酒量,还贪杯,一喝就醉,一醉就失控。不说他了,杀人者偿命,古今同法,必须的。现在说我们求你的事——涂志强有妻子、儿子,还有老岳母。他生前,靠他一份工资和他老岳母卖冰棍,四口人的日子勉强过得下去。现在,没了他那份工资,剩下的三口怎么过得下去呢?他妻子是下乡对象,当初东躲西藏的没下乡。你知道的,那样的人是找不到活干的。所以,我们决定每月给他妻子家送三十元钱。他妻子家离你们光字片不远,不论从哪方面讲,我们都希望你能帮我们送。"

"秉昆啊"三字从瘸子口中说出,而且说得情深意长,周秉昆竟一时有些受宠若惊起来。自从哥哥姐姐离开了家,除了母亲,四年里再就没谁叫他名字时还带出一个"啊"。人叫人的名字并带出"啊"来,即使实际关系不亲密,也还是很容易使双方的认知距离大为缩短。"秉昆啊"三字,像有一种魔力,将周秉昆的目光吸引在瘸子脸上了。瘸子说那番话时,周秉昆一直目不转睛地注视着他,很认真地听。何况他的话又说得那么诚恳,推心置腹。更何况他所求之事,周秉昆不但不反感,还很符合他的善良天性。这时的周秉昆,简直就没法说"不"了。

"棉猴"接着瘸子的话说:"小老弟,今天是星期六,对吧?"

"对。"秉昆不由自主接话了。

第五章

"那么，你要记住，每月这个星期的这一天，这时候，就在这地方，我将钱交给你。你呢，替我们将钱送一下。我们求你的只不过这么一件事，不难吧？"

秉昆不由自主地点头，脸上呈现着完全值得信赖的郑重。

"棉猴"强调了一句："那，你可就等于当着我们的面答应了。"

秉昆竟又郑重地点头。

"棉猴"从兜里掏出一个信封，边往秉昆兜里塞边说："住址名字都写在信封上了，里边是四十元，十元是给你的，每次都有。麻烦你了嘛，算我们的一点儿谢意。"

秉昆说："给我的十元我不要，也不往外取了，就都给那家人吧。"

瘸子又与"棉猴"对视一眼，他两个也都点了下头。

秉昆问："那，能不能告诉我，你们究竟是谁呢？"

"棉猴"看看瘸子说："大哥，得由你回答。"

瘸子本想拍一下秉昆的肩，由于个子矮，也由于一条腿短，手不容易拍到秉昆肩上，所以他举起的手从空中往回一收，不失尊严地在秉昆心口窝那儿拍了拍，表情极郑重地说："你放心啊秉昆，我们绝不是些杀人放火、欺男霸女的坏人。别人找碴儿想和我们打架，我们都尽量避让。我们之间讲义气，对愿意和我们交往的人也讲诚信。现在只能告诉你这么多，一回生，二回熟，等你也拿我们当朋友了，你问什么，我如实回答什么。"

"棉猴"替大哥做了想做没做成的事——在秉昆肩上重重拍了一下，意犹未尽，又抓起秉昆的手使劲握住，信誓旦旦地说："我们保证就麻烦你这么一件事，此外绝不再添任何麻烦，你可以走了。"

秉昆说："你放开我手啊！"

"棉猴"这才松开手。

秉昆说:"我也保证,绝不附加任何条件。"

他说罢,拔腿便走。

望着他的背影渐走渐远,"棉猴"问瘸子:"大哥,你觉得他可靠吗?"

瘸子说:"可靠。"

"棉猴"问:"这么肯定?"

瘸子说:"他有同情心,咱们找对人了。"

"棉猴"又问:"你怎么知道他有没有同情心?他只说他爱帮助人来着,我当时看出他那不是演戏。"

瘸子说:"我也看出来了。但是当我说到郑娟家的情况时,他一直在认真听,他的眼睛告诉我他有同情心,我当时就断定咱们找对人了。"

郑娟是涂志强的妻子。

周秉昆一直头也不回大步匆匆地快走,过了马路才站了一下,转身回望——瘸子和"棉猴"仍在楼角那儿。

"棉猴"朝他摆了摆手。

第六章

　　像光字片某些人家一样，周家也养了两只母鸡。那年月，普通人家一年到头吃不着什么有营养的东西，猪肉还是每人每月半斤。即使人口多，多到六七口，那也不过每月三斤多肉。家家户户都舍不得凭肉票买了瘦肉吃上一顿解解馋，那未免太奢侈了，也太任性了。当然，家家户户是指一般百姓。老百姓更愿买肥肉，越肥越好。听说哪家商店在卖特肥的肉，关系好的邻里之间是要相互告知的，哪一家没被告知，那家人会生气的。肥肉可以炼成大油，大油吃得长久，也比用豆油炒菜香。何况每月每人才半斤豆油，三四口人的家庭，每月不过一斤半到二斤油，根本不够，连烙油饼都需要下决心。除了肉，对于百姓而言，就数豆腐有营养了。豆腐也凭票，每月每人十块。人口少的人家，往往只舍得一次买两块。如果冬天买冻豆腐，有时候一张票可买三四块。

　　这种情况之下，养鸡成了家家户户自己解决营养问题的良策。特别是有老人、孩子和病人的人家，更希望能在家里养只鸡。养鸡要有居住条件，味儿大，总不能养在睡觉的屋里，只能养在厨房。厨房但凡可以隔出小小的一处地方来，便会马马虎虎做个鸡笼放那儿，起码养一只母鸡。首先不是为了吃鸡肉，而是为了能吃上鸡蛋。鸡蛋是平时难以见到的稀罕东西，有几年春节前凭票供应过。即使供应，最多也不过每人半斤。半斤——这是当年所谓副食供应中好东西或较好东西的常态数，票上印着"副食券"。与户口本粮本几乎同等重要的小本叫"副食本"，若丢失了，补发过程很麻烦，需有证明材料，还需层层审批。顾名思义，"副食"就是非主要食品。当年，家家户户的大人孩子，身体不但对粮食的需要格外强烈，对副食的需要也经常表现得特别迫切。

在小鸡集体出壳的春季，城市已不许郊区农民担着两扁筐小鸡进城来卖，百姓人家便派出会骑自行车的成员，到十几里几十里外的郊区去买。有些人家派出的是儿子，有些人家相当重视，父亲们亲自出马。小鸡能顺利养大的比例普遍不高，三四只里养大了一只母鸡便已不错。

两年前，在母亲的多次支使之下，周秉昆买回了七八只小鸡。入冬前，活下了两只母鸡。来年春季，两只母鸡都下蛋了。此后，周家的一只篮子里，每三天就多两个蛋。偶尔，两只母鸡某日各下一蛋，母亲便会高兴地说些它们听不懂的表扬话，抓把粮食直接喂它们。秉昆记得很清楚，第一次从鸡窝里取出一个蛋时，母亲乐得合不拢嘴。从此，两只母鸡也成了周家两口劳苦功高的成员，母亲对它们每天的生存状态观察得可上心了。它们的笼子较大，放在外屋。在那笼中，它们有空间展展翅膀，活动活动，交换一下地方。不像有人家养的鸡，笼子太小，转身都不容易，活得憋憋屈屈。说到底还要归功于周志刚当年英明，哪怕举债也要将自己的家盖得大了些。

星期日这天秉昆起得很晚，九点钟才睁开眼睛，在被窝里又眯了会儿开始穿衣服。等他不慌不忙地洗漱罢坐到饭桌旁，九点四十了。

一个小盘里，摆着一只剥了皮的鸡蛋。

母亲坐在他对面，目光无限慈爱地看着他说："这半个月来，我小儿子瘦多了。"

秉昆说："妈，以后别给我煮鸡蛋吃了，那会营养过剩的。你倒是应该多吃鸡蛋，希望你能一直健健康康的。"——嘴上虽这么说，却首先抓起鸡蛋吃。

第六章

母亲笑道:"没听谁讲过,年轻人隔几天吃一个鸡蛋就会营养过剩。我看啊,咱们中国人压根儿就不可能营养过剩,只会营养不良。你每天干活那么累,比妈更有资格吃鸡蛋。妈在家又不干什么累活,吃鸡蛋等于浪费。妈少吃几个,不是就能多送人几个?"

母亲很舍得送给别人家鸡蛋。光字片大多数人家的厨房小得可怜,除了锅台、案板、水缸、碗架,再就没什么地方了,所以希望养只鸡的想法纯属梦想。不论同一条小街的人家,还是前街后街的人家,谁家女人坐月子了,谁家小孩病了,谁家老人吃不下饭了,母亲一听说,总是会送几个鸡蛋去。她升"官"了,由街道小组长而大组长了,由管一条小街家长里短之事转而参与管整个光字片的事儿了。用她的话说,那就是权力大了,更应该密切联系群众。而她联系群众的方式,主要就是靠送鸡蛋这一实际行动。一年多以来,她的实际行动在光字片获得了广泛赞誉。不少人说,周家的两只母鸡差不多就是为光字片大家养的。

对于秉昆调到酱油厂的事,母亲虽觉意外,却未埋怨。酱油厂福利不错,这是母亲听说过的。以后上班近了,回家早了,是母亲高兴的。当然,秉昆并没如实告诉过母亲自己在酱油厂的处境。

母亲试探着问:"秉昆,如果在过春节的几天里,咱们娘儿俩请你晓光哥来家吃顿饭的话,他能不能来?"

知道了小儿子转厂成功是蔡晓光一手代办的,母亲不但感激蔡晓光的不计前嫌,而且有些念想他了。"以后你别来了,大娘不想再见到你了。"——四年前对蔡晓光说过的话,让母亲自责不已。毕竟,女儿的行为并不是人家蔡晓光怂恿的,归根结底是女儿自己太任性的结果。人家蔡晓光帮着自己的女儿隐瞒,还不是因为也爱上了自己的女儿,出于一个无私的"情"字嘛！人家得到什么了呢？除了受委屈被自己逐出了家门，再什么也没得到啊。

母亲希望有当面道歉的机会。

秉昆很理解母亲的心思，但他料定蔡晓光不会来。不是给不给面子的问题，而是因为姐姐远走他乡，自己这个光字片的家，对蔡晓光已毫无吸引力。

然而，他说："能来。只要他有空儿，怎么会不来呢？等我哪天碰到他，一定请他。"

母亲说："还有五六天就过春节了，等你哪天碰到他那不晚了？人家的家和咱们的家不一样。咱们家在本市连户亲戚都没有，成年没人来没处往。人家的家，估计平常也客人不断，联络感情保持关系的人肯定不少，所以你明后天就抽时间专门去找他一次，他的厂离咱家又不远。你专门去找他一次，那也让他觉得咱娘儿俩心诚，是不是呢？"

秉昆敷衍地连说："是的是的，妈放心。"

他吃罢饭，掀开水缸盖看看，见水已不多，便出门去挑水。周家兼做厨房的外屋大，水缸也大，能容两担也就是四大桶水。家中就两口人了，一次挑满够用一星期。

在水站那儿，秉昆见到了春燕。春燕排在他前边，为了和他说会儿话，退出队列，移到了他身后。

春燕说："你妈也给我家送鸡蛋了。"

秉昆问："你家谁病了？"

春燕说："我爸和我妈，因为我二姐吵架了。我二姐连队有一名上海知青，探家路过咱们市，带着我二姐的信到我家来了。他一走我爸我妈就开始唠叨，唠叨了几句，就吵起来了。我妈气得在炕上躺了大半天，绝食。唉，家家有本难念的经。"

秉昆听得云山雾罩，他并不关心她爸她妈究竟为什么吵架，却很心疼自己家的鸡蛋。连春燕家那种破事儿都得带着鸡蛋去慰问，那自己家的鸡蛋还能攒下吗？他不由得在心里埋怨母亲，什么小组长大组长，总归是当几条脏街的公仆,瞎操心个什么劲儿呢？他想赶快将水挑回家，接着去完成自己所受的重托。

他说："不好意思，我一会儿有急事要办，你看这样行不？你排在我这儿了，我排到你在前边的位置去，等于你照顾了我一下吧。"

春燕一听生气了,抓住他一只桶的桶梁说："少跟我来这套。不行！我从前边移到后边,是为了照顾你吗？我是要跟你说会儿话。陪我说话！"

秉昆苦笑道："好好好，陪你说话。那，你说我听，行不？"

春燕也笑了，打他一下，嗔道："不行。该问我话，你也得问。"话题一转，她向秉昆宣告似的说："我师傅给我介绍了个对象。"

秉昆捧哏似的说："大好事，可喜可贺。"

春燕高傲地说："我没看上。和我同行，也是另一家浴池修脚的。一对夫妻不能都是修脚的吧？再说人也长得一般般。"她成心不看秉昆，翘起下巴，仰脸望天继续说："我这人在对象方面还是有一定标准的，不敢太高，但也不愿自己先就把自己看低了。光字片的怎么了？咱们生在光字片就低人一等吗？你说是不？"

秉昆说："那是。"

春燕将头一转，扭向秉昆，看着他做出媚态，笑道："其实吧，我是想找个在木材加工厂上班的，离我上班那儿不远。每天上班，他陪我走到我们浴池门口，下班在我们浴池门口等我，那才真正叫出双入对，想不恩爱都不可能，挺好。"

秉昆暗吃一惊，急说："我已不在木材加工厂上班了,调酱油厂去了。"

春燕一愣，自言自语："你妈怎么没跟我妈讲？"

这时他俩已排到水龙头前了，秉昆也不让一让，抢先将水桶放水龙头下了。他怕春燕先接满了两桶水却不先走，非等着与他一块儿担水回家，他觉得和她实在没什么可聊的。

他对母亲与春燕的母亲都说自己些什么很敏感，就问："我妈常和你妈议论我吗？"

春燕用莫测高深的口吻说："也不是只议论你，只议论你有什么意思？她俩常在一起议论咱俩。"

秉昆心里大吃一惊，仿佛知道了自己正被某种阴谋算计，愕然地看着春燕，如同她是同谋者。

春燕却反问："哎，那你怎么没给我家送过酱油醋什么的？"

秉昆添了心事，低头看着桶里渐接渐满的水，没好气地说："不是还没发嘛。"

春燕以毫不见外的语气说："你可给我想着啊，如果你妈用你厂里发的东西送人，我家应该第一份。"

秉昆说："行，想着。"

至此不管春燕再说什么，他一直装聋作哑。接满两桶水后，担起便走。

春燕叫道："不许走，我还有话跟你说呢！"

秉昆高声回答："对不起啦，我家水缸见底儿了，急等着用水呢！"

秉昆将水倒入缸中，也不再去挑了，脸不是脸鼻子不是鼻子地问母亲："妈，你以后少到春燕家去！她家那种破事儿，也值得你带着鸡蛋去慰问啊？"

母亲惊讶地反问："谁告诉你的？你听到什么闲话了？"

秉昆就将春燕在水站那儿对他说的不着三不着四的话学了一遍，之后抗议道:"不许你和她妈暗中往一块儿捏咕我俩啊,捏咕也没用,她愿意我还不愿意呢!"

母亲说:"两个当妈的聚在一起,可不主要就是聊儿女们的事儿呗!怎么,你还要限制妈的言论自由啊?再说人家春燕那姑娘不错,在单位是标兵,大照片挂在墙上的……"

秉昆打断道:"澡堂子也算个单位?"

母亲正色道:"你这么跟妈抬杠,妈可就不爱听了。你们那厂,不也就是个做酱油的地方吗?人家春燕是图强上进的姑娘,兴许明年就能评为全市服务行业的标兵。人家姑娘说了,如果真评上,有决心争取评为全省、全国的。到那时,人家修脚也修出了光荣,修成了正果!"

秉昆嘟哝道:"评上了什么,修成了什么,跟我有什么相干?她就是被评为千手观音,修成一颗百年罕见的人参果,那也不投我的眼缘儿!"

母亲更不爱听了,命令道:"你给我坐下!既然你把话挑明了,那咱们娘儿俩就真得好好说道说道。当年你们中学同班的男生,不是就因为人家姑娘胖总取笑人家吗?可人家姑娘要好了,自从参加工作,午饭都不吃了,现在不是瘦了不少,正朝苗条的方向出落着吗?"

秉昆反感地说:"我有事得立刻去办,没工夫跟你掰扯。"

他走到里屋,从桌子底下拎出装鸡蛋的篮子,见有二十多个鸡蛋。

母亲跟入里屋,有点生气地问:"拎出它来干什么?"

秉昆骗她,说厂里一名工友病了,要去探望。

母亲又问:"是木材加工厂的,还是酱油厂的呀?"

秉昆烦了,顶撞一句:"是哪个厂的有区别吗?与其你送给一些并不值得关心的人,不如我送给我认为值得送的人!"

"妈不是反对你送给你工友。工友病了,带几个鸡蛋去探望还不是应该的吗?妈就是随口一问嘛!如果是酱油厂的,妈更支持,那证明你一到新单位就与工友搞好关系了。只是呢,快到春节了,也得给家里留些。蔡晓光不是还会来吗?妈也想煮十个给他带走,多少是点儿心意啊。"母亲走到他身边,看着他取出鸡蛋往桌上放,缓和了语气。

秉昆拎起篮子对母亲声明:"我只带走十个,桌上是十五个,春节前这几天两只鸡还会下,加起来我看家里够了。至于蔡晓光,你就别考虑他了,他吃鸡蛋过敏。"一说完,拎着篮子往外便走。

母亲嚷起来:"那你也别连篮子一块儿送人啊!"

秉昆刚一迈出小院,春燕从小院旁闪现在他面前。

春燕指责道:"在水站那儿,我叫你等我会儿,你却不等。你不等我,我等你。你说你要去办事的是吧?那我陪你走到马路那儿,还有话想跟你边走边聊呢。"

秉昆说:"我不往马路那儿走,我得往上坎那儿走,咱俩方向相反。"

春燕穿的是几天前那身摩登衣服,擦得锃亮的靴子和那条红色的长围巾,显得挺气派。

她眨眨眼睛说:"我往上坎那儿走也行。"

秉昆怎么会愿意与她一块儿走,继续听她藏头掖尾试试探探半真半假的话呢?更不愿意的是,他不想让任何人知道他去的地方,即使是大概的位置,特别是不想让春燕知道。她一旦认为某事与自己有关便刨根问底,显然已将他视为首选对象了。她一定会认为他的某些事不但与她有关,还需她极其重视。男人之间的事,女人一关心一掺和,那就会小题大做搞复杂了。这一常识,他还是晓得的。

秉昆忽然弯下腰,呻吟着说:"哎呀,我胃又疼了,好春燕你先走吧,别等哥了啊,哥得吃片药,胃不疼了再走。"说罢,捂着胃返身进了小院,进了家门。

母亲奇怪地问:"你怎么又回来了?"

秉昆往炕边一坐，放下篮子，讨好地说："妈既然舍不得这篮子，那我当儿子的应该照顾妈的情绪，不惹妈生气，就回来了。"

母亲高兴了，夸奖道："这才是妈的好儿子。"找出一个废药盒，将鸡蛋小心地放入盒里，用块旧布将盒扎起。

"多谢妈了！"秉昆拎着盒边说边往外走。他在小院站了会儿，估计春燕早走没影了，这才二次出了小院，朝上坎方向大步而去。

走出约莫十来步，猛听到春燕的声音："周秉昆，你给我站住！"

他心里不由得骂："讨厌的修脚婆！"却绅士似的站住了，转过身去。

春燕从一幢泥房的山墙后闪出，朝他大声嚷道："你成心甩我是吧？不愿跟我一块儿走你可以直说，骗我干什么？我是狼啊还是虎啊？会在路上吃了你吗？"

秉昆也大声朝她嚷着说："你想多了，我没你以为的那么会演戏，真的是回家服了片药！我都走这儿了，那咱俩各走各的吧，别耍姑奶奶脾气啊！"

他一说完，怕春燕不肯罢休地接着嚷，又一转身，加快步伐，以神行太保般的速度往前疾行。

第七章

所谓"上坎",乃是城市形成之前早已存在的地貌。A 市的原点只不过是一个小渔村。渔民们建立家园,自然不会选择远离江边的高丘之处,所以 A 市的中心区也便形成于平地。后来,一批批有钱的外国人接踵而至,那高丘之处随即出现了由他们所建的洋楼及欧式住宅。再后来,从高处至低处,出现了一条条纵向的马路和街道,坡陡的高处曰"冈",坡缓的高处曰"坎"。到了那一年,全市至少有二三十条坡度较缓的长长短短的马路和街道,住在坡下的人家,大抵习惯将住在坡上的人家说成是"上坎"人家。

郑娟家并不住在"上坎"。"上坎"自有其横向的街道,两旁多为有门前小院和进门台阶的俄式房屋,或砖砌的或"板夹泥"的,都已老旧,小院不再是美观的栅栏围成的。当年规格一致的木条被树皮、树枝、铁丝之类杂七杂八的东西取代了,台阶也大抵破损塌陷,却仍能使人联想到它们当年的好看。如同曾经的美人,虽已徐娘半老,风韵犹存,一眼就能看出当年准是美人胎。它们的主人也不再是流亡的老俄国人,他们一批批被遣送回苏联去了。新主人们以 A 市的中小知识分子和中小干部为主——老资历的中学教师、新政权任命的校长、报社出版社的老编辑、医生、区里的科长、派出所所长、国企小厂的厂长等。有些住房是分配给他们的,属于公房,有些则是他们在老俄国人不得不走时买下的。买下的多是知识分子人家,当初价格便宜得很,几乎等于白给。但再便宜,那也是一般老百姓望洋兴叹之事。所谓高级知识分子，比如大学教授们，大医院的院长、名医们，处级及处级以上干部们，他们很少有住在共乐区的那样一些"上坎"街道的，而是住在市中心区更理想的街道更理想的住宅里。

郑娟家住在那一处"上坎"坡下百米左右的地方。那地方的坡路右边，斜刺里产生了一条胡同，曲里拐弯的，约一里半长。那种胡同，不能与北京的胡同以及南方城市的弄堂相提并论。后一类胡同，不论多么窄，两旁的房子都是砖或木结构的。郑娟家住的那条胡同里根本没有砖房，也当然不会有南方才有的木结构房子——约一里半长的胡同两旁，挨得非常紧密的土坯房几乎连成了两道黄泥墙，家与家户与户的分离，完全由那种黄泥墙上开出的低矮而朽残的门来显出。那条胡同的家家户户也曾有过门牌号，二十多年过去了，再就没更新过。若使每户人家都有门牌号，将是一件特麻烦的事。曾有过的门牌号所剩无几，要发现一个得在最佳距离用望远镜慢慢寻找。

"上坎"是由黄土层形成的。黄土是脱坯的理想土质，脱坯盖房子是最省钱的方法。穷人缺的是钱，有的是力气。先后几批穷人，不约而同地相中了那地方。他们就地取土、脱坯，于是一户又一户穷人们的家便在那地方接连出现了。穷人之所以为穷人，除了穷，还表现于他们对人生并无所谓长远考虑，基本上都是过一天算一天的活法。对于家，用他们的话说是"住处"，也断不会有多高的想法。他们当初经历战乱、逃荒而驻足于城市，主要是为了寻条活路。对于"住处"，所持往往是暂时能住就行的态度。设身处地站在他们当年的角度想一想，不持那么一种态度又能怎样呢？像周秉昆的父亲那样的农民，在他们中少之又少。何况周家在农村时是较富裕的中农，他父亲闯关东时是带了十几块大洋的。既是暂时的住处，那些仓促而建的土坯房就都很小，也很矮。添丁增口了，孩子长大了，实在住不开了，只得又脱坯，加盖一间半间的。四周空地少了，便只能见缝插针马马虎虎地盖成，于是家家户户连成一体，再无空地了。所留的走路的地方，越来越窄，有的地方窄到仅一米多宽。

直至"上坎"的一些人家联名抗议，街道委员会贴出了布告，胡同里的人家就地取土脱坯的现象才算中止。因为已将"上坎"的斜坡铲出了十几米高的黄土绝壁，继续下去，"上坎"的某些房屋必定坍塌。"才算中止"并不等于彻底终止了，即使胡同里的人家不再加盖屋子了，每年总还要抹抹墙吧？那就还是要从"绝壁"上往下铲土的。街道干部们解决不了他们抹抹墙的实际问题，通常睁只眼闭只眼。而"上坎"人家与胡同里的人家，争吵不断，有几家早已互相视为仇敌了。总而言之，与那条胡同的人家相比，住在光字片的人家，反而应该备感幸福，知足常乐了。

秉昆在胡同里往返一遭，没找到郑娟的家。他不愿贸然敲开哪一家来询问，不想使人猜疑到自己与郑家有什么关系。胡同里的泥土小路一段高一段低，被雪壳盖得严严实实。人脚踩实的雪壳硬且滑，他跌倒了一次，幸而反应敏捷，拎着布包的手及时高举，摔疼了屁股，但鸡蛋没受损失。

他正感到懊丧，一个少年不知何时出现了。那少年坐在自家门旁的煤堆上，手举一片圆形的玻璃对着太阳望。那天虽然挺冷，却是冬季里的一个晴日，太阳很亮。

他走到少年跟前，弯下腰问："小朋友，知道郑娟家是哪家吗？"

少年手中的圆形玻璃是一片磨薄了的茶色瓶底。少年将瓶底揣入兜里，又掏出片蓝色的同样磨薄了的瓶底，继续对着太阳望，仿佛没听到他的话。

他这才看出，那少年是盲人。迟疑片刻，他又问了一遍。

盲少年这才说："你不是我朋友，我没朋友。"

秉昆愣了愣，商量着说："咱俩是不是朋友倒没什么关系，只要你告诉我哪一家是郑娟家，我下次来会带给你许多瓶底，替你磨好了的。"

盲少年的头这才转向他，拿瓶底的手却仍举着，以成人般的郑重语气说："那你先告诉我，你是干什么的？找她什么事？"

盲少年的话令周秉昆又迟疑起来，他完全没料到一个盲少年对他问的话竟会持那么慎重的态度，简直可以说不但慎重，且有几分警惕。但唯有这么一个盲少年可问，便只好交谈下去。于是他说，自己并不认识郑娟，不过是受人之托，给郑娟送点儿东西。

"可，你知道她是什么人吗？"——盲少年那只手不举着了，在嘴前哈了哈，用另一只手搓了搓，揣入祆兜里了。秉昆随之听到他兜里发出一阵玻璃片相碰的响声，显然他兜里还有些那样的玻璃片，而隔着那样的玻璃片望太阳大约是他经常做的事。

秉昆诚实地说："知道。"

盲少年又问："知道你还受人之托啊？如果是给她送来涂志强的什么东西，那你干脆就别送了，那不是又会使她伤心吗？"

秉昆失去了耐心，生气又诱惑他说："哎，你这小瞎子到底想不想告诉我啊？如果你告诉我，我给你鸡蛋！"

盲少年那双白多黑少的眼睛睁大了，分明受到诱惑，却还在考虑什么。

这时，从胡同口的坡上，有一老妪推着载有冰棍箱的小车缓缓而下。冰棍箱上用草绳一道道绑着火把似的插棍，其上插着十几支糖葫芦。冬季毕竟不比夏季，冰棍难卖，卖冰棍的多是两样都卖。尽管那老妪小心翼翼，小车却还是向一旁滑去。周秉昆怕她连人带车翻入沟里，急忙上前，先替她推下小车，接着又把她扶了下来。

老妪指着盲少年说："那是我儿子，我到家门口了，多谢你了啊！"

盲少年说："妈，这个人他要找我姐。"

周秉昆看一眼那老妪，再看一眼那少年，又一阵发愣——想不发愣都不行。

老妪说："那，有什么事儿进家说吧。"

听了这话，秉昆不禁在心里谢天谢地。

郑家有两道门。第一道歪斜的破门，是北方人叫"门斗"的小小空间，无窗，黑咕隆咚的，三四平方米大的地方，堆着蜂窝煤、劈柴、冻白菜、冻萝卜什么的，架子上倒扣着水桶。冰棍箱子也放在门斗。

进入第二道门，便是住屋。郑家只有一间住屋，十五六平方米，火炕占去了一半地方，窗子在连着炕的一面墙上，仅四指宽的窗台。窗台以上的玻璃结着冰，为了防止融化的冰水淌到炕上，窗台被抹布卷和布条卷全部侵占了。地上，锅台和碗橱占去了另一半面积。有张旧桌子，一把让人看上去不敢往下坐的破椅子，还有看上去同样不结实的脸盆架。此外，再无其他什么东西。连箱子也没有，夏秋所穿的为数不多的衣服，叠放在炕的一角。

炕上铺着几张报纸，报纸上堆着山楂，一个穿件红毛衣的二十一二岁的姑娘——不对，应该说是小媳妇——也不对，确切地说是小寡妇，坐在炕上，正用竹扦穿山楂。她那么做前，先用小刀将山楂一个个切开一道口子，挑出里边的核儿。她的毛衣很旧了，几处地方开了线。她没穿棉裤，只穿条旧的花布衬裤，也没穿袜子。

秉昆进门后，小寡妇停止了正做着的事，极为吃惊地瞪着他。秉昆看出她还没洗脸没梳头,看出了她在一个陌生男子目光下的狼狈不堪,也看出了她内心里的羞臊。而他的惊讶是因为,自己没料到她还是一个美人。他看着她呆住了,想到了自己的姐姐。在他看来,除了她脸上没有书卷气,此外她的美绝不逊于自己的姐姐。区别是,自己的姐姐有张眉清目秀的脸,一双大眼睛总是很有神,目光总是那么自信,给人以意志坚定难以驾驭的印象;而眼前的郑娟有张蛾眉凤目的脸,像小人书《红楼梦》中的小女子,目光里满是悒惶,仿佛没怎么平安无事地生活过似的。她的样子,会让一切男人惜香怜玉起来,周秉昆当然也不能例外。

郑娟扯过她的棉衣盖住了脚和小腿,满是疑虑的目光转向了母亲。

郑母拍拍炕沿,意思是请秉昆坐下。也没别处可坐,秉昆就拘束地半坐在炕沿。这样他可以不和郑娟面面相对,他仿佛有种被催眠的感觉。

郑母在椅子上坐下了,她的盲人儿子摸索着蹲到她跟前,摘下她的棉手套替她搓手。

秉昆担心地说:"大娘,别坐那儿,坐这儿吧。"

他也拍了拍炕沿。

郑母说:"没事儿,别看这椅子破,挺经坐的。"说完才将目光转向女儿,打消女儿顾虑说:"这小伙子心眼好,见我推着冰棍箱下坡,跑过去替我,还扶着我下的坡。要不,我连人带冰棍箱子栽到沟里了。我要是摔伤了哪儿,咱们一家的日子可怎么往下过啊?"

秉昆已经背对着郑娟了。郑母说时,他看不到郑娟的表情。他极想看到,却又不好在郑母说时扭头看着人家的女儿——尽管她一味说着感激他的话。

他忍不住要打断郑母的话时,郑娟的弟弟开口了。

那盲少年说:"姐,妈的话太啰唆了,还是听我来说主要的话吧。别人托这个人转交给你东西,所以这个人才来找咱家的。他在门口见到了我，我正替你问他是什么东西，他还没告诉我呢，正巧咱妈回来了。"

依然是一种大人般的口吻，话说得有条有理。

秉昆赶紧接着他的话说："是啊是啊，是你弟弟说的那样。"

他不禁对那盲少年刮目相看，正想说句这一家三口全都爱听的话，没等想出来，郑娟在他背后开口了。

她说："你不必成心背对着我了。"

于是秉昆起身坐到炕沿另一端去，这样，他可以看着她了。在他背对她的时候，她已穿上了外裤。但穿的仍不是棉裤，而是一条单军裤，草绿色的确良的。她也穿上了袜子，小腿蜷向身后，成心不让他看到她的脚。刚才她没穿袜子时，他的目光盯住她的脚看了好几秒，看得她如芒在背，恨不能让自己的双脚立刻隐形。

郑母为了使屋里暖和些，起身去捅炉火，一边絮叨："不让她把棉裤拆了，偏拆了，说春节想穿上拆洗过的棉裤。可倒好，拆了，裤面也洗干净了，又来了活儿。穿两串糖葫芦挣一分钱，为赶在春节前挣几元钱，顾不上做自己的棉裤了……"

郑娟穿的军裤膝部有个指甲盖大的破洞。周秉昆看出，她穿的是涂志强生前穿过的一条军裤，那破洞是涂志强吸烟时掉下的火星烫出来的。涂志强交往挺广，想弄条军裤穿穿，就会有人帮他心想事成。那几年，穿条的确良军裤或上装，哪怕是戴顶的确良军帽，在留城青年中是很时髦的事。

"妈，你别絮叨些没用的了，春节前我肯定会有棉裤穿的。"郑娟目光与话题同时一转，看着周秉昆问："谁派你来的？"

秉昆苦笑道："倒也不是谁派我来的，是我自己有几分情愿才答应了的事。"

他简单地将瘸子二人托付他的经过讲了一遍，省略了几乎是被劫持

第七章

的细节，讲出他们苦苦相求的意味。

最后他掏出信封，放在小布包旁，总结说："这信封里就是他们让我给你送来的钱，十个鸡蛋是我从自己家带来的。毕竟，我与涂志强哥们儿了一场，快过春节了，算是我的一点儿心意。"

"我当什么呢，是鸡蛋啊，那大娘这厢谢你了啊！"郑母本已又坐在椅子上了，听完周秉昆的话，立即起身拎过去布包想放在别处。

郑娟喝道："妈，你别！"

郑母竟很顺从，坐下嘟哝着，双手仍捧着布包。

郑娟弟弟也说："姐，鸡蛋是可以留下的。"

郑娟又喝道："没你插嘴的份儿！"

弟弟噤若寒蝉，摸摸索索地躲到门斗去了。秉昆不由得低下了头，他不愿看到那小寡妇对母亲和弟弟的凶样子，见证了她的另一面让他有些不快。他偶尔也对自己的母亲那样子过，却是装凶，不是真凶，而她对母亲和弟弟却是真凶。他暗想，如果自己有那么一个懂事又是盲人的弟弟，才舍不得呵斥呢！

他听到郑娟大声说："你看着我！"

他抬起头，以不快的目光看着她。

"你转告他们，我才不需要他们的可怜！"她那双丹凤眼中投射出凛然的目光，咄咄逼人地瞪着他，停顿片刻，加重语气接着说，"我明明白白告诉你，我也不需要你来可怜！全中国可怜之人多了，我不认为我是最可怜的。我恨他们！涂志强如果不是跟他们搞到一起，也不至于犯下死罪。那我俩的日子还可以凑合着混下去。带上那钱，别弄脏了我家炕。你走吧！走！快走！……"

周秉昆一时目瞪口呆，如同自己果真是瘸子们一伙，对涂志强的死负有抵赖不掉的罪过似的。

"娟，你听妈劝你几句好不好？"

"不好！……你！……带上钱快给我滚啊！滚啊你！"

郑娟的手直指周秉昆的脸。

秉昆的脸红过一阵后，又变得煞白。

他猛地往起一站，将装钱的信封抓在手里，低着头撞门而去。他像一头被始料不及的枪声和猎狗吠声所惊吓的野兽冲到了外边，不但受到了惊吓，还被激起了一种难以形容的愤怒，想要发出狂烈的咆哮。

郑娟的母亲和弟弟跟到了外边。

那老妪说："孩子你站一下，你听大娘向你解释……那个，那什么，就是钱，她不要，大娘要。求你……给大娘留下吧！我女儿她……他俩并没领过证啊，我女儿她连一个正式的寡妇都不是呀，她肚子里还怀上了涂志强的孩子……如果不是因为撇不下我和她弟，她就根本不愿活了！她那样不是冲你，她是在冲自己的命发火呀！"

老妪脸上淌下泪来，朝秉昆可怜兮兮地伸出一只枯瘦的手，像已完全丧失了耻辱感的老乞丐。

盲少年也从旁说："我姐以前是好脾气的人，从没对谁发过火。"他的眼中也淌着泪。

"求求你，别生气……把那钱，给大娘留下吧！……只靠我卖冰棍养活不了我们三口人啊……"身材瘦小的老妪，双膝一弯，分明是要跪下去了。

周秉昆的心顿时软得一塌糊涂，赶紧上前一步，双手将郑母搀住，耳语道："大娘，我没生气。"

他从兜里掏出信封，递到了郑母手里。她连个"谢"字都没顾上说，抹着泪，迈着摇摆不稳的碎步进入了歪斜的家门。

盲少年问："我妈进屋了？"

第七章

秉昆说:"是的,她进屋了。"

盲少年又问:"我妈哭了吧?"

秉昆犹豫了一下,尽量以平静的语气回答:"她没哭。"

"我觉得,她是哭了。"

"真没哭。她是长辈,比我妈年龄还大。长辈对晚辈说话时,轻易是不会哭的。"

"可……她是在哀求你。"

"是啊,她刚才是在哀求我。但你妈确实没哭,我不骗你。"

秉昆摸了摸那盲少年的头,不由自主地蹲下,替他擦去流淌不止的泪,竟有些庆幸他是盲人,看不到自己母亲刚才那种可怜的样子。

"你把钱给我妈了?"

"给了,哪能不给呢!"

"那,是不是就证明,你原谅我姐了?"

"原谅了,我怎么能不原谅她呢?"秉昆说完这句话,觉得自己真的原谅那才二十一二岁的小寡妇了。他又在心里默默说了一遍,"我怎么能不原谅她呢?"

"那,以后……如果他们再让你送钱来,你还肯吗?"

秉昆不知该怎么说好了。

"我也求你,肯吧!我不要你送给我们鸡蛋,我替我妈,替我姐,也替我自己,要他们托你送的钱,如果他们真能说到做到的话,如果你真愿意帮帮我们的话。我们太需要帮助了,可谁又会帮助我们呢……"

那盲少年忽然双膝跪下了,跪得那么快,使秉昆措手不及。那时秉昆仍蹲着,并没站起,愣了愣,忽然将他拉入怀中,紧紧抱住了。周秉昆居然联想到了《叶尔绍夫兄弟》中的斯捷潘,联想到了在哥哥姐姐们讨论那一部书时自己所说的话——他觉得仿佛连斯捷潘也被他紧紧地搂抱住了。

盲少年在他怀中失声痛哭。

周秉昆觉得仿佛也是斯捷潘在自己怀中失声痛哭。

他不知不觉地流泪了，对那盲少年耳语："好孩子，别哭，我真的认为你是个好孩子，他们会说到做到的。我向你保证，以后你家每月都会收到钱，当然是我送来的，手递手交给你妈，或者亲手交给你也行。交给你也行的，是吧？"

盲少年终于不哭了，小声说："交给我不好，我是瞎子，怕丢了，还是交给我妈好。"

"愿意告诉我你的名字吗？"

"郑光明，我妈和我姐都叫我小明。"

"那么，以后我要叫你光明，我喜欢叫你光明。"

"那，你愿意告诉我你的姓名吗？"

"我姓周，名秉昆。同样没骗你，告诉你的是我的真姓名。"

"我相信，以后我可以叫你秉昆哥吗？"

"当然可以。"

"秉昆哥，你为我家做的事，千万别告诉别人啊，那我姐就更没脸做人了。"

"明白。你也不能对任何人说起我的名字。"

"你放心，我不会的。"

周秉昆就那么一直搂着郑光明，与他说了一番话。

秉昆走出那条胡同时，觉得自己一下子变成活了一百多岁的老人似的，仿佛历经了许多人间沧桑，对某些事情有了与以前完全不同的看法。他不再因自己出生于光字片而耿耿于怀了,不再因自己以自尊为代价终于调转成了工作单位,却仍是一名苦力工而耿耿于怀了,不再因姐姐的所作所为而一直难以原谅姐姐了,不再怕涂志强继续侵入他的梦中了。即使世上真有鬼,涂志强的鬼魂确确实实地出现在面前,他相信自己也是能够以平静如水、无惊无惧的心情来对待了。

他的心仿佛被刚刚摆脱的事掏空了。那事已经过去,如同历史,如同从他心里滔滔流过的江河水,冲走了内心里的许多脏东西,包括堆积在内心边边角角的脏东西。他知道那类脏东西以前在自己的内心里一直有,就好比烟道通烟必挂烟油,自己每长一岁,内心里的脏东西也就挂得越厚,堆积得越多。就在刚才,在郑娟家里,当他第一眼看到她时,内心里所产生的首先是一种狂野的简直难以克制的冲动,那就是扑到她家的炕上扑倒她的冲动。如果她顺从,那么他求之不得。如果她不顺从,那么他会打她,直至她不再反抗。

他很明白自己心里为什么会产生那么一种狂野的冲动——因为从一开始他便怀揣着莫大的也是莫名其妙的好奇,想要亲眼见识见识,和涂志强秘密结为夫妻的女人,究竟是一个什么样的女人,否则,他根本就不会答应那瘸子二人求他的事。不论是相求还是逼迫,如果在他内心里占据主导地位的不是那种莫大的好奇,瘸子二人的目的根本不可能达到。在他拎着鸡蛋走向那条胡同时,他一次次说服自己,他的好奇是完全可以原谅的。哪一个像他这种年龄,未婚,不曾与女性发生过任何一点儿亲密关系的青年,会不好奇呢?何况她已成了小寡妇!何况他是给她送钱去!四十元是不少的一笔钱。自己这一代人,有多少父亲们每个月才挣五六十元钱啊!

更何况,自己内心里并非仅有好奇,毕竟还多少有些同情。但他不曾料到或者说他不明白的是——一进入郑家的门,一见到炕上的郑娟是那种样子时，他的同情心顿时被狂野的冲动一冲而光。那时，仿佛同情是内心嫩草，而那种狂野的冲动是喷火器。

他还有几分明白的是——自己内心里的同情之所以被狂野的冲动一扫而光，第一，因为郑娟是美的，她的美太出乎他的意料，而且恰是他所朝思暮想的，在现实生活中还不曾遇到过的那类女性的美；第二，因为她衣着不整，未梳未洗，反而对他造成更巨大的从没遭遇过的异性诱惑；第三，他内心里顿时产生了一种强烈的愤愤不平——他涂志强的女人凭什么是一个美人儿？凭什么啊！不必与各方面优越又出色的青年比，就单与自己比吧，无论从家庭情况，还是从给别人的印象来说，他涂志强究竟有哪一点比自己强呢？自己起码没什么不良记录吧？第四，他当时认为她是卑贱的——与一个有不良记录的青年结为夫妻，结果让自己最终成了一个已被处决的杀人犯的小寡妇，难道不是卑贱的吗？她的不容置疑的卑贱，让他觉得自己高高在上。

是的，以上都是他内心里当时的真实活动。一个不过是酱油厂的苦力工的青年，去给一个卑贱的女子送去为数不少的一笔钱，见她是自己朝思暮想的那类美女，于是难以克制地与之发生了性关系，即使迫不得已使用暴力征服了她，那也算不上是多么罪恶的事吧？须知她可是一个卑贱的女子，而自己是一个一向循规蹈矩的好青年啊！是不是也可以反过来看，那样的事果然发生了的话，也未尝不是她的幸运呢。

周秉昆与别的青年不同之处在于，因为曾有一个时期经常听哥哥姐姐们一起分析和讨论小说中的人物，深受影响，不知不觉便也养成了对自己的言行认真分析的习惯。也可以说，文学间接给予了他那么一种后天禀赋，一种从未为人所知的能力。

那一天，他站在胡同口的高处，转身望着曲里拐弯的小道，良久没有离去，对自己进行了一番比以往都认真而严肃的分析。他不再觉得好玩，而是感到了羞耻。当郑母向他伸手要钱时，他内心里除了理解，其实也生出了几分鄙视。他认为那老妪应该因自己的言行而感到羞耻，并奇怪她何以丝毫没有感到。在对自己进行了一番分析后，方知自己才是最应该感到羞耻的一个人。

望着污雪覆盖的小道两旁原始人洞穴般的土坯房，他心中生出了一种极大的忧伤——那就是民间真的好凄苦，简直就是对"形势大好"的讽刺！如果逐一敲开那些歪斜破朽的门，家家户户也许都有一本苦经吧？人们每一天的日子其实就是别无他法地念着苦经，还绝不许念出声来。那一天，这光字片的青年补上了一堂他对社会的认识课——民间的种种无奈无助，原来并不在被他和春燕们形容为"脏街部落"的光字片！

冬日里正午的太阳高悬于当空，胡同人家的屋顶（如果那也算是屋顶的话）反射着刺眼的银光。

盲少年郑光明举着一片瓶底望着他，他不知道双目失明的人究竟还能望见什么？在他看来，阳光照耀之下的盲少年的头顶，似有异样的光辉。那当然是他的错觉，因为他也盯着那片瓶底看了一会儿，瓶底反射出的有色光让他有些晕眩。

秉昆对那盲少年内心里充满了感激，因为他对自己的突然一跪。

那一跪让秉昆悟到了一个道理——当别人对你下跪相求时，表面看来完全是别人的可怜，往深处想想，其实也未必不是别人对你的恩德，因为那会使你看清自己究竟是怎样的人。而看清自己，总是比看清别人要难的。谁都希望看清别人，希望自己看清自己的人却不是太多。真实情况很可能是这样——自己内心里的丑恶，也许比自己一向以为的别人内心里的丑恶更甚。

此时的周秉昆内心里空空荡荡的，然而并不是虚无的状态，他觉得有种类似块根的东西在内心深处开始发芽。那种说不清道不明的东西,使他内心充满了忧伤。

秉昆在"上坎"的坡路上遇见了肖国庆、孙赶超等五名木材加工厂的青年工友,都是抬大木或出料的苦力工。他们很亲热地围住他,问他去哪儿了?他说自己到市里去了,闻到了他们口中呼出的酒气。

红脸大汉似的孙赶超说:"瞎掰!我们明明都看见你是从太平胡同走上来的,还在胡同口站了半天,好像胡同里有人送你似的!"

"是个姑娘吧?"

"那还用问?不是个姑娘他能站那么久吗?"

"听说,那胡同里还有不少人家没户口呢,秉昆,你可千万别被一个没户口的小狐狸精迷住,以后麻烦大了!"

他们真一句假一句嘻嘻哈哈地打趣他,唯独肖国庆一声不响背对着他。

秉昆说自己为了抄近道才走太平胡同的,也问他们干什么去了。

孙赶超说他们去肖国庆家喝喜酒去了——肖国庆的姐姐也是兵团知青,虽然才二十三岁,却特别想得开,嫁给了团里的一名老干部,是位副营职现役军人。新婚夫妻共同请了假,到肖国庆家度蜜月。

肖国庆终于朝大家转过身,抗议道:"干部就是干部,你干吗非加个老字啊?我姐夫才三十几岁,你们都看到了,老吗?"

大家就争着证明不老,看上去很年轻。

孙赶超说:"你这家伙较什么真啊!"他将肖国庆往周秉昆跟前一推再推,推得他俩几乎撞脸了才作罢。

孙赶超又说:"国庆,你不是说一旦碰上了秉昆,要当着他的面把你憋闷在心里的话问个明明白白吗?现在碰上了,不许错过机会,问他!"

另外三人便安静了，和孙赶超一起目不转睛地看着他俩。

秉昆一时有些神经紧张，他猜不到肖国庆打算问自己什么话，怕他万一问的是一句让自己尴尬的话。他的心情已经很差了，不希望这一天再有让自己不快的事发生。

肖国庆说："问就问！秉昆你诚实地回答我，你跟哥儿几个谁都没打招呼，神秘地调走了，是不是因为我那天给了你一拳，还发飙要用木板拍你？"

秉昆听罢不紧张了，搂抱住肖国庆真挚地说："你这家伙想哪儿去了！我是那么小心眼儿的人吗？"遂将自己调离木材加工厂的真正原因一五一十相告。

大家听他说得掏心，也都承认涂志强的影子同样折磨过自己，只是不愿与人说罢了。

孙赶超又问他，怎么想调走就调成了，而且能走得那么快？肯定有贵人相助嘛。希望他也如实相告，什么时候认识了哪路神仙？

秉昆反问："都想听？"

大家异口同声回答："想听！"

又问："简单说也得说上一会儿，宁愿站在路边挨冻？"

大家异口同声地说："愿意！"

这些底层人家的小儿郎，从没与上层人士接触过，同类中若有谁与上层人士搭上关系，受到垂爱，他们不但羡慕，当然还极感兴趣，因为或许会从中学到经验和技巧。依他们想来，能帮周秉昆那么快调成工作单位的人，肯定是上层人士啊！

在他们对社会阶层谱系的认识观念中，科长级的干部，比如一些小厂的厂长、派出所所长们，统统都属实权人物；而处以上包括处级干部，则便是所谓上层人物了。

秉昆见他们兴趣那么大，自己不讲明摆着会让他们扫兴（而这是他不愿意的），只得半违心不违心地从他姐姐与蔡晓光那种难以理解的特殊关系讲了起来。

他们以前去过周家，见过周家的大美人儿周蓉。秉昆没讲几句，他们又都兴趣索然不想听了——从美人儿与上层人士家的儿子的关系中，他们不可能学到什么啊！前提太苛刻了啊！

孙赶超第一个说："秉昆，那什么，以后再听你讲吧，哥儿几个还要到别处去。"

秉昆却恼火了，不快地说："你们非让我讲的！我刚讲你们就走那不行！不想听也得给我听完了，谁走我和谁绝交！"

他一认真，大家就不便走了，都不愿让他扫兴。

肖国庆首先表态说："那咱们就听秉昆讲完吧！要不确实是咱们不对了。"

于是，他们都像小朋友听孙敬修老爷爷讲故事似的，一个个挨着冻，耐着性子，表现良好地听周秉昆讲下去。

秉昆的话匣子一旦打开，就如同自来水龙头拧开了，并且是长期锈死的自来水龙头被蛮劲儿拧开了，螺丝口拧秃噜了，不太容易关上了；肖国庆、孙赶超们则渐渐听得有兴味了，入迷了。大美人儿秉昆的姐姐与当初省革委会的军代表、后来省商业厅革委会主任儿子之间那种一波三折的关系，是他们从没听说过的一种男女关系，太特殊了呀，太不一般化了呀！反正周蓉并不是自己的姐姐，他们对她行为的评论，便不像周秉昆那么痛心疾首，竟然都说周蓉太了不起了，简直可歌可泣！一个个净说歌颂的话，秉昆自己却讲得泪汪汪的。待秉昆讲到求蔡晓光时的自卑，讲到在酱油厂备感屈辱的状况时，大家的表情反而都大为轻松了。

孙赶超问："讲完了？"

周秉昆跺着脚说讲完了，他的脚已冻疼了。

肖国庆问："照你的说法，你们周家不可能再与蔡家有什么关系啰？"

秉昆高叫道："哎，我讲了半天你究竟认真听了没有啊？我说我们两家有什么关系了吗？问问他们几个，我说了吗？"

其他人都摇头证明根本没有。

秉昆脸颊上都冻着泪痕了，他不无失落地说："就我姐与蔡晓光有过那么一段古怪关系，我求了他一次，他帮了我一次，我俩以后也就剩再见到时点点头说几句话的关系了。我姐与他的那点儿古怪关系被我一次性用完，而且用得也不好，结果与没用差不了多少，就这么一回事。"

孙赶超说："听，反应多快，立刻封咱们嘴，怕咱们以后会让他间接求那个蔡晓光帮什么忙似的。"

秉昆说："你还挤对我！我揍你！"挥拳便朝孙赶超打去，肖国庆及时横移一步，挡在二人之间。

肖国庆瞪着孙赶超说："我那么问确实是因为没太听明白，你那么说秉昆也确实是挤对他，不够意思！"

他拥抱住秉昆，如同秉昆刚才拥抱住他那样，轻拍着秉昆后背安慰道："好秉昆，别难过，像咱们这些货，有时得认命，不认命是自寻烦恼，自寻烦恼多没意思！"

于是其他几个一个个拥抱秉昆，也都拍他后背或脸颊，鹦鹉学舌般地安慰。他们和周秉昆一样，在那一日以前，都是没安慰过别人的青年，也几乎都没怎么被别人安慰过。

周家终究并没与上层人士搭上关系，周秉昆终究还是与他们一样的人，只不过由木材加工厂的青年苦力工变成了酱油厂的青年苦力工，这使他们在心理上终究感觉到平衡。人的心理是奥妙无穷的，当受到某类事负面影响开始产生了不平衡之感，却终究还是获得了一种极大的平衡以后，会体验到异乎寻常的愉快。

那时的肖国庆、孙赶超们的心里难以形容地暗自愉快着。他们都知道那不怎么道德，却都拿自己内心里那份儿愉快没办法，所以便都以一种严肃的表情予以掩饰，唯恐流露出来。他们无师自通地掩饰得很成功，在周秉昆看来，他们的严肃表情是由于心情凝重所致，而他们心情凝重是由于对他的深切同情。自家的自己的、别人家的别人的一些事在他内心造成的苦闷，终于突破了一个心垒的豁口，流淌般地倾诉减压一番之后，秉昆也有几分愉快了。他想起了母亲的叮嘱，趁着自己些微的愉快劲儿还没消散，邀请他们春节期间到自己家玩。他们都挺高兴，定下了正月初三这个日子。

与他们分手后，秉昆独自往家走时，想起了一位美国作家小说中的一首诗：

> 蓬松卷发好头颅，
> 未因失恋而痛苦。
> 未曾患过百日咳，
> 亦无麻疹起红斑。
> 寻常人生寻常过，
> 有限快乐胜黄金……

他记得姐姐在家中高声朗读时，哥哥、郝冬梅和蔡晓光都笑眯眯地看着她，仿佛那是一首她自己写的诗，而且写的正是她自己。不知为什么，姐姐的一头秀发天生有些卷曲，民间的说法是自来卷，母亲给出的解释是因为姐姐还没出过疹子,人人都有的身体内毒小时候转移到头发上,将头发烧出卷来了。母亲对此心存忧虑,经常嘱咐姐姐一旦发烧了千万别大意。因为按民间说法,小时候没出过疹子的人身体的内毒尚在,说不定什么时候会由一点儿小病引起大病,给人颜色看。

他记得自己当时提了一个问题:美国有没有保尔式的青年革命者?

姐姐停止了朗读,依次看着哥哥们的脸,显出被高端问题难住了的样子,那意思是本姑娘才疏学浅,但你们总不至于也被难住了吧?

蔡晓光肯定地说:"没有。"

郝冬梅不怎么肯定地说:"也应该有的吧?"

哥哥说:"在全人类的历史中,不仅仅无产阶级的伟人才是伟人,无产阶级的英雄才是英雄。如果这种前提是成立的,那么我认为马丁·路德·金……"

姐姐大声制止道:"打住!"她从兜里掏出几角钱,朝秉昆一递,板着脸命令:"买冰棍去。"

他当时不得不起身买冰棍去了,所以直到那日他也并不知道马丁·路德·金何许人也。

由马丁·路德·金,他忽然想起了那首关于百日咳与麻疹的诗的作者是马克·吐温。这使他的小愉快又多了几分。

蓬松卷发好头颅,
未因失恋而痛苦。
未曾患过百日咳……

他不由得喊起马克·吐温的诗句来,像在某些场合喊革命口号那么大声。周秉昆已经多次喊过革命口号了,那时他总觉得自己并不是一个人，只不过是别人的录放机而已。他却由于自己的大喊而喜欢起上面一首诗来——蓬松卷发、失恋、痛苦、百日咳、麻疹，寻常人生，有限快乐……他喜欢由这些大白话组成的诗句。更确切地说，不知从哪一天起，他开始喜欢听别人说不怎么革命的甚至很不革命的话，喜欢看那样的电影和书（如果能看到也允许看），喜欢那样的诗句了。

他觉得之所以如此，是因为自己病了，被几乎无孔不入的革命搞出病来了。他不但可怜自己，还可怜那些专爱革别人的命、似乎认为人活着就是要革别人的命、分分钟都应该不忘革别人的命的"革命人"。他清楚地知道，肖国庆、孙赶超们和自己在此点上是一样的。他们也被"革命人"搞出病来了，只不过大家都心照不宣地避谈罢了。

忽然他不喊了——一个穿警服的人正在路旁望着他。

那人是派出所的小龚叔叔，大名叫龚维则。小龚叔叔二十三四岁了，是派出所的模范，像穿警服的"阿牛哥"，就是电影《刘三姐》中刘三姐的意中人。他参加工作早，尽管比秉昆们大不了几岁，秉昆们却特尊敬他，当面背后都习惯于叫他小龚叔叔。

小龚叔叔朝他招手。

周秉昆惴惴不安地走到小龚叔叔面前，对方猎犬般吸了吸鼻子，好生困惑地说："你没喝酒嘛。"

他说："小龚叔叔，你还不了解我啊，不过年不过节的，我一向滴酒不沾，非喝不可的情况下才意思意思。"

小龚叔叔问："那我们秉昆失恋了？"

他双腿一并，敬礼道："报告小龚叔叔，本人尚未恋爱，不曾失恋。"

小龚叔叔表情严肃了，质问道："既没醉，也没失恋，那你扯着嗓子喊什么？失恋啊，痛苦啊，你敢说你刚才没喊？"

他笑了，说自己喊的是诗句。他没敢说是美国作家小说中的幽默诗句，而说是自己厂里一名爱写诗的青年工友写的，从头背了一遍。

小龚叔叔批评道："歪诗，纯粹是歪诗！你喜欢诗那也应该喜欢好的，好诗应该给人以精神上的力量，让人听了热血沸腾。今后再不许扯着嗓子在路上喊歪诗！白天不许，晚上更不许。这是在咱们派出所的地面上，如果是在别的地方，恰巧也被一名并不认识你的民警听到了，还不将你当疯子带到派出所去呀？要是那样了，你要说清楚自己不是疯子很麻烦。需要街道开证明，说不定还得咱们派出所去人把你领回来，而那个人肯定是我呀。那你不是给我找事儿吗？这还是较好的结果。不好的结果可能就是，人家倒是相信你没疯，却怀疑你对现实不满了。你一个生活在社会主义中国的青年，你的快乐是有限的吗？既然你还没谈过恋爱，在大街上扯着嗓子喊什么痛苦什么失恋？你是不是有含沙射影之嫌啊？那你还能说清楚吗？我能轻易把你保出来吗？"

秉昆觉得小龚叔叔未免太小题大做，待他的话刚一停顿，立刻问："我可以走了吗？"

小龚叔叔说："不可以。你以为我说完了吗？没呢。不爱听是不是？不爱听是错误的！"

小龚叔叔掏出烟盒，吸着一支后语重心长地说："秉昆啊，我是为你好。有些事情你不注意，后果那是很严重的！"

接着他讲了一件最近发生的事，使秉昆顿觉他是出于一片好心，内心里顿时充满感激。他说光字片有个叫韩伟的青年在亚麻厂自杀了，他昨天刚协助有关方面处理完。韩伟能分配在亚麻厂，是因为他有个好爸爸。他爸爸是火葬场的化妆师，"文革"前为一位市委干部的老父亲的遗体化妆得好，受到了人家的赏识。后来本市上层人士的亲属死了，都指名由他化妆。韩伟分配工作时，他父亲一出面求人，扇扇后门都敞开了。否则，一名家在光字片的青年，凭什么能进亚麻厂呢？

"韩伟入厂以来的工作表现还是不错的，人缘也挺好。他从小有种特长，你也知道的吧？"

"用纸折些小动物，但那也算不上什么特长……不过，也算吧。"周秉昆与韩伟关系一般。韩伟爱出风头，秉昆反感他这毛病。但一想到他已离世，而且与自己同是在光字片的青年，不免同病相怜，话就说得自相矛盾。

小龚叔叔却一脸悲戚。显然，韩伟的自杀对他是极大的刺激。原来，有一天午休时，韩伟用厂里的办公纸折了大大小小十几只青蛙，还用彩色笔画上了条纹或斑点，摆在食堂的餐桌上，与一些青年工友玩起了游戏。那种游戏秉昆小时候也玩过，就是要将青蛙一口口吹入事先画好的格子里，能将最大的青蛙用最少的几口气吹入最小的格子里，便算第一赢家。那天，韩伟他们赢的是卷烟。上中学以后，秉昆再没玩过那游戏，觉得没意思。韩伟他们那天不但玩得兴致高涨，还不断地拍着桌子大呼小叫"蛤蟆蛤蟆跳一跳"。人缘挺好不等于将小人也团结成了朋友。不幸的是，韩伟身边有小人，更不幸的是他自己浑然未察。结果那天一个小人就越过厂领导，用厂外的公共电话直接向市公安局报了案，说韩伟利用玩游戏，恶毒攻击伟大领袖。市公安局的人闯入食堂了，他们那儿还玩得兴高采烈呢，结果被公安局的人抓了个现行……

秉昆问："因为折青蛙用的纸？"

小龚叔叔说："对。你怎么猜到的？"

秉昆说："我提醒过他，他非但不听，还骂我是特务。"

小龚叔叔叹道："他那时要是能听进去，悲剧就不会发生了。怎么能用印有'万岁万万岁'的办公信纸折蛤蟆呢！这种违反常识的政治错误，根本就不该发生在你们'红五类'青年身上嘛！人家公安局的人当然得把他带走了。设身处地替人家想想，人家能说误会了，继续玩吧！秉昆，人家能那样吗？"

秉昆小声回答："不能。他们不当回事儿，就犯错误了。"

小龚叔叔激动起来："还是的。人家必须严肃对待嘛！起码要对他批评教育一番吧。可他自恃是'红五类'子弟，不服，偏跟人家顶牛，问题就升级了，人家不得不在厂里召开了批判会。你就是人缘再好，公安局组织召开的批判会，谁能不参加呢？某些人正因为是哥们儿，那就非参加不可，非批判你不可，否则不就成了立场问题了吗？可一批判他，他受不了啦。趁人没注意，从四层楼跳下去了。本来也不是多大的事儿，不就是批判批判，检讨检讨，走个形式，也给人家公安方面一个台阶下嘛！可他偏不给，反而来这么一手，这也太娇气了呀！生活在咱们社会主义国家，凡是那娇气、任性的，都不是好青年！毛主席怎么教导你们青年的？要经风雨、见世面是不是？怎么，批别人、斗别人的时候，想怎么批就怎么批，想怎么斗就怎么斗，一轮到自己身上，就玩自杀呀？哎，别的道理都不讲，自己的命就那么不值钱吗？我不是一般的民警，我是区公安系统的模范民警，是负责咱们这一片青年们政治思想工作的模范民警。短短半个多月里，你们光字片被处决了一个，自杀了一个。哎，你替我想想，我还有脸穿着这身警服出入派出所吗？我一看见你扯着嗓子在大街上喊些不三不四的话，老实说我心惊肉跳。我操不起对你们的这份心了，我快被压力压趴下了，我怕了。晚上开始做噩梦了。"

秉昆说："小龚叔叔，你的烟灭了。"

小龚叔叔这才扔掉烟头，尽管灭了，还是狠踩一脚，使劲儿碾入雪地里。

秉昆完全理解他的复杂心情，说："小龚叔叔你放心，我保证不给你惹任何麻烦。"话中充满同情，有对小龚叔叔的，也有对韩伟的。

小龚叔叔谆谆教导他说："不是给我惹不惹麻烦的问题。与我的责任有关的事，再麻烦我也得担起来。你们光字片的青年，要争取活出个人样来！光字片是藏污纳垢的地方，是出社会不良分子的地方，别的区都这么说，你们得凡事对自己负责，对他人负责，对社会负责啊！"

秉昆对肖国庆们倾诉了一通渐觉变好的心情，听了小龚叔叔一番话后，又变得糟透了。韩伟的死不同于涂志强的死。他与韩伟关系一般，却还是心生悲悯，而那悲悯还无法表达。方才已冻脚了，此时仿佛周身寒彻，他急欲脱身。

他像一个听话的好孩子似的说："小龚叔叔，我记住你的话了。"

小龚叔叔接着表扬了乔春燕和秉昆的母亲，说春燕将会是第一个为光字片争光的女青年。

一名市级服务行业的标兵，不仅要有先进的工作表现，在街道也要有良好的口碑。小龚叔叔希望秉昆向光字片已经参加工作的青年们打打招呼，市里派人来光字片了解情况时，大家应该多为春燕说好话。这也是为光字片争取荣誉。秉昆真诚地表示愿意完成任务。小龚叔叔说，秉昆的母亲是一位有智慧的街道干部——某日一个小孩将家中的毛主席瓷像碰落地上摔碎了，当妈的不知怎么办，于是把秉昆的母亲找了去。秉昆的母亲沉着冷静，方寸不乱，把那件不好的事处理得妥妥帖帖。她先与那家的妈和孩子共同请罪，之后裁了些红纸，将碎瓷片一一包起，亲自送往十几户好居民家里，说那是"宝瓷片"，说不怎么好的居民家还不给，有幸得到的人家要好好珍藏……

"你看，那么一件不好的事，如果处理不当，被小人当成把柄，上纲上线，起码会搞得一条街鸡犬不宁。小人哪儿没有啊？哪儿都有，街道也不例外。寻常看不见，偶尔露峥嵘。一露峥嵘，好人就不得太平了。你妈处理得多高明！秉昆你要向你妈学习，我也要虚心向你妈学习。咱们警民要共同努力，团结一致，用聪明的方法，将光字片建成一条条社会主义文明街道，你说对不对？"

听别人表扬自己的妈，秉昆很不好意思。母亲从没对他说过"宝瓷片"一事，如果小龚叔叔不说，他根本不会知道。他也认为母亲处理得挺聪明，但还算不上智慧。依他看来，有小聪明的人真是越来越多，但有智慧的人却似乎越来越少了。他最佩服的一个有智慧的人是小龚叔叔的上级，派出所的老所长。"文革"刚一开始时，因为光字片的街名全与"仁义礼智信"连着，包括小龚叔叔在内的一些民警主张都改了，老所长坚决反对。老所长认为，住在当地的皆是文盲老百姓，不告诉他们"仁义礼智信"的出处，他们就根本不知道是孔子的话。要改就得先将"仁义礼智信"批倒批臭，那是多不容易的事啊？革命者何必非做吃力不讨好的事呢？革命也要看效果啊！

小龚叔叔们不以为然，在光字片召开了一次群众大会，征求大家的意见。结果让小龚叔叔们惊诧不已，光字片的广大人民群众都坚信"仁义礼智信"是伟大领袖的话，都说意思那么好的街名为什么要改呢？谁想改我们就和谁斗到底。老所长听了小龚叔叔们的汇报之后说："不改，光字片广大人民群众对伟大领袖的热爱就多几分。一改，反而使他们困惑了。一困惑，热爱打折扣了。改与不改，我不参与意见，你们掂量着办吧！"小龚叔叔们一掂量轻重，思想认识就都统一到老所长一边，决定不改了。后来有几批中学红卫兵到派出所造反，强烈要求废除体现封建思想的光字片街名，小龚叔叔们将老所长的话一说，他们也面面相觑，不敢轻举妄动。秉昆的哥哥听说了，有次对郝冬梅、周蓉和蔡晓光如此评论："大隐隐于派出所，好一位智者。光字片人家的信和电报，不必担心被邮递员乱投了，他做了一件有益于人民的事。"哥哥下乡前，还怀着敬意去向老所长告别。自从听了哥哥对老所长的评价，秉昆每次见到老所长都礼貌地打招呼。老所长退休了，他已有两年多没见到过。

秉昆回到家里,见母亲在包饺子,他便洗了手,与母亲一起包。他一边包一边问母亲,为什么从没对他说过"宝瓷片"的事?母亲被问得怔住了,反问什么"宝瓷片"的事。他就把路遇小龚叔叔,对方表扬她的话说了一遍。

母亲苦笑道:"那事儿呀,你不细说妈都想不起来了。什么智慧不智慧的,妈哪儿懂,不过就是息事宁人呗!这么多事的年月,妈又是街道干部,不学着息事宁人,对不起街坊四邻啊!"

秉昆又问母亲知不知道韩伟的事。

母亲又一怔,反问他知道些什么,从哪儿知道的?

秉昆便把小龚叔叔的话说了一遍,母亲严肃地说:"这小龚,他怎么可以对你说那些!那是违反纪律的,哪天妈见到他要批评他!"

母亲的说法是,上级有指示,不许任何人传播韩伟自杀的原因,厂里对韩伟父母的说法是意外事故。

一个入厂后一直表现还不错的青年工人,还是"红五类"子弟,就因为那么一件脑子缺根弦的事自杀了,上级怕真相传开被阶级敌人利用,进一步制造政治谣言。所以,即使对韩伟父母也只说是意外事故。街道干部中,只有母亲和主任知道真相,因为要倚重她俩安抚家属别再闹出什么人命来。

母亲用粘着面粉的手指戳着秉昆脑门说:"儿呀,你要是妈的好儿子,就千万不可对任何人说妈对你说过的话。也不可对任何人说小龚叔叔说过的话,那可都是一传开就不得了的事!你给我记住了没有?"

秉昆连说:"记住了,记住了。"

他又问:"查出了给公安局打电话的人没有?"

母亲说:"那怎么查得出来呢?公共电话亭收费的人只记得是个穿

亚麻厂工作服的人。全厂都恨死了那个人,包括厂领导。公安局的人也恨死了那个人。确实是个小人,但谁也不能公开说是小人,那不就是政治立场错了?没那么一个小人,闹不出这么一桩出人命的事来!唉,这世道……"

第八章

春节对于从前的中国人，像每年一次的公关仪式——若谁家少有客人登门，便是尴尬之事；而客人不断，则证明声誉可敬，起码可靠。为此，好吃的主要是为待客储备，自家享用反在其次。

一九七三年春节，比一九七二年春节供应的年货多了些，A市的市民可以买到中国用大米从朝鲜换来的明太鱼了，凭票每人二斤，两条三斤左右，供应充足，斤两限制不太严格。人口多的人家便分几次买，一次只买一张票的，那么数口之家便可多买几斤。各商店知道这一奥秘，却不戳破，也不嫌麻烦。供应充足嘛，为什么不让老百姓过春节多吃上几条鱼呢？商店卖鱼的也都是普通百姓啊。在有些方面，只要没谁干涉，老百姓是愿意向着老百姓的。市民们也可以买到中东产的一种蜜枣了，不凭票不凭本，随便买，当然也是中国用大米换的。多年难得见到的瓜子、花生、芝麻酱、香油、虾酱，都可以凭本限量买到了。东北是出产大瓜子大花生的省份，居然常年见不到瓜子、花生，曾让A市人十分困惑和郁闷。后来还是郊区的农民为市里人解开了疙瘩——农村严格贯彻"以粮为纲"的方针，任何一个生产队若在农耕地上种向日葵或花生，要承担破坏农业生产的罪名。农民只能在自留地上种向日葵或花生，但农民的自留地在"割资本主义尾巴"运动中减少了，有限的自留地要用来种菜。也就是说，千千万万的东北农民兄弟，也和市里人一样多年没吃过瓜子、花生了。现在见到的瓜子、花生等稀罕东西，是从别的省调配到东北的。别的省还生产那些东西，是因为靠海近，装船出口方便。

一种说法是，为出口生产的东西多了，没处存放，索性供应给人民。另一种说法是，毛主席觉得，出了林彪事件，人民肯定吃惊不小，指示周总理要让人民过副食丰富的春节，为人民压惊。并且，也可以用事实批驳林彪反党集团的"国富民穷"论。

两种说法各有理由，A市人都以欢乐的好心情同时接受。毕竟得到了实惠，谁还去争哪种说法更可信呢？已经是"文革"的第七个年头，辩论亢奋退烧了，大字报仍时有出现，即使打着"要为真理而斗争"的旗号企图引起广泛关注，那也很少有人理睬。

最让A市人想不到的是，每户还可凭购货本买到二两茶叶、一块上海生产的檀香皂。那皂的确非同一般，刚拆开包装纸时异香扑鼻，令人陶醉。茶是红茶，不知产于何地，商店预先用稻草纸二两二两包好。这两样东西，对于大多数人家是非正常需要，属于奢侈品。特别是茶叶，一辈子不喝又怎么啦？但有些生活条件好的人家渴望拥有，而且多多益善。准备为儿女办婚事的人家也分外青睐茶和檀香皂——若能在婚宴上为客人沏杯红茶，让新娘子在婚后一年里一直使用檀香皂，那什么劲儿！不过，这也是生活条件好的人家的喜好，寻常百姓人家的婚事，茶和檀香皂可有可无。所以茶和檀香皂就出现在黑市上，都是抢手货，可翻价几倍卖出。往往是某人刚卖出手，攥着钱不往兜里揣，转身就去买虾酱了。芝麻酱和香油也如同奢侈品，普通老百姓理性地拒绝消费。虾酱却大受普通老百姓欢迎，贴饼子、窝头抹上几筷子虾酱，吃起来像点心。

腊月二十九中午，肖国庆和孙赶超风风火火地来到周家。他俩得到秘密消息，三十儿上午，在城乡接合部的一处小商店，将有不凭票不凭本的猪肉可买，四角八分一斤，与凭票的猪肉同价。他俩希望和周家凑够四十八元合买一百斤，每家出十六元，每家分三十三斤又三两猪肉。

周秉昆问："消息可靠吗？"

孙赶超说绝对可靠，他家的近邻是那小商店的头儿，只告诉了他家，再没告诉第二家。他怕知道的人多了，都赶去买，引起骚乱。

周母问："买一百斤也卖？孩子，你说的可是猪肉啊！除了秋季买大白菜，平常日子买菜还限制在五斤以内呢！"

她难以相信。

孙赶超说，实际上店里更愿意整扇整扇地卖。整扇什么概念？半头猪啊！半头猪肯定超过一百斤啊！

肖国庆也说，赶超觉得好事不能忘了哥们儿，但也不能告诉所有哥们儿，呼啦去一大帮人，不够卖的话，激起众怒，追究起来，人家小商店的头儿可能就当不成了。赶超把秉昆视为哥们儿中的哥们儿，才来通风报信。

秉昆听了国庆的话，就催促母亲赶快给钱。

"可居家过日子，谁家会一下子拿出十六元钱买肉啊！"

母亲犹豫。

秉昆说："不是过了这村就没这店的事儿嘛！妈，你别影响了国庆和赶超的好情绪啊！"

孙赶超又说："大娘你还真得快做决定，我和国庆不敢在你家耽误时间，怕去晚了排个队尾巴，高兴而去，扫兴而归。"

周母这才不情愿地找出钱，数了二十多元交给儿子，把装钱的小木盒放回箱子，"儿子你看到了，妈其实没留出多少钱过春节。存折上的钱那是不能动的，得留给你和你哥结婚用。"

秉昆也没太听妈说话，顾不上吃饭，揣了钱，与肖国庆和孙赶超匆匆而去。

三个青年舍不得花钱乘车，何况乘车也不能直接到那小商店，他们风风火火直奔郊区。走着走着，下起鹅毛大雪来。待三人站在那小商店门外，早都变成了雪人。

肖国庆问孙赶超："肯定是这儿吗？"

孙赶超说："应该就是这儿。"

秉昆说："是不是，进去一问不就知道了？"

孙赶超说："不能问，一问兴许就把我家的邻居给卖了，咱们只能观察判断。"

"管他是不是这儿，先进去暖和暖和再说。"肖国庆性急，边说边拍打身上的雪。

三个青年拍打净了身上的雪，接踵而入，但见小小的店内挤满了人，每人袖子上都用粉笔写了数字，最大的数字是"23"。

秉昆问："都是排号买肉的吧？"

没人回答他的话。

肖国庆小声说："还问什么，肯定就这儿。"

柜台后有个中年男人朝孙赶超微微点一下头，孙赶超就向他借粉笔。那人朝窗台指了指，孙赶超抓起窗台上的粉笔就在自己袖子上写了个"24"。

秉昆小声说："我俩不用写了吧？"

孙赶超也小声说："都写上，万一是每人限量买呢？那咱们三个人不是可以多买吗？柜台后那男人就是我家邻居，一会儿我买盒烟谢谢他。"

肖国庆担心还是来晚了，排的都是24、25、26号，如果白等还莫如不等，秉昆也是这个主张。孙赶超说，究竟能不能买上，他一会儿找个机会问问，冒着大雪走了二十多里来了，先别往泄气的方面想。

店里地方小，人又多，还有人吸烟，空气很不好。秉昆没在店里待多久，觉得头晕，说要出去透透气儿。国庆也说头晕，跟了出去。

鹅毛大雪还在下，店前的马路那边便是农村的田野，白茫茫一片大地好干净。远处，一个小村被大雪覆盖得只剩下了农舍的轮廓，悄无声息地趴在雪地间，仿佛转眼就会消失。几户人家低矮的烟囱里冒出了袅袅青烟，仿佛要证明白色的轮廓之下住着人。

靠路边有棵孤零零的大树，主干有筒口那么粗，长得老高，树枝树杈也很多。每一枝每一杈都令人难以置信地挂满了雪，连迎着风雪一面的主干也从上到下变白了。

国庆说："你看树上是些什么？"

秉昆定睛看了看说："没什么啊。"

国庆跨过马路，弯腰捧起一捧雪，攥成雪团，挥臂朝树上投去，于是飞起一群白色的东西。刚一飞起还是白色的，飞到半空身上落下雪时才变黑了——原来是群乌鸦。附近再没别的高处可落，乌鸦们呱呱叫着，在那棵树上盘旋了一阵，最后还是落在树上了。

国庆走到马路这边时，有几人见他俩衣袖上有数字，其中一人问："是排队买肉的吧？"

国庆警觉地反问："谁告诉你们来的？"

那几个人互相看着，支支吾吾，显得很谨慎。

秉昆不禁笑了，热心地说是的，还告诉人家窗台上有粉笔，进了屋第一件事要抓起笔来往自己袖子上写号。

几个人谢过，进入店里。不久，赶超从店里出来了，让国庆和秉昆只管把心放在肚子里，肉有的是，一个电话就会整卡车运来。往后一年里，肉可能就不凭票了，怕忽然变化，引起抢购，所以先在这偏僻的小店试卖。

国庆和秉昆听了自然高兴,都说不管等到多晚,非把肉买回去不可。

三人正说着话,顶风冒雪猫着腰又走来两个人。待那两人走近,秉昆才认出,竟是"五四"曹德宝和吕川。秉昆和二人关系不好,虽然互相打了招呼,但双方都带搭不理的。好在国庆、赶超与曹德宝和吕川是中学同学,看起来似乎一团和气。

赶超是眼里揉不进沙子的人,把秉昆扯到一旁问怎么回事。秉昆说自己也不知道,反正自从成了工友,他俩就无缘由地孤立他。

赶超说:"我来解决这个问题。咱们不但要把肉买回去,还要让你们三个以后也成为朋友。你得主动点儿,去店里把粉笔拿出来,由你给他俩袖子上写号。"

秉昆当然希望与曹德宝和吕川之间的问题早日解决,顺从地走入店里去。

曹德宝和吕川急着先写上号,也往店里走。

赶超拦住他俩说:"不用急,人家秉昆就是为你俩进去的。"

他话音刚落,秉昆拿着粉笔出来,也不说什么,默默就往曹德宝和吕川袖子上写号。

秉昆写完,国庆想替他把粉笔送回去,免得后来者找不到。秉昆说不必,窗台上已多了几截粉笔。

赶超看着曹德宝和吕川说:"现在你俩得老老实实回答一个问题,否则我挡住店门不让你俩进去暖和。"

曹德宝笑道:"我猜着你要问什么了。你先告诉我,你们怎么知道消息的?你说了我和吕川才说。"

赶超说:"错!我要问的是,你俩为什么成心孤立秉昆,从实招来!"

曹德宝和吕川对视一眼,都低下头去闷不作声。

国庆也说:"秉昆在酱油厂还受你俩的气呀?他是我和赶超的哥们

儿，那你俩还真得交代交代原因了！"

秉昆不好意思地说："我可没说他俩给我气受，我只说他俩不愿理我。赶超非要问个明白，我没法不如实地说。"

"我和德宝讨厌后门进后门出的人！"吕川口中愤愤地迸出一句话。

赶超就说："来来来，听我讲故事。听完，你俩就不讨厌秉昆了。"他生拉硬拽，一手一个，将曹德宝和吕川扯到了小店的侧面，那里背风雪。

"他主讲，我补充！"国庆说着也跟了过去。

秉昆呆呆站在原地，不知如何是好。

国庆转身朝他喊："你别傻站那儿挨冻，进店里暖和去！"

秉昆进入小店，见一角落有人坐过，垫屁股的报纸还在地上，便走过去坐下。他不由自主地回忆起近两个月来自己经历的大事小事，深感每一件事都不同程度地改变了自己，影响了自己对人生、对老百姓常说的人世间的看法。他由涂志强成了杀人犯被公开处决，想到了涂志强的父亲，那位舍命救工友的老工人。以前木材加工厂的宣传窗里一年到头贴着那老工人的大幅半身照，涂志强出事的第三天就被揭下来，以后当然也不会再出现在宣传窗里了。他不认为涂志强天生就是个杀人犯，也不认为韩伟天生就不拿自己的命当命。他认为他俩的死，都是由于一时的冲动。是的，是冲动，这是多么可怕的两个字呀，这两个字一时控制了谁，谁那时就处在危险边缘，不但对别人危险，也往往使自己临险而不知。

他不由得哆嗦了一下，因为在酱油厂出渣车间时，他曾几次想抡起板锨朝曹德宝和吕川劈去。当时自己头脑里一片空白，只有一个念头，那就是使他俩死于锨下。他俩对他的挑衅和挤对，他出生以来从来没有经历过。想到这里，他不由得又打了个哆嗦。现在，赶超与国庆却在外边为他和曹德宝、吕川的关系说和！自己与肖国庆、孙赶超在木材加工厂时关系也不是多么铁,可自从在"上坎"的坡下偶然见着了他俩,说起了自己一些不愿对外人说的事,他俩现在已口口声声说是哥们儿了。不到郑娟家去送钱,那天就见不到肖国庆和孙赶超。见不到他俩,今天就不会同他俩来买肉,也就见不到曹德宝和吕川,自己内心里的恶念就还在,酱油厂出渣车间便仍是一个暗伏杀机的可怕地方,自己和曹德宝、吕川的人生就劫数犹存!

他也想到了小龚叔叔、母亲以及老所长,都是再普通不过的人。一位每月挣四十几元钱的民警,能说他不普通吗?一个根本就没有工资,由家庭妇女们选出的街道干部,也再普通不过了呀!老所长就不普通吗?每天骑辆旧自行车上班下班,风里来雨里去,经常被上级批评:"你工作怎么做的?这个所长你还能当不能当?"经常被些老娘们儿指着鼻子问:"我家的婆媳矛盾你都不管,那你干什么吃的?"也许在有些人看来他毕竟是派出所所长,不普通。在秉昆看来,他却只不过是有点儿不普通的普通人而已——有一次自己下班回家,见母亲正送老所长出家门,老所长毕恭毕敬地对母亲说:"街道的治安工作,群众的团结问题,今后还要请您多操心啊,拜托了!"双腿一并,庄庄重重地向母亲敬了个礼。那情形给他留下了深刻印象。老百姓在人世间的生活真是不容易啊,谁家一不小心就会出不好的事,一出不好的事往往就束手无策,叫天天不应,叫地地不灵。幸而有小龚叔叔、母亲、老所长这样一些人,即使无法解决什么实际问题,起码能给予人世间一点儿及时的温暖和抚慰。

他还想到了肖国庆和孙赶超,两个与自己关系并不是多么好的工友,已经不在一个厂了,忽然就与自己关系好起来。怎么就好起来了呢?他还没想明白。他俩却在做着母亲经常做的事——为了能让曹德宝和吕川以后不再孤立自己,在这郊区小商店里正做着视为己任的说服工作呢!肖国庆和孙赶超在他内心里的形象一下子特别可亲可爱了。他进而想到了郑娟——自己为她所做的事不可告人，若被韩伟遭遇到的那类小人所知，必定会使自己陷入某些麻烦，以后究竟是继续做下去呢，还是忘记那事为好呢？他不是没掂量过那事的对错，他多次在心里暗自掂量，每次的结论都是对。既然对，他心里又一次决定了——那就应该做下去！何况，自己答应了郑光明那个盲少年，自己要配那盲少年的一跪啊！至于做下去会给自己带来什么麻烦，就不多考虑了吧！考虑来考虑去的，太累心了！

他正坐在角落浮想联翩，小店的门一开，肖国庆出现在门口，在满屋子人中巡视着，没发现他，高叫了一声："秉昆！"

他站了起来。

肖国庆一摆头："出来一下。"

他走到外边，曹德宝和吕川的目光同时望向了他。

孙赶超说："你俩，表现点儿实际行动啊！"

曹德宝说："秉昆，你的事，我和吕川一清二楚了。我俩以前对你那样，你别往心里去，今后咱们的关系不会那样了。"

吕川接着曹德宝的话说："出渣车间的人，一个接一个都离开了。就我俩，入厂四年了，没关系没后门，想走也走不成。我俩以为你也是在出渣车间混着干几天，有关系有后门很快就会离开的主，所以看着你来气，理解理解我俩啊！"

秉昆不知该说些什么，只有苦笑着。

肖国庆却不依不饶地说："赶超，他俩各说那么几句屁话就等于实际行动了吗？"

曹德宝抗议道："别得理不让人，我浑身上下都冻透了，不跟你们在外边瞎掰扯了！"说罢进入小店去了。

吕川说："什么实际行动不实际行动的，话到了，关系就已经改变了嘛！"他也紧随其后进入了小店。

国庆对赶超说："就这样了？"

"也只能就这样了。"赶超拍着秉昆的肩又说，"哥们儿解决问题的水平不是太高，你们的关系以后怎样，主要还得靠你自己。"

秉昆问："你跟他俩说我什么了？"

国庆说："还能说你什么？无非就是把你那天讲给我们听的事，替你讲给他俩一遍。咱们这种青年，谁活得都不顺心，但愿他俩也是有同情心的。"

小店里居然还卖扑克，国庆买了一副扑克。屋里人更多，空气也更不好了。趁有些人出来透气的机会，五个青年占据了一处地方，玩起了"争上游"。

天渐渐黑了，他们都饿了，秉昆争着买了十个面包，一人两个，都狼吞虎咽地吃起来。谁都没带粮票，多亏售货员说没粮票多加钱也卖，否则还吃不上面包。天一黑外边更冷，没人再出去透气了，怕一出去，又来人挤进屋，自己反而进不来。扑克是不能再玩下去了，玩扑克他们占的地方大，别人有意见。为了发扬风格，他们也都自觉地站起来——站着的人比蹲着坐着的人占地方小点。挤满了人的小店内，情形像超载的车厢。

六点多的时候，许多人失去了耐心，吵吵嚷嚷的，强烈要求提前卖肉。

小店负责人也就是孙赶超家近邻，却说肉还在市里冷库呢，并没送到店里来。他这么一说人们立刻像炸了窝，逼着他给冷库打电话，催促早点儿送肉来，要求送来了就连夜卖。秉昆他们虽也早就失去了耐心，碍着赶超的面子，却都默不作声，一个个显出极有定力的样子。人们的情绪越来越激烈，局面眼看就要失控。

秉昆忍不住，他走到一名女售货员跟前，隔着柜台跟她商量："你能不能给冷库打电话,向他们反映一下这边的情况呢?"

女服务员说:"都这钟点了,他们早下班了,还会有人接电话呀?"

秉昆坚持道:"你打一次看看嘛!如果那边确实没人接,大家不是也就消停了吗?"

女服务员说:"领导没发话,我可不敢随便给那边打电话!"

这时,小商店的负责人已不知躲哪儿去了。

秉昆耐心地恳求说:"那请你把那边的电话告诉我,我来打行吗?"

女服务员见人们都不拿好脸色给她,犹豫片刻,终于告诉了电话号码。

秉昆抓起电话一拨,那边还居然有人接了。

冷库的人说,领导并没强调非得三十儿上午才许送肉。恰恰相反,领导指示只要商店一来电话,随时便送,一辆卡车几名装车工正在待命呢。

秉昆就郑重地说:"我是商店负责人,现在就送来吧。"

他放下电话,见曹德宝和吕川向他竖起了大拇指。

情绪激烈的人们抱怨了一阵,渐渐安静了。

一个多小时后,满载冻肉的卡车总算开到了店门前。小店的领导也出现了,没好气地自言自语:"这不是耍人玩嘛!如果通知我的是随时打电话随时往这儿送,我为什么非要拖到三十儿上午?我有病啊,以为挨骂舒服啊?"

肉送来了,人们都高兴了,没人理睬他委屈不委屈的。五个青年带头,大家纷纷出力气往店里搬。小商店负责人这时明智地提出:甭往店里搬了,店里地方那么小,怎么放得下?干脆将压秤抬外边来,将电灯也拉出来,就在外边卖吧!

大家异口同声说:"好!"

那肉冻得嘎嘎硬,铁似的,刀是切不动的。好在店里的人早预备了大锯小锯。也好在十之七八的人像秉昆们一样,是将钱凑在一起整扇整扇买。用锯的时候不多,卖得挺快。

五个青年扛着两扇冻肉往回走时,已经晚上十点多了。

周秉昆、肖国庆和孙赶超三人买那扇肉一百一十多斤,曹德宝和吕川二人买那扇肉一百零几斤。他们三个一伙两个一对,替换着各扛各的,不敢交叉替换,怕走着走着替换乱了,分不清哪扇肉是多几斤的哪扇肉是少几斤的了,那不是自找麻烦吗?可怜那"五四"青年曹德宝,扛了没多远就累得呼哧带喘,不停地说扛不动了。

秉昆问吕川怎么样。

吕川说比曹德宝强,坚持得了。

秉昆就让曹德宝跟在肖国庆和孙赶超旁边走,自己跟在吕川旁边走,这样既不至于替换乱了,曹德宝也可以少扛一会儿。

曹德宝开玩笑地说:"真哥们儿假哥们儿,这时看出来了。国庆和赶超,他俩最善于装聋作哑了,我根本就不指望他俩发慈悲。秉昆你比他俩够意思,真哥们儿就应该是你这样的!"

赶超正扛着肉,却不愿省点儿力气,一步一喘慢言慢语地反唇相讥:"你这假五四青年,一不能文,二不能武,完全没有培养的价值。让你干几年脏活累活,你还满腹牢骚,经常发泄对社会主义的不满,国家要你何用?我看早点儿把自己累死算了……"

他脚下一滑,摔倒了,一扇肉也滑出老远。

国庆大叫一声:"我的肉!"——拽着尾巴将肉拖到身旁,严肃地说:"摔倒了也得你接着扛啊,你才扛多一会儿?"

秉昆们忍不住都笑了,一起就地坐下休息。

国庆提议,先都到秉昆家去,将两扇肉分成五份,然后各带着自己那份回家,也省得三十儿上午还要忙。

赶超说："同意。秉昆家近，就他母亲一个人，外屋也宽敞，不至于太添乱。"

曹德宝和吕川也同意，那样他俩继续往自己家走时，肩上都少一半分量了。

秉昆也说这样对大家都好，自己家还有锯。

等秉昆将肖国庆们送出自家小院时，黑夜悄然过去，天快亮了。他返身进了家门，脱去上衣和鞋，倒头便睡。

一觉睡过了中午，醒来时，见母亲在弄那半扇肉，一刀一刀切得很费劲儿，每刀却只能切下一小片儿。秉昆睡足了，来了精神，将刀换成锯，接替母亲对付那块肉。用锯对付起来，快多了，也省事多了。母亲心疼地说，用锯太浪费了，看锯下这些肉末，扔了多可惜。秉昆说，那你喂鸡。母亲还真仔细地将肉末拢到一起，捧着喂给鸡了，两只鸡很爱吃。

当年，任何一个人，如果对付的是一大块肉而不是难以劈开的木头，再费劲儿心情也是愉快的，何况还是在三十儿这一天！

见儿子心情好，母亲说春燕昨晚来过家里，希望秉昆带着她和春燕母亲，今晚一块儿去春燕的那家浴池洗澡。她已向街坊将平板车借妥了，蹬平板车去，半个来小时就到了。

"儿子，妈也几年没在外边洗过澡了，你就帮妈实现一次愿望呗！人家春燕她妈今晚主要是陪我去。自从春燕当了修脚师，她妈差不多每个月去那儿洗一次澡，连一些老毛病都洗好了。人家春燕她爸，还经常去春燕那儿修脚呢！"

母亲的话中不无羡慕成分。

秉昆不禁对母亲心生怜悯。他想了想，自己从小到大这二十多年里，就不记得母亲去浴池洗过一次澡。自己参加工作前，在家里光了膀子擦身时，还让母亲搓过背呢！

他保证说："妈，今晚保证让你的愿望实现。既然春燕一片好意，干吗不沾沾光呢？"

酱油厂洗浴间的热水管通道坏了，他也多日没洗澡，连自己都觉得身上有股酱油味儿，能在三十儿晚上痛痛快快洗次澡未尝不是他的愿望。

春燕当修脚师的那家浴池，修脚与搓背两项服务在全市闻名遐迩，好口碑可追溯到一九四九年以前。当年它实际上是一家贵族浴池，门口有戴缠巾帽的大胡子印度门卫把守，腰佩彩鞘的印度弯刀。当年的好口碑，只不过是权贵们的好口碑。一九四九年后，才成了人民大众的浴池，才在人民大众间有了好口碑。"文革"前，冷不丁会看见省市领导或文艺界人士出来进去，为他们服务有专属的区域。它曾是市里那条大街的地标性建筑，二层小楼外形美观，欧式风格；里边装修高档，据说每一块瓷砖、每一个水龙头起初全是进口的。从六十年代起它就没再维修过，十多年下来，已显得不那么高档了，里外都出现了破败之相。

秉昆估计三十儿晚上去洗澡的人少不了，三点多钟就和母亲、春燕妈赶到了。果如所料，人还不多。一路上，春燕妈将女儿夸得一朵花似的，仿佛要去的不是浴池，女儿不是修脚师，而是要去一家全市最有名的饭店，女儿是总经理兼头牌大厨。虽然是对秉昆妈喋喋不休，但秉昆分明觉得更是大声说给自己听的。母亲抓空儿插上几句，也不失时机地夸夸自己的儿子。两位母亲一路上的话，令秉昆产生一种古怪的想象，想象她俩是专门拐卖大小伙子的，自己正是她们串通一气行将拐卖的对象。春燕则是同谋，也是最大的受益者。

秉昆洗得快，比约定时间提前二十分钟就出来了。觉得里边热，他到外边等着。见有卖糖葫芦的，他想买一支。刚欲交钱，改主意买了支冰棍。糖葫芦使他想到了郑娟一家，她一家的春节将怎么过呢？肯定没人去拜年啊，别人家也不会欢迎她家的人去拜年啊！又穷又冷清，春节反而会使她一家三口比平日的心情更凄凉吧？但是，改吃冰棍并不能使他不想郑娟一家。他还由郑娟一家又想到了韩伟一家，韩家死的可不是名不正言不顺、风里有影里无的"女婿"，而是亲儿子。他们的悲伤肯定大过于郑家，但儿子毕竟是"意外身亡"，会有同情者，也会有小龚叔叔和母亲那样一些人去抚慰……

秉昆正胡思乱想着，突然从浴池内拥出些人来。其中一人是男服务员，衣服还没穿齐呢，棉袄敞着怀，半露赤裸的胸脯，下身穿的却是裤衩，脚着拖鞋。他背着个人，背上的人叫疼不止……

另外一些人七言八语，有的跑到马路边拦车。那年月没出租车，马路上行驶的尽是公共汽车、无轨电车或运货卡车，也不是随时可见。

秉昆从人们的议论中听明白了——被背着的人五十多岁，五十多岁如果长得老点儿，当年往往也被称作"老爷子"了。那老爷子搓罢身，洗罢澡，快穿好衣服时，不慎滑倒，站不起来了，估计摔断了一条腿。

秉昆就让浴池的服务员将老爷子放在平板车上，说自己愿意将老爷子送往医院，请对方告诉春燕自己去哪儿了就行。

老爷子在平板车上说："小伙子，求你送我到'一三一'啊！"

秉昆说："市立一院近，'一三一'远不少呢！"

老爷子坚持道："听我的，去'一三一'！"

"一三一"是部队医院，那里的骨科并不比市立一院更出名。既然老爷子非要去"一三一"，秉昆只得从命。

路上，他猛然想到，老爷子可能没穿鞋，刹住车扭身看，见老爷子果然没穿鞋，用车上的麻袋片盖着脚。

那样子去往"一三一"，他的双脚必然冻伤无疑。

秉昆下了车,也不说话,脱下棉袄将"老爷子"的脚包严了。

老爷子说:"你不冷?"

秉昆说:"我年轻,火力旺。"

老爷子说:"咱俩好有缘。"

秉昆将平板车蹬到"一三一"时,秋衣的前胸后背都已被汗湿透。

老爷子说:"我叫马守常,你进去告诉他们,让他们用担架来抬我。只要是医院三十五岁以上的人,见着哪一个都行。"

秉昆遵命,老爷子被抬进医院去了。

秉昆穿上棉袄,坐到车座上,正欲蹬车回家,出来一名军人护士叫住了他,问他名字,哪个单位的。

秉昆一想,自己长这么大头一回做好事,留名留单位的,太那个了,扭捏地说:"不必了吧?"

军护却不耐烦地说:"我在执行命令。叫你留你就留,别啰唆。要真实的,快点儿。"

他只得说出了自己的姓名和工作单位,心里却对那军人护士生硬的态度很是不满。

第九章

一九七三年 A 市的春节，也比前几年的春节多了些过大年的气氛。除了年货供应较为丰富，政治上不同寻常的宽松也是一个原因。这后一点，主要是那些仍划在另册靠边站了的大小干部、不受待见的知识分子们的感觉。对于此两类人，政治气氛感觉怎样比年货供应怎样尤其重要。尽管"九一三"事件发生过去快一年半了，余波还在持续，正式报道及小道消息不断地告诉人们，这里那里又挖出了"余党"。人们在议论的同时，不可能不展开必然的联想。而联想一旦展开，话题的边界就延伸，以往相互之间不敢交谈的看法、感慨，都敢于有所保留、谨慎地说说了。当然，这里说的人们，是一向特别关心政治的人们。划在另册靠边站的大小干部和不受待见的包括仍被视为"阶级异己分子"的文化人，也敢于在春节期间相互拜年了。他们似乎仅仅是被抛弃、遗忘了而已，不再是需要狠狠打击的阶级敌人了。

光字片的春节气氛却相反，两个年轻人非正常死亡，使光字片笼罩在一种不祥之中。涂家虽已没人了，交叉贴在门上的，盖有法院和公安局大红印章的封条并没被风完全撕掉。人们经过时，特别是孩子们和年轻人晚上经过时心里发毛，不愿看涂家的门，都会低下头去加快脚步。韩家和周家一样，也有个不大的小院子。得知小儿子的死讯后，他家人在小院门上挂出了黑布幡子，春节也没除去。整个光字片三十儿晚上未响一声鞭炮，唯恐韩家的人发生误解，大家都自觉恪守民间的道德。

大年初一上午,升为街道副主任的周母照例挨家挨户去拜年,并给几户老人和孩子身体不好的人家送鸡蛋。秉昆则没出门,他移开整齐码放在一只旧木箱上的二十几棵大白菜,从箱子里抱出所有的图书,摆了一炕。母亲"主动出击",他估计不会有人来拜年,但还是插上了门,以防万一。他选出了一本车尔尼雪夫斯基的《怎么办?》,又将那些书按自己打算读的先后顺序放入了箱子,再将大白菜重新码在箱盖上。哥哥下乡前,家里并没有那些书,最多时也就三四本,随时藏起三四本书并非多么难的事。有时,哥哥们所读的书是他自己、姐姐周蓉或郝冬梅从外带回家的,他们集中时间几天内读完便不知还到哪儿去了。

哥哥秉义下乡前一天,指着那只旧木箱告诉秉昆里边装的全是书。哥哥将一只手按在他的肩上,委以重托似的说:"保存那些书的使命就交给你了。"

秉昆说:"为什么不交给我姐?"

哥哥说:"她肯定也得下乡。"

见秉昆一副压力不小的样子,哥哥宽慰他说:"你也别因为那些书不安。现在已经不是'文革'初期,我和周蓉走后,家里就剩你和母亲了,咱们是工人阶级家庭,即使被多事的人发现了,举报了,也没什么了不得的,绝不至于把你和母亲怎么样。只不过,那些书在以后的中国,在一个不短的时期内将难以再见到,很宝贵。我希望咱们周家的后人还能幸运地读到那些书。一个人来到世界上,一辈子没读到过这些书是有遗憾的。"

秉昆问:"你指咱俩和周蓉的儿女?"

哥哥庄重地说:"是啊,我们必然是会有儿女的啊。"

哥哥还说,那些书大部分是别人的——老师同学以及其他朋友的,也有冬梅姐的几本,别人家里不便保留,所以集中送到较为安全的周家来了。哥哥最后说:"你就算是为许多人负起使命吧。"

他又问:"哥,你除了老师和同学,还有些什么朋友呢?"

哥哥沉吟了一下,意味深长地说:"有的人只有老师和同学之间的友谊是不够的,哥就是这样的人。"

当时姐姐不在家。

哥哥的话虽然并没让他觉得有多光荣,但确实使他产生了一种类似使命的责任感。家里就两间屋,床底下是百姓家最能藏些东西的地方,可里外间都是火炕,没法藏任何东西。哥哥姐姐走了以后,秉昆不知该将那只箱子藏哪儿,索性摆在外屋的原处,冬天往箱盖上压大白菜,夏天放被子棉衣,再用块布罩住。他那简单的头脑里记住了一句不知怎么就记住了的话——藏东西最安全的地方是看起来不可能藏东西的地方。他很聪明地在书上边放了一层干辣椒,一为防虫,二为障不良之人的眼。而他之所以选择《怎么办?》来看,是因为听哥哥姐姐们说,此书是车尔尼雪夫斯基在狱中写的,是一本写得最不浪漫的爱情小说,也是俄罗斯文学史上最不像小说的重要小说。这引起了他更大的好奇。

上午,秉昆躺在炕上看《怎么办?》。那书确实难以吸引他,但也不是枯燥得令人根本看不下去。他极其平静地看着,不时将自己想象成罗普霍夫,同时将薇拉想象成郑娟,难以排除的想象使他看得既平静又享受。

快中午时,母亲回来了。秉昆说他不饿,母亲煮了几个冻饺子自己吃罢睡了。一阵困意袭来,秉昆也睡了。醒时两点多了,母亲又去拜年了。近几年的初一都是如此,母亲对拜年这件事一年比一年认真,如同领导干部对待值班,她说:"初一都拜遍,春节就能过踏实了。"

傍晚,母亲回来时眼睛红红的,秉昆料想她准是陪韩伟妈哭过了。他什么话都没问,有什么可问的呢?

哥哥去年回家时用攒下的钱为家里买了一台收音机,不但能听市台、省台，还能听北京台、中央台，家里一下子蓬荜生辉。

母子俩听着样板戏默默吃罢晚饭，母亲关了收音机，上了炕，从炕箱里取出一个布包，盘腿而坐。

布包里包着姐姐周蓉寄来的信。

秉昆放下《怎么办？》，主动问："先读哪封？"

母亲平静地说："哪封都行。"

于是秉昆替母亲打开布包，随便拿起了一封信。

这件事成了近几年初一晚上母子间的保留节目，只有哥哥春节探家回来了例外。哥哥总是争取与冬梅姐一块儿探家，三十儿晚上他俩陪冬梅姐的母亲过。冬梅姐的母亲原是省妇联副主任，和她父亲一样还都没有获得"解放"，而她父亲身在何处似乎无人知晓。初一晚上，他俩准在周家这边过，冬梅姐往往会住下不走。有哥哥和冬梅姐在，母亲总是很开心。

秉昆拿起的是姐姐从贵州寄回的第一封信，也是他读的次数最多的一封信。

"妈妈，女儿已经深深地爱上他了，叫我怎么办呢？"——那封信秉昆几乎能背了，第一次读时，母亲一听到这句话就哭出了声。

"这叫什么话呢？秉昆你说你姐这信里写的是什么话啊！她当初如果不爱上那个倒霉的男人，不就没后来这一切事了吗？怎么办，怎么办，生米做成熟饭了才说怎么办，不是一切都晚了吗？"母亲当时的哭诉，秉昆记忆犹新。

可这一次，母亲没像往年似的边听边流泪，她很平静地说："是啊，怎么办呢？已经爱上了那就没办法了。"

母亲把脸转向了秉昆，慈祥地望着他，似乎在用目光问："是不是啊，秉昆？"

他小声说:"妈说得对。"

他一封接一封地读下去。母亲既不说别读了,也不说还读。他读得口干舌燥,起身喝了几口水再坐到炕边时,见母亲已将信用布包好了。

母亲问:"儿子,没烦吧?"

秉昆说:"给妈念姐的信,一百遍也不烦。"

"老疙瘩知道理解我了,以后再也不让你念了。"母亲说着,将被褥展开,将布包塞入被窝里,她分明是要搂着那布包睡了。怕自己看书让母亲难以入睡,秉昆抱起自己的被褥枕头,关了灯,去外间屋躺着继续看《怎么办?》。

然而郑娟的样子总是浮现在眼前,似乎还带着她的体温。并且,每一次都比上一次穿得少,终于一丝不挂,双手捂着乳房,小腿向后斜伸,以一种期待般的神态对他凝眸睇视。她的面容白里透红,红里透粉,而身子却是白皙的,像白玉雕的,柔润的光泽晃他的眼。

他看不下去《怎么办?》了,也关了灯,紧闭眼睛,黑暗中一个劲儿地对自己说:怎么办,怎么办,怎么办……

他觉得"怎么办"三个字好生可怕。

正月初三那天,秉昆起得很晚。醒来后不愿离开被窝,他也不想再摸出枕下的《怎么办?》。他大睁双眼凝视屋顶,屋顶漏过雨,留下一片水痕。望着望着,水痕竟逐渐也成了郑娟的样子,她昨晚一次次浮现在他眼前的那种样子。如果以印象派的眼光来看,那片水痕确实有几分女体的意味。

母亲已起来了,在扫里屋地,她问:"儿子,早上想吃什么?"

他懒懒地说:"什么都行。"为了抵抗令自己备感羞耻的想象,他用被子蒙上了头。

母亲又问:"你晓光哥,他初几会来呢?"

秉昆早把母亲交给他的任务忘到脑后去了,根本没执行,他搪塞说:"我再没见着过他。"

"大点儿声,妈听不清。"

他只得将头从被底下伸出,用另一句话搪塞:"他春节这几天很忙。"

"他亲口对你这么说的?"

"对。"

"再忙能忙到哪儿去呢,那就是不愿来啊。也怪妈,当初不该讲伤人的话。"

"妈你别胡思乱想。他和我姐还有联系呢,不会计较你当初说什么!"

"真这样就好。"

"晚上,我的几个工友会来家里热闹热闹,有原来木材加工厂的,也有酱油厂的。"

"那,妈这就把肉炖上,也把木耳泡上。"

听来,母亲有几分高兴。

吃罢早饭,秉昆忽然生出一个想法,要去蔡晓光家表达一番谢意。他仅仅是表达谢意,并无其他杂念。他决定,即使蔡晓光主动问起他在酱油厂的情况,自己也只说挺好,别的什么都不说。他不再盼着早日离开出渣车间了,宁愿陪曹德宝和吕川撑下去。如果有两次离开的机会,每次只能离开一个人,他希望先离开的是曹德宝或吕川,而非自己。自己对他俩太不公平了!经过了共同买肉的事,他相信他俩已不再歧视他了,他更愿进一步与他俩成为朋友。既然在同一个厂同是苦力工,为什么不呢?是的,他只想去向蔡晓光表达谢意，为了自己转厂这件事上他所费的心，为了他仍与姐姐保持着联系。他认为，后一件事，对自己的姐姐肯定具有异乎寻常的意义。蔡晓光家他去过一次，替姐姐还给他一本书。他家住的是有美观小院的俄式大砖房，他连院子也没进，隔着木栅栏完成了任务。蔡晓光没哥没姐，只有一个妹妹。他参加工作后，十五六岁的同父异母妹妹穿上军装成了小文艺兵。他生母抗美援朝时是志愿军卫生员，负过伤，获得过勋章，在他上中学那年病故了。继母比他父亲小不少，是部队的机要干部。蔡晓光家没下乡子女，秉昆估计他们家不见得有山货，就用旅行兜装了哥哥春节前托战友捎回来的不少木耳、蘑菇、干黄花菜、榛子之类。

这一次，他还是连院子也没进，因为远远就望见蔡家院外的马路边停了三辆小车，其中一辆是军车，想必他家正有不少客人。他犹豫着究竟要不要跨过马路去，又开来了一辆军用吉普缓缓停住，从车上跃下二男二女四个小文艺兵，各自拎着、背着乐器盒子。其中一个少年大声问一个少女："蔡乐乐，我怎么称呼你父亲呀？"叫蔡乐乐的小女兵说："叫他蔡大校，他最高兴了！"于是四个花瓶般好看的少男少女嘻嘻哈哈笑着跑进院子。

他猜测叫蔡乐乐的少女定是蔡晓光的妹妹无疑，倏然意识到，还是不进院子好。

秉昆也没什么失落感，甚至因为自己懂得在什么情况下不做什么事而有几分愉快。

秉昆决定将那一兜子东西送给郑娟家。没有谁家初三会插着门，他打定主意将东西放进郑家的门斗转身就走。

他想，如果郑娟猜到了是他送去的，下次他再送钱去，她就不至于坚决拒绝。如果她以为是"瘸子"他们让人送去的，那也好，他对她一家三口的心意实现了。

郑家的外门果然虚掩着,他也确实做到了放下东西转身就走,一秒钟都没停留。

秉昆一进家门,母亲劈头就问道:"你哥托人捎回来的东西,你都送人了?"

秉昆听出了母亲的惋惜,撒谎说自己去给蔡家拜过年了,第一次去,总不能空手啊,蔡家的人挺稀罕那些东西的。

母亲脸上的不悦一扫而光,欣然地说:"好,好,儿子你做得对,越来越懂事了。咱家在全市也没一门亲戚,是得将朋友当亲戚经常联系着。妈老了,街道的事情多,顾不上,人情世故方面又不擅长,今后就得靠你了。"

秉昆早已看出,几乎所有底层人家,都希望能与一户有权力的人家攀成亲戚,即使八竿子搭不上,能哈着往近了走动走动也是种慰藉。即使从不麻烦对方,但确实有那么一种关系存在的话,那也足以增加几许生活的稳定感。那一天他明白了,母亲原来也不例外。这使他心里难免有点儿酸楚,因为母亲在他心目中的形象一直是比较脱俗的。

他由母亲想到了父亲。父亲是一个从不认为自己有必要哈着谁的人,给人一种特别独立自主的印象,尽管从没说过"我是工人我怕谁"这句话。但父亲确实说过另一句在秉昆听来很牛的话:"我提醒你,你是在跟新中国第一代建筑工人说话。"——那是"文革"刚开始那一年的事,有什么单位的外调人员来到家里,向休探亲假的父亲调查什么人的历史问题。对方的态度令父亲反感,他便沉下脸说了那么一句话。从此,秉昆不再仅仅视父亲为一个养活自己的人,而对父亲钦敬有加,觉得他在自己心目中的形象高大了。

初三下午,他继续看《怎么办?》,间或放下那部小说,回忆父亲言行的点点滴滴。他已经习惯了每两年才能见到一次父亲,而父亲只能在家里住十二天。

晚上五点多钟,天将黑还没全黑,国庆等人先后来到了周家。国庆还带来了他"表妹",一个扎两条齐肩短辫的挺文静的姑娘,不漂亮,却也不算丑。从侧面看,比春燕好看;从正面看,比春燕的模样还要减一分。她叫吴倩,也是共乐区的,在一家纸盒厂上班。国庆介绍她是自己"表妹"时,赶超直向秉昆使眼色,秉昆便明白她是国庆的对象。国庆是个中等身材、浓眉大眼的小伙子,不说是一表人才,那也算长得体面,却找了吴倩那么一个其貌不扬的对象,这让秉昆挺为他暗觉遗憾的。在他们那一代青年中,如果有人将自己的对象带到谁家,那就意味着将谁当成亲兄弟一般了。秉昆深谙此点,母亲也明白这近乎一种仪式,意义重大。母子俩便都将吴倩视为要客,唯恐招待不周。

国庆和赶超带来了象棋、军棋、扑克。象棋子有茶杯口那么大,是赶超用木材厂的硬木在细木车间的车床上偷偷做成的。赶超善于刻图章,象棋上的字是他亲手一个个刻上去的。那副象棋是他的宝贝,让他获得了许多称赞。

吕川带来了一套戏法道具。不知从去年什么时候开始,他忽然心血来潮,郑重其事地拜了位师傅,每个月都抽空跟师傅学一次戏法。他师傅是省杂技团的幕间小丑,变传统戏法的水平高超。"文革"开始不久,小丑耍杂技被批判为"庸俗的资本主义文艺现象",他师傅被从演员行列中除名,成了团里的勤杂工。

秉昆问他戏法变得怎么样了。

他谦虚地说:"一会儿你们给个客观评价吧。我师傅他也没好心情

第九章

认真教我啊,不过我自己觉得还是多少有点儿进步的。"

来得最气派的是"五四"曹德宝,人家背着大提琴这个洋玩意儿来的。多亏他个儿高,否则琴盒拖地了。国庆替他说,那大提琴有历史了,五十年代初,是他父亲从一户即将被遣返回国的"老毛子"家以相当于一只鸡的价格买的。那"老毛子"家的男主人曾是什么柴可夫斯基乐团的大提琴手,流亡到中国后,患病死在 A 市了。曹德宝他爸替那"老毛子"家养过奶牛,养来养去,与主人家养出了感情,人家出于报答之心赠予了那大提琴。曹德宝他爸过意不去,回赠了一只大公鸡。他父亲清楚那大提琴肯定值不少钱,并认为越往后会越值钱。期望值一高,就拖到了"文革"。而"文革"一开始,乐器不值钱了,寄卖店都不太爱收了。何况又是把大提琴,个子不高的人那是根本没法学的。大提琴陪伴着曹德宝成长,他爸见他迷恋大提琴,无师自通,上中学时已能拉几首曲子,也就不打算卖了。

几个青年嗑着瓜子,吃着花生,含着糖,喝着秉昆妈亲自为他们沏的茶,东一句西一句地聊开了。

吴倩问曹德宝:"为什么你爸当年回赠的是一只大公鸡,而不是一只老母鸡呢?"

曹德宝说:"知识浅薄了吧?国庆,你以后要给你表妹补补民间的常识啊!当表哥的有这义务,表哥那也不能白当嘛!"

国庆刚想对"表妹"说什么,赶超抢着说:"我替你补我替你补,你这表哥以后补课的机会多着呢。这次发扬发扬风格,先把机会让给我。"

秉昆也不知道大公鸡或老母鸡在民间有什么不同。

赶超的说法是,送别人家老母鸡,感情的重点在于祝福健康,关爱的是对方的身体。而送别人大公鸡,则又多了一层命运关怀的含义。因为大公鸡是天上司晨官在民间的化身,谐音上又代表公平,有公平就有正义。送别人家大公鸡意味着祝福人家常年平安无事，始终有公平和正义庇护着。

国庆这时才说："我知道的还真不如你知道的多，我刚才想对她说，大公鸡比老母鸡肉多。"

吴倩眨巴眨巴眼睛问："公鸡不下蛋，不管送给了谁家，几天后就杀了，炖了，吃了。把公平正义都给吃了，还怎么指望它能庇护人呢？"

她这一问，将每一个人都给问住了。

家里来了这么多年轻人，有了多年没有过的热闹，母亲高兴得眉开眼笑。她一边在外屋忙着煎炒烹炸，一边大声说："孩子，有些事不必那么钻牛角尖去想。在咱们民间，大事要讲大道理，大道理须在人心这杆秤上经得住一称。至于小事上那些小道理，不求非讲得多么科学，比如每年三十儿晚上，都把旧灶王爷像给烧了，不是烧灶王爷本身，是送他借着火势上天庭。把大公鸡给杀了吃了，也是同样的意思。天庭的官员都是不死的。他不死，公平和正义也就不死嘛！"

母亲一番话，让满座粲然，皆点头不止。

曹德宝嘘呼地大声说："哎呀大娘，您太了不起了，太有思想了！听您一席话，胜读十年书呀！"

吴倩却仍刨根问底："当年，那'老毛子'家命运怎样了，需要咱们中国人送一只大公鸡表示祝福？"

秉昆们一时大眼瞪小眼，不知该如何回答。

国庆小声对她说："哪天我陪你看一次《列宁在十月》，你就明白了。"

吴倩说："我看过几次了，与那部电影有什么关系？"

国庆耐心地说："你的话恰恰证明你从没看明白过嘛！所以需要我再陪你看一次，边看边给你讲。"

吴倩还想问什么，忽听有人踢门。从门响声听来，的确是踢而不是敲门或以拳擂门。

母亲不高兴地大声说："秉昆，你看看去，大初三的，是谁这么没礼貌！"

秉昆赶紧起身去开了门，见是春燕，一手攥一把糖葫芦，一手攥一把冰棍。她随秉昆进了里屋后，国庆们望着她一时都无语了。她来前显然精心地将自己捯饬了一番——头发卷出了大波浪卷，恰到妙处地裹着脸颊，披散于双肩。任谁都不得不承认，她生有一头对于女性来说特别幸运的秀发，又浓又黑。生有那么一头秀发，真是怎么弄都有样。秉昆看出，她也将双眉拔细了，使她那与秀发一样黑的双眉变得又细又长，眉梢一直延入鬓发里，脸庞竟有了几分古典的妩媚。她脸上肯定搽了不少粉，采取的步骤是首先将脸搽得够白了，然后再搽一层雪花膏，好比先将家具刷白了然后再喷漆打蜡。秉昆并不晓得春燕们那种肤色本不怎么白的女人的着数，对她的脸竟然变得那么白了暗觉吃惊，诧异地看着她一时忘了向客人们介绍她是谁。她穿了件有浅色碎花的红绸面儿紧身小袄，一条黑呢裤，脚上还是秉昆见她穿过的那双高靿靴子，下截裤腿掖在靴子里。总而言之，她的样子可以说是七分妖娆三分性感，有几分美另当别论。

春燕是个自来熟，大大方方地说："没想到这么多客人呀，那正好，一人两支，分了。"一边说，一边将双手伸向大家。每个人都接过了一支冰棍一支糖葫芦，春燕两只手里还有，秉昆就找了个托盘解放了她的双手。

国庆们一个个看傻了似的看着她。

春燕知道大家为什么都傻看着她，自我感觉良好地对秉昆说："你也傻看着我干吗？看得人怪不自在的，快向大家介绍介绍我呀！"

谁都看出，其实她心里不仅自得，简直无比快活。

秉昆这才红着脸向大家介绍，说她是老街坊家的女儿，是自己中学同学，他强调说："都别误会啊，不掺半点儿表哥表妹的关系。"

春燕宾至如归，大大方方地坐下，一腿横担一腿，双手抱着上边那条腿的膝盖，看定秉昆大大咧咧地说："谁跟你扯什么表哥表妹的关系了？但咱俩是干哥哥干妹妹的关系那倒板上钉钉了。"

秉昆正色道："你别当着我这么多朋友的面胡说，你咋就成了我干妹妹了呢？"

春燕笑道："三十儿那天晚上，你学雷锋做好事去了，是我陪着你妈和我妈回家的，路上你妈认我做干女儿了。"

秉昆腾地站起，推开里外屋的门，问母亲可是真的？母亲在外屋炸辣椒，怕辣烟蹿入里屋呛着大家，将里外屋的门关上了。她没听到春燕在里屋说了些什么，儿子一问，想起来了，小声说："是有那么回事。儿子你可别忘了今天是初三，不管你心里愿意不愿意，都得照顾妈的面子，也得考虑人家春燕的自尊心，人家叫你干哥你得痛快点儿应着。"

秉昆只得违心地说："妈放心，我一定学着好好当干哥。"

他退回里屋，见曹德宝正围着春燕坐的高脚凳绕圈走，边走边对春燕赞不绝口，肉麻的话语，一句接一句。春燕听得很开心，随着他走马灯似的移动也在凳子上转着身子，乐不可支地说："真会逗人开心，没听够，再来几句。"

秉昆见他俩都在兴头上，别人也都听得快乐，不便打断，便在吕川身边坐下，凑趣地赔着笑脸听。

母亲端一大盘凉菜进来放在桌上，德宝为春燕唱的赞美诗终于结束。

春燕这才说她是奉了亲妈之命来请干妈去吃晚饭的，并且提醒干妈，此事是三十儿晚她送两位妈回家时定下的。

母亲拍着脑门说："你不来我把这事都给忘了。你看家里这么多客人,该炒的菜还没炒,我不能甩手就走呀!"

春燕说:"干妈你只管到我家去,家里的事儿你别操心了。不就炒几样菜把他们招待好吗?多了不敢吹,弄个四盘八碗的不在我话下!你去我家吃,我留你家吃,这样最好。"

周家热闹,她哪里还愿回自己家去呢!春燕边说边从干妈身上解下围裙,扯下套袖,将干妈推出了门外。

秉昆对她的做法并不支持,但是看出她的做法正中国庆们下怀,只得顺其自然,保持绅士般的沉默。

曹德宝居然提议道:"哥儿几个,咱们一起欢迎春燕留下来为咱们服务好不好?"言罢带头鼓掌。

"好!"大家齐发一声喊,跟着大鼓其掌。

怎么会不鼓掌呢?毫无疑问,春燕留下来了,气氛肯定更热闹,大家本就是来享受热闹的嘛!

"你们下棋、打扑克,想玩什么玩什么,都耐心等会儿,半小时后我保证把菜上齐了!"春燕在掌声中扎上围裙、戴上套袖,胸有成竹地转身到外屋去当大厨了。

曹德宝看着秉昆说:"我认为你干妹妹需要一名助手,我现在毛遂自荐,不知你这位干哥哥肯不肯恩准?"

秉昆笑道:"愿去就去。我这干哥刚当了不一会儿,还没进入状态,没资格干涉。"

吕川大叫:"我也要当助手!"

曹德宝反对道:"我先表态的,她用不着两个助手!"

赶超识时务地说:"他俩都在争了,那我就弃权,但小二可得由我来当,我愿替她端盘子。"

只有国庆和秉昆一样,默默看着,听着,哂笑着。秉昆察言观色,感觉如果没有吴倩坐在国庆身边的话，国庆也会跟着另外三个"心怀叵测"地起哄。秉昆明白，春燕将自己捯饬得那么吸引别人眼球，纯粹是为了使他受到猝不及防的诱惑。秉昆虽然对她有流水无情般坐怀不乱的定力，朋友们却一个个难以自持，心猿意马了——想到这里，他不禁暗觉好笑。转而又一想，他们和自己一样，都是共乐区底层人家的儿子，还都是木材加工厂的苦力青工，是酱油厂似乎每个毛孔都散发着酱渣子味儿的低等劳动者。除了画上、电影里和舞台上的美女，他们几乎再就没见过什么现实中的美女，猛一见精心捯饬成那样的春燕，可不如同在现实中见着了《聊斋》里才有的狐仙鬼魅呗！何况，她也在使尽浑身解数卖弄风情取悦他们呢！这么一想，他倒有点儿怜悯朋友们了，暗想只要大家玩得开心，不出格，自己便要笑陪始终。

曹德宝将他扯到一旁，以极小的声音问："你干妹妹肯定和你不是表哥表妹的关系？"

秉昆未解其意，反问："你究竟什么意思啊？"

曹德宝朝国庆和"表妹"摆摆下巴，秉昆这才明白，也以极小的声音说："她还没主呢。"

"多谢指点。"曹德宝狡黠一笑，拍拍他肩，自信满满地走向外屋去了。

秉昆说罢最后那话，站在原地愣了一会儿，有点儿自责，却又认为自己说的是事实，总不能说"她是我的吧"？——她明明不是"自己的"，怎可那么霸道地说呢？于是释然了。

吕川招呼秉昆过去与他下棋，赶超也要与秉昆杀一盘。吕川倒可爱，替秉昆与赶超摆好棋，自己陪国庆和吴倩"争上游"。

赶超一边与秉昆下棋，一边小声问："看出国庆有心事没有？"

秉昆说看出来了，但不知为什么。

赶超更小声地说："因为吴倩。"

第九章

秉昆朝吴倩瞥一眼,困惑地问:"她怎么了?"

赶超说,吴倩的下巴和上唇两边是刮过的,因为几天不刮就会长出胡子来,不算密,稀稀疏疏的,却还长得挺黑挺快。国庆陪吴倩去医院求治过,西医也确诊是病,告诉他们叫"激素紊乱症",说西医没什么药到病除的办法,建议去看中医。吴倩服了多服中药,没有效果,所以国庆闹心,吴倩苦恼。国庆几次产生与吴倩分手的念头,又怕吴倩经不起那种感情打击,疯了或轻生,只得哑巴吃黄连,有苦在心里。

赶超问:"你说国庆可怎么办呢?"

秉昆同情地说:"是啊,可怎么办呢?"

赶超替国庆轻轻叹息。

秉昆陪着叹息,他就联想到了《怎么办?》——有种茅塞顿开的感觉,恍然大悟到也许对于大多数普通人,所谓人生,原本便是一个怎么办接着一个怎么办的无休止的过程。正如自己和朋友们都不知拿各自目前的处境怎么办好,也不能排忧解难地互相启发怎么办好,更不知长此以往今后该怎么办⋯⋯

与秉昆母亲相比,春燕可以说是厨间快手,大约半小时后,第一道菜已由她亲自送到桌上来了。大家都有点儿饿,棋也不下了,扑克也不玩了,争着洗手,抓筷子,连赶超也忘了自己曾说愿当小二了。秉昆将盛满啤酒的塑料桶从外屋拎到里屋,往一只只碗里倒入啤酒后,一大盆土豆炖肉转眼已少了一半。于是碗碗相撞,个个大快朵颐。正所谓大碗饮酒,大盆吃肉,好不快哉。啤酒微凉,屋里微热,一碗酒后,众人皆大呼:"爽!爽!"

接下来,一道菜又一道菜由春燕和曹德宝很快轮番摆上了桌。待春燕和曹德宝也落座后,大家一个个还是只顾闷头吃着喝着,谁的嘴都没工夫说话。

春燕抗议道："你们都是哑巴俱乐部的人呀？我和助手忙活了半天，出于起码的礼貌也得给句评语吧？"

大家这才一个个口齿不清地说"好，好"，都将自己的胃填到了半饱后，这才收敛了一开始那种凌厉的战斗力，你放下碗我拿起筷子慢吃慢饮，打开了各自的话匣子。

除个别人，他们这样一些底层人家的青年聚在一起，基本上是不聊政治的，即便有人想将话题引往政治方面，通常也没人响应。"物以类聚，人以群分。"他们也是如此。哪一个同龄人如果太关心政治，朋友肯定是不多的。可能惹出不必要的麻烦倒还是次要原因，主要原因是不感兴趣。"你们要关心国家大事，要把无产阶级'文化大革命'进行到底。"这一条语录，他们也能一张嘴就说出来，但那纯粹是一种条件反射，不过脑子的，好比一听到口号如雷就习惯于本能地举起手臂那样。

关心政治是他们的哥哥姐姐们，亦即"文革"初期的红卫兵们的专利。那时他们还都是"红小兵"，并没轮上过轰轰烈烈地造什么反的机会，只不过将哥哥姐姐们的"革命行动"当成一场场街头或广场上演的大戏来看而已。等他们也到了哥哥姐姐们的年龄，哥哥姐姐们却都"上山下乡"，成了"知青"。虽然他们仅比哥哥姐姐们小四五岁或两三岁，但与哥哥姐姐们很是不同。远离城市的哥哥姐姐们也等于远离了三六九等的城市生活，他们却仍都生活在那种分明存在的差别之中。有些差别不仅无法超越，而且根本没什么道理可讲。没有人与他们玩什么平等的游戏，哥哥姐姐们的造反并没有成功地为城市或为他们自己反出什么平等的遗产。所以，如果他们中谁的哥哥姐姐当初是响当当的造反派，而且下乡了并没给自己给家里带来任何实际好处的话，那么他们内心里就对哥哥姐姐们当初的"革命行动"颇不以为然，还会私下里极不敬地嘲讽为二杆子、冒傻气。

后来长大了的他们，特别是参加工作以后的他们，逐渐了解社会是怎么回事了，于是很快搞明白了一个道理——参与政治运动应该首先有点儿政治头脑。他们心里又都清楚，姐姐们中几乎没有一个，哥哥们中有也不多，几乎百分之百的哥哥姐姐们只不过跟着大形势瞎起哄两年罢了。何况，对于政治，他们也真的没什么自己的话非讲不可。"形势大好，不是小好"，"东风继续压倒西风，东风越来越猛，西风越来越弱"，"国家更加富强，人民更加幸福"——报纸上广播里天天这么讲，老百姓还剩下什么更乐观的话可说呢？非说相反的话，那不是反动吗？从本质上说，他们恰恰是在大家空前地变成"政治动物"之时，悄然且又速成的政治冷感动物。

以为若不聊政治，朋友们聚在一起的话题空间会很宽泛，则就大错特错了——艺术、文学、历史、科学、哲学等他们都聊不来，那不可能是他们的知识长项。但若据此以为他们朋友间便没了什么可聊的话题，那也是大错特错。实际上，他们中许许多多人仿佛具有一种天生的非凡能力，即使在一支铅笔那么细的话题范围内，也能聊起兴致，聊出感情的火花；特别是在守着一桌子菜，喝得半醉未醉的状态下。仅就此点而言，他们像极了他们的父母。他们的父母凑在一起，如果越聊越投缘的话，往往就会聊一个上午或一个下午还意犹未尽。他们也那样的。

曹德宝讲了他家那条街上的一件真人真事。一对年轻人结婚的第二天，新娘子将新郎告到了派出所，说新郎整夜都对她耍流氓，而她是绝不愿以后做一个流氓的妻子的，要求派出所把新郎抓起来。

春燕刚饮入一口酒，笑得急扭身扑哧将酒喷在地上，嘲道："白痴！要是我哪天入了洞房，整晚上耍流氓的肯定就是我！"

话语铿锵，掷地有声，举座为之愕然。

吕川说："哎呀妈呀，你太女中豪杰了，服了服了，今天彻底服了。"

秉昆替她害臊，又不愿被她看出，借口要为大家洗冻梨，起身到外屋去了。

但春燕已经看出，赶紧又说："醉话醉话，谁都千万别传啊，如果传到我们单位或在我们街道上传开了，那我休想当成市里的标兵了！"

曹德宝一拍桌子，霍然而立，环视别人，朗声问："谁敢？谁敢？谁敢坏咱们春燕的好事，我跟他仇大了！"

赶超连说："岂敢岂敢，都是堂堂正正的中国人，刀搁在脖子上也不会做那种小人才做的事啊！"

国庆也说："对对，春燕你放心，在座的没一个是小人。"

吴倩看着他们四个演戏似的亦真亦假的表情，听着他们讨好卖乖的话，不免又心生几分醋意，酸溜溜地说："人家明明只是秉昆一个人的干妹妹，现在咋成'咱们'大家的了呢？"

秉昆在外屋听得分明，用托盘端着冻梨进来，放在桌上后正色道："都哪说哪了啊，市里的标兵还真是要广泛征求群众意见的，一旦传出去，问题严重了。"

不料，春燕醉眼斜看着他问："干哥哥，你确实在乎我这干妹妹当得上当不上吗？"

秉昆不愿理她那种故作风情的样子，只管坐下，抓起一个梨低头吃着。

春燕不肯罢休，催促道："干哥哥，说嘛，说嘛！"

大家也都你一句我一句地逼他说，仿佛如果不说，他就是一个小人似的。

秉昆不胜其烦，瞪着春燕没好气地说："你问得有意思吗？不论从哪一方面讲，我能不在乎吗？"

他的话刚一说完，春燕已同时起身，一步跨到了跟前，捧住脸就在他脑门上啧啧有声地连亲了数下。

除了吴倩，那哥儿几个全都双手拍着桌子学四川话大叫："要得！要得！"

闹腾了一番，终于安静，他们一个个又都抓起冻梨吃。

国庆忽然说："趁这会儿安静，我也讲件事儿，不是咱们市里的，是郊区一个村子里的。千真万确是真事儿，我听小舅讲的，他是那个村的。"

于是大家洗耳恭听。

国庆慢条斯理地讲了起来。在郊区某村，有一对确定了恋爱关系已在筹备婚事的青年男女，男的是大车把式，女的是供销社的出纳员。女方家里一直嫌男方家里穷，彩礼给得抠抠搜搜的，不断阻碍着婚事，还动不动就说些吹灯拔蜡的话。结果呢，逼得小伙子产生不良念头了。他想怎么才能比较容易地弄到笔钱将婚事筹备下去呢？想来想去就想到了供销社。除了供销社经常会有百八十元钱，全村再也没什么有钱的地方啊！他选择供销社作为盗窃的目标，还因为情况比较熟，对象是出纳嘛。哪个日子钱多少，他都从对象口中套清楚规律了。某天夜里，他就蒙了头，只露两只眼睛，也不带手电，撬开供销社的门溜了进去。平时供销社是没人打更的，偏偏那天夜里鬼使神差，姑娘嫌家里闷热，抱着枕头睡到供销社的小财务室去了。而所谓财务室其实就像周家的里外屋，与店面是通着的，连门也没有，挂块布帘，很小，用木板和土坯搭了张窄床，还堆了些货。姑娘为了给自己壮胆，往枕头下放了把尖刀。她对象一进入供销社，姑娘惊醒了，手持尖刀与贼人搏斗起来。大夏天的，都穿得少，小伙子先挨了一刀，但也夺过了刀。他想跑，姑娘死死抱住了他一条腿，大喊抓贼。小伙子明知她是自己对象，不敢说话，怕一说话姑娘听出了他是谁，那对象关系不就完了吗？但也舍不得用刀扎她，两人之间是有感情的啊,所以小伙子用刀在她身上乱比画,以为一吓唬她就放开了。姑娘却根本不怕,喊声更大,也将他的腿抱得更紧了。小伙子急了,朝她身上不是要害的地方扎了一刀。姑娘一疼,不喊"抓贼"了,改口喊"杀人啦"。小伙子更急了,结果就失去理智,朝姑娘身上接连捅了几刀。村民们闻声赶到,三下五除二将小伙子制伏。姑娘却因伤势严重,死在了送往医院的半道上……

男人们听罢,一个个大发感慨。种种的议论,表达的似乎主要是对小伙子的同情。春燕和吴倩两个女的,脸上渐渐都出现了怫然之色。春燕想说什么还没来得及说,话最少的吴倩拍案而起。

吴倩拧着国庆耳朵,迫使他也站了起来。她双手一推,国庆倒退数步,差点儿跌倒。她指着国庆厉声质问:"国庆你什么意思?你讲那么一件破事儿居心何在?你想跟我吹你就明说,用不着来这一套暗示!"她的手臂在空中划了段弧线,环指着男人们又道,"你们没一个好东西!都还有没有点儿起码的正义感了?宁为公字死,不为私字生。那姑娘哪点儿做错了?你说!你说!"

包括秉昆在内的五个男人面面相觑,呆如木鸡。

春燕将刚才要说的话忘了,反替秉昆打抱不平,她瞪着吴倩训斥:"你别把我干哥也捎上,他一言未发!"

吴倩又冲春燕嚷道:"一言不发就对了吗?他如果是有正义感的,为什么不反驳他们三个?还有你!亏你也是女的!听着他们三个男的一句句尽说我们可怜的姐妹的不是,你为什么也不反驳?"

她胸脯大起大伏,唰唰流泪不止,看那样,内心受到了极大伤害。

国庆忍无可忍地大叫一声:"你给我滚!"

吴倩哇地哭出了声,往外便跑。

曹德宝抢前一步,将她拦住,搂着肩将她搂到外屋,关上门好言相劝。

秉昆自言自语:"她的话倒是挺在理,可也不至于发那么大脾气啊!"

赶超说:"很明显,她也有几分醉了,再加上内心苦恼,得有个机会发泄一下。"

春燕问是什么性质的苦恼?

赶超欲言又止,看国庆。

国庆没好气地说:"你要讲就讲,别看我。藏不住掖不严的事,我不怕丢人。"

秉昆制止道:"不许讲,讲给她听有什么用?"

春燕就更想知道了。

于是,赶超将吴倩长胡子哪儿哪儿也治不好的事讲了。

在外屋劝吴倩的曹德宝,正怎么也劝不好她呢,但听春燕在里屋大声说:"吴倩你给我进来!你的苦恼,那是小事儿一桩。替你排忧解难,包在姐身上了!"

德宝将吴倩轻轻推入里屋,按着她重新坐下,春燕笑道:"还多亏你一闹,我成了你的贵人,这不是坏事变好事,闹出让你高兴的结果了吗?"

春燕说,她师傅有祖传秘方,专治吴倩那种激素紊乱的病,服几服她师傅开的中药,再配合她师傅研制的外敷药膏,最多一个月就能将病根除了。那药膏特神奇,睡前涂上,用热手绢盖几分钟,趁着手绢还没凉,轻轻一擦,就毫毛不见了。一九四九年以前,一些老俄国和欧洲其他国家逗留本市的外国女人也有长了胡子又没办法解决的,都是不惜重金请她师傅治好的。当年她师傅虽是修脚的,靠修脚出名,但却主要靠挣那些外国女人的钱提高一家人的生活水平。一九四九年后,师傅偶尔也能从中国女人手中挣那份钱,但一九六〇年后,领导坚决不许师傅挣那份儿容易把人思想意识搞乱的钱了。她师傅怕连累了领导,也不想成为"黑典型",也就洗手不干了。

吕川不解地问："那怎么就容易把人的思想搞乱呢？"

春燕说："女人因那种事苦恼，说到底还不是因为爱美吗？如果不爱美，哪个女人还在乎那事儿？可话又说回来，谁为女人解决了那种苦恼，不是等于助长了女人们的小资产阶级爱美意识吗？人的头脑里才多大点儿地方，这种思想意识装多了，那种思想意识能装进去的可不就少了呗。所以说嘛，无产阶级和资产阶级，都是要靠思想意识来争夺人的。"

秉昆他们方才已经犯了思想立场性质的错误，听春燕说得头头是道，此时便都谨慎起来，唯恐出语冒失，再次因言获罪，一个个深明大义地点头不止，表现出与春燕的思想完全一致的模样。

吴倩却冷不丁地冒出了话："王八蛋坏犊子们才那么认为！姐你听我的。我的头脑像搅拌机，不管装进多少资产阶级思想，左搅右搅，搅来搅去，最后都能给它搅成了无产阶级的。我的事，你不管可不行！"

春燕俨然主宰着吴倩命运的大姐大，一言九鼎地说："放心吧，我的老妹子，等过了春节，你让国庆陪你去我单位找我，我把两种药都为你准备好了！"

春燕口中，早已不说"澡堂子"三个字了，不知从哪一天起，被"我单位"或"我工作的地方"取代了。

不唯吴倩，每一个人听了春燕的话都很高兴。

吕川趁着大家的高兴劲儿，为大家表演魔术。他不但用自己带来的道具表演，还用扑克和象棋表演，出神入化，博得了几阵掌声。

曹德宝也技痒起来，他从琴盒里取出了大提琴，如同取出了一挺机关枪。

春燕从没见过大提琴，惊呼："你这把小提琴咋这么大个？！"

曹德宝撇嘴道："拉小提琴的都是卖弄雕虫小技的，谁能把大提琴拉好了那才是能耐！小提琴有什么听头？吱吱嘎嘎的。你们听大提琴什么声……听，小提琴能发出这么浑厚的共鸣吗？体积大，共鸣当然就好。"

所有人都不曾在现场听过任何一次音乐会。文艺欣赏对他们而言，"文革"前只不过是看电影，"文革"后只不过是观看单位职工在什么联欢会上的业余演出。如果得到一张票，观看的是市里某系统正规毛泽东思想宣传队的演出，那就是欣赏到一次高水平的文艺演出了。所以，曹德宝只不过揽着大提琴摆好要拉的架势，那姿势就已令大家屏息敛气，预先折服了。

曹德宝也不报一下曲名，起手就拉起来。但见他忽而闭上双眼，自我陶醉，忽而前仰后合，左摇右摆，持弓的右手忽而离弦近，像被琴吸近的，忽而离弦远，像被琴盒产生的电流击远的，而弄弦的左手，忽而轻揉慢抚，忽而重按速搓。

大家全看傻了，听呆了。

春燕将椅子摆到曹德宝跟前，与他面对面坐了下来。曹德宝便不再闭眼，不再看别人，目光只注视春燕一人，脉脉含情。赶超也移动椅子，坐到了春燕旁边。国庆、吴倩、吕川嫌他俩挡住了曹德宝，影响他们欣赏曹德宝的表情，也都将自己坐的椅子搬近曹德宝。那当儿，秉昆发现赶超往春燕祆兜里塞入了纸条。春燕未觉，秉昆也不声张。

秉昆心里竟然起了一点儿自卑。同是底层人家子弟，也同是青年苦力工，人家德宝和吕川两个却各有所长，而且还达到了一定水平。自己则一无所好，连让朋友们愉快一番的本事都没有。

他不禁心里对自己说："秉昆，秉昆，你一辈子就这么活下去不是一回事！"

曹德宝终于停弓，甩了一下长发，扭动着脖子说："累了，告一段落。"

吕川说："刚才没上主食吧，我怎么忽然饿了呢？"

于是春燕起身去煮饺子。

吴倩泪眼汪汪地问曹德宝："你拉的什么曲子？"

曹德宝深藏不露地说："外国经典。"

"难怪我从没听到过。"吴倩掏出手绢拭拭眼眶，脸上也有了点儿自卑。

吕川讶然地问她："你听懂了吗？感动得快流泪了？"

吴倩难为情地说："有什么听得懂听不懂的，音乐谁长着耳朵不会听？听着觉得挺忧伤的，心情也跟着忧伤了，有什么大惊小怪的？"

曹德宝以大师般的口吻说："音乐是有力量的。请都记住，音乐是有力量的！她的话再次证明了这一点。"

吕川虔诚地说："承认，承认。我虽然并没眼泪汪汪，但是我承认。"

秉昆听得出来，曹德宝只不过是将《红河谷》《老黑奴》《寻梦园》《巴比伦河》等几首外国歌典不间断地拉了一遍——哥哥姐姐和准嫂子冬梅都是爱唱歌的人，那些外国歌曲他们下乡前经常一起唱。

秉昆一点儿也不饿。

他走出家门，去往春燕家接母亲。已经十点多了，该将母亲接回来了。一九七三年正月初三，A市的夜晚寂静而寒冷，除了没风，与入冬以来的任何一个夜晚毫无不同。他边走边想，在这一座城市，在这一个夜晚，对于所有底层人家的儿子而言，他是多么的幸运！朋友们沾了他的光也是多么的幸运！几万户底层人家中，估计没有一户人家有足够的空间能容七个男女青年吃着喝着各显其能地玩到十点多！这真要感激父亲当年的远见卓识——如果当年不是将自家的房子盖得宽敞了些，他们今晚哪有地方可聚呢？也不知那些根本没地方聚的年轻人在干什么，估计早已睡下了吧。

秉昆没能从春燕家将母亲接走。

第九章

在火车站卸货场当搬运工的春燕她爸加班。除了秉昆妈，春燕家还有三位女客，春燕妈介绍说是春燕的姑和姨，秉昆也没记住。他母亲在饭桌上被春燕妈她们劝着饮了几小盅白酒，已酣睡在春燕家炕上了。

秉昆嘟哝："我妈沾酒就醉的。"

春燕的一个姨说："就让你妈睡这儿吧，你总不能把你妈背回去吧？"

春燕妈说："你一走我们也要插门睡了。你告诉春燕今晚别回来了，就睡你家吧，没人愿意刚睡着又得起来为她开门！"

秉昆愣了片刻，不以为然地说："婶儿，那合适吗？"

春燕妈数落道："你这孩子别事儿事儿的！我是黄花大姑娘她妈，我都把话说得明明白白干干脆脆的，你暧昧个什么劲儿啊？你俩干哥哥干妹妹的关系，你家俩屋两铺炕，怎么，还没地方留我家春燕睡一宿了？"

春燕她姑笑道："真是个青瓜蛋子傻小伙，不过倒也傻得可爱。"

春燕她另一个姨就下了炕，趿拉着鞋，边往外推他边说："走吧走吧，你妈睡这儿不会让我们给卖了。别忘了捎话给春燕，要不她回来了也没人为她开门。"

秉昆无奈地回到家里，家里只有春燕和曹德宝了——国庆等四人匆匆吃过饺子，结伴先走了。

春燕在学拉大提琴。曹德宝站她背后，半搂着她，手把手教她。

秉昆困了，强打精神收拾干净了桌子，扫过了地，见学琴的教琴的还都在兴头上，就把春燕妈的"指示"传达给了她，又对曹德宝说："我熬不住了。你要是也不想走，就陪我睡外屋。但是再不许你俩把琴弄出声来，嗑着瓜子说话说到天亮都可以！"

初四天刚亮，秉昆被人不知用什么打醒了。他翻滚着身子坐起，被子已被掀到一旁，春燕柳眉倒竖，一手叉腰，一手倒握扫炕笤帚。

秉昆恍惚仍在梦中，揉揉眼，晃晃头，这才彻底醒来，看一眼窗帘，布纹已透明了。

他想起了昨晚的情形，生气地问："你打我干什么？"

春燕披散着头发，只穿着花衬衣和花短裤，光着两条白腿却穿上了靴子，她尖叫道："周秉昆，你麻烦大啦！"

秉昆丈二和尚摸不着头脑，也喊起来："你别在我家像母夜叉似的冲我叫！我做什么不好的事麻烦大了？"

"曹德宝他昨晚也没走！"

"这是我家！许你在我家睡一宿就不许他也在我家睡一宿了吗？"

"可他没睡在外屋，睡在里屋了！"

"那里屋那么长的炕，他睡一头，你睡一头，有什么大不了的啊！"

"可他没老老实实睡他那一头……他后来和我睡一个被窝里了！"

"这……那是你俩的问题，关我什么事啊？"

"就关你的事！事件是在你家发生的，他还是你哥们儿！"

"他也就春节这两天刚成了我哥们儿，以前根本就不是！再说你一个大活人，他往你被窝钻你就任他钻呀？"

"后来我俩又喝酒了，我醉了！"

"活该！那也是你自己的责任，根本怪不到我头上！"

秉昆也意识到问题严重了，极力撇清。

"反正你逃脱不了干系的，昨天晚上以前我可是处女！现在我不是了，你说怎么办吧？"

春燕句句进招，理直气壮地认定了秉昆是那不好"事件"的罪魁祸首。

秉昆光火起来，瞪着眼睛朝她一指，厉声道："你再胡搅蛮缠我对你不客气！"

第九章

"我先对你不客气！打你打你打你！……"

春燕又挥起了笤帚，劈头盖脸地朝秉昆乱打，打得秉昆抱着头在炕上躲来躲去。

忽然二人都呆住了——秉昆妈不知何时出现在门口。

母亲说："一大清早的，你俩闹什么呢？昨晚是不是都忘了插门啊？"

春燕说："是他一个哥们儿一早溜走开的门！"

母亲就问秉昆："昨晚不止春燕住咱家了？"

秉昆指着春燕大声说："问她！"

春燕也指着秉昆大声说："问你才对！"她说完跑入里屋，呜呜哭起来。

母亲将里外屋门关上，缓缓坐在炕沿，略带责备地说："你怎么惹人家春燕不高兴了？"

看母亲那样子，非但不觉意外，仿佛还见怪不怪窃喜几分似的。

秉昆真是气极了，也觉得春燕和曹德宝之间发生的事玷污他们周家的家门，但那也不能不对母亲说呀！春燕在里屋呜呜哭呢，自己不说，母亲也会起身去问春燕的。由她把一切责任都往他身上推，还不如由自己来说，起码可以为自己辩白。

可那事又实在很不好说，他吭吭哧哧前言不搭后语地说了一番，越说越说不清楚，反而误导了母亲。

"你说的那个曹德宝，他把春燕给……强奸了不成？"母亲听得脸都开始抽搐了。

"究竟算不算强奸……那你得问春燕了……"

他没料到母亲问得那么单刀直入，只得含糊其词地回答。太难为他了，他也确实不知道该如何定性春燕和曹德宝之间发生的事。

"怎么会这样？怎么会这样？"

母亲喃喃自语，脸色变得煞白，转而由白变青。

他呆呆地看着母亲，不想再说什么，也无话可说了。

母亲用手指戳着他太阳穴，压低声音气急败坏地说："你呀你呀，妈越为你操心，你越叫妈不省心！"

春燕在屋里高叫："大娘，你别听他胡说了，进屋听我说吧！"

母亲往里屋走时，身子都摇晃了。母亲进屋后，随手将里外屋门关上了。

秉昆顾不上穿衣服，蹦到地上，赤脚走到里外屋门口，耳贴门缝偷听。

春燕终于情绪平定，话也说得挺客观。她甚至替曹德宝辩护，说他喝醉了，而自己喝得比他还多。自然，她也等于附带着替自己进行了辩护。

"春燕啊，你心里应该有数。我和你妈，我们两位母亲，原本都愿意撮合着你与秉昆成了一对儿，事已至此，你看这可怎么办才好呢？"母亲的声音不禁颤抖了。

春燕说："我不知道，我心乱。"

母亲说："你和你秉昆哥，你俩，明摆着不能那样了，是不是？"

春燕说："是的，大娘。"

母亲说："那个曹德宝，他要是个正经小伙子，就得给你个负责任的说法。"

春燕说："是的，大娘。"

屋里沉默了一阵。

秉昆将门推开道缝，见母亲与春燕对面而坐，春燕低头摆弄衣角，母亲端详着她。

母亲试探地问："如果你觉得曹德宝人也不错，你和他，你俩要是做了夫妻，行还是不行呢？"

春燕立刻回答:"那样也行。"

在秉昆听来,她回答的其实就是"那也挺好"的意思——因为他看到春燕的嘴角向上一翘,分明低着头如愿以偿地笑了。

坐在她对面的母亲竟没发现。

那时母亲也低下头,叹了口长气之后自言自语:"但愿他还没有对象。"

秉昆忍不住在门外大叫:"肯定没有!"

第十章

在三个儿女之间，周母最看重的是长子秉义，周志刚内心里则更爱女儿周蓉，因为她最讨他欢心。

冬季的贵州也冷极了，许多地方春节前下了雪，正月初三那日山头仍白着。大西南下的雪一向都如床单般薄薄的一层，太阳一出来，几个小时就会化得一干二净。然而贵州深山里的人们，已经连着六七天没见着太阳的脸了。

阴沉的天气使那种湿冷更加恼人，仿佛血管里流的不是温热的血，而是即将结冰的冰水，从里往外感到冷。整个人泡在热水里似乎也暖和不过来，穿得再厚盖几床被子也还是冷。

正月初三上午又下起了冷雨，贵州像要停止季节变化，一直那么阴冷下去了。

所谓深山里的人们，不仅指这里几户那里几户的小村里的农民（在东北，那么小的村不叫村而叫屯；在贵州山区，那么小的村比比皆是），也指进行"大三线"建设的来自东北三省和河北、山东等省的国防工业大军与建筑大军。

"大三线"建设仍在有条不紊地进行着。"文革"初期乱了一两年，二三十万人马也曾因为谁更革命分成了几大"造反派"组织，但自从实行军管，特别是成立了以"西南的春雷"为红色代称的省革命委员会之后，誓不两立的局面逐步得到了控制。

当然，免不了要宣布一些人为"反革命分子""破坏'大三线'建设"的

第十章

阶级敌人，于是逮捕了不少人，判刑了不少人。

这么多人一下子开进了贵州的深山老林，一切生产生活的物资保障、服务保障都给贵州带来了巨大压力，仅靠本省之力根本不可能解决，所以贵州与国务院专设了一条保障畅通的红色电话专线。那些人大多隶属于航天工程、武器制造、军事通信三大系统。用现在的说法，他们是当年中国工人阶级中最能代表先进生产力的那一部分工人，也可以说是中国工人阶级中的"特种部队""精锐部队"。此外，还有占总人数三分之一左右的建筑工人大军，他们也是从各省抽调的"精锐部队"，东北籍的建筑工人最多。这是因为东北最先成为中国的重工业基地，东北建筑工人们经过的大规模施工的历练最早，经验最丰富，最善于攻坚打硬仗。

被逮捕的人中，十之七八是这样一些工人"造反派"头头——他们抓住机会，发挥了自身前所未有的号召力，名曰为响应毛主席的伟大号召而"造反"，实际上反来反去，最后目的只有一个，那就是闹着被调回本省而已。屈指算来，他们离开本省已近十年，时间短的也有五六年。许多人几经辗转，从陕西、甘肃、新疆再折向四川继而来到贵州的深山里。在哪一个省的生活都是异常艰苦，除了不必经历枪林弹雨，其他方面的艰苦程度不亚于革命年代大军团开创根据地的情形。进入贵州深山腹地以后，他们遭遇了多年辗转最为艰苦的生活。他们身心疲惫，思亲想家，巴望早点儿有人来替换他们，让他们能赶快回家，重新过上以前那种每天下班后有老婆孩子热炕头的正常生活。他们毕竟不过是各行各业的工人，并不真的是军队的士兵，而且"大三线"建设毕竟难以让他们产生抗日救亡般的光荣感。他们起初都是满怀建设热忱，但时间一长，艰苦的生活一年接一年似乎无休无止，难免就有怨气甚至怨言了。他们以为，既然有人为了共同的想法带头，自己跟着那么一闹，兴许很快就会闹成功，早日与老父老母孩子老婆团圆了，却不料将自己所推举并拥护的"造反派"头头们推进了"反革命"的深渊。头头中自然有投机分子和野心家，他们的目的不仅仅是为了回家，甚至根本就不是为了回家，而是为了趁机当官，进而借着政治风向往上爬。

政治的桃子再鲜再大，看上去再易于摘取，那也断非每一个想摘的人都能称心如意。投机之"机"属于玄机，瞬息万变，寻常人难以掌握其中奥妙，常常是"有意栽花花不开，无心插柳柳成行"。有的人青云直上，也是连自己都根本没想到的。一进入角色，命运之舟也就只能任由大风大浪抛掷，自己根本驾驭不了。

在波谲云诡的时代中，投机须有大投机家的胆识与谋略，一些工人"造反派"头头中产生的投机者，连投机家都算不上，只不过是被半大不小的野心所支配的投机分子而已，哪里具有大投机家们那种雄厚资本和经验谋略呢？故部队一到，他们的下场都很可悲。

工人们原本普遍以为，他们是共和国最有权利发发脾气的人。作为别妻离子进行"大三线"建设的工人，他们都认为自己表达不满有充分理由——也该有人来替换替换自己了嘛！劳苦功高的"领导阶级"，连这么一点儿起码的权利都没有吗？但是部队一严厉，他们很快就明白，还是夹紧尾巴乖乖听话的好。如若不然，他们的那些"头头"的下场，随时可以是他们每一个人的下场。

他们不得不开始接受一种新的思想教育——就整个阶级而言，工人阶级是领导阶级；就每一名具体工人而言，只不过就是普通劳动者。普通劳动者就得有普通劳动者的样子！

于是，他们都领会到——谁也别再挑头闹事，那样做没有好果子吃。

局面平定以后，"抓革命，促生产"的中央精神得到继续贯彻，生产

第十章

竞赛活动由党员工人及工人劳模们倡导，又此起彼伏地开展起来。

一九七三年春节，贵州"大三线"建筑工人们并没全都放假。山岭深处，一些工程一日不停地继续着——不完全是生产竞赛，因为有的工程根本停不下来，一旦停下来国家损失巨大。许多工人享受的是，干一天休一天的春节假期。

初三上午十点多钟，从山里顺着砂石路走下一名"2"字头的工人。一身蓝色帆布的工作服看上去已经湿透了，脚上的旧胶鞋泥污不堪，两腮黑茬茬的络腮胡子显然已多日没刮了。

他是周秉昆的父亲周志刚。

周志刚头戴一顶当地男人冬季普遍戴的卷檐毡帽，天气实在太冷了可以将帽檐放下来护住耳朵。

这一天虽然很冷，他却走出了一身的汗，把放下的帽檐翻上去了。他背一只大竹篓，里边装着二十斤面粉、五斤腊肉，还有几块肥皂、一包蜡烛、一双新胶鞋。

他要去看女儿，也就是周秉昆的姐姐周蓉。

几字头是山里农民对"大三线"工人的区别叫法，后者与家人或亲友的通信地址只有"贵州"二字，其后是以数字为番号的信箱，有时最多加上地区名称。他们的工作服上，也印着与通信地址一致的首位数字，为的是相互容易识别，便于管理。在当地农民们眼里，"大三线"工人们都具有一种类似保密部队士兵的神秘感，相反，对"大三线"建设实行军管的穿军服的真正部队官兵们，在他们看来倒一点儿都不神秘了。自从实行军管后，凡组织、煽动冲击"大三线"工程工地或机关单位的行为，一律被宣布为现行反革命行为，情节严重的带头者有可能被判处死刑。

"九一三"事件后,那些有"大三线"工程的贵州大山里的气氛变得更加异乎寻常的凝重,这一点连农民们都感觉到了。安检路卡站岗的士兵们的表情更加严肃,委托农民从集上买东西的工人也几乎没有了——那样做的工人是严重违反纪律,因为很可能使阶级敌人的破坏阴谋得逞。为提高广大工人的警惕性,春节前各属区都放映了电影《为了六十一个阶级弟兄》。

然而,周志刚还是做了严重违反纪律的事——他偷偷委托一个农民朋友在三十儿那天买了竹篓里那五斤腊肉。他与对方交往已有两三年,从骨缝里都确信对方绝不会坑害他。"大三线"单位对于国营商店同样不放心,职工食堂的粮食、蔬菜乃至酱醋之类调料基本上是特供的,定期一卡车一卡车从山外运进山里,负责押运的往往是荷枪实弹的士兵。

周志刚作为工人班长敢冒受处分的危险,并不意味着他是一名漠视纪律的工人。依他想来,自己毕竟是将一背篓东西背出山去,而不是从山外背入山里,即使以纪律来论,错误的性质那也是不同的。非要处分他的话,程度也或许较轻。何况,他不是从一处工地带往另一外工地,而只不过是要带给自己的亲生女儿。

至于二十斤面粉,那没什么问题,是他用春节前省下的饭票从食堂买的。在贵州,面粉较少见,几乎只有"大三线"工人的食堂才有。因为许多工人是从东北等地来到贵州的,吃不惯当地产的双季大米,那种糙米将不少工人的胃吃伤了,面粉意味着是对他们健康的一种保障性特殊待遇。

周志刚考虑到女儿周蓉肯定也吃不惯糙米,怕她把胃吃伤。女儿自幼胃就不好,这他是知道的。二十斤面粉虽然解决不了根本问题,但若能在女儿胃病犯了的时候可以做两顿疙瘩汤喝,也值得自己受一次累啊！

肥皂和胶鞋是发的。肥皂三个月一块，胶鞋每年一双。他经常主动打扫公共浴池，一方面是为了保持"模范工人"的光荣称号，另一方面也是为了有机会将别人弃之不用的肥皂"尾巴"收集起来，攥成大大小小的肥皂球自己留用，那样他每年可省下两三块肥皂，以前是探家时带回去给家里用。"大三线"工人最费的是鞋，一双发下来的新鞋穿在脚上，往往不出三个月就被工地的碎石路磨烂了。工人们曾闹着要求每年多发一双胶鞋，他们的要求也被逐级向上反映过，但上级最终的答复是国家正处在经济困难时期，已经尽量对"大三线"工人做出保障了，过高的要求只有等国家经济形势好转以后再予以考虑，于是不了了之。

周志刚居然连胶鞋也能隔一年就省下一双——他不仅学会了补鞋，而且还跟农民学会了编草鞋。实际上工人们并不将农民叫农民，而叫山民，尽管他们确实是居住在深山里，靠耕种贫瘠的小块土地为生的农民。他们的可耕种土地少得可怜，每当撬落山坡上的大石头，就往石头窝里撒一把菜种。有北方平原地区农村生活经历的工人们，一回忆起老家那一望无际的广袤土地，就对贵州当地山民充满了同情和怜悯。后者所过的普遍的贫穷生活，也使工人们总觉得自己作为领导阶级，实在是太对不起他们了。工人们对于贫穷有了全新的认识，因为较之于山民们的贫穷，他们自己的贫穷经历和家庭所面临的城市里的贫穷现状，简直就不值一提了。

他们都是走南闯北的人，见过了种种贫穷现象，但冬季初入贵州山里时，从卡车上见一个又一个村子里跑出些三四岁到十来岁衣不遮体的男孩女孩，委实大为惊骇！惊骇甫过是心痛，不少工人一路流泪，卡车再路过村子时，不忍复见那情形，便转身背对车两旁了。那些孩子跑出村子只不过是围住卡车讨吃的，一个个面黄肌瘦骨形凸现，工人们便将自己充饥的干粮一番番从车上大弯着腰递到孩子们的小手里，几乎没有人从车上抛过干粮，都是手递手地给予。孩子们一手接过一块干粮大口吃着，另一只手还直伸着默默讨要。破衣烂衫的大人们伫立在家门口远远地望着，已有先头进山负责安全保卫的人们逐村劝告过他们，卡车途经时不得靠近。那些山民们都极其老实，便绝不靠近，仅允许自己的孩子们乞讨。他们的家，说是某种善于搭窝的高等动物的巢穴也毫不夸张。

贵州深山里山民们的贫穷状况，让许许多多初入山区的"三线"工人受到了震撼。

当他们自身带的干粮沿途给完了，便开始翻找车上有没有可吃的东西。有些车上有面包、饼干、水果罐头和肉罐头，是工地职工商店的采购员随车采购的。于是，一些新调来的工人便从车上给孩子们拿那些更高级的食品。

采购员们当然要干涉。

工人们当然不理那一套。

于是双方在车上发生肢体冲突。

周志刚所在的卡车便发生了这种事。

当时，车上的采购员情急之下，居然拔出枪来对空放了一枪——极个别的采购员是特许佩枪的，因为他们往往随身携带大笔现金，经常不得不与形形色色好坏莫辨的人同搭一车，或独自走一段山路。"大三线"大军初入山区时，山区的夜里每闻狼嗥。

枪声才使意气用事的工人们安静了下来。

采购员挥舞着握枪的手大吼："就你们他妈的是人吗？就你们的心是肉长的？我的心就是石头心秤砣心啊？东西没了我回去怎么交代？你们他妈的替我想过吗？"

是啊，也不能完全不替人家采购员想一想。

第十章

　　作为老工人的周志刚向司机建议,再要路过村子时,干脆加快车速开过去为好,那样卡车不至于再被一些可怜的孩子围住,车上也不会再起冲突了。

　　司机是个小伙子,他觉得周志刚的建议有道理。

　　正因为他听了周志刚的建议,不幸发生了——那辆卡车经过下一个村子时,轧死了一个少年。当那少年的父亲,一个有着一张黧黑的瘦脸、破衣裳裹着麻秆似的身子的中年男子,横托着自己十二三岁的儿子的遗体呆站在车头前边时,"大三线"老工人周志刚头脑顿时一片空白。那时山里的世界对于他来说万籁俱寂,静得不可思议。

　　那父亲并不看卡车上的人。他低着头,只一动不动地看着儿子的尸体,儿子的嘴角不断往地上滴着血。

　　卡车上所有的工人都呆如石人。

　　路边的孩子们也一个个呆如小石人。

　　司机从驾驶室出来了,连看都没看那父亲一眼,却朝车上嚷嚷:"谁让我开快车的?谁让我开快车的?"

　　周志刚这才缓过神,小声说:"我。"

　　司机指着他吼:"你他妈给我下来!"

　　周志刚顺从地跳下了车。

　　小伙子司机一拳将他击倒于地,接着一脚又一脚狠踢他。

　　幸而这时从后边开来一辆吉普车,车上下来了一名军官和一位干部。

　　当卡车继续向前开时,周志刚听到车上有人放声大哭——车上不全是男人,还有一名要前往山里职工医院报到的女护士……

　　周志刚是去年十一月中旬从四川调到贵州来的。那次从四川调来了一千五六百名建筑工人。

临行，领导在欢送会上说："把你们调往贵州，不仅因为四川这边的建筑工程已经提前出色地完成了，还因为你们都是建设'大三线'的优秀的老工人！你们的平均年龄四十岁以上，工作经验丰富，都是吃苦耐劳的工人，好样的工人！而且，你们也是最听党的话的工人！现在，贵州需要你们！党命令你们去贵州，在那里继续发挥你们的榜样作用！有没有怕那边的生活更艰苦不愿去的呀？"

一千五六百条嗓子震耳欲聋地喊：

"没有！"

"没有！！"

"没有！！！"

刚会过餐，解馋地饱饱吃过大块大块的肉，还有四川当地醇烈的白酒喝，一千五六百名工人的底气个个都很足。

在他们中，最情愿从四川调往贵州的便是周志刚。他们确实都是些好工人，也确实如领导所说的那样，贵州的"大三线"建设急需他们这些优秀工人。实际上，四川的"大三线"工人已闹过事了，稳定局面当然同样是军管起了关键性作用。贵州的返省工潮发生在"九一三"事件后，这引起北京方面的高度重视。他们这样一些"大三线"工人军团中的老兵，没有卷入在四川早先发生过的同样性质的工潮中，被认为表现良好，于是领导希望他们能在贵州的"大三线"工人中起凝聚作用。从四川到贵州，对于别人来说这种调动无所谓，周志刚却是梦寐以求，甚至有种喜从天降的感觉。

因为他与女儿离得近了。

从一九六八年至一九七三年，他已五年多没见过女儿了。一九六九年，他探家期间知道了女儿做的荒唐之事，曾暗自发誓再也不见她了。然而，终究是父亲，周蓉毕竟是他的亲生女儿啊,"每逢佳节倍思亲",他最惦念的是女儿。他不怎么惦念长子秉义，千千万万人家的儿女都下乡了，自己的长子也下乡了，有什么可惦念的呢？何况，秉义是有主见的，无须自己这个父亲操什么心。又何况，秉义的婚姻大事下乡之前就定下了，他和老伴都对郝冬梅很满意，认为她与秉义哪方面都十分般配。至于她的父亲成了"走资派"，被打倒了，他和老伴并不介意。那有什么呢？成了"走资派"也证明着一种资格，起码证明人家郝冬梅的父亲曾经是老革命吧？郝冬梅的父亲也确实是老革命，曾在杨靖宇领导的抗日联军担任过师长，是东北抗日联军一员赫赫有名的勇将，身上留下了两处伤疤。一处紧挨着心脏，如果不是命大，他早已成为烈士。这样的人如果还不算老革命，那还得有多么光荣的历史才算呢？周志刚对于出生入死抗过日的人一向心存大敬意，虽还没见过郝冬梅的父亲，内心里已分享到莫大的光荣了。再说，"十年河东，十年河西"，他不信中国会一直折腾不休，非将这些经过生死考验的干部都当垃圾扔了不可。至于小儿子秉昆，周志刚更不惦念。他留城工作，从小老实巴交，又有老伴在他身边操心着，没什么可惦念的。

确确实实，他最惦念的是女儿周蓉。

如果女儿也下乡了，可能他反倒不太惦念。人家郝冬梅也是女儿，还曾是高干的女儿，人家不也下乡了吗？千千万万人家的女儿不都下乡了吗？他的女儿既不是纸糊的，也不是用糖浆吹的糖人儿，不会一沾火就会烧成灰、一碰就会破个洞，有什么不放心的呢？而且，周蓉自己也不是个娇气的女孩，从小到大，并没拿自己当过家里的宝。相反，她还总拿自己当家长似的。他和老伴说应该先给哪个孩子添件新衣服时，她总是先让着哥哥，后让着弟弟。全中国人都挨饿那三年，女儿在饭桌上吃得最少，往往没吃几口就说吃饱了，而他和老伴不止一次发现，女儿背着他俩和哥哥弟弟,一边嘎嘣嘎嘣嚼着从水缸里铲下的冰片,一边看书或写作业——她的胃疼病正是那三年里落下的。每当想起女儿的件件往事,周志刚就会惦念得吃不下饭睡不着觉。别人以为他劳动时老当益壮不知什么叫累,肯定是为了保住多年连续被评为劳模的荣誉,殊不知他每天下班后腰酸腿疼,却甘愿累成那样——累成那样,晚上就可以睡好觉,不因想女儿而彻夜失眠了。

当女儿不经意间出落成一个亭亭玉立漂漂亮亮的大姑娘以后,他经常想的其实只有一个问题——长成一个大美人儿的女儿,将来会嫁给什么人?或者反过来说,什么样的男人才有福气做自己女儿的丈夫?

街坊一些年轻妇女都认为女儿应该去当演员,那么漂亮不当演员可惜了。女儿却不止一次对他和老伴表明自己的人生志向——考大学,毕业后争取留在大学,当大学老师;但凡有一丝可能,那就要争取成为教授。

他和老伴都不知道教授是怎样的人。

女儿解释:"你们就想,教授是大学老师中的老师吧。"

他问:"那就是大学里学问很高的那一类人了?"

女儿说:"可以这么认为。"

他当即斩钉截铁地表态:"支持!砸锅卖铁爸也支持!"

老伴却说:"也不至于到砸锅卖铁那地步。女儿,爸妈保证,只要你考上了,爸妈就肯定供得起。咱家不是有家传的值钱东西嘛!"

女儿明白妈指的是什么,扑哧笑了,旋即庄重地说:"爸,妈,我不但有信心考上大学,而且有信心靠勤工俭学读完大学,那东西当传家宝留给你们小儿子吧。"

周志刚向老伴使了个眼色,起身走到外屋去了。

老伴则心领神会,试探地问:"蓉啊,趁你哥和你弟都不在家,咱娘俩说点儿悄悄话,向妈透露透露你的真实想法,我女儿将来希望嫁给一个什么样的小伙子呀？"

女儿大笑起来，笑罢，反问："妈，想套我的话是不是？我爸刚才向你使眼色，当我没看出来？"

做母亲的板脸道："别管你爸使没使眼色，我当妈的还没权利问问你吗？"

女儿大声说："爸，那你也在外屋听清楚了啊，我刚上高中，你们想知道的事，我还压根儿没考虑过呢。有一点可以预先告诉你们，那就是：我将来的爱情肯定要由自己做主，希望爸妈那时给我充分的自由！"

周志刚在外屋首先大声表态："给！给！绝对给！爸才不会替我女儿搞包办婚姻那一套。这都什么年月了，你爸是新中国第一代建筑工人，也是领导阶级中的一员，是讲民主、讲平等的人。"

……

周志刚走在碎石路上，没因为回忆起了那些与女儿有关的往事而有丝毫愉快，相反，内心深处产生了一种被自己万难接受的现实所欺压的无奈和屈辱。他认为那种欺压是女儿造成的，但一想到女儿肯定也深陷于她自己造成的苦境之中，心中便无怨无恨只有怜惜了。

究竟一个怎样的男人，会使女儿宁愿让父母伤心、哥哥弟弟蒙羞，而破釜沉舟、一意孤行地追着他来到瘴气弥漫的贵州深山里，与他共同生活呢？

他困惑不解。他此行去见女儿，不仅仅是由于对女儿的朝思暮想，也是要去见到那个男人。

难道他是一个脑后发出七彩祥光隐于凡尘的仙人不成？

他不信。他要亲眼见识见识。

调到贵州来以前，周志刚曾多次在家信中要求小儿子将姐姐的通信地址告诉他，秉昆却从没写在回信中。他明白，小儿子一再成心忽略，肯定也是老伴的主张，怕他一旦有了地址，会接连不断地写信责骂周蓉，他后来理解了他们的顾虑。倘那时他已有了地址，当然会接连不断地给女儿写信，对她大加责骂。多亏那时他没有地址，果真那样做了他现在会后悔死的。

调到贵州以后，他给大儿子秉义去了一封不短的信，言辞恳切地表明，自己已经不恨周蓉，但是太想她了，想到了夜里经常大睁着双眼睡不着觉的程度，快神经衰弱，开始服安眠药了。这是真的。他在那封信中恳求秉义将妹妹的地址告诉他这个可怜的父亲。他在信中保证，秉义的顾虑是多余的，完全没必要。作为父亲，自己既然调到贵州，与女儿同在一个省，从哪方面讲也应该亲自去看看女儿的生活情况啊！这是他作为父亲的起码责任，也是起码权利啊！不然，那他还配做父亲吗？

他是在扫盲时期才学会写一些字的。内容那么复杂的一封信，仅靠他所会写的那些字不够用。那种复杂的心理变化和感情表达，完全超出了他的实际表述能力。他只得放弃模范老工人的自尊，请工友中一名年轻秀才代笔。

那秀才叫郭诚，是工人业余大批判组的笔杆子，自命不凡，也很爱端架子。领导命他写报告，也得好烟好菜供着。他那种恃才自傲，几次将要被转成脱产的专业笔杆子，都因为有人强烈反对而没转成。据说，有那看不惯他自命不凡的样子的领导，对他做出了这样的指示——不妨利用，不得重用。此话传到了他耳朵里，他当时正在下棋，一边看着棋盘寻思棋步，一边以根本不当一回事的轻蔑口吻回应说："利用人的人是因为自己没能耐，没能耐的人就没志气，有志气的话以后别再利用我。"

就说了这么三句话,他说一句顿一秒钟。三句话说完,依旧全神贯注地下棋,仿佛那事儿已如一阵耳旁风过去了。而且,他将那盘棋赢了。

后来,曾做过指示的那位领导照样好烟好菜地供着他。

不好烟好菜地供着怎么办呢?他写出的报告,即使由领导的嘴来念,工人们也很爱听,还时时报以掌声,还都听得出来是他写的。这后一点,委实令有的领导羞惭又光火。

有的领导教导脱产的专业笔杆子们:"研究研究他怎么写的,研究明白了,也改改你们的文风。"

那些专业笔杆子不无醋意地问:"是让我们向他学习的意思呗?"

领导训斥道:"我说学习二字了吗?他是业余的,你们是专业的,我会让你们学习他吗?我是猪脑子吗?我说的是让你们研究研究他怎么写的,发现点儿诀窍。如此而已,仅此而已!"

那些专业笔杆子便聚在一起,认认真真地研究郭诚代笔所写的一份份报告,深入分析,展开讨论,最后只发现了一条所谓诀窍,那就是郭诚善于往一套套假大空的行文间不显山露水地塞进自己的"私货"。比如,他在"工人同志们"前边并不像有的专业笔杆子那样写上"亲爱的"三个字,而是在"工人同志们"五个字下边标上黑点,后边加括弧,括弧内强调"响亮的语音"——接下来呢,他居然重复一句:"我亲爱的工人兄弟们"……

"你看他,'工人同志们'后边不用冒号,却用感叹号!紧接着这一句'我亲爱的工人兄弟们'倒也不能说完全多余,但明明用在前的感叹号应该用在这里嘛,他却偏不用在这里,这里反而用的是冒号,显然小学时期没学好标点符号怎么用嘛。我要是当初也为领导这么写报告,估计是进不了咱们这个专业班子的。"

"是啊是啊,第二句他也只不过多加了一个'我'字嘛!"

"这儿，这儿，你们看这儿——'艰苦的环境算不了什么——只有在艰苦环境的外边站着说话不嫌腰疼的人才会这么说！而我要说的是，艰苦的环境真是让你们大吃苦头了，但你们硬是挺过来了！'——缺了几句什么吧？"

"在党中央的深切关怀下，在无产阶级革命思想的光辉指导下——这么重要的一些报告常用语、关键词，他小子根本一句没写！"

"我看他是不屑于写！就他这种政治思想水平，怎么能进咱们这个专业的写作班子呢？别人都不反对了，我也要反对到底，他做梦去吧！"

专业的笔杆子们愤愤不平，研讨变成了批判。

只一味批判也不是个事儿呀，没法向领导汇报啊，于是胡乱凑了几条"研究成果"应付领导。领导对他们最终有所发现颇为满意，决定一份大领导将要在某次职工大会上所做的鼓劲儿报告由他们集体完成。

他们一个个受宠若惊，也一个个心里没谱了。

领导要求他们改改文风，也将报告写得让工人爱听点儿，不改明摆着不行。但他们写正规报告早已写惯了，一时不容易改成郭诚那样的文风。如果像郭诚那样刻意少用正规报告中的常用语、关键词，且不论别人的看法，在他们自己的头脑中，就首先受到各自认为正确的政治思想的坚决阻击了。

他们也只能照猫画虎地模仿着写，硬与自己轻车熟路的习惯写法作对地写。改了又改，终于完成了任务。

小领导过目后挺满意，胸有成竹地说："看来，以后他郭诚连一点儿能被利用的价值也没有了。可悲，就那么一点儿能被正当利用的价值，自己不知道珍惜，不识抬举，不夹紧了尾巴乖乖地被利用，反而动不动就摆架子，要好烟好菜地供着。你们可以放出风去，就说我说的，让他永远死心塌地当工人吧，他再也没有从工地上请到这里来的时候了！"

第十章

领导如同一位主宰命运的神灵,似乎他的话一句句都是命运之钉,刚一说完,郭诚便被牢牢地钉在命运之柱上了。

专职笔杆子们爱听啊,听了解气!当然也都很乐于充当传旨的神仆。

那次郭诚在看别人下棋,听了仿佛没听到,继续为一方支着:"马换炮!还犹豫个什么劲儿?过河卒子干脆不要了,车吃相,将一步,另一车再将!"

在他支着下,这一方扭转败局,下了盘和棋。

他这才拍着传旨者的肩,笑道:"劳您大驾了啊,可惜我没小费给您,尽义务吧。转告亲爱的领导同志,感谢他以往的多次抬爱,我也不愿意没完没了地被利用啊。当工人光荣,劳动增强体魄,艰苦磨炼意志,工人之间的友谊更可靠。我是工人的后代,对工人阶级有深厚的感情,所以从没觉得当工人有多么可怕。"

那神仆听得眨巴着眼睛一愣一愣。

郭诚则坐下与人在棋盘上厮杀起来。他喜欢下棋,下得不错。

几天后召开工区联合大会,大领导在台上慷慨激昂,工人们在台下不是报以热烈掌声,而是发出阵阵哄笑。他们听出来了——第一,不是郭诚写的;第二,是模仿郭诚的文风写的;第三,模仿得不怎么样,缺乏真情实感。

会后,大领导极为不悦。

将要调往贵州的"大三线"建筑工人中,就郭诚一人是河北军团的。基层干部怕他想不开,闹出什么不良的事件来,哄他说:"此次单独把你一个河北的调到贵州去,是作为特殊人才支援贵州的。你是有文化的工人,又年轻,那边希望调去几个你这样的。领导舍不得,但得发扬风格,你千万别产生什么不对头的情绪。"

这次,他没那么多明嘲暗讽带刺的话了,只淡淡地说了两个字:

"明白。"

他当然明白有人在整自己，让他领教领教在更加艰苦的环境中，形单影只的孤独是一种什么滋味。

到贵州后，他被分在了周志刚的班里。这个班全是东北军团的老建筑工人，几乎个个目不识丁，沉默寡言，还都是倔脾气。他们经验丰富，劳动时遇到某些意外情况，不必到处找技术员工程师，更不会停工等待领导的什么指示，往往凭大家的经验一商议，就能将问题及时解决了。那些倔脾气的东北农民和"闯关东"闯到东北去的山东农民，脱胎换骨成了沉默寡言的工人，如果不是周志刚那么一个忍辱负重、团结工友的班长率领着，别人还真不好带。

郭诚很快就尝到了孤独的滋味。在四川时他是"青年突击队"的，一下子与这些半老不老的倔人编在一个班，太不适应，所以只能以自觉的孤独来对抗人际关系造成的孤独。

班长周志刚看在眼里，自然主动地经常接近他，试探着找些他喜欢聊自己也能聊几句的话题，为他补鞋，编草鞋送给他，有空儿还陪他下棋。

周志刚自幼经过名师指点，那位名师便是他的父亲。他父亲虽也是农民，却有幸读过四年私塾，不但能背些"四书五经"，还被善弈的私塾先生培养成了方圆百里无对手的民间棋王。周志刚下棋并未成瘾，有那下棋的工夫，他宁肯闲坐会儿，发发呆，享受地吸支烟。下棋要动脑子，他不愿费那份脑子。

下棋使郭诚有了班里的第一个朋友。

元旦联欢会前，周志刚让他少干两天活，准备准备，代表班里出个节目。

他问："就我一个？"

周志刚说："咱们班的工友，哪个能上台演节目呢？唱不能唱，跳不

第十章

能跳，逗也不会逗，没法集体上台嘛！你不代表，谁还能代表呢？"

郭诚为难了，推托说："可我也是个没有文艺细胞的人啊！"

周志刚鼓励道："在四川时，我听说你爱写诗，还喜欢朗诵。你就来首诗吧，但别朗诵什么诗人的诗，谁知道哪一个诗人现在被划在哪条线上了呢？那会惹出麻烦的。再说朗诵别人的诗也没多大意思，得朗诵你自己写的，要不我凭什么给你两天假呢？你必须代表咱们班在联欢会上露一手，就这么定了。"

周志刚没有失望，郭诚在联欢会上确确实实露了一手，他声情并茂地朗诵了一首长诗《工友》。

来自五湖四海的"三线"工人们虽然普遍对诗不感兴趣，但是在一九七三年元旦，在贵州深山里，在布置成联欢会场的潮湿山洞，许多人听《工友》听得热泪盈眶。

郭诚在新的环境里一夜成名。

随后，新领导找到了周志刚，向他了解郭诚的表现。他当然逮着那么个机会就充分利用，将郭诚实打实地夸了一番。在他看来，郭诚确实是个好青年，一名好工人，除了自命不凡，再没什么别的缺点。即使自命不凡的毛病，到贵州后也快改没了。周志刚已经开始喜欢郭诚了。

新领导坦率地说，打算将郭诚调到《工地快报》当记者，但还需观察考验他一个时期，要求谈话内容保密。

几天后在工地休息时，郭诚悄悄问周志刚："班长，你成心想要让我快点儿出名，是吧？"

周志刚一边想着自己的心事，一边说："你明明是个有特长的青年嘛，不能长期埋没在咱们班。"

郭诚又问："班长，我早就看出你有解不开的心事了，我能帮上什么忙吗？"

周志刚说:"你不能。是人都有心事,以后别问了。"

郭诚点点头,紧接着说:"最后一个问题——那事,你为什么不透露给我呢?"

周志刚看他一眼,明白了他问的是什么事,低声且严肃地说:"领导要求保密,八字还没一撇呢,你可千万别四处打听,对你不好。"

一个星期天,当周志刚求郭诚代笔给大儿子秉义写封信时,郭诚备觉荣幸,放下正在洗着的衣服赶过来。

他嬉皮笑脸地说:"班长,我不管替谁写家信、写情书、写检查、写入党申请书、思想汇报什么的,一向不是无偿的。我不是贪小便宜,图的是享受一份飘飘然的好感觉。"

周志刚就掏出包"大前门"烟塞他兜里了。

他却得寸进尺地说:"别人一包就行,你得两包。"

周志刚不高兴了,冷下脸说:"小郭子,这你可得给我说清楚。怎么别人一包就行,到我这儿就得两包了?"

郭诚一本正经地说:"班长你是谁呀?你是连续多年的各级劳模,别人与你比不了。你又是班长,你求我写封家信居然给我两包烟,那我说起来什么感觉?你要是也只给我一包,说起来不就稀松平常了?我要是非将一包说成两包,那不是说谎吗?你和别人不一样嘛,不能一概而论。也算我求你了,快去再买一包吧,班长大人!"

"你这个小郭子呀,真是拿你没治!"周志刚无奈,只得又去买了包"大前门"。

待周志刚讲完女儿的事,接着讲完家人出于怎样的顾虑不把女儿的地址告诉他,以及他对女儿的感情变化,郭诚嘬起牙花子来。

周志刚失望地问："怎么，连你也觉得不好写吗？"

郭诚说："不是不是！这封信可太有写头了，对我的水平具有挑战性。我得找个不被打扰的地方去写，两小时后咱们见。"

说罢，他将周志刚推走了。

两小时后，郭诚不知在何处将四页纸的一封长信写完了。他带着信封胶水来见周志刚，神情凝重地说："班长，这封信我不能在帐篷里念给你听，帐篷里人太多。"

周志刚点头称是。

于是二人找了一处僻静的地方，各自坐在小溪旁光溜溜的大石头上。背后是一片野竹林，前边不远处，山泉从一道石缝间无声地流淌下来。

郭诚替周志刚点燃一支烟，之后慢声细语地念起信来。

待他念完，抬头一看，见老"三线"工人周志刚泪流满面。

他也鼻子一酸，仰面朝天地说："好信呀好信，我郭诚写信的水平从没发挥得如此淋漓尽致，估计以后再也写不出这么感人的家信了。"

在北大荒黑龙江生产建设兵团某师当上了师部教育处干事的周秉义收到那封信后，并没立即回信。他当然也认为那封晓之以理、动之以情的信写得很有水平，但那些让父亲老泪横流的话语，竟没怎么打动他。因为不是父亲那笔画笨拙的字所写的信，他有种看什么人作品原稿的感觉。父亲写给他的信中总夹杂着错别字，涂涂改改，这封信却一个错别字也没有，标点符号用得规范，每一页都干干净净，像是由草稿誊抄过来的。

他猜测得不错，郭诚确实写了草稿，字斟句酌地改了一遍，才认认真真抄成此信。

周秉义没怎么被打动还有一个原因，那就是对于妹妹周蓉的所作所为，他根本就谈不上什么原谅不原谅，并不像父亲似的有一个心理转变的过程。他起初也震惊，可是收到妹妹从贵州寄给他的自白长信后，他理解了。当时，他读妹妹那一封长信时倒是被感动得泪流不止。妹妹的信让他确信，她绝不是一时冲动才那么决定的，也不是为了体验什么"小布尔乔亚"式的浪漫情调，更不是为了寻求心理刺激好玩，她是要践行自己那种爱情至上主义，无怨无悔地践行。

"哥哥，亲爱的哥哥，你是全家最明白我的人啊！你知道的，我是你有信仰的妹妹呀！没有信仰我就会像一只被扯掉了头的蜻蜓，可是……我也只有信仰爱情了！除了爱情……"妹妹信中这一段话，秉义当时没太看明白，也不能说完全不明白，意思一看就明白，只不过他自己无法断定省略号省略了些什么字。好在他从团里调到了师里，离郝冬梅当知青那个农场近了。从郝冬梅所住的村子到农场场部才十几里，从农场场部到他那个师的师部二十几里，在公路边经常可以搭上本师的过往卡车。

于是，他俩见面频繁了。不论哪一方，只要想见到对方，除了大雪阻路的日子，每个星期日都可以见到。

周秉义见到郝冬梅时，将妹妹的长信给她看了。

郝冬梅在周蓉的信上，确切地说是在"可是"后边执笔加上了"现在"两个字；又在"除了爱情"后边，加上了"还叫我相信什么"一句话。

如此一来，就能念通顺了。

周秉义划根火柴将妹妹的信烧成了灰烬。

他说："那我这个哥哥，也只有祝福自己的妹妹了，但愿她所信仰的那种爱情，能够对得起她的一片真挚。"

郝冬梅说："对得起对不起，谁都无法替她打包票，但是再真诚的爱情，那也得以起码的物质基础作为保障，是不是？"

周秉义低头沉默片刻，决定地说："以后我每月给她寄去十元钱。我才三十二元工资，也只能给她寄十元。"

他长叹一口气，抬头望着窗外。他和处长同一间办公室，处长是现役，回湖北探家去了。办公室在师部大楼的二层，正值深秋，远山上霜后的红叶红似火。

郝冬梅也将目光望向了窗外，沉思着低声说："她是你妹妹，便是我的妹妹。你知道的，我俩曾处得像亲姐妹似的，以后我也要每月给她寄五元钱，不许你反对。如果两个人的爱情正经受严峻考验，亲人们是有义务呵护它的。即使真爱，也并不像人们想象的那么坚韧，恰恰相反，往往也是非常脆弱的，甚至可能比雌雄鸟兽之间那种相依为命的关系还脆弱。因为动物之间的爱情是不附丽任何想象的，也是不寄托任何希望的，所以它们之间的雌雄之爱没什么失望可言。而人会对爱情附丽太多的想象，寄托太多的希望，越是一方付出很大的代价去追求的爱情，越容易导致后来感到很大的失望。如果咱俩不及时帮助你妹妹，只怕她的爱情结局会被我们不幸言中。"

秉义专注地听完冬梅的一番话，站了起来，也将她从椅子上轻轻拉了起来。

他看着她的眼睛问："你的话也是说给我听的吗？"

"也是说给我自己听的。"她嘴角微微一动，脸上浮现出心心相印的浅笑，情不自禁地偎在他怀里，手臂轻柔地搂住了他的腰，耳鬓厮磨脸贴着脸了。

他深情地说："爱情不可能不附丽着想象与希望，但我对我们的爱情的想象和希望控制在极其现实的范围以内，所以你放心，我是不会对我们的爱情失望的。"

她说："我也是的，所以你也要放心。"

周秉义看了父亲求人代笔写的信，两天后的星期日带着信去找冬梅。

郝冬梅看过信后，感叹地说："写得真好，看得我心里一阵一阵地难受，也不知爸是求什么人写的。这封信不许烧，值得保留。"

自从下乡后，她不再叫周志刚"叔"，自然而然地叫"爸"了，但周志刚还没听到她对自己叫过"爸"。

秉义说："那就由你保存。"

冬梅问："你回信了吗？"

秉义摇头道："没有。不知该怎么回，所以要听听你的看法。"

他将自己内心的顾虑说了出来，父亲如此小题大做又迫不及待地向自己要妹妹的地址，让他觉得父亲仍耿耿于怀地怨恨着妹妹，一旦有了地址，父亲将会亲自去讨伐。

冬梅谴责道："你怎么能这么猜测自己的父亲呢？不但你，你弟和你妈都知道你妹的地址，想给你妹写封信就可以给你妹写封信，连我这个未来的嫂子也有她的地址，能和她经常通信。就咱爸至今还没你妹的地址，如果不是你或你弟在写给他的信中捎带告诉他你妹的情况，他对你妹的情况就一无所知啊！这对一位父亲太不公平了吧？他到了求人写信向你要你妹地址的可怜地步，证明他对你妹的思念正如信中写的那样！你想嘛，别人写完这封信能不念给他听吗？肯定是要念给他听的呀！如果他内心里强烈又真实的念头是要亲自去'讨伐'，听完这么一封真情饱满的信，仅仅为的是能从你这儿骗去周蓉的地址，那岂不是太虚伪太可怕了吗？咱爸是那么老谋深算的人吗？咱爸什么时候言行不一过？只有无耻的政客和文痞才耍这种卑鄙的伎俩！而你，我亲爱的人，你

第十章

又从什么时候开始变得这么复杂了？连自己父亲的真情表白都胡乱猜测起来了？你的猜测明明是一个儿子对父亲的严重侮辱嘛，连我都不答应！我代表咱爸向你提出强烈抗议！"

冬梅的一番谴责让秉义面红耳赤羞愧难当，连说："你批评得对，我错了错了，我也不是……其实我只不过就是有那么点儿……"

已是一月下旬，二人都觉得事不宜迟，怕写信父亲不能及时收到——从北大荒到贵州山区，太远了啊。特别是，在一头一尾两个地区将一封信压住三四天是司空见惯之事。二人决定赶到县城去发电报，而且要发加急的。

离开邮局没走多远，秉义说只发一封加急电报还是不放心，拉着冬梅手跑回邮局去又发了一封。

春节前，周志刚同时收到了两封加急电报，让他有时间为去看女儿做些必要的准备。

郭诚对周志刚去看女儿的事特上心，如同周蓉与自己有特殊关系似的。他在正月初二那天为班长联系好了一名运生产物资的卡车司机，人家承诺可以让周志刚坐在驾驶室里。但初二那天工地出现了特殊情况，全班工人苦干到晚上九点多才下班，一个个泥猴儿似的回到帐篷里快十点了。在由工兵们爆破炸出的山洞里，先由其他班工人进行一番清理，将松动的石块撬下，将尖锐凸出的石头凿平。之后，周志刚那个瓦工班才接续进入山洞，用石块和砖砌平两侧，用水泥封顶。封顶时，洞顶滴水不止，水泥根本挂不住。周志刚和工友们认为，山都掏空了，那水不可能是地下水，只不过是山体上部有积水层而已，彻底解决的办法唯有自下而上打通积水层，让积水完全泄光。大家议决了就干，那也是他这个班一贯的作风。他们借了几把粗电钻，自下而上钻了多处泄水孔。这下不得了，水柱像拧开的高压喷水枪似的直泄而下，泄塌了一片洞顶。洞顶一出塌方更不得了，仿佛有一大游泳池的水迸泄下来，将水泥搅拌机都冲倒了，周志刚和郭诚等几名工友被一直冲到了洞口。洞顶滴水问题倒是解决了，洞内却变得一片狼藉。接替他们的下一个班工人们不干了，指责他们搞出了事故，人家那班长还把工地值班领导连同工程质量监督员一块儿找来了。

领导首先问周志刚："都伤着没有？"

周志刚忐忑地说没有，自己和郭诚只受了点儿表皮伤，不碍事。

郭诚等工友就抢着说，不是班长独断专行造成的，是大家一致的决定。

领导又说："没有伤员我就放心了。大年初二，如果出了伤员太对不起你们工人了。"领导转身又问工程质量监督员："你怎么看？"

监督员已这里那里观察过了，向领导报告："还多亏了周师傅他们，如果先用干水泥勉强将滴水的地方堵堵，马马虎虎的也能封顶。"

一名老工人嘟哝："我们也不能那么干啊。"

领导说："那么干不是后患无穷了吗？"

监督员说："是啊是啊，肯定的。"

领导最后说："要对周师傅这个班予以表扬。"

班里的老工人们还就是与众不同，都主动留下来帮助下一个班的工人们清理施工现场。

周志刚毕竟五十岁出头的人，比不得年轻时候了。前一天太累，睡得也太晚，结果没能早醒过来，也就没能搭上郭诚替他联系好的卡车。

郭诚非送他一段不可。

"我是去看女儿，咱俩又不是要分别了，你送我干什么呢？回去好好休息！"当班长的坚决反对。

郭诚说："你背着挺沉的东西呢，我帮你背一段也好啊。"不管三七二十一，硬从他身上取下了竹篓。

周志刚见他犟了起来，只得由他。

二人走在轧道机轧过的碎石山路上时，宣传站的高音大喇叭开始广播表扬他们班，几里外也能隐约听到。

郭诚商量着说："班长，让我跟你去行不行啊？"

周志刚说："不行。我去看女儿，你与她不认不识，跟去算怎么回事？"

郭诚沉默了一会儿，又说："班长，你是一位伟大的父亲。"

周志刚不悦地说："别讽刺我，我一名建筑工人有什么伟大的？只不过比别的工人多得了些奖状！"

郭诚说："我指的不是荣誉方面。你女儿那种做法，不是所有父亲都能原谅的。你不但原谅了她，还主动去看她，对她多年没给你写信也能宽大为怀，这很不容易做到。"

周志刚叹道："她是不敢给我写信啊！"

路上，两人你一言我一语地聊着。

"你女儿周蓉，让我联想到了一个神话传说中的人物。"

"什么人物？"

"白素贞。"

"白素贞是什么人物？"

"《白蛇传》中的白娘子。"

"你小子怎么偏不往好人物身上联想？"周志刚生气地拍了郭诚的头一下。

郭诚辩解道："班长，你错怪我了！白娘子虽然是蛇精，但她可是中国男人心目中的爱神啊！咱们中国和外国差不多，几乎什么神都有了，偏偏没有一位名正言顺的爱神，这真是怪事儿了！幸亏有《白蛇传》这么伟大的传说故事，这可是世界上独一无二的传说故事，白娘子填补了咱们中国爱神的空缺……"

周志刚更不爱听了，训道："别胡咧咧起来没完，让我耳根子清静清静！再胡咧咧你干脆请回吧！"

郭诚虽不敢胡咧咧了，却喊了起来："爱情万岁！我是爱神丘比特！我要搬开一切爱情的绊脚石！我要让天下一切有情人终成眷属！我要庇护周蓉！我要用神力助周蓉幸福！"

太神奇了，他的喊声一落，身后压过来半天空乌云，骤然间闪电频频，雷声大作！

郭诚惊奇地大叫："班长，你看我多有能耐，连老天爷都回应我的愿望了！"

周志刚却跺着脚吼："这是因为你冒充那个什么'特'，他光火了！你说你不是给我找麻烦嘛！"

说时迟，那时快，哗哗地就下起了雨。

周志刚说什么也不让郭诚再往前送了。

郭诚只得放下竹篓，帮班长背上。周志刚虽已用塑料布将竹篓里的东西包住，郭诚还是怕面粉被淋湿，脱下自己的帆布工作服将竹篓罩严。

望着周志刚冒雨前行，只穿件红色跨篮背心的郭诚在大雨中提醒地喊："班长，迷路时就看看我为你画的图！"

郭诚真是细心，预先替周志刚问过许多人，还画了一张路线图，图上连在什么地方会看到一棵什么样的大树都标明了。

周志刚回应道："我会的！你小子别着凉，快往回跑！"

郭诚其实也没送多远。雨声中，周志刚仍能清楚地听到安装在不同方向的三只高音大喇叭的广播。一位电讯专家说过，只要以那样的方位安装三只高音大喇叭，土地爷在地府里都能听到广播，想听不到都无计可施。

广播的已不是表扬稿，而是郭诚那首暴得大名的长诗《工友》——由女广播员念，但不如郭诚自己在联欢晚会上朗诵得那么好，那么感人。

冒雨前行的周志刚，却听得心里一阵阵热乎乎的。

他忽然想到，自己还有工友之情经常烘暖着安慰着疲惫不堪的身心，谁会安慰那个将自己的女儿勾引到这荒山野岭间的"现行反革命"诗人呢？女儿吗？那谁又来安慰自己的女儿呢？如果身边连个能安慰她的人都没有，对女儿也太不公了啊！同样是喜欢写诗的男人，瞧人家郭诚就能因为写诗带来好运。骗惨了自己女儿的那个男人，他究竟写了些什么狗屁诗，居然写成了"现行反革命"呢？难道自己的女儿就得一辈子做"现行反革命"的妻子吗？

周志刚又觉得心里不那么热乎了，如同昨天晚上被洞顶的积水自上而下"冲压"了一番似的，身心一阵冰凉，觉得自己在天地间顿时变小，竹篓变得沉重了。

"爱情万岁！爱情就他妈的万岁！爱情万万岁！……"

耳边又传来郭诚的喊声。

那小伙子还在雨中目送他，同时蹦着高喊，仿佛《工友》根本不是他写的，女广播员通过大喇叭所念的诗句与他毫无关系。

周志刚知道，郭诚的婚姻完蛋了。妻子忍受不了没有年限的两地分居，已在老家与别的男人同居了，他不久前在寄来的离婚协议上签了字。那是郭诚为自己代笔写信两天后的事。

作为班长，他不晓得该怎么安慰郭诚。他的班里以前没谁需要那方面的安慰，他毫无经验。

《工友》安慰得了许多工人，却完全安慰不了郭诚自己。

周志刚不由得加快了脚步，他希望世界静下来，起码能越来越快地将广播声和郭诚的喊声甩在身后。

按照路线图的指引，周志刚望见了一个村子，靠路边一户人家的门前有棵树，树上吊着一头精瘦的猪，一些大人孩子围观着。快走近才看清，吊在树上的不是猪，是条半大不小的狗，正被剥皮。那狗分明还没死，尽管脖子套着绳索，忽然张大了一下嘴，喘了口长气，听来如同呻吟。那是它的最后一口气。

周志刚这老建筑工人的名字中虽有一个刚字，心肠却软得很，平素最见不得杀生之事，对于杀狗吃肉的人，更是从内心里反感。他对牛、马、狗都有敬意，认为它们都应被人视为无言的朋友，人应善待它们，它们只应在人的善待之下自然老死或病死。病死对于它们同样是不幸，人绝不可以仅仅为了吃肉而杀死它们。这与宗教无关，纯粹是天生的善根。他山东老家的那个小村靠海近，村人都半农半渔。他是从小吃海杂鱼长大的，即使三年不知肉味儿也不会多么想吃肉，有菜下饭就行，没菜有虾酱下饭也很满足。

到了贵州山区以后，他发现许多当地养狗人家与狗的关系一点儿都不亲，这一点与东北人很不一样。在东北，狗在人眼里的地位仅次于左邻右舍，"打狗还得看主人"这句话在民间流传甚广。在贵州山区，村子里养狗人家的大人孩子看着狗的目光毫无爱意，很淡漠，和看着猪的目光没什么不同。在东北，如果大人非要杀了狗吃肉，那家的孩子恐怕是会大哭大闹的。当地村里的孩子不会那样，大人如果要杀狗，他们往往会帮着大人将绳索套在狗脖子上。当地的狗很木讷，几乎完全没有狗的机灵活泼劲儿，也很少见它们发凶，总之看上去都有几分像变种了的羊。它们看主人的目光也很淡漠，甚至也可以说有点儿冷漠——主人给点儿残汤剩饭的时候除外。它们那种目光里透露着的似乎是一种无奈的宿命：你们养我不就是为了吃我的肉卖我的皮吗？我认我的狗命，已在等着你们动手那一天了……

某日，周志刚与几名工友在食堂吃饭，不知怎么七言八语议论起了当地山民与狗的关系，话语多有不敬。

旁边桌上一名贵州籍工人来气了，将筷子啪地往桌上一拍，瞪着他们骂道："都他妈的说屁话！这世上还有人吃人的时候呢，那你们又该咋个说法？"

周志刚他们一惊，接着有几名工友腾地站了起来。这些东北"大三线"老工人在四川时颇受尊敬，从没被人骂过，并不回骂，撸胳膊挽袖子，直接就要奔将过去"修理"邻桌那人。周志刚急忙劝阻，工友人多，就他一人劝阻，哪里拦挡得过来？眼看邻桌那人就要挨揍。

一名大师傅及时出现，一手铲刀，一手大勺，横伸双臂帮着周志刚拦挡住了他的工友们。

大师傅用铲刀敲了一下大勺，操着浓重的四川口音说："息怒息怒，听我说几句行吧？"

见周志刚工友们先后坐下了，大师傅放了铲刀和大勺，走到他们桌旁，双手撑着桌沿又说："毛主席怎么说来着？没有调查研究，那就没有发言权，是吧？你们走南闯北，什么穷地方没去过？什么苦生活没见过？哪儿最穷？哪儿人生活最苦？还得说是贵州吧？只要每个月能吃上一顿猪肉，谁还杀自家养的狗吃？说狗肉补那是种借口，吃顿狗肉就能祛除百病多活十年了？扯淡！狗又不是会跑的千年参，说狗肉比猪肉还香，那也是扯淡。'诸肉没有猪肉香'，中国人的老祖宗早就这么下过定论了。就是你们自己，两个月没吃到猪肉的话，都想给我们食堂贴大字报吧？三四个月没吃到猪肉的话，见到活猪脑子里立刻想到的是猪肉炖粉条吧？这当地的山民，几年都没见到过猪肉是常事啊！一头猪多能吃？一条狗才吃多少？一天给几次刷锅水喝它都不会变成野狗，饿得皮包骨它都不会像猪似的叫得烦人，所以对于当地山民，养狗那就是养了头猪，就是为了要吃它的肉，自己不想吃，也想让孩子们能一年吃上顿狗肉。大西南几个省山区里的人，吃蛇，吃刺猬，吃山鼠，甚至逮住只耗子也烤了吃，别省的人就以为他们没开化。可人是怎么开化的呢？没有牲禽的肉吃，逮着什么活物吃什么，开化得了吗？给你们讲件真事儿，一户当地山民的男人被毒蛇咬了，死了，毒蛇也被打死了。死人死蛇一块儿送家里去了。老婆孩子哭也哭过了，亲人也埋了，当妈的擦干眼泪，一回到家就把毒蛇砍掉头给炖上了。因为孩子们都一个个眼巴巴地盯着那条蛇呢！那是肉啊！孩子就是孩子嘛，一个个含着泪那也吃得津津有味！……"

周志刚和工友们全都听得低垂下头去，鸦雀无声地吸起烟来。

大师傅接着说："咱们食堂后边那大垃圾桶，哪天不被附近村里的孩子们翻个底朝上啊！如果翻到了新鲜骨头，你看他们那样儿，简直就如同发现了宝贝。拿起石头就砸，砸碎了就吸。可那是生的呀，有的骨头也没骨髓啊……"

周志刚们扭头再向邻桌看时，那名贵州籍工人已不知何时离去了。他们总想找到人家当面赔个不是，却没再见着。自那以后，周志刚对杀狗的现象包容了，却一如既往地心疼狗，并且也心疼要吃狗肉的人了……

他加快了脚步从杀狗现场走过，身后却跟上了个孩子，不停地问："买小狗不？买小狗不？"

他头也不回地说，不买。

那孩子跑到了他前边，倒退着走，继续说："买吧，买吧。它妈妈被杀了,你看它多小,多可怜,给点儿钱就卖给你。你不买,它会活活饿死的……"

周志刚看出眼前居然是个十三四岁的少女!仅穿件脏兮兮的白褂子,想必是附近哪个职工医院扔的,被她或家人捡到了。白褂子上有几片黑,肯定是变了色的血迹,估计下摆的血迹更多,所以被撕去,只长到她膝盖那儿。扣子却还都在,每一颗都扣着。显然,她身上除了那残缺不全的白褂子,再就什么都没穿,裸着腿,赤着脚。碎石硌疼了脚时,她的身子就会倾斜一下,脸上却全无被硌疼了的表情,如同那双脚没有知觉。她的身子每倾斜一下,另一只手就会将抱在胸前的小狗抱得更紧。

周志刚吃惊地站住了——那少女仅有一只手!不知是什么原因造成的,她没手的小臂像光溜溜的棒槌。

少女也站住了,满怀希望地看着他。

周志刚同样满怀希望,希望被他不忍直视的少女理解。他像一个嗓子肿了的人似的,艰难地说:"孩子啊,我正急着往前赶路,得办重要的事,我真不能买下你这小狗。我一名工人,没法养它啊!"

少女的表情告诉他,她终于死心了。

"爱买不买!"她将小狗往地上一放,转身跑了。

小狗一动不动地伏在碎石路上,仰头乞怜地看他,向他呢喃细语似的哼叫着,似在呜咽。

周志刚明白,如果自己不管,它准会被过往车辆轧死。

"唉,遇着这事儿,遇着这事儿……"

他看着小狗,犯愁得直跺脚。

他还是蹲下身将小狗抱了起来,想将它放入竹篓,又怕它在里边撒尿弄脏了面粉和腊肉,只得抱着它继续走。走着走着,他发现路边有段麻绳，捡起来扎在腰间，将小狗放入衣襟兜住了。

又往前走了几里，天晴了。按照路线图的指引，他在一处岔路口拐向了右边。再走了几里，看到前边有卡车停在路边，与一辆对开的载油车错车，他赶紧呼喊着跑了过去。卡车上人不少，有"3"字头的工人，也有民工。他们见是一名背着竹篓的"2"字头老工人要搭车，就移动着腾地方，几只手同时伸向他。上了车，他终于可以放下背篓，累得一屁股坐下去了。这时，他才发现竹篓上罩着郭诚的工作服，心里自是生出一阵感激。"2"字头的工人是最艰苦的工区工人，几乎人人皆知。那些"3"字头的工人和民工们，皆向他投以尊敬的目光，有人还问他的年龄。他说出了自己的年龄后，一名四十多岁的"3"字头工人说，在他们那儿，像他这种五十岁以上的工人会受到照顾，不再干重体力活了。他又告诉人家自己是班长，没法子，还从没享受到任何照顾。对方不以为然地说，又不是部队里的师长、军长，一名工人班长，那还不是要多少有多少啊？照顾这种事儿得自己要求。如果自己不要求，有多少领导能主动想到哪一名工人需要照顾呢？

人家说得在理，周志刚点头苦笑。

他渐渐觉得不对劲儿。错车起码得有一辆车开动，但两辆车都不动。站起来朝油车一看，见车上没人，拉的是一车厢油桶。油车的两只前轮陷在水坑里，车轮吃重的程度证明每一只油桶都是满的，肯定是柴油，汽油会用封闭的罐子车运的。司机没在驾驶室里，站在远处路边，看样子想拦一辆能帮他的车。

卡车上"3"字头的工人和民工人人手里有锹、有铲，如果他们跳下车去，用路边的碎石将水坑填平，油车是不难开走的，那样卡车也不必

第十章

停在路边等着了。

卡车上却没人想要往下跳，一个个都事不关己似的。

周志刚忽然明白，"3"字头的工人们成心不施以援手。油车油桶上都印着白漆的"4"字，两个工区的工人在派性斗争中结下了梁子，这他是知道的。

周志刚也不便说什么，唯恐一句话说得不合适，引发了那些"3"字头工人的众怒。他暗暗着急，碰巧搭上了一辆顺路车，却停在路边不知什么时候才能开。他没法不急。

那只小狗却已在他怀里睡着了，让他胸前暖乎乎的。

司机沮丧地回来了，对车上一个个面无表情的工人哀求："叔叔大爷们，你们这样看我笑话好吗？我再求你们一次！……我给你们鞠躬了！"

他旋转着身子，连连鞠躬。

工人中有人挖苦道："哪个是你大爷啊？我们里边谁那么老哇？"

也有人说："不是成心看你笑话。我们刚抢修完一段路，都很累了，没缓过劲儿来呢。你再耐心等等，求人得有点儿耐心。"

这时，突然有个持锹的人跳下了车，挥起锹一锹接一锹铲起路边的碎石往水坑里扬。

司机和车上的人一时全看呆了。

周志刚心中暗暗为此人叫好，见他头上没戴安全帽，剃过的光头上刚长出黑黑的头楂，脸上却戴着眼镜，还少了条镜腿，用一小截红色的绝缘电线代替。那人穿件破袄，脸晒得很黑，肩膀挺厚，看上去是经常劳动锻炼的人。

有工人接二连三地从车上跳下去了。每一个跳下去的人，都像那"眼镜"似的立刻就挥起锹铲。

司机想从工人手中夺过一把锹，自己也劳动劳动，那工人把他推开了。

转眼间，卡车上只有周志刚一人。他也想跳下去帮忙出点儿力，一想连那司机兵都没从别人手中夺过去工具，自己更没辙了。再说怀里还有小狗呢，跳下去也干不成活呀！他便只好站在卡车上，和司机相望着苦笑笑。

没多一会儿，大水坑就铺平了。司机坐进驾驶室，众人从车两侧、后边喊着号子一起推，忽悠一下，油车轻飘飘地就驶向前去了。

司机从驾驶室探出头，笑得合不拢嘴，连声道谢。

众人无言地朝他挥了挥手，纷纷上了卡车，这才发现少了那个"眼镜"。

有人说，他穿山林抄小路步行回家了。

有人问，他为什么不再乘车了啊？再近的小路也比不上乘车快嘛！

有人替他回答，说他不敢再乘车了，怕自己带头跳下车，上了车会遭别人欺负。

车上一阵沉默。

沉默中，有人嘟哝："哪儿能呢，他可真是想多了。"

周志刚乘了半个多小时卡车，下了车又走了二三里，来到山坳间一个较大的村子里。那村子处于一片小盆地山脚处，估计有百来户人家。有条不宽不窄的河从村中流过，河两岸油菜花开了，而水稻田里新一茬秧苗已长到半尺高了。从崇山峻岭走出来的周志刚，眼前一亮，觉得这里真可以说是风景如画。如果女儿确实生活在此地，那么自己这个父亲简直应该替她备感庆幸了。

正看得发呆，想得发呆，一个牵水牛的男孩迎面而来，礼貌地问他可是要找什么人。

他说出了女儿的名字。

男孩说，周蓉是自己老师。

第十章

周志刚更觉意外——女儿确实生活在此地,而且还当上了小学老师。两个没想到加在一起,他一时真替女儿庆幸。

男孩指着村右边也是离村最近的一座山说,小学校就在那山上。山不高,树也不多,裸露着嶙峋巨石。山上野花却挺多,深红浅红夹粉红,在没树没巨石的空地方,从山顶一层层烂漫地到山脚,界线分明地与田野里黄灿灿的油菜花连在了一起。

周志刚方才所见是眼前景象,并没扭头往右边看。他顺着男孩鞭指的方向一看,顿时有些迷醉了。他们那一批"大三线"老工人来时一路上绝没见到过这般美好的所在,贵州的三线工程是国家一级军事工程,保密性极高,皆修建于人烟稀少的深山里。载他们进入深山的公路,也是由工程兵为"大三线"工程专门开辟出来的。那样的路上设卡,同样具有保密性,不同于如今的旅游观光路线。乘在卡车上的他们,一路当然见不到贵州山区妩媚的一面。

男孩说:"老伯伯,您还背着东西呢,快去找我们老师吧。早点儿见着她,就可以早点儿放下竹篓了,背着多累呀!"

那男孩子的礼貌使他刮目相看。许久没人称他"您"了,在这么一处美好的地方,听一个孩子称他"您",他一路上,不,多年以来因女儿的事而大为苦闷的心情,顿时有种云开雾散的感觉。

他高兴了,也有心思与男孩子开玩笑。他挺了挺腰板说:"我不老,还是小伙子呢,竹篓里那点儿东西累不着我。"说罢,他还撸起袖子,弯起一只胳膊亮了亮肌肉。

"您脸上那么多胡子了,还敢说自己是小伙子呀?我才不信呢!"男孩嘻嘻笑着牵牛而去。

一条用不规则的、显然就地取材于山上的片片石铺成的时而有阶时而无阶的小路,将周志刚引到了半山腰,他累得气喘不止。想到刚刚还向一个放牛的男孩自诩是小伙子，不禁又苦笑了。再往上没路了，他未见校园，只见一个类似隧道口的洞口，用石块砌成了拱形，看上去仿佛也是一处三线工程。洞口外是一块平地，有三个篮球场那么大，被竹子编的篱笆围住。篱笆根下，种着美人蕉和三角梅，也都开得妖娆。两棵龙爪树之间拉着晒衣绳，其上落着一只他叫不出名的鸟。

难道那放牛的男孩骗了自己不成？

不会呀，那男孩一看就是个好孩子嘛！

难道自己登错了上山的路？

他不由得走到篱笆前，朝山下望，疑惑之际，听到背后一个女性的声音问："老乡，您找什么地方呀？"

接着，听到鸟儿振翅远飞之声。

他缓缓转身，见洞内走出一个身材窈窕的年轻女子，端一大铝盆拧过的衣服，一头乌黑的长发在头顶盘成蓬松的发髻，用一截带朵小红花的树枝随便插住。她也和他一样，上身穿件蓝色的帆布工作服，挽着袖子，应该印有工区番号的左上方却绣了只漂亮的蝴蝶；下穿一条洗得发白了的黄色单裤——全中国城乡男女起码有一半人穿那种黄色裤子，其中不少人裤子洗得白了薄了缝上了若干补丁，也还是舍不得扔。

那年轻女子的裤腿也缝了两大块补丁，脚上穿的是一双新草鞋。

周志刚说："我找学校。"

年轻女子放下盆，用围裙擦擦双手，上下打量着他说："这儿就是。"

他不由得定睛细看她。这一细看，顿时如同被浇铸在那儿了，他张了张嘴，发不出声音来。

她正是自己的女儿周蓉啊！

多年没见，他以为她的变化肯定特别大，悲苦不堪的命运肯定已使她美丽不再——现在看来完全不是那么回事。

第十章

这位老父亲唰唰流下眼泪来。

他在心里一劲儿对自己说:"谢天谢地,谢天谢地,老天爷啊,我周志刚代表全家感激你的大恩大德,多亏你庇护着我的女儿啦!"

"爸爸?!"

女儿的声音听来如梦中细语,一手捂嘴,仿佛一不小心说出了不可说的两个字。

周志刚嘴唇颤抖不止,他仍说不出话,只微微点了一下头。

缓缓地,女儿身不由己跪下了。

她低下头掩面而泣。

父女俩就这么一个跪着哭着,一个背着竹篓一动不动地伫立着,老泪纵横。

天晴了,出太阳了。久违的明媚阳光照耀着沙石地,附近传来鸟儿欢悦的歌唱。

不知过了多久,周志刚终于能说话了:"你倒是帮我放下竹篓啊!"

不错,那山洞里便是小学校,也是周蓉与丈夫冯化成的家。洞里打了水泥地,课桌课椅是半新的,和城市小学校的课桌课椅没什么不同。黑板也是水泥的,在一面凿平的洞壁上抹出来。洞顶斜开了天窗,四边是砖砌的窗框。窗子已用木棍撑起,与洞口通着风,有足够多的阳光洒入。

周蓉告诉父亲,贵州山区其实可分为四类地方——像这里一样的地方是好地方,能占到四分之一左右;也有四分之一算不上好地方,却也不算穷地方;再有就是穷地方;最后四分之一是很穷的地方。

她说很穷的地方她只听说过,没去过。究竟穷到什么程度,那完全超出她想象。

周志刚说："我见过。"

周蓉迫切地问："爸，有多穷？"

周志刚说："不讲也罢，反正穷得可怜。你也甭费脑筋去想象，想象那些有什么意思？"

周蓉说："想象当然没意思啦，道听途说也不行。但我确实希望知道，最好能亲眼看到，眼见为实啊！在不能亲眼看到的情况下，爸告诉我的我才信，因为你是我爸，还是一个从不夸大其词的人。"

周志刚板起了脸，反问："你给我听着，我现在要问的是，你巴不得知道那些想干什么？"

他问得很严厉，周蓉低下头嗫嚅地说："爸，你别生气，女儿不想干什么。"

"撒谎！周蓉，你必须给我个明明白白的回答，不然我走！"

周志刚说罢，向洞口转过身去。

"爸！爸，你别这么凶嘛，你一凶，女儿心里又发毛了……"

周蓉轻轻扯住了父亲的后衣边。

周志刚头也不回地命令道："那就说实话。"

周蓉吞吞吐吐地交代说，她想写成一部纪实性的书，将真相告诉更多人们。

"哪里能给你出那样的书？"

"现在出不了，将来出也有价值。"

"什么价值？"

"对我们国家的认知价值。"

"我不许！"

周志刚猛地朝女儿转过身，几乎暴跳如雷，以至于把女儿吓得后退了两步。

第十章

进入山洞后,他只字未提女儿当年的事。他说的话不多,也没急切地问什么,而是在女儿的引领之下,一言不发地参观着,耐心地等着女儿娓娓道来。

他已参观过女儿和女婿的家:也就是与教室分开几米距离,用山石砌了堵一人来高的墙,成为小小的独立单元的洞中一隅。那里有锅台,有火炕,有几块板搭的案板,有剥了皮的枯树做的衣架、洗脸架,有用竹段扎成的小饭桌和两只小凳……看上去麻雀虽小,五脏俱全。

周蓉说,她一到贵州,就直奔贵阳的"上山下乡知识青年统一分配办公室",要求到离"大三线"较近的任何艰苦的地方。她当然不敢提自己是因为一个叫冯化成的头戴"现行反革命"帽子的男人才奔赴贵州的,而打出了父亲的旗号,说是为了离父亲近一点儿才到贵州。她只身来自东北的大城市,这已足以让"知青办"的人特别惊讶、另眼相看了。一听说她父亲还是"大三线"老工人,也顿显亲热。贵州人对"大三线"工人怀有敬意,何况还是一名"大三线"老工人!他们的敬意,一下子转变成了对她的好感。可以说,她沾了父亲的光。

周志刚听她讲到这里,稍有得意,淡淡地说:"你爸也就有那么一点儿光可以让你这个女儿沾沾,能沾就沾吧。"

她也颇为得意地说:"我还沾了我先生的光。"

她居然大大方方地在父亲面前口口声声称冯化成为"先生",全然不管父亲对还没见面的女婿内心里有多腻歪。

周志刚瞪着她问:"你沾了他什么光?"

周蓉撒娇地笑道:"他不是叫冯化成嘛。"

"歪理邪说!没有人家对我们'大三线'工人的敬意,他冯化成靠什么化成别人对你的好感?"

他往火炕边一坐,一只手伸到褥子底下试了试,炕面挺热乎。在贵州，能睡上东北火炕也算一福。若不是在山洞里安家，还享不上这福分。

周蓉继续说，"知青办"的人不是些马马虎虎的人，他们对工作很认真，并非她说什么，人家就信什么。

他们严肃地问："你说是'大三线'老工人的女儿，怎么来证明呢？"

她就从旅行兜内取出了粗粗的纸卷，撕开包在外边的报纸，于是父亲所获得的许多奖状呈现在"知青办"那些人眼前。

她从来不是莽撞的姑娘，重大行动之前一向精心准备。

一看就不由人不信。那个年代没人敢造假奖状，但"知青办"的人又有疑问了——这么多奖状都是你父亲在四川的"大三线"工程单位获得的呀，如此看来他人不在贵州啊？

她就说父亲确实还没到贵州，但已在信中告诉家人，自己很快就要调到贵州了。为了给父亲一份惊喜，她义无反顾地到贵州插队了。

"知青办"的人大受感动，多有孝心的一个女儿呀！他们知道，按她的家庭出身，去黑龙江生产建设兵团当兵团战士毫无问题，离家近不说，每月还有三十二元工资呢，可人家姑娘偏偏只身来到贵州了！眼下，与父母划清界限，对父母铁石心肠的儿女他们见得多了，眼前这个姑娘可太不一般了！人家一句革命口号没说，开口直言就是为了能经常照顾父亲才来到贵州的，实实在在是个好姑娘啊！

他们问："那你父亲将被调到哪里呢？"

她就说出了冯化成接受劳改的地方。

人家说，那是很穷的地方，你父亲他们又要受苦了！

她说，就把我分到那儿附近吧，我受点儿苦心甘情愿。

"知青办"的人安排她在临时招待所休息，专为她开会研究，都主张既要考虑到她的一片孝心，又要争取把她分在不太苦的村里。那一带山区他们也不熟，打开地图意外地发现，那一带很穷的山区，居然还隐匿

第十章

着一个得天独厚的所在。他们都为她高兴，一致决定将她分到那个村。

可以这么说，在许多人都不知该怎么做个好人的年代，周蓉遇到了贵人，而且遇到了不止一个。他们不但愿意做好人，也知道该怎么做。

他们真是些很好的人，其中一个还陪周蓉在贵阳逛了一天。

两天后，周蓉成了那个穷山区一颗珍珠般的村子的第一名知青。

它叫金坝村，意指那一片面积不小得天独厚的可耕地，对于村里的人们来说如同金子。金坝村的人们虽然也属于山民，却因为拥有面积可观的耕地，更具有农民的特点，包括生存意识。山民的生存意识往往只不过是种被动活着的意识，而一个自然环境好的村子里的农民，便有主动争取活得更好的可贵意识。他们珍惜村里村外的一草一木，热爱那一带的山山水水，不论大人孩子，绝不会做污染河流、毁坏山林或泉眼的坏事。农作物多了，村里养得起猪了，各家各户也有心思养鸡鸭鹅狗了。

"大三线"建设给金坝村的农民带来了他们都不曾梦想过的福祉。往山外走二十里，不但出现了他们从未见过的宽阔的水泥公路，还出现了传说中的铁路。列车从远方驶来，主要是运送"大三线"物资的货车。偶尔，货车后边也挂一节或几节客车车厢。据说，"文革"前有位彭德怀元帅便是乘一节客车车厢先到达那里，之后乘吉普车进山视察。不久，那里建起了一座座楼房和许多排砖房，成为一处"大三线"建设指挥部。接着，出现了物资仓库、卡车停车场、医院和商店。最终，那里成了终日车水马龙、人们往来如织热闹非常的地方。倘按今人的看法，那种热闹无异嚣乱，但对于当年金坝村的农民，那种嚣乱便是他们喜见的热闹，置身其中是极其快乐极其享受的。每年重要的节日前夕，村民成群结队去往那热闹的地方，将自家的东西卖给"大三线"的人们，再从"大三线"人的商店里买他们所需的东西，马灯、手电筒、塑料凉鞋是他们的最爱。以前不到县城去绝对买不到，而县城离他们太远了。他们将那热闹的地方当成了县城,有病也可以在"大三线"医院里治。一般小病,往往不收钱。工人阶级的医生护士们很热情,特体恤农民兄弟攒点儿钱不容易。在这一点上,工农一家亲不是虚话。而金坝村农民们对"大三线"工人阶级的感恩戴德,也转化成了对周蓉的关爱。

起初一年多,她住在老乡家,是队里的一名知青社员。

一天,冯化成从天而降似的出现在她面前,让她喜极而泣。

她没想到,冯化成就在列车站当搬运工。

金坝村的老支书和队长,不知怎么就与那处"大三线"指挥部的领导们拉上了关系。说穿了也不是太费周折的事,拎着鸡鸭带着腊肉直接找上去攀谈,正中对方下怀。当然也不是多大的头儿们,科级干部而已。据说,人家那指挥部的大头头们可是正局级领导呢,想见县里和贵阳市的领导是推开门就往办公室里进。

周蓉没敢对父亲讲自己怎么随身带着父亲那些奖状,怎么在"知青办"撒谎的详细经过。哪敢据实讲呢?沾点儿父亲这名"大三线"老工人的光是一回事,撒谎骗人可就是另一回事了,父亲肯定会认为她已变得品质不好了。她更不敢说这里之所以对她有吸引力,主要是因为自己事先知道冯化成就在这一带接受改造。那不是明摆着撮父亲的火吗?她只不过解释几句话,周志刚就明白了个大概。

她是赔着小心与父亲交谈的,她多么希望父亲能为她辛苦而来,高兴而去呀。但作为女儿,那也不能父亲问什么才回答什么,父亲不问就不主动找话说啊!何况,父亲还没问过什么呢!

不承想,就因为自己主动与父亲多交谈了几句,竟惹得父亲出其不意地发了大火!

第十章

她不安地满眼含泪了。

"你衣服上边绣那个东西，怎么回事？"——周志刚终于开口问女儿第二个问题了。他一直想问，却一直不知该怎么问才好，怕万一一问，问到了女儿的痛处，迫使她讲出尴尬的事来。他见到过某些被划入另册的人的衣服上缝块白布，白布上写着"地富反坏右"五字中的某字，却从没见过工作服上绣只花蝴蝶的事。

他一直在猜测，那花蝴蝶对女儿的政治身份和名声究竟是何种意义。

蝴蝶与风花雪月有关，这让他的猜测一度往男女之事偏过去。转而一想，女儿那是何等规矩正派的一个女儿，绝不会做出丢人现眼的事啊，一忍再忍地忍住没问。

他生气了，顾不了许多，单刀直入地开口便问。

周蓉心里也在不断地猜测这位父亲。

那年头将许多人都弄得疑神疑鬼，父母儿女之间往往也难排除疑心。

她如同受了奇耻大辱地说："爸，你想错了。"

他训斥道："我没怎么想！我要听你自己说！"

周蓉告诉他，工作服是她求老支书走后门从"大三线"人手中买的，因为结实，耐穿。指挥部有明文规定，"大三线"人是可以把自己节省下的工作服卖给当地老乡的，但工区番号必须用颜料涂去，或缝一小块布盖住。她没那么做，觉得难看，就自己绣上了只蝴蝶。

周志刚这才释疑，暗舒了一口长气。

他的心态却并没完全放松下来，继续训斥女儿："不许你了解那些用不着你了解的事！不许你记什么实！毛主席在北京什么都了解！他老人家有千里眼、顺风耳，全中国根本没什么他不知道的事！他目前是在用主要精力抓头等大事，顾不上管咱们这些凡夫俗子才着急的事。连这点儿起码的政治头脑你都没有吗？说到底，这个村子能收下你那就是你的万幸！你别不识好歹想这样想那样，企图做胆大包天的事。扣你一顶对现实不满的帽子那还是轻的！他姓冯的已经那样了，难道你也想有样学样，和他一块儿破罐子破摔吗？"

他越说越激动，脸涨得通红。

周蓉屏息敛气，呆呆地看着父亲无言以对。父亲已经把话说得那么重了，她不敢再说半句。自从出生以来，她从没见父亲的样子如此令人畏惧，也从没听父亲一口气说过那么多夹枪带棒的话。父亲说话一向简短，特别是对儿女说话，点到为止，最重的话无非就是——"还用我再说什么吗？"

她的泪水夺眶而出。

但她刚听到的却还不是父亲最严厉的话。

父亲突然喝道："跪下！"

周蓉浑身一哆嗦，备感屈辱地跪下了。刚见到父亲时她那一跪是身不由己，此时她却跪得有几分不情愿。

她低下头，听到父亲冷冷地说："周蓉，你给我发誓！"

她也语调冷冷地问："发什么誓？"

周志刚说："我要你冲着咱们周家祖先的在天之灵发誓，为了你哥和你弟，主要是为了他俩，也为了你妈，她最疼你这个女儿，为不为我无所谓，我都什么岁数了，摊上多不好的事都不在乎。为了他们，你要发誓，断绝了你刚才说的那些混账想法，发誓一辈子不再动那么做的念头！"

周蓉犯了倔劲儿，一言不发。

周志刚以悲怆的语调说："你哥和你弟，他们的人生还长远，我不允许因为你不负责任牵连了他俩。你妈心脏不好，你要是再一出事，你妈还活得成活不成那就两说了。我还是那句话，你为不为我这个父亲考虑无所谓。你为不为你自己考虑随你的便，但如果那样，你就要与我们这个家庭脱离关系!"

周蓉像哑巴,仍低着头不吭声,只是流泪不止。

"你发誓还是不发誓啊?"周志刚大吼起来。

"爸爸,你到底想干什么啊!"周蓉也喊起来,紧接着往起一站,瞪着父亲也发脾气了,"我不就是想要主动找个话题,跟你聊点儿别的吗?只说我自己那点事儿你爱听吗?你爱听我也不想只说那些!我的事它不过就是那么件事!到现在为止并没连累哪一位亲人!更没连累你继续当模范工人!真有连累的那一天,我会跟咱们这个家彻底脱离关系的!我会当自己是石头缝里蹦出来的!从此无父无母无兄无弟我认了,对不起哪位亲人了,我来生做牛做马报答谁!我的做法有错不假,但对哪一位亲人都没罪!对你这位父亲也没罪!从一见到你,我就句句话赔着小心跟你说,只因为那么几句我随口说说的话,你就逮着机会对我凶起来没完了?你心里对我还有多少怨恨,趁我先生没回来,一股脑儿都冲我发泄完了吧!"她捂脸号啕大哭。

女儿这一哭,周志刚蒙了。继而,他的心被女儿哭碎了。

他在心里问自己:是啊是啊周志刚,你来的时候心里可没带着对女儿的怨恨啊!怨恨是有过,但后来不是已经渐渐没了吗?你不是只带着思念来的吗?女儿确实一直在赔着小心跟你说话,这一点你明明看出来了呀!女儿说她那种想法的时候也确实不是说得多么认真,这一点你也明明感觉到了呀!你怎么将事情搞成了这样?怎么会这样?

他一边自问着,双脚一边带着他走到了女儿跟前,仿佛脚下有滑板,一双看不见的手将他推向了女儿身边。

他将女儿轻轻搂在怀里,自责地说:"好女儿,别哭别哭,是爸不对,爸接受你的批评。爸最近在工地上太累了,累得直想找个机会冲谁发火。不哭了不哭了,爸都向你认错了……"

他几句话一哄，女儿又破涕为笑。

周蓉倒是挺容易地就被他几句话哄好了，可他却又听到有个女孩在背后哭——一种极度不安的、不敢哭出声终究还是哭出了声的呜咽，一种从孩子的嘴里憋出来的可怜的哭声。

他那时正背朝洞口站着。

周蓉歪头朝洞口看了一眼，小声说："爸，我先生回来了。"

他将女儿推开，转过身，见一个抱着孩子的男人的剪影，站在明亮的洞口那儿。

周蓉小声说："爸，你坐下。"

他乖乖地坐在一把学生椅上了。

周蓉耳语般地说："你要保证对我先生的态度好点儿。"

他也小声说："我保证。"

周蓉就走向她的先生，从他怀里抱过孩子，拉着先生的手走回他跟前。

周蓉对她的先生温柔地说："化成，你也坐下吧。"

冯化成默默坐下，打量着周志刚——他没猜到面前坐的是他的岳父。

周蓉说："他是咱爸。"

冯化成像椅面上有弹簧似的，一下子又站了起来，手足无措。

周蓉扑哧笑了。

周志刚说："咱俩见过了。"

"教室"的区域光线充足，周志刚一眼就认出了女婿是卡车上那个"眼镜"。他又说："你别站起来。"说完，他不再看着女婿，只是目不转睛地看着女儿抱在怀里的孩子。那孩子也有一头黑发，扎根冲天小辫儿。

周蓉说："爸，是你外孙女，一岁半了。"

他责怪道："我猜也是，你就不该这时候了才告诉我。"

周蓉不好意思地笑道:"刚才几次话到嘴边,没敢说。"

他本能地伸出双手,可外孙女怕他,紧偎在妈妈怀里不愿让他抱。

冯化成已擦完眼镜细看过周志刚了,对妻子讪笑道:"可不,我……我比你还早见到呢。"

周蓉说:"证明你和咱爸有缘呗。"

三人间的气氛,一时显出了几分微妙的愉快,这是周志刚跟随女儿进到山洞后最好的气氛。

周志刚对冯化成说:"你当时那么做是对的。"

周蓉抱着孩子转到隔墙后边,将孩子放在炕上,开始忙活着做饭。炕上的小狗醒了,老老实实地趴在原处没动地方,很萌很羞怯。孩子见到小狗特高兴,也趴在小狗对面看着。两个小家伙之间的友好似乎只通过对视就足以表达,片刻玩在一起了。

冯化成受到周志刚表扬的鼓舞,问道:"爸,我也可以叫您爸吗?"

周志刚正襟危坐,垂下目光,态度并不明朗地回答:"叫都叫了,还问什么?"

冯化成矜持地笑笑,不卑不亢地说:"我的领会是,您已经同意了。"

周志刚和女婿实在没什么共同语言,站起来想去帮女儿做饭,他有点饿了。

冯化成随之站起,又说:"爸,我想和您谈谈。"

周志刚说:"行。"

冯化成说:"我不愿让周蓉听到,最好去外边。"

周志刚说:"没意见。"

他率先走到了洞外。

紧随其后的冯化成将他引到山体的侧面,笔挺地站直了,诚恳地说:"爸,您扇我几耳光吧!"

周志刚愣了愣，沉着脸问："为什么？"

冯化成表情庄严地说："因为您恨我。"

周志刚反问："你是知识分子吗？"

冯化成想了想，自信地说："当然是。"

周志刚以郑重声明般的口吻说："我的手，不论左手或右手，是工人阶级的手，劳动者的手，光荣的手。我这双手曾扇过我小儿子一耳光，还是因为周蓉到贵州来的事，再就从没打过任何人。你们知识分子，只善于动笔、动口，不善于动粗。我扇你耳光，等于欺负你。我不欺负人。再说，一个人也不能因为恨谁，就仗着自己比谁有力气动手打谁。就是那类很卑鄙很坏的知识分子，扇他们耳光人人称快，弘扬了正义，我也不会那么做。"寻思寻思，他补充道："我宁愿为正义踹他几脚。"

周志刚这名"大三线"老工人，虽然只不过是工人，识字有限，却毕竟当了多年的班长，已很有说理能力了。女儿周蓉熟悉的仅是他这位父亲在家里时的一面，至于他的另外几面，周蓉也不了解。

此时，他面对的是知识分子而且还不被自己认可的女婿，最大限度地发挥自己的说理能力，为的是不使女婿看低了自己，觉得自己这位岳父大人是个粗人。

冯化成听了他的一番话愣住了，一时不知再说什么好。

周志刚又问："你是那类很卑鄙很坏的知识分子吗？如果你承认自己是，我乐意踹你几脚。"

冯化成摇头。

周志刚继续问："只摇头不行。你已经是我女婿了，你和我的女儿都有孩子了，我有权知道，我女儿的丈夫，我外孙女的父亲，他是一个什么样的知识分子？"

冯化成听他这么一问，眼里顿时湿了。

第十章

他尽量以平静的口吻说:"爸,我从没承认过我是'现行反革命'。这顶帽子是有些人非要扣在我头上的,我一直在申诉。"

周志刚说:"那是政治方面的事,我知道那样一些事有时不靠谱,我现在想知道的是你在德行方面的事,你回答的和我问的风马牛不相及。在许多人那儿是混着的,在我这儿不混,各有各的要紧。"

冯化成想了想,以更加自信的语调说:"爸,我不是一个很卑鄙……"

周志刚打断道:"等等,很怎么样的标准太低了。那是该不该被踹几脚的标准,不可以当作一个丈夫、父亲和女婿的标准,你别也搞混了。"

冯化成重新说:"我不是一个卑鄙下贱的坏知识分子,恰恰相反,我一直要求自己做一个好人……好人的意思,您懂的……"

周志刚满意地说:"对,我当然懂。你别往下说了,到此为止。"

实际上,当他一眼认出这个女婿竟是卡车上那个"眼镜"时,便凭着自己多年的识人经验对女婿做出了八九不离十的判断。

这时,女儿周蓉在洞里喊他俩吃饭。

正是大年初三,女儿家有现成的几样菜,热热就可以端上桌。女儿所做的只不过是烙了一大张油饼,炒了一盘鸡蛋,熬了半盆疙瘩汤而已。

在当年,那是不错的一顿春节饭菜了。

看着女儿吃面食吃得很解馋,周志刚为自己带来了二十斤面粉而暗自高兴。

他问:"孩子怎么不吃?"

周蓉说先喝过一碗疙瘩汤了,睡了。今天因为她要洗许多衣服,孩子就由几个学生轮流替她照看,所以是先生抱回来的。

他又想到那小狗也该喂点儿东西吃了。

周蓉说也喂过疙瘩汤了,吃得很香,趴女儿旁边做狗梦呢。

他叮嘱道:"你们可要好好养着它。"

女儿女婿诺诺连声。

他又说:"养大了绝不许杀了它吃肉。"

女儿和女婿都说,哪儿能呢!

吃罢晚饭,冯化成主动说,应该烧锅水,让爸冲个澡,解解乏。

周蓉说想到了,水已经烧上了。

山洞的另一角落是冲澡的地方,饮用水都是从外边用一劈为二的竹槽引入到洞里的泉水,不接了也不必管,将竹槽往低了一移,水就会流到外边去,顺着山上自然形成的水沟流入河里。

晚上,冯化成到村里借宿去了。周蓉安排父亲在炕上躺下后,自己用十来把学生椅拼了张临时床,躺在上面继续与父亲聊天。

她还点上了一支蜡烛。

周志刚说:"吹灭它,点着浪费。"

周蓉说:"还是点着吧,吹了它黑得几乎伸手不见五指。我俩是习惯了,连孩子也习惯了,但爸肯定会不习惯。"

周志刚也就不再坚持。他侧身躺着,可以望见面朝自己的女儿。他的手臂同时搂着酣睡的外孙女和睡在外孙女旁边的小狗,觉得真是怪幸福的。

他问女儿对自己的生活感觉如何?

周蓉说:"挺好啊!"

又问:"怎么就能说挺好呢?"

周蓉说:"爸,你不觉得我现在就像铁扇公主,你的外孙女就像红孩儿吗?"

周志刚回敬了一句:"那你先生不就像牛魔王了?"

周蓉嬉笑道:"他要是有牛魔王那么大的本事,我就会觉得生活在这座山洞里的感觉更好了,如同神仙过的日子。"

周志刚责备道:"别贫!想和我聊,那就说点儿正题话。再贫,我可就睡了。"

周蓉这才认真地说:"好,和爸聊点儿正题话。"

周蓉告诉他,村里原来的小学不在山上,解放初盖在山下,年久失修,塌了。老支书请"大三线"的朋友们帮忙再盖起来——再盖只能盖在山上,村里没地方了,占用耕地是不允许的。"大三线"的人观察一番地形地貌后说,也别费事费料地再盖了,干脆就将这山洞当成小学挺好,冬暖夏凉,坚固无比,可以一直用到共产主义。经过他们的一番改造,这山洞就成了小学校,也成了她的家。第一年,她还没与冯化成结婚,学生一放学,洞里就她一个人了。

"你不怕?"

"起初,怕得晚上根本不敢闭眼睡觉。一闭上眼睛,妖魔鬼怪全来了,就大睁着双眼,围着被子坐着哭。"

"那你白天还能有精神给学生上课?"

"天刚亮那会儿,每天是能睡上三四个小时的,中午再补一觉,精神还行。但晚上总不睡觉也不成啊!后来我一想,就凭我周蓉,重点中学的高二学生,读过那么多好书,受过书中那么多优秀人物的好影响,明知世上根本没有什么妖魔鬼怪,干吗自己吓唬自己呀?自己吓得自己一夜夜不睡觉,与自虐有什么区别呢?这么一想,渐渐地就不怕啦。爸,现在你女儿胆子可大了,可坚强了,可经得住事儿了。就是你要和我脱离父女关系,那我也能想得开,也能正确对待。"

"你又贫!实话实说告诉爸,你们一家三口,靠什么经济来源生活呢?"

"起初是一点儿经济来源也没有。我当小学老师，每到年底只分点儿口粮和蔬菜。化成是被改造分子，没工资。他每次偷偷来看我，走时还要从我这儿带些吃的。好在我哥及时给我汇钱，不久冬梅姐也给我汇钱来了。这样，我每月都有现钱，情况好多了。再往后，我弟也经常汇钱来……"

"那你……你们一家三口，岂不得靠亲人们养活着吗？"

"爸，现在不像'文革'初期了，中央对化成他们那类人也讲政策了，每月发给他二十元钱。'三线'总指挥部也发文号召各地区的干部工人，在有条件的情况之下应尽量帮助周边农村解决一些实际困难。我们老支书与这里指挥部的头头脑脑的关系越来越近，他们可愿帮我们村了。我不但教孩子们识字，更教孩子们做人，这一点全村都称赞我，老支书也看在眼里，就向指挥部提出，希望为我多少解决点儿工资。他们听说我是'大三线'老工人的女儿，就将我当成一名编外接班的'大三线'职工子女对待，让我每月为他们做些抄抄写写的工作，他们每月给我开份勤杂人员的工资，十八元。这样我和化成的工资加起来，每月就有三十八元了，我也就不让我哥和冬梅姐还有小弟再汇钱了。爸，有了这三十八元，你女儿就是在这山洞里过一辈子，也不会觉得人生太苦了。"

"想是可以这么想，但他们指挥部的人，如果确实认为我对'大三线'建设有贡献，为什么不帮人帮到底，干脆把我女儿抽到'大三线'工人的队伍里去呢？"

"爸，这你就不懂了。那不可以，违反'上山下乡'政策。因为我已经是一名知青，我的城市户口被注销，变成农村户口了，而'大三线'工人保留着城市户口。比如你，虽然被调来调去，却属于有城市户口的人，理论上你还是城市人。一牵扯到户口问题，如果不是很大的官，谁也帮不上忙。"

第十章

听女儿这么一说,周志刚叹了口气。

周蓉安慰道:"爸,别替我犯愁。没什么可愁的,哪儿的黄土不埋人?"

女儿后边那句话说得周志刚鼻子一酸,又欲叹口长气,他强忍住了。

他转移话题,嘱咐道:"你哥你弟是亲人,怎么帮你都是应该的,可人家冬梅不同,人家还没跟你哥结婚呢。即使结婚了,人家也姓郝,不姓周。不管到什么时候,你都不要忘了人家对你的好。"

周蓉很动感情地回答:"爸,我是不会忘的。"

周志刚又转移了话题,心有疑虑地问:"那,村里的人,对你和他的关系怎么看呢?"

女儿平静地说:"起初当然都不理解。我只得撒谎,说我和化成早就相爱了,海誓山盟过的。我不能因为他戴上罪名,就离开他。这么一解释,他们渐渐地就认可了。"

"那,他们在对待你俩的态度上……"

"区别对待呗。对我呢,该怎么尊敬,就怎么尊敬。对他呢,该负起监督的义务,那就负起点儿义务。好在,他一个星期才回来一次,监督改造的责任主要由'大三线'的人负责,村里只不过在他回到这里时,尽点儿监督义务。他们跟我说话亲亲热热,跟他说话的时候冷若冰霜。"

周蓉竟扑哧笑了。

周志刚忍不住又叹道:"你怎么还笑呢?"

周蓉忍着笑说:"觉得好玩。"

周志刚责怪道:"我怎么就不觉得好玩?你不可以把那样的事当成好玩的事。"

周蓉居然开导他说:"爸,可以的。有些事你把它当成好玩的事,就会真的觉得挺好玩了,比整天愁眉苦脸想不开强多了。"

父女俩聊啊聊的,一会儿这个话题,一会儿那个话题,聊多久也聊不够似的。直至烛光晃动,烛苗快熄灭时,周蓉才说:"爸,你明天一早还要往回赶,不聊了。"

她欠身吹灭蜡烛,不一会儿,四周安静得仿佛不存在了。

周志刚思绪万千,难以入睡。

第二天,他们吃早饭时,洞口外有个男人高喊:"冯化成,出来一下!"

冯化成看看妻子和岳父,不好意思地放下碗筷出去了。

但听那男人在说:"公社传来指示,要求各村在春节的最后几天,对'地富反坏右'分子继续加强监督,只许老老实实,不许乱说乱动,明白吗?"

冯化成说:"明白,明白。"

周志刚一味埋头往口中扒饭,佯装什么也没听到。

女儿踢了他的脚一下——他抬头看她,女儿朝他眨眼睛,咬着筷子做笑样。

冯化成刚进来,那男人又大声说:"周老师,您能出来一下吗?"

"就来。"周蓉边应边起身,小声对父亲说,"这人的儿子有点儿调皮,总不让他省心。"

女儿往外走时,周志刚不由得扭头朝洞外看,见女儿刚一走出去,便被那男人扯到篱笆旁,急切地小声说什么……

周志刚离开山洞前,趁她没注意,急忙转入隔墙后,双手撑在炕上,俯身注视外孙女玥玥,目光温柔得像慈祥的老阿婆在看家中传下来的意义深远的物件——她们往往已被生活磨蚀掉了任何脾气,心中只剩下了爱,连看一枚顶针的目光都是温柔的。

玥玥无声无息地睡着,粉嫩的两腮上显出浅浅的梨窝,如同新蒸出的上了色的喜庆馒头,被人用小指轻轻按了一下。

第十章

他在心里说:"外孙女,姥爷这就走了,有空儿再来看你。"

像有双看不见的手推他,他情不自禁地在外孙女的小脸蛋上亲了一下。

小狗已醒了,饱吃了两顿,精神多了,摇头摆尾直往他身上扑,希望他抱抱它,爱抚它,又好像知道他要走了,想挽留住他。

他拍了拍它脑门,对它说:"拜托了,你要好好陪我外孙女长大。"

女婿提醒他说:"爸,该走了,再晚怕搭不上车。"

女婿非送他不可,他只得依了。周志刚仍背着竹篓,那是借的,只不过空了,女儿女婿实在没什么东西值得他带走的。

翁婿二人一路默默走着。周志刚觉得对冯化成已不再有什么话非说不可,冯化成也是那样。

在可以望到指挥部楼房的地方,周志刚停住脚步说:"不要往前送了,凭我衣服上的番号,哪一个司机也得让我搭车。"

冯化成顺从地站住了。

顺从已是他的本能。

周志刚板起脸说:"你给我记住,如果你敢对我女儿不好,我绝对饶不了你!"

冯化成苦笑着点头。

周志刚转身便走,走出几十步了,才听到冯化成的喊声:"爸,你放心,我们会把那只小狗养好的!"

第十一章

懂事的哥哥姐姐们下乡了，各家留城的小儿女，在各自人生中不知不觉地成熟着。

春节的最后几天假日里，周秉昆完成了一件大事。

确切地说，是他联合肖国庆、孙赶超和吕川，齐心协力共同完成的。

那就是敦促曹德宝，必须尽快与乔春燕办结婚证。

单凭他们四人并不能顺利完成那件大事。德宝是独生子，婚姻大事他自己同意不行，怎么也得他爸爸妈妈都点头了。

如何与曹德宝的爸爸妈妈谈判，这太超出秉昆他们那个统一战线的实际能力，幸好周母肝胆相照地加入了，在关键时刻起到了决定成败的作用。

秉昆先去找国庆，国庆起初不愿管这等摆不到桌面上来说的事，怕惹得曹德宝恼羞成怒。

秉昆便晓之以理，喻之以利。他说，国庆你如果怕失去德宝这个老朋友就事不关己高高挂起，那么你和吴倩就会失去春燕这个新朋友。如果你俩一块儿失去了她这个新朋友，你俩的对象关系或将不保。你想啊，如是春燕怀上了私生子，那她还能当上市里的标兵吗？别说市里的了，区里的也必定给撸了呀！那她以后还怎么在单位待下去呢？吴倩的胡子问题不是也没指望解决了吗？你有可能协助玉成一个老朋友和一个新朋友之间的婚姻，或者你既失去了老朋友也失去了新朋友，不利己也

第十一章

不利人。何去何从，你可要掂量掂量再做决定。

国庆不是轴人，听秉昆说得头头是道，当即改变了态度，表示愿做秉昆同一战壕的战友。他提议把赶超也发展成同盟者，那会对德宝形成更大的压力。

秉昆就出示了赶超写给春燕的字条，说自己也有此想法，只怕适得其反。

国庆看过字条，想了想认为不会。他说那字条显示赶超喜欢春燕，他与春燕本有可能开始的关系，出其不意被德宝给破坏了，这会让他的正义感更强烈。咱俩需要正义感更强烈的同盟者。他很光火这是肯定的，吴倩对他也颇有好感，已说打算将一个姐们儿介绍给他。吴倩的打算，会使他有更大的想象空间。想象空间大，吸引力就大。只要当面告诉他吴倩的打算，他的火气有多大也会立刻浇灭一多半。

秉昆同样认为，国庆的话自成一理，他宁愿冒险。他说事不宜迟，多拖一天都有可能节外生枝，于是他俩当即就去找了赶超。

果如秉昆所料，赶超听他讲到德宝将春燕睡了这一核心情节，就已火冒三丈，大骂德宝太不是东西。他诅天咒地，发誓要与德宝断绝交情，永不来往。

国庆慢条斯理地说："赶超，依我看吧，春燕虽有她可爱的一面，却并不多么适合你。她是鹅型女，而你是鸭型男，你俩体态方面就不般配。看她那样子，今后还有强壮下去的趋势，那时你跟她亲热是很吃力的。哥们儿的话虽然太露骨，但说的可是大实话，话糙理不糙。"

秉昆也帮腔道："春燕没有鹅那么好看的脖子。"

赶超反感地嚷嚷："你俩不必安慰我，反正他曹德宝的做法我无法原谅！如果公平竞争，春燕选择了他，我没什么说的，但他的做法明显不道德！他那叫霸王硬上弓，我瞧不起他！"

国庆沉默片刻，幽幽地说："可要是吴倩打算把她的一个姐们儿介绍给你，你愿不愿意呢？吴倩形容她那姐们儿像鸳鸯……"

秉昆又帮腔道："男方是鸭型，女方像鸳鸯，这就比较般配了。"

赶超愣了愣，也如国庆所料，火气顿敛。

他克制地问秉昆："你刚才还有话没说完，接着说。"

秉昆就将必须迫使德宝和春燕从速办结婚证的想法说了一遍，末了表白道："国庆也支持我的想法。我俩都不是要送给德宝顺水推舟的大人情，而是为春燕考虑。如果他俩不能那样，春燕不是给毁了？事情发生在咱们聚会之后，往细了说，已经那样了，咱们都会觉得对不起人家春燕，是不是？"

"既然你俩的决定是为了春燕，那我和你俩是一伙的。"孙赶超终于也明朗地表态了。他提议，应该将吕川再团结过来。吕川与德宝最好，整天一块儿上下班。吕川的加入，更能让德宝认识到，如果他啃了一口桃子却又不想要那只桃子，在道义方面将会多么孤立。

吕川听秉昆他们三个你一言我一语，终于明白了他们的目的，笑了。他说："想不到德宝那天晚上还留了一手，这事他要不答应，我当然不依。"

那时尚未中午，吕川家离德宝家不远，四人一块儿去往德宝家。

四人中除了吕川的正义感比较纯粹，另外三人其实各有自己的想法和心理。

德宝家住在一幢二层的红色小楼里，那小楼曾是日军特高课的一处办公地点。A市的上一辈人都知道，日本鬼子当年经常在那幢小楼的地下室刑讯逼供，不知有多少中国人在地下室里被折磨死了。

第十一章

　　德宝家原本是老沈阳人，而且是富户。他祖父曾是皮货商，晚年有钱了，开办了一家制皂厂。当年，一半左右的沈阳人用的肥皂、香皂就是该厂生产的。传到他父亲曹广禄那一辈后，兄弟之间闹分家，结果将厂子分黄了。他祖母是外室，连正式夫人的名分都没有，所得极少。他父亲伤透了心，带着分到的钱离开沈阳来到 A 市，开了一家小小的古董店。日伪人物和形形色色同样惹不起的坏人经常光顾，见着喜欢的东西拿了就走。一说"手下留情"，听到的就是"八格牙鲁""不识抬举"，打人砸店。小古董店终于无法开下去，他父亲在街头摆摊卖些不怎么值钱的老物件，那是挣不了多少钱的，一直没心思成家。

　　A 市解放后，某日，一个中年男人逛到了他的地摊前，看中了一只银制的打火机，爱不释手，却没带钱。他父亲见那人衣着体面，气质不凡，不敢说别的，只说："您要是喜欢，只管拿走，就算交个朋友。"

　　"那我就交你这个朋友。"对方也不客气，揣了便走。

　　以后几年，曹广禄仍旧在同一条街上摆摊，也没成家。

　　某日，他的摊前站住了两个男人：一个中年，一个青年。

　　中年男人说："你这朋友让我找得好苦，还记得我吗？"

　　他端详了对方片刻，猛想起是几年前那个没给钱拿走了打火机的人。

　　他连说："记得记得，您当时说交我这个朋友来着。"

　　那青年就掏出钱包，问该给他多少钱。

　　他就更不好意思收钱了。

　　中年男人笑着对青年说："那算了，别难为他了。"

　　他斗胆相问："这位青年，他是您的公子吗？"

　　青年不自然地笑了，看着中年男人。

　　中年男人对那青年点一下头。

　　青年小声对他说："这位是咱们市公安局副局长，我是他的秘书。"

他张大嘴，说不出话来，身体里的每一根神经都乱突突，像过电了。

中年男人为了让他不紧张，主动问了几句话，无非是哪里人，以前做什么的，摆摊几年了，家中生活情况如何等。

他想，人家首长无非是借机了解了解民情、社情而已，过去从来也没人关心他这些问题。

对方一问，他有了种老友重逢般的温暖感觉。受一种倾诉渴望的驱使，他思绪流淌，讲起了自己的身世。

显然，首长听得挺耐心。后来听他说，目前还没有稳定的地方住，也没钱成家，似有几分同情。

首长临走前叮嘱他，以后几天还要在此地摆摊，至于为什么，却没说。

他就想多了，以为公安局要将他发展为一名公安人员。能成为新中国的公安人员，他觉得也很幸运。

几天后，首长的秘书找他来了，说执行首长的指示，要帮他解决一处住的地方——德宝就有了现在的家。

那时，小楼里还有几间大屋子可供选择，德宝爸为了给人家留下容易知足的良好印象，选择了较小的只有十六平方米的一间。

自然，这一选择让他以后悔青了肠子。

当时他不无疑惑地问首长秘书，首长何以特别厚爱他？首长秘书说，首长也是沈阳人，而且还在他父亲开办的那家制皂厂当过工人，也是在制皂厂入的党。他父亲是个比较仁义的老板，当年对工人不错。

曹广禄听了，立刻想到了民间的两句老话"父债子还，父仁子荫"，不禁对其父的在天之灵暗说一句："多谢您老人家了。"转而又一想，倘若父亲当年为富不仁，自己偏偏认识了一位公安局的副局长，那么现在的结果将会如何？真是不想没什么，一想吓一跳，冷汗顺着他后脊梁直往下淌。

他又惶惑地问:"你们首长对我也不了解,咋就敢与我这个不知底细的人结交呢?"

秘书笑了,说在过去的两三天里,首长已经全面掌握了他的情况。首长很高兴他那天讲的句句属实,认为他是一个可以相信的人。

A市公安局的副局长认为他是一个可以相信的人,这让曹广禄备感荣耀,暗暗发誓,一定要与对方诚诚恳恳地交往下去。

过了些日子,那秘书又来找他,说首长亲自为他联系好了,他可以择日直接去一家老字号的糕点厂上班。

于是,有了稳定住处又有了稳定工作的曹广禄第二年结婚了,妻子是糕点厂的一名女工。第三年喜得一子,便是曹德宝。

曹广禄太自作多情了,得子之后,居然给首长修书一封,汇报自己的幸福生活表达感恩戴德之心。他却并未收到回信,这种"友谊"也就戛然而止。在首长那儿,办那么两件动动嘴皮的小事,只不过为了减轻自己的工作压力,为自己的回忆画上一个完美的句号而已。人家整天有许多重要的工作要做,句号一画,关于曹广禄这个人的一切,也就从人家首长的记忆库里完全删除了。

然而,这事不但让曹广禄刻骨铭心,对于儿子曹德宝也产生了极深远的影响。他从小就经常听父亲一往情深地讲那件事,以至于当父亲问他长大后想做哪一行时,他竟毫不犹豫地回答:"摆地摊。"

"儿子,为什么是摆地摊呢?"

"替爸爸再见到首长。"

吕川说,他对曹家很了解,简直可以替德宝和曹家写外传写家史了。"文革"闹起来以后,公安局也受到冲击,吕川曾在德宝的请求下陪着他去公安局打听。德宝的想法是,如果那位公安局的副局长也被打倒了，正好是父亲续上朋友前缘的天赐良机。在别人落难时主动接近，不以对方已成异类为嫌，仍当老朋友看待，那才叫日久见人心。等对方东山再起，朋友关系将牢不可破。那么，自己和自己的家人，就可以想沾什么光就沾什么光，像民间所说的投桃报李嘛！

赶超气呼呼地问："他倒是挺会打如意算盘的！要是那位副局长被打趴下了，再也起不来了呢？"

吕川说："那一切苦心就白费了。德宝自己也清楚，这是看造化的事。"

国庆听得入迷，制止赶超打岔，催促吕川继续讲下去。

吕川接着说，他和德宝还真打听到了那位副局长的情况，根本无须刺探，因为写在大字报上，大字报贴在公安局门前的专栏里。他俩看到的内容之一，是对方早已于六十年代初高升到公安部去了。如果说那内容只不过令德宝大失所望，那么其他内容就令德宝忐忑不安了。大字报列举了那位副局长在市局犯下的多项"罪状"，其中之一是他曾网罗了一批根本不可靠的形形色色分子，美其名曰团结、改造、利用，实则是为了壮大个人的势力而招降纳叛，不惜在自己的权力伞下藏污纳垢。最后的内容是——写大字报的人欣喜地向全市广大革命造反派和革命群众报告，那位高升的副局长已在北京被揪出，号召一切掌握其罪证的人一同前往北京揭发批判。那日德宝一回到家里，便将父亲一通逼问，唯恐他也是什么分子或什么污垢，问得曹广禄都急哭了，一把鼻涕一把泪地说："儿子你要是不相信你爸这一辈子的清白，你爸只有以死来证明了！"

赶超听到这里愤怒了，骂道："这个王八蛋！怎么可以对自己的父亲那样？"

国庆叹道："可以理解。怕呗，搁我也怕。父亲如果沾上了那类问题，子女的一辈子还不彻底完了？"

吕川却另有主张，说自己要是德宝，还真想专程去北京暗访一下那位首长的下落。如果真访着了,那就真将父辈的朋友缘续上了。现在的一些事怎样,不见得就能决定以后怎样。只要有一半的好运气,冒冒险是值得的。

秉昆听着他们三人一路走一路说,始终没插话。没插话并不等于没看法,他只不过不愿将自己的看法说出来。他首先想到了自己的母亲,母亲为什么对蔡晓光春节里到不到自己家来做客那么在意呢?究其根源,还不是想通过蔡晓光与蔡家攀上点儿什么关系吗?母亲是多好的母亲啊,可就连自己那么好的母亲,对权力的膜拜和对有权势之人的刮目相看也是不争的事实。在自己所接触的人中,只有哥哥和姐姐是不同的。哥哥和姐姐尊重的是文化,可文化到底是什么呢?它对人又重要到什么程度呢?这是他近来一直希望想明白而从没想明白过的。毛主席的一条语录一直使他很困惑,就是"没有文化的军队是愚蠢的军队"。文化是否便是认识字能读会写呢?如果是,那么他和几个朋友便都不算愚蠢。如果并不仅仅是那样,哥哥和姐姐所认为的文化,与毛主席那条语录中的文化又有什么不同呢?自己真是不愚蠢的吗?自己初二上午居然想去蔡晓光家拜年,表达感激的愿望明明是不单纯的呀!掺入的杂质其实与母亲的心思是一样的啊!把拜年这种寻常事都搞复杂了还不愚蠢吗?还有德宝那些古怪想法是不是也很愚蠢呢?还有郑娟家,他不可救药地想到了"可怕"的郑娟——是的,每次一想起她,他的意识就不健康了,觉得她对于自己简直是可怕的,却又根本无法不经常想到她一家三口,不,不是三口,即将是四口了,她肚子里还怀着一个将来上不了户口的遗腹子。如果她家人也有什么旧交的话,那些旧交中有人愿意与她家继续往来吗?他进而想到了"棉猴"和瘸子,他俩那种人倒是并无沾光的念头，反而更看重友情，可他却既不清楚他们与涂志强曾有过怎样的友情，也常常猜测他们很可能是一伙坏人，于是对自己居然肯替他们送钱给郑娟惴惴不安。他曾听哥哥说中国人活得很拧巴，是何意呢？虽然也一直没想明白过，但每一想起，确乎认为自己哪一方面似乎都缺少什么，好比低檐之下的野草，本想活得直一点儿，却只能往斜刺里长出些向下贴地的旁枝末节来。

他一路不言不语地听着、想着、走着，心里不禁产生出感伤和自卑来，以至于对由自己发起的四人行动，也全没了起初的正义冲动。何况，他暗自承认，与正义冲动其实没什么关系，主要是为了能撇清对一件发生在自己家里的不光彩事的责任。

德宝的父母正在走廊炸丸子。那幢小楼里所有的人家都没厨房，都只能在走廊做饭。原先砌在走廊里仅供取暖的火墙炉，后来被一户户人家改造成了各式各样的炊事炉，有铁的有砖的也有坯的。这里那里都堆着煤和劈柴，走廊两侧的墙上挂满了应有尽有的炊具，变得难以形容的怪诞。

德宝的父母热情地请他们进屋，非要他们都尝尝新炸出的丸子。

吕川说："屋里空间有限，咱们四个大小伙子就别进去了。"

德宝妈却已将屋门推开，秉昆看到屋里搭的是二层铺，估计德宝睡上铺。除了几样简陋陈旧的家具占去的地方，剩下的地方只要同时站着三个人就都转不开身了。

国庆怕油烟进了屋，替德宝妈将门关上了。

德宝爸说德宝不知因为什么事上火了，嗓子疼得厉害，到医院去了。

秉昆说他们找德宝没什么事，只不过想找他一块儿去玩。既然他不在家，那也就算了。

德宝爸因德宝不在家而深表歉意，拦着不让他们走，非请他们每人尝几个丸子不可，德宝妈则及时往每人手里塞了双筷子。四个小伙子对长辈的盛情招架不了，便在走廊里每人连吃数个，结果一大盘丸子被吃掉一半。人人连说好吃，两位真诚的长辈才依依不舍地将他们送到楼外。

四人不停摆手，直至德宝的爸妈进楼了，这才各自垂下手臂。

国庆说："他爸妈人真好。"

吕川说："在我所认识的人中，德宝的爸妈是最欢迎儿子朋友的父母，他们希望儿子的朋友越多越好，也特别怕他们的儿子做什么对不起朋友的事。"

赶超立刻板起脸质问："你这话是什么意思？"

吕川不高兴地顶了他一句："没别的意思啊，哎，你这么问我又是什么意思？"

秉昆心烦意乱地说："斗什么嘴啊？下一步如何行动，我现在听大家的。"

国庆就说："我觉得咱们想管的事更有必要管了。咱们都管，也等于帮德宝将不光彩的事情一举摆平，那他爸妈少操多少心啊！"

吕川也说："我知道德宝肯定去了哪一家医院，离这儿很近。"

赶超说："我同意国庆的想法，咱们去找他。"

秉昆最后说："那就走。"

医院是一排打通了的老旧砖房，原是有二百多名职工的胶鞋厂的小卫生所。胶鞋厂发生了一次火灾，厂房烧毁了，卫生所幸免于难。区政府将职工分往别的厂，就地扩建了卫生所，还请求市里支援了几名医生护士，成为面向市民的公共医院。对于周边居民而言，一定程度上缓解了看病难的问题，都说真是坏事变成了好事。市里的报纸就此言论发表了一篇批判文章《坏事岂能变成好事》。文章说，坏事就是坏事，好事就是好事，付出坏事的代价之后做的好事，怎么比得上并未付出代价而做的好事？结论乃是，坏事可以变成好事是伪辩证法的诡辩，与古人所言"福兮祸所伏，祸兮福所倚"不是一种逻辑。"倚"是指吸取教训前提之下的警悟，而"伏"是指看似情况良好也应保持对坏事的防范；望广大人民群众学习革命的辩证法，不要跟着某些别有用心之人的言论随梆唱影，结果自己的口舌被利用了还浑然不知。

文章的出发点看来是好的，但却引出了很坏的结果，反正对写文章的记者、发文章的编辑以及同意发表的编辑主任一干人等，在劫难逃地成了板上钉钉的坏事。他们不知道，张春桥前不久在某次会议上对一些大批判能手说，"二月逆流"还是要狠批，余毒并没完全肃清，那些老家伙们认为"文化大革命"糟得很，这种做法也是坏事，那种做法也是坏事。我们却要针锋相对地说，即使他们所谓的坏事再多，结果也还是变成了天大的好事！确保无产阶级的红色江山千秋万代永不变色，这就是天大的好事！

张春桥的讲话并未公开发表，消息灵通的少数人知道，绝大多数人不知道，自然包括报纸的一干人等。结果，不少消息灵通人士联名将他们告了。这么一来，就成为重大事件了。他们写过深刻检讨后，全被免了工作资格，下放到农村去接受改造。事件还不算完，上级又派出了调查组，深入医院及附近居民街道，详细了解民间对坏事究竟能不能变成好事的思想反应，一时气氛紧张，人人口中怕说"好""坏"二字。

吕川一路上又讲了这一事件，说尽管已经过去了，但大家还是要嘴巴上锁为好。

秉昆等三人就都说是的是的，提醒得很有必要，何必因为出言不慎惹什么麻烦呢？

第十一章

他们在医院耳鼻喉科未见曹德宝的身影。

秉昆猜测德宝已看完嗓子回家了。

吕川说不可能,那他们会在路上遇到他。

国庆说:"他会不会看完嗓子到别的地方去了?"

吕川说那也不太可能,嗓子疼得到医院了,怎么会接着还到别处去?

大家正困惑,赶超眼尖,发现德宝手持什么单子,垂头耷脑地从泌尿科诊室出来了。

国庆奇怪地自言自语:"嗓子疼跟泌尿科有什么关系呢?他个子那么高,上下差一米呢!"

吕川说:"检查炎症,验尿很正常。"

赶超却已抢前几步迎了上去,说:"他们几个有重要的事跟你谈,你是不是得抓药呀,哥们儿代劳了!"他从德宝手中掠去单子,一转身闪人了。

国庆不高兴地嘟哝:"他也太狡猾了吧?没见到德宝时数他最义愤填膺,一见到德宝却临阵脱逃,真不仗义!"

秉昆无心评论赶超,一摆下巴,率领吕川和国庆将德宝围住了。

德宝无精打采地问:"你们对我这种架势干什么?我很烦,没心情跟你们闹啊!"

秉昆说:"我们哥儿几个也很烦,因为你的事搞的。"

三人不由分说,将德宝请到了一处僻静地方。

德宝本就心虚,听了秉昆的话,基本也就猜到了朋友们一起找他所为何事。他强自镇定地叼上了一支烟,划火柴时手直抖。

于是,秉昆们也都要了烟吸起来。

第一次吸烟,一个个呛得直咳嗽。这几个青年,从那一天起成了烟民。

吕川对秉昆和国庆说:"我看他心里明镜似的,咱们找他什么事也就不必再讲了吧？"

德宝不打自招地说："不就是我和春燕的事吗？"

秉昆说："也得讲，不讲他未必知道事情的严重性。"

于是，他把那件事对春燕可能造成的危害有多么严重再次讲了一遍。

德宝完全承认，但是对过程有异议。他说自己当时确实醉了，否则绝不敢色胆包天。究竟是自己先钻入了春燕的被窝，还是春燕主动钻入了他的被窝，他回忆不起来了，他认为两种可能都是有的。春燕当时分明也醉到了六七分，所以她的一面之词不可全信。

吕川以专案组负责人般的口吻说："德宝你可要摆正态度。此事对人家春燕的危害性，秉昆已讲得一清二楚明明白白了，对国庆的间接危害国庆也补充了，那咱们就不在细节上纠缠了。人家春燕也没指控你强奸，你给哥儿几个一句痛快话，到底想不想尽早和春燕把结婚证办了？"

德宝续上支烟，深吸一口，吐大半口，一口接一口消耗着那支烟，就是不给痛快话。

这时赶超一手拿着一盒药回来了，幸灾乐祸地对德宝说："活该！你要偷腥，那也应该先将你那小鸡鸡的包皮割了！哎，你说这是不是对你搞阴谋诡计的惩罚？"

德宝将半截烟一丢，忽然背朝大家蹲将下去，哭道："我还憋屈呢！她倒快活过了，我这儿遭罪大了！"

秉昆等人一时被赶超和德宝的表现搞得云里雾里的。

"看！"

秉昆等把头凑向赶超手中的诊断书一看，见上面写的根本不是嗓子的问题，而是"由于不可知的原因（怀疑是仓促性行为所致），使阴茎包皮受伤，引起严重炎症"。

哥们儿几个这才恍然大悟，皆低头看德宝，一时间反而对他极为同

第十一章

情了。

德宝哭道："和我原先的想法太不一样了，我需要慎重考虑！"

国庆缓和气氛地说："你原先是什么想法？说给哥儿几个听听。"

德宝却擤鼻涕抹眼泪地不说话了。

赶超着急地吼了一句："说啊！"

吕川小声替德宝说："他原先的想法是，不少干部家的女儿落难民间了，他希望有缘分遇到一个比较漂亮的，捡个漏。"

德宝站起来大叫："有这种想法可耻吗？"

几个人你看我，我看他，一时都被问得不说话了。

国庆打破尴尬的沉默，低声开导说："当然也不能说谁有那种想法就可耻，可是你也要认清目前的形势，你已经丧失再有那种想法的资格了啊！德宝呀，识时务者为俊杰啊！"

他的话听来语重心长发自肺腑，同时将一只手友爱地拍在德宝肩上。

秉昆紧接着国庆的话说："国庆的话完全代表我的意思，德宝你确实只有一种选择了。"

德宝像一位被五花大绑的英雄好汉似的，仰面朝天叹道："罢、罢、罢！过后我就料到了，你们肯定会一起来找我，而我曹德宝如果不对这件纯属意外的事负起责任来，往后和你们连朋友都做不成了。友谊对我很重要，让我原先的想法见鬼去吧！骑自行车意外撞了人还得负责任呢，何况这种事。"

他终于同意按照朋友们的指示办，并且承认春燕虽然不符合他择偶的高标准，却也不是最低标准。退而求其次，中等标准虽未称心如意，但也不是很难接受。

朋友们则一个个出了口气，终于大功告成，分别与德宝拥抱，拍其肩背。他们接着纷纷感叹，咱们老百姓人家的儿子，找老婆的标准就不能定得过高，定得过高岂不是自寻烦恼？老百姓人家的漂亮女儿嫁给了干部人家的儿子，这样的事的确时有所闻，可靠性姑且不论，但那是因为热衷于牵那种红线的人多啊！但有几个人热衷于为咱们这种苦力工穷小子牵线搭桥呢？一心希望撞大运捡个漏那是多不靠谱的事呀？人家春燕不久有可能成为全市标兵，仅凭这个等级的荣誉，配你德宝绰绰有余！其实你也差不多等于是撞大运捡个漏了，应该偷着乐才对嘛。"

朋友们的话，还真让德宝勉强地笑了。

秉昆一进家门，母亲开口便问："你们和德宝谈得怎样？"

秉昆四仰八叉地往炕上一躺，身心疲惫地说："完成任务了。"

母亲不高兴地说："你别跟你妈这么说，我交给你的任务吗？德宝是你的朋友，你操心那也是应该的。"

秉昆又说："我没抱怨什么啊，也得有人替德宝征求一下他爸妈的意见吧？很快就办结婚证，德宝不知该怎么跟他爸妈说，我们几个孩子辈的人也都觉得帮不上忙。"

母亲低头寻思了一会儿，舍我其谁地说："看来，只有你妈亲自出马了。"

第二天上午，秉昆把母亲带到了德宝家楼前，旋即逃之夭夭。

母亲过了午饭时间才回到家里。

秉昆急切地问结果如何。

母亲说与德宝的爸妈谈得挺好，而且是当着德宝的面谈的，德宝和爸妈非留住她吃午饭。

"妈，你太过分了吧？你当着德宝的面讲这种事，多伤德宝的自尊心啊！"秉昆替德宝打抱不平。

第十一章

母亲也大为不满地说："你以为你妈傻呀？我能不考虑人家德宝那孩子的自尊心吗？你妈好歹也当了多年的街道干部了，和人谈事的水平总还是有点儿的吧？"

母亲的说法是，她只强调春燕见到了德宝，觉得是一眼见到了梦想中的郎君。俩人在周家越聊越投机，相见恨晚。春燕一回到自己家，立刻对父母发誓除了德宝此生不嫁。于是呢，春燕的父母便求自己做这个媒。如此一说，不但德宝爱听，他父母也高兴得合不拢嘴。至于为什么非急着办结婚证，母亲的解释是，春燕的奶奶八十多了，又有病，活不久了，老太太巴望着离世之前知道孙女定下了终身大事。

秉昆听罢，纳闷地问："妈，我怎么从没听春燕说过，她奶奶对她的个人问题有多着急呢？"

母亲轻描淡写地说："她奶奶都死好几年了。"

秉昆责备道："妈，你说谎骗人不好吧？"

母亲红了脸说："是呀是呀，妈自己也觉得不好。"母亲突然生气了，嚷嚷起来："你少批评你妈！不说谎怎么办？不骗人怎么办？你们这些孩子，隔一阵就闹出些事端，搞得自己一屁股屎，当父母的不替你们擦谁替你们擦？按当初我和春燕她妈的想法，现在根本就不是这么一种乱七八糟的情况！"

"妈，打住打住，我什么都不说了，行吧？"秉昆赶紧装出理亏的样子，替母亲倒了杯水。

母亲坐下，劳苦功高地命令："给我弄条湿毛巾来！"

秉昆赶紧将毛巾用热水浸湿，拧了一下之后恭恭敬敬地双手呈递。

母亲接过毛巾，刚往脸上一捂，立刻扔到桌上，又发起火来："你自己没觉得烫吗？"

秉昆装出一副奴才相，往盆里兑了点儿凉水，再次将拧过的毛巾递给母亲。

趁母亲擦脸之际,他躲入里屋,拿起《怎么办?》,趴在炕上接着看。

母亲擦过脸,喝了几口水,在外屋大声说:"德宝家那么小的一间屋,叫春燕日后怎么嫁过去?你妈的任务明摆着只完成了一半!我不一次次亲自出马,你们哪个孩子能把事情彻底了结啦?"

秉昆装聋作哑。

"我的话你没听到吗?"母亲出现在里外屋门口。

秉昆只得讨好说:"妈亲自出马,肯定马到成功。"

"我还得去春燕家。你也老大不小了,还一点儿办事能力没有!要是你哥或你姐留城了,才不用我东跑西颠地操这份心!"

母亲的数落让秉昆羞愧难当。

听着母亲出了家门,秉昆翻身仰躺着了,将展开的书往脸上一盖,自卑再次挑衅着他。

母亲又在春燕家吃了顿晚饭,任务也完成得很圆满。起初,春燕爸一听到女儿在周家失身了,睡了自己女儿的居然不是秉昆而是什么德宝,勃然大怒。春燕妈也顿时翻脸,气急败坏地说:"事情出在你们周家,你们周家母子俩脱不了干系!如果闹到法院去,你们母子俩也得是被告!"

母亲镇定地说:"为什么非闹到法院去呢?那春燕还有脸活吗?眼瞅着能当上全市标兵的一个好姑娘,你们当父母的就忍心毁了她的前程?"

母亲这么一说,春燕爸妈顿时冷静了。

于是,母亲就夸德宝是一个多么多么好的青年。

母亲强调说:"我可以很负责任地告诉你们,我儿子秉昆,虽然你们父母喜欢,但并不是你们女儿最喜欢的……"

春燕妈急赤白脸地打断道:"你这么说可是强词夺理了。你也得实事求是，我家春燕明明喜欢你家秉昆嘛！"

母亲据理力争："我说的是最喜欢。在我家，她一见到德宝，就一下子明白德宝才真是她的意中人。你们也不想想，春燕那么大个姑娘，身强力不弱的，如果不是意中人往她被窝里钻，她能不喊叫起来？她一喊叫，我家秉昆就睡外屋，那个曹德宝能得逞吗？"

春燕妈一想到是自己有意让女儿留宿周家的，一时蔫了。

母亲最后说："我已经替你们问过春燕，人家春燕其实是愿意与德宝做夫妻的。"

正说到这儿，春燕回家了，见秉昆母亲在，大大方方地问："你们是在说我和德宝的事吧？"

春燕爸抓起扫炕笤帚要打她，她躲在母亲身后，笑嘻嘻地说："多大点儿事呀，至于还要打我吗？再说我的终身大事得依我。婶儿你全权代表我了，你怎么指示，我怎么照办。"

她的话证明了秉昆母亲说的基本属实，她爸妈臊红了脸一声不吭。

母亲又说，考虑到德宝家屋子小，春燕嫁过去住不开，经她做了一番思想工作，德宝愿意做倒插门女婿，德宝父母也同意了。

春燕抢先表态："欢迎！婶儿，我家两间屋虽然没你家的两间屋宽敞，毕竟也是两间屋。我爸妈这下有了半个儿子，可占大便宜了！"

春燕爸就吼她："你给我闭嘴！我还搭上了一间屋子呢！"

秉昆母亲又强调说："人家德宝父母是有条件的。老两口都退休了，工资加起来五十几元，虽然也够花，还是希望儿子每月能给他们十元的孝心钱。"

春燕爸爽快地说："完全应该的。人家把一个儿子养这么大不容易，我们不能不通情理。"

母亲接着说："人家希望春燕和德宝以后能经常回去看看。"

春燕抢着说:"婶儿,这是起码的,我将来一定像孝敬我爸妈一样孝敬他们!"

话说到这一步就是尾声了。乔家没儿子,母亲适时打出的"倒插门"王牌,被动的局面全盘扭转,柳暗花明。

尾声自然是和谐愉快的,意外地有了半个儿子的春燕父母,遂将母亲待为上宾。

听母亲讲了后,秉昆夸赞说:"这不就皆大欢喜了吗?"

不料,母亲瞪着他斥问:"怎么就皆大欢喜了?你也欢喜吗?你欢喜个什么劲儿?我告诉你秉昆,你妈这心里边老添堵了,我老大不欢喜了!"

秉昆又不敢吭声了。

母亲想到了女儿周蓉,哭了,边哭边说:"我这一整天算怎么回事呢?替别人家的儿女费口舌,自己的女儿却……还让你爸训我失职,至今还不敢让外人知道真相,怕外人笑话我这个当妈的……"

初六中午,几名青年在一家小饭馆里聚了一次。饭局是春燕和德宝提议的,为了对操心的朋友们表达谢意,也是为了要听到些祝贺的话。

最开心的是春燕。

德宝开心的程度仅次于春燕。

他俩俨然已是小两口了。

朋友们则开心着他俩的开心。

赶超没参加,吴倩说他和她的一个姐们儿约会去了。

于是,大家为赶超的约会能有成果也干一杯。

酒过三巡,国庆自豪地说:"秉昆,吕川,我觉得咱们几个太了不起

第十一章

了,你说就德宝和春燕搞出的那破事儿,咱们七弄八弄,还真给他俩捏咕成一对了,咱们也算是善于处理问题吧?"

他话音刚落,春燕正色道:"哎,你们不许摘取我干妈的胜利果实啊,我和德宝能结此良缘,你们的促进作用固然不能抹杀,但功劳最大的还是我干妈。德宝,你说对不对?"

德宝连说:"对,对,太对了。"

于是大家为秉昆妈碰杯,祝她身体健康,永远健康。

初七早上,秉昆在厂门口看到通知:全厂正月十五不休息,因另一家酱油厂进行车间改造,本厂职工须照常上班。往年,正月十五要按惯例放一天假的。

他走进出渣房,见德宝和吕川已先到了,都已换上了工作服。

德宝指着屋顶问:"看到了吗?"

秉昆抬头一看,见屋顶不知何时安装了大风扇。

吕川指着窗子说:"再看这儿。"

窗子也封严了,有一道输送槽从最边上的一个窗口通到窗外。

吕川一扳电闸,输送槽运行起来,这意味着他们再出渣时,不必将窗子敞开,任冷风呼呼地刮进来,挥着大板锹往停在窗前的卡车上扬渣不止。夏天在电风扇下苦干,也不至于分分钟都大汗淋漓。

德宝说:"当领导的终于良心发现,也体恤一下咱们的辛苦了。"

吕川说:"要是早有这么一点儿体恤心,咱们前边那两名老出渣工也不会都得了风湿性心脏病。"

秉昆一边换工作服一边说:"有了比没有还是好,就不要多说不满的话了。你俩看到厂门口的通知了吗?"

德宝和吕川都说看到了。

吕川猜测，可能是老太太的主张。因为他在看通知时，听把门的师傅嘟哝："自从这事儿妈来了，她倒一天比一天说一不二，连一把手都得事事听她的了。"

德宝说那肯定就是她的主张。她至今还没"归队"，内心里能不猴急猴急的吗？总想捞点儿什么资本争取早"归队"嘛！

秉昆忍不住咒了一句："让她不得好死。"

德宝笑道："我听说有一种怪病叫眼睑神经麻痹症，就是上下眼皮闭不上了，服安眠药没用，打催眠针也没用。结果呢，只有活活困死，就让她得那种病吧！"

吕川说："咒她得那种病太不人道了。德宝你记得吗？有次厂里开大会，听她读什么社论，就因为咱俩洗完澡才去，迟到了十几分钟，她就劈头盖脸把咱俩训了一通。我觉得她特喜欢读文件、社论什么的，读什么都像在法庭上宣读判决书……"

德宝便学起老太太的腔调来："'无产阶级和资产阶级的斗争，不但要年年讲、月月讲……'秉昆，你觉得像不像宣读判决书的语调？"

秉昆被逗得笑了起来。

吕川板着脸说："德宝你别逗他笑。你俩都安静会儿，听我讲。咱们在讨论让她哪一种死法更人道的问题，这是很严肃的事情。严肃的事情那就要以严肃的态度来讨论。据说'文革'以来，咱们中国多了一种病叫'读瘾症'。病人对读社论读文件读大批判文章特上瘾，见着了不让自己读就像大烟瘾犯了不许吸上一口那么难受。听别人读更难受，恨不得一把抢过去自己一气儿读完。这病要是严重了，见了文字就要大声读出来。不管见到的是公园还是公共厕所之类的字，都非大声读出来不可。特别是，见了别人的信件或日记，就像猫见了老鼠，猎狗见了野兔，不许大声读就会暴躁起来的。"

德宝忍不住说:"吕川,不是哥们儿不尊重你,是我觉得你说的这种病,其实治起来也很容易。在完全没有字的病房里关上几个月,病情再严重也能扳过来啊!"

吕川仍然一本正经、慢条斯理地说:"那没用。患者被关入你设想的那种病房前,最后印在脑子里的是几个什么字,就会反复不停地说,不是说,是像念文件似的大声念那几个字。比如之前看到的是'病人须知'四个字,就会一刻不停地反复大声念,直到发现了别的字,才会改口念新发现的字。"

秉昆半信半疑地问:"也不吃喝,也不睡觉吗?"

吕川肯定地说:"对。不吃喝,不睡觉,直念到唇舌焦裂,嘴角再也冒不出白沫,最后心衰气绝,所以,这种病又叫'念死症'。但比起德宝咒的那一种病,我咒的病确实比较人道。因为在别人看来,患者是痛苦的,备受折磨的,但在患者一方面,那么念着却是高度兴奋,极其快乐。也可以说,是在一种极乐、幸福状态之下一命呜呼的。"

秉昆听得笑不起来。他忽然觉得,他们三个在背后如此恶毒地咒老太太,对她未免太不公平了,毕竟没法证明她是一个死有余辜的坏女人啊。

德宝却还挺认真地问:"两种不得好死的死法,哪一种都不一般化。秉昆是你先咒的,你也比我俩更恨她,你决定哪一种?"

他们三个仿佛统一了认识,老太太必将如他们所愿死去。

秉昆正不知如何回答是好,吕川朝门口使眼色,同时嘘了一声。

秉昆和德宝朝门口看上去,见厚门帘下边,露出一双旧的女式黑皮鞋。

德宝喝道:"谁藏在那儿?滚出来!"

幽灵般地,从厚门帘后闪出一个中等身材的女人,短发黑白参半,处在发福初级阶段,她正是老太太。

三人顿时目瞪口呆。

老太太倒背其手,闲庭信步,走到了他们跟前,眼里像随时能捅出刺刀似的,把他们每个人都瞪了几秒钟后,威严地说:"接着咒我呀,我听得正有趣呢。你们还能想出什么不得好死的死法?干脆拿出点儿勇气,当我面统统抖出来。"

吕川镇定地说:"我们没咒您呀,您是我们敬爱的人,我们怎么会咒您呢?您产生幻觉了吧?"

德宝也紧接着说:"是啊是啊,纯属无稽之谈。一个人躲在厚门帘子与门之间,会缺氧,很容易产生幻觉。"

老太太侧目看着秉昆问:"你也想说没有其事吗?"

秉昆一口咬定:"确实没有其事。"

老太太将一边的耳朵偏向秉昆,不温不火地说:"重复一遍。"

秉昆看看吕川和德宝,坚持说:"确实没有其事。"

老太太挺直了圆圆的身子,谆谆教诲说:"毫无疑问,正是你第一个咒我的。年轻人行事,不管对错,都要敢作敢当。你明明咒了,却没勇气承认,这不好。往轻了说是心理素质问题,往重了说是道德品质问题。你要改,以后要成为敢作敢当的人,记住了?"

鬼使神差似的,秉昆竟不由自主地点了点头。

老太太初战告捷,颇为得意,笑道:"想知道我为什么能断定是你第一个咒我的吗?你们也不打听打听我的经历。"

吕川不以为然地说:"八路军的文艺宣传兵,您刚到厂里时在全厂大会上就自我介绍过了。"

德宝略带讥讽地纠正:"是小文艺兵。现在部队上也开后门招小文艺兵，为的是使某些干部家的小儿女合法入伍，将来能以军人的身份复员，分配个好工作。"

老太太正色道："什么合法？怎么就合法了？中华人民共和国的兵役法明明规定，年满十八周岁才有资格应征入伍，现在的做法是变相的不正之风！我们当年，那是因为小小年纪不加入革命队伍就没法活！我们一家三位抗日烈士，日伪军还扬言斩草除根，是八路军将我拯救到部队里去的，跟现在的小文艺兵能同日而语吗？"

老太太一番铿锵之言掷地有声，出渣房内一时异常肃静。一家三位抗日烈士，也使秉昆们都暗觉罪过，心里乱了方寸。

"你们是只知其一，不知其二，我还当过话务兵呢。我这双耳朵，对人说话的语调特敏感。"老太太看着吕川和德宝问，"要不要我把你俩刚才咒我的话各学几句？"

吕川不由自主地摇头。

德宝仍企图抵赖："可是说我们背后咒人，总得有录音为证吧？"

老太太火了："录你个鬼呀！我刚刚批评过周秉昆的话，你一句都没往耳朵里听吗？"

德宝不由自主低下了头。

老太太指指电风扇和出渣输送槽，有几分伤心地说："都是我替你们考虑到的！是我在春节假日里到处求人，低眉垂眼说好话，没花厂里一分钱就改善了你们的劳动条件。像你们以前那么热浪熏着寒风吹着干活，不得风湿性心脏病那倒怪了！可你们……"

这时出渣口内轰隆轰隆作响，转眼间渣物不停地往蓄渣池里倾泻。

"正月十五那天，别人不加班可以，你们三个不加班绝对不行！不但必须加班，下班后还都不许走，我和你们之间还有别的事要了结。预先都跟家里打个招呼，记住了？"

三个青年苦力工诺诺连声。

"干活吧！"老太太结束了视察，转身离去。

正月十五晚上，三人走到厂门口，见老太太已等在那儿了。

她不满地说："你们搞没搞错？我是书记，你们先等我才对。"

秉昆赶紧解释，他们一块儿洗澡去了。

老太太讽刺道："一个个还挺讲究。大冬天的，一天不洗澡就不行吗？"

德宝说："那会一身酱油渣子味儿。"

老太太义正词严地说："那是革命的味儿！光荣的味儿！是为了保障全市的酱油供应才有的味儿！"说罢不再理他们，抬腕看夜光表。

秉昆三人谁也不说什么，不问什么，怕惹老太太不高兴。他们猜测过，心里都有数了，无非让他们去为她干什么私活。她改善了他们的劳动环境，降低了他们的劳动强度，他们都很感激她，她支使他们干什么私活那也是应该的。

不一会儿开来了一辆吉普，下来了一名当兵的司机，向老太太敬礼，看来对她很熟悉。

老太太对人家的敬礼似乎习以为常，没做任何特别的反应，只是拉开车门对三个青年说："你们仨坐后边。我不能跟你们挤着坐，我得坐舒服点儿。"说罢，拉开前车门。

吉普车开出了市区。

吕川用衣袖擦擦窗上的霜，朝外看了一会儿，对秉昆耳语："在往莫斯科兵营的方向开。"

秉昆和德宝都默默点头表示知道了，不愿接话。

第十一章

吕川又小声说:"我早饿了,你们呢?"

秉昆和德宝就又点头。

"但愿别干太累的活。"吕川却说起来没完。

秉昆朝前指了指老太太后背,制止他。

不料老太太说:"我都听到了,又忘了我有双什么耳朵是不是?"

三个青年便再也不出声了。

吉普车果然开到了莫斯科兵营那一带,停在一幢有小院有木台阶有"门斗"的独栋俄式房子前。

老太太说:"下车。"

三个青年一声不吭地下了车。

老太太双脚落地时嘟哝:"一个个木头人似的,也不扶扶我!"

三个青年就都装出不好意思的样子。

司机问她什么时候来接人?

她说两小时后。

趁吉普倒车发动之际,德宝忍不住说:"惨了,不定是多麻烦的活。"

老太太大声说:"哎,你们三个孩子,怎么就不能往好处想想我呢?"

吉普车开走,三个青年跟在老太太身后进了院,房门开了,走出两个中年男人来。

其中一个中年男人急忙踏下台阶,阻止道:"你们几位先别进,请领导先出去。"

这时响起了汽车喇叭声,接着有车灯的光束照射向门斗来,一辆"上海"牌小轿车不知从哪儿开了过来。

借着车灯的光，已踏下台阶走到小院门前的男人认出了老太太，语调亲切地说："是您回来了呀！"

老太太冷淡地说："天已黑到了这般田地，如果不是我回来，那不就成事了吗？"

另一个男人也踏下了台阶，嘿嘿笑道："您可真会开玩笑。"

老太太一点儿不给对方面子，尖刻地说："别自作多情，我跟你开什么玩笑！闪开，这是我家，得我先进而不是你先走。"

即使脸皮再厚的人，听了那话也会无地自容。对方也就不再套近乎了，退开一步，背过身去，叼烟在唇，"吧嗒"按着了打火机。

老太太听到响声，厉声呵斥："我家院内禁烟！"

先下台阶的中年男人不干了，也厉喝："说话客气点儿！这是你家吗？这只不过是允许你们暂时住的地方！再死不悔改，这地方也不许你们住了！"

老太太冷笑道："还想怎么样？让我们露宿街头？德性，你们有那个狗胆吗？"

三个青年谁都猜测得到，两个男人来头分明，他们看着听着，一个个惊得屏息敛气。

老太太摆头道："跟着我。"

三个青年随其身后，在两个男人的注视下鱼贯而入。他们听到一个男人对另一个男人低声说："查查那三个是哪儿的。"

老太太站在了家门前，吕川与德宝各在一级台阶上，秉昆一脚地上一脚台阶上。三个青年都听到了的话，老太太当然也听到了。

她缓缓转过身，命令三个青年说："告诉他们。"

站在台阶上的吕川和德宝不太方便转身，都没转身也没吭声。

任务责无旁贷地落在了秉昆身上，他只得收回踏在台阶上那只脚，转

第十一章

过身故意含糊不清地说:"酱油二厂的。"

老太太说:"他们没有我那么一双耳朵,大声点儿,说清楚。"

秉昆只得又大声说了一遍。

"还有名字。"

秉昆大声说出了他们三个的名字。

老太太居高临下,也大声对两个男人说:"听清楚了吧?那就滚。"说完,她开了家门,对三个青年一摆头。

三个青年以往来过莫斯科兵营这一带。那些美观的俄式房屋是他们对幸福生活的向往之最,但没进入过。老太太一家暂住的地方显然经常修缮,既没沉陷,也没歪斜,台阶完整,连小院子的栅栏板都一块不缺。尽管是在晚上,他们还是能够感觉到它的超凡脱俗。

三个青年一进门,就领略到了什么叫高贵的生活。他们此前从没进过一户需要在门口换拖鞋的人家,虽然换上的是很旧的革面拖鞋,但那也让他们觉得摇身一变成了贵族青年似的。

老太太引领他们进入餐厅。餐厅二十来米,可供七八个人用餐的圆桌上铺着白色的塑料桌布。椅面是皮的,椅背是雕边的,窗台有两尺宽,双层窗帘——里层是半透亮钩花的,外层是紫色天鹅绒的。

老太太说:"你们先坐,我一会儿就过来。"

她说罢离去,将门掩上。

德宝小声说:"快,趁这会儿都别穿着拖鞋了,让咱们下里巴人的脚充分享受享受地毯。"

原来桌下有地毯。

于是,三个青年都把脚直接放在地毯上,以近乎诗意的心情感觉着地毯的厚软与温暖。

目光所见的一切,让他们眼界大开。

秉昆忧郁地说："进到这样的房子里，我的心情一点儿都不好。"

他想到了光字片的家家户户，也自然而然地想到了郑娟的家和比光字片更差的太平胡同里的家家户户。

德宝心理极不平衡地说："这餐厅比我家还大。我曾经的希望就是捡漏和一个干部人家的女儿结成夫妻，不久她父亲平反了，官复原职了，帮我们小两口有了这样一个家。不像这么大这么好的也知足，时常以女婿的身份回到这样一个岳父母的家，那是多么愉快的事！可你们偏逼我倒插门插到了春燕家……"

吕川起身走到壁炉那儿，欣赏台面上的俄式座钟，钟里有只铜小鸟，随着钟摆不停地点头。

他接着德宝的话说："生米已经做成熟饭，你就别想那好事儿了。保尔与冬妮娅又怎么样？后来不还是分道扬镳了吗？何况你也不像保尔那么对异性有吸引力。"

秉昆反驳道："我认为保尔与冬妮娅的遗憾完全是保尔造成的，他虽然有魅力，但也有性格方面的大问题。"

突然别的房间里传过来说话声，能听出说话的一方是老太太，另一方是个男人，估计是她丈夫，却听不清二人说话的内容。

吕川溜到门口，将门推开一道缝，贴耳倾听，并向秉昆与德宝招手。

于是，他俩也凑过去偷听。

估计是老太太丈夫的男人说："他们动员我在'批林'运动中表态，说只要我表态好，保证下一批结合我。"

老太太问："你怎么说？"

"我预料到他们会来动员我，早有思想准备。我的回答是，林彪一伙迫害过我，'批林'我当然有话说。但是要把林彪和什么'大儒'结合起来批，这就远远超出了我的文化知识范围和思想认识水平。"

第十一章

"让他们碰了个软钉子,我支持。什么'批林''批孔',明明是别有用心。项庄舞剑,意在沛公!"

"你呀,我也得批评你几句,可以让他们碰软钉子,但没必要一见面就针锋相对,何必表现出那么强烈的反感嘛!你在外边对他们说的那些话槐姐都告诉我了,怎么能连'滚'字也说出口了呢?那不好,太情绪化了。"

"一想到他们在批斗会上踢断你三根肋骨,我见了他们就心里冒火,七窍生烟!"

"那也要克制,缺乏克制能力是政治不成熟的表现。你也不想想,如果不是因为我在军工项目方面还能继续发挥作用,北京有人保我,你家三位抗日烈士,你我的历史又都红得毫无杂色,咱们今天还能住在这里吗?"

"提醒你一句啊,一会儿别在餐桌上聊政治,一句都别聊。"

"这个我懂,不劳你提醒,你管严自己的嘴就好。"

……

老太太介绍说,槐姐是她在农村老家的堂妹。他们的儿子也下乡了,因为老伴行动不便,就请槐姐来照顾。槐姐做了一桌子川菜,样样好吃。

老伴姓马,老太太让秉昆们称他老马就行。他们当然都不会大大咧咧地称他"老马",各以自己父母的年龄来论,称他"马叔叔"或"马伯伯"。

老马一眼就认出了秉昆,说一直想把秉昆请到家里来当面致谢。他的腿再过两个来月就可以拄拐行走了。

老太太对吕川和德宝说,如果只请秉昆一个人来,担心被别人知道了说闲话,比如拉拢青年工人什么的。她说她倒不怕,但是讨厌那些。她还说并不是多么喜欢念社论,更愿意的事还是在法庭上庄严地宣读判决书。组织全厂人学习社论是她的分内工作,而她要求自己必须认真工作。她向吕川和德宝做了自我批评，她那次心里有火没处发，开会前外地的两名外调人员找到了厂里，逼着她按他们的口径写一份外调材料，她当然不从，结果双方都拍了桌子。

吕川和德宝两个也红着脸惶惶然地做了检讨，保证以后开全厂大会时再也不迟到了，特别是在她念什么的时候。吃着人家的菜，喝着人家的红酒，脚在桌子底下享受着人家的地毯，他俩都认为那么一种良好态度是必须的。

老马说，年轻人关心国家大事确实好，大批判文章另当别论。从每年的"元旦社论"中，思想敏感的青年可以捕捉到某些关于国家形势的信息，那对于自己清醒地看待时局有益。不感兴趣，不参加学习，不独立思考，就会在政治上成为庸人。不分年龄的政治庸人都是可悲的，容易被利用。

老太太打断他的话，说他扯远了。为了让气氛轻松点儿，她讲起了三个青年咒她的事。

老马听得哈哈大笑，承认自己也经常心里暗咒她，因为她总是三娘教子般教导他该怎样不该怎样。不过他又强调，她毕竟是自己的妻子加同志，他绝不忍心像他们似的希望将她置于死地而后快；他对她的最恶毒的咒愿，无非就是希望她哪一天祸从口出，被押解到哪里去接受改造了……

老太太佯怒道："咱俩可是一根线上拴的两只蚂蚱，那你也没什么好果子吃！"

他却笑道："我与你划清界限，不就将那根线剪断了？"

对于秉昆他们，气氛轻松与否根本无关紧要，并不影响他们一个个狼吞虎咽，大快朵颐。他们确实都饿了。

初六一过，从初七开始，全市普通百姓人家的饭桌上就很难再见到春节饭菜了。春节前预备的好吃的东西，从三十儿到初六全都吃光了，家家如此。从初七开始，粗粮冻菜又是家家户户饭桌上的常态饭菜了。正月十五，普通人家也只不过就是煮顿元宵吃，还不能管够。

而眼前餐桌上的东西样样是美食！在春节的几天里，他们不论在自家还是别人家的餐桌上都没见到过，不但有摊鸡蛋、松花蛋，还有外地的烧鸡和盐水鸭；不但有清蒸的大马哈鱼，还有从罐头里取出的鱼子酱；不但有馒头，还有大列巴与俄味红肠。后两样是老字号商店秋林公司的著名食品，已经多年难得一见了，他们也只听说过从没吃到过；还有牛羊肉罐头和荔枝罐头，荔枝这种水果他们从没听说过。招待他们的红酒，和老百姓人家逢年过节才能凭票买到的果子酒口感太不一样，没法说清楚。

三个青年自顾自地吃，既顾不上和两位长辈主人进行起码礼貌的语言交流，也忘记了应对主人的幽默做出反应。若说他们有所反应，那也无非是一边夹着嚼着咽着，一边嗯嗯啊啊，或应付地嘿嘿笑笑。

主人夫妇见他们那样，后来也就干脆借故离开，为的是让他们吃喝得更随意。

他们告辞时，餐桌上除了盘子碗筷就一无所有了。

老太太还说多谢他们，她说这些东西如果不解决掉，就成了自家三口人的负担。

老马与他们一一握手时说，一定要把中断了的课本知识捡起来，如果能借到高中课本就开始自学，否则哪一天机会出现了后悔晚矣！

他们打着饱嗝嗯嗯答应着，其实左耳朵听进来右耳朵冒出去了。

送他们回家的是同一辆吉普，但开车的兵换了一个。

他们谈起此番做客的体会，心情都挺复杂。

吕川和德宝当然说了几句感激秉昆的话，因为沾了他的光嘛。

秉昆照单全收，说若有下次还忘不了他俩，哥们儿得像哥们儿的样子啊！

不知谁起的头，三人都愤愤不平起来。

德宝依然对老太太家的餐厅居然比他家还大耿耿于怀。

他一句话一打嗝地说："你们听到没？她丈夫还抱怨空间太小了，轮椅移动不开。估计有一百多平方米吧？那他们以前得住多大的房子啊？难以想象，太他妈难以想象了！"

吕川看似公允地说："通过这次做客吧，我对老太太的印象彻底改变了。从今往后，我要开始叫她曲书记，即使背后也不叫她'水英妈'了。我认为，她基本上是个好人。她教导咱们的话，细想想都是为咱们好。但春节都过完了，他们家还有那么多好吃的，我对这一点意见大了！"

秉昆替她辩护道："以后我背地里也不叫她'水英妈'了，也要叫她曲书记。她丈夫也挺好的，肯定是高干，却没一点儿架子。她不是说了嘛，那些东西都是他们以前的战友送给他们的。咱们不能吃了人家的还心理不平衡。"

吕川固执己见地说："他们的老下级或老上级又从哪里来的那么多好吃的？她丈夫不是希望咱们成为善于独立思考的青年吗？我这会儿独立思考的结果是，他们干部享受的待遇太特殊了吧？除了回民，这年头有几个普通人能买到牛羊肉罐头？好人是好人，特权是特权，两码事！"

德宝突然大喊一声："铲除特权！"

吕川接了一嗓子："平等万岁！"

再好喝的红酒也是酒，是酒就能醉人。

他俩有几分醉了。

不待德宝说什么制止的话，吉普车一声怪响猛地刹住了。

当兵的回过头冷冷地来了一句："喊什么喊？再喊下去！"

他俩这才意识到，车上不止他们三人，还有个当兵的。

第十一章

三个青年立刻噤若寒蝉。

车轮又动之后,兵司机缓和了语气,以摆事实讲道理的口吻说:"人家什么资格?你们什么资格?你们凭什么跟人家讲平等?别说你们了,在我们部队也一样。当兵的能跟首长讲待遇平等吗?一级一种待遇,军长师长就是比旅、团长待遇高,司令员就是比军长师长待遇高,天经地义。江山是人家打下的,整个国家都是他们那些有功之人的!你们有那等出生入死的经历吗?你们在背后攻击我从前的首长,我如果听之任之,我算怎么回事?一旦传开了,我在首长面前怎么做人?你们是工人当然可以不在乎,但我在部队,还要争取进步呢!人活一世,总要不断争取进步吧?"

秉昆等三人佯装打盹,谁也不接话茬儿。德宝甚至故意发出夸张的鼾声,间接地表达不满。

第二天班上休息时,吕川起头,三个青年继续昨晚在车里的话题。

吕川显然是做了功课的,并且显然被刺激起了一股真理越辩越明的劲头。他从装饭盒的书包里掏出"红宝书"和几份学习材料汇编,盘腿坐在棉袄上,如同高僧大德解经讲法。

他说自己几乎一夜没睡,翻来覆去思考那兵司机的话,越思考,越觉得那兵司机的话逻辑上很别扭。他承认自己一向对政治学习不感兴趣,一听别人念那一套脑瓜仁就疼,但即使以自己很低的政治水平,也还是能听出那兵司机逻辑上所犯的错误。

"你俩就没听出来?"

秉昆说自己完全没听出来,觉得人家那话在大道理上是成立的。

德宝说他当时听着也觉得别扭,但是逻辑上究竟错在哪儿却不甚了了。

吕川点评道："德宝还有点儿怀疑本能，头脑还有救。秉昆你怎么连点儿怀疑的本能都没有？这不可以的！长此以往，你就会成为老马同志所说的政治庸人！现在你俩都安安静静地坐我对面，听我分析。"

秉昆和德宝就垫着棉袄坐他对面了。

吕川开宗明义地说："第一，军队是军队的规矩，国家是国家的安排。不能认为军队是怎么样的，国家也应该怎么样。这种比方是偷换概念，尽管他不是出于狡猾，但还是把概念给变了，明白？"

德宝拍着脑门道："明白了，明白了。哥们儿行啊，什么时候变得有思想了？"

秉昆厚道地说："你别用狡猾那么难听的词，我觉得人家小战士是个实在人。"

吕川大度地说："接受批评。我长这么大，不管在家里在外边，还从来没被什么人呵斥过。曲书记在这儿呵斥咱们，那是因为咱们先咒的人家，人家呵斥得有理。可我直到此刻仍认为，咱们在车上议论的话同样有理。我不否认我的思想是面子思想，为了面子我也要证明自己的思想是对的。第二，无论语录还是这些材料，都明确告诉我，咱们党和党的干部……"

秉昆又打断道："咱们三个都不是党员。"

德宝说："你别总挑他字眼儿嘛！"

吕川低调地说："挑字眼是政治庸人的习惯，我原谅他。总之咱们一向接受的教育是，领导干部要和人民大众同甘共苦，对不对？那就是说，特权不能没有，但不等于特权是天经地义的！归根到底，国家是人民的国家。到现在他们干部还有特供商店吧？搞得神神秘秘的，连个牌子都不敢公开挂！这算哪门子党风？不就是吃什么的问题吗？连在这一点上都要与人民搞出区别来，那不是没出息吗？"

三个青年忽听有人大声咳嗽,分明是老太太的声音。一齐扭头看时,见老太太不知何时出现在门那边了,只不过这一次没躲在门帘后,而是贴门帘站着,肩上还扛卷草袋子。

他们赶紧站起,德宝抢先接过了草袋子。

老太太说:"地上潮,把棉袄也弄潮了,穿到外边,寒风一吹,能不生病?你们要学会爱惜自己的身体,别处处都得我老太太关心。一人一个,铺上吧。"

三人都觉尴尬,默默将草袋子铺在不碍事的地方。

老太太又说:"休息的时候坐在上边,不是挺舒服的吗?把你们的棉袄都搭在出渣管上烘烘。"

三人默默将各自的棉袄搭在出渣管上。

"昨天晚上,你们谁从我家带走东西了?"

老太太话锋一转,开始问话。

吕川红着脸承认,自己一不小心将座钟里的小鸟弄掉了,装了几次没装上,干脆揣兜里了。

老太太说:"明天想着带来还我。我们老两口现在住的那房子,是人家工业大学一位党外教授的家。把人家一家几口遣送回原籍当农民了,我们老两口暂时被安排在那儿住住,损坏或缺少了东西像什么话?"

吕川有点儿无地自容,保证说明天一定归还。

德宝趁机刺探地问道:"曲书记,那……你们家以前住在什么样的房子里?"

老太太坦率地说:"我老伴是军工学院副院长,我们家能住一般的房子吗?当然住在校内的独栋小楼里,还有警卫和保姆。"

三个青年互相看看,一时无话可说,只有尴尬地沉默。

老太太看着吕川又说:"你的话本人全都听到了。平等是种理想,不平等将是长期的现实,绝对平等是瞎忽悠。有些事不能钻牛角尖,钻牛角尖的人只有三种下场——要么疯了,要么自杀,要么被打成反革命。听明白了?"

三个青年除了点头,还能如何呢?

"不久厂里要办夜校,这是我的坚决主张。老师都是我请的,都有水平,你们要带头积极参加夜校学习。如果你们以后休息的时候讨论一道数学题或几何题怎么解,那我才高兴。我当年还在北京的人民大学进修过呢,否则,仅凭革命资本就能当上省高法的庭长?记住我的话了吗?"

三个青年又都点头。

"别只点头,要大声回答!"

三个青年便齐声回答:"记住了!"

老太太走后,他们又干起活来。

吕川干着干着,拄着锹发呆。

秉昆说:"快干,别偷懒。"

吕川郁闷地自言自语:"我觉得,老太太话里话外的意思好像是,如果不给他们那种人某些特权待遇,他们也会有不公平的想法似的。"

秉昆和德宝同时叫道:"别钻牛角尖!"

第十二章

在动荡不安的年代,特别是在由于政治原因导致不安加剧的年代,所谓"小人"与"贵人"出现的概率会大大增加,古今中外,一向如此。而"贵人"的出现,就像是福星保佑。

转眼到了四月。

北京刮来一阵风。从农村到城市,各行各业都要在热烈庆祝"五一"劳动节的同时,以群众文艺的形式歌颂"文革"七年来的伟大成就。这阵风很受青年们的欢迎。有文艺细胞的青年可以半脱产进行排练,没文艺细胞的广大青年因而能经常看到业余演出。尽管内容大同小异几乎千篇一律,但那也是文艺节目啊!除了样板戏再就没什么可看,除了语录歌再就没什么可唱。这种"繁荣"可把青年们压抑坏了,以至于 A 市不少医院里缓解抑郁症的药品供不应求。

各系统的文艺会演大行其道,也让当领导的人产生被解放的感觉。他们不是所有人都热衷于抓阶级斗争、路线斗争。谁都晓得那很危险,几句话不慎,也许刚把别人打入了另册,自己随后就被另一些人打入另册。他们中只有极少数人才乐此不疲,实现了某种政治野心,紧接着又产生了新的更大的政治野心。

文艺会演则不同,是可以轻松愉快地来抓的。

A 市商业系统不甘落后于其他系统,宣布在"五一"劳动节当天举办系统内各单位优秀文艺节目会演,而且要评奖。

时间是有点儿紧的。

作为一项关乎单位荣誉的重要之事,老太太想不亲自挂帅其他领导都不依。她曾是文工团员嘛,挂帅之人非她莫属!

老太太本人也来了兴趣,却因厂里实在太缺乏文艺人才,很苦恼,嗓子哑了,嘴起泡了。

秉昆等三人看在眼里,替老太太暗暗着急。不知从哪天起,他们当面背后都叫她老太太。她不但不生气,听了还挺高兴。

秉昆与吕川和德宝商议:"老太太那么着急上火的,咱仨为厂里攒个什么节目吧,也算在这种节骨眼上报答一下她的关怀啊!"

德宝说:"咱俩想一块儿了,可我除了拉大提琴,没别的才艺,大提琴是洋乐器,演奏民乐不好听。我听说,内部的评奖原则排斥沾洋味儿的节目。"

吕川说:"能不能评上奖先不管它,咱们三个以实际行动助老太太一臂之力才是重要的。秉昆,你有什么文艺特长没有?"

秉昆惭愧地说:"我是笨人,哪里有什么文艺特长呢,就上中学后闲得无事,练过一年多快板。"

吕川问他水平如何?

秉昆想了想,颇为自信地回答:"背熟过几个段子,如果能给我一星期的时间好好练练,那我就豁出去了,愿意为老太太登台。"

吕川说:"你有这种勇气就好。临阵磨枪,不快还光呢!"说完,伸手向德宝要烟。他们三个有约定,怕吸上瘾,轮流着一人买烟三人吸。

吕川吸着烟来回踱步,一会儿低头看地,一会儿仰脸望天,踱了好多步后,说大致已想出节目框架了,叫作《小竹板挑战大提琴》。竹板代表民间曲艺,大提琴代表西方资本主义国家的所谓高雅也就是贵族文艺。德宝要在台上不断出自己洋相,比如琴弦断了、弦码崩出去了、谱架翻了、谱页被风刮飞了等。而秉昆的快板则要越打越出彩,嘴皮子也要越说越快。总而言之,节目所传达的就是这么一种思想:东风继续压倒西风。资本主义正一天天烂下去,连他们的大提琴也即将过气。我们的社会主义竹板,越打越来劲儿,越打越精神抖擞,直至打出一个红彤彤的新世界!

德宝郁闷地说:"那我不等于是一个拉大提琴的小丑了吗?"

吕川劝道:"为了向老太太献忠心,你牺牲自己一次吧。"

"我牺牲自己一次倒没什么,无怨无悔,可大提琴不是你说的那样,一百年后中国还有没有人爱听快板我不敢断言,但大提琴肯定有人听的。"德宝的态度犹豫了。

吕川开导道:"一百年后的事谁管他!忠不忠看行动,你可不许打退堂鼓。你这个人都可以做出牺牲了,贬低一下大提琴还有什么不可以的?"他又问秉昆,"关键的关键,是你嘴皮子上的功夫怎么样?"

秉昆也不正面回答,接连说了几段绕口令。

吕川拍着他肩,高兴地说:"行!想不到你深藏不露,我心里有底了!"

三人当下去见老太太。

秉昆表达他们的愿望,吕川主讲节目的思想、形式和内容,说自己虽然没什么文艺才能,但可以在节目中充当一个插科打诨的角色,会让节目很喜乐。

老太太问:"你擅长那一套吗?"

吕川说:"小菜一碟。那是我们年轻人只要愿意,无师自通的事。"

老太太刮目相看地说:"我对你们的了解还真不太全面。"

德宝义勇双全,恳切地说:"您急得嘴上都起泡了,我们看着心疼,所以都豁出去了,要不谁扯这个!"

老太太大受感动，很看好节目，认为思想性好。她说文艺作品只要思想性站住了，往往就成功了大半。

她当即批准，他们三人可以一个星期不上班，集中精力排练节目。

厂里新进了几名工人，秉昆们也多了三名新工友，分别是龚宾、唐向阳、常进步。龚宾是片警龚维则的侄子，秉昆出于对小龚叔叔的好感，格外关照他，视为兄弟一般。他曾问龚宾："你怎么也进了这个厂，成了这个车间的工人？分配工作的时候怎么不求你叔叔托人走走后门？"龚宾憋屈地解释，他小叔胆小，又是区里的模范民警，对自己一向要求极严，不敢搞不正之风，怕被人贴大字报。他也深知自己只不过是一名民警，其实没多大面子，还怕求是求了，却遭到拒绝，传为笑柄，自取其辱。秉昆听了龚宾不无抱怨的话，想想小龚叔叔考虑的也对，于是对龚宾大谈分到酱油厂的好处，像当初蔡晓光对他谈的那样。兴许是家族遗传的原因，龚宾也很胆小，很在乎名誉。有一次厂里发福利时多发给他两小袋味精，他第一时间退回去，还拽上秉昆做证。

唐向阳的父亲曾是一所区重点中学的校长，被怀疑年轻时加入过"三青团"。他本人坚决否认，一再申诉说，自己的历史虽然不红，但完全清白，谁说自己加入过"三青团"，就是在成心陷害。有关方面则宁可信其有，不肯信其无，认定他是隐瞒个人历史的阶级异己分子，"文革"第二年被开除了党籍，从教育系统扫地出门，成了干校里的长期改造对象。唐向阳的母亲是和他父亲同校的数学老师，课教得好，她以离婚的方式与丈夫划清界限，以便还有资格当老师。唐向阳是独生子，留城的理由颇为正当。他从小生活优越，性格孤傲。虽然父亲已不再是重点中学校长，他的孤傲却没太大改变，总是一副凡人不理的样子。他一得空就从书包里掏出课本躲在安静的角落看,不是几何就是物理化学,经常念念有词。德宝极不喜欢,甚至可以说讨厌他。吕川却挺包容他的孤傲,还向他借那些课本看。更让德宝不快的是,吕川有时居然像小学生似的,向他请教课本中的内容。

一次,秉昆三人在下班的路上聊天,不知怎么一来就聊到了唐向阳。

德宝愤愤不平地说:"咱们名为中学毕业生,却只学过算术。而人家就因为爸爸曾是校长,妈妈是老师,不但能解代数题,还看得懂什么三角几何!上哪儿说理啊?"

吕川说:"有地方说理啊!你要是也想懂,跟我一样虚心求教,咱们出渣房不是就成了说理的地方了吗?你如果哪天拉大提琴给他听,他不愿向你学,反倒对龚宾和常进步说,咱们连笛子、口琴还没摸过呢,曹德宝却连那么大个的洋乐器都拉得非常好了,上哪儿说理啊?你觉得他心理正常吗?"

德宝皱起眉寻思一阵后,问秉昆:"吕川的话什么意思啊?我怎么听着不像是在批评唐向阳,倒像是在批评我呢?"

秉昆笑道:"就是在绕个大弯子批评你嘛!我都听出来了,你自己反倒听不出来?"

"难怪我听着别扭!好你个吕川,敢讽刺我了是不是?不打算让我为你那狗屁节目做牺牲了?"德宝抓起把雪就往吕川后衣领里塞,吕川被雪冰得直蹦。

恰在那时,唐向阳骑辆崭新的"凤凰"自行车从后边赶了上来,主动刹住车对他们三个说,谁顺路可以带谁一段。

包括德宝在内,他们三个全说多谢了。德宝还嘱咐他小心慢骑,别摔了。

望着唐向阳远去的背影,秉昆自语道:"这样多好。"

德宝又问秉昆："你的话怎么没头没脑的？什么这样多好啊？"

吕川替秉昆解释："他说人和人都能像刚才那样多好。"

德宝反驳道："那样有什么好？那叫虚伪！"

吕川也反驳道："我刚才可没背后嫉妒人家，非说虚伪那也是你一个人虚伪，别把我俩捎上。"

德宝被噎得眨巴着眼睛说不出话。

秉昆见他尴尬，遂问："难道你刚才嘱咐人家骑自行车多加小心不是真心诚意的？"

德宝想了想，分辩道："真心诚意呀，我是那么虚头巴脑的人吗？"

秉昆说："我也认为你是真心诚意的，所以咱们三个刚才谁也不虚伪。"

他现身说法，讲起了自己当初被他俩冷落的切身感受，讲起了他们三个成为好朋友后，自己连对酱油厂出渣房都逐渐有了感情的心理变化，讲起了他们三人和老太太的关系——这种近乎忘年交的关系，难道不也让他们想起来就会产生一份好心情吗？

"在咱们这样的青年工人之间，从来没有什么利益之争，所以我觉得，每一名酱油厂的青年工人都可以成为咱们的朋友。朋友越多越好。咱们的幸福太有限了，那就要将友谊也当成一种幸福。唐向阳能主动刹车跟咱们说话，证明人家其实没咱们想象的那么瞧不起人。咱们比人家年龄大，今后应该主动接近人家才对。"秉昆一番总结性的话，说得吕川和德宝心悦诚服，连连点头。

第二天，德宝令人诧异地将大提琴背到了厂里，休息时为三名新工友拉了几段，赢得了他们的掌声。

唐向阳表示想学。

德宝说："那你愿意也帮我补补数理化吗？"

唐向阳高兴地说："当然愿意啦！"

秉昆说："那我也要当你的学生。趁厂里的夜校还没开课，你先给我们吃点小灶，免得以后听不懂夜校老师讲什么，太没面子。"

他的话代表了大家的想法。

当日下班后，他们将食堂抄菜谱的黑板抬到出渣房，请唐向阳当起老师来。

常进步是个小聋人，他也留下了。他只聋不哑，个子纤小，仿佛还没长开。由于聋了的缘故，容易害羞，异常安静。休息时，盯着他的脸看上几秒钟，就会将他看得脸红起来。他兜里揣着小本，和人说话得用笔谈。

常进步是从聋哑学校毕业后分到酱油厂的。他的父母都在军工厂，父亲常宇怀是转业军人，厂保卫处处长，母亲是作为技术人才从外厂调入，七级车工。全市只有几名八级车工，都是男的，七级车工的女性少之又少。

"哪个王八蛋干的缺德事，把他这样一名耳聋初中生往咱们酱油厂分？真他妈的缺了八辈子德了！"德宝私下里替常进步抱不平。

吕川深有同感地说："他简直像个女童工。"

出渣房的工作方式虽然有所改善，却仍是全厂活最累的地方。半月后，进步的小脸更小了。

在秉昆的提议之下，他、吕川和德宝为常进步找了老太太一次。

秉昆力陈将进步分到出渣房是不人道的，应尽早把他调到劳动强度轻点儿的车间去。

老太太坚持原则地说："那不可以。凡是进厂的男性新工人，一律先到你们出渣房锻炼三个月，以后再考虑具体分往哪个车间。这是由我提出来的，已经确定为厂里的一项制度，谁都不能例外，常进步也不能。制度是要一视同仁的。"

秉昆来了倔劲儿，他说："老太太，你这不是教条主义嘛！如果在这件事上你不给我们个面子，那你在我们心目中以后可就不是一个好老太太了！"

吕川也说："教条主义害死人。老太太，你可要区别怎么做才是坚持原则，怎么做其实是教条主义。"

德宝一句话让老太太生气了。他说："老太太，我认为好干部的第一标准，那得是多少有点儿人性，否则和把他分到咱们厂的人一样缺德。"

老太太拍了桌子，霍地站起来指着他们三个训斥道："你们以为你们是谁？是不是我一对你们好，就把你们惯出毛病来了？我告诉你们，我对你们三个好，不是因为你们有多可爱，而是因为全厂数你们干的活最累！我作为书记，理应格外关怀你们！你们以前是在什么情况下干活来着？不是比现在辛苦多了吗？你们都能挺着干过来了，让新进厂的人锻炼锻炼就是不人道了吗？你们成心来惹我发火是不是？"

秉昆和吕川连说不敢，往下按德宝的头，逼他说了认错的话。

老太太这才消了气，重新坐下。平静了心情后，她真诚地说："既然你们都认错了，那我也收回几句气话。平心而论，你们确实都挺可爱的。你们三个在厂里根本没有资格批评我，却敢为常进步当面跟我理论，这一点就证明我看人有眼光，没看错你们。如果只讲与人斗其乐无穷，把中国人一个个斗得人情味儿都没有了，那算哪门子社会主义？"

老太太向他们吐露了内心苦衷，原来，进步是走她的后门才进厂的。他父亲常宇怀是她老伴老马当年在部队时的警卫员，跟随老马来到A市，她自己还是进步爸妈的媒人。军工厂分成誓不两立的"捍联总"与"炮轰派"时，进步父亲起初并没选边站，哪派也没加入。等到"炮轰派"被定性为"反动组织"后，常宇怀同情起"炮轰派"来。怎么能不同情呢？都是自己当年的战友，很多人是和自己一块儿脱下军装变成军工厂工人的，有人当年还曾是自己的连长指导员。别说他们自己不服，几乎所有两派都没参加的人也替他们抱不平啊。三千几百名工人中的一半划成"反动势力"，太过分了呀！"炮轰"什么什么，不过是写在纸上的标语，并不是真的要支起炮来轰嘛！常宇怀就成了厂里的第三派也就是主和派的头头。在全市"捍联总"采取联合行动，真枪实弹攻打"炮轰派"总指挥部的那天夜里，他手持话筒高声朗读语录："在工人阶级内部，没有根本的利害冲突。在无产阶级专政下的工人阶级内部，更没有理由一定要分裂成为誓不两立的两大派组织。""捍联总"要一举捣毁他们的最后"堡垒"，他极力劝阻。所以，他儿子进步分配工作时，哪儿哪儿都拒之门外。有的单位因为他耳聋不愿要他，有的单位因为他父亲上了有关部门黑名单不敢要他。他母亲万般无奈，求到了老太太和她老伴老马。她担着政治风险费尽口舌打消了厂里头头脑脑的顾虑，才让进步成为本厂工人。

"就你们讲人道，我就不讲人道了？你们倒说说看，我还能怎么做呢？你们几个小屁孩子，给鼻梁就上脸，气死我了！"老太太这么说时，快落泪了。

秉昆三人便再无话可说。

德宝在沉默中憋出一句话："好人误会好人，是好的误会。"

老太太被他的话逗乐了，愁眉一展笑道："你们给我听明白了，我可把常进步交给你们替我关照着了。别让他受任何人的欺负，也千万别让他受什么工伤。干活的时候，尽量让他少干点儿。他累出病来，我对不起他父母。"

秉昆三人保证，说绝不会让她担心的事发生。

他们谁都没向进步提起找过老太太的事。他耳聋，与他交流得进行笔谈，又麻烦又得有足够的耐心，他们都怕麻烦。

令他们欣慰的是，唐向阳对进步也挺关爱。

事情起了变化,学生们都争着替唐向阳这位老师打中午饭了。如果谁从家里带来了好吃的菜,老师尝几口会让他们感到很有面子。下班后洗澡时,他们也乐于为他占一个喷头。

事情确实起了微妙的变化——不,不,不是微妙的,而是相当深刻的变化。一种近乎休戚与共的无形无状的东西,在这些成长于不同家庭、有着不同职业的父母、性格基因各不相同的青年之间,毫无疑问地产生了。他们每个人都能体会到它的存在,体会到它的增长以及它对他们之间关系的影响,这让他们每个人都像唐向阳一样感到意外和惊喜。

年轻人之间的友谊是不需要铺垫的,也没有预备期,往往像爱情一样,一次邂逅一场电影就能自然而然地产生火花,可能并不持久,像礼花似的。但是在其绽放之时,每一朵都是真诚的。

唐向阳也开始讲他自己内心里的纠结和郁闷了。他偷听过父母之间的谈话,父母说"假离婚"是权宜之策,因而他起初对父母的离婚并不怎么在乎。可后来,他渐渐感到假离婚似乎越来越真了。他发现母亲有了疑似的追求者,而母亲也仿佛暗怀心意,起码不是断然拒绝。他无法证实自己的猜测,所以特苦恼。他思念父亲,却很难见到父亲一次。他和一名同班女生早恋过,被她母亲察觉了,告发到了学校里。他被批判为思想意识不良的问题学生,让他母亲觉得名声受损。母亲好长一段日子里不愿理他,他直至产生了自杀念头,母亲才惶恐不安。为了缓和母子关系,母亲为他买了那辆"凤凰"自行车。后来有同学向他透露,他的早恋之所以成为事件,是由于和他关系最好的一名同学出于嫉妒而告密。他无法证实是果真如此,还是小人的挑拨离间。这一难解疑团同样令他烦恼。他唯一明了的就是,那名女生确实对他无情无义,不仅揭发他对她的引诱手段,还说她自己一度被爱的假象所蒙蔽。他倒不恨她,他能想象到,她是在家长与老师们的双重施压之下,才背叛了他们之间的海誓山盟，但是他从此再难相信友谊和爱情了。

听了他的倾诉，别说龚宾不知怎么去安慰，连秉昆他们三个老大哥也很无语。进步只明白个大概，幸有德宝坐在旁边，不厌其烦地在纸条上写字给他看。进步也在纸条上写了几行字："某些人经常不讲道理，反逻辑，自以为是。即使这样，那也要相信，人世间永远有真爱和真友谊。"

吕川惊诧道："哎呀妈呀，太有水平了！"

德宝提议："抛他抛他！不抛他几次，太对不起他这几句话了！"

于是大家一哄而上，将进步托举起来抛了又抛。

向阳也乐了，意犹未尽地说："我还要讲！不讲我那些不开心的事了，我要讲讲关于我改名的事，挺有意思的。"

唐向阳原名不叫向阳，而叫朝阳。

"文革"序幕刚刚拉开时，父母没像往日一样同时回家。母亲先回到家里，而父亲仍在学校开会。开什么会母亲也不清楚。

九点多父亲才回家，表情凝重。母亲问他吃没吃晚饭？他说没吃，不饿。很少吸烟的父亲接连吸了三支烟，之后把母亲叫过去，做指示般地说："咱们的儿子得改名。"

母亲奇怪地问："为什么？儿子的名字挺好的呀。"

父亲心事重重地说："别问那么多，听我的，改就是。明天星期日，你记着先把这件重要的事办了。"

母亲更奇怪了，也不高兴："怎么还成了重要的事呢？那你想给儿子改个什么名呢？"

父亲不容置疑地说："改为向阳。"

母亲大不以为然地又问："这我就不明白了！向阳，朝阳，有什么区别嘛!"

父亲不耐烦了:"我的姓不好,一字之差,区别大了。"

母亲则刨根问底:"有的姓确实不太好,比如姓黑、姓资、姓赖什么的。但唐姓有什么不好?你不说明白了,我怎么支持你?"

父亲恼火了:"我明白的事,非得你也明白不可吗?"

母亲对于父亲认真交代之事,一向是很服从地照办,因为父亲不仅是校长,还是党支部副书记。所谓理解的执行,不理解的也要执行,在执行中加深理解。然而那天晚上,母亲明显表示出了完全不理解并且极其不愿执行的违逆态度。

她不解地说:"名字虽然是我们为儿子起的,但是属于儿子已经十五年了,现在突然要改他的名字,那也得听听他自己的意见吧?在家里这点儿民主还是应该有的吧?"

父亲则不再跟母亲啰唆,高声叫儿子。

朝阳那年刚上初二,正在另一间屋写作业。他听到了父母的对话,和母亲一样,觉得父亲简直是无事生非。

他走到父母跟前,态度明确地反对父亲独断专行。从小学到中学,他的名字一直是朝阳,莫名其妙地突然改成向阳,怎么向认识他的人解释呢?

父亲坚持道:"非改不可,没必要向别人解释。如果有人纠缠着问为什么,就这样回答,自己查字典去。"

朝阳就跟父亲理论:"不用查字典我也知道,朝、向,两个字形异音异但都是同一个意思,我不改!"

父亲火了:"这事由不得你!你不懂的事多了!如果有人叫你朝(zhāo)阳,你不是也得答应吗?朝(zhāo)朝(cháo)自己这儿就模棱两可呢,还跟我掰扯什么字形字音字意的!"

第十二章

第二天，父亲带着户口到派出所替唐朝阳改名去了，却没改成。派出所的人说，改谁的名字谁得亲自到场，任何人不能代理。即使改小孩子的名字，那也得领去或抱去，以验明正身。

父亲只得与朝阳一同去派出所。

仍没改成。派出所的人也认为，唐朝阳，多好的名字呀，叫起来也上口。改成唐向阳，意思没变，叫起来可就不怎么上口了。如果大舌头一叫，听着像"唐浆盐"了。究竟为什么要改？得说出个理由。

父亲想了想，说出一种很勉强的理由，"向"字比"朝"字少了些笔画，写起来简单。

偏偏那天父子俩遭遇了一位较真的民警，他用手指在桌面上写完"向"字又写"朝"字，板起脸说："改成向阳，只不过少写六笔。谁也不会每天写许多次自己的名字，仅仅因为需要写名字的时候可以少写六笔就非改名字不可，太任性了吧？如果都像你们父子俩，我们民警整天还有时间干别的吗？要改是你们的想法，批准不批准得按我们的条例规定。对不起，您的要求不符合改名的条例规定。"

父子俩只有无奈地离开了。

在回家路上，朝阳挖苦地说："不是我不配合吧？一上午你两次去派出所了，值得吗？"

不料，父亲愈来愈坚定，他说："我还要去第三次，今天非把你的名字改了不可。"

父亲回到学校接连打了几番电话。

他下午又去派出所的时候显得胸有成竹，回来时一副大功告成的样子，对妻子和儿子宣布："有的事，再麻烦也得办。儿子，从今天起你的名字是唐向阳了。"

不久，"文革"迅速折腾得邪乎起来。唐向阳父亲所在的中学给他贴出了许多大字报，多数是批判其"执行资产阶级'白专'路线"的。那样一些大字报，用词再吓人，校长们特别是中学校长们，内心里是不怎么恐慌的。执行者不过就是按上边的方针行事，便有种天塌下来上边顶着的心理。上边顶不住了，还有众校长顶着，总不能将全体校长都打倒吧？全国那么多学校，短期内统统将校长换了谈何容易？他们怕的是那类具有诛心性质的大字报，因为那类大字报直指人心里想的什么，只要被莫须有地予以揭露，往往让人百口难辩，跳进黄河也洗不清。心不可以像从兜里掏出东西似的，从胸膛里掏将出来供人审视呀！看大字报的人宁肯相信被揭露的人心里一定有坏思想，也不肯相信没有。

唐向阳父亲也摊上了一张被诛心的大字报，标题是《看唐近朴内心深处在想什么》。大字报一剑封喉，从他儿子唐朝阳这个名字开始抽丝剥茧地进行批判："秦时明月汉时关"，中国的历史早已翻开了崭新一页，迈入了伟大的社会主义阶段。可是总有那么一些人，内心深处依然迷恋封建社会。为什么呢？因为在封建社会，"劳心者治人，劳力者治于人"，他们希望代代都是"治人"之人。身为一校之长、党支部副书记的唐近朴，便是这种人。何以见得？且看他给自己儿子起的名字：唐朝阳——唐朝的太阳嘛！毛主席说'你们年轻人，好比早晨八九点钟的太阳'，指的是新中国的太阳，不是什么唐朝的！毛主席还有诗词曰：'唐宗宋祖，稍逊风骚。'则是以伟大的谦虚，含蓄地嘲讽了那些自以为了不起的封建皇帝。唐近朴，难道这些你都不知道吗？你必须老老实实给革命群众一个明明白白的回答！

在批斗他的全校大会上，他老老实实地回答："我儿子的名字，在'文化大革命'真正开始之前就已经改了，叫唐向阳。"

人们不信。派出所离学校很近，便有人骑自行车前往了解。

结果当然证明了他说的话属实。

但仍有人继续发难：改名本身恰恰证明他心虚，揭发批判之有理有据，否则为什么要改？

他就请求允许他直起腰，抬起头。

获准后，他对着由别人举向他的话筒说："革命的人们，现在我不能尊称你们革命的师生们了，因为我已经不配了。革命的人们，我在大学学的是理科，我承认我汉字知识很差。为了提高，我自学了一点儿古汉字知识。不学不知道，一学吓一跳。原来，'朝'字是一个客观字，一点儿主观色彩也没有。朝阳是指固定的方位，可是地球在不停转动，固定的朝阳的方位，也会随之改变接受阳光的程度。当将朝读成朝（zhāo）时，也是一个客观字，由'乾'字的左半边加一个'月'字合成。乾属阳，月属阴，朝（zhāo）是天地阴阳交际，东方虽明太阳尚未升起时刻。'向'字则不同了，它是主观字，所以我们说'一颗红心向着党'，形容我们那样的红心如同'葵花朵朵向太阳'。同样道理，我们不会将'向党表忠心'说成'朝党表忠心'。搞清楚了'朝'字与'向'字的实质性区别以后，我们一家三口开了一次会，一致决定将儿子的名字改成向阳。在这一点上，儿子的态度最为积极。革命的人们，我们一家三口对伟大领袖毛主席的热爱是无比真诚的。在复杂的阶段斗争和路线斗争中，也许我们会偶尔迷失方向，但我们主观上永远向着我们心中的红太阳！向着它就是向着唯一正确的方向！此心拳拳，何虚之有呢？"

结果批斗会开不下去了。

向阳当时就在台下，他说那一天不但对父亲刮目相看，而且佩服得五体投地。那一天，他对"知识就是力量"有了全新的理解。

第二天，那张"诛心"的大字报不见了，据说是贴大字报的人自己半夜偷偷扯去的。并且，由于他将名字改为向阳，本校几名叫秦朝阳、宋朝阳、晋朝阳、郑朝阳、阮朝阳、袁朝阳的学生，也都将名字改成"向阳"了。

秉昆怀有几分疑问地说:"姓氏中的阮、袁与元朝的元也不同字啊。"

向阳笑道:"那他们也改了,跟风呗!"

那会儿进步被老太太找去了,没听到向阳讲的这后一件事。德宝不必边听边写,听得格外专注。

德宝感叹道:"看来咱们普通百姓的儿子倒也幸运,在这种好人坏人难以分辨的年头,不必摊上些乱七八糟的事。"

向阳却问:"哎,你们怎么都不笑呢?"

吕川反问:"你真觉得好笑吗?如果我们都傻乎乎地笑给你看,你心里真的会觉得好受吗?"

听了他的话,向阳眼眶一红,低下头,快哭了。

秉昆突然感到多此一举,却又感到不吐不快。他示意吕川和德宝跟他到外边去,小声把自己的想法和盘托出,问他俩怎么看?

吕川立即表态:"好想法,双手赞成。"

德宝苦笑道:"秉昆主意是你出的,你跟他讲。"

秉昆说:"行,我讲就我讲。"

三人进屋后,秉昆对向阳开门见山地说:"我们刚才是为你出去的。我们三个以老工友的资格决定,以后休息时,如果你能讲真正有意思、确实让大家开心的事,而不是刚才讲的那种所谓有意思却令大家哭笑不得的事,那么你就可以比我们多休息十分钟到二十分钟。"

德宝补充道:"每次给你打分的啊,五分制。如果你得满分,那么可以多休息半小时。半小时啊,向阳!"

秉昆问:"向阳,你愿意吗?"

向阳想了想,有所领悟地说:"试试看吧。"

于是,秉昆与他三击掌。

第十二章

这时进步回来了,拎着个布兜子。他母亲患慢性支气管炎,一到冬季就犯。老太太听人说邻省有位老中医的方子是冬病夏治,终于问清楚了对方的联系方式,亲自写信寄钱为进步母亲买到了药……

然而,秉昆他们有重任在身,得为"五一"会演排练节目。好在出渣房已今非昔比,有向阳他们三个新来的工友足够了,秉昆他们只是偶尔抽时间回去看看。

"五一"当日,秉昆三人很是出了一次风头,他们的节目虽不能说大获成功,却可以算相当精彩。他们送了十几张关系票给国庆和赶超,国庆和赶超不仅约了吴倩、于虹一起去观看,还动员了木材加工厂的几个青年工人前往捧场。"亲友团"的座位是挨着的,有利于起到带头鼓掌的影响。秉昆说一段快板他们就大声喝彩,德宝出一次洋相他们就发出响亮的笑声。按国庆和赶超的要求,木材加工厂的全都穿着工作服。吴倩和于虹也不例外,不但穿着各自的工作服,还带去了写有自己单位名称的牌子。一有掌声、喝彩声和笑声,她们便高高举起一次牌子。她们的捧场使观众席的气氛显得特热烈,也具有极大的迷惑性。别人一见不是酱油厂的观众都那么喜欢台上的表演,以为是节目水平的客观效果,自己也跟着鼓掌、喝彩和笑。

从众效应在当年比如今更是一种普遍现象。如今一个人在什么事上并不从众,往往还被欣赏地视为特立独行。当年可不是这样,那有可能被别人反感甚至讨厌。

亲友团不愧是亲友团,他们的捧场比酱油厂的人还卖劲儿。

公正而论,秉昆们的节目的确还是有那么点儿意思。领导们满意它在政治思想方面毫无疑问的正确性,一般观众满足的是它的娱乐性。当年的中国人在正式演出里获得的快感太少了。秉昆三人组合的节目，在政治思想性正确的大前提下，给予了观众最多的娱乐性。观众对他们三人的喜欢程度的排名是吕川、德宝、秉昆。吕川虽然并没表现出任何文艺才能，但他在台上将搞笑能力发挥得极好，按如今说法，脱口秀似的一句接一句口吐莲花，观众特开心，与平时的吕川判若两人。德宝的戏份只不过是出自己洋相，毕竟也拉了几段大提琴曲，那是台下的工人及家属们都没听过的，大有耳目一新之感。功夫不负苦心人，秉昆重拾起来的快板技艺，经过十多天废寝忘食的临阵磨枪，连他都吃惊自己表演水平的迅速精进。领导干部们给出的好印象排名，则是秉昆第一，吕川第二，德宝第三。秉昆第一也是有道理的，若不是秉昆那一段段革命内容的快板打得好，那么他们的节目就接近耍活宝了。至于德宝，他只能而且必须屈居第三，谁叫他拉的是洋乐器呢？那是一切洋东西都约等于不好的东西的时代，可以有芭蕾舞剧《红色娘子军》，可以有钢琴协奏曲《黄河》，但它们都属于"样板"，"样板"以外则绝不提倡。

五月三日，评选结果见报了，《小快板挑战大提琴》获得二等奖第一名。十几个参评节目中只有两个节目并列一等奖，二等奖第一名实际上等于第三名。老太太看了报，满面春风，眉开眼笑。而据消息灵通人士透露，《小快板挑战大提琴》能获二等奖头甲，老太太的强力活动起了至关重要的作用。她知道了那些议论倒也不生气，还自我表功地说："我活动活动怎么了？别人想活动也得有那种能力，也得评委们买账吧？能者多劳嘛！为了厂里的一份荣誉，活动有理。有能力不活动，那简直该打！"

有人问，她对秉昆他们三个各自在节目中的表现如何评价。

老太太一个都不得罪，她说："都好都好，缺了谁也不行。"

五月中旬，厂里宣布，吕川调到味精车间当一班班长，德宝调酱油车间当二班副班长，秉昆当推销员。老推销员要退休了，不久由他接班。

第十二章

老太太找他们三人同时谈了一次话。

她说："吕川和德宝，你们两个在出渣房苦干多年，现在新人来了，出渣房人员多，该让你俩转转岗位了。秉昆你呢，不过就比新人早到厂里半年，还得在出渣房卖卖力。出渣房以前没班长，实际上连个负责的也没有，那不行。唐向阳以后可以当班长，你们认为呢？"

秉昆三个就都说唐向阳能当好。

老太太要求秉昆在唐向阳当班长之前，既要跟随老推销员尽快熟悉业务，又要以临时班长的角色带一下唐向阳，兼顾出渣班工作。

秉昆正犹豫着该怎么表态，吕川替他发问了："老太太，那秉昆操心的事是不是多了点呀？"

老太太说，多不到哪儿去，推销员的工作并不需要每天都按时上下班，与各商店的关系稳固了以后，最忙的时候也就是月初和月末那几天。其实，在秉昆他们三人之中，老太太稍微偏向的还得说是秉昆。推销员的工作时间上比较自主，并且每月多八元伙食补贴。老太太力主之下，厂里才决定由秉昆来接替老推销员。

秉昆不明所以，吞吞吐吐地说他不想当推销员。他不愿与人有目的地去搞关系。他说，自己太不擅长那样了。

吕川和德宝一齐点头，表示极为认同他的说法。

秉昆说过了不想当推销员的话后，却又有点儿悔意。他怕老太太干脆让他当出渣班班长。那么一来，唐向阳不就当不成班长了吗？虽然只不过是龚宾和进步两个人的班长，但那也意味着厂里对一名青年工人的信任啊！他希望唐向阳能被信任。

于是，秉昆补充道："那我还是继续留在出渣班吧。我和他们三名新工友挺合得来的。有我协助向阳当班长，他肯定也高兴。"

老太太想了想说："周秉昆，你自己可能还没意识到，你现在已是全市商业系统的小名人了。酱油一厂和二厂，既是兄弟厂的关系，也是销售指标方面的竞争关系。由你这个小名人当推销员，对咱们二厂的销售业绩大有好处。你得允许厂里合理利用你的名人效应，别再多说什么了，说了我也听不进去。"

她既然已将话说得如此不留余地，秉昆也就只得点头默认厂里的决定。

第十三章

　　成了小名人的秉昆买了辆旧自行车，算是奖励自己。
　　一天，他骑车上班时，另一骑车人从他前边横驶而过，结果他的自行车前轮撞上了那人自行车后轮。如果不是二人都反应快，同时刹车同时一脚踏地，那人肯定被他连人带车撞倒了。
　　那人回头看秉昆，分明想骂他。他认出了对方是蔡晓光，正欲开口说话，蔡晓光却像根本不认识他似的，一低头一弯腰，蹬着自行车转眼远去。
　　蔡晓光不可能没认出他来。又不是冬天戴着棉帽子和口罩，你看我我看你四目相对的情况之下，没认出来那才怪了！可蔡晓光为什么竟不理自己呢？
　　我究竟做了什么对不起他的事啊？秉昆一路往厂里骑着车，一路扪心自问。
　　他自省的结果是，根本就没做任何对不起蔡晓光的事！自己从没做过任何对不起别人的事，更不会做对不起蔡晓光的事。蔡晓光即使算不上是自己的朋友，那也是在他走投无路之际帮助过自己的人啊！
　　他百思不得其解，困惑而郁闷，从早到晚怎么也高兴不起来。
　　几天后的一个上午，秉昆正与老推销员在一家综合商店谈下个月的销售计划，厂办主任把电话打到了商店，要他立刻动身赶回厂里。他问什么事？厂办主任说你回来就知道了。完全是一种公事公办的口吻。

他问老推销员可能是什么事？

老推销员也猜不到，对厂办主任以那么一种大可不必的口吻打来电话，同样感到诧异。

秉昆蹬着自行车风风火火地赶回厂里，见老太太忧心忡忡地站在厂门口。

她说是市"批林批孔"运动领导小组的同志找他进行外调，接着又说："你不必怕，在我办公室谈，我会一直陪你身边，但你可要句句据实回答，要对自己的话负责。"

秉昆的心顿时就乱了，怎么会有来头那么高的人找自己外调呢？要外调的又会是什么人的什么事呢？他一向对政治避之唯恐不及，很怕自己哪一天沾上边儿。在听唐向阳讲了那件改名的事以后，他更怕政治了，既怕又厌恶。从厂门口到老太太的办公室有一百多步，在那一百多步里，父亲、哥哥、姐姐以及与哥哥姐姐产生了亲密关系的冬梅姐和冯化成，一个个像电影人物似的从他脑海中徐徐移过。除了他没见过的冯化成是个面目模糊的男人身影，其他亲人的容貌都格外清晰，都忧郁地看着他，似乎都在用目光对他说："秉昆，连累你了，我们也不愿发生这样的事啊！"

他心头如撞鹿，忐忑不安，认为肯定是自己的哪一位亲人在政治上出了问题。究竟会是谁呢？父亲绝不会！哥哥和冬梅姐也不会。那么……只能是姐姐呀！她做了一个"现行反革命"的妻子，这就注定了早晚会在政治上出问题啊！

姐姐，姐姐，亲爱的姐姐，你当初可是何苦啊！

秉昆在心里念叨着，机器人似的跟在老太太身后进了她的办公室，见有一个穿中山装、样子斯文的四十多岁男子坐在室内。

那人正喝水，放下杯问老太太："他？"

老太太点头，也坐下了。

那人将秉昆打量了几秒钟，面无表情地说："他是可以坐下的。"

老太太也面无表情地说："当然。"

那人说："把椅子搬过来，坐我对面。"

秉昆就把椅子摆他对面，端端正正地坐下。

"近点儿。"那人的语调，像是一位严厉的老师，要开始对一名特别不喜欢的学生训话似的。

秉昆犹豫了一下，起身把椅子摆得离对方更近，近到几乎触膝的程度。他重新坐下时看了老太太一眼——老太太正低头看报。

"看着我。"那人又说。

秉昆只得看着对方，那么近距离地看着一个陌生人，他感到别扭。

那人却不看着他，而是看着老太太，明显心存疑虑地问："你跟他说什么了？"

老太太头也不抬地回答："我告诉他你是哪儿的，找他干什么。"

那人又问："就说了这些？"

老太太这才抬起头，愠怒地反问："你是在审问我吗？如果是，那你得回去重开一封介绍信再来，你的介绍信上可没写着可以审问我。"

那人愣了愣，随即讪笑道："哪里哪里，你太敏感了，我只不过想让气氛轻松一下嘛。"

秉昆感到气氛比他刚进来时更压抑了，觉得口干舌燥。

那人从上衣兜取下笔，将记事本翻开，看着秉昆问："你认识蔡儒凯吗？"

外调就如此这般地开始了。

秉昆一时口干得说不出话，请求允许他喝口水。

老太太目光温柔地看着他说："桌边上那杯是为你凉的。"

秉昆一口气喝光了那杯水。因为对方一开口说出的不是自己哪一位亲人的名字，他七上八下的心稍微安定了些。

他说自己知道蔡挺凯是蔡晓光的父亲，也知道蔡儒凯是省里的一位领导，但从没见过，所以不能说认识。

"真的？"

"你要是信我的话那就是真的，如果不信随你怎么想好了。"

"你一次也没去过他家？"

"没有，我只认识他的儿子蔡晓光。"

"怎么认识的？"

"蔡晓光是我姐的朋友。"

"那么，当然也是你的朋友啰？"

"他不是我的朋友，我的朋友都是一般老百姓家的儿女，高攀不上他那样的朋友。我认为，他也从没拿我当过朋友。"

"是你姐的朋友却不是你的朋友，这我就不太理解了。"

"世界上让人不太理解的事很多，我也有很多不太理解的事。"

"但是，他却帮你走后门调到了这个厂。你们不是朋友，他会为你的事这么出力？"

"是我求他的。走投无路的情况下，人也会求不是朋友的人。我们老百姓经常会这样，无非厚着点儿脸皮。我当时在木材加工厂走投无路了，他帮我，是看在我姐的面子上。有些人帮了我们一次忙，不一定以后就是我们的朋友了，对不对？"

到此时为止，对方还没往小本上记一个字呢，显得有些烦了，掩饰着端起杯也喝了口水。

老太太第二次放下报，往上推了推眼镜，也不看那人，一边把那张报纸放回报夹上，一边批评说："政策和策略是党的生命，搞外调也要讲这一点。同志，你刚才的话是错误的，损害了我们厂的声誉。我们厂从不接受走后门的工人。一个生产酱油的工厂，谁犯得着托关系走后门进我们厂吗？市里的工厂分五级，木材加工厂和我们厂同属于四级厂，从一个四级厂调到另一个四级厂，完全符合正常调动的范围。蔡晓光只不过向我们介绍了一下他当时在木材加工厂的情况，而我们厂当时正缺少出渣工。他的入厂手续是我批的，出渣是我们厂最累的工种，他入厂后到现在一直还是出渣工。我说清楚了吗？"

那人还试图寻找突破点，他问："当时，蔡晓光怎么介绍他的情况呢？"

老太太看着秉昆，对那人说："告诉你他当时在木材厂的情况，这不成了向我搞外调了！"说罢，她起身走到窗前，给窗台上的几盆花浇水。

秉昆简明扼要地讲了讲自己当时在厂里的苦恼处境，他有点儿不耐烦了。讲完后，他不满地问："你到底想知道什么事？别再绕弯子了，咱们直来直去好不好？"

那人精神为之一振，正中下怀似的说："好，好，很好。很高兴你这种痛快的态度，我喜欢你这种性格直率的青年！"

接着，他摆明要害，说他要了解的是，蔡晓光和周秉昆谈过自己对"批林批孔"的什么看法没有？如谈过，具体是怎么讲的？如确实没谈过，谈到过他父亲蔡挺凯对"批林批孔"的什么看法没有？

秉昆回答说："自从姐姐一九六八年到贵州去以后，除了偶尔在路上碰到过蔡晓光，彼此匆匆说几句可说可不说的话以外，再就只会面过一次，便是自己求他帮忙调单位那一次。"

对方按捺不住，打断道："那不正是'九一三'事件发生不久的事吗？许多人当时议论纷纷，他肯定也议论了。想想，好好想想。"

秉昆说："想都不用想，他一句也没议论。"

对方的表情很失望，沉默片刻，退而求其次地说："那你谈谈蔡晓光对'文革'说过哪些话也行，包括他说父亲对'文革'怎么看的。你姐是他的朋友，'文革'开始以后，他经常到你家去，和你哥你姐，还有前副省长的女儿郝冬梅聚在一起，这些情况我们都掌握。我也坦率地告诉你，凡有人群的地方，几乎就有我们无产阶级红色政权的耳目。但是呢，我一句话都没问你哥哥姐姐包括你哥哥的对象郝冬梅说过什么关于政治的话，对吧？我不是针对你和你的家人来的。刚才你们厂的党支部书记也讲了，政策和策略是党的生命。我是懂政策讲策略的，可和你谈了这么半天，你却一点儿都不配合。年轻人，我再跟你交个底，如果你肯配合我一下，那么你在'批林批孔'运动中就立了功了，这对你是有益的。我说这些完全是为你好，你可要想清楚了。"

秉昆问："那，怎么样才算配合你了呢？"

对方说："你自己想。"

老太太不浇花了，转过身，双臂交抱胸前，微微眯起的双眼从镜片后投出琢磨的目光，一会儿注视着外调者，一会儿注视着周秉昆。

秉昆突然玩世不恭地笑了。

外调者紧皱双眉，有点儿生气地问："你怎么还笑呢？有什么好笑的？"

秉昆一本正经地说："傻笑呗，我也跟你交个底行不行？"

外调者立刻欢迎说："行，太行了。咱俩就是应该互相交底。"

老太太忽然咳嗽了几声。

秉昆也不往老太太那边看，郑重其事地问："你不记吗？"

"记，记。"外调者拿起了放在记录本上的笔。

秉昆将身子坐得更直，以一种对医生讲述自己病情般坦白的态度说："你虽然对我哥哥姐姐的情况掌握得挺清楚，对我却不太了解。我这人吧，基本上就是一个政治白痴，在政治方面纯粹是傻瓜蛋、二百五。所以呢,关心政治的人谁都不跟我谈政治,我也从不跟他们谈政治。你呢,从我一坐下,句句往政治上引我来谈,这让我心里烦透了,你知道吗?我再烦那么一点点,是会骂人的。如果更烦了,还会打人。哎,你怎么不记呢?记上我这些交底的话,回去不就好交差了吗?我这是种病,哪儿都治不好,有的医生说是遗传的。我父亲就像我这样,政治对于他就是当一名好工人,获得更多的奖状。"

他说完,闭上了双眼。

外调者心有不甘地问:"没了?"

他猛地睁开眼大吼:"你他妈的还烦我是不是?"

外调者一哆嗦,立刻站了起来,气恼地瞪着秉昆,片刻后扭头看老太太。

老太太耸耸肩,像体育裁判那样做出停止的手势。

外调者抓起记录本,悻悻地往外便走。

老太太也往外跟,同时训斥秉昆:"你这是什么表现?给我老老实实坐着别动,看我过会儿怎么调教你!"

老太太回到办公室时,见秉昆坐在那儿生气,便亦庄亦谐地说:"我觉得你挺懂政治的嘛。你这么样把他打发走了也好,拿着鸡毛当令箭,连我都快烦了。"

秉昆恼火地说:"他侮辱我人格!"

老太太坐下,放松身子往椅背一靠,把双手交抱胸前,三娘教子般地说:"别那么娇气,我的人格被侮辱过多少次了,你的人格怎么就不能被侮辱一次?你的人格有铁券丹书保佑着呀?"

秉昆问老太太知道不知道唐向阳父亲替他改名的事。

老太太矜持地说,凡是记在档案里的,全厂每一个人的事她都知道。秉昆说的事,唐向阳的档案里并没写,她愿闻其详。

秉昆就把唐向阳的名字怎么由唐朝阳改为唐向阳的过程大致讲了一遍。

老太太不解地问："你讲给我听，究竟要说明什么呢？"

秉昆高傲地说："在我这儿，唐朝阳这个名字的意思就是姓唐名朝阳，王八蛋才会说成迷恋唐朝的太阳！谁想让我也成为那样的王八蛋，门儿都没有，对你也不例外。我有时候可以装傻瓜蛋，但绝不做王八蛋！'批林批孔'那点事儿，不就是你家老马同志说的那种矛头吗？连进步都明白！"

老太太打断道："等等，等等。你们三个去我家那天，偷听我和老伴的谈话了？"

秉昆只得点头承认。

老太太宽容地说："既然偷听到了，我问你们罪也没必要了，相信你们不会乱说的。"

秉昆值得信任地点头。

老太太便与他约法三章：第一，绝不许他们聚在一起再议论"批林批孔"这个话题；第二，不许议论"文革"以及一切与政治有关的话题；第三，支持唐向阳在八小时以外为他们补数理化课程，以后能考上大学，将是她喜出望外的事。

"那，夜校什么时候能开课呢？"

"我尽量争取早一点儿。"

"将来大学还会招生吗？"

"估计很快就会的，但以什么方式招，我也没法预见。不管以什么方式，如果文化基础知识太差的人上了大学，既浪费人民的钱，也浪费教育资源。"

"你也给我交个底，蔡晓光他父亲的事，是不是很严重？"

第十三章

"是的。在咱们省,目前是最严重的政治事件了。都打成了林彪死党,那还不严重?"

"他要替林彪翻案?"

"他哪有那么大的能量!当年是林彪部队的干部,并非个个都是林彪的家将。据说他那人挺正派,只不过强烈反对……"

"项庄舞剑,意在沛公?"

"周秉昆你懂的太多了,这不好,很不好,到此结束吧。"

"最后一个问题——我刚才的表现,对我以后会有什么不利吗?"

"很负责任地回答你,不会。"

"对我哥哥姐姐呢?"

"这是第二个问题了。放心,更不会的,人家那位同志也不是彻底的王八蛋,那是他的工作。"

老太太又说,倘若他周秉昆真的提供了什么落井下石的证言,那对方也会很高兴。即使他周秉昆胡编一通,比如将唐朝阳说成唐朝的太阳那一类证言,对方听了都觉得牵强,那也还是会如获至宝,认真记录,及时汇报,因为那是难得的立功机会。原本不是王八蛋的人,在那种情况下,很容易也很愿意变成王八蛋。她替对方高兴,秉昆也应该替自己高兴,因为他拯救了一个有可能变成王八蛋的人。

当面听老太太表情庄重地表扬自己,秉昆高兴了。

他起身将走,老太太问他茶好喝吗?他猜到了为什么那么问他,说好喝极了,说自己和母亲可爱喝茶了,但除了过春节能喝上几次不知道哪辈子采下来的茶,平时多想喝也喝不上呀!

老太太也猜到了他为什么那么说,笑了,给了他一小盒杭州"龙井",还给了他一筒麦乳精。"龙井"他是有所耳闻的,麦乳精连听说也没听说过。老太太说麦乳精是营养品,一直想着要让他带给做街道干部的母亲——她打听过了,知道他母亲是位热心肠的好街道干部。

秉昆讶然地说:"你怎么也像刚才那个人似的,什么都乱打听啊?"

老太太白了他一眼,嗔道:"怎么是乱打听呢?我要充分了解你们,引导你们往正道上走,当然也得对你们的家庭有所了解。"

那天秉昆回家后,母亲告诉他蔡晓光来过了。

秉昆问蔡晓光说了些什么。

母亲说蔡晓光说是下班路上忽然心生一念,骑自行车拐了个弯顺便过来看看。他说几天后就要离开拖拉机厂,到他们厂在外县的一个分厂去上班了。具体哪个县,他还不太清楚,算是来告别,很可能相当长一个时期内会与周家人失去联系了。总之,匆匆说了几句话就走了。

母亲埋怨道:"都怪你!你要想往酱油厂调,自己去联系联系就不行吗?上班几年了,还这么不懂事!我看就是因为你当初麻烦人家,人家不愿再与咱们周家有什么来往了,亲自登门,当场和咱们周家做一个了断。"

秉昆默默听着,不想对母亲说一句蔡晓光父亲的事。

母亲见了"龙井"和麦乳精才停止了絮叨,指示秉昆,麦乳精要及早给他姐姐寄去,好营养外孙女的身体。至于"龙井",她要留着春燕和德宝办喜事时拿出来。

秉昆不再听她絮叨,又去翻书箱。书箱内的大部分书他都已读过了,还往小本上抄了不少自己喜欢的文字。在那些作家中,他更喜欢雨果和托尔斯泰,尤其是雨果。雨果小说那种激情四射雄辩滔滔的语言魅力让他沉醉,因为他觉得自己内心太缺少激情了。他渴望成为有激情的人,却不能在现实中发现什么值得自己投入激情的事。自从成了小名人以后,他经常提醒自己随身带着快板。商店里的人们总是要求他来一段

第十三章

快板，如果他让对方高兴了，起码可以多进几箱他们二厂的而不是一厂的酱油。为了那几箱酱油的业绩，他说快板时状态饱满，但只要独自安静下来，服了兴奋剂似的那种状态就会一扫而光，内心里随之产生的又仿佛是从四面八方包围过来的空虚。以往的日子，读书是他暂时摆脱空虚的良方，但是现在他决定与雨果们分开一个时期了。哥哥姐姐居然还留下了一册不少的初中到高中各门课本——那正是他要找的。

老太太点燃了他心中的一盏灯，那盏灯的名字叫大学。他不知道，除了上大学，还有什么其他方式能算得上是一种改变人生的正派方式——可以使自己对人生不再沮丧，而是比较满意。一九七三年，大学毕竟仍是一个与知识和思想发生最密切关系的地方。他读了一些书籍之后意识到，如果一个人终生都缺少知识和思想，那么，他连一颗黄豆也不如。成吨的黄豆还能榨出豆油或酿成酱油，成群的没有知识和思想的人，除了体力和技能，就再也榨不出别的东西了。而被榨尽了体力和技能的人，注定是一个可悲的人。

六月的 A 市是它最美的季节。

树的叶子全都绿得油旺旺的，特别是那些老杨树的叶子，能长到比壮汉子们的手掌还大，每一片都像刚从手工纸上剪下来粘到枝上。很奇怪的是，学生们用的作业本的纸质仍很差，小学生用的手工纸还像"文革"前那么色彩光鲜。那些老杨树多半是自然生长，而非人工栽种。共乐区岁数最大的人，也比不上它们的树龄长。马路两旁的柳树倒是人栽的，因为它们容易活，绿化成本低。新中国成立后 A 市就进行过一次绿化运动，许许多多的柳树是当年群众义务劳动种下的。A 市一向不缺水，仅仅冬季的雪在春季化成雪水渗入地下，便会让植物在以后的两个月生长茂盛。A

市的夏季又是多雨的,这使 A 市大马路两旁的柳树像南方的柳树一样,普遍长出又细又长、柔软得可以在手指上缠几圈的枝条。

许多人家小院里的丁香树和扫帚梅也都开花了。说起来,A 市人喜欢那两种花,大约还是受俄国人的影响。对于早年间生活在 A 市的俄国人,没有院子是不成其为家的;院子里如果没有丁香和扫帚梅,似乎不是完全意义上的院子。

丁香花使 A 市到处弥漫着馥郁的香气,特别是在清晨和夜晚的时候。扫帚梅实在是最普通的一种季节性草花,筷子般粗的茎居然能长到一米半那么高,直挺又有弹性,大风才能吹弯它们的茎,随风摇摆的只不过是它们的花朵。它们的茎在最上端分杈,每杈一朵花,一株扫帚梅最多能开五六朵花。有小院的人家都在四月份贴着板障子密密地撒一溜种,出芽时浇几次水,再就不必管它们了。到了六月份,它们就开始分杈开花了。它们的花看上去也很普通,六瓣的单瓣花而已,但是花的颜色五彩缤纷——红的粉的黄的白的夹杂绽放,还都开在几乎同样的高度。它们是那种要开就一齐色彩鲜艳地开着的花,每一朵花都不会在枝头卷边或蔫萎,始终精精神神地开着,即使经过几场大风大雨。如果它们凋谢了,花瓣落地了,捡起来细看,一瓣瓣仍如开在枝头那么鲜艳完好。它们是那种即使凋零也要凋零得不失尊严体面的花。它们的花期很长,到了十一月份,哪怕已经下过了第一场雪,仍会发现有几簇扫帚梅居然开放于白雪皑皑的世界中。它们是这么一种平凡又很耐寒耐看赏心悦目的花,A 市人才将它视为梅的同类。它们的茎干了以后,可以剪齐了扎成扫把,非常耐用。

然而,每年从六月到八月,A 市最漂亮的并不是花,而是姑娘们。当年,女孩子专指十五岁以下的小姑娘。十岁以下的小姑娘,A 市人习惯于叫她们小丫头。小姑娘们到了十七岁以上,往往就被大人们看成大姑

第十三章

娘了。大人们若认为她们的什么言行不得体，往往会批评道："都十七八的大姑娘了，怎么还没点儿大姑娘的样子！"

是的，对于六月的 A 市，最美的一道道风景，是十七八到二十二三岁之间的大姑娘们。当年她们的花季似乎也就这么长，一过二十五岁，一般就被视为老姑娘了。一过二十七八岁，她们就被全社会视为女人了，从此与"姑娘"二字绝缘。

已经是"文革"的第八个年头了，"九一三"事件似乎终于变成了一个历史事件，更多的人对于政治运动开始产生不可逆转的厌倦。大姑娘们尤其如此，她们的爱美之心"蠢蠢欲动"，有的穿上了花布裙子，大胆者甚至穿上了"修正主义"的布拉吉——没有人再批判她们有满脑子不健康的臭美思想了。

一日，秉昆从某商店回到家里，刚吃完饭，春燕来了。她穿了一条浅红色的裙子，裙子刚过膝盖，上身是一件短袖花布衫。

母亲问她吃没吃午饭？

她说在家吃过了。

母亲夸她的花布衫和浅红色裙子搭配得好看。

她说好看也不敢穿着这么一身去上班，领导一再叮嘱她，快是全市标兵了，在穿着方面，一定要给人无产阶级的朴素印象。

母亲打量着她说："裙子是不是短了点儿？"

她叫道："还短呀？我也不能白生一双好看的腿嘛，总得找机会让人民大众欣赏欣赏吧？"

母亲就抿嘴笑，不再说什么。

春燕是来找秉昆帮忙的，她说市里要求标兵不但应该是各行各业的先进劳动者，更应该是将"文革"进行到底的中坚分子，所以领导给了她三天假，让她认真写一篇"批孔"文章。第一天都过去了，她还一个字也没憋出来呢。

"好干哥哥,我的事就是你的事是不是?你不能让妹妹愁出一头白发来吧?这个忙你一定得帮我!"春燕嘴甜得要命。

秉昆却不为所动,说她应该首先去找德宝,帮她这类忙更属于德宝的特权,而且德宝肯定也高兴帮她写。

"德宝不是在班上嘛!你这个干哥哥,难道就不高兴帮我吗?"春燕不但嘴甜,而且一副死缠烂磨的样子。很明显,秉昆如果不帮她,她就打定主意赖着不走。

母亲同情起她来,也对秉昆说:"什么特权不特权的,你能帮就帮帮她嘛。人家春燕口口声声叫着你干哥哥,你一副爱答不理的样子,连我都看不过眼去!"

秉昆烦了,冲母亲发火:"我能帮不帮吗?写大批判文章得有政治头脑你懂不懂?她没有我就有吗?咱家人有那种遗传吗?"

母亲一时被顶撞得说不出话来。

而春燕眨巴眨巴眼睛掉下泪珠了。

秉昆想到明天是星期日,缓和了语调,又说以他自己的能力绝对帮不上那种忙,最好通知所有朋友,明天都到他家来,专为春燕的事在一起讨论讨论,以共同的智慧,也许会为她凑出一篇有水平的批判文章来。

春燕噙着泪连连点头。

母亲欣然地说:"这才像个干哥哥的样子。"

"那我现在就去通知德宝和吕川,让他俩再分别通知国庆和赶超。"为了摆脱春燕带入家门的烦恼,秉昆急欲脱身,说罢往外便走。

老推销员已经退休,秉昆正式接班了。他忙于推销,已三天没到厂里去了。

在厂门口,把门师傅像看着一名终于投案自首的犯人似的看着他,弦外有音地问:"你还记着你也是出渣班班长吗?"

秉昆说:"我只不过暂时代理一个时期,怎么了?"

把门师傅以谴责的口吻说:"暂时代理那也是具体负责的人,多日没来厂里了吧?还问怎么了,快去你们出渣房看看吧!"

秉昆听罢那话,料到肯定有不好的事发生了,推着自行车往出渣房一溜小跑。拐过一排车间,但见出渣房门外里三层外三层围了许多人。到跟前才发觉鞋已经湿透了,路上到处汪着酱油。

从出渣车间流出了三吨多酱油,先是注满了渣池,溢到池外,接着流出了渣房,将门前的一片凹地变成了酱油池。

这是建厂以来从没发生过的重大生产事故。周秉昆扶不住自行车了,自行车倒在酱油池里,他也一屁股坐在湿地上了。

几乎所有目光都望向他,他吃惊得完全傻掉了。

德宝推着龚宾从出渣房出来了,龚宾呜呜哭着说:"我们不是故意的,我们不是故意的……"

"别哭!谁说你们故意的了?事故都造成了,哭有什么用?"老太太也从出渣房出来了,高挽着裤腿,布鞋湿透,她铁青着脸训斥龚宾。

当她发现坐在地上的秉昆时,也想训斥几句,却又很快将头一扭,看着大家说:"留下几个人,把池子淘净了。下午还要出渣,不能连下午的生产也给耽误了。"说完,她从一个人手中夺过桶,转身又进了出渣房。

人们纷纷散去,只留下了几个手中有桶的人。德宝将秉昆扶起,小声说:"多亏了向阳,要不损失更大。"

吕川陪着向阳从医务所回来,向阳双手都被阀门烫伤,缠着纱布。

他内疚地对秉昆说:"班长,对不起,给你捅了这么大娄子。我们三个大意了,我们绝不连累你。"

老太太这时恰巧拎着满满一桶酱油走出来,进步立刻上前换下她,将一桶酱油拎至酱油池那儿倒掉。

老太太对吕川说:"你负责把向阳送回家。他手那样了,不彻底好了不能上班。"

德宝也拎着满满一桶酱油出来了,老太太吩咐他:"这么一桶桶地往外淘不行,你到工具仓库去把抽水机领出来。"

秉昆这时才能说出话:"不管责任多大,我一人承担。"

老太太望着酱油池说:"现在是追究责任的时候吗?你给我听着,下午不但要按时出渣,下班之前,还得搞得干干净净!酱油弄脏了的地方,要撒一层石灰,免得招苍蝇。"

她说完,低头想了会儿,忽然转身走了。

第十四章

"我认为,你还是慎重考虑再决定的好。"

"没什么可考虑的了。"

"那事情岂不是变成我把你给耽误了吗?"

"过来。"

郝冬梅背靠一棵白桦树站着,周秉义站在离她三步远的地方,弯腰继续采摘野花。他面前是一片叫作星星散的小黄花,已经快编成一个花环了。

冬梅犹豫了一下,缓缓走到他身边。

他看她一眼,再看手中花环,不满意地摇摇头。

冬梅责备道:"跟你谈你的前途问题呢,你怎么还有那份心思?"

秉义四处张望,有所发现,眼睛一亮:公路那边,有喇叭花缠着树生长,上上下下花开得煞是热闹。

他将花环朝冬梅一递:"先拿会儿。"

冬梅刚接过去,他已转身跑向喇叭花。

估计是鸟儿将几粒喇叭花的种子带到那儿的,它的花开得挺别致,下边的花尽是白色,中间部分的花是蓝色。秉义更想要紫色的花,偏偏那紫色的花开在最高处,高到了秉义伸手够不到的地方。这让它缠绕的那棵白桦树如同穿上了一件旗袍,一件绣满了白、蓝、紫三色花朵的绿绸布做成的旗袍,使人联想到穿旗袍的高挑美人儿。白桦树的树干,似裸露着的白皙修长的腿,最上边的紫色的喇叭花形成了华丽旗袍的高领。

秉义欣赏着。

冬梅喊："你在那儿发什么呆呀？"

她知道，秉义是一个完美主义者，做任何事都要求自己做到最好，即使忽生一念要为爱人编一个花环，即使过会儿他们在公路上分手时花环必然会被抛弃。她已过二十六岁生日，即将是老姑娘了，才不愿自己戴着花环的幼稚样子被除秉义之外的其他任何人见到呢！

"别费那事儿了行不行啊！"她又喊时，已将单色的花环戴头上了。

秉义装作没听见。他的自行车在公路边上，他将自行车搬了过去，一脚踏车座一脚踏车梁，开始摘取那些紫色的喇叭花。

所谓公路，其实就是用铲车在这一片白桦林中硬铲出来的类似防火带的一段路。铲车无法将白桦树从根部齐刷刷地铲断，只能撞倒它们。拖拉机随后用钢丝绳将它们一棵棵连根拖走，最后由人力填平树坑，于是就有一条两里多长的公路穿林而成。这一片白桦林，是秉义他们师属地内最大的一片白桦林。他们师地处山区，团与团之间、营与连之间，除了有数的几条砂石路，其他全是那种徒有其名的公路。

秉义做事还有一个近乎强迫症的习惯，那就是先难后易。采摘到紫色的喇叭花自然不容易，他知难而上。他自以为已将自行车支稳了，但前几天下过大雨，林地还没干，一踏到自行车上，车架就陷入土中渐渐倾斜，结果他握着一把紫色的喇叭花摔倒在地上。

冬梅惊叫一声，跑过来将他扶起，让他靠在自己怀里，不安地问他摔伤了哪里没有？

他说没事，吓了一跳而已，说罢跃起将蹲着的冬梅拉了起来，接着又采摘蓝色的喇叭花。

冬梅因为不能将刚才的谈话进行下去，不悦地从旁看着他。

他采够了，也不注意冬梅的表情，从她头上取下花环，将蓝色的紫色的喇叭花间隔着遍插在花环上，双手捧着，伸直胳膊，左歪头看一会儿，右歪头看一会儿，这才满意地笑了。

冬梅不禁有点儿生气，猛一下从他手中掠去花环，使劲往头上一套，将花环套散了，成一条花草绳落在了地上。她捡起来，手臂一挥，花草绳像条彩蛇似的从空中飞舞向远处，一头钻进草丛中去了。

秉义居然不明白她为何生气，吃惊又困惑地看着她。

她沉着脸说："你就当我戴在头上了吧，现在我要求你将严肃的谈话继续下去。"

秉义不悦了，瞪着她问："什么严肃的话题？"

冬梅说："别装傻，就是你去不去沈阳军区的事。"

秉义说："刚才不是谈过了吗？"

冬梅说："但是没谈完。"

秉义说："明明谈完了嘛！你让我慎重考虑再决定，我说没什么可考虑的了。不就谈完了吗？咱们就当没这么回事，彻底忘了不就得了吗？"

"这么大的事，简简单单的几句话就算谈完了吗？你不觉得你是在敷衍我吗？我可是特意为这事来找你的！"冬梅提高了嗓音。

"多大的事啊？我怎么就敷衍你了啊？你来找我不就是想要当面听到我的态度吗？我不去。我已经明确地向你这么表态了，你还要我怎么样啊？表态的话不都是简单的话吗？你听到过长篇大论的表态吗？我们之间需要与众不同的长篇大论的表态吗？"秉义振振有词，表情由不悦而怫然了。

冬梅张了张嘴没说出话来，一转身双手捂脸哭了。

当年，全国有十几个生产建设兵团。由于中苏关系紧张，地处中苏边境的黑龙江生产建设兵团具有明显的军队性质。

六月份的时候,沈阳军区谢副司令员到黑龙江生产建设兵团进行战备视察,他是一位开国少将。名曰视察,其实是要会会老战友黑龙江生产建设兵团的颜副司令员。黑龙江生产建设兵团级别很高,司令员由沈阳军区司令员亲任,而颜副司令员本是沈阳军区的一位少将副司令员,平级调任为黑龙江生产建设兵团的副司令员后,除了必要的工作请示和汇报须他本人回沈阳军区外,一年大多数时间住在黑龙江生产建设兵团总司令部所在地佳木斯市。颜副司令员是位老红军,他的老战友谢副司令员也是位老红军。据说,两位老红军少将在佳木斯相见后,当晚各自打发走随员,几乎谈了一夜——北京政坛波谲云诡,部队关系复杂多变,中苏边境剑拔弩张,"九一三"事件后毛主席的健康每况愈下,党和国家的前途命运堪忧,出卖之风盛行而值得信任者越来越少。他们的军职虽然并不多么显赫,但也面临着何去何从的实际考验。

他们所面临的问题还不仅仅是值得信任者越来越少了,不得不防的人似乎也越来越多了。有受大环境影响的心理作用,却也不能说完全就是心理原因——一言不慎,出口即祸,不但祸己,还殃及家人亲友。现实生活中,因防人之心松懈而忽一日成了敌人的事例不胜枚举。想必两位老战友之间要谈的知心话题太多太多,谈了一夜意犹未尽,第二天又谈了大半夜,至于谈了些什么内容没人知道。第三天,谢副司令员将一干随员打发回沈阳,说更愿意由生产建设兵团的同志陪着去各师团看看。有人认为他那么坚持是因为与老战友谈过后更忧虑了,有人则认为恰恰相反,他心情好多了。颜副司令员工作缠身无法相伴,他将周秉义从师里召到了佳木斯,让周秉义代表自己陪同。总司令部那么多人,派谁去陪同自己的老战友不好呢,干吗非从某师抽一名教育处的副处长啊?各机关的人们自然不解,私议纷纷。颜副司令也不管那些,命令下达,绝无改意。

直至"文革"后,他的女儿才回忆说,当年那个决定是在她家做出的。

谢副司令员问:"老颜啊,你寻思半天才为我抽那么一个人来,究竟是个怎么样的人啊?"

颜副司令员指着自己的太阳穴回答:"他这里边的东西可靠。"

他又为什么如此信任周秉义呢?

春天时,中央提出了农村要尽快普及小学五年制教育的方针,当时大部分省是小学六年制。生产建设兵团对中央这一指示很重视,颜副司令员亲自率队到各师团考察、调研。在周秉义他们师,自始至终一直由周秉义陪同。周秉义的汇报清楚明白,数字翔实可靠,有一说一,有二说二,不掩盖问题,不夸大成绩,不讳言个人看法,给颜副司令员留下了良好印象。调研组临走前完成了一份调研报告,由颜副司令员签了名,将要作为司令部文件传达各师团。颜副司令员特别嘱咐要让小周同志看看,提提意见。

周秉义还真看出了问题。其中一段写道:"一个国家的教育事业如果落后,其他各项事业的长期发展必将被拖后腿,种种目标都会功亏一篑。所以,要求各师、团,要像办好自己国家的教育事业那样重视问题、总结经验,解决困难,努力开创生产建设兵团基础教育的新局面……"

周秉义认为,"要像办好自己国家的教育事业那样"一句严重不妥。调研组的秀才领班则说,哪儿都可以改,就这一段只字不得擅改,因为是副司令员的原话。特别是那种比喻,副司令员一再说过,是他自己认为很有情怀的比喻,他强调一定要写上。谁有意见,谁亲自去跟副司令员提好了。

于是,周秉义强烈要求副司令员接见。

颜副司令问:"我那种比喻怎么就非改不可呢?"

周秉义说:"国家是一个整体,一个师就是一个师,一个团就是一个团……"

颜副司令员打断道:"我明白你的好意,但我说的是'自己国家'嘛!别人要非往歪处去想,那是他们鸡蛋里挑骨头,随他们的便好了。"

周秉义坚持道:"那您就是对自己不负责任,进一步说也是对我们黑龙江生产建设兵团不负责任。您热爱兵团,我们兵团战士尊敬您,不愿看到小人们鸡蛋里挑骨头的事真的发生,您不可以给他们可乘之机。"

颜副司令员就沉吟起来。

周秉义又说:"某些人都能从画骆驼、画虎、画猫头鹰、画松树和山水的画中看出什么别有用心,什么动向来,他们是不可不……"

颜副司令员又打断道:"别往下说了,你替我改。"

那件事给颜副司令员留下了深刻印象。

谢副司令员回到沈阳军区不久,周秉义所在的师收到了由兵团总司令部转来的沈阳军区的调令:调周秉义前往沈阳军区报到,从报到之日起,即由知青干部转为正式军人,听候军区的工作安排。

一石击起千层浪,此事在师部炸开了锅,连日里议论鼎沸,说什么的都有。最伤害秉义的说法是,看不出一向正人君子般的他还特善于溜须拍马走上层路线,利用一切可以利用的关系以达到目的!才陪了沈阳军区的一位副司令员十来天啊!多大的能耐啊!多高明的手段才能如愿以偿呢?背后这么说的人,基本上也都是知青干事、参谋什么的。

那些日子里,周秉义备觉聚蚊成雷、人言可畏的压力。

但是他连自我辩护的机会都没有。

因为师部领导们没正式通告他。

师部经由兵团总司令部转给沈阳军区一份公函,以工作需要为由,试图予以回绝。

第十四章

然而，师长接到了颜副司令员的电话。

颜副司令员说，谢副司令员的秘书另外任职了，正在物色秘书。老战友向自己要一名知青副处长，自己必须照办。最后，他说："愿意放人得放，不愿意放也得放。"

于是事情明朗化了，师长亲自通知周秉义。

实际上，师里的领导们绝无阻止周秉义好事成真的想法。发现一名可以被培养成干部的知青苗子并培养成了副处级干部，也是让他们颇有成就感的事。周秉义将全师的基础教育工作抓得卓有成效，他们是因为惜才而不愿人才流失。

师长让他看了调令，调令中注明了若干要求，其中一条是"社会关系纯洁"，不"纯洁"的社会关系对象中包括"走资派"在内。

周秉义把调令放在桌上后，波澜不惊地说："容我考虑一下。"

师长问："几天？"

他说："五分钟。"

他需要独处五分钟，并不是必须考虑，而是必须平静一下心情。尽管那份调令让他的人品饱受争议，但它毕竟非同寻常。如同通往阿里巴巴藏宝洞的路线图，当真的属于某人时，不管是谁，十之八九都会觉得此前所经历的任何不快都根本不值一提。周秉义并非那十之一二的不凡之人，那份调令仿佛不是一般的火炮，而是一门特大口径穿甲弹重炮。哪怕他是一辆虎式霸王坦克，也随时可以一举击毁，不，是将他头脑中关于人生的全部理念轰得灰飞烟灭。那些理念是他的人品"工事"，他此前一向凭此工事宠辱不惊，不卑不亢，现在却面临有生以来最严峻的人品威胁——恰恰又是欣赏他的工作能力，更看重他人品的两位老首长造成的。

站在走廊里掏出了烟的周秉义，紧巴得手都不听使唤了。他所面临的事好比如今一个小彩民中了几千万的头彩，但若要将那几千万打到自己银行卡上，首先得下决心自断双臂或双腿。郝冬梅早已成了他人生的另一半——此事搁谁身上，大约都会紧巴得扛不住。

那一年，黑龙江生产建设兵团已有七个师六十余个团四十多万知青，全国已有一千多万知青了。当一位可敬的老红军、开国少将、大军区副司令员的秘书，不要说在四十多万兵团知青中，就是在一千多万全国知青中，又能有几人如此幸运呢？自从"上山下乡"成为全国性的轰轰烈烈的运动以来，还没听说过有哪一位知青像他这般幸运！

他忽然理解了那些对他的人品的侮辱和攻讦之词，也顿时对周围的嫉妒一概予以原谅了。天下知青皆属同类，在黑龙江生产建设兵团更是如此。别说自己只不过是师部机关的一名知青，即便是兵团总部的知青那又怎样？不错，你坐办公室了，你不必风里来雨里去地干农活，但你不还是非工非农非学非军、身份不伦不类的知青吗？你不是与任何一名兵团知青挣同样多的钱吗？

大家都只不过是知青——黑龙江生产建设兵团的知青中虽然产生了干部，但是并不被普通知青看得多么不普通。副处长周秉义的工资依然是三十二元，仅就工资而言，他还属于弱势群体。干农活的知青节假日加班有工资，机关知青却并不享受这一待遇。

不伦不类的身份，让知青们长期找不到归属感，自然也就几乎全无所谓身份认同感，所以都盼着招工、参军、上大学的机会青睐自己。机关知青信息渠道多，离足以改变自己命运的权力场近，故种种钻营现象屡见不鲜。而要达到目的总得付出点儿什么，经常付出的无非便是政治品质、人际道德、海枯石烂不变心的爱情或别人的"地下爱情"——很有些人通过公开或不能公开、正当或不怎么正当的途径和方式摆脱了知青身份。为了稳定知青们的扎根意识，各师团都制定了自己的土政策，共同的一项便是，已经确定了恋爱关系的知青，原则上不轻易放走其中一方。把关严的师团干脆将"不轻易"直接执行为"不"，将确定了恋爱关系干脆解释为发生了恋爱关系。因为已发生过几起这样的事件，一方没走成，遭到了另一方的伤害；一方前脚走了，另一方想不开疯了或自杀了。既要恋爱，又要不丧失能走的良机，这种鱼与熊掌兼得的两全之想，迫使某些知青将爱情当成一件秘而不宣的地下事业来进行。他们预先达成了海誓山盟协议，两人中谁有机会走，但走无妨。走的一方不可变心，没走的一方应守身如玉，专一地期待大换班即全体知青返城，于是有情人终成眷属。姑且不论他们的协议靠谱不靠谱，单说将爱情的地下事业秘密进行到只有天知地知你知我知的绝密程度，便委实不易。

于是，另一类事情便也发生了，爱情隐侣中的一方就要走了，另一方亦遵守协议不哭不闹守口如瓶，斜刺里却杀出要将闲事管到底的程咬金，以揭发者的姿态对朋友的恋爱关系大曝其光，想走的走不成了，那守口如瓶的一方一并背上了欺骗组织欺骗群众的罪名。揭发者自然并未从中得着什么实际利益，明知偏要那么做，纯粹是为了从破坏别人的好事中获得某种快感。所谓损人不利己在他们那儿另有新解，即损了人便利了己。能揭发地下爱情者，大抵是恋爱一方的朋友或双方共同的朋友，于是不但爱情被出卖了，友谊也遭到了不知所措的背叛。身为师教育处副处长的周秉义，自己就代表师部处理过一件如此这般令他嫌恶的知青老师之间的破事。

周秉义只吸了第一口烟后，便做出了决定。接下来的每一口烟，便都是为了让神经彻底放松下来。他的头脑里并没发生什么难以抉择的思想斗争。他固然也是个鱼与熊掌都想兼得的人，如果说郝冬梅是鱼，要获得熊掌必须失去鱼的话，那么他是那种立刻会对熊掌转过头去的男人。这与某些爱情小说对他的影响有一定关系，那些小说赞美忠贞不渝的爱情，在他的头脑中形成了自己的道德律——但道德律的禁忌并非主要原因，更主要的原因其实可以说是一种习惯，即他已经习惯了人生中不可无冬梅，如同基督教徒习惯了人生中不可无《圣经》。若对一个人说珠宝给你，前提是必须将《圣经》抛弃，虔诚的基督教徒往往会根本不加考虑，便向珠宝背转过身去。也许他们此前对《圣经》心存疑惑不解，但恰恰是当具有巨大诱惑性的珠宝摆在面前时，心理习惯的神力反而会让他们将《圣经》抱得更紧。

周秉义还没吸完一支烟，便想好了应该如何回答师长，才会让事情彻底了结。

再次出现在师长面前时，他平静地说："我未婚妻的父亲现在仍是被打倒的'走资派'，而这不符合入伍的政审条件，所以我只有放弃此次难得的机会。我们已决定不久便结婚，希望师长能参加我们的婚礼。"

结婚之说完全是托词，他并没与冬梅商议过。

师长愣住了。

他与冬梅的恋爱关系当然不属于地下的，师长也有所耳闻，但师部优秀知青干部未婚妻的父亲是"走资派"，却是师长料想不到的。

"师长，我可以走了吗？"

"等等，这四月二十四日《人民日报》发表的社论《惩前毖后，治病救人》，五月一日《红旗》杂志的重要文章《执行'惩前毖后，治病救人'的方针》，你认真学过没有？"

"报告师长，我认真学过了。这些文章的中心思想是，要严格区分两类不同性质的矛盾，对一切犯错误的同志，都要坚持团结、批评、团结的方针。强调指出，'经过长期革命斗争锻炼的老干部是党的宝贵财富''不但要看干部的一时一事，而且要看干部的全部历史和全部工作''不仅要敢于大胆解放干部，还要敢于正确使用'。正是依据《人民日报》和《红旗》杂志的思想精神，教育处及时启用了一批'文革'后靠边站的各团教育系统的干部、校长，工作汇报早已呈送政治部了。"

"你们的工作汇报我看过了，师党委支持你们的做法。我现在指的是，你未婚妻的父亲，他的问题仍没有什么松动的迹象吗？如果有，那你就跟我说说，我也许可以替你再争取争取转机。"

"师长不必费心了，他被定性为顽固不化一类，至今毫无新的说法。"

"明白了。"

此时，师长不禁替周秉义倍感遗憾。

周秉义走到门口时，被师长叫住了。

师长又说："其实，你可以与你未婚妻商议商议，或许还有别的解决办法。"

师长很愿意完成两位副司令员交代给自己的任务，但他的话只能点到为止。

秉义立刻明白了师长的意思，如果他与冬梅结束恋爱关系，就像某些夫妻假离婚那样，政审问题可以迎刃而解。但是，他平静地说："我和未婚妻都不想那么做。"

"周秉义，你可把我的话听明白了，在调令的有效期内，师里是不会向沈阳军区提前做出答复的。"师长的话仍留有回旋余地。

周秉义对于调令的态度，立刻成为师部的头条新闻，不胫而走，在各团知青中传播开了。在爱情的海誓山盟变得轻如鸿毛的当时，用今天的说法，他似乎代表了一种关于爱情价值观的正能量。

他爱的女知青究竟漂亮到何种程度？这逐渐变成了知青们最感兴趣的一点。有些师部的知青见过郝冬梅，他们俨然新闻发言人似的，四处宣布真相：其实那个郝冬梅也并非天仙神女般人儿，最多也就只能说长得还算秀气，挺文静而已。对女性审美标准高的知青干脆说，形象也就一般般，或许因为她控制周秉义的手段极为特殊吧！不知何故，这么说的女知青反而多于男知青。一些离师部近的女知青，星期天结伴来到师部，东溜达西溜达，逢人便搭讪，在什么地方可以见到周秉义？还有不知是男是女的知青给他写信，说他的事迹特让自己感动，坚决支持他的选择，祝他和郝冬梅的爱情之花越开越鲜艳云云。尽管是百分之百的好意，但自己和冬梅的私事居然成了到处传播的事迹，周秉义还是觉得不胜其烦，也感到匪夷所思。

郝冬梅同样难避滋扰。一些知青结伴出现在她所在的生产队里，多数是男知青。他们比女知青坦率多了，逢人便声明就是想见郝冬梅一面，不达目的，绝不罢休。此日见不到，过几天还来。只要见到了，绝不纠缠，更不会提出什么无理请求，保证人人掉头就走。

若不是那些厚脸皮的男知青非要见她，冬梅还不晓得自己为什么突然名声大噪。若不是她及时阻止，队里就会召集民兵对那些无理取闹的男知青进行驱逐了。她到底颇有应对能力，集体接见了他们，说了些祝福他们爱情美满的话，他们才皆大欢喜地散去。

然而，她很生秉义的气。那么一件重要的事，怎么预先不跟自己通个气呢？又怎么可以在自己一无所知的情况之下，就自做决定了呢？咱俩是什么关系啊？你的事仅仅是你自己的事吗？难道不也是我郝冬梅的事吗？周秉义你也太不尊重我了吧？

于是，她通过电话十万火急地约见秉义。

秉义是师部机关知青，大小还是个"官儿"，他办公室就有电话，拿起来拨几下，冬梅她们生产队队部里的电话就响了。冬梅通过电话约见他就比较复杂了，队部里就那么一台手摇式电话，她要用那台电话与秉义通话，得瞅准队部没人的时候。一个人都没有也不行，那她就必须四处去找一个她打电话时得坐在她旁边的人，这便是三十七八岁的曹会计。他心猿意马地看着一只旧怀表，等着按时收费是他分内之事。他并不情愿耽误自己的时间等着知青打完电话，经常失去耐心地催促快点儿结束。他对冬梅却耐心可嘉，一副别有用心的嘴脸。事实上，他的确别有用心。这一年全国各地先后解放了大大小小不少"走资派"，尚未解放的"走资派"的问题似乎衬托得更加严重了。郝冬梅的父亲恰恰属于后一类，倒没有任何方面的人要求队里监听郝冬梅与人的电话交谈，曹会计异常自觉地肩负起了监听的使命。依他想，从郝冬梅与未婚夫周秉义的通话中，说不定能听出什么新动向。她父亲是尚未解放的大"走资派"，没人关注她怎么可以呢？他一方面见义勇为，一方面对郝冬梅极尽讨好取悦之能事。每次她放下电话，他都少算半分钟一分钟的钱，万一她父亲哪一天忽然解放了呢？得做两手准备啊！接钱之际，他总趁机握一下冬梅的手。冬梅心里厌烦极了，却一直尽量克制着没发作。

这次冬梅与秉义通话后，他居然大胆地握住她的手不松开，还皮笑肉不笑地问："我猜，肯定是由于你父亲的问题吧？"

冬梅也不说什么，只是狠狠地瞪他，她的目光在那时特别凛然。

"这么瞪着我干吗呀，我不过就是非常关心你的事嘛。哪一天你父亲解放了，我建议队里为你和你父亲祝贺一番哈！"他厚颜无耻地表白着，心虚地松开了她的手。

郝冬梅和周秉义为了能够不受任何人的关注和干扰，选择了这一片白桦林作为见面地点。对于冬梅，到这里比到秉义他们师部近了一半；而秉义要到师部直属营去处理一件挺棘手的事，也要从这里拐向另一条路。

二人之间有了如下谈话：

"这么重要的一件事，你怎么对我一字未提过？"

"起初我也是只听到一些传言，既没亲眼看到调令，也没什么人与我正式谈话，我自己都不知道真假的事，告诉你有什么意思呢？"

"但后来这件事是真的了，你又为什么不征求一下我的态度就擅自决定了？"

"老实说，我根本就不想让你知道。我希望这件事能在我这儿没发生过似的就结束了！"

"但现在我还是知道了！"

"后来的事也不是我能控制的啊！你知道或不知道有什么区别吗？"

"你认为呢？"

……

以上这种抬杠似的谈话，二人之间从未发生过。周秉义对郝冬梅兴师问罪似的话很敏感，为了让自己和冬梅都高兴起来他才编起那只花环。冬梅对花环表现出的冷漠让他不爽，而她一哭终于令他心烦。他对和她在一起时的感觉越来越不满意，而她从未觉察到，要为不该哭的事莫名其妙地哭。

"我究竟什么地方做错了，冬梅？我还有什么可慎重考虑的呢？你让我再慎重考虑又是什么意思呢？难道我应该做相反的决定吗？"

秉义的语气也变成了质问式的。

冬梅不哭了，向公路跑去。

秉义恼火了。这建筑工人的儿子，别看平时文质彬彬的，其实基因里遗传着和他父亲一样的山东男人的那种倔脾气。他也推着自行车走到了公路上，看都不看冬梅一眼，蹬车快速离去。

第十四章

"我究竟什么地方做错了？"

自行车颠簸不止，他的自问一再重复。

他想不明白自己什么地方做错了。

是的，他确实对和冬梅在一起时的感觉越来越不满意。他早已习惯生活里必须有她，这是真的，越来越不满意也是真的。他断不会因为不满意而生结束他们关系的念头，但也断不肯再将就不满意的现状了。

屈指算来，他们的关系已近十年。初中时冬梅就开始暗暗喜欢他了，那时的周秉义心无旁骛，全部精力集中在学习上。高一时郝冬梅主动向他表白了心迹，他也只当那是一种比男女同学之间的友谊更可贵的友谊。他认为在一位副省长的女儿和一名建筑工人的儿子之间，爱情太奢侈了，还是友谊来得更现实一些。如果自己因为她的主动而忘乎所以，那么可能连友谊也很快就成为过眼烟云。自己虽然是一名建筑工人的儿子，但高中时的他对自己未来的人生已甚为自信。他要求自己必须是那么一种男人——不论时代如何风云多变，自己在同龄人中都不但要努力争取出类拔萃，而且还要始终是一个好人。他确信那么一种男人肯定会有优秀的女人来爱的，而郝冬梅究竟优秀不优秀他还看不出来。

高二时，他从她身上看出一点儿与别的女生不同的地方。她第一次到他光字片的家，是在一个星期六的傍晚。他送她走时，天已黑了。

路上，他问她晚饭吃好了吗？

她没回答。

他站住细看她，月光下发现她在流泪。

他吃惊了，问有什么地方对她招待不周？

而她的回答让他又吃一惊。

她说："我父亲他们太对不起生活在这一带的人家了！新中国成立都十五六年了，这里和解放前的穷人区有什么区别？我虽然对解放前一无所知，但毕竟从电影里见到过。"

秉义苦笑道："我家在光字片还算一户住得不错的人家。新中国一穷二白，底子薄，也不能太责怪你父亲他们。"

她说："你别劝我了，就让我心里难过着吧！我父亲当副省长近十年了，我猜他从没到过你家住的这个地方，亏他还是主抓城市建设的副省长！"

秉义打趣道："说不定他还真来过这一带，拖拉机厂搞建厂周年纪念活动时，听说来了不少市里的省里的大官。"

她说："我想起来了，他确实参加了，但是我敢说，他就根本没想让小车拐个弯，顺便到你们光字片来看看。"

秉义完全无语了。

她又说："周秉义，从今天起，我会因我们一家三口住在独门大院的小洋楼里深感不安！我家的厨师和阿姨在那小洋楼里都各有房间啊！这太让人不知说什么好了。我们真的太对不起你们，我先替父亲向你鞠躬道歉吧！"

她深深地向他鞠了一躬，转身跑了。

是夜，周秉义失眠了。他受到了不小的震撼。从没有任何人因为光字片人家居住得如此破烂不堪而觉得对不起他们，他们也从不认为有谁应该特别关注自己。郝冬梅让他第一次开始思考，某些人的确应对许多人所过的山顶洞人般的生活负有责任。

他问自己，如果你是郝冬梅，如果你的父亲是一位副省长，如果你住在独门大院的小洋楼里，而你所爱之人是光字片人家的一员，你自己的感受会如何？

他承认，自己肯定也会大受刺激。

不久，母亲说有一位副省长到光字片来视察了一遭。周秉义没问过

第十四章

郝冬梅是不是她父亲，郝冬梅自己也没说过。那件事似乎在他俩之间产生了一片阴影。不论哪一方想要更近地靠拢对方，都本能地希望避开那片阴影，因而不得不小心翼翼、如履薄冰。那几乎只能是试探性的，这让他们的关系一度变得很别扭。

"文革"一开始，郝冬梅的父亲郝似冰就被打倒了。

一日，周秉义到郝冬梅家里去，那是他第一次迈入她家的院子。她的家已经成了某造反军团的总指挥部，她的父母已分别被关押在"牛棚"里，阿姨和厨师对她的父母进行揭发后不知去向，阿姨住的房间允许她住了进去。她藏起了几部自己非常喜欢的小说，其中便有雨果的《悲惨世界》第一卷。他去找她，是要按照她的请求把书转移到他家去。那是冬季里的一天，他穿了件大衣，还拎了个旅行兜。

他俩见面不一会儿，一名"造反派"头头闯进了她的房间。对方吸着烟，看定周秉义的脸说："我怎么觉得你挺面熟？"周秉义也认出了对方，他在对方的厂里"学工"过，做过工人们的夜校老师。对方想起他是谁后，问他与冬梅什么关系？他说是同学关系，她家有些旧衣服要处理，而那正是他的弟弟妹妹可以穿的，所以他来取走。对方就不再问他什么，转而说服冬梅在即将召开的批斗大会上登台亮一次革命的相，也就是声明与她的父母脱离关系。如果还能揭发批判最好，只声明脱离关系也行。四十多岁的原某厂的三级钳工师傅，对郝冬梅并未气势汹汹，也许是由于有夜校老师在场的原因，他只不过反复说服而已，如同一位医生说服病人接受他认为最佳的治疗方案。

"我不能。现有的一切揭发，都不足以证明我的父母是国家和人民的敌人。对我而言他们是好父母。刀刃压在脖子上，我也不会按你们的要求去做。"郝冬梅说完此番话，一声不吭了。

"大势所趋，识时务者为俊杰嘛，替我再劝劝她。"那人离开时，对周秉义留下了这么一句话。

周秉义不由得抓住郝冬梅的手,轻轻握了一下。

那是他对她的第一次亲近的举动。除此之外,他不知再怎么样才能表示对她的同情。

她的身子微微抖了一下,小声对他说:"你可一定要把这些书收藏好。"

后来,周秉义听说,有天那名造反派头头心脏病突然发作,倒在郝冬梅家的院子里。当时,他们的人都去参加批斗郝冬梅父亲等几个"走资派"的大会去了,如果不是她及时从马路上拦到车并把他送到医院,那名造反 派头头很可能一命呜呼了。

他把听说的事讲给妹妹周蓉听了。实际上,他所知道的关于她的一切事,他都愿意讲给妹妹听,却总是将弟弟秉昆支开。在他眼里,妹妹是大人,弟弟是孩子。

周蓉听了以后,严肃地对他说:"哥,爱她吧!好好爱她,要负起保护她的责任。我盼望有一天她成为我的嫂子,我认为你俩太是一对儿了。"

他问何以见得?

周蓉说:"她有斯陀夫人那种悲天悯人的心肠,而这对于女人是最宝贵的,思想次之。我和她相反,这不是说我不善良,咱家人都很善良,随爸妈。我甚至有点儿担心,小弟以后会不会由于太善良而做蠢事。冬梅是那种既善良又不至于做蠢事的女性,我也不是说她就没什么思想,她当然也是有思想的,只不过看跟谁比了,跟我比当然就稍逊一筹了。而你,我的哥哥,你有'米里哀情结'。如果你生在十八九世纪的欧洲国家,估计咱家以后会出一位主教大人的。你想想嘛,俗家的米里哀主教若与斯陀夫人结为夫妇,那将是多么的和谐!"

第十四章

周蓉评论人事时，自我感觉总是高高在上，好得不得了。有时连秉义也分不清，妹妹的话究竟是认真的多还是调侃的成分多。

他正寻思着妹妹的话，妹妹以更加严肃的口吻说："哥，你不要心存幻想，以为将来会有我这么一个又是大美人儿，又有思想，同时心底也很善良的姑娘爱上你。那样的概率太低了！我是谁？我是光字片的女神，不是电影《天涯歌女》中的'女神'，是希腊神话中的女神，你妹妹是负有拯救使命才降临人间的。依我看来，你与冬梅的姻缘哪方面都般配，只有一点将成为小小的遗憾……"

秉义强忍着笑又问："你是不是指门第差距啊？现在这种差距已经不存在了，简直还可以说反过来了。"

周蓉受辱似的反问："我有那么俗吗？我指的是激情！爱是要靠激情来滋养的，热烈相爱的激情应该在爱人之间一直存在，只有到了晚年才允许它渐渐化作柔情。目前，我从你俩的关系中只见柔情似水，还没洞察到激情的点燃。但也许对于你和她，爱情只有柔情就足够了。或者，你们到了中年以后才会互相需要激情吧，谁知道呢？女思想者不是女巫，不一定也拥有预见的超能力。"

秉义忍不住笑出了声，讥讽道："亏你今天还比较谦虚，没大言不惭地直接说自己就是思想家。那么敢问一下你这位女神级的思想者，你对自己的个人问题有何考虑呢？"

周蓉就摆出思想者煞有介事的模样，故作沉思状地说："哥，我吧，我是上帝心血来潮的游戏之作——艾丝美拉达的没心没肺在我身上有点儿，卡门的任性在我身上也有点儿，玛蒂尔德的叛逆在我身上还有点儿。我身上也有娜塔莎的纯真、晴雯的刚烈、黛玉的孤芳自赏式的忧郁、宝钗的圆通……哎呀，一言难尽，总之你妹妹太复杂了，那咋办，都是思想惹的祸呗！"

她飘飘然地自夸，连自己也忍不住开心地咯咯大笑。

秉义向她使眼色。她一转身，见母亲不知何时站在身后。

母亲皱眉道："蓉啊，在家里，当着你哥的面，说些什么不着边际的话那都没啥，全当讲笑话逗自家人开心了。但千万记住妈的嘱咐，可不许在外人跟前也说那些话，外人会以为你有精神病！"

周蓉笑着说："妈放心，外人也没那幸运听到。在咱家，除了我哥，你们也听不懂。我得经常与我哥这么交流，要不他会和我弟一样变得思想迟钝的。"接着，她以很小的声音神秘地对秉义说："哥，你要多少有些心理准备，你将来的妹夫很可能是一位中国的莱蒙托夫。"

如果当时秉义敏感些，追问几句，很有可能从她口中套出点儿后来之事的蛛丝马迹。但秉义当时又怎么能想那么多呢？他欣赏的是妹妹，爱护的是弟弟。而一个哥哥在弟弟和妹妹之间更欣赏谁，往往也就意味着对谁反而疏于关心了。

那一天周蓉的一番话，虽然亦庄亦谐既调侃别人也调侃自己，对秉义与冬梅的关系还是起到了一定促进作用。

此后，冬梅逐渐成了周家的常客，并很快与周蓉情投意合起来，如同亲姐妹一般。在Ａ市最不太平的日子里，周蓉和母亲还强迫她在周家住过一个时期，那些日子里她差不多就成了周家的一口人。

周秉义后来不得不暗自承认，妹妹周蓉看人事的眼光确有独到之处。她一语成谶，他和冬梅的爱情关系果然一直柔情似水，水平如镜，水位既不曾涨过一分，也不曾降过一分，就那么温温柔柔地处于止水之境。起初秉义倒也没什么不满意的，但是一年又一年温柔地恋过来爱过去，他逐渐感到他们的爱情之中确实缺少某种重要元素了，便是妹妹周蓉所言的热烈的激情。

周秉义不是曹德宝，也不是于连，甚至没有弟弟秉昆那么一种蔫人的勇气。他更像《战争与和平》中的安德烈与皮埃尔。他本质上并不是那样的人,却很受这两个文学人物影响,在爱情方面尤其希望自己是绅士,很贵族。而冬梅不是春燕,不是玛蒂尔德,也不是艾丝美拉达。她天生有点儿《红与黑》中的德·瑞那夫人的遗风,坐有坐相,站有站相,吃饭注意吃相。除了一日三餐,很少再吃,饿了也往往忍着。偶尔吃零食,也有意躲开别人的视线。秉义则完全相反,他见了吃的就想吃一口,见了好吃的眼睛就发亮,不饿也吃,有时还与人抢着吃。其实,一半是策略,与人抢东西吃反而很容易拉近关系,让对方认为你没拿他当外人。一半是饥饿年代留下的后遗症,好几年经常吃野菜、草籽、树叶的人,胃肠对食物会产生习惯性的饥饿反应。当他对面前的食物表现出那种反应时,如果冬梅恰巧在身旁,她会随之惊诧,仿佛在看着一个陌生人。

  有一次他俩进县城,见路边有个孩子卖煮玉米。正是玉米刚成熟的季节,金黄色的玉米看上去很诱人。他俩本已走过去了,他却站住,扭头回望,掏兜,接着说没带钱包,问她身上有没有零钱。她问他饿了吗?他说不饿,反问她,人非得在饿了的时候才吃想吃的东西吗?这个问题简直属于"斯蒂芬斯之问",她一时难以回答,只得笑着掏出零钱给他。他跑过去买回两大根玉米棒,递给她一根。她摇头说不饿,他立刻严肃批评,说她"这种毛病可实在不好"——而那正是她要开口批评他的话。他却大人教导孩子似的接着说,好吃的东西一旦见着了,想吃就要吃,饿不饿根本不应该成为吃不吃的前提。不是一切好吃的东西想吃了就能吃到,某些好吃的东西人一旦错过了,也许相当长的时间就再也吃不到了。比如,三年前他错过了一次吃冻梨的机会,至今就再也没见过冻梨。她觉得他的话强词夺理,一点儿也不认为冻梨和煮玉米有多么好吃。他多次讲到的饥饿年代,对于她没什么深刻记忆。他一边走一边大啃玉米,一手一根交替着啃,嘴巴完全被占住了,一路没顾上再跟她说一句话。身边走着的男人那种几天没吃饭似的吃相，让同行的她很不好意思，尽管他并没引起任何人的格外注意。

当他将啃过的玉米棒扔掉，他俩又往前走了一段路后，她纳闷地说："我好奇怪啊。"

他问："奇怪什么？"

她说："你在并不饿的情况下吃了两大根玉米棒，不觉撑得慌吗？"

他说："不啊，吃着玩而已。"

"难怪你连个饱嗝都没打。"她似乎恍然大悟，也似乎更奇怪了。

他也笑了，想了想，承认自己不论吃得多么饱，确实从没打过饱嗝，连他自己都奇怪。

冬梅是有一些所谓贵族教养的，绝非先天遗传，而是后天习惯。从遗传学上来说，她没有一星半点儿的贵族基因。她的父母以及父母的父母上溯几代都是穷苦人家出身，而且她的父母都是老抗联，为抗日救亡流过血负过伤经历过常人无法想象的艰苦生活。她母亲体内至今还留有当时没条件取出的弹片，她父亲的一只脚失去了全部脚趾。在冰天雪地里被冻死了神经和皮肉，春天开始腐烂，自己用刺刀将五个脚趾切掉了，后来走路得拄手杖。父母当年结婚晚，为了革命也不敢要孩子，母亲直到东北解放了才放心大胆地怀上了她。

冬梅自幼是在一位白俄罗斯女佣的精心照料之下长大的，她称其阿黛莎阿姨。她的父母不但信任阿黛莎阿姨，还相当尊敬对方。冬梅与阿黛莎阿姨之间的感情也很深，她十五岁那年阿黛莎病逝于A市，她和父母都很悲伤。据她母亲说，阿黛莎阿姨年轻时曾在俄国伯爵家做过女佣，所以她对冬梅的照料是俄国老贵族家女佣的做法，要求也是，举止也是，一言一行潜移默化的影响都是。在她的记忆中，阿黛莎阿姨是规矩的示范者。那白俄罗斯女佣是虔诚的东正教信徒，给郝冬梅讲过不少对她很有吸引力的宗教故事，还经常教她唱白俄罗斯民歌，与她一起背俄语诗。她的俄语成绩一向在班里名列前茅，不能不说是受益于阿黛莎阿姨。

郝冬梅成了这样一个女人，是的，以她当时的年龄而论，该称她为女人了。她出身于高干家庭，遗传着穷人的基因，头脑里的宗教思想远多于革命思想，有一副悲天悯人的心肠，同时又有不少贵族小姐般的习性。

周秉义则是精神上的贵族，日常生活中不拘小节的平民。不拘小节才是他的本性，是他更为习惯的习惯。他的彬彬有礼是对四种外因所做的明智回应——学生时代好学生桂冠对他的要求，文学作品中绅士型好男人对他的影响，成为知青干部后机关环境和规矩对他的要求，和冬梅在一起时为了让她感觉舒服的设法适应。特别是当他和冬梅在一起时，那也不是多么委屈他，尽管他自己过后往往觉得实在太委屈。

周秉义和郝冬梅，这两个当年与众不同的男人和女人，自从各在一方成为知青以后，只要十几天没见面就都特别想念对方。真的隔了十几天没见，便都开始进入心神不定的状态，更经常的情况又确实是每隔二十多天才能见上一面。平均下来，每月都有那么五六天饱受彼此想念之苦。而一见了面，拥抱、亲吻、互相爱抚无疑带给他们陶醉般的幸福。

在北大荒的广阔天地之间，他们见面的地方当然第三只眼绝对瞭望不到。即使完全可以放开手脚随心所欲，周秉义也从没将郝冬梅搂得喘不过气来过。五年多了，天地做证，一次也没那样过。他的做法通常是拉着她一只手轻轻将她拉到跟前，握一会儿再松开，将自己的双手十指交叉地扣在她背后，使她被不松不紧地挺舒服地箍在自己怀里。那是搂与拥相结合的方式，是中西合璧的方式，是他从实践中总结经验择优而定的一种方式，也是他觉得冬梅最喜欢最享受的一种方式。通常，她也确实显得特享受；偶尔，她不是特享受，因为他太性急了，她还没来得及将书包放下，书包里的厚书或行军水壶硌在他俩之间了。他那么将她箍在怀里以后，再接下来的节目当然就是亲吻了呀。他噘起双唇吻她的额头，吻她的两颊，吻她的耳朵、脖子，她就更陶醉更享受了，左右扭着头让他吻。他们免不了也会亲亲嘴儿，但也不过就是一种唇碰唇的亲法而已。不知为什么，那时她从不绽开双唇，而他也就往往浅尝辄止，所谓深吻，在他们之间是尚未发生过的事。即使那么亲热了一会儿，她也每每会头晕，他看出她是陶醉的。

这么说吧，如果我们想象一下宝哥哥和林妹妹亲热的情形，那么林妹妹很可能也会像郝冬梅般经不住陶醉，尽管郝妹妹要比林妹妹健康得多。经过农活的洗礼，郝妹妹的身材变得更接近宝姐姐了。秉义很困惑，明明是宝姐姐般看上去挺有亲近感的一个可人儿，怎么比林妹妹还娇弱几分呢？周秉义读过《西厢记》，他每次预想的幽会情形起码是张生与崔莺莺式的。

那时，他就会在心里说："冬梅，冬梅，哪怕你像袭人也行啊！如果你每次都这个样子，我以后该拿你如何是好呢？"

他总是将郁闷掩饰得一丝不露，所以冬梅也就一无所知。

他们总有说不完道不尽的话题，仿佛他们幽会的目的和主体内容只是为了交谈。仿佛他们彼此的想念，更是对于能够在一起交谈许多话题的愉快时光的想念。这当然不是秉义所愿意的，他觉得冬梅似乎更愿意那样，所以自己也就尽量装出同样的愉快。

两人几乎每次都是选择一处算得上是风景的地方，秉义靠树而坐，冬梅靠着他的胸怀坐下，他搂着她的腰，轻轻握着她的双手，就那么从一个话题跳跃到另一个话题，或者他背诗给她听。

第十四章

他从没尝试过将手探入她的怀里。

他从没解过她的一颗衣扣。

因为她不是偎在他怀里而是靠在他怀里,他连她的额头和脸颊也吻不着了,能吻到的只是她脑后的头发或后耳郭,也能吻吻她的手指肚、手心。即使想要吻到她的手心,那也须她配合地将手朝后举着。手背是吻不着的,她做不出那么别扭的动作。其实她也不难做到,只不过他不想让她别扭地做。

他们谈啊谈啊,两三个小时很快就会谈过去,于是都站起来,重复刚见面时那种方式的拥抱和接吻。

然后,他骑自行车送她一程。

那时,她可以反过来从后搂着他的腰了,将脸贴在他背上,幸福得不得了,满足得不得了。

对于冬梅,那是一种真实的感受,因为在城市里万难有那样的时光。在周家时也不可能有那样惬意的时光,怎么可能呢?片刻也不行啊!

因而她觉得下乡了真好,能与自己爱的人离得不远,简直好上加好!仅凭这一点,她对"上山下乡"无怨无悔。

二十六七岁,这种年龄的青年如今时兴被叫作男孩、女孩——这在当年是无法想象的;都是高中生,下乡都四年多了,还"孩"什么呀!

知青中的老高三,不论男女,谁会认为自己不是名副其实的大人了呢?如果别人叫他们是男孩、女孩,他们肯定会生气的,会觉得是对自己的羞辱。

当上了知青干部的周秉义和变成了"走派资"女儿的郝冬梅,一个要为弟弟妹妹树榜样,赢得知青们的敬重,一个要为父母争气,证明自己同样是优秀的,便比着做好男人和好女人——在这方面他们都自信做得不错。

好男人和好女人应该怎么相爱呢？

文学作品中的描写成为他们的参考。在当年，他们所能读到的那些名著，绝大多数对于爱情的描写，差不多也就是他们所表现的那样。

对于性，他们的意识与现在年龄小他们十岁的少男少女们相比，只怕还要弱智一些呢！

……

周秉义忽然刹住了自行车——他已经骑了十几分钟。

他冷静下来了。

"我究竟做错了什么？"这个问题不再纠缠他了，他想到了妹妹的话："爱是需要激情来滋养的。"

他认为已经到了要和郝冬梅敞开心扉谈一谈的时候了。不是谈诗和文学以及别的什么话题，也不是辩论清楚到底谁是谁非，而是要共同探讨爱情与激情的关系。

他掉转车头往回骑，远远望见冬梅还站在那里，他有点儿没想到。不知是她断定了他绝不会将她撇在那里不管，还是她要搭一辆路过的车却没等着。他恨不得一下子就将自行车蹬到她跟前了，由于心急连人带车摔倒了。站起来时，见她正向他跑来。当他扶起车时，她反而转身走回原地了。

"咱们必须好好谈一谈！"他说时，手往车座上使劲儿一拍。

"是我不想好好谈吗？"她猛地向他转过身，语气毫不示弱，但她不知为什么找到了花环，并且编成了圆形，拿在手里。

"我不想谈关于调令的事！那件事再没什么可谈的。"

"我不像你那么认为。"

"哎，冬梅，你觉得我们的关系正常吗？"

"你认为我们的关系已经不正常了吗？"

"表面看起来很正常,实际上太不正常了!好比一锅温水,既不开,也不凉,比人的正常体温都高不了几度!人一发烧体温还能达到三十八九度呢,咱俩的关系达到过那么高的温度吗?反正我没觉得!一次次的那算是什么拥抱?那算是什么亲吻?"

"周秉义,不许你贬低我们的爱情!"她愤慨了,瞪起了双眼,腕上悬着花环的那只手指向他。

"我贬低的当然不是我们的爱情!但你不觉得那样的拥抱和亲吻太像表演了吗?你就从没想过我们为什么会那样古怪吗?"他也伸直手臂指着她大声嚷嚷起来。

"周秉义,你究竟想怎样?你的话到底是什么意思?你是在指我古怪吗?难道我们之间的爱情是一场表演吗?"

好好谈谈变成了话不投机半句多,他俩都因为生气而涨红了脸。

"简直就听不懂你的话了!"冬梅不理他了,一转身径自往前走。后边开过来一辆空载的卡车,冬梅招手,卡车停住。冬梅要往车厢里攀,秉义拽住了她,于是二人在第三双眼的注视之下开始了拉扯。终于,秉义又用十指相扣的方式将冬梅箍在怀里了。这一次,他确实使她喘不过气了。

"你这是干什么啊!"背贴秉义胸膛的冬梅喊起来,第三双眼睛的注视让她感到特别羞耻。

"放开她!"司机是一名转业兵。他们所穿的那种由黄色而洗得发白的军服,早已从部队消失了,当时的军服改成草绿色的确良了。

那司机推开驾驶室的门,随时准备跳下车"修理"周秉义的样子。

秉义此时也感到羞耻了,分开双手。

司机对冬梅说:"想上来就上来吧。"

秉义眼睁睁地看着冬梅上了车,卡车绝尘而去。

他懊恼地走到自行车那儿，越想越郁闷，无处发泄，一脚将自行车踹倒了。

秉义所要处理之事，能不能处理好，关键看一名叫夏季风的女知青买不买他的账，她也是 A 市知青。

她根本不把秉义放在眼里。

夏季风并不像她的名字那么令人舒服，她让周秉义联想到了赵树理笔下的"滚刀肉"。她的样子倒并非令人多么不舒服，身材蛮好，皮肤也白净，戴副细框细腿的铜边眼镜，看上去挺斯文。如果将她的长发剃成任何一种男性发型，估计不少人会将她误视为男人。因为那么一来，她的刀条脸会给人一种穿便装的刁德一的印象。不论女人男相还是男人女相，民间的说法都是阴阳脸，认为无论男女皆不易沟通。民间还有句话是"仰脸娘们儿晃肩汉"，认为那一类男人和女人惹不起。

独立营直属中学数学老师、A 市男知青陶平把夏季风惹恼了。陶平和夏季风都成为直属中学数学老师后恋爱了很短时间，后来陶平以性格不合为由，与夏季风结束了恋爱关系。起初这也没成为一件多么严重的事，陶平和同事们都这么觉得。在食堂吃饭时，夏季风仍喜欢与陶平坐在一桌，二人还经常有说有笑。她家里寄来了什么好吃的，仍让陶平品尝。恋爱没成，友情还在嘛！同事们都替他俩欣慰，认为男人和女人的关系就应该那样。学校领导还在会上表扬过他俩，既没影响感情，也没影响工作，希望正在恋爱的知青老师们一旦分手了，要向他俩学习。这让陶平竟动了点儿复合的念头，别人将他的意思透露给了夏季风，她只微笑了一下，未置可否。她那笑似乎有些不好意思，因而老师们普遍认为，他俩重新开始是早晚之事。

第十四章

陶平是位好老师，幼习书法，毛笔字写得不错，有些学生包括几名老师经常跟他学，他也喜欢教。

陶平的祸事因此而来。一天，夏季风看他教别人写字。他一时得意，写了幅字主动赠她，乃是胡适的一句名言："想要收获什么，就那么去栽。"

陶平大约是向夏季风发出一种希望恢复恋爱关系的暗示，但不久师部政治处收到了那幅字，附有夏季风的检举信。检举信的核心内容是："胡适者，革命之顽固文化敌人也，新中国建国伊始所公布战犯也。陶平写他的话赠我，企图拉拢我与他一道栽什么，收获什么，昭然若揭。真是痴心妄想！是可忍，孰不可忍！"

师部不得不重视，组成了由一位政治部包副主任负责，包括师教育处副处长周秉义在内的三人调查小组。另一名成员是独立营的教育干事，天津女知青冉丽。

当时，"九一三"事件发生不久，全国政治气氛异常紧张，兵团也不例外。谁也不敢说夏季风无事生非，更没人敢说她何必要把陶平往思想反动的崖边上推。

举报属实，上纲上线有理。到底该怎么定性呢？三人小组为难极了；这件事处理得认真不认真，首先要让举报人感到满意。有一点他们的想法一致，尽量大事化小，小事化无，暗保陶平过此一劫。不能由于这么一件不该发生的事，让陶平以后当不成老师了。

于是，先由秉义和冉丽征求夏季风对陶平的处理意见。

他俩你一句我一句地问，夏季风的回答始终是同样的三个字。

"勒令陶平做一次深刻的书面检讨，事情在你这儿可以过去吗？"

"不可以。"

"不但勒令他检讨，还召开全校师生参加的批判会呢？"

"不可以。"

"那，再给他记一次入档案的警告处分呢？"

"不可以。"

"再停止他一个学期的授课资格呢？"

"不可以。"

"那那那，那依你的话，究竟希望我们怎么处分他呢？"冉丽急了。

"我认为他永远不配再当老师了。只要他还当着，我就会一直举报，直到把举报信写到北京各个方面。如果他一个时期不当，过一个时期又当上，那我也是一个时期不举报，过一个时期又四处举报。"

冉丽气得脸都青了，两臂夹紧，双手握拳放在膝上。即使那样，身子还是在微微发抖，似乎立刻会情绪失控似的。

秉义犹抱一线希望，动之以情地说："你何必把他恨成这样呢，如果你表达的是气头上的态度，我们愿意过几天再和你谈一次。"

夏季风的阴阳脸一板，她说："你错了，周副处长，大错特错了，因而我必须对你，也是对你们三人调查小组极其郑重地做如下声明：第一，除了现在我们在谈的这件事，我在其他方面对他从无恨意，毫无恨意。这一点，学校的领导、老师和同学们，人人可以做证，如果配合你们进行了解的人实事求是的话。第二，我对他的恨，是政治立场政治感情上的恨。'九一三'事件后，国内外一小撮阶级敌人心中窃喜。在此种情况下，陶平的事不是小事，而是阶级斗争的新动向，是政治事件。第三，我此刻表达的是冷静理性的态度，不论你们再和我谈多少次，我的态度都不会改变。"

周秉义目不转睛地看着她，听着她像背熟了腹稿似的从容不迫、滴水不漏的声明，身上一阵阵发冷，同时心里暗暗替陶平叫苦不迭。

沟通进行到这般田地，他和冉丽确实也就再没什么话可说了。

他俩站起来时，夏季风仍一动不动地坐着，她垂着双眼、语速缓缓地问:"是不是你们二位认为,尽管陶平的政治行径那么恶劣,其实还是可以继续当老师的?"

秉义和冉丽对视一眼,默默离开了。他由"滚刀肉"想到了"蛇蝎女",冉丽怒不可遏地吐出一句话:"恨不得啪啪抽她一顿大嘴巴!"

包主任听完他俩的汇报,沉思着把一支烟吸完才说:"她这是逼着咱们做坏人啊,看来,我也没必要亲自找她谈了。"

秉义和冉丽只有点头而已。

包副主任大惑不解地问:"我就不明白了,你们知青与知青,怎么会有她那么一种深仇大恨,非一棒把人打得翻不了身不可?"

秉义和冉丽互相看看,仍只有沉默。

三人商议良久,终无良策,只苦苦地想出了万般无奈的下策,将夏季风调到师部直属中学,以求陶平能在营直属中学继续当老师。

于是,由秉义去试探夏季风的反应,由包副主任向师长请示可否。两方面哪一方面不同意,下策也就泡汤了。

夏季风一听火了,认为是对她的侮辱。

师长一听也火了,认为是对师里的侮辱。

"明知是一个搅屎棍,你们干吗还要往师里弄?嫌师部太清静了吗?"师长在电话里吼了起来。

"你们的做法很可耻,陶平那种政治行径恶劣的人,值得你们采取利诱我的方式进行庇护吗?我对你们提出严正抗议!"夏季风连连拍桌子。

不久,一纸由师教育处下发、周秉义改来改去的处分通知,让陶平垂头丧气形只影单地离开了营部,被发配到一个连队当农工去了。同事竟没有人敢送送他,都怕连自己也被夏季风的毒眼盯住了。

实际上,陶平在三个月后当上了另一个团部直属中学的老师,而团直属中学当然比营直属中学的条件还要好些。此事是由周秉义暗中操作成功的，他不这么做就会睡不着觉。被逼着做坏人，并不能让他的良心稍得安宁。当然，此事也得到了教育处处长和包副主任等相关领导的默许。

夏季风确非寻常之辈，她似乎生了千里眼顺风耳，陶平都远调到另一个团去了，仍无法摆脱她的追踪。她甚至掌握了特别翔实的证据，证明三人小组成员之一冉丽跑了二百余里看过陶平，二人关系暧昧。对于秉义暗中操作的过程，也几乎可以说了如指掌。

这一次，沈阳军区也收到了她的举报信。信的内容不仅仅是对陶平事件的举报，还对周秉义的包庇重用行为给予义正词严的揭发。

师里感到压力更大了。

冉丽的独立营教育干事也当不下去了。各方面都还没表态呢，她自己愤然辞职了。

周秉义自己揽下责任，写了书面检讨，受了处分。

陶平自然当不成老师，想自杀的念头都有了。一干参与暗中操作的人，个个被搞得灰头土脸。

此次秉义到直属营去，就是要单枪匹马与夏季风进行第二次较量。第一次是他们三人小组以彻底失败告终，这一次他稳操胜券，不获全胜，绝不收兵。

秉义之所以胸有成竹，信心满满，首先是因为师党委明确表态支持他。此外，一九七三年《人民日报》元旦社论，《红旗》杂志四月一日的文章《正确理解和处理政治和业务的关系》，四月二十四日《人民日报》社论《惩前毖后，治病救人》，还有一批靠边站的老干部在建军四十五周年招待会上集体亮相，特别是毛泽东亲自为所谓"二月逆流"平反、周恩来指示《人民日报》连续发表三篇批判极"左"思潮的文章，许多关心国家命运的人似乎看到了中国将要走上正常轨道的一点儿希望，也让许多人对于种种极"左"现象多少有了些敢于表达不满的勇气。

在对那些社论、文章组织学习讨论的过程中，包副主任他们多位干部谈到了陶平事件，认为夏季风这种人的做法，实际上就是运用极"左"的方式打击报复自己怀恨在心的人，以泄私愤。他们的看法获得了相当普遍的支持，师党委成员们也有同感。据说，师长连连感叹："此风不可长，绝对不可长。"不久，党委非正式地对教育处提出要求：能否在制止夏季风继续做蠢事的前提下，尽快恢复陶平的教师资格？

处长认为很难。

秉义认为情况不同了，如果条件具备，则完全可以做到。

师长说，那就算你主动请缨了吧，由你去办，最好把这件不该发生的事彻底结束了，让领导们省心，让受委屈的同志们舒心，理顺各方面关系。

秉义问，给予他多大的权限。

师长说，具体怎么做，方式方法由你自己决定。

秉义要求撤销对陶平的处分，否则不能认为是彻底结束了。

师长问，你是不是也在为你自己受到的处分讨公道啊？

秉义说绝无此意，他并不在乎自己的档案里有没有这么一次处分。

师长说，别搞得像公开平反似的，那岂不是又刺激了夏季风吗？先让陶平顺利地重新当上老师才是你此行的主要目的。至于处分，以后适当时从档案里不张扬地抽出来就是了嘛，对你的处分也照此来办，你放心就是了。不论对陶平还是对你，绝不长期留尾巴。

周秉义动身前做了充足功课。他看过夏季风的档案，了解到她属于知识分子家庭出身的知青，母亲是出版社编辑，父亲是市委宣传部门的中层干部。她父母还都是一九四九年后的大学生，历史清白，并且都因"造反"积极被结合到了各自系统的革委会中。陶平也是知识分子家庭出身的知青，但他的父母双双留苏，结果就被划到历史有疑点的知识分子中去了。他对知识分子"造反派"很反感，经常说些贬损的话，往往还当着夏季风的面说，尽管不是成心的。有一次，他又说，致使夏季风大怒，他毫不示弱，针锋相对，结果二人撕破了脸——恋爱关系就这么吹了。

周秉义收集了一些必要时以其人之道还治其人之身的证据，为的是谈僵时有效地敲打敲打夏季风。

比如，她曾在"七夕"晚上约了不少男生女生躲到学校菜地的瓜架之下，想要一块儿听到牛郎织女相会时说的情话。这是可以上纲上线的。

她曾在班上讲，从前是学好数理化，走遍全天下，以后还会那样的，数理化超越于政治之上。这尤其可以上纲上线。

她在鞭策学生刻苦学习时曾说，你们年龄还小，不要只看眼前，不看将来。眼前的一些事能闹腾多久呢？将来一切还不都得走上正轨吗？何谓"闹腾"？什么"正轨"？这要是上纲上线，比陶平那问题的性质严重多了！

周秉义的解决步骤是先组织师生们共同学习社论、文章，要求人人发言谈体会，夏季风当然也不例外。反正晚上组织政治学习早已是当年的家常便饭，没谁会不习惯。之后他要与夏季风短兵相接，一桩桩摆出她自己的问题。如果她强硬到底，他还有最后的法器——处长为他争取到了一个返城名额，让她以某种理由返城算了。那也就等于为师里剜去了心头之患，一了百了啦。她都走人了，陶平当然就可以继续当教师了。某些女知青为了能返城失贞都肯，估计她也会惊喜万分。

秉义在招待所一住下就通知了校长，校长在电话里说有个新情况得及时向他汇报。

十几分钟后，校长出现在他面前，汇报的新情况是夏季风的精神状

第十四章

态近来似乎有些不正常，上课没什么问题，课也讲得如前那么清楚明白，但课下在宿舍里时，时常独自微笑，间或喃喃自语，与她同宿舍的女老师都有点儿担心自己的安全了。

这新情况也是周秉义万没料到的。他亲自到学校对夏季风进行了一番观察，觉得校长所言不虚。她不仅无缘无故地微笑，浮现于她嘴角的那种隐隐的微笑分明又是冷笑，大有老谋深算的意味。

夏季风对他说："又遇到麻烦了吧？为什么一个自作自受的陶平你们何苦呢？这次还想耍什么花招？"

回到招待所，周秉义心里没谱了。

他连组织学习的勇气都没了。万一在学习的过程中，夏季风精神失常呢？那他将难以推卸制造刺激压力的责任，麻烦大了。

更不能短兵相接地指出她本人的问题了，那岂不是形同迫害吗？

至于让她走人呢？可怎么给她做鉴定啊！下乡四年多，当了三年老师了，不给做鉴定绝对说不过去。如果档案中加上一条"该同志似有精神问题"，那不等于坑害了她吗？别说根本找不到工作，连个人问题也必受影响呀！而且几乎肯定，她将成为家庭的拖累。如果不加上那么一条，岂不是对城里用人单位不负责任吗？以她在兵团的教师经历，完全可能被城里的学校录用为中学老师，那可是每天和孩子们在一起的工作，孩子们的身心因一名精神不正常的老师受到伤害，他不简直是罪人了吗？

可由于她的存在，人家陶平再不可能当老师，这对于陶平也太不公平了呀！

谁还敢做主让陶平再一次成为老师呢？那样的话，精神明显不正常的夏季风不知会将举报信寄向哪里！

周秉义也不敢凭良心拯救和他一样是老高三知青的陶平了。

秉义是工作狂，只要一投入工作之中，什么个人烦恼都会忘于九霄云外。工作越顺利，忘得越彻底。只要一遇到工作压力和烦恼，便会第一时间向冬梅倾诉，希望她能给予他一些建议，起码倾诉倾诉对于他等于减压。冬梅则不仅仅是录音机，她给予他的建议总能为他排忧解难。在这一点上，可以说他是个自私的工作狂，而冬梅是他的高参。

周秉义独自愁闷了一个多小时，晚饭吃得味同嚼蜡，一离开餐厅，也不回房间，直接走到服务台给冬梅打电话。

在农场三队的队部里，接电话的又是曹会计。他对秉义的声音早已听熟了，讨好卖乖地说："是周处长呀！"

秉义打断道："副处长，纠正你多少次，又忘了？希望你以后直接叫我名字。"

曹会计却说："那怎么行呢！论级别你和我们农场副场长是同样大的官。冬梅从你那儿回来一脸不高兴，你俩闹别扭了吧？那你可得哄哄她！别急，耐心等着，我这就去找她。"

听他这么一说，周秉义才想起自己和冬梅之间还有场没了的掰扯呢。他估计冬梅根本不会接电话，但曹会计既已去找，便也只能等回音。两种烦恼加在一起，他紧皱起了眉头。

冬梅竟意外地接了电话，这让秉义布满阴霾的心里出现了一线阳光，唯恐她没听几句放下电话赌气走了，他恳求说："你千万听我把话说完，我这边遇到了从没遇到过的头疼事。还记得我跟你讲过的陶平吗？看来让他重新成为老师没多大可能了，喂，喂……"

冬梅平静地说："我在听。"

于是，他将夏季风出现精神状况以及自己的顾虑匆匆讲了一遍。

第十四章

冬梅说："我一时也没什么好建议，得想想。明天早上八点往你住的招待所打电话，你准时等那儿吧。"

他说："八点不好，那时候走来走去的人多了，最好六点多钟。"

冬梅没声了，片刻才听她说："那对我也太早了，六点半到七点之间吧。"

她说完放下了电话。

第二天六点半，秉义接到了冬梅打来的电话。

他问她在哪儿打电话？

她说走到县里去了，用的是公用电话，说起来方便些。

他明白她是怕有人偷听。从二队走到县里，快走也得两个多小时，他不禁心疼地说："要知道你会这样，我昨天就不告诉你了。"

她说："我天没亮就起来走了二十多里，是为了还陶平一个公道，为世间公道做这么一点点贡献。你怎么就不考虑，干脆将那个返城指标给陶平呢？"

他愣了半天，疑惑地问："那师里不是放走了一名好教师，偏留下了一个搅屎棍吗？不该走的走了，该走的……"

冬梅打断道："你好糊涂。"

她说出一番自己的道理来。

于是，秉义当天就去了陶平所在那个连，晚上九点多见到了陶平。他首先代表教育处向他道了歉，接着直奔主题说明来意：陶平可以任何理由提出返城申请，父母的健康情况也罢，自己的健康情况也罢，家庭其他实际困难也罢，只要有理由，他就会要求连里盖章，将申请带回师里。之后陶平做好走人的准备，等待批准通知就是了。指标是师里内控的，报到司令部走个审批程序就行，所以他的每句话都是负责任的。他并且保证，处分材料会从陶平的档案中抽去，取而代之的将是一份由他亲笔书写的好鉴定。最后,希望他返城后继续做一位优秀教师……

性格比周秉昆还内向的老高三知青陶平哭了。

那时,周秉义不由得问自己:他对陶平的同情和拯救中,是否包含着对和弟弟一样的尻人本能的保护冲动?

秉义隔夜回到直属营时很晚了,在水房里用冷水擦了擦身,认认真真地洗了洗脚,倒头便睡。

秉义一夜睡得很好,他第二天神采奕奕地与校长告别。

校长问,接下来该怎么做?

他说什么也不必做,只要密切关注夏季风的精神状况,关心她的生活就好,总之不能让不该发生的事再发生了。

校长问,陶平的事就这么拉倒了吗?

他说他自有主张,暂时无可奉告。

师里的领导们见了他,也关心地问主动请缨的事办得如何了。

他说曙光就在前边,快彻底解决了。

他的协调能力极强。

几天后,他接到了陶平在车站打来的电话。

陶平说:"过一会儿我就在列车上了。"

大功告成,他鼻子一酸,几乎落泪。

周秉义又去了一次直属营。

在校长陪同下,他与夏季风进行了一次简短谈话。

他说:"陶平返城了。"

她反应强烈地说:"他凭什么?"

他说:"他是病退,精神有点儿异常了。"

第十四章

她的嘴角渐现一抹冷笑,解恨地说:"咎由自取。以后你省省心吧,从此我不会再因为想到他整夜整夜失眠了。"

师部的相关领导同时听了周秉义的汇报,为了两名知青之间发生的烂事,让他们身不由己地卷入其中,这是前所未有的烦恼。每个人心里都明白,如果不是周秉义始终不肯罢休,陶平的事早已被人忘记了。当年,那实在也算不上什么大不了的事。他们确实都挺欣慰,毕竟被一名心理变态的女知青逼着成了帮凶,对他们是一件极其不愉快的事。

听完他的汇报,他们有点不以为然了。

"你就是这么解决问题的?"

"咱们师少了一名好老师啊!"

"听你说了半天,我也没听到那个夏季风有什么悔意嘛。"

他们都大摇其头。

周秉义就自说自话似的陈述他的,其实都是郝冬梅的想法:城市也罢,农村也罢,农场或兵团也罢,哪里都是中国的地方,一名好老师教哪里的孩子都是在教中国的孩子。既然陶平热爱教师工作又确实是一位好老师,成全他就是成全了孩子们的希望,成全了中国教育的希望。至于夏季风,把她留在了解她的地方,比将她推到不了解她的大人和孩子中去,无论于人于己都是更负责任的安排。

沉默片刻,师长起身说:"这么解决,不算最好,但也不算最差。你说的比做的好,散会吧!"

又一个星期日,周秉义出现在了农场二队。所谓二队,其实是从前一个叫大柳树村的村子。农场原本是劳改农场,职工从身份上分为两类人—— 一类是就地从业的劳改犯,他们有的把家属从各地迁来了;另一类是劳改管理人员,有在村里安家落户的,也有坚持城乡分居的,为的是让子女保住城市户口。知青们来了以后,多了第三种人。知青也分为两类:一类是郝冬梅那样父母的政治问题很严重,但本人尚可教育好或争取教育好的子女;另一类是管理人员的子女。既然后者也非下乡不可,他们当然更愿意投奔到父母是管理者的农场。农场成分芜杂,管理者无不经常强调思想斗争、阶级斗争、路线斗争的必然存在。他们毫无疑问代表革命的中坚力量,他们的子女是红外围,其他一概人等皆属革命对象。郝冬梅在二队是争取教育好的那类知青,她从不交思想汇报。不交,别人就不知道她心里在想什么。不主动让别人知道你心里在想什么,那么,你劳动表现再好在别人看来也只不过是表面现象,而表面现象是谁都可以伪装的。所以,郝冬梅这名高三女知青在某些人看来是思想隐藏得很深的人。这使她在队里没有女友,只有同类人。她与秉义在一起总是特享受交谈的愉快,与她在队里的孤独有很大关系。

曹会计原是某街道小厂的会计,因为累计贪污了六十四元几角钱,被判劳改数年。所幸妻子是他的远房表妹,念在亲戚关系上没跟他离婚,但夫妻关系名存实亡,他往往春节也不申请探家。他的污点与政治无关,也算不上多么严重,这使他很想成为红外围,却因为毕竟是有污点的人,中坚分子们始终不怎么待见他,一直认为他只不过是一个可以利用的人。让他当会计,对他已经够不错的了,别的免谈。他是个有信念的人,相信精诚所至可化顽石,仍在以各方面的良好表现努力争取自己希望获得到的信任。

星期日,人们起得都较晚,睡懒觉是超越阶级的享受。八点多钟时,村中还不见个人影。周秉义东张西望,发现了在扫街的曹会计。曹会计多年坚持每个星期日扫一次街,从没被表扬过也从没中断过。秉义问他应该去哪儿找郝冬梅,他立刻猜到了秉义是谁,主动自我介绍,秉义就与他握了握手。他俩都是第一次见到对方,握手让曹会计挺荣幸。他开了队部门，请秉义进去稍候，自己一路小跑去找郝冬梅。

郝冬梅睡得正香，听到曹会计在宿舍外喊着秉义来了，颇吃一惊，慌忙起身，也不刷牙洗脸，一边跟在曹会计身后匆匆地走，一边用手指当梳子理头发。她以为秉义惹什么祸了，比如夏季风或陶平因为他的工作方法不当而出了什么事，说了什么不该说的话也像陶平一样被小人出卖了。她惴惴不安。

她先进了队部，刚进门便被秉义一下子扯到了怀里，他同时反踹一脚将门关上了。

曹会计差点儿被门撞了头，在门外愣了愣，看一眼手表，从兜里掏出小本和半截铅笔，飞快地写下几行字：九月十七日八时二十六分，周来我队，与郝相聚于队部，谈话内容不详。他贴耳听了听，门内静寂无声，有几分索然地去扫街了。

队部里，周秉义终于实现朝思暮想的夙愿，将冬梅箍得喘不上气来。

她想说什么，秉义用深吻封住了她的嘴。起先她对他的激情反应很被动，不知怎么一来，突然变得主动了，双臂搂住他脖子，还了他一阵漫长且实实诚诚的深吻。

也许由于早上大脑供血充足，最适宜有氧运动，深吻非但没让她头晕目眩，反而使她满面红霞眼睛明亮。

二人互相搂着腰深情凝视时，她才小声嗔怪道："你疯了？"

他苦大仇深地说："还不是被你虐待的！"

她用拳头轻轻在他胸口捶了一下，催促道："快说你来这里干什么？"

他与她耳鬓厮磨着说："向你来汇报一个好消息，陶平顺利返城了，我周秉义到底还是硬把那件事他妈的给扳过来了！"

"替你高兴。"冬梅又赠了他一番深吻，比上一番更漫长更实诚。

秉义反倒有点儿消受不起，结束时被吻得两眼直冒金星。

冬梅在送秉义走的路上柔情细语地说："咱俩结婚吧，要不以后咋办呢？"

秉义站住，又将她拉入怀中，用额头顶着她的额头说："你早就该说这句话了。"

冬梅问："你为什么不先说？"

秉义说："猜不透你心里怎么想的啊！如果你想的是，哪天你父亲一解放，就宣布我们性格不合呢？"

冬梅说："我也猜不透你心里怎么想的啊！还以为我父亲没解放，你就不会跟我谈婚论嫁呢。"

秉义说："要作为家训告诉我们的儿女，门不当户不对，恋爱是件很伤脑筋的事。"

冬梅说："让门户见他妈的鬼去吧！"

二人一时又都大动其情，在土路中央再次惊心动魄地吻个不休。

十月二日，中央人民广播电台播出了业余英语广播讲座节目。这天晚上，周秉义和郝冬梅举行了婚礼。他们是师部机关中第一对结婚的知青。兵团属于"军"，农场属于"民"，他们结为夫妻被认为具有"拥军爱民"的意义。师里为了表示祝贺，分给了秉义一处二十多平方米、一屋一厨有暖气带小院的砖瓦平房。婚礼挺热闹，虽然他俩只邀请了三五知青，为的是有几个见证人，闻讯而来的却不少，一方面因为秉义人缘不错，另一方面是人们的好奇心强，没见过的，终于可以亲眼见到冬梅究竟是怎样一个女子了。师长也怀着此种好奇心光临了。冬梅穿件红毛衣，把为了干活不挡眼、一向扎起的两条短辫散开了，齐肩剪成有刘海的五四女学生发式。乌黑的头发裹着白净的脸庞，白净的脸庞被红毛衣的高领衬得白里泛着微红，不但显得比往日更清秀了，而且平添了几分妩媚。师长端详她片刻，回头对秉义说："我明白了，你小子是不爱军装爱佳人啊，难怪连我的面子都不给。"

他的话把大家逗乐了。

师长又说："大家都出去一下，我要单独和一对新人说几句话。"

于是，大家都识趣地到院子里去了。

师长郑重其事地对秉义和冬梅说："两个老家伙也让我带话，祝你们永远相亲相爱，白头偕老。"

冬梅奇怪地问："他们是谁？"

师长拍拍秉义的肩："你今晚告诉她吧。"

师长走后，众人又回到屋里热闹了一阵，无非请新郎新娘为自己点烟、剥块喜糖往他们嘴里塞那一类老掉牙的把戏。秉义和冬梅各唱了一首歌，又由秉义代表冬梅坦白了恋爱经过。知青们首先离去了，他们怕错过了中央人民广播电台的英语讲座节目。制造热闹的主力撤了，剩下的人也先后走了。

新房刚一清静下来，冬梅急不可待地说："你把该插上的门都插上！"

秉义插好了院门屋门，见冬梅已拉严了窗帘，脱去了鞋袜和毛衣，上边只穿件花衬衫，侧着腿坐在炕上，微闭双眼语调异常平静地说："我已经充分做好心理准备了。"

秉义丈二和尚摸不着头脑，心猿意马口干舌燥起来，半傻不傻地问："什么心理准备啊？"

冬梅说："有位智者点拨我，女人想完全占有一个男人，那就要将自己的身体完全给予他。我要完全占有你，所以我做好了完全给予你的心理准备。"

一分钟还不到，秉义三下五除二就将自己变成了亚当，并将冬梅变成了夏娃——被逐出伊甸园之前,身上连片树叶也没有的亚当和夏娃。

那建筑工人的长子饱尝了一番禁果后,双手朝下按住冬梅双手,回味无穷地说:"现在我终于可以俯视你这个副省长的女儿了!"

冬梅挣脱双手搂着他一滚,也将他压在了身下。昔日副省长的独生女儿双手撑在他的头两侧,将头低到几乎与他鼻尖对鼻尖的程度,笑盈盈地细语道:"现在,我这个黑帮女儿也终于能够俯视你这个'红五类'了。我虽然可以同样按住你的双手,却并不想像你那么暴力地对待我。"

秉义一边胳肢她一边坐起,又占了上风似的问:"老实交代,你这一套是不是小妹写信教你的?"

冬梅笑出声来,连说:"是的是的,除了你们周家那个大美人儿,谁还会教我这些啊!"

秉义搂住她缓缓躺下去,躺下了也不松手,依然享受地搂着她,一本正经地叹道:"唉,我猜就是。她经常写信教你怎么样才能控制住我,对不对?"

冬梅亲了他一下,快活地说:"哪里有控制,哪里就有反控制。正如哪里有压迫,哪里就有反抗。对于弱势的反抗者,搞好统一战线是个法宝。"

秉义的手指在她光滑的后背上点动不止,如同在轻弹一架白釉钢琴,如同在欣赏着一曲只有他自己才倾听得到的天籁之音。

他装出认命的样子说:"对于我们周家那个漂亮的背叛者,我们全家是拿她没办法了。我还以为只有我这个哥哥的话她多少能听得进几句,想不到她早已向你打我的小报告,你可千万别被她给教坏了呀!"

冬梅得意地说:"还多亏有她这么一个善解人意的小姑子,要不我都不知道怎么做女人。"

秉义问:"结婚好不好?"

第十四章

冬梅说:"好,完全占有了你的感觉更好。"

秉义说:"把灯关了。"

冬梅问:"为什么？我还没看够你这个'红五类'一丝不挂的样子呢。"

秉义只得承认:"你这个黑帮的女儿身子太白了,晃我的眼。"

"好,听你的。《白雪公主》放映完毕,接着放《红与黑》吧。"冬梅将灯线一扯,缓缓躺在秉义身边。

窗帘也不过就是一般的布做成的,黑暗只维持了片刻——片刻后,月光透过窗帘洒进屋里,到处都处于一种照相馆底片洗印室般的亚光之中,他俩仍能依稀看清对方的脸。

秉义又大动其情了。

他说:"这种光线下,你的脸更……"

冬梅不容他说下去,用尝到甜头的深吻封住了他的嘴。

第十五章

年年不变年年变。即使在"文革"时期，城市居民的副食供应也还是一年比一年多少好点儿。

一九七四年春节的初三傍晚，聚到周家的共乐区儿女们比一九七三年的大年初三多了几名。除德宝和春燕小两口，还有吕川、国庆、赶超三个秉昆的老友，他们的关系在一九七三年几经考验，彼此都有那么点儿肝胆相照的意思，相互之间都开始以老友相待了。

国庆和赶超也将各自的对象带到了周家。在春燕的帮助下，吴倩的胡子难题已经彻底解决，不但唇上不长胡子，手背上胳膊上腿上以前像男人一样重的汗毛也基本清除，不细看已看不大出来了。这是她最为高兴的一件事，精神面貌焕然一新。她好，国庆就好。去年她来过周家多次，也以常客自居了。赶超的对象于虹带了些有糖纸的大虾糖、小人酥和牛奶软糖，都是一般人买不到的。她嫂子是糖厂女工，那样的高级糖果是专为友好国家生产的，一装箱就纳入了出口管道。本厂职工想买，得打申请报告，由领导特批。一次只能批二三斤，批多了怕觉悟不高的职工拿到黑市上倒卖。于虹是个挺大方的姑娘，属于共乐区儿女中凤毛麟角般的人物。她从事的是艺术职业，在市里一家小工艺美术厂做麦秸画，把选好的麦秸铡断、破开、上色、削剪之后，在木板上粘出山水花鸟蝶虫什么的，据说能出口创外汇，优等作品还有可能成为国礼。职业虽然很高雅，但对身体的危害性却不小，三四年工作下来，视力明显减退，还患上了让她备受折磨的颈椎病。只要和赶超在一起,她就要求赶超揉揉脖梗和肩背。为了表达对她的爱心,赶超已拜师学按摩了。

于虹反坐椅上,双肘放于椅背,一边享受着赶超的按摩,一边宣布:"哎,你们吃的算喜糖啊,我和赶超的对象关系板上钉钉了,也是喜事吧?"

大家都说那是,那是。

她又说:"从今往后,我俩是……"

赶超接言道:"我俩是一条线上拴的两只蚂蚱……"

大家又说那是,那是。口中都含着糖,话就说得都挺应付的。

不料于虹大声反对:"错!我用麦秸粘过蚂蚱,蚂蚱和蝈蝈、蛐蛐一样,嘴两边都有一对儿镰刀牙。如果哪一只蚂蚱不想和另一只蚂蚱拴在一起了,咬断那条线是不难的事儿。"

赶超立刻表忠心:"我可从没那种想法,还怕你有那种想法呢。"

于虹说:"你完全可以把心放在肚子里,我是绝不会有那种想法的。即使到了咱俩实在不能拴在一条线上的时候,那我也不费我的牙咬线,我还不如干脆咬你!"她猝然回头朝赶超龇出了两只倒也不难看的老虎牙,还学猛兽咆哮,赶超吃惊得后退了一步,大家都笑起来。

于虹却问赶超:"还不到五分钟就完了?"

"没完没完,哪能呢,肩和后背还没按摩嘛!"赶超便又继续为于虹服务。

于虹接着说:"我和超另有一比,我俩好比……"

赶超又抢着说:"锅贴!"

于虹说:"那个比喻在我这儿过时了。我俩好比同一锅蒸出来的黏豆包,黄米面儿的,比江米面儿更黏。咱们共乐区小百姓人家的儿女,只能比作黄米面儿豆包,高级人家的儿女才配比作江米面儿的。他们好得容易，散得简单。想散的给不想散的搞处房子，调一种更好的工作，再不就是到了按比例涨工资的时候保证给涨工资，不想散的一方得到实惠也就拉倒了。咱们的爹妈有那能耐？所以咱们只配比作黄米面儿豆包。对成象了，就好比锅边儿上的两个。蒸豆包的人，往往先摆满锅边儿一圈再一圈圈往中间摆。锅边儿摆得最密，摆到中间了才留出些空隙。那锅边儿上的两个豆包，皮和皮粘一块儿了，要分开，其中一个准破皮露馅儿。比作咱们，就是一个严重受伤了，另一个把那个弄疼了，疼的那个能不恨吗？要不怎么有句话叫'黏包了'呢？这是咱们老百姓之间的话，你们听哪个上等人家的人遇到严重问题时说'黏包了'呢？人家叫'棘手'，解决起来最多扎一下手的意思。对象关系吹了，才不至于使人家寻死觅活破皮露馅儿的疼。咱们对成象不容易。只有咱们小老百姓家的儿女一旦对象关系吹了，才你想杀了我，我想杀了你的，那这个包可就黏大了。我和超把对象关系定下了，特意带来喜糖给你们吃，也是借这个机会向你们表明，我们是认真的，负责任的。黏包的事我们都不会做，也不敢做，对吧，超？"

孙赶超连说："对对，对极了。"

于虹说："行了，我舒服点儿了。"

赶超这才从她背后退开，直劲儿甩手。

秉昆和吕川看着以前好勇斗狠的老友变得那么服服帖帖，内心挺不是滋味儿。但事情明摆着，老友是抬木头的苦力工，人家于虹是艺术工作者，老友没有任何不服服帖帖的本钱。何况于虹模样也说得过去，和春燕像一个大号一个小号的双胞胎，配老友绰绰有余。他俩这么一想，也就有几分替老友感到幸运了。

吴倩看着国庆问："于虹刚才的话，你都听明白了吗？"

国庆也如赶超般诚惶诚恐地说："听明白了，黏包的责任我更担待不起了。"

"光是怕担责任吗？"吴倩不高兴了。

"那我该怎么说呢？你教教我。"国庆显出很笨很虚心的样子。

吴倩用手指戳着国庆的额角说："自己想！"

自从唇上不长胡子，胳膊腿上的汗毛也不闹心了，吴倩在国庆面前脾气见长，二人之间的关系也发生了逆转——以前是吴倩低姿态地迁就国庆，现在是国庆在吴倩面前显得处处小心了。

孙赶超急忙对国庆张大口形说唇语。

国庆该不笨的时候也挺聪明，立刻读懂了赶超的唇语，对吴倩捧心掏肺地说："那什么，当然不是怕不怕担责任的问题。咱俩之间的关系，跟责任啦黏包啦根本就扯不上。我对你的爱早已和责任放在一块儿了，责任也是爱，爱也是责任，总之是一堆爱。像我在木材厂出的料，去皮截朽，都是可用之材。"

"这么说还差不多。"吴倩心满意足地笑了。

赶超说唇语时，秉昆和吕川两个也看到了。其实赶超大张口形一次次说的只不过是一个"爱"字，国庆不但立刻读懂了，而且能发挥出那么多话，让秉昆刮目相看，自愧弗如。吕川向秉昆暗做了怪相，意思是瞧瞧，两个哥们儿咋变成了那样！

不料，春燕也瞪着德宝说："该你了。"

德宝不明不白地问："什么就该了我了啊？"

春燕说："别装糊涂，表态。"

德宝这才恍然大悟："啊啊，表态呀，不就是让我也谈谈感想吗？我和春燕，我俩和于虹的话更没关系了！我俩都领证了，是合法的正式夫妻。我俩就没有过对象关系，一下子就超越了那种关系！哈哈，我俩是飞跃式的……"

德宝打着哈哈，明显企图绕过那么一关。

春燕哪里会轻易容他绕过去呢，板起脸道："在说严肃的事儿呢，你别打哈哈。结婚了就更是两个黄米面儿黏包的关系了，一旦离婚，后果比对象吹了更要命，尤其对于我，这一点你想过吗？"

德宝愣了愣，装出激动万分的样子往起一站，讲演般地说："离婚？亲爱的同志们，朋友们，哥们儿和姐们儿，这是从何谈起呢？是在对我说吗？"

大家一齐点头。

春燕又说："对，正是对你说的。我，你的妻子乔春燕刚才当着大家的面，问你考虑过一旦离婚对我意味着什么没有？"

"五四"青年曹德宝首先低下头，随之猛地将头朝后一甩，接着以很帅的招牌动作高举起一只手抚弄他的长发——但他分明忘了，他的长发早已不存在了。与春燕办了结婚证的第二天，他就在春燕的坚决要求之下将长发剃成了平头，后来一直留平头。

由单位推举而成为全市标兵的优秀女青年，她的丈夫怎么可以是一个留长发的男人呢？绝对不可以！

没有摸到长发的德宝愣了一下，立刻借题发挥："我的长发，是为我妻子春燕而剃掉的。没有任何人要求我那样做，完全是出于一种自觉。说明什么呢？说明我给自己立下了誓言，我以后的全部人生必须以她为核心，怎么样对她有利我就怎么做，根本不需要提醒！我是谁？酱油厂的，以前一身酱油渣子味儿，现在一身醋酸味儿。她是谁？不用我说你们都知道了。能与她结为夫妻是我多大的荣幸？我要是和她离婚那不是烧包了吗？黏包那是事找人，烧包却是人找事，我吃饱了撑的啊？我要像捍卫我们社会主义的红色江山一样来捍卫我俩的美满婚姻！"

谁都看得出来他在耍贫，谁都忍着不笑，因为春燕不笑，望着丈夫

第十五章

听得很认真。谁都看得出来,德宝不仅是在耍贫,还是在炫他的幸福感。确实,他那种神采飞扬的样子,给人一种内心里幸福满满、不外溢简直就不行了的印象。

春燕已经顺利评上了市一级服务行业的标兵。"文革"前评上的不等于是老的,被说成是"旧的"。凡"旧的",须在政治上获得公认的积极表现,才有资格转变为新的。当然所谓公认,无非是一些人代表广大人民群众的一种承认。而新的就是新的,新在政治上已首先获得了公认。一篇署着她姓名的"批林批孔"的大批判文章被编入了学习材料——去年秉昆几个谁都没帮上忙,不是缺乏诚意,是都没那水平。人家吴倩听国庆说了春燕那急茬儿事后,义不容辞地揣上两包好烟去求自己的小舅。她小舅是国营大厂大批判组的成员,求的事是小菜一碟,立等可取。她小舅他们整天当工作完成的正是那类文章,手里恰好有几篇现成的,在吸了几支烟的工夫里,将一篇现成的改头换面了一下,再结合结合春燕的工作性质,一篇人家自认为不辱水平的大批判文章就炮制成了。吴倩拿到手直接送给了国庆,国庆一刻也不耽误地骑自行车送给了秉昆。那时已经晚上八点多了,秉昆带了稿子立刻去敲春燕家的门。春燕正在家哭鼻子抹眼泪呢,能不哭嘛,第二天就是截稿的最后日期,没有大批判稿,标兵肯定当不上了!她爸妈也陪着长吁短叹,愁得没着没落的。秉昆一拿出稿子,她顿时破涕为笑。她爸妈也高兴得合不拢嘴,对秉昆们万分感激。

第二天,春燕带着稿子到了班上,单位立即派人把稿子送往市里。下午,市里负责编大批判材料的人与春燕的领导通了一次电话,表扬稿子写得好,好就好在不但批了古代的孔丘,还批了当代的"大儒"。领导将表扬之词转告春燕,春燕下班后就先到了周家,虚心请教秉昆当代"大儒"是什么人物?秉昆装不知道。见他也回答不了,春燕说:"爱谁谁吧，反正多我那一篇不多，少我那一篇不少，不管批判到了谁头上谁都不会知道，可我总得先把标兵当上啊！现在已经不是我自己当得上当不上的事了，是为领导们的面子也得争取当上的问题，否则对不起领导们的栽培！"

春燕当上标兵以后，获得了一册大批判材料汇编。她将结婚证书、奖章和材料汇编都收藏在一个小箧子里，视为珍宝。喜上加喜的是，市里有关方面还承诺奖给她一处住房，虽然只一间，得在楼道做饭，但却是俄式老楼，举架高，可以搭吊铺，并且地点极佳，在市中心。

一处市中心的住房啊！

可以搭吊铺的俄式楼房啊！

共乐区的儿女们做梦都不敢想的事啊！

德宝的幸福感能不溢于言表吗？

房子的事秉昆们是知道的。看着德宝春风得意的样子，赶超心里不由得酸溜溜的，但自己正坐在于虹旁边握着她的手呢，内心虽有醋意，表面上也还是要装出分享老友幸福的样子。

德宝发表完感言，大家一齐鼓掌。那也是为了取悦春燕的一种不约而同的集体表示。在大家眼里，春燕已是一位可敬的人物了。她自己也不像以前那么嘻嘻哈哈，变矜持了。如果大家知道了这么一个真相——去年春节初三那天夜里，其实她和德宝之间什么不体面的事也没发生，所谓德宝破了她的贞操纯粹是她编出来的谎言，怀孕之说更是子虚乌有，那么大家对她的敬意肯定会大打折扣。真相是后来德宝从她口中套出来的，她警告德宝绝对不许对任何一个哥们儿讲。德宝不傻，明白只要对一个哥们儿泄密，那么每一个哥们儿都会知道，接着哥们儿的对象也会知道，一个传一个，不知会有多少人加入到传播的行列之中。为了维护妻子的形象，他宁肯将黑锅背到底。已是夫妻了，不存在谁冤枉谁的问题了嘛！所以，那真相还一直是他们小两口的高度机密。

吕川忍了几忍没忍住，看着于虹问："哎，你是不是没事的时候，总瞎琢磨着怎么比喻你和赶超的关系才好呀？"

于虹认真地说："我也不是多么喜欢那样。你们都不是外人，有些事告诉你们那也没什么。我吧，在超之前处过两个，都半途而废了，伤心过一段日子。我和超之间挺有那种感觉，所以我看重我俩的关系。女人吧，如果中意了一个男人，不论是对象还是丈夫，那就得经常拿话敲打着对方点儿。而你们男人呢，不经常被敲打着点儿就容易出那种事。经常拿话敲打敲打你们，也是为你们好。"

她的话刚一说完，吴倩立刻看着赶超说："我得在此声明一下啊，我介绍你俩认识的时候，可从没听她说她已经谈过两个了。"

赶超特有胸怀地说："我不在乎，我在乎的是我俩现在的关系，我对我俩有信心。"

春燕就站了起来，与于虹亲切拥抱，用俨然女性保护神的口吻说："于虹的话代表了我们女同胞的心愿，我赞同她的大实话。"

春燕头上已经有了可敬的桂冠，吕川等几个男人虽然心存异议，也都保持沉默。

坏事可以变成好事这句话，用在这些共乐区儿女们的关系上倒一点儿不矫情，甚至还可以说应验了。春燕和吴倩之间，一个解决了另一个的胡子与汗毛问题，另一个在关键时刻帮对方交上了一篇大批判文章，所谓投桃报李，互相成了要好的朋友。她俩的关系情同姐妹了，德宝和国庆两个老友自然好上加好。吴倩成了于虹和赶超的大媒人，于虹又是吴倩的好姐妹，赶超对国庆也有种衔恩待报的特殊感情了。总之他们三对儿六个人，关系不但扭麻花似的亲密无间了，而且在过去的一年里，可以说人生都有好收获。

吕川当味精车间的副组长当得不错,由厂里的苦力工变成了穿白大褂的职工,也算熬出头,人生进步了。

就秉昆一人,去年一年里很不顺,非但没有什么好收获,反而因为出渣车间那次事故,写了两次检查,被罚了一个月的工资。推销员当不成了,出渣车间的班长副班长也没他的份儿。至今仍是一名苦力工,还让母亲担心得病了一场。

如果非说他也有什么好收获,那就是在厂里更出名了。发生事故的第二天,他在厂里贴出了一份声明,毛笔字虽然写得七扭八歪,但内容挺到位。首先他将唐向阳、龚宾、常进步三个新工友的责任完全择干净了,强调一切责任应由自己这个代理班长来承担。接着,他也将老太太的责任完全择干净了,令人信服地强调了老太太对自己千叮咛万嘱咐,虽是代理班长,那也要以正式班长的责任来当好,要多向新工友讲讲安全生产和操作程序。自己辜负了老太太的信任,所以绝不能由老太太代过。他最后算了一笔账,按损失三吨酱油来计算,每斤一角五分钱,合九百元。损失不仅仅在钱一方面,也使领导和同事的工作情绪大受影响,所以当再加一百元处罚金。他每月的工资是三十二元,每年三百八十四元。他愿在出渣车间白干两年半,以自己的工资弥补厂里的损失。

厂里人都看了他的声明。不要说德宝、吕川和唐向阳三名新工友心情有多么五味杂陈,据说连老太太都把自己关在办公室里流泪不止。他还把那声明用信纸抄了一遍,按上指印交到了厂办。唐向阳他们当然不会任由他自我牺牲而无动于衷,也将一份都按了指印的责任承担书交到了厂办,坚决要求分摊经济损失。再怎么说,那次事故与德宝和吕川一点儿关系都没有，但是朋友就得有个朋友的样啊，否则朋友二字有什么意义呢？他俩想到一块儿了，也要求扣半年的工资，以减轻秉昆的抵偿额。事情一下子传开了，厂里许多人对在出渣房干过和正在干着辛苦活的小伙子们纷纷给予好评，都说事情肯定是坏事，但六个小伙子的为人真的不孬！还有人说，看来曲书记没白心疼他们一场，凭这一点也不能将曲书记关心青年工人的工作成绩全抹杀了。这后一种说法为老太太挽回了一些面子。

实际上，厂里只扣了秉昆一个月的工资。除此之外，全部经济损失由老太太一次性交够了。秉昆他们一起去找厂里探问究竟，方知确有其事。他们同时获知，老太太前两天悄无声息地离开了工厂。至于到哪儿去了，是她自己觉得栽了面子要走的，还是被迫离开，连厂领导们也说不清楚。

"怎么可以这样？怎么连欢送会都不开啊！"一向被视为蔫人的秉昆拍着桌子大声嚷嚷起来，德宝、吕川们也一个个义愤填膺。

领导倒没生他们的气，很理解地说厂里是想开的，她除了有时太较真，做人方面没别的毛病，几年里做了不少别的干部怕得罪人费力不讨好的工作，既有功劳，也有苦劳。事情往往就是这样，当一个正派人离开一个单位后，他的正派才开始得到普遍的认同。人没走时，那种正派还会经常遭到误解、非议甚至怀恨和攻讦。领导说欢送会得请示，因为她毕竟是特殊的人。一请示，麻烦来了，没人敢批，结果就逐级请示，最终不知道在哪一级被压下了。

秉昆们都因老太太出钱补偿了厂里的经济损失而深感羞愧。

领导说你们也不必太过意不去。你们六个加起来每月工资不是才一百九十二元吗？人家老两口每月工资加起来三百多元，而且人家从一九四九年以后一直挣那么多，算算吧，二十几年里那得攒下多少钱？

区区一千来元，对人家根本不是个事。人家老太太怎么做，你们怎么接受人家的诚意就是，别非争那种面子不可。有些面子是争不得的，强争不但显不出志气来，反而会让旁人觉得可笑。

那天他们第一次听到一位厂头儿也叫曲书记老太太，都挺奇怪，不知道属于他们的专利是怎么扩散开的。他们六个的月工资加起来还比老太太夫妇俩的工资少一百多元，这让他们集体感到了从没有过的悲摧，一时个个都无语了。厂头儿的话说得那么实在，实在得让他们觉得难堪。为了表现得不失尊严，他们离开时都高昂着头，装出精神上虽挫犹荣的样子。但一走到外边，一个个立刻英雄气短地耷拉下了脑袋，相互无言。

然而，秉昆在他们六个之间毕竟树立起了一种大哥大般的威望。实际上他们都被全厂人另眼相看了，有那么点儿六小君子的意思。吕川们认为是在秉昆的感召下才义气了一把，故对大哥大简直有几分崇敬了。与他们对春燕的有保留的敬意，性质极为不同。连德宝自己也说："她得那份荣誉靠的什么表现？怎么能跟咱们秉昆的表现相提并论？咱们六个的美名，估计起码得在酱油厂口头上流传十来年吧？就冲这一点，秉昆以后就是老大了！"

他们发自内心的尊敬让秉昆一度别扭极了，找不到原先和他们相处的感觉，进而成了一种苦恼。终于有一天，他请求道："以后谁都不提那事了行不行？说到底是应该吸取教训的事，不是什么英雄行为，就当没发生过最好。"

他这么请求，那五个才从此不提。

春燕她们三个女的对秉昆他们五个男的正敲打得来劲儿，门一开，唐向阳、龚宾、常进步三人鱼贯而入。去年中秋、国庆三人来过周家,已经是第三次来了,都不见外,也没空手,各自用饭盒带来了家里的一道菜以及冻梨、水果罐头、蛋糕长白糕之类的年货。他们都没见过吴倩、于虹,秉昆以主人的身份为双方互相介绍,他们便都嘴甜地称这个"倩嫂子",那个"虹嫂子"。两位"嫂子"听了极为开心。国庆和赶超也眉开眼笑,直夸他们三个多么多么好,夸得他们也很受用。春燕等三个女的对进步亲热有加,争着表示"嫂子"式的关心,都保证日后会为他物色一个娇小俊气的弟妹。正交谈甚欢,门又开了,进来了四个木材加工厂的。他们是国庆和赶超的哥们儿,以前与秉昆虽也熟悉,却算不上多有交情。如今国庆和赶超都是秉昆的哥们儿了,再加上听他俩讲过秉昆的义事,心生好感,也前来凑趣助兴。

几拨加起来十五个人,外屋坐不下了,自然而然分成了三伙儿。里屋大,炕上炕下坐了两伙儿。三个女的脱鞋上了炕,将炕帘拉上了一半,在帘布后一会儿嘀嘀咕咕,一会儿小声哧哧地笑。间或,帘后吴倩或于虹傻傻地问:"怎么个好法?""到底有多好嘛!"接着便会听到春燕的嘘声,再接着又一起哧哧地笑。

地上的一拨是木材加工厂的,国庆和赶超在他们之中。他们倒也并不偷听三个女的在帘后嘀咕什么,都没谁朝炕上瞅过一眼。虽然都是货真价实的小光棍,却一个个装出大丈夫的模样,仿佛对女人们所聊的话题毫无兴趣。

他们在聚精会神听一个老兄讲一件国家机密:长白山上出现了一条巨蛇,有多粗呢? 货车车厢那么粗。一个月内,将深山里七八个村子的人及家禽家畜吃了个精光,我军出动了轰炸机,连投十几枚重磅炸弹终于将蛇头炸烂,这才使巨蛇一命呜呼。但其身子完好,用十几节平板列车载运到了本市的货车停车场,罩在军用帆布下边,等待北京方面的指示再做处理。据说吃它一片肉能延年益寿,于是有人趁风高月黑之夜,偷偷接近列车,企图用斧子撬下一片鳞,砍下一块肉。结果根本没撬动,一片小鳞也有锅盖般大,一片压一片地冻在一起,那能撬动吗?不但没得逞,反而被巡逻兵逮捕,据说将以"盗窃国宝"的罪名治罪。

有的人深信不疑,说难怪近来车站一带气氛紧张,形同戒严!

有的人嗤之以鼻:小孩子呀?这么低级的谣言也值得一传,听得入神还信以为真!

那当然是莫名其妙而起的谣言,却传得很快,很广,神乎其神。不少人言之凿凿地说见到了那列罩着军用帆布的列车,帆布上有血迹。还有人说将手探到过帆布的下边,摸到了钢铁般的鳞片。

当年,一种有趣的现象是,在他们成了知青的哥哥姐姐中,特别是哥哥们中,很有一些人也在传播谣言。因为他们已被从城市除名了。他们本能地更关心政治,关心北京发生的事以及国家的动向,只有国家政治方向的改变兴许能同时改变他们自身的命运,而任何一座城市里孤立发生的事不会影响他们的集体命运,也便不在他们的关注范围内。他们回城探家时,从城市里收集的信息也主要是与北京的政治风云有关的内容。所以,关于长白山巨蛇的传闻尽管在 A 市不胫而走,沸沸扬扬,知青们在广阔天地里却只字未闻。同样,哥哥姐姐们所关注的事,秉昆们也一点儿不感兴趣。他们觉得,自从有了单位,人生基本上就固定了。绝大多数人的命运,只能在单位或相同单位之间进行微调,比如春燕即使当上了市一级标兵,但在相当长的时间里甚至退休前都注定了仍是修脚工。秉昆们离开酱油厂将是难于上青天的事,国庆们离开木材加工厂的难度同样很大。正如光字片的人家想要离开光字片是白日做梦,共乐区的儿女想要将户口迁到市里某个区也是白日做梦。他们似乎都本能地明白这么一点,不管北京的政治风云怎么变,他们的命运都不会变。所以,他们聚在一起，宁愿谈长白山巨蛇也不愿谈政治。起码，长白山巨蛇谈起来具有惊悚性。

关于长白山巨蛇的话题告一段落后，木材厂的几个人之间似乎一时没有了引人入胜的话题，全都陷入了沉默。

于虹忽然从帘后探出头问："哎，你们听说百货公司仓库里发生的事没有？"

他们一齐将目光望向她，皆摇头。

"都没听说过？亏你们还是些自以为消息灵通的人！本姑娘亲自讲给你们听！"于虹现身帘布外，边说边下炕。

"别，春燕还有宝贵经验要传授呢，陪我听！"帘后伸出吴倩的手，拽住了她。

赶超拍着脑门道："我怎么将那件事给忘了！不劳你的大驾，我讲，我讲！"他亢奋了。

当帘后安静下来后，赶超环视着大家问："核实一下，谁都没听说过对不？"

大家又摇头。

"这讲起来才有情绪。只要有一个人听说过，我都懒得讲。我讲的可不是谣言啊，是于虹讲给我听的。于虹她一个亲戚是百货公司食品仓库的登记员，是事发现场的目击者之一。"

赶超的说法是，不知哪一次管理仓库的人疏忽了，一个身份不明的人混在搬运工中进入了仓库。仓库大门一锁上，那人成了里边唯一的囚徒。他是一个多么有口福的囚徒哇，仓库里什么好吃的都有，各种面包、点心、罐头、香肠……总而言之应有尽有，当然也有酒。仓库大，食品箱堆得高，一处挨一处，每次有人进来出货，他都能躲过去不被发现。他已经爱上了仓库里的生活，觉得自己生活在天堂。一盒罐头打开吃两口，不爱吃，扔一边儿去了。一瓶酒打开喝两口，不爱喝，往脚上倒着洗脚了。一个多月后，臭味儿大了，搬运工们奇怪了，一处处认真搜查，这才使那人无处可藏。能没臭味儿吗？他不仅在里边吃喝，也在里边屙屎啊。一个多月不洗脸，他是一个蓬头垢面的油腻胖子了，脸上手上都油腻腻的，一看就是一层层从皮下渗出来的油，吃得太好了呀！整个人也快发臭了，唯独一双脚没味儿，红润润的，经常用各种酒洗脚洗成了那样。原来他曾是某剧团的演员，还算名角儿。"文革"一开始，因为什么罪名被斗疯了，失踪一个多月，家人也不上心找。后来，据说他多年的脚气病好了，却由于肝病而死。仅仅一个多月，他不但吃出了严重的脂肪肝，还吃出了糖尿病。又据说临死前拼着最后一口气喊出的话是："送我回去！"百货公司倒也没太找他家属的麻烦，自认倒霉了事。

赶超声情并茂，讲得有悬念，有细节，大家却还是听得索然，听完也没谁议论几句。这事比长白山巨蛇靠谱，大家都不怎么怀疑其真实性。正因为比较可信，那还议论什么呢？明显地，大家对那么一件事没什么话可说。好比现今的人们看了一部烂片，自问有意思吗？回答是有点儿意思。除了有意思另外还有什么意义吗？回答是毫无意义，所以都懒得发表几句看法。

结果搞得赶超兴味索然。

在一个几乎没有文艺可言的年代，他们也都患了一种病，或可称之为"精神吸引功能坏死症"。只不过他们在病着，却又都不自知。他们不是秉昆的哥哥姐姐，不是郝冬梅和蔡晓光，不是冯化成。那几个人头脑里原本装了些可以叫作精神储备的东西，如同驼峰里有水分和营养。他们的头脑里没有什么可"反刍"的，秉昆由于偷看了几本禁书，头脑里开始装进点儿东西了。

木材加工厂一伙儿人正陷于话题枯竭，酱油厂一伙儿却像在开会，简直也可以说在密谋——他们正商议该不该声讨以及如何声讨一个叫沈一兵的人。沈一兵是出渣班的最新成员，出渣班出事故不久，他进了酱油厂，照例分在出渣班，这看起来是再正常不过的事。但他又极为特殊，来了不到一个月，没上过几天班便被宣布为班长了。当了班长以后，还是不经常上班。偶尔骑辆摩托来厂里晃一下，到出渣班问问副班长唐向阳有什么事没有？自从出了那次事故后，每个人都吸取了教训，干活既卖力又注意细节，还能有什么事呢？结果往往是，唐向阳说没什么事，而他撇下一句话"都好好干，再别出什么事故了"，言罢跨上绿漆摩托一溜烟走了。

进步是军工厂子弟，他断定沈一兵骑的是部队淘汰下来的摩托。也不能说淘汰，摩托兵取消编制了，部分摩托移交给了通信部队，少部分改造后流入了民间，所谓改造也不过就是拆下了边斗。当年，不是军人而骑辆带边斗的摩托上路，那是会被交警拦住严加盘问的。而所谓流入民间，非指一般意义上的民间，只有极特殊人家的子弟才会拥有那么一辆性能极佳的摩托。首先得买得起，上得了牌照，骑它的人还得拥有驾照，还得有地方加油。那家伙很费油，一般人哪里养得起呢？沈一兵却并不多么令人嫌恶，对出渣班的六小君子挺和气，每次来都分"中华"烟给大家吸。由于当班长的不再是秉昆而是他，大家心理上替秉昆不平，谁也没接过他的烟。他也不觉得是不给他面子，依然对大家挺和气。

家庭背景来头大，就可以当着班长不管事吗？就可以白拿工资不干活吗？明摆着没道理的事发生在别处罢了，偏偏就发生在自己的眼皮子底下呀！向阳等三个小老弟心里对此事很不痛快，有一天背着秉昆向德宝和吕川请教究竟要不要公开表明态度。如果有必要，怎么表明为好？他们三个自从也沾光成了六小君子，为人处事便都开始按君子的做法来要求自己。那年头像他们这些小青年也没什么实际的名利可追求，一尝到美名的些微甜头，便本能地要加以维护，发扬光大，希望进一步证明，自己获得好口碑是有资格的。

德宝和吕川两人毕竟离开了出渣房，对出渣房的事渐渐有了隔膜，了解得不很清楚。有一次，他俩在食堂吃饭时问秉昆，新来的沈一兵怎么样？对他这个被免职的代理班长尊重不尊重？秉昆说沈一兵人挺好，对他也挺友善，还希望他多费心传帮带呢。秉昆对自己被免职并不多么委屈，当不成推销员了也不觉懊丧。老太太的栽培他是领情的，但他并不喜欢推销员工作。在酱油厂，究竟哪一种工作是他所喜欢的连他自己都说不清楚，继续当出渣工他也无所谓。出渣那活儿的劳动强度大大减轻，能和唐向阳等三个小老弟做工友也挺愉快。出了那么大事故总得有人担责任，他自己将责任完全担起来心甘情愿。他对沈一兵现象也极为不满，但他的话只能那么说，不那么说还能怎么说呢？他怕出渣房一波刚平，一波又起，又将唐向阳他们三个小老弟牵扯其中。德宝和吕川都是实诚人，听了秉昆的话便大为放心，不再牵挂出渣房那边的人际关系。

唐向阳他们三个向德宝和吕川如实汇报，两个实诚的哥们儿义愤填膺。他俩原本是事不关己高高挂起的人，自从被视为义人，便都觉得对厂内一概涉及正义的事有着替天行道般的责任。他们有点儿被口碑改造了，也有点儿被别人的评论绑架。

德宝说："这事我们得管！与我俩和秉昆是不是哥们儿无关，两码事！老太太如果还在，她肯定不允许有这种事存在，就当我们是替老太太管了吧！"

吕川说："你们不说，我俩还不知道。连我俩都不知道，可见厂里知道真相的人不多。首先要揭发真相，最好的方式就是大字报。你们三个小老弟都不要掺和。向阳、进步，你们都有父亲的问题，弄不好会让人反咬一口。龚宾你也不能掺和，你叔是优秀民警，别给他惹什么麻烦。大字报由我俩来写，我俩来贴。我俩都是'红五类'，正义在胸，惹火了某些人他们也不敢把我俩怎么样。"

一听他俩要贴大字报，向阳等三个小老弟心里没底了，都觉那么一来闹出的动静太大，转而又向秉昆汇报了。

秉昆更觉兹事体大，立刻找到德宝和吕川制止。他说真相虽然如此，却未必是全部的真相，还是应该了解清楚再做考虑。免得大字报贴出去了，不是那么回事，让自己陷于被动。

德宝二人觉得秉昆说的有道理，三人一合计，中午匆匆吃罢饭，就一起去找厂里的头头探问究竟。

一、二把手都到区里学文件去了，只有管生产的三把手在办公室吃饭。

三把手边吃饭边说，对他们来讨说法，厂领导们都有心理准备。自己虽是三把手，完全可以代表一、二把手回答他们的问题。第一，人家沈一兵一分工资也没拿，以后也不会拿。第二，人家只不过在厂里挂个名。在最不起眼的一个厂里干最脏最累的活的，人家只不过要这么一种名分，当然可以不干活。人家在全力以赴地补习课本知识，准备考大学。从明年起，上大学虽然也要考试，但是否有基层工农兵经历仍是各大学招生首先要考虑的原则条件。第三，人家只要厂里到时候推荐一下，别的什么事都无须厂里做。厂里获得的好处是，上边将批给一笔维修老职工宿舍、盖两排新宿舍的经费。

第三把手一边说，一边吃完了饭，漱过了口，刷干净了饭盒。之后，他吸着烟身子往椅背一靠，看着他们循循善诱地说："想必你们也知道，咱们厂一些职工那住的是什么房子？连个像样的家都没有，凭什么要求职工安心踏实地工作？特别是一些老职工，为厂里奉献了大半生，退休后的家冬天透风夏天漏雨的,哪个领导不觉得对不起他们?没那点儿体恤心还算是个人啊?咱们厂有地方可以盖两排砖房,但没钱盖得成吗?上边一拨款,咱们厂多少职工的梦想就成真了。这种天上掉馅饼的机会如果当领导的让它白白错过,那不是一大罪状吗?什么真相?这就是真相!不要以为只有你们看重什么公平、正义,我说的真相全厂人都知道,只不过人人掂量来掂量去,觉得实实在在的好处更重要!"

他一席话说得秉昆三人哑口无言。

德宝张了几次嘴才问出一句话:"那,那……那他究竟多大的来头呢?"

"这你们就不必知道得太清楚了吧?总之一句话,你们千万别做自以为是、亲者痛仇者快的事。那你们就肯定不是什么六小君子,而会成为大家眼里的六个小人了。"三把手的话说得平平静静,秉昆们听来却句句分量都很重。他摁灭烟,表示谈话到此为止。

秉昆等三人默默退出。德宝和吕川两个脸上淌下了冷汗,都说多亏秉昆及时制止,否则大字报一贴出,小人的帽子戴在头上,恐怕很难再摘掉了。

他们把领导的话向三个小老弟一传达,向阳们也都没脾气了。从此,那沈一兵"任来任去梁上燕",六小君子"相亲相爱水中鸥",两股道上各跑各的车,表面上都和和气气,相安无事。

然而,人心并非浇进模子的钢铁水或水泥,一旦定型就不再改变了。它更像含羞草、海蜇、乌贼或毛毛虫之类极敏感的东西,稍受外因影响,便会发生从色彩到形态的反应,而那是本能的完全无法自我克制的反应。

在一九七四年正月初三的晚上,吕川和唐向阳忍不住向大小哥们儿倾吐了压抑已久的内心想法,他俩也要往上大学这条路上闯一闯。干吗不呢？去年连木材加工厂都走了一名抬木头的青年工人！包括可以教育好的子女在内的从业青年人人可以报名，人家就报了名。还要参加考试，人家就参加了考试，一考分数不低，几所高校争着要——家庭历史无严重政治问题，本人无劣迹，厂里懵里懵懂地就放人家去了一所著名的工业大学，想不同意都没有理由。据说从一九七四年起，招收工农兵学员的原则将有变化，分数更加受重视了。向阳和吕川在文化课方面早已有所准备，自信能比大多数人考试强不少。他俩在厂里又都有不错的口碑，过群众评议这一关也不会有什么悬念，所以又回到了那句话——干吗不试试呢？

向阳说，在分数和群众评议两关都过了的情况下，如果从他和吕川之间选送一人，他绝对主动放弃资格让吕川先圆大学梦。他说自己年龄比吕川小，多准备两年会考得更好，等得起。但如果竞争对手是沈一兵，那么他将坚定不移地争取自己的权利毫不相让。他认为厂里给予沈一兵的应该是有前提的机会，而不应该是无条件的机会。总不能别人明明比沈一兵考的分数高，群众推荐的得票率也高，那也得将机会让给他吧？再说让也白让啊，他也不会感谢任何一个将机会让给他的人呀！

吕川说他和向阳想一块儿去了，但是，如果真像向阳说的那样出现了在他俩之间只能走一个人的情况，那么他要先成全向阳。自己是吕川哥嘛，当哥的就得有当哥的样子，否则不是给小老弟们做坏榜样了吗？

他俩都说得很真诚，龚宾和进步都被他俩感动了。

德宝说："你俩之间的事你们自己解决，我们不干预你俩的内政。但如果沈一兵那小子分数和群众评议两方面都比不上你俩还要捷足先登的话，我曹德宝一定挺身而出阻击他！"

"我的想法与你们都不同，川和向阳，你俩听我的，今年都别报名了吧。"说这话的是秉昆，他不知何时站在里外屋的门槛那儿了，一脚里屋一脚外屋，靠着门框叼着烟。三拨客人，除了炕帘后那三个女的他没去理睬，木材加工厂和酱油厂的两拨人他都得招待到，像堂倌儿。在酱油厂的弟兄们都没注意到的情况下，他已听了多时。

德宝问："说说，你怕的是什么？"

秉昆坐在进步让给他的高脚凳上，吸一口烟，将剩下的半截递给德宝，看着吕川和向阳说："你俩都没怎么搞清楚状况。招收工农兵学员的过程不是你们以为的那样——先考试，后群众评议、投票，最后再由领导决定推荐不推荐学校，决定录取不录取——而是首先就要由群众评议、投票，决定谁有没有资格参加考试。你们想啊，沈一兵他走得成走不成，关系到厂里职工们的住房问题能否得到改善，选票能不一边倒？即使你俩获得的选票也不少，也有资格参加考试了，甚至考的分数都比沈一兵高，最后上大学的那也肯定是他啊！忘了咱厂三把手怎么说的了？他说只要在推荐书上写下了'同意'二字，别的事就不必厂里操心了对不对？咱们小小的酱油厂，能给咱们两个名额？只给一个肯定得是沈一兵的啊！那叫戴帽名额，指名要的事，而且是政策允许的。你俩陪着考，陪着选，到头来竹篮子打水一场空，不是白浪费精力吗？既然只不过是个过场，莫如让全厂人只陪他走那个过场。你俩一陪着，倒似乎过场不是过场，反而像正剧了，那不等于帮衬了他吗？"

德宝将秉昆给他那截烟头吸得短而又短，有几分舍不得地弹入火炕口里去，他心悦诚服地说："我想说的是，秉昆你又让我刮目相看了。厂里别人都说你是老蔫，可在咱们哥们儿之间，你该说的时候总是把话一股脑儿说透，说得明白到家了，一点儿都不蔫啊！"

秉昆笑道："内外有别嘛。"

吕川站起来，拍拍他的肩说："你一番话把我给点明白了，我听你的。"

向阳瞪着他问："关于招生的事，你怎么知道得这么周详？"

第十五章

秉昆站起来郑重地说:"你和吕川内心里的想法能瞒得过我吗?老实向你们交代,我已经替你俩写信问过我哥了。我哥是他们那个师连续两年的招生办公室副主任。全省每年的工农兵学员一小半是从兵团招的,他们那个师每年就走三四十人,他什么情况不清楚啊?他在回信中说,如果你们是我朋友,那我最好告诉你们,咱们厂肯定只有一个戴帽的名额,那个名额肯定非沈一兵莫属。我哥说,如果我不告诉朋友们这一点,让朋友们蒙在鼓里充满希望地陪着走过场,那就是我不够朋友了。"

刚坐下的吕川听了秉昆的话,倏地站起一撩门帘闯入里屋去了。大家一时你看我,我看他,都以为吕川生气了,局面一时有点儿尴尬。

秉昆小声问德宝:"是不是我说了什么不该说的话?"

德宝说:"没有啊,你为他俩费心,他如果不高兴是他不对。"

向阳也说:"我可没不高兴。秉昆哥,你分析得全面,我不陪了。"

三人正这么说时,吕川一撩门帘又回来了,拿着三支烟,先给秉昆一支,再给德宝一支,并对秉昆说:"真哥们儿不言谢,借花献佛,敬你支烟。"

大家又都笑了。

秉昆吸口烟后,对三位小老弟说:"以后,你们三个绝对不许背着我参与他俩策划的任何事。不但不许参与,还要及时告诉我。"

吕川说:"在家里你们听不听父母的我们不管,在厂里希望你们多听他的。那样,我和德宝就不必为你们操心了。"

向阳就代表另外两个说:"放心,我们保证。"

一九七四年,共乐区的儿女们都长了一岁。他们的人生各自发生了变化，关系也发生了变化。有的人逢喜事精神爽，有的遇到了挫折也因而开始成熟。在说好不好说坏不坏的小市民生态和想躲都躲不开的社会环境双重挤压之下，年龄大点儿的沾上了烟酒，年龄小点儿的为了获得一份人生的安全感本能地依附于年龄大的。而不论年龄大小，几乎都没有任何能力哪怕稍微改变一下人生状况，父母也完全帮不上他们的忙。只能像父辈那样靠江湖义气争取别人的好感，以便在急需帮助时借助一下哥们儿，或在同样感到压力时抱团取暖，面临同样威胁时做出小群体的一致反应。除了亲人或哥们儿，没谁关注他们，偶尔有人爱护一下他们，便足以被他们视为贵人、恩人。他们胆小，不敢招惹是非。从这一点上来说，他们还都不失明智。但在认为有必要证明人格本色的时候，他们又都愿意显示自己是多么义气。他们认为好人格就是够义气。关于人格二字，他们普遍也就知道这么多，而那基本上来自民间的影响。

他们是庸常之辈，但他们也确实都想做好青年，不想做坏小子。他们最大的明智在于，都深知一旦成了坏小子那也就几乎等于自取灭亡，只不过是时间早晚的事。他们磕磕绊绊地学着做父母做民间所认可的那种好人，为了和他们一样是庸常之辈的父母、亲人和哥们儿，为了指望和他们成家生孩子的姑娘。她们也都想赶快终结"女青年"这一尴尬称谓，都想要迫不及待地赶快做好妻子、好母亲和好儿媳。这几乎是民间价值体系固守的最后阵地。她们可以遁入民间价值观的掩体里，去全心全意经营小小的安乐窝，那才是她们的喜乐之事。何况，还有美妙无穷的性爱提供快活，正如吴倩和于虹在周家的炕帘后一再追问春燕："怎么个好法？怎么个好法？"小小的安乐窝之好，是她们好人生的实体标志。

是的，在一九七四年正月初三的晚上，聚集在周家的这些人多数是共乐区的儿女，少数是由于父母惹上了政治麻烦而成了他们小老弟的青年，如唐向阳和常进步，确乎都是些好青年并且个个愿意继续做好人。

第十五章

那一个晚上，可以说是他们真正的节日。他们每年难得有这么一次聚会，有这么一处地方。

秉昆妈照例醉睡在春燕家了。她是被春燕妈请去的，也可以说是被春燕支去的。没有秉昆妈在眼前晃来晃去，每个人的言行都放松得不能再放松了。春燕爸照例加班，二姨照例又成了她家的年客，秉昆妈照例沾酒就醉。与去年不同的是，今年她是春燕家的贵人，春燕爸妈对德宝这个倒插门女婿中意得很，双方母亲策划的秉昆与春燕之间的那码子事虽然落空，但春燕对秉昆妈"干妈"长"干妈"短叫得更亲了，与秉昆的关系也反而更自然了，这使两家不是亲家胜似亲家。大儿子周秉义与郝冬梅结婚的喜事，周志刚亲自去看望了女儿，喜上加喜，冲刷尽了秉昆心头的阴霾。这一个夜晚，家里来了更多青年，连小儿子秉昆在木材加工厂时的工友也来了数人，意味着小儿子很有人缘，毕竟是一种欣慰。所以，秉昆妈并不是被春燕妈和她二姨灌醉的，是自愿喝了一盅又一盅自找着的。她心里高兴，要享受美美醉睡一大觉的好感觉。

在她的家里，这些底层青年已没什么更有意思的话题了，于是分成几伙儿打扑克下棋，而秉昆则开始准备晚餐。

忽然来了一位不速之客，是龚宾小叔龚维则。这位光字片小字辈们心目中可亲可敬的小龚叔叔初三、初四照例值班，也就不敢放松警惕，一条街一条街地夜巡。他很喜欢在国庆、春节这两个主要节日里值班，因为夜巡时可以佩枪，让他觉得自己更是人民警察。他夜巡时见周家人声鼎沸，就走了进来。不认识他的见一个穿警服的突然出现，都不禁大觉意外。秉昆让大家只管放松，该怎么玩继续怎么玩就是。他们听秉昆亲近地叫他小龚叔叔，也就明白他是自己人了。龚维则知道春燕已做人妻，却不知道秉义结婚之事。秉昆代表哥哥、嫂子敬了他一支烟，他要求看结婚照。秉义和冬梅的结婚照是四寸的，春燕和德宝的结婚照则是八寸的，而且涂红了脸颊和嘴唇。为了让他俩的八寸照也能挤进相框里，秉昆不得不抽出原有的几张照片，这使那相框似乎成了春燕和德宝的光荣榜，而秉义和冬梅的结婚照只能屈处一角。小龚叔叔捧着相框踱到灯下，细看片刻，给出的评语令秉昆暗吃一惊。

他说："果然是副省长的女儿，虽比不上你姐漂亮，但人家那种胎里带的高贵气质却是你姐没有的。"

他的话也令其他人都愣了，一齐将目光转向秉昆。此前大家以为，身为知青的国庆姐姐嫁给了一位兵团的现役军人已属福气，全赖"上山下乡"运动所赐。否则，一个寻常百姓家的女儿，能嫁给国营大厂的一名青年技工就算幸运了。国庆自己也这么认为，而朋友们经常以羡慕的眼光看待他。有了一位现役军人姐夫，他和爸妈日后会沾多大的光啊！冷不丁地，秉昆又冒出一个是副省长女儿的嫂子，此种心理冲击波太猛太巨大了，包括春燕在内几乎全都愣住了。

秉昆想不明白，他问小龚叔叔："你怎么知道的？我妈告诉你的？"

小龚叔叔一边替秉昆把相框挂回墙上，一边若无其事地说："你妈才不会告诉我那些。你哥下乡前我就知道，那时她三天两头到你家来，还有一个叫蔡晓光的也经常到你家来，对不对？你也不想想我是干什么的？光字片的事如果我一问三不知，那不就失职了吗？"

他的话让秉昆暗吃一惊。

小龚叔叔临走才看到侄子龚宾，训斥道："你这小子，怎么不主动跟我打招呼？"

龚宾像害羞的姑娘般扭捏地说："谁知道你为什么突然闯进来啊！"

春燕不悦地问："哎，小龚叔叔，眼神差劲儿了？我和德宝那么大的结婚照硬没看见？连句道喜的话都舍不得说？"

小龚叔叔笑道："忘了忘了，别挑理，向标兵致敬！"

他啪地敬了个礼,春燕这才高兴了。他说了些鼓励春燕争取做省级标兵的话,说新中国成立以来不论共乐区还是光字片没和任何荣誉沾过边,希望春燕能让共乐区特别是光字片的青年引以为荣。他嘱咐秉昆们多多关照自己侄子,勿让龚宾受人欺负。

小龚叔叔走后,吕川从地上捡起了卷成筒的《红旗》杂志,翻开看看,见两报一刊的元旦社论用红笔画出了一道道红线。

龚宾说:"肯定是从我小叔兜里掉到地上的。"

吕川说:"现在都是春节了,你小叔怎么还学元旦社论啊?上瘾呀?"

龚宾说:"没法子,不学不行,我小叔得经常在区里向各派出所的民警汇报自己的新体会。"

赶超忍不住也问:"你小叔总有什么新体会吗?"

龚宾说:"那我就不清楚了,估计得总有吧!我小叔也不总学那些呀!你们别把我小叔看成那样式的人!"龚宾从吕川手中夺过《红旗》,跑出去追他小叔了。

吕川笑问大家:"他说的那样式的人,到底是哪样式的人啊?"

国庆说:"别装糊涂。二百五才不知道那样式的人是哪样式的人,你看这屋里有二百五吗?"

一句话将大家全逗乐了。

德宝忽然没头没脑地来了一句:"我说什么来着?"

吕川问:"你说什么来着?"

德宝瞥一眼春燕,指点着秉昆、吕川、国庆和赶超不无悔意地说:"捡漏!点到为止,证明我是有预见的。"

秉昆等四人于是想起德宝曾希望与一个落难高干女儿结成良缘的事,当着春燕的面,都不便再接着他的话茬往下说。

人们听得正云里雾里,春燕高叫:"酒!酒!干哥拿酒来!"

秉昆默默递给她一瓶酒，心中感激她把由他嫂子引起的敏感话题打断了。

不料她说："每人一瓶，你自己也是！"

家里没那么多成瓶的啤酒，秉昆只得将满满一塑料桶散装啤酒拎进屋，而于虹、吴倩两个已按春燕的吩咐大碗小碗杯子瓷缸摆了一桌子。

赶超说："饿了，晚餐正式开始吧！"他拎起塑料桶往所有的盛器里倒满了酒。

春燕像男人那样，用她的老虎牙啃开瓶盖，泡沫流了一手，高举酒瓶朗声道："大家听我说几句，今天聚在这儿的都是什么关系？哥们儿和姐们儿的关系！秉昆又是我什么人呢？干哥！那么他哥周秉义是我什么人呢？当然是我干大哥！所以，秉昆的嫂子就是我的干嫂子。干嫂子就不是一般按辈分叫的那种嫂子，要不认干亲不就没什么意义了吗？吴倩、于虹，你俩是我姐们儿，所以秉昆他嫂子也是你俩干嫂子。你们这些男的和秉昆什么关系？哥们儿关系，所以秉昆他嫂子也是你们的干嫂子，是我们大家的干嫂子！"

"等等，等等！"秉昆万没料到春燕偏偏哪壶不开提哪壶，眼见大家高兴地都举起了杯和碗，仿佛每个人从此都有了一位副省长的干亲，以后的社会地位也高级了不少似的，不得不做一番必要的声明。

他说："我嫂子她父亲……到现在还是黑帮呢！"

有人就将杯和碗放桌上了，目光一齐望向春燕。

春燕说："黑的再变回红的，估计也就一两年的事。看来你们都不关心政治，不如我，连我还得装模作样学学社论什么的呢！我听参加学习班的人讨论时说，以后肯定有大批的老干部被陆续解放。大家信我的没错，反正咱们有了一位是副省长女儿的干嫂子了，谁不许咱们攀上这门干亲谁是不怀好意。说不定一复出黑的又变回红的还当了正的！干，干，谁不干谁不给我面子！"

她一扬脖子，人嘴儿对瓶嘴儿，咕嘟咕嘟喝下了大半瓶啤酒，秉昆看得目瞪口呆。

"干，干！"

"祝干嫂子平平安安！"

"祝干嫂子她爸身体健康，永远健康！"

尽管没谁对春燕的话太当真，但大家都异常高兴却是真的。想象一下也挺好的啊！于是杯碰杯，碗碰碗，都乐得起哄。秉昆看出自己再说什么都是废话了，便装聋作哑，转身进入厨房干脆往桌上端菜了。

一九七四年春节的节前供应比一九七三年好了不少。不是种类多了，副食基本还那么几类，但每人供应的数量增加了。普通饼干不限量，只要买得起，天天买也可以。有几处自由市场恢复了，人们在那里甚至能买到出口转内销的鱼罐头和只有南方才能见到的笋罐头。

初三晚上，这些年轻人山吃海喝了一顿。德宝照例拉了大提琴，春燕照例听得如醉如痴。赶超照例表演了魔术，于虹特专业地充当他的助手，他俩还将国庆和吴倩一块儿催眠了，互相抱着亲嘴亲得啧啧有声，看得唐向阳他们三个小老弟全都不好意思地低下头去。秉昆作为主人，也被要求打了几段快板。将近十二点，在几阵小规模的连不成片的爆竹声中才有人言走，大家意犹未尽地散去，最后只剩下了国庆和赶超两对四人。他俩仍坐在桌旁，而吴倩和于虹并肩垂腿坐炕边。

秉昆奇怪地问："你们怎么还不走？想住这儿啊？"

赶超反问："德宝没跟你说？"

秉昆更奇怪了："跟我说什么？"

国庆小声对赶超说："情况变了，让咱俩自己的事自己交涉了。"

德宝和春燕回德宝家去了。德宝走时对国庆和赶超直挤眼睛，而春燕扭头望着吴倩和于虹意味深长地笑——这秉昆是看到了的，却不明白他们暗示什么。

秉昆催促："有话快说，你们走了我还得收拾呢。"

国庆小声问赶超："谁说？"

赶超道："你的意思是由我说呗。行，我说就我说。这种事，你一说非说夹生了。"他将秉昆扯到门口，小声说，"是这样的，我们四个一致决定，今晚不走了，都住你家了。"

秉昆立刻联想到了去年德宝和春燕搞出的那档子事，很坚决地说："不许！"

"你这是什么态度？"赶超显出很不高兴的样子。

"是啊，秉昆，你那么说可不太够哥们儿了吧？"国庆起身走了过来，冷着脸对赶超说，"闪开，我跟他说。"

赶超却不闪开，反而推着国庆说："你坐回去，坐回去，显不着你。我既然说了，那我就能摆平。"

吴倩也在炕边那儿说："别死乞白赖地求啊，不给面子拉倒，那咱们以后不登门了。"

于虹接言道："就是，亏咱们还把他嫂子认成了干嫂子，太不理解人了。"

秉昆本是为她俩考虑才坚决说不许，听了她俩的话，呆望着她俩一时变成哑巴了。

"看，看，把她俩也惹得不高兴了吧？没你这么轴的啊，出去说出去说。"赶超从衣帽钩上取下秉昆的棉衣、帽子、围脖，一股脑儿塞他怀里，同时将他推出了家门。门关上前，他听到了吴倩和于虹咻咻的笑声。

在小院里，赶超批评道："你是饱汉子不知饿汉子饥，真哥们儿那就得急哥们儿之所急！"

第十五章

秉昆愠怒道:"哎,我在你眼里怎么就成了饱汉子啊!"

赶超说:"那你就是根本没饥饿感,有病,不正常。而我和国庆,打个比方吧,好比兜里揣个大水蜜桃,熟透了,完全属于自己的,想怎么着怎么着,却就是不许吃上一口,这滋味儿你肯定没有吧?"

秉昆打断道:"你俩爱上哪儿吃上哪儿吃去!你背后是我的家!我还是那句话,不许在我家里再发生……"

赶超也打断道:"屁话!还口口声声你家你家!哥们儿之间,你家就不许当成是我们的家了吗?"

在赶超理直气壮的批评下,秉昆哑口无言了。

"我知道你担心什么,多余嘛!你刚才没听到于虹她俩的话啊?今晚住你家,在这一点上她俩和我俩是完全一致的。再说,我们有这个,万无一失。"赶超语气缓和了,从兜里掏出一个小纸包炫耀。

秉昆压着气问:"什么?"

赶超向他俯耳道:"避孕套。德宝提供的,春燕批准的,你应该向他俩学习。就像于虹刚才说的那样,真哥们儿之间更要理解人。有些事,有时候,它一来那就是火烧火燎的急茬儿,如果真哥们儿都不理解,那还要哥们儿干什么呢?"

秉昆有点儿理屈词穷了。

"孙赶超!你俩到底有完没完?不是叫你别死乞白赖吗?"屋里传出了国庆恼火的声音。

"回您的话,已经交涉完毕,就进去!"赶超搂抱了秉昆一下,还和他贴了贴脸,一转身进屋了。

秉昆在院子里愣了片刻,心里仍别扭得要命,想进屋去继续理论。一推门,门从里边插上了。踢门,屋里关灯了。

他生气地喊:"那我上哪儿睡去啊?"

"你兜里有把钥匙,是开吕川他们味精车间值班室门的,委屈你去那儿睡一夜吧。"门缝传出国庆贴着门说的话。

他将手伸入棉袄兜,果然摸到了一把钥匙。

他又踢门,又喊:"开门!我得拿车钥匙。外边这么冷,让我走着去啊!"

"你自行车钥匙在你车上插着呢。乖乖地去厂里,表现好点儿,别再滋扰我们了啊。明儿天一亮就回来吧,我们那时会把咱家打扫得干干净净的。"门缝传出吴倩的声音,柔声细语的,像年长许多岁的姐姐在教导不懂事的小弟弟。

秉昆往厂里猛蹬自行车时觉出冻手来,他很后悔在小院穿棉袄围围脖时忽视手套问题了。当时他想进屋去拿手套,但明知会冻手还是极不明智地跨上了自行车。自行车少了一边的把套,他一直拖着没配上。手握在冰冷的裸车把上,不到一分钟就冻得手心手背每一个手指尖儿都疼起来了。握着有把套那一边的车把呢,那只也是皮包肉的手啊,不揣兜里一会儿坚持不了一两分钟呀!骑到厂门口时,双手都快冻僵了。传达室黑着灯。把门的也是人,该睡觉也得睡觉啊!

把门的师傅终于被敲得披着棉袄出来了,见是他,没好气地问:"大年初三的你来厂里干什么?"

他同样没好气地说:"借宿!"

味精车间那间值班小屋也就是比一张单人床宽一点儿,好在床上有枕头被褥,看上去很脏,让人不愿接触。还有一排暖气,这让他庆幸。他本想和衣而眠,躺下没多一会儿,不得不一次次坐起来一件件脱衣服。门一关上,那一排暖气使狭长的小小空间热得像蒸笼。他想打开通风窗,却

第十五章

不知为什么被钉死了。他想敞着门睡，走廊里一盏大灯泡的光直射在床上，光着上半身在走廊找了两次才发现开关在哪儿。最后，他还是脱得仅剩下裤衩，仰躺在很不舒服的被子上。值班室门上无窗，关灯后，有那么一会儿他觉得自己似乎真的躺在砖砌的棺椁中了。还好，一关灯外边倒显得不怎么黑了。并不是一个月光多么好的冬夜，但没有窗帘的窗玻璃看上去仍透进些淡蓝的夜明，这让他逐渐平息了下来。

他想到国庆和赶超两个哥们儿急赤白脸的表情和强词夺理的话语，气恼少了，谅解多了，不禁哑然失笑。想到他们肯定正特享受地干着的事，他辗转反侧，哪里还睡得着呢！名不正言不顺的小寡妇郑娟的样子无可避免地出现在他头脑之中。他刚一想，她的样子便清清楚楚地出现了。是的，完全没有逐渐清晰的过程。他的头脑之中除了她的样子，其他什么也没有。她似乎出现在无框、圆形、漆黑的衬板前，一丝不挂地以各种姿态连续出现，像电影特写镜头似的产生一种向他移动的感觉，似乎有什么力量将她推近于他。他甚至觉得那一种神秘的力量发自他自己的身体里，而她自然而然地被吸近了。说是在他的头脑之中也罢，在被自己的想象燃烧得迷幻万分的眼前也罢，总之她的身体看上去并非洁白如玉，而是微微有些泛着粉色。她的脸颊也泛着红晕，双唇则要红得多了，一种桃红色。她是光润的，但绝不是玉的那一种光润，而是细腻肌肤必然会有的那一种绸子般的滑润之光。尽管她的样子始终清楚地存在着，却又始终微微低着头，垂着目光，一次也没抬起头来看他，或仅仅是抬起头，却并不看他。

"看着我，看着我，求求你看我一次吧！"周秉昆这个因为做了一次特够义气的事而博得了君子之名的青年，喃喃呓语，不知不觉间将一只肮脏的枕头紧紧搂在了怀里。

他想到了赶超在小院里说的话，他觉得自己才真是一个饿汉子，而从今天晚上起，国庆和赶超两个哥们儿倒是摘掉饿汉子的帽子了。

他想到了赶超的那个比喻。是啊，吴倩已是国庆兜里的桃子，于虹是赶超兜里的桃子，而自己兜里还是空的。

他渴望郑娟哪一天也成了他兜里的桃子。

他很怕哪一天她成了别的男人兜里的桃子。

自从秉昆第一次见到她以后，他对谈恋爱、找对象便毫无兴趣了，一心想着与她生活在一起的快乐。但他又明白，姐姐嫁给了那样一个男人，如果自己娶的再是郑娟这样拖带着一个上不了户口的私生子的小寡妇，便简直等于是要了爸妈的老命了！他将成为周家的罪人，连一向愿意庇护他的哥哥也不会宽恕。这种清醒常常让他思想上备受折磨，痛苦不堪。

周秉昆，你的心理是不是不太正常了呢？国庆找到吴倩，赶超找到于虹，而德宝和春燕婚后夫唱妇随，显然都很幸福。你哪方面都不比他们差，你有良好的口碑，你家有随时可供你结婚的一间房子，你究竟为什么非要将一个郑娟那样的小寡妇娶进你们周家的门？

他不止一次扪心自问，却一次也没给出能摆到桌面上的理由。实际上，他也根本没有任何足以说服家人同意的理由，比他的姐姐更无理由。每次，他都不得不承认：他完全是不明所以地被那个小寡妇迷住了，她是他心里最想要的那种女人。他第一次见到那种类型的女人是从一幅画上，确切地说是从一部作品集的彩色插图上。大概是高尔基的书，其中一篇似乎是《少女与死神》，讲一名少年就要死了，偎在牧羊女的怀里。在作品中她虽是少女，但插图上她看上去更像少妇。她一边的肩裸露在衫口外边，连同整个乳房也完全裸露，色彩使它极像桃子，她本人也似乎是一只成熟得弹指可破的桃子的化身。后来，姐姐可能发现他经常偷看，于是那本书就失踪了。其实他对内容没太大兴趣，配有那种女人插图的那一篇也只不过马马虎虎翻看了一下,迷住他的是彩色插图。当他在郑家的土坯窝里见到衣衫不整的郑娟坐在炕上,立刻将她与插图上的女人联想到了一起。在他的联想中,现实中的小寡妇与插图上的女人比光速还快地重叠了。如果郑娟的头发不是黑色的而是金黄色的,两个女人就更酷似了。这是不能摆到桌面上来说的,对哥们儿也不能说。多么羞于启齿啊!

每次想郑娟时,他还会联想到契诃夫的短篇小说《美人》。家中藏着的书中就有契诃夫的小说集,他偶尔读到了《美人》。那是极短的短篇,也可以说是散文,讲少年契诃夫随爷爷到乡下去,在一户农民家里见到了主人的女儿小美女玛莎。玛莎并不能使他联想到郑娟,但契诃夫对爷爷、少年时期的自己以及车夫的描写,却让他觉得是对自己心理的揭示。他们离开时,都变得忧郁了,闷闷不乐,仿佛一辈子很难再开心得起来了。爷爷太老了,连娶玛莎为妻的美梦都没资格做一做;少年契诃夫年龄太小了,等他到了可以追求玛莎的年龄,她早已嫁作他人妇,并且是几个孩子的妈了;而车夫已有了老婆孩子。美好的东西就在眼前,活灵活现,却注定了将不属于自己,这会让人懊恼不堪。美好的东西要么属于自己;要么不属于任何人,仅供所有人观赏;要么足够多,起码一半人有机会公平获得——以上三种情况都不至于让心理正常的人生气。如果美好的东西如灵光偶现,很快就将属于别人,根本不由任何原则来决定,还没有理论的地方,这就难免令人忧伤不已。

在周秉昆想来,自己所面临的事正是这样。如果郑娟最终嫁给了别人,他的人生就注定忧伤不已,暗淡无光。

显然,国庆、赶超他们两对儿的无理勾当是到他家之前就预谋过的。德宝和春燕两口子参与了,还提供了必备物品,是同谋!这让他在自家小院里进不了屋的时候怒火中烧。如果同谋仅仅是德宝还罢了，德宝往往就是那么不着调，拿这哥们儿没什么咒可念的。但春燕不同啊！春燕是标兵啊！你成了同谋算怎么一档子事？行为与你的光荣身份不符嘛！更让他想不通的是，吕川居然也成了同谋，否则自己怎么会睡在这棺椁似的鬼地方？吕川可是哥们儿中一向言行谨慎的人啊，他吃错药了不成？

但是，此刻谁的气他都不生了。他心如止水，对谁都能理解了。特别是对春燕，他反而心生一种从没有过的好感来。人家没因为自己光荣了就袖手旁观，不急哥们儿姐们儿之所急。人家宁肯自己的光荣称号有污点，还要尽自己所能，证明人家比以前更义气了呀！至于吕川，他可是一向洁身自好的。既然连他都成了同谋，那么是否可以认为哥们儿姐们儿的做法是对的呢？

吴倩和于虹当时的反应，确乎是秉昆难以料想得到的。他以为她俩是国庆和赶超的人质，但她俩当时的表现明白无误地告诉他，她俩不但不是人质，反而是无怨无悔的参与者。她俩经常结伴找春燕玩，肯定多次受过春燕的怂恿。德宝经常怂恿国庆和赶超，属于自己的桃子不一定非得等到开过蟠桃会才吃一口——这话秉昆是听到过的。春燕当然也可以怂恿吴倩和于虹："别忘了偷吃禁果的首先可是咱们夏娃，其实男人不也是女人的桃子吗？想明白了这一点搞对象谈恋爱那才是来情绪的事呢！"——这话国庆也跟秉昆说过，当时国庆还担心春燕把吴倩教坏了。现在看来，吴倩和于虹确实变坏了，却分明坏得正合两哥们儿的心愿。

由吴倩和于虹两人，秉昆又想到了郑娟，多希望郑娟也把他当成她的桃子啊！他对她自然很同情，同情使他对她的着迷带着心疼的色彩，但他对她的着迷首先是因为她确实让他大为动心，而不是因为同情。

第十五章

秉昆见过郑娟两次了。第二次只见了她一眼，一分钟不到的事。去年开春后，瘸子和"棉猴"考虑到郑娟即将当母亲了，她家那个窝太不像样，决定为她家修修房屋。那种窝又哪里算得上是房屋呢？但修修总比不修好啊！秉昆也多次心生此念，却有心无力，只能想想而已。瘸子和"棉猴"的决定，使秉昆更加相信他俩本质上是好人而非坏人，也就更加不愿搞清楚他俩以及他俩的兄弟究竟是干什么的了。他明智地认为，不清楚肯定比知道了要好。除了竭诚帮助郑家而外，他认为他们干的肯定不是什么好事，但也肯定不会是多么坏的事，无非是自谋生路的合法不合法之间的事罢了。那些人在 A 市从没绝迹过，民间也从不视他们为坏人。

开工那天是星期日，秉昆也从家里带柄铁锨去了。瘸子和"棉猴"在指挥怎么干，另外四个人分明是雇来的农民。一个是街道公社办公室主任的男人还到场监察了一会儿，并请瘸子吸了他一支烟。这情形让秉昆大感不解，他认为应该反过来，办公室主任接不接瘸子递来的烟还未必。那时，秉昆和瘸子、"棉猴"的关系已非同一般。虽然双方绝不是哥们儿关系，然而那两个人对他已极为信任，他对他们的重托从不含糊，没发生过一次纰漏。他们之间更像是统一战线的关系，尽管在根本上是两路人，为了帮助郑家走到一起来了。不知为什么，"棉猴"见到秉昆并没显出高兴的样子，反而心怀敌意似的，以命令的语气让秉昆走，他自己却挺卖劲儿地帮着干这干那。秉昆当然不听他的，结果他嘴里说出了"滚"字，秉昆火了，差点儿要和他动手。

劝止了他俩后，瘸子对秉昆说："是为你好嘛，你确实不该和我俩同时出现在这儿。"

秉昆没好气地问："你们怎么就可以？"

瘸子小声说："我俩这会儿是市民政局的，你是谁啊？所以是为你好。"

秉昆说:"我学雷锋不行吗?民政局的也管不着我。"

瘸子笑道:"脾气还挺大的。除了我俩,这会儿谁还管得了你呢?"

秉昆说:"我在替谁家干活,谁家人才管得了我。"

"这就简单了。"瘸子说罢进屋,不一会儿和郑娟一块儿出来。郑娟的肚子已经很大,围裙扎在她肚子上,像罩着一口锅。

她对秉昆说:"真的都是为你好,走吧。"

秉昆问:"是你心里话,还是他俩逼你这么说的?"

她沉吟了一下,责备道:"不是他俩逼我说的。如果你非不走,我就没心思给干活的人做饭了,求你了。"

于是秉昆扛起锹就走了,头也没回一次,实际上他特想回头多看她一眼。

郑娟临产那天,秉昆请假到医院去了。他和瘸子、"棉猴"坐在产房外的一张长椅上,心情同样不安。

瘸子说:"如果有人问咱们和她的关系,要统一口径——我是她大哥,他是她二哥,秉昆你是她丈夫。"

果然有人来问,秉昆也果然当了一次丈夫。

秉昆心情复杂地问,为什么偏偏要由他来冒充丈夫?

瘸子头靠着墙,闭着眼睛说:"我俩看起来并不见得就像坏人,你的脸看起来却是典型的好人脸,相由心生嘛。她的命够苦的,下一个丈夫必须是好人。"

他的话秉昆当然爱听。虽然只不过是他的一种说法,秉昆听了心里甜丝丝的。

当护士出来报喜说她生了个大胖小子时,他们三个都发自内心地笑了,"棉猴"笑着笑着一扭头还双手捂脸无声而泣了。

第十五章

正月初四上午九点多钟，秉昆三人和向阳三人按照前天晚上的约定来到老太太家的小院前。第一次到老太太家是晚上，来去又都坐在吉普车里，秉昆他们三人有点难以判断究竟是哪一幢房子哪一处院子。吕川记忆力好，说他印象中老太太家有四级木台阶，加接地的水泥台阶共五级。按这一标志很快找到了。因为不知老太太被调到哪儿去了，无法预约，只能集体冒昧登门，他们都想她了。成了生产酱油的小厂工人以后，他们似乎是社会的多余人，没人关注，却有人管束。老太太曾是管他们的人，家长式的管。与别人单纯干部式的管相比，她的管反而让他们觉得亲切——毕竟还有点儿像家长。

老太太在家，站在她家小院里的两个男人中的一个告诉他们。他还告诉他们，老太太老伴也就是军工学院的副院长老马同志不久将官复原职了。不巧的是老太太家宾客盈门，他们来得不是时候——无须别人告诉，他们也看出来了，院外停着三辆小轿车嘛！即将官复原职了，宾客盈门很正常。他们商议了一下决定不走，希望老太太出门送客时能见上她一面。她家有喜事了，他们也都高兴。秉昆三人见过这两个男人，他们第一次来时眼见过老太太毫不客气地训斥那两个男人。他们两人先认出了秉昆他们，官儿比较大的那个居然说秉昆他们三个给他留下了深刻印象。显然，那人的身份都不够进屋级别了，这使秉昆他们三人有了一丝快感。

对方有点儿幸灾乐祸地搭讪着问："她在你们那儿惹出麻烦了吧？"

吕川说："没你高兴的那么大，早过去了。"

秉昆说："是我们出的事，跟她一点儿关系都没有。"

"她也就仗着自己一门三烈士,要不早关起来了,哪儿还有往这儿调往那儿调的好命。"对方的话让秉昆他们更觉刺耳,都扭头不理他。他倒也识相,不再搭讪,踱到一旁吸烟去了。

"妈的,费那么大劲儿一个个打倒了,又一个个扶老太爷似的扶起来,不是耍着造反派玩嘛!"烟也没堵住他的嘴,到底还是发泄了一句恨意和不满。

终于有一位客人出来了,送客的却不是老太太,而是槐姐。

"你们怎么来了这么多人?"她着实一愣。

她进屋不一会儿,老太太出来了。

老太太披着老马同志的军大衣,站在台阶上笑道:"都想我了吧?"

军大衣太长,快到她脚踝了。人逢喜事精神爽,她看起来满面春风。

秉昆他们一个个笑着点头。

"都进来。"

他们进了小院后,老太太对那两个男人说:"你们回避一下,我跟他们说的话,不愿被你们二位听到。"

那二位就互相看看,意思是已经在屋外了,还往哪儿回避呀?

老太太又说:"造反派也要听党的话。我是老党员,你俩都不是,又在我家院里,所以得听我的,乖点儿啊。"

德宝就开了小院门,朝那二位摆下巴。

那二位落寞地出了小院后,老太太在台阶上坐下了,他们一横排站在她面前。

她说:"不是我非挤对他俩几句不可,是真不愿被他们听到,内外有别,是不是?"

她一一问他们的情况,包括互相之间的团结、谈对象了没有、父母的身体好不好、工作顺不顺心等等。

第十五章

都问遍了，她才说自己调到江北的制糖厂去了。

"那儿不是离市里远嘛。肯定因为有人讨厌我呀，把我弄到离他们远的地方，他们耳根子清静了啊。总有人向他们打我的小报告，估计他们也挺烦。不过问吧，怕让别人有了整他们的把柄。认真过问吧，心里又都清楚我对党那是多么的忠诚，越上纲上线越离谱。何况他们拿我也实在没辙，又臭又硬的，跟我较劲儿那是多低层次的政治表现啊！"她似乎很享受自己那些话，说到后来把自己给说笑了。

她说她经常寻思，"文革"伊始自己就被从法院系统扫地出门，一扫帚扫到了酱油厂。扪心自问，人缘再差那也多少总会有几个想自己的人啊！现在秉昆他们来了，证明她那么寻思有道理。她很高兴，因为不方便到屋里，请他们原谅。她说他们来得很是时候，工作过的单位有这么多青年来看她，正好能向屋里的重要客人们证明她在基层工作得怎么样了！

她说她在制糖厂不是领导班子成员，而是车间卫生管理员了。让他们不必牵挂她，厂虽然在江北，但有班车，无非每天要起得更早点儿。

她接着说："厂里的工人们每天七点来钟就站马路边等班车，我为什么不能？只要还是共产党的天下，那就没人敢剥夺我工作的权利。只要还有工作的权利，我就不会闷出病来。"

她说自己在酱油厂时一直希望能做成三件事：第一是改造和更新设备，提高产量，减轻一些工种的劳动强度；第二是为一些居住情况特别差的职工特别是老职工改善一下居住条件；第三是为职工们特别是青年职工们开办夜校。三个心愿一无所成，她走时内心里是带着很大遗憾的。谈到了沈一兵，她坦率承认沈一兵是由她塞到厂里的，希望他们千万都不要唱反调，让他能顺顺利利地上大学。

唐向阳吞吞吐吐地问，如果真的实行计票式推荐，那他们是不是也都要投沈一兵一票。

她想了想说，到时候具体怎么做她也不清楚。至于投票，如果真那么实行，他们不必勉强自己，弃权可以，投反对票也行。反正多他们那几票显不出多了多少，少他们那几票也显不出少了多少，主要是别公开唱反调。一有人带头公开唱反调，恐怕原本很顺利的事可能生变。

她的话有请求的意味。

槐姐捧着一个纸箱出来了，里边是每袋一斤的绵白糖、砂糖和红糖。她说是制糖厂发的春节福利，厂里有人暗中讨好她，她多分到了几袋。她一袋也不留，全给他们。

秉昆把箱子接了过去。

老太太站了起来。

会见结束。

回去的路上，他们停下自行车将糖分了。

吕川说："真想不到沈一兵的事和老太太扯上了关系。"

向阳问他："那你打算怎么办呢？投他的票还是不投呢？"

吕川说："既然老太太那么说了，我当然投反对票啦！"

向阳说："那我也投反对票！"

德宝说："老太太都说了弃权可以，投反对票也行，咱们干吗不由着性子来？都他娘的投反对票！"

龚宾往进步的小本子上写了几行字后，他俩也点头。

秉昆却说："那不好，绝对不好。"

大家的目光一齐看向他。

他说："一离开老太太那儿，我心里就开始想这事。眼里藏不住沙子的人都能从无记名投票中看出事来，看出来了就会忍不住议论。另外有些人专爱传那种议论，最后议论纷纷就不好了。吕川和向阳两个，你们与上大学的事有关，投反对票对你俩不好，自己把自己搞到风口浪尖上了。投同意票太虚伪，投弃权票吧。我和德宝，我俩投反对票。尽管老太太是出于对厂里的好心，但这事肯定是不正之风，那就得有人体现出反对的态度，要不太他妈的了。龚宾和进步，你俩随大流吧。这么样，咱们六个的表现是不一致的，眼睛长了钩子的人都说不出咱们什么来。"

大家互相看了看，皆点头。

"那我可就有优先权多分一袋了。"纸箱里总共七袋糖，秉昆拿出了两袋红糖，剩下的正好每人一袋。德宝下手快，最后一袋红糖归了他。红糖生产时少两道工序，价格便宜。因为价格便宜，反而生产得少，自然稀罕，并且北方人相信红糖养胃、补血的功效是白糖所不及的。

德宝奇怪了，问秉昆："春燕说她怀孕了，所以我才拿红糖。你为什么也先下手拿了两包红糖？给哥们儿一包！"

秉昆不给。

德宝便抢。

秉昆挣脱他跑远了，边跑边说他姐生小孩后身体一直不好，他要给他姐寄去，刚怀孕的应该让着已经生了孩子的。

听他这一说，德宝也就作罢。

秉昆回到家里，母亲见他带回了两袋红糖很高兴，让他尽快给他姐寄去。

他说，他也是这么想的。

母亲告诉他，春燕妈要她陪着到春燕姨家去住几日。春燕姨家在郊区农村，要去最多也就住四五天。如果他不愿她离开家，她就把不去的话说死了。

秉昆特别支持母亲去春燕姨家住几天。他说，母亲一年到头又照顾他又忙街道上的工作很辛苦，到郊区农村去住几天可以换换心情完全必要，想住几天就住几天。家里有不少现成吃的东西，热热就行。自己都这么大人了，难道因为母亲不在家就吃不上饭了吗？

母亲感慨地说："我小儿子真是长大成人了！"

下午，一辆马车将母亲和春燕她妈她姨接走了。

母亲前脚走，秉昆后脚也出了家门。他骑着自行车到了拖拉机制造厂的职工俱乐部，春节期间俱乐部从早到晚放电影。除了"样板戏"电影，还贴出了几部罗马尼亚、阿尔巴尼亚、朝鲜和越南的电影广告。前三天放"样板戏"电影，以表重视。初四开始放外国电影，几乎场场爆满。

他估计郑娟的母亲会在那里卖冰棍和糖葫芦。

果然，他见到了郑娟妈，郑娟的弟弟郑光明和她在一起。收票的是个善良人，不忍看着一个老妇人和一个盲少年在外边挨冻，允许母子俩进了门待在前厅里。前厅有暖气，郑娟妈守着冰棍箱靠暖气那儿站着，而郑光明站在放映厅门旁，聚精会神地听电影的"画外音"。郑娟妈其实并没有多么老，也就六十三四岁，但看上去确实很显老，仿佛七十多岁了。共乐区像她这样的人太多了，底层人家的穷愁日子像专吸人血的妖精似的，吸那些人家父母的血，与岁月争着吸，而且一边吸，一边觊觎着他们的儿女。当儿女也可以被吸血的时候才放过他们，那时他们已行将就木。

秉昆每次见到郑娟妈，心里都会有种下次能否再见到她的疑虑。下次又见到了，则另有种人可真能撑着活的想法。他俩已太熟了，他除了每月交给她四十元钱，还在路上经常见到她，每次见到都要下了自行车和她说几句话。他觉得如同两个地下联络员，对她有种特殊的感情。在

第十五章

冬天格外寒冷的日子,他很希望她没推着小车出门;在夏秋雨大的时候,也会担心她无处避雨。

去年十一月,他与瘸子和"棉猴"接头时,"棉猴"问瘸子:"大哥,郑娟有小孩了,是不是每月再加十元啊?"

瘸子说:"按一家四口算,给他们的生活费并不是本市最低的。如果省着点儿用,她妈不卖冰棍也够。我看是那老太太非把自己搞得可怜兮兮的。"

"棉猴"说:"养大一个小孩很费钱的。"

瘸子沉默不语。

那时,秉昆想说:"我愿意出十元。"

他没说出口。如果每月三十二元的工资少了十元,他没法向母亲解释。

瘸子有点儿违心地说:"要加也不必加十元,加五元吧。不是钱的问题,是弟兄们会怎么想的问题。"

直到那天,秉昆也不清楚他说的"弟兄们"究竟是些什么人。

从去年十二月起,由他转交的钱多了五元。

郑娟妈见了他像每次一样,笑呵呵地掀开冰棍箱要往外拿冰棍。以往他总是制止她,这次没有。他觉得心里有火,很需要吃支冰棍压一压。

接冰棍时,她说:"奶油的。"

他问她卖得怎么样。

她说卖了不少。散场后,有许多人会买支冰棍或糖葫芦带出去。下场开演前她会在外边卖一阵,不少等着入场的人也买。

听她说卖得好,他也高兴。

那支奶油冰棍似乎起到了某种作用,秉昆鼓起勇气问:"如果我想去看看郑娟……主要是看看她的孩子,你想……她会愿意吗?"

听了他的话,郑母注视着他,脸上忽然散发出一种慈祥之光。她轻轻叹了口气，责怪地说："你这孩子啊，怎么直到今天才问这种话呢？她就盼着你能跟我说这种话呢，我也是。"

"我也是。"

他闻声转身，见光明不知何时已站在他身旁了。那盲少年听觉异常灵敏，让他大为惊奇。

秉昆问："电影有意思吗？"

光明说："有意思，真想看见啊！"

郑母说："你别跟他说话了，他要去咱家看看你姐。"

光明说："我也真想看看你。"说完又走到放映厅门那儿去了。

由于内心分外高兴，秉昆半路才想到并没带上那两袋红糖，便又折回家去。

他终于站在郑娟面前，眼神发直呆呆地看着她，如同第一次见到书中的彩色插图那样——不再是偷看，而且是放大了的，活的。

郑家的屋子经过维修以后变得有点儿像个家了，还是窝的形状，却已不再是胡同里最不堪的一处——窗口比较方正，有窗台了，窗台上还摆着绿莹莹的萝卜花和菜心花以及蒜苗，都泡在碗里。北方的百姓人家不可能在屋里养得了什么花，将大红萝卜长缨的那一部分切下一片或白菜心用水养起来，看它们一天天生长就等于养花了。它们也确能开出小黄花或小白花，如果能在春节开花的话，被认为是好兆头。郑家的四壁也比较平直，刷白了，贴了张"喜鹊登枝"的年画，炕上还糊了花炕纸，比炕席美观干净。

然而，那一切变化似乎全不被秉昆看在眼里，他眼中只有偏腿坐在炕上的郑娟和身边的孩子。

第十五章

他敲门。

她在屋里说："进来。"

他就进去了，四目相对。于是，他的眼里除了炕上的郑娟和孩子，再就什么都看不见了，就像昨天夜里躺在味精车间棺椁般的值班室所想象的那样，四周变黑了，连孩子也在半黑半明之间。那小寡妇却处在光明中，像自身是发光体。

她当然是穿衣服的，并且穿的是只有春节才舍得一穿的衣服——上身是一件贴身束腰红底紫花的小薄袄，花是大朵的，左襟一朵，右襟一朵，并有大片的墨绿的叶子。那种小袄只能在暖和的家里穿，出门时外边再穿上厚袄或大衣。有了孩子，她家烧得挺暖和。她仍没穿外裤，仅穿一条紫色线裤，使她的腿形看上去肥瘦匀称又修长。她没穿袜子，秀美的双足被紫色线裤和蓝底色的花炕纸衬得特别白。在他看来，炕上的她如同花中之王，最大最美艳的一朵。她仍留着长辫子，绕过肩搭在胸前。显然，她的身材在生育后恢复得很好。

他进门之前，她哼着什么歌。他一出现，她略微愣了一下，并没显出特别惊讶的样子，似乎他的到来是意料之中的事，却没想到他突然出现在自己眼前。

她微笑着说："是你呀，我还以为是收电费的。正觉得奇怪，哪儿有春节期间收电费的呢。"

他呆呆地看定她，说不出话。

她又说："过来看看我儿子吧。"

他默默走过去，与她同时俯身看那甜睡中的婴儿，婴儿脸上的皱纹已完全舒展开了，但那也好看不到哪儿去。

她问："漂亮吗？"

"漂亮。"他终于开口说话，嗓子发干，声音沙哑。

二人都抬起头时，他又呆呆地看定她了，并且闻到了她身上的香味儿——雪花膏与香皂味儿混合的一种香味儿。北方女人冬季里要往脸上手上搽雪花膏，与爱不爱美没什么关系，不搽，她们的脸和手会干得极不舒服。

他们的脸那会儿离得太近，近得彼此都能从对方的眸子里看到自己缩小了的影像。

他们的眸子那时都晶亮晶亮的。

她并没有想朝后躲的意思。

他也没有想对她怎么样的意思，只是呆呆地看定她。

二人就那么脸对脸地互相看了一会儿，她轻轻叹了口气，垂下目光说："我给你倒杯水啊。"

当他靠墙坐在炕边的一端，要求自己的心情尽量平静下来时，她将一杯茶水放在了靠近他的木炕沿上，自己贴火墙背双手站在他身旁，侧着脸对他说："前几年即使发了茶叶票也从没买过，被我到黑市上换成粮票了，要不就卖了。也卖不了多少钱，最多一元钱。就为了那一元钱，我宁肯在黑市上转悠两三个小时。"

他饮了口茶，觉得嗓子不那么干了，这才看着桌子说："我带来了二斤红糖。"

她朝桌上看了一眼，低头说："你一进来我就看到你手里拎着了。有钱也不容易买到的东西，你倒舍得给我们。"

他也低下头说："我愿意。"

他的心跳得不那么快了。

两个人就都低着头你一句我一句地小声说话：

"要不留下一袋，你再带走一袋吧。"

"不。"

第十五章

"你今天怎么忽然就来了呢?"

"早就想来。一直想来,怕你不欢迎。我去拖拉机厂俱乐部找过你妈,她说你愿意我来。"

"今天外边挺冷的,我妈和我弟,他们在那儿挨冻了吧?"

"没有,他们在门里边。你妈说卖了不少,她挺高兴的,你弟还听电影来着。"

"这我就放心了。一想到这么冷的天自己的妈和弟弟在外边挨冻,我心里就难受。我刚才哼歌,不是因为高兴,是因为心里难受。我能有什么高兴的事呢?"

"我听到了,你的声音好听。"

"我弟可喜欢听电影了,自从跟我妈去了一次,以后总想去。"

"你真的愿意我来吗?"

"愿意,真的愿意。你是好人,好人应该受到好对待。一年多了,不是你每个月把钱交给我妈,我们的日子可怎么过?那时候想死的心都有了。前两次你见到我,我对你态度不好,我向你认错啊。"

"第二次,你对我也不能说多么不好。"

"可也不能说好。你是我们一家三口的贵人,主要是我的贵人,我应该对你特别好才行。"

"我不是,他俩才是。"

"他俩每个月给我们钱,替我们修屋子,那是有原因的。我也开始感激他俩了,不管什么原因,如果他俩不那么做,其实也就不做了。他俩也是不坏的人,起码我这么看他俩。你是好人啊,你又为什么对我这么好呢?"

"我不知道。"

"你知道的。"

他又抬头看着她了，赌气似的说："我不知道。"

她也侧脸看着他，眼中柔情似水，她说："你明明知道，别不好意思承认。"

他经不住她以这种诱惑力无穷的目光看他，低下了头。

"你处对象了吗？"

他摇头。

"我猜也是，不止一次想过女人吧？"

"我不知道。"

"又说不知道，自己想没想过还能不知道？"

"那就，"他猛地抬起头，似乎生气地说，"知道。"

她妩媚地笑了。只要她笑，无论是不露齿的微笑还是绽唇一笑，模样必是妩媚的，这小寡妇确实是让男人们没法不着迷的。

她勉励地说："咱俩都往实了说就对了，要不互相别扭到什么时候为止呢？你想的女人是什么样的？"

他几乎发狠地说："你这样的！也不是你这样的另外的女人！根本就是你！一年多来我老想一个女人那就是你！现在你明白了吧？我才不是你的什么贵人！也不像你以为的是个好人！我对你好是因为你让我心里老想着你，用什么办法也忘不掉你！"

她又轻轻叹了口气，低下头了。

她语调轻柔地说："你又哪里知道，其实我也经常想你啊！老话说，人想人，想死人。男人想女人是这样，女人想男人也是这样。起先我对你没这样，后来就开始这样了。那种想的滋味儿太折磨人了是不是？这没什么值得害臊的，互相都承认了，比闷在心里边好受多了，是不是？"

他心里委屈得一塌糊涂，也因为那委屈终于对她决堤而泻，才得到一种从未体会过的喜乐。

他流泪了，大声回答："是！"

她缓缓抬起头，脸上也有泪了，向他伸出手臂说："搂搂我。"

他像被火炕电着了似的，立刻弹跳而起。还没来得及抱住她，反而被她一下子抱住了。她的唇狂热地亲在他脸上，同时不停地喃喃着："我的贵人，我的好人，我的恩人，我要把我的身子给你，我也要你，我的身子它想要你……"

后来，他俩谁都不记得是谁插上门了。也不记得究竟是他将她抱到了炕上，还是她将他拽倒在炕上了。俗常道德的旌旗悄没声息地退场了，在与一个甜睡中的婴儿保持距离的火炕另一边，男人和女人在温热的炕上完全受性欲支配，进行着亘古以来的原始仪式。

当他们都仰躺着平定了喘息以后，她忽然失声笑了。

他奇怪地向她侧过脸去。

她说："都忘了拉上窗帘。"

他欠身想要去将窗帘拉上。

她说："不用啦。"伏在他身上，俯视着他问："你好吗？"

他反问："你呢？"

她红了脸微笑道："挺好的。"

他看出了，她脸红并不是由于害臊，而是由于说谎。她说"挺好的"，差不多也就是"不怎么好"或"没我想的那么好"的意思。

实际上他也没感到有多么好，反正不像他所想的那么好。他刚才表现笨拙，完全不知所措。如果不是她引导，他甚至不晓得自己究竟该怎么做。他又紧张又心急，如同一个想要几口吃下一块烫嘴的嫩豆腐的人。除了一连串手忙脚乱的动作，他对于已经结束了的事甚至都没留下什么美妙的回味。如果说他终究也享受了什么，反而是紧张过后的全身松弛,心急过后心跳平稳的感觉。

他羞愧地侧转了脸。

她用长辫梢轻轻拂着他的脸颊说:"你刚才有一会儿浑身发抖,是因为心里害怕吗?"

他说:"有点儿。"

她说:"你呀,别考虑那么多,啊?我绝不会黏上你的,我怎么会那样呢?对任何一个男人我都不会,更别说对你了。你如果想我了,就给我妈送个纸条,写上你哪天什么时候来,我就会一心一意在家等你。反正我妈不认识字,我弟是瞎子,随便你写什么他们都不知道。就是他们知道了咱俩之间的事那也没什么,他们不会嫌弃我的,更不会认为你是坏人。我觉得,大概我妈和我弟也都希望我能替他们报答你。除了像刚才那么报答你,我还能怎么报答你呢?如果你有对象了,那你就千万不要再来了。如果你结婚了,那你就必须把我忘掉。今天咱们就这么说定了,行不行?"

他又正脸看着她的脸了,平静地说,"那如果你想我了呢?"

她苦笑道:"别管我。你一替我想,那可不就考虑得多了呗。我想你,我能忍,反正肯定比你能忍。再说我有了儿子。一个女人有了儿子,那就会与没有儿子的时候不一样了,明白吗?"

他说:"不明白,也不想明白。你说的那些,我都没考虑。我不愿再让自己想你想得很苦了,也不愿让你想我想得很苦。只是刚才……我对不起你了,让你失望了……"

他又侧转了脸,因羞愧而脸红到了脖子。

"是这样啊!"她开心地笑了,给了他一次深吻后说,"毛头小伙子的第一次差不多全像你刚才那样,许多女人都知道这一点的。刚才你的表现还是不错的,我给你及格,别这么不开心,也笑一下嘛!"

他这才勉强一笑。

第二天,周秉昆又到拖拉机厂俱乐部去了。揣在兜里的不是纸条,是封了口的信封。他没把信封交给郑娟妈,怕她丢了,而是交给了郑娟的弟弟,认为那更稳妥。昨天刚见着了,今天又要求捎一封信,自己也觉得未免令人费解,决定对那瞎少年实话实说。

秉昆牵着光明的手把他带到一旁,坦率地问:"你愿意我和你姐好吗?"

光明那双白瓷般的眼睛看着他,似乎没听明白他的话。迷信的人如果对视着那样一双眼睛说谎,心中是会忐忑的。

他又说:"我的意思是,如果将来我和你姐做夫妻,你高兴吗?"

那盲少年立即点头。

"所以,我和你姐,我们需要一个小联络员,有时捎个话,转封信什么的,你能当我们的小联络员吗?"

那盲少年又点了一下头。

于是,秉昆放心地把信交给了他。

晚上九点多钟,郑娟来到了周家。

他写给她的根本不是一封信,只不过是地址指引图。原本是想写封信的,但满腹的话却茶壶煮饺子倒不出来。他很后悔连自己晚上渴望见到她这么一句关键的话都没写上,怕她因而不甚明白,以为只不过是要让她知道他家住哪儿。

她是聪明的女人,猜到了他的意图。

他问她好找不好找?

她说怕真进错了门,白天已探过一次路,嗔怪他起码应该写个

"想"字，那她一看就更明白，不必费思量了。

是在自己家里，他心里安定多了，搂抱住她说下次一定写上。当然也替自己辩解了几句，说当时要写的话太多，千言万语，反而不知该从哪一句写起了，就想当面说给她听。

她笑道："那现在就把你那千言万语说给我听吧。"

他也笑了，红了脸说："那太耽误时间了。"

她告诉他，正巧这一段日子是她的安全期，他大可不必担心她怀孕。而这也正是他的顾虑，于是再无任何心理障碍放心大胆起来。

郑娟是好老师，他也是好学生，二人渐入佳境，生理需要大获满足的同时，也都品尝到了心灵参与的美好感受。

国家正在紧锣密鼓地策划又一番政治风云。而在最底层，两个卑微的青年因为实现了渴望已久的目的，快乐如天使，满心间充盈着喜悦，也充盈着感激。不知道最该感激何方神明，于是便将所有的感激都表达给对方了，而那是不需要语言的。

在当年，像他们这些底层青年，也只能祈求这么一种幸福降临。

过后，她捧着自己一边的乳房让他吮。她说自己起初唯恐奶水不足。孩子上不了户口就买不到奶粉，那不就惨了吗？没承想奶水特别多，孩子吃不完，经常胀得乳房疼。有时胀得没法，就偷偷挤到碗里倒掉。明知是好东西，倒掉又可惜，那不是将好东西白白糟蹋了吗？

他说："糟蹋了不对，应该给光明喝，他正在长个子的时候，需要加强营养。"

她说："那怎么可以！那种话我怎么能对我弟说出口？"

他说："你骗他嘛，告诉他是牛奶，或者羊奶。"

她说："牛奶羊奶都有膻味儿，人奶没有。我弟又不傻，骗不了他的。再说牛奶和羊奶都不易买到，家里怎么会有呢？他一想就不对劲儿了。"

"挤在碗里给你妈喝不行吗?你妈那么瘦,有时我看着她好心疼。"

"我也那么想过,哪敢说呀?一片孝心也不敢跟我妈说呀,真说了还不把我妈气个好歹的呀?我妈真生气了,骂我和我弟的时候可凶了,那时我和我弟都怕她。"

"小时候听我妈讲,古代还有那孝心的儿女,父母生病了,肯从自己身上割下肉来做药引子呢!"

"那是不同的。谁喝过一个女人的奶,那女人差不多等于是谁的妈了。如果我妈病了,真得人肉做药引子才能治好,我也肯为我妈从自己身上割下片肉来。几斤我是做不到啦,半斤八两的我不怕疼。"

二人的话说得很认真,谁都绝无调笑的意思。他俩是在认认真真地讨论,最值得珍惜和最有营养的好东西,怎么做才不至于白白糟蹋了。最后达成共识还是由他享用了的好,肥水不流外人田啊!

低头看着他像孩子似的吸吮时,她自言自语地问:"你说,一年到头吃的是粗粮,过年过节才能多吃到几斤细粮,鱼啦肉啦鸡啦蛋啦保养身体的东西我长这么大没吃到过几次,咋会有这么足的奶水呢?"

秉昆只管孩子似的享受,没接她的话。

他很喜欢和她闲聊,也喜欢听她自言自语。虽然只不过幽会了两次,她说的话加起来也不是太多,他却觉得无论是与她说话还是听她自言自语,都是很惬意的事。她似乎是这样一个女人,只要信任谁了,对那个人就没有一点儿藏着掖着的了。她不像春燕,春燕有心机,她绝没有。她不像吴倩,吴倩太小心眼。她也不像于虹,于虹自我保护意识很强,总怕自己在什么事上被人算计了,吃了亏。而她几乎没什么防人之心,若对一个人好,便处处先考虑他的感受,宁肯为对自己好的人做出种种牺牲。谁和她聊天也长不了见识,她根本就没什么与文盲家庭妇女们不同的见识,也没什么人情世故。

然而，她有时说出的话蛮有意思，算不上是幽默，而是可笑的童言——这正是他喜欢听的。

他抱住她柔软的身子，从她的乳房吮吸着温热润胃的乳汁，心想这个女人他要定了！

见他吮吸起来没完没够似的，她才轻轻推开他，歉意地说："行了行了，不那么胀了，得给我儿子留够了，要不明天一早他要吃奶不够了可咋整？"

见他傻笑，她自言自语："现在我觉得你也像是我儿子了，我才比你大一岁，怎么会有这种感觉呢？真不好。"

他终于见到她害臊的样子了——她双手捂着羞红了的脸扭过身去。

他一直把她送到看得见她家的地方。

那时，他已经知道她一家三口不被外人所知的关系了。她是母亲捡的女儿，她弟也是母亲捡的。母亲将她弟抱回家时，她已十几岁了，这种事骗不了她了。

她问母亲："这小弟明明是个小瞎子，你为什么还要把他捡回家里来呢？"

母亲说："别说捡。不管什么值钱的不值钱的东西都可以捡，但人就是不能捡人。凡说谁捡谁的人都是不拿别人当人的人，是有罪过的。记住，这小弟是神赐给咱们的，说不定他自己就是神，装成瞎了的样子，看咱们以后怎么对待他。如果咱们对他好，那神也会对咱们好。"

她问："如果别人偏说他是咱们捡的呢？"

母亲说："别人爱怎么说由他们说去。只要咱们母女俩一口咬定他是妈生的，他以后就不会信别人的话，只信咱俩的话。"

她又问："等他长大了问'姐，咱俩怎么没有爸爸呢'，我该怎么对他说啊？"

母亲说:"你爸爸就是他爸爸嘛,告诉他你爸爸是卖糖人儿的,得病死的就是了。"

"可你以前说我爸是弹棉花的。"

"我不是老了嘛,说话经常颠三倒四的,以后你对你弟是怎么说的我就怎么说,只要咱俩别说岔就行。"

后来,她每一天都见证了母亲又要卖冰棍挣钱,又要屎一把尿一把地将弟弟拉扯大是多么的不容易,尽管母亲也常训弟弟:"你个小瞎子太让我操心了!"

当弟弟会说话时,她就告诉他,他们爸是卖糖人儿的。依她想来,卖糖人儿的爸比弹棉花的爸更爱儿女。

后来,她就充当起她弟的小母亲来。

再后来,她母亲大病过一场,没钱治,躺在家听天由命硬挺着。有一天夜里自以为挺不过去了,母亲攥紧她的手承认,连她这个女儿也是捡的。

她号啕大哭着说:"不是,就不是!我是神赐给你的!"

她将弟弟哭醒了,弟弟也哭起来,姐弟俩抱着哭成一团。

母亲却没流一滴泪,只是要求她保证,如果他们姐弟俩没了妈,日子再穷愁,也不许她抛弃弟弟,一定要和弟弟相依为命。

在手牵手走往她家的那个寒冷又漆黑的深夜,她娓娓道来,告诉了他以上的真相。她说母亲挺过那一场大病后懊悔了,怕她们母女俩的关系从此结束了。她说才不会的,相反,她更爱护她弟也更心疼妈了。她说妈并不信佛,也不信什么洋教,家里从没有任何与信仰有关的东西。她当然不信什么神赐的说法,也当然不信她弟是什么神明的化身,但有时却难免会觉得,兴许她妈才是什么神明的化身,要不她妈为什么样子那么丑而心地又那么好呢?妈即使在外边看到了只小野猫或小野狗,都会颠颠地跑回家拿些吃的东西给它们。

听她平静地讲着,周秉昆的心一阵阵发抖。此前他听自己的母亲和邻家女人们聊过同类事,不是第一次听说。但那样的事发生在郑家三口之间,而自己又恰恰和她们一家三口发生了如此异乎寻常的关系,这一事实太让他惊骇了。是的,是惊骇而不是惊讶。他由于惊骇而内心发抖,以至于全身也发抖起来。他把她的手握得很紧很紧,为的是不使她感觉到他在发抖。他并没问她,是她主动说的。他也不明白,为什么在他俩好得无以复加之后,在护送她回家的路上,她居然主动而平静地告诉他这些真相。他认为她不主动说也是可以的,也大可不必说。

然而,接下来她告诉他的真相确乎令他震惊了。

她说她的儿子并不是涂志强的种,而是"棉猴"的。尽管她已经生下他的种,却和秉昆一样不知他的真实姓名。因为他一入冬就穿上了"棉猴",一直穿到来年开春,所以她和秉昆一样也是在心里叫他"棉猴"的。

她说妈太怜惜她这个女儿了,不肯让她帮着卖冰棍,怕她遭到坏小子们的调戏和羞辱。她非犟着替妈卖了几次,最后一次真的被坏小子们欺负了,于是认识了涂志强。他为她大打出手,凶狠极了,正所谓不好惹的怕不要命的,结果他以寡胜多。而那件事并不是一场戏,他是真的见义勇为。

她问:"也算见义勇为吧?"

他说:"不是算,就是。"

她说她和涂志强好了以后,才渐渐觉出他的不对劲儿。后来终于清楚,他对女人不怎么有兴趣。不是完全没有,是兴趣不大。他的兴趣更在男人身上,他和瘸子那时已是同性恋关系了,瘸子恋他像古代的佳人恋如意郎君。

她说开始下乡后，她一度也想偷偷下乡，为了摆脱涂志强，也有几分是为了摆脱这么一个家。可在去报名的半路她的想法改变了，怎么也不忍离开那么一个妈那么一个弟了。她说有她在，家再不像个家日子再不像个日子，妈和弟心里却有种依靠。

她说她有时也后悔当时没下乡，正是在那以后，"棉猴"奸污了她。仅仅一次，就让她怀了孕。

她说"棉猴"为此付出了代价，自己剁掉了一截中指。

她说涂志强是知道的，所以常酗酒。如果不是因为酗酒，可能就成不了杀人犯。

在已经看得到她家的地方，她站住了，请求道："再抱抱我。"确乎是请求的声音，毫无撒娇的意味。

他并没有被震撼到木然的程度，头脑反而十分清醒。他在心里对自己说：必须的。

他搂住了她，尽量做得温柔，然而心里已几无温柔可言，那时刻他满心都是迷惘，像一个走进了客栈的旅人，已在极中意的客房安息了一夜，清早醒来发现哪儿都不对劲儿，虽不是黑店，但继续住下去肯定麻烦缠身。还有几分光火，认为她完全没必要把那些其实他不知道为好的事一股脑儿和盘托出，彻底败坏了他的心情。

二人都穿着厚棉袄，那种相互的搂抱只不过是象征性的动作而已，不太可能产生传达柔情蜜意的作用。

她的手指横一下竖一下划着他的棉衣，平静地说："我不愿以后你问的时候再交代问题似的一点点儿告诉你。我觉得就在今夜，一股脑儿都告诉你才对。如果你以后还是会想我，那就真是咱俩的缘。如果不了，证明我现在就告诉了你是对的。如果你以后连帮我们都不愿再帮了，那你也还是我和我妈我弟的恩人，我们会一辈子铭记住的。我妈总是教导我，对自己有恩的人，一定要实心实意地对人家好。我也就只能对你好到这么一种程度了，可我是实心实意的，真的，不是随便陪你玩玩感情的。"

她在他脸上亲了一下，轻轻推开他转身跑了。她的唇是冷的，亲在他脸上是凉的。在无月的深夜，那条胡同看上去像地上裂开的一道豁唇露齿的口子，她仿佛要从那道口子跑入地底下去。

他呆呆站在原处，茫然地望着她的身影，觉得自己似乎只是一具躯壳，或是行尸走肉，五脏六腑仿佛都被一只看不见形状的怪兽之爪掏空了。

后来，他继续做着瘸子和"棉猴"托付他的事，却再也没让郑娟的弟弟捎过信或纸条。有一次，他和瘸子他们见面时，只因"棉猴"说了一句他不爱听的话，他差点儿将"棉猴"当街掐死。下一个月他就只见到瘸子一个人了，瘸子说"棉猴"怕死他了，他双手掐脖子时，"棉猴"从他眼里看到了要命的凶光。

瘸子问："不仅仅是因为那么一句话吧？你是不是还因为别的什么事不高兴啊？"

他恶狠狠地说："所有的他妈的烂事都让我不高兴！"

连瘸子都有几分惧色了……

第十六章

每一年的上半年都比下半年过得快。

人们会觉得，春节后上班不久，日子像电影中交代画面似的，匆匆切换几次就到"五一"节了。

五月份的前十几天是周家喜气洋洋的日子。周秉义和郝冬梅在"五一"当天上午双双回到周家，"五四"青年节那天傍晚，父亲周志刚也千里迢迢从贵州回来探家了。秉义和父亲经过几次书信沟通，终于能在同一段日子都请下了探亲假，这是颇不容易的事。本来父亲在春节前就能请下探亲假，那样便能在家中过完春节了，但秉义当时请不下假来。春节前师部请探亲假的人多，现役军人和知青都希望回家过春节，他是知青干部，不好意思扎那个堆。郝冬梅他们农场请假容易得多，但秉义不能回家过春节，她一个人回城觉得没意思，便陪着他拖到了五月份。自从秉义下乡，父亲就一直没见过他，算来六年了，父亲别提有多么想他。周志刚还没见过郝冬梅，当然也很希望看看这个"走资派"的女儿，看看究竟两人般配不般配。

父亲原本可以在"五一"当天晚上，最迟可以在五月二日上午到达A市。他班里那个秀才郭诚特有孝心，说自己父母没吃过腊肉，买了几斤腊肉让他捎带。郭诚拍电报让他姐在石家庄车站和周志刚交接，可他姐不太将弟弟的电报当回事，打发自己的半大孩子去车站，结果交接很不顺利。周志刚是办事一板一眼的人，对别人的托付一向认真，何况是郭诚的托付。他不达目的不肯罢休，结果就只能改签了车票，通过车站广播才终于找到那个半大孩子。改签的车票没座，再加上一路晚点，他进到家门已疲惫极了，没和家人说几句话就上炕倒头便睡。

第二天，他在早饭桌上才看清了郝冬梅的模样，觉得完全配得上自己的大儿子，心中暗喜。冬梅对他很尊敬，"爸、爸"一声声叫得很亲，他更是喜上加喜。他是农民出身的工人，对儿女的终身大事那还是有一定形象要求的。

秉昆妈背地里问他："你觉得怎么样？"

他说："太有资格成为咱们周家一口人了。或穷或富，这是老百姓谁家都决定不了的，我从不寻思那些。我只一个希望，就是咱们周家的人一脚迈出家门，男人有男人的样子，女人有女人的样子，那我就心满意足了。"

父亲的话被秉昆无意间听到，他便想到了郑娟和她妈她弟以及她的孩子。如果自己与郑娟结为夫妻，她的盲弟弟她的儿子必定也要与自己长期在一个屋顶下生活。光明他是可以接受的，他对那盲少年已经有种一言难尽的感情，但对郑娟的儿子却毫无感情可言。并且，万一那孩子以后越长越像"棉猴"呢？"棉猴"长得就不怎么样，尖嘴猴腮，一副猴相。

正这么呆想着，父亲转身看到了他，上下打量他一番，攥攥胳膊，拍拍脸颊，欣慰地说："秉昆也长出男人样了，像我年轻的时候。我年轻时，不少人说我要是扮武生，周瑜、赵云、姜维、马超什么的，是会很有扮相的，扮武松也接近。我把话当你面儿搁这儿，你不要自己乱搞对象，得尊重你妈的意见，你妈那还是很有原则的。"

秉昆就装出傻笑，心情更加复杂。

母亲接过话说起了春燕那档子事，仍有埋怨之意。

第十六章

父亲想了一下想起来了,说不就是乔家的三丫吗?没什么遗憾的,吹就吹了吧。

母亲说人家春燕出落得有模有样,当上市一级标兵,还马上要分到房子了。

父亲说:"那你当妈的就更不能再说埋怨秉昆的话了。人家春燕都成了他好工友的媳妇了,你还老埋怨他那是什么意思呢?当妈的不兴这样。"他对秉昆说,"找个比春燕更好的,用事实堵住你妈的嘴。"

秉昆趁机说,前不久有人给他介绍了个对象,人长得多么多么好,心眼也好,品性更是没挑的,总之哪儿哪儿都好……

母亲就说:"那你还三心二意的干什么呢?趁你爸你哥你嫂子都在家,带家来让我们一起帮你参谋参谋啊!真是你说的那么好能定就定下来,你爸你哥和你嫂子不是会走得高高兴兴的嘛!"

他鼓起勇气说:"但她是个年轻寡妇,有一个出生不久的孩子,还有一个……"

母亲张了几次嘴才问出一句话:"还有一个什么?!"

他破釜沉舟地说:"还有一个八九岁的瞎弟弟。"

父亲火了,横眉竖目地吼:"浑蛋!有正经小伙子和寡妇搞对象的吗?谁给你牵线搭桥的谁浑蛋!明摆着没安好心,想坑你!是朋友也要和他绝交!"

他迎难而上继续说:"是年轻寡妇,只比我大一岁……"

父亲扬起巴掌就要扇他,他这才赶紧躲开,装出嬉皮笑脸的样子,说自己是在开一个大大的玩笑。

母亲长出了口气,抚着胸说:"儿子,你以后可千万别跟你妈开这种玩笑,惊得你妈心里七上八下的。我可经不住。"

父亲余怒未消地说:"我也经不住,你开的是要你爸妈老命的玩笑！刚夸了你几句，你怎么就乱跟你爸你妈开起玩笑来？我那一巴掌没扇在你脸上算是便宜了你！"

过了两天，哥哥秉义约他散步，边走边和他谈论应该怎样对待个人问题。哥哥说，好青年正确对待个人问题的三原则是，要对自己负责，对对方负责，还要对双方的家庭主要是父母负责。最后一条比较有伸缩性，兄弟姐妹的看法可以兼顾，但也可以不予考虑。对自己负责就是不勉强自己，凡当初勉强，婚后生活必有裂痕。对对方负责就是要真诚坦白，不能为了与对方实现婚姻目的就隐瞒自己的实际情况。要明明白白地讲清自己是怎样一个人，自己家庭是怎样的家庭，让对方一清二楚，要让对方做出感情和理智的决定。

听了哥哥的话，秉昆认为郑娟对自己正是这么做的，更觉得郑娟好，也更因自己对她那份真情实意的压力而内疚。他坚称郑娟绝对不是真实存在的，一口咬定那是他对爸妈开的玩笑。

哥哥居然信了，像以前那样捋捋他的后脑勺，调侃说："想不到你也有几分幽默感了，可喜可贺，但是请老弟谨记，有些玩笑只能对你哥和你嫂子开开，对周蓉开开也无妨，却不可以与父母大人开，他们吃不消啊！"

父亲在探亲的头几天早出晚归，他要到好些老工友家去探望，送达别人委托他捎带的东西。哥哥和嫂子有与父亲一样的任务，以至于父亲的任务已完成，他俩还在终日东奔西走。

父亲能够安心待在家里以后，母亲和他聊得最多的是关于周蓉的话题。母亲问得很细，甚至问到了外孙女长得像女儿还是像那个倒霉的家伙？父亲起先有问必答，百问不烦。有一天他的耐心一下子伪装不下去

第十六章

了，告饶地说："我就去看过女儿一次，哪里会记住那么多？你究竟还要知道些什么，干脆让秉昆替你写纸上，我带回去让女儿自己写信告诉你！"

母亲因父亲仅去看过女儿一次，唠叨着责备他对女儿不够疼爱。

父亲替自己辩护道："你站着说话不嫌腰疼！你就不晓得我去看她一次是多么不容易的事！我倒是想经常去看她，那也得有时间。我是个闲人吗？我是一班之长，我们加班那是家常便饭！"

母亲再唠叨，父亲就躲出家门去了。

春燕和德宝他们到家里来了一次，向阳三个小兄弟也来了，国庆和赶超带来了他俩的对象，总之一个不少，都说看看大叔、大伯那是必须的。母亲对吴倩很高看，向她请教介绍对象的经验，佩服她一介绍就成了一对，自己介绍过那么多次仅成了春燕和德宝一对，并且他俩还是先将生米煮成了夹生饭。反正都已亲得像一家人似的了，说什么都不见外。众人笑罢，吴倩谦虚地说其实她也没什么好经验，无非对于虹往死了夸赶超，接着再往死了贬低于虹，警告她如果不死心塌地跟赶超好，那很可能就成了老姑娘。对赶超也采取同样的攻心战术，使他相信于虹对他不但是最好的，简直还是最后的。

母亲恍然大悟："明白了，就是连哄带吓唬，打击一个，大树特树另一个，同样的法子再反过来实行一次呗！"

连在晚辈面前一向保持严肃形象的父亲，都忍不住笑出了声。

哥哥和嫂子当时也在场，嫂子对哥哥耳语了几句，哥哥就对秉昆耳语道："你嫂子说你有这么多好朋友，她替你高兴。"

秉昆觉得特有面子，就骑着自行车到处找郑娟她妈，找到后买了几十根冰棍拎回了家。

光明当时问他："只买冰棍，再没别的什么事了吗？"

一句话问得他心里好酸楚，他也像哥哥那样挼挼光明的后脑勺，小声说："告诉你姐别误会，我最近没时间去看她。"

因为撒谎，脸都红了，幸而光明看不见。回到家里，他情绪变坏，尽量掩饰，没被任何人看出来。

朋友们将冰棍吃光后告辞了，没准备是没法留下大家吃饭的。当年，也没有哪一户普通人家请那么多人下馆子，否则简直等于是明天的日子不过了。

往后几天里，街坊邻居也纷纷来看望父亲，连龚维则都特意来到了周家一次，春燕的爸妈还请周志刚老两口去他们家吃了一顿。

父亲临走的头两天，更多的时候在睡觉。他对老伴说自己确实老了，回来时想家心切，一路再辛苦也扛得住，离家时越寻思一路的辛苦越打怵。

他走时除了老伴、两个儿子和一个儿媳全去相送，秉昆的朋友们也一个不少地等在站台上，场面不小，使他走得既高兴又风光。秉昆心里也暖暖的，备觉友谊的可贵。

秉义和冬梅继续早出晚归。他俩另有重要的事——冬梅爸不但没解放，人在何处仍不清楚，与她母女失联了，到处打听也没人能告诉确切下落。哥哥嫂子不愿让母亲知道，怕她着急上火。他们也不愿让秉昆知道，秉昆是偷听到了他俩谈话才知道的。

一日，秉义和冬梅小两口去马叔叔家。马叔叔原来是曲老太太的老伴，秉昆他们称作老马同志的马守常。冬梅的父亲郝似冰比马守常年长一岁，曾是挚友。冬梅与马守常夫妇的儿子是发小，马家的儿子小冬梅两岁，从小就叫她姐，下乡后还一直保持通信。

马守常夫妇见了冬梅自然高兴，对她选丈夫的眼光大为赞赏。老太太送给她一支美国造的"派克"金笔和一个高级影集作为新婚贺礼。

第十六章

马守常回到军事工程学院任副院长了。省革委会不知从什么渠道得到信息：周总理向毛主席担保，马守常肯定是执行"毛主席革命路线"的人，获得了毛主席的认可。省革委会反应迅速，立刻将他增补为常委。市革委会不甘落后，再补选他为副主任。

马守常自嘲说："我又成香饽饽了，一下子还真有点儿不适应。"

当冬梅问及自己父亲的事时，马守常夫妇欲言又止，气氛顿时凝重。

秉义说："如果我在场你们不方便相告，那我可以回避。"

马守常叹道："你俩都是小两口了，还回避什么呢？"

老太太说："那就告诉两个孩子实情吧。他们都是大人了，相信他们能正确对待的。"

马守常说："刘少奇在东北工作过，在沈阳被捕过，当年的满洲省委代理书记派人了解过情况，实施过营救。要将刘少奇的'叛徒'罪名定死，这两个人的证明材料就极为关键。郝冬梅的父亲后来与其中一人工作过一段时间，估计也被列为重要知情人了。"

冬梅不解地问："刘少奇已经被永远开除出党了啊！"

马守常说："是啊，但如果谁被列为重要知情人，比如你父亲，他不和专案组配合的话，那肯定也同样成了眼中钉、肉中刺。"

马守常说这也是他的一种推测，他确实不知道冬梅的父亲被关在什么地方。一旦被中国第一政治大案牵扯上了，亲人就得有最坏的思想准备，任何人都爱莫能助。

冬梅没听完他的话，就哭了。

老太太埋怨老伴说："你干吗把话说得毫无希望呢？"

马守常生气道："希望在哪儿呢？你以为他们把我解放了，我就又看到什么大好希望了吗？我没看到！"

秉义握住冬梅一只手，心乱如麻，不知说什么好。

冬梅毕竟是冬梅，有很强的自制力，在老太太的相劝之下，渐渐止住了哭声。她坚强地说："谢谢马叔叔告诉我那些，我自己总是想来想去想不明白……你们放心，我会做好最坏的心理准备的。"

老太太搂着她说："时间，孩子，有时候我们也只能将希望寄托于时间……我相信你爸爸比你更坚强，时间会保佑他的……"

老马同志趁机转移话题，问秉义家里的情况，三言两语，便提到了秉昆。

老太太说："想不到他是你弟弟，他们几名青年工人是我在酱油厂时的忘年交，你弟还搭救过老马同志呢，咱们的关系更近了！冬梅她父亲的忙是帮不上了，但你可以回去跟你弟说，遇到什么麻烦只管来找我。"

气氛刚好点儿，又来了位客人，竟是蔡晓光，一身工作服，脸上胡子拉碴的，看上去老了十岁。

三个当年的朋友加读友意外相见，颇多感慨，既亲切又陌生。

蔡晓光也是为他父亲的事而来的。他父亲当年是老马同志老部下，他请老马同志在一份用钢板刻的证明材料上签名。材料上已有几个签名，证明他父亲从来不是林彪线上的人。

老马同志看过材料说："这个名我签。孩子们，我是老党员老干部啊，眼见一些好同志被诬陷，我能帮那是一定要帮的。我被解放了不也是许多人仗义执言的结果吗？你父亲怎么会是林彪线上的人呢？他什么级别，林彪什么级别？扯不上嘛！他的事我清楚，他不是反对批判林彪，他是反对以批判林彪为幌子，矛头另有所指。可这话不能挑明了，挑明了连我也一块儿又完了。这材料谁写的？既替挨整的人辩诬，又给整人的人留了体体面面的台阶下，挺有水平。"

蔡晓光说是他替自己父亲写的。

老太太叹道："唉，这几年是在逼着青年人琢磨政治啊！"

老马同志边签名边说:"以后不知会产生多少政治野心家和投机分子!晓光,我指的可不是你啊。你替父亲辩诬,是好儿子的表现嘛!"

蔡晓光说:"我对政治毫无兴趣,将来如果有可能,我想从事文艺。"

老太太说:"那还是离政治太近了,干脆离得更远点儿。"

蔡晓光说:"反正我不能一辈子总当工人。我父亲是师级军官,我们蔡家那也不能一代不如一代啊!将来我要专搞与政治不沾边儿的文艺。"

三个往日的朋友走在路上时,自然而然又谈起了读书,陌生感消除,亲近感增加了。

蔡晓光说他内心里始终感激秉义、周蓉和冬梅,如果不是受他们三人影响,他是不太会与文学书籍发生关系的。他说文学书籍给他的启发就是,不彻底变成政治动物的人,会活出更多人生意味来。

三人又聊得投机了,依依不舍,便找了家小饭店吃饭、喝酒。从不喝酒的冬梅喝吐了,被秉义搀回周家。

两天后,秉义和冬梅也回北大荒了。

秉昆和母亲二人的日子恢复了以往的平静。

秉义走前找秉昆长谈了一次,对弟弟约法三章:远离政治。

秉昆对此持有异议,抬杠似的问:"可能吗?厂里组织的政治学习、讨论,我不参加?"

秉义说:"我不是那个意思。当然得参加,但要尽量往犄角旮旯坐。不要求人人表态就不表态,非表态不可就人云亦云地说几句,更不要与人争论。不要写日记。"

秉昆说:"我没那毛病。"

秉义说:"那也不是毛病,甚至可以说是好习惯。但目前,写日记对你是不安全的。"

秉昆说:"你就直接说我头脑简单,根本没写日记的资格得了呗!"

秉义生气了："别我说一句你顶一句！我的话你要认真听，往心里记！爸妈就咱们两个儿子一个女儿，我已经是在党的人了，你嫂子却是'黑帮'的女儿，知道这意味着什么吗？我被上了政治的夹板，像我这种人说不定哪天也会因为点儿什么事，甚至一句话就被扣上什么罪名划入另册！但我高中时就入党了，我入党时国家没这样！即使这样了我也绝不会退党，我入党时宣过誓。我也绝不会与你嫂子离婚，因为我非常非常爱她。周蓉嫁给了一个什么样的男人你是知道的，一到某种特殊时段，她和丈夫就会被警告不许乱说乱动，那舒服吗？只有你留在城里了，你要替我和周蓉在父母面前尽孝，所以你在政治上一定要安全，要像锁在保险箱里那么安全！"

第十七章

哥哥嫂子走了不久，好运就向周秉昆招手。市革委会的宣传部门直接向酱油厂发了一份借调令，将他借调到了群众文艺办公室。虽然是借调，那也在厂里引起了不小轰动。几个哥们儿自然都为他高兴，但吕川和德宝未免有几分失落。

德宝说："当初会演时，没有我俩两片大绿叶在台上使尽浑身解数衬托你，你可断不会有今天的！"

吕川说："三突出嘛！这是由革命文艺的规律所决定的，别吃醋。"

为了还他俩一些心理平衡，秉昆一咬牙一跺脚，忍痛花十多元请他俩和向阳在小饭馆吃了一顿。没敢通知国庆和赶超，若他俩一参加准带上吴倩和于虹。再多四人，秉昆怕十多元还打不住。后来那四个还是知道了，对秉昆很有意见。

群众文艺办公室不在市革委会大楼里，而在一幢带院子的俄式小楼里。小楼只两层，五个十几平方米的房间，院子不大，有棵老丁香树。所处街区好，接近市中心，闹中取静，门牌是"甲三号"。

秉昆理了发，刮了脸，穿一身自己洗得干干净净、母亲替他熨得板板正正的中山装，神采奕奕地报到时，老丁香的满树紫花仍开得丰茂，香气四溢。一想到自己因文艺才能改变了一下命运，他颇觉自豪，也对人生开始有了很大的自信。

他的具体工作身份是《红齿轮》杂志的编创，既要编也要创。杂志原名《大众曲艺》，"文革"开始后停刊了。为了呼应推广小靳庄革命文艺大繁荣的经验，市革委会决定复刊。《红齿轮》的负责人叫邵敬文，原是部队的文艺干事，曲艺创作的多面手，创作的快板书、评书在部队获过奖。他人也长得挺帅，像保尔·柯察金，因为与首长女儿谈恋爱，被逐出了部队文艺团体。首长念他有才，为他安排了这份不错的工作，《红齿轮》的刊名就是他起的。

他手下有一兵一将，"兵"是周秉昆，"将"叫白笑川。白笑川是原《大众曲艺》的老编辑，本人称得上是表演艺术家，什么快板、快书、评书、大鼓、相声、小品……十八般武艺样样精通。五十多岁的老男人了，仍特爱美，花白的大背头从来梳得平贴溜顺。他刚结束"五七"干校的思想改造，归队没几天。

邵敬文开会时说："咱们的工作任务是明确的，要尽快让创刊号问世。并且，每期都要办得使领导和群众满意。争取两方面都满意，难以做到时，首先保证使领导满意。"

秉昆插话道："不对吧？应该首先保证使群众满意吧？"

邵敬文垂下目光不吱声了，点着支烟吸了两口，扭头对白笑川语气尊敬地说："白老师，请您向小周同志解释解释。"

白笑川笑微微地看着秉昆说："是这样的，如果领导们不满意，即使大部分领导还算挺满意的，但官儿更大的一位领导不满意，只消一句话，轻则咱们写检查，重了嘛，咱们都别干了，另谋饭碗吧，或者又把刊物给停了。刊物停了，还有群众满意不满意那一说吗？一位领导对某一期某一篇、对某一篇标题或文中几行字不满意，都很有可能是那种结果。"

邵敬文这才也看着秉昆问："明白？"

秉昆红了脸很窘地回答："明白了。"

邵敬文又说："至于咱们办刊的方法，无非分两部分内容：一是紧密

第十七章

配合政治形势的,这是期期必须的;二是反映群众中首先是工农兵群众中的好人好事的,比如忘我的劳动精神、崇高的集体主义精神、团结友爱先人后己的精神,总之是反映好人好事好精神的。你们两位商量着分一下工,我主要负责审稿、定稿、篇目顺序。"

秉昆想到哥哥的约法三章,抢着说:"配合政治的我不是一般的不行,我组好人好事方面的稿件吧。"

白笑川大度地说:"那我就负责配合政治方面的稿件。"

要说秉昆也真是命好,又遇到了两个贵人。邵敬文虽身为组长,不但尊敬白笑川,对秉昆也相当信任,对秉昆那摊子工作特别放手,从不自以为是地横加干涉,他常说:"别那么多请示,就按你自己的想法去打开局面,发稿前把好稿拿出来就行。"白笑川也愿意提携他,主动将自己以前联络的老作者们的名单提供给他,还帮他思考重点稿如何修改。半个多月里,秉昆白天骑自行车四处组稿,晚上在家看稿,或自己创作,经常伏案至后半夜。截稿前两天,他交齐了稿件,包括一篇自己创作的长篇快板《酱油姑娘与醋小伙》。邵敬文说:"我得看一天,那你就休息一天,明天不用来上班了。"

能在家休息一天固然是好事,可那一天秉昆在家坐立不安,心情忐忑,唯恐上班时邵敬文劈头来一句:"你给了我些什么乱七八糟的东西?"

让他高兴的是,上班那天邵敬文一见就说:"你组那批稿子挺好,都用,只不过有几篇得咱们分头加工一下。"

秉昆说:"我那篇是写着玩的,你不必认真对待。"

邵敬文说:"你好狂的口气,写着玩就写出重点稿的水平了?今天咱仨一块儿改你那篇,什么时候改出来什么时候下班,非政治类栏目它做头条了。"

于是三人将自己的烟拆包混在了一起,实行共产主义,白笑川还贡献出了茶叶。他们吸着烟，饮着茶，轮番念稿，字斟句酌。

刊物如期问世，领导群众都认为不错，据说有大领导表扬："好就好在《红齿轮》是红色的。"

三人一块儿找地方喝酒，自己庆祝。从此，秉昆连白酒也喝得了，彻底结束了烟酒不沾的青年时代，国家便多了一名烟酒混合型公民。

老中青三人之间非常和睦，关系与日俱增，但也不是没发生过不快。有一次秉昆和白笑川两个都没喝酒，在办公室午休时聊着聊着，几乎脸红脖子粗地吵起来。

秉昆问："白老师，您对政治很感兴趣吗？"

白笑川答道："鬼才感兴趣，政治它伤透我了！"

秉昆又问："那我抢先要求组好人好事方面的稿子，您怎么一点儿意见都没有？"

白笑川答道："你抢的是难做的工作，把容易做的工作留给了我，我还应该谢你呢！"

秉昆不解，白笑川放下报，扭头瞧着他，以长者的耐心启蒙道："你看你，得整天骑自行车往下跑，有时得恳求人家赐稿，是吧？现在连点儿象征性的稿酬都不给，即使人家辛辛苦苦地创作了，咱们还不见得用，人家那又是图啥？有时人家倒是答应为你写了，你就放心等着。可到日子你去取稿时，人家说把你那事给忘了，或者干脆说不想写了，你能不着急吗？急也白急，是吧？人家没收你一分钱预付稿酬，当然可以不写了，所以你那份任务有四费，费轮胎、费鞋底儿、费嘴皮子、费心。我这份任务简单多了，打几通电话，组得来稿子省事，组不来也不急，化个名自己写就是。吸着烟，喝着茶，翻翻报，听听广播，抄几段，记几句，往组长面前一放，他看了起码还说行。"

他说得来了情绪，往起一站，从柜子里随手取出竹板，即兴表演了几句:"哎、哎、哎,革命同志听我来宣传——形势好,好形势,全靠诸位来支持;你支持,我支持,大家统统来支持!抓革命、促生产,不是小好是大好!横看好,竖看好,反正就是非常好!非常好,全面好,工农好,兵学好,商业战线同样好!你批林,我批孔,批得资产阶级落花流水绝了种,大好形势它就好上更加好!"

他收住快板,语音平,气未喘,瞧着秉昆又说:"一不走心,二不过脑子,搞这一套对于我白某人还不是小菜一碟呀?我老了,疲沓了,对曲艺早没你那种新鲜劲儿了。你那类稿子却不同,要深入生活,要了解笔下的人和事,还得对好人从内心里起敬意,不走心不过脑子那是根本写不成的。我那叫忽悠,你这叫创作!"

秉昆说:"我也不是只有新鲜劲儿,这一向我确实了解了一些以前不了解的行业,接触了一些以前接触不到的人,他们身上有许多值得我学习的东西。宣传生活中的好人好事,我觉得挺有意义。我也看到了不少丑恶现象,我希望有一天也能以曲艺的方式批判他们,让曲艺也成为投枪和匕首。"

白笑川坐下后问:"你读过鲁迅?"

秉昆说家里有几本鲁迅的书,读得不多,但已经开始喜欢鲁迅了。

白笑川郑重地说:"小周啊,你刚才的话我爱听,也是我希望从你嘴里说出的话。今天你终于说出来了,我高兴。我心里已没你那种盼头了,我有这病那病的,估计都活不到你说的那一天了。自从咱俩成为同志,处得挺对撇子是吧?如果你愿意,我可以收你为徒,把我在曲艺方面创作和演出的经验毫无保留地传授给你。因为你年轻,还有希望等到你说的那么一天。"

秉昆已经听说,本市本省一些曲艺界的人士称白笑川是白教头。他那一喜非同小可,本是垫几张报躺在地板上的,一个鲤鱼打挺坐起,不敢相信地问:"真的?!"

老少两个聊得亲亲热热,可白笑川随后问了句话,问出冲突来:"你先告诉我,你是怎么认识马守常的?"

秉昆一时被问蒙了,想不起自己认识一个叫马守常的人,经白笑川提示了几句,才明白问的是老马同志。

于是,他将自己曾怎么怎么送老马同志去医院的事讲了一遍。

白笑川说:"难怪,这我就明白了。"

他告诉秉昆,是经马守常的直接推荐,秉昆才成为《红齿轮》编辑部的成员。可供选拔的人当时有几位,个个曲艺水平都比他周秉昆高,所以他应特别珍惜借调良机。

秉昆原以为自己能被借调,凭的完全是他的快板水平,不承想自己竟是个走后门的,把水平比自己高的人从机会吊桥上给挤掉在护城河里了。他一度雄起的自尊心和自信心顿时又下去了,蔫头耷脑地解释,老马同志的暗中助力自己根本不知道,也绝对没求过,肯定是老太太在起作用。其实他更不知道的是,嫂子郝冬梅无形中起的作用最大。那老两口因在郝冬梅父亲的问题上爱莫能助,为求得心理平衡才决定暗中帮秉昆一次小忙。当然,秉义和冬梅并没为秉昆说过什么话,完全是那老两口的自觉行为。

白笑川接着问,老太太何许人也?

秉昆就又讲了自己和"老太太"的关系,强调老太太是他人生中的第一位贵人。

白笑川问:"她原先是不是省高法哪一庭的庭长?"

秉昆说:"是的。"

不料白笑川脸色忽变,恨恨地说:"那个女人坏透了!"

秉昆不高兴了,也变了脸色道:"白老师,当着我的面,您不可以说我的贵人的坏话！"

"我才不管她是不是你的贵人！总之她坏透了，我永远恨她！"白笑川腾地站了起来，第二次打开柜门，从柜中取出了说山东快书的铁响板，低头看着说，"诅咒她不能用快板了，快板是活泼的。得用这个了，这个才能说出悲怆愤慨来。"

他打着响板，在桌椅间穿来穿去，开始了恶口毒舌的诅咒："唧里个唧，唧里个唧，闲言碎语俺不讲，表一表有个女人她是毒蛇的心肠！她是刀子嘴，也是刀子心，眼睛里边长钩子！（白）长着双钩干什么？专从别人的头脑之中往外钩思想！钩出思想改改刀，之后非说那是坏东西！你不服，逼你服！还不服，折磨你服！你终于服了她非说其实你是装的服！"

秉昆猛地站起，指着白笑川怒道："姓白的，你再这样别怪我跟你翻脸！"

二人正彼此虎视眈眈，邵敬文从外边替三人买回了午饭，见他俩那种誓不两立的样子吃一惊，急问缘何？

白笑川指着秉昆气犹未消地说："别问我，问他！"

秉昆便占尽道理地将起因诉说了一番。

邵敬文转身去开门，探出头左右望望，将门插上，坐下后看看这个，瞅瞅那个，吸着烟，垂着目光低声说："小周，在你心目中那老太太好，为什么好白老师已经知道了。白老师却说那老太太坏，为什么坏你还不知道。那么，让我来替他说给你听。我所知道的也是他讲给我听的，真伪我无法下结论。我只转述，为的是消除你们二人之间已经发生的冲突，达到重新团结起来的目的。咱们就三个人办一份刊物，你俩如果从此都看着对方不顺眼，那我这组长没办法当了，刊物也没办法办好了。刊物是在许多热心人的力主之下才复刊的，如果在咱们手里又停刊了，那咱们岂不成了历史罪人？为了团结，为了咱们都不成为历史罪人，今天我得讲讲自己并不愿替白老师讲的事。真伪出了问题由他负责，我替他讲如果以后构成了什么罪名，我自己承担。"

按他的说法，一九五七年老太太还没老的时候，她率一支工作组进驻了省文联，不久就将京剧团一位名角向桂芳打成了"右派"。主要理由是，向桂芳多次在同事之间"诽谤"一位援华的苏联科技专家的人格，指控是有妇之夫的对方常给她写情书，使她备受困扰。当年每一位苏联专家都被视为中苏友谊的大使，她的那些言论自然构成了"右派"言论。担任文联理事的白笑川正单身，也正满怀信心甜蜜蜜地追求着同样单身的向桂芳。自己正苦苦追求的女神被打成了"右派"，白笑川急了，挺身而出，替向桂芳鸣冤。结果在老太太和工作组全体成员看来，他当然便是"赤膊上阵地跳将出来，似欲决一死战"。没过几天，他也成了"右派"。白笑川出身好，成名顺，一向恃才傲物，成了"右派"仍不服。老太太对他倒也算网开一面、仁至义尽，找他谈了几次话，向他保证，只要承认错误，公开做几次深刻的检讨，"右派"帽子是可以摘下的。若此，说不定能影响向桂芳也做深刻的自我批评，她的"右派"帽子也有可能摘下来。为了自己和所爱的女神，白笑川违心做了多次自我批判，在老太太的多方游说之下，他的"右派"帽子没戴多久终于摘下来了。向桂芳的命运就没那么好，始终是"右派"，再也没登过京剧舞台。

邵敬文以总结性的口吻说："白老师，你讲时我就谈了看法，以当年的情况来看，曲某人还是不错的。她向你保证的事，她起码做到了。"

白笑川气呼呼地来了一句："可摘了帽子不也叫'摘帽右派'吗？害得我至今时时提醒自己要夹紧尾巴做人！"

邵敬文摁灭烟，喝口水继续说："你那么提醒自己是对的嘛！我也经常那么提醒自己呀，我也是整天小心翼翼地夹紧尾巴做人做事啊！我们的工作与意识形态的关系这么近，不那样行吗？小周你也不例外，咱们都得那样，必须那样。至于你和向桂芳后来的关系，是因为你放弃了你们才没做成夫妻,宪法当年并没禁止'摘帽右派'与'右派'结为夫妻嘛。当然啦，那你得接着付出一些代价，真爱往往就是一方甘愿为另一方付出沉重代价的。"

他耸耸肩，结束了发言。

白笑川张张嘴没能再说出什么话来。

那天晚上，秉昆躺在炕上难以入睡，困惑于同一个老太太为什么会既做让人恨的事，又做让他和哥们儿敬爱的事。当年少打个"右派"对她是很难的事吗？她如果有想打几个"右派"就可以打几个"右派"的权力，那她当年又是一个多么可怕的女人啊？一个女人如果在别人心目中是可怕的，自我感觉会很好吗？会很享受那种可怕吗？将一个对社会和他人不可能有什么危害的人的一生毁了，是自豪的事吗？他问如果自己有那么大的权力会怎样？他给出的回答是能少打几个就少打几个，能一个不打就一个不打，为此付出些个人代价也在所不惜。为什么自己这样一个微不足道、轻如鸿毛的青年都愿做到的事，老太太那样令人肃然起敬的人物却反其道而行之呢？毕竟，为让一个人的一生不被彻底毁了，自己付出些代价值得呀！难道老太太当年连这么点儿道理都不懂？

周秉昆有以上种种困惑，还因为他见过向桂芳。

白笑川抄给他的名单中也有"向桂芳"三个字。

他估计那是白笑川犯的一个错误。正是那一个肯定无意间犯下的错误，他第一次见到了一个和"地富反坏"同列"黑五类"的革命宿敌，一个京剧名角。

他到某工厂去找向桂芳，被问到的女人警惕地反问他是什么人？找她有什么事？

他从对方不友善的态度中觉出了异常，多了个心眼，没敢提组稿之事，只说是远亲，有点儿私事。

对方告诉他可以在食堂找到。他在食堂见到的是一个身材虽然还保持得挺苗条，但面容灰暗、有些浮肿、两眼无神的中年女人。

当他说明来意后，她怔住了。半晌才说自己以前是唱京剧的，从没创作过什么曲艺节目。

他以为她推搪，就说是白笑川老师的意思。

她全身剧烈地震颤了一下，接着面部抽搐，双臂发抖，抹布也从她手中掉到地上了。

她冲入了厕所，接着，厕所内传出一个女人用手紧捂着嘴发出的那种哭声。

他怕惹出什么麻烦，逃之夭夭。

后来，他误以为白笑川与向桂芳之间有什么彼此伤心的男女私情，未敢冒失地对白笑川说。

第二天到了编辑部，秉昆主动对白笑川说："白老师，请忘了昨天的事吧，我还是特别希望能做您的徒弟，恳求您了！"

白笑川板着脸说："不收！"

秉昆将求助的目光望向邵敬文。

邵敬文笑道："你把刚才你话中的'您'换成'你'，再说一遍试试。"

秉昆就用"你"又说了一遍。

白笑川声音哽咽地说："你小子如果再不提那事了……我心里难受死了。"

邵敬文插上了门，高兴地作为拜师仪式主持人，建议他俩干脆立即就拜师收徒得了!

在办公室里,岂敢行什么跪磕大礼!按邵敬文的主张,秉昆对坐着的白笑川鞠三次躬就可结束。

秉昆二次鞠躬时,心里简直可以说激动万分,只鞠躬根本压不下去那种大激动。他不由自主地跪下,磕头,慌得邵敬文和白笑川同时哎呀连声,一左一右将他扶起。

邵敬文生气道:"你这是干什么?如果屋里有监视镜头,咱仨的饭碗准砸了!白老师还得落个拉拢工人阶级子弟的罪名,先批斗,再游街,最后判刑。"

白笑川虽也慌了一下,看上去却挺受用,矜持地说:"反正跪也跪了,磕也磕了,就别数落他了。这么着,一跪抵二躬,他那第三鞠就免了吧。"

因为邵敬文说到这儿,他们二人竟多心了,怀疑办公室内真隐蔽地安装了监视窃听之类的仪器,开始这儿那儿查看。

秉昆觉得好笑,说干吗要那么对待咱们呢?不信任咱们,当初不让咱们干就是了嘛!

邵敬文说,咱们也别太不当回事,这年月,让你干着又监视着你的情况不新鲜,防人之心不可无。

白笑川附和地说,是啊,即使对咱们犯不上动用监视器那么高级的东西,窃听咱们平时的交谈是可能的,安装那种简单的东西又不费什么事。对某些人而言,收集各类人的思想情报那也同样是人家的饭碗啊!

见他俩查看得仔细,秉昆虽大不以为然,也还是装模作样地帮着查看了一番。没发现任何可疑之点,三人才终于罢休。

不查看了,邵敬文却宣布了一条纪律:在办公室内,三人之间绝不聊任何涉及政治的小道消息，最好是除了工作不谈别的。谁忍不住了想议论点儿，就只说那种特别革命的话，过过关心国家大事的瘾算了。

秉昆和白笑川师徒俩便诺诺不已。

认了曲艺界的名师，秉昆对自己在曲艺方面的发展信心大增，组稿和创作的热情更加高涨。很快，二期的稿件他也提前几天备齐了，邵敬文和白笑川二人看了都甚为满意。

当着他的面，邵敬文问白笑川："白老师，你觉得小周将来会怎么样啊？"

白笑川说："照他这么虚心好学地进步下去，我看行，前提是他将来得赶上好时候。"

邵敬文说："我对此点还是乐观的。名师出高徒，你就只管好好做伯乐，我呢，尽可能多给他提供版面。将来他出息了，也算咱俩为曲艺界立了一小功。"

秉昆心里的高兴到了不与人分享就装不下的程度了，他首先想到的分享者不是几个哥们儿，而是郑娟。他在写给她的一封短信中称她为"我的郝思嘉"，而将自己的名字写作"不一样的德鲁"。那封短信除了对她的称谓和自称有些不同寻常，内容相当健康，连一个爱字或想字都没出现，只不过写了自己的一些近况：工作有成绩了，受表扬了，拜师了，找到人生的方向了，希望这一切也能带给她一份快乐。如此而已，仅此而已。

失去她绝非他所愿，但他又本能地在自己和她之间画地为牢。

几天后，他从光明那儿得到了回信。她没看过一本外国小说，对于"我的郝思嘉"和"不一样的德鲁"没做任何文字反应，对于信中既没出现一个爱字也没出现一个想字似乎也无意见。她的信很短，同样没出现一个"爱"字或"想"字,然而又不难看出她确实分享到了他的快乐,并叮嘱他要少吸烟,尽量别沾酒,劳逸结合,别牵挂她等。她的信自然也是真诚的,这一点毫无疑问。她的信更像是一位中学女教师,对一名当年的男学生的回信——男学生工作有成绩各方面有进步了,写封信向老师汇报汇报,老师必定要回信,而回信必定是高兴的。

秉昆却很失落,因为她的信缺少明显的爱意,又一想自己的信既然是那样的,收到同样的信实属正常。

他觉得他和她的关系似乎成了这样——他站在一条河中,河的对岸是她;他为她而下水,却不敢再贸然向前,因为前边水太深,而他不识水性,每进一步都有没顶的危险。退回去不成问题,却又不甘心退回,因为身后的岸上没有能让他感到幸福的事物。因为她在彼岸,彼岸对他具有巨大的吸引力,能让他对幸福产生丰富的想象。他希望她不停地向他招手,给予他前行的勇气。而她并不,似乎也不会主动望向河中的他,更不会自己也下水拉他过去。他如果真的退回去,她似乎还能够忘了他。

失落过后,他又多少获得到了一些安慰。毕竟,河中只有他一个"不一样的德鲁",并没有其他和他有类似想法的男人;彼岸也只有她自己,没有另外一些别样的"郝思嘉"。只要他呼唤她,她的目光就会望向他,还向他友爱地微笑。

他希望他们的关系在一个时期内起码能保持这样。

几天后的一个晚上,德宝突然来到秉昆家。他抱怨秉昆把好哥们儿忘了,接着说吕川失踪了。

秉昆有了新的兴趣,正在创作山东快书,心不在焉地说:"开什么玩笑!快说有什么事,说完快走。"

德宝说他因为经常住在春燕家,和吕川一块儿上下班的时候少了。他奇怪连续几天没在厂里见到吕川的影子,就去味精车间询问,味精车间的人只知道吕川调走了，再就一问三不知了。他又去问唐向阳他们三个，结果也都一无所知。他只得问厂里的一个头头，头头说："知道你俩是哥们儿，所以告诉你，哪儿说哪儿了，有关方面要求厂里保密，绝对不许外传啊！吕川不是调走了，是上大学去了。"问上了哪所大学，头头说："我们当领导的也没人知道，已经告诉你了是保密的事，你就别到处瞎打听了。"

"吕川……上大学去了？"

"对。"

"没参加考试？"

"没有。"

"也没经过群众评议？"

"没有。"

"那……沈一兵呢？"

"他也从厂里消失了。这对向阳是好事，现在向阳是班长了。但对老太太不是好事，很多人知道沈一兵是老太太塞到厂里的，他没上成大学，希望他带给厂里的那些好处也泡汤了。他们就议论老太太尽干不靠谱的事，有些人的话挺难听的。对咱们三个也不是好事，以前都把咱们三个看成老太太的亲兵嘛，现在咱三个被有些人讥笑为马屁精了。吕川是听不到了，你也不回厂里了，难听的话只有我自己听着了。向阳他们三个的感觉同样不好，只不过他们都觉得没资格抱怨什么罢了。"

"那，你没到吕川家问他爸妈？"

"能不去吗？他爸妈说，吕川临走留下话，在他可以说出详情的时候，会写信告诉你，再由你转告哥们儿姐们儿的。你没收到他的信？"

"你问的什么话呢？我如果收到了他的信，还能跟你装这么半天糊涂？"

第十七章

两人之间的话说到这份儿上，彼此除了困惑、郁闷，都无话可说了。

德宝走后，秉昆想到各大学招收工农兵学员的工作正是本月，立刻换了一页纸给哥哥写信，问哥哥被招成工农兵学员没有？他听哥哥和嫂子谈过此事，知道哥哥挺渴望上大学的，嫂子也百分之百支持，而那正是他乐见其成的事。他非常清楚，如果他们周家只有一个儿女能搭上这条工农兵学员的大船，那够条件的非哥哥莫属。

一个月后，他才收到哥哥回信。哥哥在信中淡然地表示，他对上大学的事一点儿都不热心，自己确实对北大荒对兵团有了深厚的感情，对当地教育事业做出一点儿贡献，那才是自己最大的心愿。

秉昆从字里行间看出的却不是淡然，而是索然，从此泯灭了那个盼头。

实际情况是，由于张铁生、黄帅两桩事件在全国的持续发酵，周秉义他们那个师受到了一些上大学的梦想破灭而心怀怨气的人的攻击。他们四处告状，使身为教育处副处长的周秉义难以招架，穷于应付，压力极大。他与冬梅的夫妻关系也成了那些人攻击的内容。为了减轻全处其他同志的政治责任，他只得引火烧身，将执行"资产阶级反动教育路线"的罪名独自扛下来。

不好的事接二连三地发生，虽然没有一件直接发生在秉昆身上，但让自己的朋友们处境惝恍，日子很不好过，便也搞得他心烦意乱。

小龚叔叔龚维则被开除了警籍，成了政治劳改犯。在公安系统政治学习班组织的一次讨论会上，有人说："取得了彻底打倒刘、林两个资产阶级司令部的伟大胜利，即使全中国人都成了文盲，那也是'文化大革命'对中国乃至全世界做出的贡献！"

听众肃然点头。

龚维则本来是作为积极分子参加学习班的,数次发言也被认为很有水平,甚至还作为代表在大会上发言,给一些领导留下了深刻印象。有人还因此预测,估计学习班一结束,他将会受到重用提拔。

也许是有点儿得意忘形,或者那天由于什么原因情绪不佳,总之他一反常态,瞪着说那话的人问:"你说的那算是人话吗?拥护'文化大革命'也没你这么拥护的吧?你愿意成为文盲吗?也愿意你的后人都成为文盲吗?政治学习是严肃的事,严肃的事那就不能装出严肃的样子胡说八道,传出去是会影响我们学习班的政治声誉的。"

对方却说:"你别问我,谁说的问谁去!"

他顶了一句:"不管谁说的,那都不是人话,狗嘴里吐不出象牙,是屁话!"

不料对方锦袖出镖地轻轻点了一句:"那话是春桥同志说的。"

这一"镖"仿佛正中龚维则的咽喉,他半张着嘴顿时瞠目结舌。

众人大骇。

更有的人,不知是装的还是真的吓成了那样,嘴张大的程度如同下巴脱臼了,没人帮着复位就根本合不拢了似的。

突然有人扇了龚维则一耳光,紧接着他遭到了几个人的拳脚攻击。

后经查证,那话确实是张春桥在上海"批林批孔"动员会上所讲,并未公开发表,后来只口口相传于消息灵通人士之间。

于是,龚维则辱骂中央首长的罪名坐实了。他在认罪书中再三辩称自己确实不知那话是首长讲的,自己也确实是为了维护那一届政治学习班的声誉。这等于不打自招,承认自己内心里就是觉得那话不是人话,越辩罪名越实。

实际上,那起事件是几个嫉妒他的人处心积虑设下的陷阱。他们估

第十七章

计张春桥那话会引起他反感,偏偏抛出那话来激怒他。真的被提拔了会让别人嫉妒,可能被提拔的人往往也会遭到嫉妒。他们陷害他,并不意味着他们思想上认同张春桥的话。在这一点上,他们与龚维则思想特别一致。恰恰是他因为表态好被提拔,就更加让他们妒火中烧。即使龚维则果然被提拔了,那也高升不到哪儿去,无非就是调到别的派出所去当副所长,而且很可能还是调到离市区更远的乡镇派出所去。但是,心中妒火已经燃烧起的人通常不管那些,他们只要享受达到目的的快感。强烈的嫉妒,类似对无辜者实施报复。

有关领导对这起事件很震惊,继而很遗憾。他们想保一下龚维则,但嫉妒他的人同仇敌忾,不达目的誓不罢休,扬言铁证如山,板上钉钉。于是,那些领导只好表示痛心了。

那起事件当然也会传到酱油厂去。离北京很远的 A 市人,十之八九对发生在北京的事并不真的关心。那不过是茶余饭后的谈资。对于他们,发生在本市、本区、普通人中的事则不同了,关注度那可要高得多。

酱油厂的人有的听说龚维则的侄子就在本厂,此前不知是谁,于是结伴去出渣房一探究竟,要不就在食堂里对着龚宾指指点点,交头接耳。更有甚者,上下班时站在厂门口不走,非让别人告诉他哪个是龚维则的侄子。龚宾似乎不再是一名片警的侄子,而是张春桥的侄子。进步耳聋,有心想要保护龚宾免受滋扰,却也不知如何行动。向阳和德宝仗义,因而骂过某些人,还几乎与人动起手来,结果事与愿违,连原本没那份好奇心的人也好奇起来了。唐向阳自从当了班长后,把爱护龚宾和进步当成自己的神圣使命,时时处处学习秉昆三人的君子风范,希望自己充当老太太般的保护神角色。机会终于来了。这靠边站的中学校长的儿子,在酱油厂完成了感情立场的根本转变,不但和几个草根阶层的儿子成了哥们儿,而且一心要做富有牺牲精神的一个哥们儿。他在别处从没这么容易获得真诚的友谊，这让他立誓回报。

唐向阳经常劝龚宾想开点儿，叔叔的问题，别太当回事。

然而，龚宾天性胆小、心理脆弱，他从未经受过类似考验。忽然有一天，他在班上开始面壁傻笑，或独自嘟哝不休。

他精神崩溃，疯掉了，被送入精神病院。

关于他的住院费问题颇有争议，厂里认为不是工伤，也没厂里一点儿责任，按公费医疗条例，厂里是不能承担的。他的父亲只不过是一家小厂的三级车工，母亲没有工作，哥哥在插队，自己还养活不了自己呢。所谓争议的另一方，其实只有两个半人——向阳、德宝和进步。进步耳聋，无法参与争论，只能算半个人。两个半人所代表的正义，力量太单薄。何况厂里也有厂里的难处，总得照章办事啊！

于是，德宝向秉昆告急。

秉昆那火上得大了，一夜之间扁桃体就发炎了。

第二天，他向邵敬文请假。邵敬文很感动，爽快地准了他三天事假。

他说半天就行。

邵敬文说："小周啊，你以为你是谁呢？你有多大神通，半天就能把这事摆平？三天后你如果能有好消息告诉我，那就算你能耐了得啦！"

秉昆先去厂里找一把手理论。全厂大多数人认为，一把手表面看起来只讲原则不讲人情，其实是位心肠挺软的领导。

一把手说："周秉昆，你以为你是谁啊？这事是你该管、能管的吗？我就一点儿同情心都没有吗？有规章制度，我能怎么办？总不能让我犯错误吧？"

秉昆嘶哑着嗓子说："头儿，厂里其实有责任，你们领导们也已经犯了错误。一些人滋扰龚宾的时候，领导们为什么就不制止呢？"

一把手瞪着他愣了片刻，不悦地说："没想到你被借调了一个时期，变

第十七章

得这么出息了。你这不是在求我，明明是在将我的军嘛！你既然把话说到这份儿上了，那你们联名向上级告我吧！"

秉昆一急，眼泪就流下来了。他没理可讲了，却仍坐着不肯走。

一把手也不撵他走，起身来回踱了几步，叹道："是啊，我们没制止，确实也有责任，但都以为那些人议论几天，一阵风也就过去了，谁想到会是这么个结果呢？这么着吧，给你指点迷津——去找'她'，'她'老伴如果能从上边给厂里批几句指示，哪怕是模棱两可的话，厂里就好办了。你们几个费尽苦心的目的也达到了，咱们厂里人的良心也都会好受点儿。"

秉昆问："你究竟让我去找谁啊？"

一把手说："我说得还不够明白吗？你也不想想这种麻烦事除了一个人你还有谁能去找！"

秉昆这才恍然大悟。

德宝、向阳和进步三人也要跟秉昆去找老太太，秉昆独自一人去了。他带上了两期《红齿轮》，自己签上了名，还请邵敬文和师父白笑川也签上名，少不了写上"请批评指正"五个字。

他没去老太太家找她，怕老马同志也在家，有些话反而不好说了。他扛着自行车上了江桥，直奔糖厂而去。

好在正是夏末，又非雨天，江边凉爽，风景也不错，老太太在江边听秉昆说明了相求之意，半晌没表态，坐在干净的江堤上望着滔滔江水吸烟。

秉昆陪她坐着。

老太太吸了几口烟，将半截烟往地上一弹，站了起来。

秉昆也赶紧站起来。

老太太板脸喝道："弄个坑，把烟埋了。风景挺好的地方，别让我一个烟头给破坏了。"

秉昆又赶紧蹲下，用石片在地上划了个坑，将烟头埋了。再站起时，老太太已走远了。

他小跑着追上她，边走边说："我是代表他们几个来求您的……"

老太太站住，面无表情地瞪着他说："我就寻思你绝不会只为了送两本杂志来找我。果不其然，你要强加给我那么一件麻烦事！还让我出厂，让我跟你到这儿，我一个半老不老的老太太，跟你一个半大不小的小伙子并肩坐那儿，我吸着烟，你哭丧着脸，母子不像母子，姐弟不像姐弟，让别人看了会怎么想？简直不成体统！周秉昆，你别忘了我现在虽沦落成了普通工人，可组织档案中，我仍是在册的十三级干部，不是你哥们儿中的一员！"

秉昆低眉顺眼地说："明白，明白，可在我们心目中，您就是正义的化身啊！"自从听了师父白笑川的遭遇后，老太太在他心目中的好形象打了折扣，但他也只有搜肠刮肚地说老太太可能爱听的话。

老太太皱起眉，反感地说道："跟谁学的这一套？不会就别溜须拍马！以后再不许你对任何人说那么肉麻的话，求人的时候也不许说！"

秉昆连连点头道："记住了，记住了……我哥临走时告诉过我，如果遇到了什么为难的事就找您，您肯定会帮忙……"

老太太火了："撒谎！你哥是那么说的吗？哎，你这孩子，怎么学会撒谎了？是那两个编顺口溜的教你的吧？"

"不是不是，绝对不是，是我自己……我承认我撒谎了还不行吗？我哥说的是不许我再给您添麻烦！"他语无伦次了。

"这还像你哥说的话。"老太太被他黔驴技穷的样子逗笑了。

在走回糖厂的路上，她让他先到市革委会请求老马同志接见。老马同志毕竟是市革委会副主任，不是谁想什么时候见就能见到的，得预

第十七章

约。市革委会有好几位副主任,各管一摊。有的什么也不管,只是虚名,老马同志就是挂虚名的副主任。要求一位挂虚名的副主任接见,得有听起来很像样的理由。

"你就说,他老婆在酱油厂工作过,我们反映的事与他老婆有一定责任关系。"老太太如此这般悉心指导。

秉昆说:"那样不好吧?"

老太太说:"好不好的,你只管那么说就是。"

秉昆说:"非得说老婆吗?说妻子爱人不行吗?"

老太太说:"什么妻子爱人的!我们两口子都多大年龄了?你那么文绉绉地说,没人会认真对待你的预约!就说老婆。说老婆得劲儿,接待的人就不太敢掉以轻心了,那样你才能预约成功。而我呢,今晚嘱咐老马同志,保证他明天一定见你们。你接着回厂里要做的事,就是多动员些人,越多越好,明天和别人一块儿去。"

"别人怎么会听我的呢?"秉昆没把握了。

"你要去动员那些对小龚宾造成过精神压力的人。酱油厂的职工们本质上都不坏,这一点我清楚,你也要相信。小龚宾被送进了精神病院,不是每一个人都会良心不安,但有些人肯定会。你要判断他们是谁,动员那样的人。有的人明明自己的行为对别人造成了伤害,也不会感到良心不安。你如果去动员他们,当然是对牛弹琴,所以你要判断。"

"记住了。您还有什么指示?"

"明天你不要表现出和老马同志认识的样子,对他说话也不必太客气。记住,你不认识他,他没见过你。你是群众代表,对他说话越不客气,事情反而越容易成功,对他也好。事不宜迟,形势多变,趁老马同志现在帮得上你们,抓紧办。"

秉昆对老太太的指示一一照办,第二天率领十几人去了市革委会,德宝、向阳和进步自然义不容辞，国庆、赶超、吴倩和于虹也都请了假，参与其间，以壮声威。

老马同志准时接见了他们，陪同接见的还有一男一女。双方都煞有介事，说得振振有词，接见的洗耳恭听，不停地记录。

最后，老马同志说："研究研究。"

几天后，酱油厂开了一次职工代表大会，传达了市革委会领导同志的指示：要将无产阶级"文化大革命"进行到底，仍要依靠广大革命群众。解决一人一家的实际困难，往往能团结一大批。

于是，职工代表大会一致决定，厂里为龚宾报销百分之七十的医疗住院费。

邵敬文和白笑川听秉昆汇报了最后的结果，都很感慨。

邵敬文说："如此看来，你们叫人家老太太的那个女人，还真是你们的贵人。人生难得遇一知己，遇一贵人就更难了。像咱们三个，可以算是知己，却都难以成为对方的贵人，有那心也没那能力啊，小周你够幸运的。"

白笑川连说："没想到她会那么使劲儿地帮你们，没想到，没想到……"

秉昆为办成那事，几天内似乎都生出了些白发，却也受到了师父和组长邵敬文的称赞，从此老少三人更加推心置腹，坦诚相见。

一波刚平，又起一波——于虹在单位也闹出事来。

她那只有二十几个人且多是姑娘们的小单位，其实也就是个制作麦秸画的作坊而已，名分上却直属省文化厅。"文革"开始后省文化厅被"砸烂"，改成省文化工作执行委员会，但姑娘们的工作没变，变了的只是上

第十七章

级领导，无非一批老人下去了，一批新人上来了。麦秸画依然主要提供给国家作为国礼，或作为艺术品出口给国外代理商赚取少许外汇。因为涉外，常有外宾到那小作坊参观。当年到中国的外宾实在有限，能到Ａ市的更是少之又少，负责接待的干部们感到极其光荣，故那个小单位的头头们往往由省里直接任命，这使他们觉得自己身份颇高。

不知是按照什么人的想法，于虹她们制作了一批动物作品，有虎、骆驼、猫头鹰、狼什么的，据说作为国礼赠予外宾时，他们都很喜欢。问题就出在那样一批麦秸画上，它们取材于一批"戴罪立功"的老画家们的国画。画家们是奉命无偿为北京各大宾馆创作，但有人首先看出了那些国画作品是"黑画"，接着，许多人的火眼金睛也都看出"黑意"来。画虎的是以草为林，三虎为彪，明摆着是为悼念林彪而画；画骆驼的将骆驼们画得那么瘦，神态那么茫然，居然题曰"任重道远"，明摆着是在讽刺大好形势；画的猫头鹰睁一只眼闭一只眼，明摆是在暗示现实惨不忍睹；革命者常说阶级敌人"狼子野心,何其毒也",可画上的狼却那么漂亮……

于是，"黑画事件"当然上升到"为资产阶级反动势力复辟做舆论准备"的严重政治事件。

那么，Ａ市那小小的麦秸画作坊里的姑娘们，又为什么偏偏做出这么一批连名字都一模一样的作品呢？不追查行吗？

结果一追查，查到了业务组长于虹头上。

姑娘们是在她的提议之下制作那批麦秸画的。

她又是受谁的指使呢？

当然，并没有人指使她。一次外交部礼宾司的人陪同几位外宾到了Ａ市，参观了她们单位，一位礼宾司的女同志建议鼓励姑娘们集思广益，多从中国画中借鉴题材，使作品内容更加丰富多彩。对方显然是一片好意，为了拓宽业务组长于虹的视野，热情地向她介绍了以上题材。

事情水落石出，头头们就命于虹写出说明和检讨。

说明材料写了，她却拒不检讨。

领导耐心地说服她写，而她就是不写，理由是自己不知该检讨什么。

领导启发她，说那些画已经定性为"黑画"了，你如果不反省检讨，单位过不了关啊！

于虹在家是老姑娘，虽是普通百姓人家女儿，但从小那也是母亲依着父亲顺着的。自从哥哥姐姐下乡了，她更成了父母身边的宝贝。总而言之，她有那么点儿被宠坏了。

她说："那些认为是黑画的人，不那么看，而以正常人的眼光看，不都是挺好的画，并没有什么黑的意思呀！"

领导无奈，停了她的工作，勒令她在家反省，直至肯写检讨为止。

其实，领导们人都不坏，对她一向也挺好，甚至可以说挺器重。他们内心里也认为她的话有道理，但再有道理，该写检讨也得写啊！他们和上级审时度势后一致认为，由于虹检讨最容易帮助单位过关。一个从没说过任何错误政治言论的二十五岁姑娘，还是"红五类"，谁能将她怎么样呢？这话说多了不是，说少了她又不理解领导的苦衷。他们想帮她改改倔脾气，结果事情搞夹生了。

于虹找赶超哭诉自己的委屈，赶超是秉昆他们几个中性格特别容易冲动的一个，当即找国庆请教该如何替于虹讨公道。国庆明白，他的意思无非是要自己陪着一块儿伸张正义。他俩是哥们儿，吴倩和于虹是姐们儿，也是于虹与赶超这一对儿的介绍人，冲哪一层关系自己都得挺赶超一番啊。国庆觉得两个人还是有点儿势单力薄，便替赶超说服德宝也两肋插刀。德宝更是觉得义不容辞。当时春燕在场，她不许德宝去，怕对她这标兵有不良影响，并主张赶超劝劝于虹干脆写份检讨过关算了。国

第十七章

庆碰了一鼻子灰，大为不快，说了些春燕两口子不够义气的话，随后悻悻而别。

于是，赶超和国庆两人一身正气去了于虹单位，与她的一位领导义正词严地理论。双方不一会儿就都火了，不但互相指鼻子瞪眼睛地吵了起来，而且发生了肢体冲撞。一个小姑娘吓着了，打电话叫来了派出所的民警。民警一出现，国庆和赶超感觉受辱，恼羞成怒，火冒三丈，对民警也出言不逊，结果双双被带走了。那哥儿俩一向自觉是良民，从没被人那么呵斥过，接受不了哇。怒从心头起，恶向胆边生，如同《水浒传》中解珍、解宝二兄弟不将毛太公家当一回事似的，在派出所充好汉。都是"红五类"嘛，总被家庭出身的那个"红"字罩着，以为就可以有理走遍天下。民警们也大光其火，将他俩用手铐铐在暖气上了。于虹和吴倩两个一等不见人回，二等不见人回，心中始觉不安，到于虹单位去找，听说被民警带走了，慌忙去了派出所。

国庆和赶超那时倒也理智了，催她俩快去找秉昆。

赶超已是义士折腰，英雄气短，嘱咐："让秉昆去找老太太！"

一名民警立刻吼了他一句："找老太太她姥姥也白找！"

于虹和吴倩两个十万火急地又来到了秉昆家，秉昆不在，秉昆妈听她俩你一言我一语说了个大概，虽然对什么黑画不黑画的不明白，但同样着急，义愤地说："咱们老百姓从不搅和那类政治的事，有些人干吗也不让咱们安心过日子？他们总这么搞下去国家还有好？但秉昆整天到处组稿，往往不在班上，这可怎么办呢？"

于虹和吴倩两个一听，急哭了。

还好，秉昆组到了稿件，回家吃午饭，二人就又将那事重说了一遍。

秉昆听罢，仰脸长叹一声，向于虹和吴倩偏过头去，束手无策地说："你们看。"

于虹跺脚道:"赶超和国庆他俩在派出所的暖气上铐着呢,你倒是叫我俩看你头发干什么?"

秉昆乌云遮脸地说:"为龚宾那事,我几天内都生出白头发来了。他俩现在又出这事,你们找我有什么用?"

吴倩不爱听了,顶了他一句:"龚宾那事是你一个人办成的吗?我俩和国庆他俩不是你一发动二话没说都去了吗?怎么,现在到了国庆他俩需要哥们儿相救的时候了,你想做甩手大爷?"

秉昆妈也急了,对他训道:"你还说什么废话呀?不是让你去找你们那个贵人老太太吗?贵人也没有白当的便宜,关键时刻得见困难就上!要不你妈怎么就当不成谁的贵人呢?快去找她,去吧去吧!"

她边说边将儿子推出了家门。

可怜秉昆,早上没吃几口饭,中午一口饭没吃,刚到家连口水都没喝,就听到了让自己心烦意乱干着急也没辙的事情,还被妈推出家门催促着赶紧去办!

他六神无主地往江北的方向急蹬着车,到了江边没上江桥,将自行车架在桥下,坐江堤上发起呆来。他想不能再去找老太太了,为龚宾那事,老太太和老马同志都做得够可以的了。即使拿他们哥们儿之间的"义气"二字来要求,也算得上仁至义尽了。就那种事,非亲非故的,谁愿鼎力相助呢?一旦被自己的对头们当成攻击的把柄,自己很可能因而"中箭",可人家做得几乎奋不顾身了。刚过去一个多月,怎么能再去找人家呢?见了人家,又怎么有脸再开口相求呢?用人家老太太的话说,你周秉昆当人家是谁啊?又当你自己是谁啊?

周秉昆回到编辑部时,脸上的表情肯定特别不好。他一进门,白

第十七章

笑川和邵敬文的目光就惊诧地看着他，直到他坐下去，他俩的目光都没离开。

待秉昆从书包中取出稿子摆桌上看时，师父白笑川忍不住问："你怎么了？"

他勉强一笑说没怎么，有点儿累了。

邵敬文说你要是觉得不舒服，可以带着稿子回家看。

秉昆确实想回家，也确实觉得不舒服，心慌得厉害，头晕目眩的。刚往起一站，想到吴倩和于虹肯定还等在他家，自己可对她俩怎么说呢？这么一想，心里火上浇油似的，又是猛地一急，眼前一阵发黑，身子晃几晃，差点儿要倒下。邵敬文和白笑川及时跨过去，一左一右将他扶住。他浑身发软，在椅子上坐不稳，伏在桌上还抖个不停。

邵敬文有经验，干脆与白笑川帮他仰躺在地板上。

他说："饿……"

白笑川还剩有小半个烧饼，赶紧找来塞他手上。他仰躺着，口又干，噎得咽不下去。邵敬文只得又扶他坐起，白笑川端着自己的水杯，让他喝了几口水。

秉昆吃下半个烧饼，身子不发抖了，却还是没劲儿，又仰躺下了。

白笑川说："饿的。"

邵敬文说："不全对，他心里肯定还有着急上火的事。"

秉昆一想到国庆和赶超两个被铐在派出所的暖气上，眼角淌下泪来。

白笑川和邵敬文一左一右坐在他身侧。

白笑川说："师父命令你，把你心里那着急上火的事讲出来。"

秉昆说："与你俩没关系。"

邵敬文说："你是咱们编辑部的人，你摊上的那就不单单是你自己的事，也和咱们编辑部有关系了，和我俩有关系，必须讲。"

秉昆被逼无奈，只得将事情讲了一遍，讲到国庆和赶超两个现在的处境，无声而泣。

邵敬文问白笑川："黑画的事我听说了，你呢？"

白笑川说他也听说了。

邵敬文说："那还真就麻烦了。"

白笑川对秉昆说："恐怕，只有那个女人能帮你们了，你明白我指的是谁。"

秉昆说，他没脸再去找她了。

邵敬文站起，在办公室来回走，后来坐在办公桌前翻通讯本。他将通讯本放下后，皱眉吸几口烟，看一眼秉昆，再拿起通讯本呆看着，寻思着。

白笑川对他说："你如果能帮就帮一次吧，小周他现在是我徒弟，也算给我一次面子。"

邵敬文说："见到过为朋友的事着急上火的人，没见到过急成他这样的。白老师，你收他为徒，估计往后让自己着急上火的事少不了。"

白笑川说："我现在就已经替他着急上火了啊！"

听着两位的对话，秉昆心中有了一线希望，虽然已能坐起了，却仍仰躺着，装出更加可怜的样子。

邵敬文插上门，终于坐下抓起了电话。

邵敬文在部队时当过团里的文书，他的多才多艺颇受政委赏识。政委转业后在某区当了公安分局局长，他与政委一直保持联系。然而，以前毕竟是团首长与机关兵的关系，即使保持着联系，也只不过是以前那种关系的延续。

邵敬文在电话中低声下气地说了之后，局长在电话那端说跨着区呢，不是自己想帮忙就能帮得上的，但表示愿意试试，让他等电话。

第十七章

他一放下电话，白笑川就开口道："你少说了一句，也没问等到几点钟，别等到下班了还没个回话。"

邵敬文看一眼手表，什么都没说，在桌椅间来回走。

白笑川又说："那我先陪小周去吃点儿东西？"

邵敬文点头。

师父陪徒弟吃了顿饭回来，那位区公安分局局长还没回话。三人坐在各自的桌前，都一言不发地看稿子，也都看得心不在焉。

直等到下班时间，电话铃始终没再响过。

邵敬文说："你俩先走，我再看会儿稿子。"

师徒二人失望地对视一眼，只得向外走。双双走到门口，电话忽然响了，同时转身，见邵敬文已手握听筒了。

邵敬文低声嗯嗯啊啊了一阵，放下听筒，朝他俩招手。

他俩便坐回到自己的椅子上。

邵敬文说："可以放人，但'十一'前不行了。再过几天就'十一'了，连精神病人都要求家属严加看管，何况你那俩哥们儿是刚闹过事的，问题不大，时候不好，话说得很死，'十一'前肯定不行了。'十一'假期一过，立刻就放。还有，今后无论在什么情况之下，不能提什么黑画不黑画的。他们针对的纯粹是无理取闹的行为，与黑画不黑画没任何关系。就当咱们没说，人家局长也根本不知道那起因。最后，希望咱们编辑部组织几位曲艺界人士，政治上干净的那类，'十一'前为两个区的公安干警演出一次。"

秉昆大喜过望，连说："明白，明白。"

白笑川却问："那我算政治上干净的还是不干净的呢？参加还是不参加呢？"

邵敬文想了想，开通地说："你还是参加吧。能成为咱们编辑部一员，政治审查很严格，证明有关方面也没把你当年戴帽又摘帽太当一回事。"

他又问秉昆："高兴了吧？"

秉昆说："起码不再着急上火了。"

白笑川却说："实际上也没什么值得高兴的。不算今天，还有五天过'十一'呢，再加上三天假，一头一尾还不是被关了八九天吗？就因为那么点事儿，不劳局长大人打招呼那时也该放了。等于是送了个顺水人情，还得咱们动员别人去为他们演出一场。"

邵敬文愣了愣，脸红了，难堪地对白笑川说："你看你白老师，怎么可以当着徒弟的面这么说话呢？这是没赶上严打，算你徒弟那俩哥们儿走运，如果赶上严打，那还不惨了？再说咱们曲艺工作者能有机会慰劳一下公安干警，也是咱们的荣幸啊！"

他的话说得没错，一些本市的曲艺界人士听说要为两个区的公安干警演出，确实都甚觉荣幸，热情高涨。平时几乎没有演出机会，谁敢私自表演那就是个事。分文没收是个事，收钱了更是个事。一个个才艺生疏了，嘴皮子也不利落了，像两地分居的恩爱夫妻盼着同床共枕的探亲假那般，盼着有朝一日登台演出。人人踊跃，临阵磨枪，现上轿现扎耳朵眼儿，而政治"不干净"的同行对他们羡慕死了。

秉昆也参加了，又认识了些前辈。演出大受欢迎，两区的局长政委还接见了他们，陪他们吃了顿待客的食堂饭，秉昆由此认识了些公安干警，答应期期寄给他们《红齿轮》。

一九七四年已经是"文革"第九个年头了。在政治社会表象之下的民间，开始有种现象悄然复苏，弥散，互相影响。形形色色的人，对于没完没了斗来斗去早已厌烦透顶。没人敢说出这一真相，却也很少再有人深信"与人斗，其乐无穷"了。许多人开始对斗争哲学"阳奉阴违"，暗

第十七章

中奉行得饶人处且饶人的"好人哲学"。不是"老好人哲学",而是尽量不整人,争取不留恶名。一度灿烂夺目的金科玉律已失光泽,"钢箍铁咒"引起人们内心普遍的极度反感。好人悄然变多,坏人相对变少而更突显他们的不可救药。中国似乎已分化为表里两个社会,一个是表层的、虚假的政治社会,一个是开始反思反省、向往回归常态的深层社会,酝酿着重大事变的发生。

"十一"假期,秉昆他们没聚。国庆和赶超已转到拘留所关押,吴倩和于虹心情自然不好,怎么聚呢?假期一过,他俩出来了,没瘦,似乎还胖了点儿。赶超说蓝警服们后来对他俩还行,待遇上有别于小偷流氓。这一方面是局长打招呼和秉昆他们慰问演出起了作用,一方面是拘留所手下留情。

国庆还开玩笑,说他这个叫国庆的人,过了一次终生难忘的国庆。

然而,于虹没颜面再在单位待下去了,她交了一份辞职报告。单位换了一位领导,与她谈了一次话,谈得特别恳切。单位希望她同意说自己是被单位开除的,方便单位向上级汇报搪塞,也是为了应付那些继续找碴的人。

领导都把话说到这种地步,吸取了教训的于虹点头同意了。单位挺仁义,多给她开了两个月工资,并允许她带走一批麦秸画,反正那些麦秸画已经成了翻版"黑画",只能堆在库里了。于虹也不客气,借辆平板车全拉走了,哥们儿姐们儿家里便都有了一幅,秉昆家得到了骆驼,他妈挺喜欢。每个得到的人都说好看,这使于虹颇觉欣慰。

但毕竟失业了,她和赶超都很发愁。

轮到春燕表现一把了,她找到赶超说:"当时我不许德宝跟你俩去理论,你俩骂我是陆谦。就因为你俩那一骂,我借了本《水浒传》看,批宋江那会儿我都不看!现在,事实证明你俩并没有理论出什么好结果。如果当时德宝跟你俩去了，还不落个同样下场吗？那我能不受牵连吗？如果我也受牵连了，如今指望谁帮于虹呢？要我说，你俩是不懂政治！那事都和政治搅一块儿了，是你俩能理论出个理的吗？"

春燕师傅去世了，她不仅是本市第一名女修脚师，直至一九七四年仍是本市唯一一名女修脚师。由于那位曾是"人民大浴池"金字招牌的师傅去世，作为唯一的女弟子，她也被视为浴池的绝版人物了。又由于她是标兵，其荣誉也是单位荣誉，她在单位就有了点儿特权，比如约见单位领导比较容易，也可以招收徒弟了。如果能以老资格女修脚师的名气，再为单位带出一名女修脚师，单位甚至同意她自己挑选合适的徒弟。

凭了此种特权，于虹顺利地成了春燕的第一名修脚师女弟子。自己的姐们儿成了自己的徒弟，这是她高兴的事。姐们儿加上师徒，关系更加牢不可破，亲密无间。单位寄托于她的希望实现了，也很高兴。不那么高兴的只有于虹，由艺术工作者而变成了女修脚师，她无论如何高兴不起来。不高兴也没法子，失业的滋味儿太不好受了。

赶超则对春燕分外感恩，不再视她为陆谦，而称她为"及时雨"宋江了。

转眼到了十一月份。几场雪后，就到了一九七五年。

第十八章

比较起来，二十世纪六十年代出生的人比五十年代出生的人吸烟者少，七十年代出生的人比六十年代出生的人吸烟者少。"八〇后"中吸烟者已不多了，但他们的底层父母多半都是烟民，或起码有相当长的吸烟史，便宜的劣质烟曾是他们父母去烦消愁的"特效药"。

春节假期，还是在正月初三，这些共乐区的青年男女以及他们别的区的朋友又聚在周家了。秉昆妈照例不在家，初二就陪春燕妈到乡下去了。自从春燕与德宝结为夫妻，春燕妈整个人大松心，经常往乡下的娘家亲戚那边跑。自从秉昆成了《红齿轮》的编辑，秉昆妈也觉得小儿子今非昔比，开始有出息了，除了对象问题，她不再操什么心了，所以春燕妈一约，便乐得相陪。

哥们儿姐们儿聚在一起已不再吃啊喝啊的了，无非女的吃点儿零食、男的吸着烟聊天而已。德宝没带大提琴来，市里有关方面曾答应批给春燕的那间房子成了别人的新房，德宝和春燕极其失落，有种被耍了的感觉。大家充分理解他俩的沮丧，都不提那茬儿。赶超也不表演魔术了，用他的说法——整个国家都像在变魔术。自从经历了于虹那件事，他开始关心政治了。起初只不过想要搞明白一批挺好的画怎么就成了"黑画"，结果非但没搞明白，反而一头钻入政治里，知道了不少他以前从不关心的政治事务，想缩回来都难了，仿佛非要破解什么魔术的暗道机关似的。于虹总数落他走火入魔，快步龚维则的后尘了，而他却总是反唇相讥："还不是因为你摊上了那事吗？"于虹也总是被他顶得哑口无言。吴倩和国庆已领结婚证，她有了三个月的身孕。他俩目前只急一件事：在哪儿能租到便宜的房子，以便明年安个小家。吴倩与国庆妈见过几面后，双方都觉得日后难以在一个屋顶下共同生活。对于国庆，这是比吴倩曾经长胡子更令他纠结的事。向阳当那只有一个兵的班长当烦了，如果不是因为与进步处出了感情，他都想离开酱油厂干脆下乡去……

秉昆的苦闷仍源于他对郑娟的单恋。他越来越清楚，她虽然也说过会想他，但绝不至于因他而陷于单恋的苦闷，那基本上是照顾他自尊心的话。

大家在春节前曾互相传话——"没必要就别聚了吧"，却还是聚到了一起。

因为秉昆觉得有必要。

因为吕川在"十一"后终于有信寄给秉昆了。

大家一一传看了那封信后，陷于一阵文字难以形容的沉默。

向阳第一个打破沉默，真诚地说："我不嫉妒吕川，和沈一兵那种人比，他上大学我一百个拥护。"

大家便都点头，也终于解开了疑团，原来吕川是烈士之子，此点连他自己从前都不晓得。

德宝却指着信说："还有另外几封呢，秉昆你不可以贪污，都拿出来让我们看！"

原来，吕川在信末写着这样几行字："你以后会经常收到我的信，我要求每一封都给他们几个看，我要唤醒你们！尽管这样做对我十分危险，但我相信你们绝不会出卖我。我认为寄平信反而不易引起别人注意，所以你收到后要给我发一封电报——'粮票收到'四字即可。"

除了德宝把信认认真真看完，别人都没那么仔细，都以为只不过就是一封声明信,看了个大概就传给迫不及待的人了。经德宝一说,大家都争着重看那信,强烈要求秉昆将所有信都交出来。

秉昆不想让别人看到另外几封信,他认为那些信太反动了,但是拒不拿出分明会引起大家的抗议。只得走入里屋,想从藏信的地方选出几封不是特别反动的信,不料赶超悄悄跟入,将所有的信都抢了过去。

结果,差不多人人手中都有一封信了。

德宝大声读他手中的信:"从你们每个人都看了这一封信起,我和你们的关系不再是哥们儿关系。我不要那么多哥们儿了。我承认你们都很义气,但那义气,从来仅仅局限在我们之间,凡与我们无关系的其他人,他们如果遭遇了不公平,我们何曾表现过正义和同情?我们之间那种义气,与我们父辈当年的拜把子没什么区别,只不过是一种本能的生存之道!"

"王八蛋!"国庆破口大骂起来,"他以为他是谁啊?上了大学就了不起了?简直像上帝在跟人类训话似的!什么东西!他妈的,他怎么一上大学变得这么王八蛋了?"

从大家的表情看,人人与国庆都有同感。

德宝竖起手掌,示意大家安静,继续读下去:"我甚至也不会拿你们当朋友。在今天,朋友之间往往也不说真话。不说真话那还算朋友吗?而且,朋友在今天也很可能是狐朋狗友的另一种说法。我将视你们为同仁,同仁就是好人加同志……"

吴倩打断道:"都什么呀?东拉西扯的,听不明白,真是吕川写的吗?会不会是……"

德宝说:"我明白你担心什么,他的字我太熟悉了,吕川真迹没错!"

赶超猛地站了起来:"听这段听这段,'虽然我入大学才一个学期,却让我变了。在工农兵学员中有不少年轻的小野心家,他们不是来学知识的，是来捞政治资本的，大野心家们唆使他们批判谁、攻击谁，他们就会成群地扑向谁，只要给他们好处！还有些二百五，也不知道他们是怎么上大学的。他们也许不坏，但确实很二百五，小野心家们带头喊什么口号，他们都跟着举手、张嘴。但是，也有一些优秀青年，他们绝不随梆唱影，而有独立的思想，他们瞪大眼睛注视着我们的国家。我相信，当国家危在旦夕的时候，他们将会奋不顾身地与大小野心家们进行斗争！我已经有了些这样的同仁，我希望，你们也要关心国家命运。不要以为狗日的野心家们不骚扰咱们老百姓，那是由于咱们乖。谁不乖试试，他们立马就会给咱们颜色看！而且，他们打着为人民的旗号愚弄了我们多年，本身就是对我们的最大骚扰！'"

赶超读得声情并茂，那时的他倒很像是一名"五四"青年了。他一手拍着信对国庆说："然也，然也！国庆你也不要骂他，他的看法还是有他的道理的。于虹是不是例子？咱俩是不是例子？龚宾他小叔是不是例子？还害得龚宾进了精神病院！"

于虹抢白道："别拿我说事！忘不了啦？哪壶不开偏提哪壶！"

国庆也说："反正我讨厌他那种教训的口吻！轮得到他教训咱们吗？呸！"

吴倩推了国庆一下，训道："你还骂起来没完了？要我看，大学真可怕，咱们不能眼瞅着大学把他害了。他那人还是不错的，咱们得想办法拯救他是不是？"

德宝看着信说："这还有一句厉害的呢——北京已是一座风声鹤唳、草木皆兵之城，黑云压城城欲摧……"

"够啦！"始终一言未发的春燕突然大喝一声，一把从德宝手中将信抢去，她接着把别人手中的信也抢了去。

她手攥一大把信，用炉钩子挑开了炉盖子，只看着秉昆一人。

第十八章

秉昆脸上毫无表情,但那也就是默许之意。

德宝说:"别,另外几封信上写的什么大家还不清楚呢……"

"你他妈的住口!"春燕骂了他一句,将手中的信塞入炉中。没人说什么,大家都望着炉子。火苗腾地升起,片刻降落下去。

春燕盖上炉盖归座了,大家的眼睛还望着炉子呢。

春燕说:"纸,笔。"

秉昆就找了信纸和一支笔递给她。

春燕并拢双膝,扫视着大家又说:"每人说几句劝他的话,我写下来,秉昆负责寄给他。"

秉昆说:"同意。"

赶超说:"先把我的话写上,英雄所见略同,我愿做他本市的一个同道!"

于虹立刻说:"别听他的!"她拧住赶超的耳朵,赶超疼得龇牙咧嘴。

向阳说:"告诉他,我不会学小野心家们,也不会永远装二百五的。"

春燕白他一眼,冷冷地说:"跟你们两个小字辈没什么关系,别瞎掺和!"

吴倩眼尖,发现进步往兜里揣一封信,上前逼他交出,也投入炉中。

国庆生气地瞪着进步说:"你想给大家找麻烦啊!"

大家都沉默,没人再开口了。

春燕等了几分钟,起身道:"我们什么信也没看过。大家今晚相聚,和往年一样,只闲聊来着,一句涉及政治的话都没说。对于以上事实,大家能达成一致不?"

除了赶超,众人皆点头。

春燕又对秉昆说:"给不给他回信,回信中写什么,那是你个人的事了,与我们都无关了。"她看着德宝命令道,"走!"

德宝说:"你这是干什么吗!"

春燕甩手给了他一耳光,看着于虹加了一句:"你是我徒弟,希望你也离开这是非之地!"

于虹便也站了起来,拧赶超耳朵。

赶超连叫:"轻点儿轻点儿,我跟你走得了吧!"

于是,他们四人鱼贯而去。

国庆随后站起,小声对秉昆说:"最好让向阳他俩也跟我俩一起走。"

秉昆看着向阳和进步说:"你俩也走吧,记住春燕的话。"

国庆在门口转身说:"秉昆,川儿最听你的,你得写信严肃批评他。"

秉昆说:"明白。"

实际上,秉昆已快成了吕川思想上的同道了,却从没在回信中那么表示过。吕川那些信影响了他,并且使他扪心自问:蔡晓光父亲真的是"林彪反党集团"分子吗?小龚叔叔因为几句话就由模范民警变成劳改犯了,这正常吗?向桂芳是否应该被打成"右派",永远剥夺演戏的权利?……这些事情,他从来没有认真想过。就连自己嫂子的父亲究竟是死是活,他也没太关心过,因为自己没见过那个人,没任何感情印象,只不过在嫂子流泪、哥哥陪在一边不知如何安慰时,他才觉得那事似乎与自己也有点儿关系。

不错,为龚宾的事他着急上火。为国庆和赶超的事,他更是心急如焚。如果郑娟一家人受欺辱了,那么他肯定会毫不犹豫地与人拼命!

他们都是与他关系亲密的人啊!现在,他的一个哥们儿要求他不再做哥们儿而做什么"同道",一起关心更多与自己不相干的人的遭遇,否则便有些瞧不起他——这使他内心备觉难堪。

他承认吕川也许是——不,肯定是对的。但对的事,所有人都必须那样做吗?所有人想那样做就做得到吗?

第十八章

他挑开炉盖，凝视着信纸化成的灰烬。它们如同黑色蝴蝶，有的边缘向上翻卷，似要飞将起来；有的边缘朝下拥抱炭火，如同在用黑的翼为红的花遮风挡雨。又仿佛看上去像一个人，像一个披着黑斗篷叫吕川的人，蹲在炉膛里经受着火烧的痛苦，然而心甘情愿，尝试裹紧斗篷护住身体却不能够。在他看来，吕川好比是孙行者，炉子好比是太上老君的八卦炉——吕川偷吃了人家的仙丹，正在经受的是一种惩罚。也许会被炼出火眼金睛，也许会自取灭亡。

他在心里对吕川说：兄弟，为什么上大学对别人来说是幸事，却反而给你带来了那么多痛苦？虽然你肯定是对的，但你有没有想过，你在北京，而我们在这里，这里和北京是不一样的。你已经是大学生了，而我们还是草民，大学生和草民是不一样的。你看到的我们都看不到，你听到的我们都听不到，你认识的人我们上哪儿去认识？你们之间的话题怎么可能成为我们之间的话题？你所主张的正义，我们怎么知道那确实是正义？你所怀疑的真理我们又如何判定那根本不是真理？你的信不但羞辱了我们，也羞辱了千千万万的人，因为千千万万的人像我们一样，其实对我们的国家所知甚少，并且一向认为不知道并不妨碍结婚生孩子过日子，甚至认为知道了反而妨碍过日子。我们是他们中的好青年了，我周秉昆是我们中尤其想做好人的人。这样的一些哥们儿与你的友情，在你那儿真的已经不重要了吗？同仁，同仁，你和你的同仁们究竟想干什么呢？又能干什么呢？……

咣当一声，炉盖从炉钩上掉下。他的头脑里各种相互矛盾的想法乱成一团，他觉得自己根本不清楚该怎么代大家给吕川写一封有条理的回信。

春节一过，他给吕川发了一封电报："粮票已代你分了，大家表示感谢，以后不必再寄。"

他是为了吕川的安全考虑，当然自己也不愿惹上什么政治麻烦。

从此，他便与吕川中断了联系。

五月，酱油厂又进了数名青年工人。如果按实际生产能力来定岗定员的话，酱油厂早已是一个超编单位，但还必须每年进人，担负起为城市减轻就业压力的义务。虽然"上山下乡"还在继续，但就业问题仍压得城市苦不堪言，就连许多街道小厂每年都在超编进人。

老太太制定的厂规还在执行，三名新进厂的青年分到了出渣房。唐向阳趁此机会向厂里打了辞职报告，坚定不移地下乡去了。这事他和秉昆商议多次，秉昆为他给哥哥写了封信，要求哥哥"帮得上也要帮，帮不上也要帮"，并写上了"任何帮不上的理由都将被视为借口"这么蛮不讲理的话。秉义回信说："我对他有印象，如果他确实想好了，我可以安排他在我们师当一名连队小学的老师，但前提是他来之前务必把团籍解决了。"

向阳不肯写入团申请书，他讨厌某些是团员的青年工人政治上的优越感，清高地表示宁肯不去兵团而去插队，也绝不做违心之事。秉昆和德宝一起劝他，去了兵团有工资，当小学老师可以充分发挥他的知识能力；最主要的，有好朋友的哥哥关照着，大家放心。

德宝已是团支部副书记了，他说："有我在，不难为你。只要你交上申请书，支部保证一次讨论就通过。"

向阳也觉得过分清高太辜负秉昆的良苦用心，便交了一份申请书。德宝替他改了改，命他又抄了一遍。

但德宝把话说大了，支委中有几个人同样不喜欢向阳，两次讨论都投了反对票。德宝一怒之下，将他们劈头盖脸大骂一通。这一骂，那几个人更铁了心地反对了。德宝回家对春燕讲了,春燕说你别管了,我办吧。德宝说你又不是我们厂的,你怎么办得了呢?春燕说她自有办法。

原来春燕在参加新标兵春节茶话会时,认识了市"上山下乡"办公室的一位女标兵。二人一见如故,特谈得来,很快也成了姐们儿。

春燕找那姐们儿将唐向阳的事一说,那姐们儿特激动。她说:"多值得宣传的事啊,满市找都找不到这样的典型来宣传啊!人家已经参加工作,都在厂里当班长了,居然还是决定下乡,这对'上山下乡'动员工作是多大的支持呀!你不相告,我们还不知道。你别管了,我办吧!"

于是,那姐们儿立马向主任汇报。

主任也意识到这是出政绩的大事,立刻向主管市领导汇报了。

主管市领导批示:当前攻击"上山下乡"运动的反动言论很不少,特别是林彪反党集团在他们所谓的《五七一工程纪要》中,污蔑"上山下乡"运动是变相劳改,在社会上流毒甚广。此青年的出现,正可树为典型,大力宣传,以反击污蔑"上山下乡"运动的种种反动言论。声势要大,抓紧办,办好。

酱油厂的头头们全都知道唐向阳入团受阻之事,大为光火。

于是团支部书记被撤了,德宝被任命为书记。

党支部书记亲自主持召开了一次团支部会议,生气地训那几个反对者:"好端端的一件事,差点儿让你们给搞砸了!唐向阳哪点比你们差了?厂里能让一个很差的人当班长吗?人家不过就是下乡之前申请入团,在你们这儿怎么就难于上青天了?你们谁能学人家的样子也下乡去?谁学,写份入党申请书,党支部也可以考虑他的入党愿望!"

无一人说"我学"。

唐向阳入团成功,随之被报纸广播宣传为典型。厂里开了欢送会,各方面组织近几千人把他一个人送上了列车。二十岁出头的唐向阳表现出了良好的修养，虽然完全身不由己，却始终配合有度，并没怎么显出太不高兴的样子。

常进步在站台上哭了。他对向阳有话要说却说不出来，心里不好受。

秉昆知道他想对向阳说什么，把他推到向阳跟前，郑重地说："我替进步说出他心里的话，他非常感激你这个班长对他的爱护。"

进步连连点头。

向阳搂住进步，在他手心上写道："常去看看龚宾。"

大家一块儿从车站往回走的路上，国庆说："秉昆、德宝，向阳让我告诉你俩，他知道你俩所做的一切都是为他好，很感激，绝不会因为场面搞成了这样而对你俩有什么不满。"

秉昆没说话，无话可说，只有满腹的无奈。

德宝气不打一处地说："龟儿子才希望场面搞成了这样！"

德宝回家埋怨春燕："你和那标兵姐们儿为什么要把事情搞得这么热闹？人家向阳根本就不想当什么典型！"

春燕委屈地说："是我俩想把事情搞得那么热闹吗？我俩有这么大能耐吗？这年头，谁都难免会被利用一下的！当初让我写什么'批林批孔'的文章时，那明摆着也是利用我。那时你不是比谁都替我着急，生怕我没被利用成吗？被利用一下怎么了？少块肉了吗？谁也别活得太矫情了，他唐向阳也不例外！"

一番话，噎得德宝无话可说。

市里既然把向阳下乡的事搞出了那么大的影响，兵团那边也不好平淡对待了，于是也为向阳举行了相当隆重的欢迎会。

不久，秉昆收到了哥哥秉义的信。

秉义在信中表达了对弟弟的不满："本来不过一件寻常事，怎么搞成了那个样子？你们真的认为，唐向阳一到我这里就成了备受关注的人物，对他对我都很好吗？以后凡事要长点儿脑子，不要被利用了还浑然不觉甚至自鸣得意。如果你对我这个哥哥也同样有点儿责任意识，那么我要求你将事情原原本本地写信告诉我，以便我向对我产生误解的人有几句可解释的话。"

秉昆没想到被利用了的不仅是向阳，还让自己哥哥陷入了烦恼。

秉昆只得写了封长信，向哥哥如实汇报，而哥哥再没回信，想必因那事生了不小的气。

几天后，吕川也来信了——信纸上只字没有，仅是一个惊叹号后边加了两行问号。

秉昆郁闷透顶，将那页纸撕了，懒得回信。

邵敬文和师父白笑川对秉昆倒是既理解又同情，经常讲些笑话逗他开心，但接连几天，秉昆怎么也开心不起来。

一天，市革委会的一位领导到甲三号视察，也进到《红齿轮》编辑部转了一圈，说了几句表扬的话，同时提出要求，群众说唱艺术要为无产阶级政治服务，要紧密配合无产阶级对资产阶级的伟大斗争，否则枉为《红齿轮》。以后每期都要有战斗檄文式的作品发表，快板、快书、大鼓、相声等等都行，内容"批林批孔""评法批儒"不限。每期至少有一二篇，有就有功，没有就要挨板子，或者别干了，让能干的人干！

邵敬文和白笑川两个诺诺连声。

领导走后，白笑川叹道："真不想干了。"

邵敬文立刻说："亲爱的白老师，千万别那么想！不冲别的，冲咱们老中青三个的良好关系，求您继续陪着往前干吧！咱们都得往前看啊！"

白笑川说："那你来完成任务？"

邵敬文连连作揖："还是您来还是您来，您已经轻车熟路了，能者多劳啊！"

白笑川叹道："真有点儿舍不得离开你俩。为了咱们这份友情，那就让我豁出自己人格遗臭万年吧，我不下地狱谁下地狱呢？"他拍着秉昆的肩接着说："徒弟啊，连为师都落到了这般田地，你的心理是否平衡了些呢？"

从那天起，唐向阳下乡在秉昆心中造成的阴影逐渐消散，他的心理真的平衡了不少。

接下来的两个月里，共乐区儿女中没再发生什么值得记载的事。龚宾出院了一次，疑心他叔叔龚维则自杀了，被二次送入了精神病院。其实他叔叔在劳改队安然无恙，服服帖帖地接受着劳改。赶超终于租到便宜又中意的房子，哥们儿几个帮他去抹抹刷刷了一番。那房子才十三四平方米，却朝阳，冬天不至于挨冻。国庆也在为自己和吴倩准备新房——他家屋后有十来平方米的小院子，他爸妈同意拆了，腾出地方给他和吴倩盖间小屋。他四处寻找可以挖出黄泥的地方，一旦发现，秉昆们就会借辆手推车帮他往家屋后边拉，以备脱坯。进步被德宝要到他们制醋车间去了，为的是替哥们儿几个照顾好他。

他们的人生按照底层的种种规律和原则一如既往地进行。北京政治舞台上则更加紧锣密鼓先声夺人，似乎又酝酿着什么惊心动魄的剧情。政治中国分明欲将民间中国的每一处空间全部占领，而民间中国以民间原则本能地也是低姿态地抗拒着，看上去很弱势，实则是一种策略。人心正在积蓄某种力量，人们已经看到了太多民间原则横遭践踏的现象，那原则乃是他们世世代代赖以抱团取暖的经验；他们受够了，一边被动地修复，一边在等待时机。他们相信：不是不报，时候未到；时候一到，一切都报。

第十八章

九月初的一天上午，街上一阵口号声传入甲三号的小楼里，楼内的人们都跑到街上去看，其中也有秉昆。原来是对一些被判了刑的犯人进行游街示众，秉昆看到一辆卡车上并排站着"棉猴"和瘸子，挂在他俩胸前的牌子上写着"投机倒把分子"。他俩也看到了秉昆，同时对他面露一丝惨笑。

秉昆立刻想到了郑娟一家，同时想到了一个字——钱。

骑自行车回家的路上，他都在想怎样才能保证郑娟一家每月仍有三十五元的生活费？他的第一个打算是让哥哥和嫂子每月寄给自己十元钱，但却找不到令哥哥和嫂子信服的理由。他又打算每月向德宝、国庆和赶超三个哥们儿各借五元，一想到德宝已经当爸爸了，国庆即将做爸爸而赶超在筹备婚事，立刻意识到那是很可耻的念头。怎么可以因为自己的私情而加重哥们儿的经济负担呢？不是一个月两个月的事，借到哪一天为止呢？以后怎么还呢？

回到家里，秉昆对母亲一反常态地讨好，还将春节时喝剩的半瓶酒摆到了饭桌上，说是要陪母亲高兴一下，同时听妈妈讲那过去的事情。

母亲当然高兴了，就和秉昆浅斟慢饮起来，又细说当年。秉昆问来问去，母亲讲东讲西。后来秉昆就问到了家中那件宝究竟是什么？母亲便从所藏之处把一个小小的红漆木盒捧了出来，秉昆打开看，里边是一对玉镯。

几天后，红漆小木盒摆在寄卖店的柜台上。寄卖店是早年间的当铺——虽是"文革"时期，寄卖店却没被取消，只不过由起初私营变成了公私合营，最终统统变成了国营。它的存在于国于民各有好处：既为老百姓留下了靠变卖家物渡过生活难关的一条出路，国家也有机会将民间珠宝甚至奇宝以很便宜的价格收集上来。因此，冲击寄卖店被列为与抢商店抢银行同罪的反革命行为。

验物的老师傅一边用放大镜验看一对玉镯,一边赞不绝口:"好东西,好东西,玉是上等好玉,做工也属一流,多年没见过这么好的东西了!"

秉昆问能当多少钱?

老师傅说,一对一千二百元店里可收下。

对秉昆而言,一千二百元是天文数字。他毫不犹豫地表示愿意当,但成交并不那么简单,尚需几道手续。一要看户口本,按户口本将寄卖者的姓名住址登记在册;二要有街道或单位证明,对寄卖者作品德担保;三是寄卖者本人还要写保证书,保证寄卖物与贪、骗、盗、抢等犯罪行为无涉。当然,值不了几个钱的东西只看一下户口便罢,二百元以上的东西,一定要照章办事,三道手续缺一不可。这是为了防范参与过抄家行动的人见财起意、顺手牵羊,也避免小偷骗子们有机可乘。

秉昆只得先把手续备齐全了再去。

老师傅建议他把玉镯留在店里。他说:"年轻人,我可以给你开个临时收条嘛!你说你骑着自行车,书包里装那么贵重的东西,万一在哪儿开证明时被偷了呢?或者摔倒了把玉镯摔碎了呢?"

秉昆觉得人家说得对,揣好收条,先回家把户口偷了出来,接着到单位去写好了保证书,最后将保证书往邵敬文桌上一放,要求为他开一份证明。

秉昆那保证书上的变卖理由是在贵州的姐姐患了难治之症,急需经济援助。

邵敬文看罢,给白笑川看。

白笑川看罢,对邵敬文说:"咱俩太应该担保啦!"

于是邵敬文为秉昆写了不乏溢美之词的担保证明,盖上了编辑部的公章。他和白笑川对秉昆的欺骗丝毫未起疑心，也没奇怪秉昆那样的工人家庭怎么会有一对玉镯——谁家祖上传下了件好东西都是可能的嘛！在他俩想来，难治之症便是癌症了，反而大发同情地劝慰了秉昆一番。秉昆只得装出难过的模样应付着，同时因为自己的欺骗行为深感羞耻。

秉昆第二次到寄卖店时，听那老师傅正在办公室与什么人通电话："您只管相信我的眼力好了，十年二十年后，这样一对玉镯绝不会再是现在这个价，翻十倍二十倍那是肯定的，太值得收藏了！"

当年，在那些操权握柄身居高位每月开着一百几十元高工资的人中，很有一批眼光向前看的革命投资家，房子车子都是国家分配，待遇是国家提供，看病是国家保障，他们的高工资委实没什么花处，于是都在寄卖店物色了线人，一边革命一边投资。那些年代寄卖店出现的珍贵东西甚多，几乎应有尽有。寻常看不见，昙花每乍现，往往便宜得很，谁买到手了，日后真是一本万利。

老师傅二次面对秉昆甚是不好意思，将一页纸放在柜台上，请秉昆细看，他自己则查看秉昆交给他的户口本什么的。

秉昆也没怎么细看，便在那页纸上签了名。

老师傅把户口还给他，将证明材料收了，之后把一个厚厚的信封交给秉昆，让秉昆点钱。

秉昆点钱的手指不由自主地抖，他在梦中也没点过那么多钱。其实按张数也不是太多，一百二十张十元钞票而已。因为手指抖得厉害，连连数错，重数了几次。

老师傅问："对吗？"

秉昆说："对。"

老师傅说："一个月内，你如果后悔了，可以赎回。过了一个月，你那东西可能就属于别人了。"

秉昆问："还有事吗？"

老师傅刚一摇头，秉昆立即转身而去。

他把一千一百元存上了，只留下了一百元。有了钱，心中不慌了。仍按每月给郑家三十五元计算，一千二百元差不多够给三年了。三年以后的事他考虑不了，那时最好如他所愿的结果是——他已与郑娟做了夫妻。许久没见到她，他反而想清楚了，男人若爱一个女人那就必须连同她的一切麻烦全都负担下来，他已有了足够的勇气。他明白自己的愿望也正是郑娟的愿望，那是她绝不会主动表达的，那种表达对她有多么的难。他也明白，自己如果因为她不主动表达而对他们共同的愿望讳莫如深，该是多么的虚伪。

他决定再见到她时说："我要让你成为我的妻子，这只是时间早晚问题。"

他蹬着自行车找遍了郑娟妈以往所在的地方，每个地方的人都说多日没见到那卖冰棍的老太婆了，这让他心中极度不安。他排除一切顾虑，大白天去往郑家只为探个究竟。在门外，听到郑娟在屋里小声唱《天仙配》插曲，正唱到"你耕田来我织布，你担水来我浇园"两句。他放心了，看来郑家什么不好的事都未发生。他一高兴，直接推门而入——郑娟照例坐在炕上，怀抱着吃奶的孩子。她弟光明靠她坐着，头枕她肩。

她脸上流着泪呢，很意外地看着他。

他说："我哪儿都没找到大娘……所以，就来了。"

光明说："我妈死了。"

他呆了。

她腾出只手指了指桌子。

他扭头看上去，桌上曾放过的东西都不见了，摆着一张镶在框子里的破损了的黑白照片，照片上那年轻女人表情忧郁而沉静。相框前有两个盘子，分别放着馒头和西红柿。

她说："也不知那照片是不是我妈的，从我妈的小布包里翻出来的。我觉得像我妈，你觉得呢？"她擦去泪，凄楚地笑了笑。

仿佛有只手从背后猛推了他一下，使他身不由己地双膝一跪，接着同样身不由己地磕了三个头。

当他站起来时，她说："我妈一定很高兴你这么看得起她，她喜欢你。"

他再扭头看那照片时，觉得怎么看那年轻女人都不像郑娟妈。

他说："你妈年轻时很漂亮。"

其实，那女人也谈不上漂亮。

她说："是啊，真难以相信那是我们姐弟的妈妈。"

光明忽然又说："我姐更喜欢你，你把我姐娶了吧！我可以离家出走，不做你俩的累赘！"

她说："别胡说八道。大人说话小孩子不许插嘴，没礼貌。"

然而，她的脸顿时变得比西红柿还红。

他向光明发誓："我一定。你要相信我的话，这只是时间早晚的问题。你绝不可以有离家出走的念头，以后我们将是一家人，我和你姐会共同照顾你。"

光明说："姐，我没看错人吧？"

她说："你又插嘴，再插嘴姐生气了啊！"

光明说："他的话是对我说的嘛。"

她说："客人说什么，你小孩子家只要听着就行。"

他因为"客人"二字，心上很痛了一下。

郑娟将话岔开，说她母亲有一天回家后一言不发，像是在外边受了欺负，没吃晚饭，早早就躺下了。半夜说想吃一个西红柿，可家里没有。天快亮时，她听到母亲叹了口气，那是很长的一声叹气。好像叹完那一口气，无论以后再活多少年，再遇到多么犯愁的事，都将不叹气了似的。她说她从没听到过谁叹那么长的一口气，好生奇怪，拉亮灯时，见母亲张着嘴，大瞪着两眼已没了气息。她说她知道母亲那样一种死法，是因为放心不下她姐弟俩，是因为有话要留给她却没来得及。

他问是哪天的事？

她说的日子正是他猜到的日子，于是他明白，那老太太不是在外边受了欺负，而是受了巨大的刺激。她一定也看到了游街示众的情形，也看到了卡车上项挂着大牌子的"棉猴"和瘸子。她是认识他俩的。他想她的感受一定和自己一样，头脑里轰地一片空白。他完全不了解她对"棉猴"和瘸子的看法，但是他同样猜到了，头脑清醒后随即摆在面前的严重问题把她彻底压垮了，从此每月没有了那三十五元，一家四口的日子怎么还能过下去？这对她无疑是致命的沉重一击，当时自己不是也为他们一家四口感到过空前的绝望吗？

郑娟却已经在说别的事了，她显然还不知道"棉猴"和瘸子的下场，还不知他们的日子曾出现过何等巨大的危机。她说她没想到街坊邻居们原来都是有善心的人，尽管天刚刚亮，一听到她和弟弟的哭声纷纷披衣而起出了家门。她说如果没有他们相助，她简直就不清楚应该怎么让母亲入土为安。

周秉昆已经不记得，自己又说了些什么话之后才走的了。总之，他出现得突然，离去得匆匆。他只记得郑娟始终坐在炕上抱着孩子，他走时她仅说了一句"谢谢你来看我们"。光明下炕送的他，他只许那瞎眼少年送到了胡同口，在那儿交给了光明三十五元钱。

光明说："也没到日子呀。"

他说："日子改了，告诉你姐，以后每月的这个日子我都会来。"

他兴许还说了"你们什么都不要怕，有我呢"。究竟说没说他完全回忆不起来，很可能只是他想说的话罢了。

后来几次他到郑家去，郑娟不是坐在炕上奶孩子，就是在做饭、洗衣服或者糊纸盒——那是街道干部为她联系的可以在家里完成的计件活，糊一个纸盒二分钱。她自豪地说，有一个月起早贪黑地糊了五百多个。

他没有再对她做出过任何亲近的举动，他做不出来了。他想到她的时候，头脑里居然也不再产生与性有关的意识了。他不是不爱她，他清楚自己对她的爱不是减弱而是增强了。有一次，他甚至帮姐弟俩糊了两个多小时纸盒。光明居然也能将纸盒糊得挺好，令他十分惊讶。孩子在炕上熟睡着，三人就那么都一言不发地糊纸盒，如同三个哑巴。

第十九章

一九七六年的春节来了。

周秉昆和他的朋友们又聚在周家了。

秉昆妈到兵团去和秉义两口子过春节了。那是她的心愿，也是秉义夫妻的心愿。秉义调了一次住房，分到了有两小间住屋有一小片自留地的平房。师部机关干部若选择有暖气的楼房仍是一间，而选择没暖气的平房可以是两间。秉义夫妻毫不犹豫地选择了平房，他俩希望母亲前去分享乔迁之喜。

其实秉昆并不怎么欢迎朋友们再聚在自己家里，他希望在他家出现的是郑娟。三十儿晚上，他是潜入郑家陪郑娟姐弟俩度过的，后半夜才回到自己家。初一上午他补了个懒觉，下午挨家挨户给街坊们拜年，那是母亲交代的任务，他必须完成。初二一早，他和师父白笑川乘列车去了不远不近的一个县城。邵敬文的妻子女儿都住在县城里，他妻子是县委招待所所长，女儿上小学六年级。除了大部分时间不能生活在一起这一点美中不足，可以说，邵敬文的小家庭生活是幸福美满的。他春节前就一再诚邀秉昆师徒去他家做客，那种盛情难以谢绝。白笑川结过一次婚，没几年就因双方性格不合离婚了。他无儿无女，一直过着孑然一身二茬光棍的生活。秉昆明白，邵敬文主要是想让白笑川过一次不孤独的春节。

春节期间县招待所没人住，所有的房间都空着，这让秉昆师徒俩可以白住一个小套间。他俩原本的打算是要晚上赶回市里的，因为住得舒服，师父改变了想法，希望徒弟陪着多住一天。师父的希望对秉昆来说便是要求，他只能无条件服从。为了奖励秉昆的服从，在那两天里，白笑川极其认真地向徒弟传授了不少曲艺表演和创作的经验。邵敬文家的曲艺表演用物应有尽有，连口技哨子和三弦也有。三人或在邵敬文家或在招待所那小套间切磋技艺，邵敬文的妻子和女儿兴致很高地充当观众，有时还叫了些亲朋好友去看"演出"。那两日，秉昆受益匪浅。妻子女儿不在家时，邵敬文就温上酒，与白笑川就着炸花生、肉皮冻和凉皮儿什么的边豪饮边纵论国家大事。窗严门厚，不担心邻居家听到。原来他俩都是政治动物，并且对现实极其不满。他俩所谈的政治之事秉昆从不知晓，如同听两个人在合说评书《逼上梁山》或《杨乃武与小白菜》，听得义愤填膺了，也不敬自饮。于是三个人居然勾肩搭背小声哼唱起来，然后东倒西歪地醉睡。酒醒后那两人又都心虚，问秉昆他俩是否说了什么犯忌的混账醉话。秉昆就说自己也喝醉了，什么都不记得。

其实，他相当清楚地记得他俩说的一些话。

初四中午，师徒二人才回到市里，秉昆到家又倒身补觉。他挺累，师父白笑川却觉得许多年没如此开心地过春节了。秉昆干躺着睡不着，头脑里没法不寻思邵敬文和师父讲的那些政治之事。他联想到了吕川，并且完全理解吕川为什么到了北京进了大学便判若两人，变成了政治动物，对社会现实不满，思想也分明开始"反动"了。

他突然意识到，从此自己也不可能不关心政治了，自己头脑里也开始有些"反动"思想了。

许许多多不正义的手段卑劣的事情真相，已经被越来越多的中国好人看清，连他这样从不关心政治的人知道后都义愤填膺，看来中国要出大事了，而且简直太应该出大事了。他进一步意识到，自己无可救药地也成了一个思想"反动"分子了。

然而，他却并不恐慌，竟有种终于不再是一个"二杆子"的欣慰。

但是，思想开始"反动"归"反动"，一想到春节过后刊物就要排版，他没多躺一会儿便起来，胡乱吃了些东西，责任感使然地改起了稿子。与邵敬文和白笑川一样，秉昆对那份刊物已有很深感情。他明白，努力完成好自己的编务，是他目前能做好的最有意义的事，绝不亚于为社会生产酱油、醋和味精。不同的是，作为后一种产品的生产者他从不曾获得到过真实的劳动者的愉快，而与两个对自己信任又友好的人合编那样一份刊物，不但使他感到愉快，还使他觉得是莫大的幸运。他爱这份刊物，如同爱养花的人爱小小的花园。对于许多人，酱油、醋和味精是生活必需品。对于他来说，那份刊物也是生活必需品。若有人贬低他的工作，他是会翻脸的。

他吸着烟，特别享受地改到第三篇稿件时，德宝与春燕两口子来了。他这才想起朋友们要在他家相聚的事。因为他初三不在家，相聚改在初四了。按他的想法，改完稿子要去郑娟家，在她家待上一个小时，天完全黑了再与郑娟一块儿来自己家。他要告诉她关于他们的一些打算，希望并且相信，之后他俩就又能互相亲近起来了。

德宝两口子的出现使他颇烦，却又只能尽量掩饰，装出高兴的样子。相聚不是他提出，而是朋友们决定的。十几分钟后，国庆两口子和赶超两口子也到了。他们领了结婚证，是合法夫妻了。因为这样那样的准备尚不充分，国庆两口子和赶超两口子尚未举行婚礼，但吴倩和于虹两人腹中，都已分别怀上国庆和赶超的种了。春燕做了母亲后发福了，就体形而言像熊外婆。她一脸愁苦，不过不是由于体形，而是由于经常开会，还得代表广大革命的妇女同志表态。一次两次她没什么意见，次数多了心里真的烦透了，用她的话说那就是"宁肯捧着别人的臭脚修脚丫子,也不愿再被当枪使"。让她更加不快的是,还有人一次次指示她动员徒弟于虹当积极分子。于虹不愿意,有一次还对她生气了,这让她夹在中间很受罪。

吕川来不了,向阳来不了,龚宾也来不了。进步有事不能来,他们也不愿让他来——来了听不到别人说什么,他着急,也没人还有耐心写在纸上给他看。

德宝说:"除了吕川,五个秉昆的老友都到齐了。"

于虹问:"怎么是五个,而不是六个?"

赶超替德宝回答:"我们第一次相聚时没有你。我们都是一期的,你是二期的。"

于虹怒道:"我是最早与邪恶势力斗争过的!你们谁有那觉悟?还有脸在我面前摆什么一期不一期的鸟资格吗?当这里是黄埔,是抗大呀?狗屎!一个个都是满脑袋糠皮的货!在这里,我就没听谁嘴里说过一句关心国家命运的话。人家吕川来信批评了你们几句,你们还骂人家来着。"

吴倩不爱听了,反驳道:"我家国庆骂他王八蛋了不假,可我记得你也没说什么好听的话。"

国庆也说:"别忘了,为你那事,我和你那口子一块儿被关了七八天。"

秉昆听得心里更烦,找出《红齿轮》来一一分给他们,为的是阻断他们那种没意思的拌嘴。他们却没人看一眼,接过去都往屁股底下一坐。

春燕叹道:"我真希望有人能特有说服力地告诉我,怎么样的表态肯定是对的,怎么样的表态是不对的,不仅是被人当枪使了,而且是……"她扭头看一眼德宝,又说:"你说那个破词儿,我记不住。"

德宝以遵旨禀报的模样说:"为虎作伥。"

春燕皱眉道:"不是!我想不起来的是'助'字打头的破词儿!"

德宝立刻又说:"错了错了,刚才走神了,那就是助纣为虐。"

春燕训道:"你走的什么神呢?咱们是为什么来的?是为了把政治搞清楚才来的!不许走神。"

国庆也讥讽道:"德宝长知识了嘛!你为什么就不能告诉你老婆怎么是对的,怎么又是不对的呢?"

德宝没好气地说:"我有那么高级的政治头脑吗?我搞不清楚!"

赶超说:"也没那么复杂吧?好比街坊吵起来了,那也是常有的事。咱们不相干的人并不清楚他们为什么吵,以为吵吵就拉倒了。可一吵就吵了十来年,以咱们老百姓的常理来看,那越嚷嚷越不说人话,还不让咱们老百姓消消停停过日子的,肯定不是好东西啊!"

一阵沉默后,吴倩小声说:"可咱们老百姓为什么就不可以不相干到底呢?"

又一阵沉默后,春燕也小声说:"是啊,我一向就这么想的。何况,也没谁非不许咱们消消停停地过日子,除非咱们自己不识好歹。"

于虹立刻顶了她一句:"你这话我就不爱听!你经常被当枪使,那对你究竟是好呢还是歹呢?如果你认为那反而是对你好,那你自己图那个好去,我才不沾你的光!春燕,我的师傅,别怪我大初四不给你留面子,我今天把话搁这儿,你以后再被当枪使,别把我于虹扯上。'我代表徒弟于虹',这话你也给我少说!你代表'广大的革命妇女同志'那我管不着,不许你以后再代表我!"

春燕一声不吭地听着,脸上红一阵白一阵。待于虹数落完,她的脸又由白转红,红得像要渗出血来。

德宝的脸也红一阵白一阵,忍气吞声地说:"于虹,打狗还得看主人吧?"

春燕腾地跃起,将屁股底下的《红齿轮》一卷,当作短棍劈头盖脸地打向德宝。

吴倩叫道:"春燕住手!"

第十九章

秉昆把春燕拖向她的椅子,让她重新坐下。

吴倩说:"春燕,于虹的话虽然说得太重了,但还真的值得你好好想一想。你应该记得我小舅的,当初你那篇'批林批孔'的文章就是他替你写的。我小舅从去年初就离开他们厂的大批判组,别人再怎么劝也不干,甘愿回车间当工人。我小舅说,再写那种文章,太没点儿正义感了。"

国庆郑重地说:"我做证,她小舅是那么说过。"

赶超叹道:"然也,然也。以前是和咱们不相干,现在却有点儿相干了。尽管咱们才真的是小小小小的老百姓,可那也得做多少有点儿正义感的老百姓吧?"

德宝已在沉着脸吸烟了,这时也讥讽了赶超一句:"怎么做?请赐教。"

赶超被噎得说不出话来。

于是,大家都将目光转向了秉昆。

秉昆说:"连吕川也没在那些信里告诉咱们该怎么做,是不是?"

大家都点头。

秉昆又说:"那我更不知道了。"

大家互相看看,一个个都哑巴了似的。

秉昆想了想,接着说:"看我们光字片哪条街还像条街?条条街都成了名副其实的脏街!咱们全共乐区,几十条脏街都不止。咱们全市,几百条脏街都不止。咱们几家,住的都是什么破房子啊,可还有那么多比咱们住得还差的人家。咱们都参加工作六七年了,到现在也没涨过工资。工人们终于盼了一次涨工资的机会,往往还给你来个只涨百分之几,搞得各行各业拿工资的人明争暗斗,可不就会争出人命来嘛!最近我总在想,如果国家不由着一些人任性地折腾来折腾去,好好搞建设,把劲头用在提高人民生活水平方面,咱们的下一代才会过上比咱们强点儿、自己想消停大概就可以消停的日子。"

赶超拍着膝盖叫道："然也！然也！"

于虹也用卷成筒的《红齿轮》重重地打了赶超的头一下，呵斥道："然你个屁！我还这么想呢？谁不这么想？想有屁用！"

一阵沉默中，德宝幽幽地说："我还是那句话——怎么做？请赐教。"

秉昆惭愧地说："我也希望有人能告诉我。"

一时间都无话可说，又沉默一阵，就交流起小道消息来。这些一向不关心政治的青年，居然也知道了不少从北京传向全国四面八方的"内幕"，正所谓"树欲静而风不止"，连民间的神经都因北京的剧烈晃动而绷紧了。如同一艘满载乘客的巨轮遭遇了海上飓风，海啸随之将至，不管是豪华舱的人还是头等二等以及底舱的人，那种不安是相同的。只不过底舱的人因为不明了甲板以上的情况，不安仅仅是一种更纯粹的本能反应而已，心理上尤其愤懑。

他们说的那些小道消息，秉昆全都听邵敬文和白笑川讲过。他两个自从不拿秉昆当外人了，将门一关，什么都敢讲的，讲到冲动处，还骂娘。秉昆由此明白，民间所传的小道消息与北京方面追查的"政治谣言"，就是一些真实的事件，只不过某些人怕老百姓知道罢了。朋友们不知道的，秉昆也从邵敬文和白笑川那儿知道了不少。为了不给邵敬文和白笑川惹来麻烦，秉昆对老友们也守口如瓶。他不是不信任他们的人品，而是怕他们管不住嘴巴引出祸端来。

他们却误解了他，以为他自从和"臭老九"混一块儿了，变成一个树叶掉下来都怕砸脑袋的人了。谈了一会儿，大家各自怀着对秉昆不同程度的不满怏怏而去。

初五那天，秉昆也没和郑娟幽会成。郑娟弟弟光明发高烧了，秉昆带他去医院打针。怕他的重感冒传染了郑娟的孩子，秉昆把他从医院直接带回了自己家。初六上午，高烧退了以后才将他送回郑家。接着，秉

第十九章

昆就得去上班了。

初七,秉昆妈从兵团回来。与秉义两口子共度了一次春节,她格外想念女儿了。算起来,她已快八年没见到女儿了,想得魂不守舍。秉昆遵从母命给姐姐寄了一封航空信,三月初周蓉回了一封航空信,保证说他们一家三口很快会与母亲和弟弟团聚。信上说,学校多了一名来自上海的女知青老师,他们一家想回北方多住些日子。

三月下旬的一天晚上,周志刚班里的诗人郭诚,背着秉昆的外甥女玥玥进了周家。他说周蓉和冯化成两口子有事回不来了,委托他将女儿先带到姥姥家。虽然没有周志刚和周蓉的信,秉昆母子却深信不疑。因为周志刚上次探家时说到过郭诚,给母子俩留下很深印象。何况玥玥长得极像周蓉,没什么可怀疑的。那年头上头对人的疑心多,民间人对人却没多少疑心。郭诚喝了杯水就说必须走,因为他的东西寄存在车站呢。郭诚是河北人,还得再坐火车到石家庄转车。秉昆母子非常过意不去,却也不便挽留。探家之人有谁不是归心似箭呢?玥玥已快五岁了,似乎路上受了什么惊吓,一副想哭不敢哭的可怜模样。孩子从没见过姥姥和舅舅,郭诚一走,怕得大哭起来,在姥姥怀里扭动着大叫:"诚叔叔别丢下我!诚叔叔别丢下我,我不要自己在这里!"秉昆妈几乎都没法抱住她了,她的哭闹也让郭诚眼泪唰唰地往下流。

秉昆说:"别理她,哭一会儿就好了。"

他骑自行车送郭诚到了车站。

趁列车还没进站那工夫,郭诚告诉了秉昆实情。原来,他与周蓉一家三口结伴探家,途经某省一个小站时,列车出了故障,晚点几个小时。本来这也是常事。偏偏那日不知乘客中什么人发起,许多人就在那小站悼念起周总理来。当时已有"红头文件"一级级传达了,要求各地警惕"别有用心"的人继续悼念,煽动反革命行为。小站铁路警察们当然要制止,那也是奉命行事。乘客众多,又哪里制止得了呢?结果就发生了冲突,引来了大批手持棍棒的工人农民,结果流血事件不可避免,有人受伤,有人被抓走了。

郭诚悲痛地说:"我写了一首悼念周总理的诗,在车上给你姐和你姐夫看了,他俩都认为写得好,我自己也认为写得好。不过就是一首悼念诗,真没什么反动的句子。你姐夫是冲动型的诗人,双方一冲突起来,你姐夫反而高声朗读那首诗了。这时有个人一棒子抡在你姐夫腰上了,你姐夫一倒地,你姐将孩子往我怀里一塞,扑过去保护你姐夫。混乱中,你姐头上也挨了一棒子。我要不是怀里抱着孩子,也会扑上去保护你姐,可我抱着孩子啊!都是我那首破诗惹的祸,我为什么非得写那么一首破诗呢?咱们老百姓人家,为什么要出我和你姐你姐夫这种喜欢诗的人呢?"

曾经因为自己既是领导阶级一分子,又是工人中的稀缺元素,这位桀骜不驯的"大三线"资深工人泣不成声,说不下去。

秉昆却异常平静地问他的姐姐和姐夫后来的情况。

郭诚肯定地告诉他,他姐姐应在那个小县城的医院里,至于情况怎样就无从知晓。至于他姐夫,要么被关在什么地方,要么逃亡了。郭诚当时抱着惊恐得哭起来的玥玥,行李又都在列车上,只能选择在列车重新开动前退回车上。他把自己的诗写在几页纸上,给秉昆时说作个纪念。

那郭诚真是了不起,不但一路要哄好玥玥,还把周蓉两口子所带的东西全部带到了 A 市。

秉昆也很了不起,列车开走前居然能微笑着和父亲那年轻的工友拥抱、挥手。郭诚伸出手臂的那个窗口一远,微笑顿时从他脸上一扫而光。

秉昆能把满是大包小包的自行车顺利地骑回家,简直也是个奇迹。

第十九章

家中，玥玥睡了。姥姥把她妈妈从小到大的照片一一指给她看，这才取得了外孙女的信任，开始觉得自己是安全的。

然而，秉昆的个性终究还是脆弱的。他能在外人面前短时间地装出特爷们儿的样子，但在自己家里，在母亲面前，老疙瘩们那种担不起事的熊德性暴露无遗。

他一进家门就抱住母亲放声大哭。

母亲怕他哭醒外孙女，没让他进里屋，将里外屋门关严。

他原本并没有隐瞒的想法，那时他满心希望的只不过是得到母亲的安慰。

母亲一问，他把郭诚告诉他的事毫无保留地全说了。

母亲一句也没安慰他，她昏倒了。

首先赶到周家的是春燕妈，她是秉昆第一个求助的人。

春燕妈发动了几位街坊，还算及时地把母亲送到了医院。

三天后，春燕妈和街坊们又帮着把母亲接回了家。母亲成了植物人，春燕妈和街坊们从秉昆口中知道了缘由。

春燕妈是最后一个离开周家的，她走前对秉昆说："孩子，拍电报让你哥回来吧。你家这样的情况，根本不是你撑得住的啊！你哥回来之前，需要我的时候你只管来找我，但是千万别找春燕啊……我的意思你明白？"

秉昆说："明白。"

朋友们中，春燕和德宝是第一对来到周家的。

春燕看着仰躺炕上不省人事的干妈，哭得一把鼻涕一把泪的。她临走时说："秉昆，我也许只能来这么一次了。我们这样一些人接到通知，如果谁与你姐你姐夫那种事有牵扯，处理起来将比一般人重得多。"

秉昆说："德宝，你以后也不要再来了。"

德宝说："你骂我是不是？"

春燕说:"他来行。追究起来,我大不了跟他离婚。"

德宝怒道:"你想让咱们儿子没妈啊?再说这种屁话我废了你,信不?你自己也不想想,到目前为止,你除了经常被人当枪使,还他妈的哪点儿不一般了?"

春燕就又哭起来。

国庆两口子、赶超两口子还有常进步一起来的。进步的父亲因为不停地写申诉材料,又被关进了"学习班"。

趁他们在,秉昆去了郑娟家。

他一五一十地讲了自己家发生的不测之事,她吃惊又同情地问:"你想让我怎么帮你?你怎么说,我怎么做。"

秉昆就说,街坊们还是怕受牵连,他们能做的也都做了。他希望她能到自己家去照顾母亲和外甥女,白天她可以带着儿子和弟弟待在他家,晚上他负责送她们回家,留宿在他家也行。

郑娟有点儿犹豫。

秉昆问:"你也怕沾上政治的边儿?"

郑娟摇头。

秉昆说:"我是要付你钱的。"

郑娟说:"自从他俩出事了,你不是一直在用你的钱供我们生活吗?"

秉昆明白她说的他俩是谁,愣在炕前。

郑娟告诉他,她骗了他。其实,母亲死前那个晚上对她讲了自己看到他俩游街示众的情形。母亲建议她将孩子送人,那样她和弟弟靠卖冰棍或许勉强能活下去。母亲一再叮嘱,孩子只能送人,千万不能卖,若卖便是犯法。她犯法了,她弟弟就活不了了。她说正寻思怎么才能将孩子送人抚养时,他像救星似的出现在了她家。

郑娟说到"母亲"二字时,就像旧戏里的忠臣说到了"圣上"。她担心

第十九章

地问:"可你哪来的钱呢? 你不会为了我们,也在做什么不可以做的事吧?"

为了让她放心,他坦白了自己卖镯子的事,追问她究竟顾虑什么?

郑娟流泪了,她内疚地说:"为了我们,你都把自己逼成这样了,我还有什么不愿为你做的呢? 我是怕如果同意了你的想法,风言风语会让你吃不消啊!"

他说:"我家的情况都这样了,我还怕什么风言风语呢? 我不想告诉我哥家里出事,他回来一次又能解决什么实际问题呢? 如果你不帮我,我就无路可走了。"

他也流泪了。

郑娟叹道:"那我听你的。只要你不怕,我更不怕。"

秉昆回到家时,见家中多了一个和他们年龄差不多的青年,穿件兵团知青们常穿的那种旧黄棉袄。他说是兵团的,与秉义认识,回城探家,受秉义的委托到周家来看看。

秉昆要求他,暂时别把看到的真实情况告诉自己的哥哥。

他说:"你的朋友们替你嘱咐过我了,我不会的。"

他又说他受秉义的嘱咐,有几句话要单独对秉昆讲。

秉昆陪他出了家门到了小院里,他这才改口说自己是兵团知青不假,但并不认识秉昆哥哥。他是从兵团上大学的,与吕川是同学。他由于在日记里写了些"反动"言论,被同学出卖,随后被校方开除了。他这次要戴罪重返兵团,行前吕川托他捎东西给秉昆。

"你先看这个。"他将一封信给了秉昆。

秉昆抽出信纸,借着自家窗内透出的光,看到信纸上仅写了"此人可信——吕川"六个大大的钢笔字,连日期也没写。

那确实是吕川的字。

秉昆问："你怎么知道我有个哥哥在兵团？"

他说："吕川告诉我的，他常对我讲到你。"

秉昆问："他好吗？"

他说："一些人很尊敬他，一些人在监视他，也有些人在保护他。"

秉昆就明智地不再问什么了。

他又从书包里取出一卷用塑料布包着的东西递给秉昆。

秉昆问是什么。

他说："你看后就知道了，但是千万不要给别人看，以后要保存或要销毁，随你的便吧。"

他一说完，也没跟秉昆说"再见"就匆匆走了。

秉昆连他叫什么名字都忘了问。

秉昆没将那卷纸带进屋去，暂时藏在了小院里的一个地方。

他再回到屋里后，国庆他们什么都没问。玥玥在吴倩怀里睡着了，周家不断有对她表示喜欢的女人出现，她对陌生的新环境感觉适应了，也开始相信新环境的主人一个是姥姥一个是舅舅了。

朋友们离去后，秉昆趴在母亲和外甥女之间，一页页看那些抄自北京天安门广场的诗歌，看得一阵又一阵地热血沸腾。

他认为那些诗应该发在《红齿轮》上。

第二天一清早，秉昆出门去倒泔水时，见小院外站着郑娟，背上用带子十字结花背着儿子，手牵着弟弟。

"周秉昆，你不可以这样。我们三个之间不管关系多好，首先是工作关系。既然是工作关系，每个人就都应该自觉地按照工作纪律来要求自

第十九章

己,你已经三天没上班,也没什么人替你请过假,这是绝对不可以的!"秉昆一出现在办公室,邵敬文就劈头盖脸训斥了他一通。

秉昆说了家里发生的意外,邵敬文立刻收回了批评,起身拥抱他,真诚地问自己能帮上什么忙。

他的拥抱和话语使秉昆心里热乎乎的。

秉昆苦笑道:"我都料理好了。"

"我也料理好了,白老师也料理好了。不料理好了后顾之忧,有些事是不能去做的。"邵敬文又说了这么几句让秉昆不解的话。

秉昆见白笑川的桌面收拾得一无所有,甚是奇怪,问自己的师父怎么没来上班?

邵敬文说,白笑川出差了。

秉昆问,到哪儿去了?何时回来?

邵敬文严肃地说:"只许你这样问一次。我的回答是无可奉告。"

秉昆便不再问,坐在自己办公桌前发了会儿呆,起身将几页纸默默放在邵敬文的桌面上。

那是郭诚的诗。

邵敬文看后,惊讶地问谁写的。

秉昆就讲了郭诚与他父亲的亲密关系,反问可不可以在《红齿轮》上发表。

邵敬文说:"咱们《红齿轮》正需要这样的诗,多多益善,我和你师父都希望能选一批这样说真相发真情的诗,出一期特刊。"

秉昆就默默地将吕川托人捎给他的诗,全摆在邵敬文桌面上了。

邵敬文看了几首不看了。他这才承认,自己和白笑川凑了一百元钱,由白笑川带着去北京了,为的就是要收集些诗尽快带回来发表。

他将秉昆拉起,大喜过望而又激动万分地说:"秉昆,你给我听好。我不能等白老师回来，怕那时就晚了。我要现在就开始选，选好了就送印刷厂，请工人们加加班，要以印日报的快速流程来印，争取后天就出成品。你呢，你立刻回家。你在这儿既不能替我做什么，还分散我精力。这事会有严重后果，我和你师父都豁出去了。国家到了最危险的时候，总得有人豁出去做点儿什么。你给我记住，这事与你毫不相干，你一概不知。明白？"

秉昆说："不明白。"

邵敬文说："不明白就不明白吧。"他边说边将秉昆推出门去。秉昆想再进入，门插上了，敲门也不理。

秉昆回到家，找出存折交给郑娟，对她说或许有一天，自己会直接从单位就出差了，并且可能因为工作需要较长时间回不来。

她问："真会有那么一天？"

他说："我不确定，但今天领导打招呼了，咱俩都做好思想准备吧。你要善用存折上的钱，尽量花的时间长一点儿。"

她点头。

他就坐下在一张纸上写着什么。

她站在他身边，看着他写。他将所有自己视为朋友的人的姓名及住址都写在纸上，包括老太太和蔡晓光。当然，他也写上了父亲与哥哥的通信地址，但没写吕川、邵敬文和白笑川的联系方式。依他想来，如果那一天猝不及防地到了，吕川他们三人也就联系不上了。

秉昆起身交给郑娟那页纸时又说："保存好。我的这些朋友和亲人，也将是你的朋友和亲人。"

她接过那页纸，低头无声地哭了。

他温柔地将她搂在怀里。他已经很久不曾对她有过温柔举动了，感觉她的身子在自己怀里微微发抖，感觉自己真是要出远门的丈夫，而她也真是他挚爱的妻子。这时，他才忽然理解了邵敬文那句话："不料理好了后顾之忧，有些事是不能去做的。"尽管他还不清楚自己将会做什么事。

他说："今晚别走行吗？"

她偎在他怀里点点头。

那夜月光大好，为了便于照顾里屋的亲人，他俩没将窗帘拉上。皎洁的月光洒满一炕，两个孩子、一个盲少年和一个植物人母亲躺成一排，都直溜溜地睡着，看上去很容易使人联想到"幸福"一词。

秉昆和郑娟睡在外屋。为了享受那月光，他俩也没将外屋的窗帘拉上。但这是他俩共同的借口，其实都是为了在不开灯的情况之下也能看清对方的脸。

月光体恤地成全了他俩的愿望。

他们享受的不仅是月光，还有对方。然而并无性事发生，都没那种心情，郑娟也说她不在安全期。

秉昆家发生的不幸，加上郑娟不在安全期这一无法逾越的现实，使两个对彼此身体朝思暮想的人，那时的爱只能体现为"精神至上"——尽管他们紧贴着的身体，都是一丝未挂彻底而纯粹的身体。

四月七日那天，一批样刊带着墨香由印刷厂送到了甲三号。邵敬文不知何故没在班上，秉昆一人帮着把样刊一包包搬到编辑部摆放好。他独自当班无事可做，索性拆了一包楼上楼下分送起来。

第二天，邵敬文还是没上班。

甲三号的气氛很不对劲儿，人们打照面时目光恍惚，似乎都无话可说了。

九点半钟，全体人员集中在一起收听中央人民广播电台的重要广播，大会议室里一片死寂。

秉昆只听了一会儿，就悄悄离去了。

他用自行车尽量多地带走了一些样刊，盲目地在市里到处骑行，将样刊分送给形形色色的路人，经过一些单位时，也会在门口放上几册。

此后数日，秉昆倒也太平无事。

他仍去上班。除了上班，他不知自己还能怎么做。

在编辑部照例无所事事，他便反复看样刊。那些印成铅字的诗依然让他心潮澎湃，热血沸腾。

他竟很享受那几天的上班时间，认为自己能参与编成一期诗歌特刊，实在是做了件很值得骄傲的事。

一天下午四点多钟，他打算回家，几下敲门后进来了两名公安人员。他们都年长于他，其中一人还是他在慰问演出时认识的。

不认识他的那个问："你是周秉昆？"

他说："是的。"

对方说："跟我们走吧。"

他平静地伸出了双手。

认识他的那个说："不给你戴。"

他说："谢谢。"

他在门口站住，转身望着编辑部内熟悉的一切，像望着另一个家。

他在心里对吕川说："哥们儿，谢谢你那些信，谢谢你托人捎给我的那些诗——这里也曾经是我周秉昆的大学……"